# Krokodilernas gula ögon

*Katherine Pancol*

# Krokodilernas gula ögon

Översättning av Karin Lindell

BAZAR

Bazar Förlag AB
Box 30095
104 25 Stockholm

www.bazarforlag.se
infose@bazarforlag.com

Denna utgåva, 2013

Det franska originalets titel: Les yeux jaunes des crocodiles

Utgiven enligt avtal med Literary Agency Wandel Cruse

Översättning: Karin Lindell
Omslagsdesign: Lene Stangebye Geving
Omslagsillustration: Nancy Bowen / Getty Images
Författarfoto: Sylvie Lancreon
Sättning och grafisk form: Hamar Maskinsetteri
Tryckning och bindning: Nørhaven, Danmark 2013

ISBN 978-91-7928-357-4

Till Charlotte
Till Clément
Mina älsklingar …

# Del ett

Joséphine skrek till och släppte potatisskalaren. Kniven hade sluntit och rivit upp en stor skinnflik mitt på handleden. Blod, blod överallt. Hon tittade på sina blå blodådror, det röda jacket, diskhons vita kakel, durkslaget i gul plast där de skalade potatisarna låg, vita och blanka. Bloddropparna föll tätt, tätt och fläckade ner den vita ytan. Hon grep tag med en hand på vardera sidan om diskbänken och började gråta.

Hon behövde gråta. Hon visste inte riktigt varför. Hon hade alltför många goda skäl. Det här blev ett för mycket. Hon sökte med blicken efter en handduk, fick tag i en och tryckte den som ett förband mot såret. Jag blir som en fontän, en fontän av tårar, av blod, av suckar, jag är på väg att dö.

Det kanske var en lösning. Låta döden komma, utan att säga något. Slockna som en lampa som man skruvar ner.

Låta döden komma, här där hon stod, framför diskbänken. Man dör inte stående, rättade hon sig genast, man dör liggande eller på knä, med huvudet i ugnen eller sittande i sitt badkar. Hon hade läst i en tidning att det vanligaste sättet att begå självmord bland kvinnor var att slänga sig ut från ett fönster. Bland män var det hängning. Hoppa ut genom fönstret? Det skulle hon aldrig kunna.

Men tömma sig på blod, gråta sig till döds, till slut inte veta om vätskan som flyter ur en är röd eller färglös. Sakta somna in. Så lossa på handduken då! Ner med handleden i diskhon!

Å andra sidan … då måste man fortsätta stå upp och man dör inte stående. Utom på slagfältet. I krigstider …

Ännu var det inte krig.

Hon snyftade, rättade till handduken kring såret, torkade tårarna, kollade sin spegelbild i fönstret. Hon hade kvar sin blyertspenna instucken i håret. Kom igen, sa hon till sig själv, skala potatisen … Resten får du tänka på sen!

Denna förmiddag i slutet av maj, då termometern visade tjugoåtta grader i skuggan, satt en man på femte våningen i skydd av sin balkongmarkis och spelade schack. Ensam. Han satt framför ett schackbräde och funderade på nästa drag. Han drev försöket att efterlikna ett verkligt parti så långt att han bytte plats vid bordet, och under sidbytet passade han på att snappa åt sig en pipa som han sög på. Han lutade sig framåt, blåste ut rök, lyfte en pjäs, satte tillbaka den, backade, blåste ut mer rök, tog upp pjäsen igen, flyttade den, skakade på huvudet, lade tillbaka pipan och flyttade åter över till den andra stolen.

Han var en man av medellängd, en mycket välvårdad man med brunt hår och bruna ögon. Byxornas pressveck var helt perfekta, skorna glänste som om de just tagits upp ur sin kartong. Hans spensliga underarmar och handleder stack fram ur de uppvikta skjortärmarna, och hans naglar hade den glans som bara omsorgsfull manikyr kan ge. En lätt solbränna, en sådan som håller året runt, förstärkte intrycket av jämnt ljusbrun som hela hans person utstrålade. Han påminde om de där klipp-dockorna som bara har kalsonger och strumpor på sig, och som man kan klä i vilken utstyrsel som helst – till pilot, jägare, upptäcktsresande. En man som gjord för att posera i en postorderkatalog, där man vill inge förtroende och understryka kvaliteten hos de visade varorna.

Plötsligt lyste ett leende upp hans ansikte. ”Schack matt”, mumlade han till sin inbillade motspelare. ”Din stackare. Du är slut! Och jag slår vad om att du inte ens anade det!” Nöjd skakade han hand med sig själv och ändrade rösten för att också lyckönska. "Bra spelat, Tonio! Du var verkligen bra!"

Han reste sig, sträckte på sig, klappade sig på bröstet och bestämde sig för att hälla upp ett litet glas trots att det inte var dags än. Han brukade ta sin aperitif vid tio över sex på kvällen medan han tittade på "Frågor för en mästare". Programmet med Julien Lepers hade blivit ett möte han väntade otåligt på och det skulle förarga honom mycket om han missade det. Från och med klockan halv sex väntade han och såg fram emot att mäta sig med de fyra mästare som skulle vara med. Han undrade också vilken kavaj programledaren skulle ha på sig och vad han skulle ha valt för skjorta och slips. Varje kväll sa han sig att han borde pröva sin lycka och anmäla sig, men gjorde aldrig slag i saken. I så fall måste han gå igenom och klara utslagsproven och det fanns något i detta som gjorde honom illa till mods.

Han lyfte på locket till en ishink, tog försiktigt två isbitar, lät dem falla ner i ett glas och hällde upp vit Martini. Han böjde sig ner för att ta upp en tråd från heltäckningsmattan, reste sig, fuktade sina läppar i glaset och smackade litet för att uttrycka sin uppskattning.

Varje förmiddag spelade han schack. Varje morgon följde han samma rutin. Gick upp klockan sju samtidigt med barnen. Åt frukost med fullkornsbröd, rostat med termostaten på fyra, brett med osockrad aprikosmarmelad, saltat smör och till det färskpressad apelsinjuice. Sen trettio minuters gymnastik, övningar för ryggen, magen, bröstet och låren. Läsning av tidningarna som flickorna turades om att gå och hämta till honom innan de gick till skolan, uppmärksam läsning av platsannonserna, skicka iväg ett CV om han fann något som verkade intressant, dusch, raktvålen som löddrade under rakborsten, rakning med rakhyvel, val av dagens kläder och till sist ett parti schack.

Valet av kläder var morgonens jobbigaste moment. Han visste inte längre hur han skulle klä sig. I fritidskläder, lätt avslappnad, eller i kostym? En dag då han snabbt hade dragit på sig joggingdressen hade hans äldsta dotter, Hortense, sagt till honom: ”Jobbar du inte pappa? Har du fortfarande semester? Jag älskar när du är fin, med en snygg kavaj, blå skjorta och slips. Kom aldrig mer och hämta mig i skolan med träningsoverall på dig”. Den första morgonen då hon hade talat till honom i den tonen, hade han bleknat. Därför la hon till, mjukare: ”Det är för din skull som jag säger det, min älskade pappa, för att du ska fortsätta att vara den snyggaste pappan i världen”.

Hortense hade rätt, folk såg annorlunda på honom när han var välklädd.

När schackpartiet var avslutat, vattnade han blommorna som hängde på balkongräcket, nöp av vissna blad, klippte bort gamla kvistar, duschade vatten på de nya knopparna, vände jorden i krukorna med hjälp av en sked och hällde på gödning där det behövdes. En vit kamelia orsakade honom mycket bekymmer. Han pratade med den, skötte den omsorgsfullt, torkade varje blad.

Varje morgon sedan ett år tillbaka var det samma sak.

Men den här morgonen hade han blivit försenad i sitt vanliga tidsschema, schackpartiet hade varit svårt. Han måste se till att inte slöa till, men det var svårt när man inte hade något att göra. Inte tappa känslan för tiden som går, tiden som slösas bort utan att man märker det. Akta dig, Tonio, sa han till sig själv, akta dig. Släpp inte efter, ryck upp dig.

Han hade fått för vana att prata högt och när han hörde sig tilltala sig själv rynkade han ögonbrynen. För att ta igen den förlorade tiden bestämde han sig för att strunta i blommorna.

Han passerade köket där hans fru stod och skalade potatis. Han såg bara hennes rygg och noterade återigen att hon hade gått upp i vikt. Hon hade fått valkar över höfterna.

När de flyttade in i den här lägenheten, i förorten nära Paris, hade hon varit lång och smal, utan valkar.

När de flyttade in hade flickorna inte räckt längre än till diskbänken …

När de flyttade in …

Det var en annan tid. Han brukade dra upp hennes tröja, lägga händerna över hennes bröst och viska ”älskling” … Till slut hade hon givit efter, böjt sig fram och strukit med båda händerna över överkastet för att de inte skulle skrynkla till det värre än nödvändigt. På söndagarna lagade hon mat. Flickorna ville ha knivar ”för att hjälpa mamma” och kastruller för att ”diska dem med tungan”. Han brukade betrakta dem med ömhet. Varannan, var tredje månad mätte han dem och skrev in deras längd med en svart blyertspenna på väggen. Där fanns fullt med små streck och datum och de två namnen: Hortense och Zoé. Varje gång han tryckte ner dörrhandtaget för att gå in i köket bemäktigades han numera av en enorm sorgsenhet. Känslan av irreparabel skada, minnet av en tid då livet log mot honom. Detta hände honom aldrig i sovrummet eller i vardagsrummet utan just i köket, detta lilla rum som förr hade varit en bubbla av lycka. Varmt, lugnt, doftande. De rykande grytorna, handdukarna som hängde på tork på ugnshandtaget, chokladen som smälte i vattenbad och flickorna som knäckte nötter. De kunde sticka ner ett finger i chokladen, rita mustascher på sig själva och sedan slicka i sig dem med tungspetsen. Imman på fönsterrutorna bildade pärlemorskimrande slingor som fick honom att känna sig som pappan i en eskimåfamilj i en igloo vid Nordpolen.

Förr … Lyckan hade funnits där, stark och betryggande.

På köksbordet, där Josephine nu hade slagit sig ner för att arbeta, låg en uppslagen bok av Georges Duiby. Han böjde sig fram för att läsa titeln: ”Riddaren, kvinnan och prästen”. Det som förr hade varit en extrainkomst försörjde dem nu. Hon var forskare vid det nationella vetenskapscentret CNRS och hennes specialitet var, av alla ämnen, 1100-talets kvinnor. Tidigare hade han inte kunnat låta bli att förlöjliga hennes forskning. Han pratade om det i beklagande ton: ”Min fru har en passion för historia – men bara för 1100-talets! Wow, eller hur?” Han tyckte att det var lite rödstrumpa över det hela. ”Det är inte särskilt sexigt,

1100-talet, min älskling", brukade han säga och nypa henne i baken. Hon kunde svara: "Men det var under den epoken som Frankrike tog steget över till den moderna tiden, handeln, penningsystemet, städernas oberoende och ..."

Då brukade han kyssa henne för att tysta henne.

Idag var det 1100-talet som gav dem mat. Han harklade sig för att hon skulle vända sig om mot honom. Hon hade inte tagit sig tid att kamma håret, en blyertspenna höll det fast högt uppe på huvudet.

– Jag går ut en sväng.

– Kommer du tillbaka till lunch?

– Jag vet inte ... Räkna inte med det.

– Varför inte säga som det är med en gång!

Han tyckte inte om uppgörelser. Det hade varit bättre att han bara hade ropat: "Jag sticker nu, vi ses sen." Och bara gått. Då skulle han, hopp, redan ha varit ute i trappen när hon satt där med sina frågor på tungan. Och hopp, så hade han kunnat hitta på vad som helst när han kom tillbaka. För han kom alltid tillbaka.

– Har du läst platsannonserna?

– Ja ... Inget intressant idag heller.

– Det finns alltid arbete för en man som vill arbeta!

Det finns arbeten, ja, men jag tar inte vilket som helst, tänkte han utan att säga det till henne eftersom han kunde fortsättningen på samtalet utantill. Han borde ha gett sig av men stod som fastnaglad i dörrposten.

– Jag vet vad du tänker säga, Joséphine, jag vet det redan.

– Du vet, men du gör inget för att det ska bli någon ändring. Du skulle kunna göra vad som helst, bara för att göra allt lite bättre för oss ... lite smör i spenaten.

Han hade kunnat fortsätta deras samtal själv, han kunde det utantill: "... badvakt, trädgårdsmästare i en tennisklubb, nattvakt, jobb på en bensinmack ..." Men han hörde bara ordet spenat. Skulle sett roligt ut i en platsansökan.

– Ja, flina du, mumlade hon och tittade ilsket på honom. Jag måste framstå som otroligt materialistisk som pratar om pengar. Maken vill ha en massa stålar, maken vill inte trötta ut sig för ingenting, maken vill ha uppskattning och respekt! Och för närvarande finns det bara ett sätt för maken att överleva: gå till sin manikyrist.

– Vad pratar du om, Joséphine?

– Du vet mycket väl *vem* jag pratar om!

Hon hade nu vänt sig helt mot honom, med axlarna uppdragna. Hon hade en fuktig handduk om handleden, och tittade uppfordrande på honom.

– Om det är Mylène du tänker på …

– Ja, det är Mylène jag tänker på. Vet du inte än om hon tar lunchrast? Är det därför du inte kan ge mig besked?

– Sluta, Jo … Det här börjar spåra ur!

Det var för sent. Hon tänkte inte längre på annat än Mylène och honom. Vem hade berättat för henne? En granne? De kände inte så många i huset men när det gällde att skvallra fick man fort kompisar. Någon måste ha sett honom gå in i Mylènes hus två gator längre bort …

– Ni ska äta lunch hos henne … Hon kommer att ha gjort en quiche till dig med lite grönsallad, en lätt måltid för att hon ska jobba efteråt, hon …

Hon knep ihop läpparna och betonade ordet ”hon” …

– Och sen tar ni en liten siesta, hon drar för gardinerna, klär av sig kläderna och låter dem falla till golvet och kryper ner hos dig under det vita pikétäcket …

Han lyssnade på henne, förfärad. Mylène hade ett vitt pikétäcke på sin säng. Hur visste hon det?

– Har du varit hos henne?

Hon brast ut i ett elakt skratt och drog till knuten på handduken med sin fria hand.

– Åh, jag hade rätt. Vit piké, det går till allt. Det är både vackert och praktiskt.

– Sluta, Jo!

– Sluta med vad?

– Sluta inbilla dig saker som inte finns.

– Har hon inte ett vitt pikétäcke, kanske?

– Du borde skriva romaner, du har verkligen stor fantasi …

– Svär på att hon inte har något vitt pikétäcke.

Plötsligt kom ilskan över honom. Han stod inte ut med henne längre. Han hade fått nog av hennes skolfrökenaktiga ton, att hon alltid skulle förebrå honom något, säga till honom vad han skulle göra, hur han skulle göra. Han stod inte längre ut med hennes rundade rygg, hennes fula kläder utan vare sig form eller färg, hennes hy som blivit rödfnasig för att den var så ovårdad, hennes mjuka, tunna bruna hår. Allt hos henne luktade ansträngdhet och snålhet.

– Lika bra jag ger mig av innan den här diskussionen går för långt!

– Du ska träffa henne, eller hur? Visa åtminstone modet att säga sanningen, om du nu inte har mod nog att söka jobb, din latmask.

Nu hade hon gått för långt. Han kände hur ilskan gjorde honom blockerad och fick det att dunka i tinningarna. Han spottade ur sig orden för att inte riskera att de blev osagda:

– Okej! Ja, vi träffas hemma hos henne varje dag klockan halv ett. Hon värmer en pizza till mig och vi äter i hennes säng under det vita pikétäcket. Efteråt sopar vi bort smulorna, jag knäpper upp hennes BH som också är av vit piké, och jag kysser henne överallt. Överallt! Är du nöjd? Du skulle inte ha pressat mig, jag varnade dig!

– Du ska inte pressa mig du heller! Om du går iväg och träffar henne nu så behöver du inte komma tillbaka. Packa din väska och försvinn bara. Det blir ingen stor förlust.

Han slet sig från dörrposten, vände sömngångaraktigt på klacken och gick in i deras sovrum. Han drog ut en resväska under deras säng, placerade den ovanpå sängen och började fylla den. Han tömde sina tre hyllor med skjortor, sina tre lådor med T-shirts, sockor och kalsonger i den stora röda resväskan med inbyggda hjul, en påminnelse om hans storhetstid när han jobbade hos Gunman & Co, en amerikansk tillverkare av jaktgevär.

Han hade varit på det företaget i tio år som marknadschef för Europa. Han hade rest med rika kunder som åkte och jagade i Afrika, Asien, Amerika i bushen, på savannerna eller på Pampas. Han trodde på allt det där då, trodde på bilden av denne vite man som alltid var solbränd, alltid på språng, som skålade med kunderna, de rikaste männen på planeten. Han kallade sig Tonio. Tonio Cortès. Det lät mer manligt, mer ansvarsfullt än Antoine. Han hade aldrig tyckt om sitt förnamn som han fann mjäkigt och feminint. Han måste kunna mäta sig med dessa män, industripampar, politiker, sysslolösa miljardärer, söner till … Han hade låtit isbitarna klirra i glaset, satt upp en beskedlig min, lyssnat på deras historier, lånat ett uppmärksamt öra till deras klagomål, hållit med, tröstat, iakttagit dansen mellan kvinnorna och männen, den hårda blicken hos barnen som var som gamla innan de ens haft tid att bli vuxna. Han hade lyckönskat sig själv till att få umgås i den här världen utan att egentligen tillhöra den. ”Ånej, pengar gör ingen lycklig”, upprepade han ofta för sig själv.

Han hade en utmärkt lön på den tiden, en tredubbel månadslön i slutet av året, bra sjukförsäkring, viloperioder som nästan fördubblade hans semester. Han var lycklig när han kom hem till Courbevoie, detta bostadsområde som byggts under nittiotalet för en befolkning bestående av unga tjänstemän som han. De hade ännu inte råd att bo inne i Paris men de väntade på andra sidan Seine på att kunna flytta in i huvudstadens fina kvarter vars ljus de kunde se på kvällarna, en tårta i neon som skimrade på avstånd och lockade dem. Deras hus hade åldrats utan behag, svaga roständer löpte ner från balkongerna och förfulade fasaden, markisernas klara brandgula färg hade bleknat i solen.

Han förvarnade aldrig när han skulle komma hem från en resa

utan öppnade bara dörren, väntade en stund i hallen innan han visade att han var hemma med en kort vissling som betydde: ”Jag är hemma.” Joséphine var alltid försjunken i sina historieböcker, Hortense brukade springa emot honom och sticka ner sin lilla hand i hans fickor på jakt efter någon present. Zoé klappade händer. Dessa två små flickor i sina morgonrockar, den ena rosa den andra blå, Hortense, den söta, den fräcka som lindade honom runt lillfingret och Zoé, den knubbiga, mjuka, glupska. Han brukade böja sig ner mot dem, ta dem i sin famn och säga flera gånger: ”Mm, mina älsklingar! Mm, mina älsklingar!” Det var en ritual. Ibland hände det att han kände ett styng av samvetskval vid minnet av en annan omfamning dagen innan. Det skakade han snabbt av sig, minnet bleknade. Han satte ner sitt bagage och gav sig hän åt sin roll som hjälte. Han hittade på historier om drev och jakt, ett skadat lejon som han hade dödat med sin kniv, en antilop som han hade fångat med lasso, en krokodil som han gjort slut på. De tittade förskräckta på honom. Bara Hortense blev otålig och frågade: ”Och min present pappa? Min present?”

En dag hade Gunman & Co blivit uppköpt och han hade blivit friställd. Från en dag till en annan. ”Så går det till hos amerikanarna”, hade han förklarat för Joséphine. ”På måndagen är du marknadschef och har ett kontor med tre fönster och i slutet av veckan får du skriva in dig på arbetsförmedlingen!” Han var uppsagd, rätt och slätt, men med ett rejält avgångsvederlag som gjorde det möjligt att under en tid betala hyran, barnens skola, språkkurserna, underhåll av bilen och vintersemestern. Han hade tagit det med jämnmod. Han var inte den förste som detta hände och han var inte vem som helst. Han skulle fort hitta ett nytt arbete. Inte vad som helst, var så säker, men ett arbete. Sedan hade en efter en av hans gamla arbetskamrater fått jobb genom att acceptera lägre löner, mindre ansvarsfulla positioner, förflyttningar till utlandet. Han var sist kvar att studera platsannonser.

När han nu gjort slut på sina pengar, kände han optimismen avta. Särskilt på natten. Han brukade vakna klockan tre på natten, stiga upp utan att ge ett ljud ifrån sig, hälla upp en whisky i vardagsrummet och sätta på TV:n. Han sträckte ut sig på soffan med ett glas i handen, växlade mellan kanalerna. Hittills hade han alltid känt sig mycket stark, mycket klok, begåvad och skarpsinnig. När han såg sina kolleger begå misstag sa han inget men tänkte för sig själv : "Oj, det där skulle aldrig hända mig. Jag kan det där." När han först fått höra talas om att de blivit uppköpta och risken för uppsägningar, hade han sagt sig att tio års tjänst hos Gunman & Co, det betydde att man satt säkert. "De kommer inte att sparka mig bara sådär."

Han hade varit med bland dem som varslats i första omgången.

Han hade till och med blivit den allra förste att sägas upp. Nu knöt han sin näve i vredesmod i byxfickan och fodret gav vika med ett ljudligt knakande som skar i hans öron. Han grimaserade, skakade på huvudet, var redan på väg mot köket, till sin fru, för att be henne laga fodret. Men sedan kom han ihåg att han var på väg att lämna henne. Han höll ju på att packa sin väska. Han vände ut och in på sina fickor; båda fodren var trasiga.

Han slängde sig på sängen och stirrade på skospetsarna.

Att söka arbete var nedslående; han var bara ett nummer i ett kuvert med ett frimärke på. Han brukade tänka på det i Mylènes famn. Han berättade för henne vad han skulle göra den dag han blev sin egen. "Med min erfarenhet", förklarade han, "med min erfarenhet ..." Han kände massor av folk, han talade engelska och spanska, han kunde bokföring, han klarade både kyla och värme, damm och fukt, mygg och ormar. Hon lyssnade. Hon trodde på honom. Hon hade lite besparingar som hon fått efter sina föräldrar. Han hade ännu inte tackat ja. Än hade han inte givit upp hoppet om att hitta en mer solid kompanjon när det blev dags för nya äventyr.

Han hade lärt känna henne när han följde Hortense till frisören på hennes tolvårsdag. Mylène hade blivit så imponerad av den lilla flickans utstrålning att hon hade erbjudit henne manikyr. Hortense hade sträckt fram sina händer mot henne som om hon beviljade henne en förmån. "Hon är en kunglig höghet, er dotter", hade hon sagt när han kom för att hämta henne. Sedan dess polerade hon barnets naglar när hon fick en stund över, och Hortense gick därifrån med fingrarna spretande och speglade sig i sina blanka naglar.

Han trivdes tillsammans med Mylène. Hon var en liten livlig blondin, riktigt läcker. Med en viss tillbakadragenhet och blyghet som fick honom att känna sig säker och väl till mods.

Han drog ner sina kostymer som alla var av finaste tyg och bästa snitt. Ja, han hade haft pengar, bra med pengar. Han hade älskat att spendera dem. "Och jag kommer att få pengar igen", sa han högt. "Vid fyrtio års ålder, gamle vän, är ditt liv inte slut! Inte alls slut!" Hans väska var snabbt packad. Men han låtsades leta efter sina manschettknappar, ljudligt, i hopp om att Joséphine skulle komma och be honom stanna.

Han gick genom hallen och stannade vid dörren till köket. Han väntade och hoppades fortfarande att hon skulle ta ett steg mot honom, göra en ansats till försoning. Hon stod åter vid diskbänken med ryggen vänd mot honom. När hon inte rörde sig, deklarerade han:

– Då så, så var det med det. Nu går jag.

– Så bra. Du kan behålla nycklarna. Du har säkert glömt några saker som du måste komma tillbaka och hämta. Säg till i förväg så håller jag mig borta. Det blir bäst så.

– Det har du rätt i, jag behåller dem. Vad ska du säga till flickorna?

– Jag vet inte. Jag har inte tänkt på det.

– Jag skulle föredra att vara här när du berättar för dem.

Hon stängde kranen, lutade sig mot diskbänken. Fortfarande med ryggen mot honom sa hon:

– Om du inte har något emot det, så säger jag sanningen till dem. Jag har inte lust att ljuga. Det är tillräckligt svårt som det är.

– Men vad tänker du säga till dem, frågade han ängsligt.

– Sanningen: pappa har inget arbete, pappa mår inte bra, pappa behöver hämta luft, pappa har gett sig av …

– Hämta luft? ekade han för att behålla sitt lugn.

– Just det! Vi kan säga så. Hämta luft.

– Det är bra, "hämta luft". Det är inte så definitivt. Det är bra.

Han hade gjort misstaget att luta sig mot dörrposten. Nostalgin kom över honom igen och naglade fast honom där, utan att han kunde ta sig därifrån.

– Gå nu, Antoine. Vi har inget mer att säga varandra. Jag ber dig, ge dig iväg!

Hon hade vänt sig mot honom och pekade med blicken på golvet. Han följde hennes blick och fick syn på resväskan på hjul, som stod vid hans fötter. Han hade helt glömt bort den. Då var det alltså på riktigt: han gav sig av!

– Ja, hej då … Om du vill ha tag i mig …

– Du får ringa mig … eller också lämnar jag ett meddelande i Mylènes salong. Jag förmodar att hon alltid vet var jag kan nå dig?

– Och när det gäller blommorna så måste de vattnas två gånger i veckan och ha gödning en gång …

– Blommorna? Vi låter dem vissna! Det är det minsta av mina bekymmer.

– Joséphine, snälla du. Ta inte så illa vid dig. Jag kan stanna om du vill?

Hon såg på honom med mord i blicken. Han ryckte på axlarna, tog sin väska och gick mot dörren.

Då började hon gråta. Hon grät och grät, som fastnaglad vid diskbänkskanten. Hennes rygg skakade av snyftningar. Först grät hon över det tomrum som denne man skulle lämna i hennes liv, sexton år av liv tillsammans, hennes förste man, hennes enda man, pappa till hennes två barn. Sedan grät hon när hon tänkte på de små flickorna. De skulle aldrig mer få ha den där känslan av trygghet, tryggheten i att ha en pappa och en mamma som vakade över dem. Till slut grät hon av skräck inför tanken på att vara ensam. Antoine skötte räkningarna, Antoine gjorde deklarationen, Antoine betalde in amorteringarna på lånen för lägenheten, Antoine valde bil, Antoine rensade avlopp. Hon förlitade sig alltid på honom. Själv skötte hon deras hem och tog ansvar för flickornas skolgång.

Hon väcktes ur sin förtvivlan av att telefonen ringde. Hon snörvlade, tog upp luren och svalde tårarna.

– Är det du, älskling?

Det var Iris, hennes storasyster. Hon pratade alltid med glad och medryckande röst, inte olikt dem som annonserar ut extraerbjudanden i mataffären. Iris Dupin, fyrtiofyra år, lång, mörk, smal med långt svart hår som hon brukade arrangera som en evig brudslöja. Iris som fått sitt namn efter färgen på de två stora, intensivt blåa sjöar som var hennes ögon. När de var små, stannade folk på gatan. "Nämen, Gud. Nämen, Gud", upprepade sig folk när de speglade sig i den mörka, djupa blicken omgiven av violett med ett uns guldstänk i. "Det är inte möjligt! Kom och titta, älskling! Jag har aldrig sett sådana ögon!" Iris lät sig betraktas, tills hon nöjd och mätt drog med sig sin syster i handen och viskade mellan tänderna: "Vilka dumhuvuden! Har de inte sett någonting! De får väl ut och resa lite!" Den där sista frasen gjorde Joséphine lycklig, hon lekte helikopter med vidöppna armar, snurrade runt sig själv och skrek av skratt.

Iris var den som lanserade alla nya modetrender, fick alla diplom, förförde alla män. Iris levde inte. Iris andades inte. Iris regerade.

Vid tjugo års ålder åkte hon till New York, till University of Columbia för att studera film. Hon tillbringade sex år där, gick ut som etta vid sin examen och hade vunnit möjligheten att spela in en trettio minuter lång film. Varje läsår fick de två bästa studenterna sig tilldelade varsin budget för att spela in en film. Iris hade varit en av dem. Den andra stipendiaten, en ung ungrare, en mörk, långhårig jätte, hade tagit tillfället i akt vid prisutdelningsceremonin att omfamna henne i kulisserna. Händelsen hade blivit en av familjens samlade favoritanekdoter. Iris namn stod nu skrivet med vita bokstäver på Hollywoods kullar. Och en dag, utan förvarning, utan att någon hade kunnat förutse denna kovändning, hade Iris gift sig. Hon som var knappt trettio år, just hemkommen från USA där hon hade tagit hem ett pris på festivalen Sundance, och som just skulle börja göra en långfilm som det pratades mycket väl om. En producent hade i princip godkänt det och ... Men Iris hade avstått, utan att ge någon förklaring. Hon förklarade sig aldrig. Hon åkte hem till Frankrike och gifte sig. I vit klänning, både borgerligt och i kyrkan.

På hennes bröllopsdag var hela salen i stadshuset full. Man blev tvungen att ta in fler stolar och ha överseende med att somliga bänkade sig i fönsternischerna. Det var som i en film. Alla höll andan och väntade sig att hon skulle slänga av sig klänningen och uppträda helt naken och skrika: ”Det här är bara ett skämt!” Men ingenting sådant hände.

Hon verkade helt tagen och förälskad. I en viss Philippe Dupin som spann i sin frack. ”Vem är han, vem är han?” frågade sig gästerna och studerade honom i smyg. Ingen kände honom. Iris berättade att de hade träffats på planet och att det hade varit ”*love at first sight*”. En stilig man, denne Philippe Dupin. Utan tvekan en av de snyggaste män som denna jord åstadkommit, att döma av de lystna blickar kvinnorna kastade efter honom. Han lindade sin frus enorma vänkrets runt sitt finger, med en nonchalant attityd som gränsade till roat förakt. ”Men vad gör han?” ”Håller han på med affärer ...?” ”Och varför så snabbt ...?” ”Tror du att ...?” Munnarna gick i brist på exakt information ... Brudgummens mamma betraktade församlingen med samma lätt högdragna min som sin son, och såg ut som att hon tyckte han hade trillat dit på en mesallians. Gästerna gav sig av, illa till mods. Iris roade inte någon längre. Iris gav inte längre upphov till drömmar.

Hon hade blivit fruktansvärt normal och det visade sig, i hennes fall, i form av mycket dålig smak. Vissa återsåg henne aldrig mer. Hon hade fallit och hennes krona rullade iväg på marken.

Iris deklarerade att hon högaktningsfullt struntade i det och beslöt sig att ägna sig helt åt sin man, med kropp och själ.

Philippe Dupin var en man blodstinn av säkerhet. Han hade startat sin egen advokatbyrå med inriktning på internationella affärer och därefter slagit sig ihop med flera av de stora namnen i Paris, Milano, New York och London. Han var en skicklig advokat som bara ville försvara de omöjliga fallen. Han hade lyckats och kunde inte förstå att alla inte gjorde som han. Hans devis var enkel: "När man vill, kan man." Han uttalade den medan han lutade sig tillbaka i sin stora svarta skinnfåtölj och sträckte ut armarna så att det knakade i fingrarna medan han tittade på sin samtalspartner som om han yttrat en grundläggande sanning.

Till slut hade han fått sådant inflytande över Iris, att också hon ur sin vokabulär suddade bort orden tvivel, ångest, tvekan. Iris hade nu även hon blivit entusiastisk och tvärsäker: ett barn skulle briljera i skolan, en kvinna skulle se efter hemmet och vara till heder för sin man. Iris förblev vacker, pigg och förförisk, växlade mellan massage och joggning, ansiktsbehandlingar och tennis. Hon var ledig, visst, men "det finns kvinnor som bara fyller upp ledigheten, och kvinnor som också gör den meningsfull, det är en konst", sa hon. Det var tydligt att hon hänförde sig själv till den sistnämnda kategorin och kände det djupaste förakt för dem som tillhörde den förstnämnda.

Jag måste bo på en annan planet, tänkte Joséphine när hon hörde sin syster avlossa hela salvor av negativt skvaller om deras mor.

Varannan tisdag bjöd Iris deras fru Moder, Madame Mère kallad, på middag. Den kvällen var alla skyldiga att ägna sig åt detta deras dagars upphov. Lycka och leenden var koden för dessa familjemiddagar. Det behöver knappt nämnas att Antoine bemödade sig om att undvika dem, och ofta också fann en godtagbar ursäkt för att utebli. Han tålde inte Philippe Dupin som trodde att han måste flika in små förklarande underrubriker när han pratade med honom: "COB, la Commission des Opérations de Bourse, Antoine." Han tålde inte Iris heller som, när de pratade med varandra, lyckades få honom att känna sig som ett tuggummi under sulan på hennes pumps. "Och när hon hälsar på mig", beklagade han sig, "känns det som om hon suger upp mig i sitt leende för att spotta ut mig i en annan storlek!" Iris satte inte Antoine särskilt högt, så långt hade han rätt. "Berätta för mig, hur går det nu för din man igen?" var hennes favoritfras, en fras som ofelbart fick Joséphine att svamla: "Ingenting nytt, ingenting än." – "Jaså, det har alltså inte ordnat sig", suckade Iris och tillade: "Man undrar för övrigt hur det skulle kunna ordna sig: sådana pretentioner och så lite att komma med!" Allt är ytligt hos min syster, intalade sig Joséphine och klämde fast luren mellan haka och axel. När Iris kände början till sympati eller en känsla för någon tog hon gärna till FASS och misstänkte en sjukdom.

– Mår du inte bra? Du låter så konstig på rösten, frågade Iris den här morgonen.

– Jag är förkyld.

– Ojdå, jag tänkte väl det … Imorgon kväll, middagen med mamma. Du har väl inte glömt?

– Är den imorgon?

Hon hade helt glömt bort det.

– Alltså, kära du, var har du huvudet?

Om du visste, tänkte Joséphine, och letade med blicken efter en Kleenex för att snyta sig.

– Kom tillbaka till vårt sekel, glöm dina medeltidstrubadurer! Du är alldeles för disträ. Kommer du med din man eller har han lyckats hitta på en undanflykt igen?

Joséphine log sorgset. Vi kan kalla det så, sa hon för sig själv, undanflykt, få lite luft, förångas, gå upp i rök. Antoine höll på att förvandlas till en flyktig gas.

– Han kommer inte …

– Okej, vi måste komma på en ny ursäkt till vår mor. Du vet att hon inte uppskattar hans frånvaro.

– Ärligt talat, Iris, om du bara visste hur lite jag bryr mig.

– Du är alldeles för snäll mot honom. Jag skulle ha slängt ut honom för länge sedan. Ja, ja. Du är ju sådan, man kan inte ändra på dig, stackars liten.

Så nu var det dags för medlidande. Joséphine suckade.

Ända sedan hon var liten var hon Jo, den lilla vita gåsen, den intellektuella, lite otacksamma, som trivdes med märkliga uppsatser, komplicerade ord, långa efterforskningar i biblioteket bland andra illa klädda finniga blåstrumpor. Hon som klarade sin examen men inte kunde dra ett snyggt streck med eyelinern. Hon som vrickade foten när hon gick ner för trappan eftersom hon var i färd med att läsa Montesquieus Klimatläran. Eller försökte koppla brödrosten till vattenkranen när hon lyssnade på France Culture, ett program som handlade om blommande körsbärsträd i Tokyo. Hon var den som hade ljuset tänt sent på natten, satt böjd över sina papper, medan hennes storasyster var ute och lyckades och skapade och förhäxade. Iris här, Iris där … hon skulle kunna göra en hel opera om det!

När Joséphine hade fått sin examen i klassisk litteratur, frågade hennes mor henne vad hon hade för planer. ”Vad kommer det att leda till, min stackars älskling? Att stå som skottavla i något gymnasium i en parisförort?” När hon sedan skrev på sin doktorsavhandling och fick artiklar införda i små specialiserade tidskrifter, mötte hon fortfarande bara frågor och skepsis från sin mor. ”Det ekonomiska uppsvinget och den sociala utvecklingen i Frankrike under 1000- och 1100-talet … lilla vän, vem tror du intresserar sig för det? Du borde hellre skriva en spännande biografi om Rickard Lejonhjärta eller Philippe Auguste, det intresserar folk. Man skulle kunna göra en film av det, en följetong! Få lite återbäring för alla dessa långa år av studier som jag har finansierat i mitt anletes svett." Hon riktigt växte, som en ilsken huggorm, vid tanken på sin telnings långsamma krypande. Hon ryckte på axlarna och suckade: "Hur har jag kunnat sätta en sådan flicka till världen?" Madame Mère hade alltid ställt sig den frågan, ända sedan Joséphine tog sina första steg. Moderns man, Lucien Plissonnier, hade tagit till vana att svara: " Det är storken som tagit fel på unge." Eftersom ingen någonsin skrattade åt hans skämtsamheter hade han så småningom slutat yttra sig för gott. Kvällen före nationaldagen lade han handen över bröstkorgen och hade precis hunnit säga: "Det är lite för tidigt för att smälla raketer", innan han slocknade. Joséphine och Iris var då tio och fjorton år gamla. Begravningen hade varit praktfull och deras fru Moder majestätisk. Hon hade styrt allt i detalj: de vita blommorna i stora buketter på kistan, en begravningsmarsch av Mozart, ett urval av texter lästa av de olika familjemedlemmarna. Henriette Plissonnier hade kopierat Jackie Kennedys svarta slöja och bett flickorna kyssa kistan innan den sänktes ner i jorden.

Joséphine frågade sig, å sin sida, hur hon hade kunnat tillbringa nio månader i magen på den kvinna som skulle föreställa hennes mor.

Dagen då hon hade antagits som forskare vid CNRS – tre antagna av etthundratjugotre kandidater – och hon hade kastat sig på telefonen för att berätta för sin mor och för Iris, hade hon varit tvungen att upprepa sig, att skrika sig hes eftersom varken den ena eller den andra förstod hennes hänförelse. CNRS? Men vad skulle hon där att göra?

Hon fick finna sig i det oundvikliga: hon intresserade dem inte. Hon hade anat det ett tag men den dagen fick hon det bekräftat. Bara hennes giftermål med Antoine hade piggat upp dem. Genom att gifta sig blev hon äntligen begriplig. Hon upphörde att vara det lilla fumliga geniet för att bli en kvinna som andra, med ett hjärta att fånga, en mage att befrukta, en lägenhet att möblera.

Mycket snabbt hade Madame Mère och Iris blivit besvikna,

Antoine hade aldrig kunnat leva upp till förväntningarna. Hans bena var alltför rak: ingen charm. Hans strumpor för korta – ingen klass. Hans lön otillräcklig och av tvivelaktigt ursprung – sälja gevär, det är ju skamligt! Och framför allt, framför allt, var han så skrämd av sin svärfamilj att han började svettas ymnigt i deras sällskap. Ingen lätt svettning som skulle ha bildat små ringar i armhålorna utan en riklig svett som blötte ner hans skjorta och tvingade honom att avlägsna sig för att torka av sig. Ett tydligt handikapp som inte kunde passera osett och som gjorde alla förlägna. Det hände honom bara tillsammans med hans svärfamilj. Han hade aldrig svettats hos Gunman & Co, aldrig. "Det måste vara för att du nästan alltid vistas ute", försökte Joséphine, när hon räckte honom extraskjortan som hon alltid tog med till familjeträffarna. "Du skulle aldrig kunna arbeta på ett kontor."

Joséphine kände ett plötsligt hugg av medlidande med Antoine, glömde att hon lovat sig själv att inte säga något, släppte på hämningarna … och berättade för Iris.

– Jag har just slängt ut honom! Åh, Iris hur ska det gå för oss?

– Har du slängt ut Antoine? För gott?

– Jag orkade inte längre. Han är snäll, det är inte lätt för honom, det är klart men … Jag stod inte ut med att se honom göra ingenting. Jag kanske har för lite tålamod, men …

– Är det allt, är du säker på det? Finns det inte en annan anledning som du döljer för mig …

Iris hade sänkt rösten. Hon hade nu sin biktfadersröst, den som hon använde när hon ville dra ur sin syster hemligheter. Joséphine kunde inte dölja något för Iris. Inkapabel att dölja en enda tanke för henne fick hon alltid ge sig. Värst av allt: hon berättade sina hemligheter för henne. Det kändes som om det var hennes enda sätt att dra till sig hennes uppmärksamhet, det enda sättet att bli älskad.

– Du vet inte hur det är att leva med en man som är arbetslös ... När jag jobbar, så händer det till och med att jag får dåligt samvete. Jag arbetar i hemlighet, under potatisskalen och bakom kastrullerna.

Hon tittade på köksbordet och tänkte att hon måste röja där innan flickorna kom hem från skolan för att äta lunch. Hon hade räknat på det och funnit att det blev billigare än att de åt i skolmatsalen.

– Jag trodde du hade vant dig efter ett helt år.

– Du är elak!

– Förlåt min älskling. Men du verkade finna dig i ditt öde så bra. Du försvarade honom alltid. Jaha, vad ska du göra nu då?

– Jag har ingen aning. Jag ska fortsätta jobba, så mycket är klart, men jag måste hitta något mer ... Lite extralektioner i franska, grammatik, stavning, vad vet jag.

– Det borde inte vara svårt, det finns så många lata skolungar idag. Din systerson till att börja med ... Alexandre kom hem igår med ett halvt poäng i diktamen. Ett halvt! Du skulle ha sett hans fars min. Jag trodde han skulle explodera.

Joséphine kunde inte låta bli att le. Den förträfflige Philippe Dupin, pappa till en latoxe!

– I hans skola drar lärarinnan av tre poäng per fel, och då går det snabbt.

Alexandre var Iris och Philippe Dupins ende son. Tio år, lika gammal som Zoé. Man fann alltid de två gömda under ett bord i färd med att diskutera något, med allvarlig och koncentrerad uppsyn, eller sysselsatta med att under tystnad bygga jättestora modeller långt ifrån familjesammankomsten. De kommunicerade genom små blinkningar och tecken, på ett helt eget språk, vilket retade Iris. Hon sa till sin son att hans näthinnor skulle trilla av eller, när hon var riktigt arg, att han kunde bli idiot av det. "Min son kommer att sluta som en idiot, full av tics, på grund av din dotter!" brukade hon säga, som en sierska, med ett anklagande finger höjt mot Joséphine.

– Vet flickorna om det?

– Inte än …

– Jaså. Och hur tänker du berätta för dem?

Joséphine blev stum, skrapade med nageln mot kanten av den laminatklädda bordsskivan, och fick ihop en liten svart kula som hon knäppte iväg ut i köket.

Iris tog åter till orda. Hon hade ändrat ton igen. Hon pratade nu med mjuk omfamnande röst, en röst som genast fick Joséphine att slappna av och vilja gråta igen.

– Jag finns här, min älskling, du vet att jag alltid finns här för dig och att jag aldrig skulle svika dig. Jag älskar dig som mig själv och det vill inte säga lite.

Joséphine fick fram ett kvävt skratt. Iris kunde verkligen vara rolig! Fram till dess att hon gifte sig hade de haft många gapskratt ihop. Men sedan hade hon blivit en dam, en ansvarsfull dam och mycket upptagen. Vad var hon och Philip för sorts par? Hon hade aldrig sett dem falla i varandras armar, utväxla ömma blickar eller en kyss. De tycktes alltid representera.

Just då ringde det på ytterdörren och Joséphine fick avbryta.

– Det måste vara flickorna. Jag måste lägga på och jag ber dig: inte ett ord i morgon kväll. Jag vill inte att det ska bli kvällens stora samtalsämne!

– Okej, vi ses imorgon. Och glöm inte: Krick och Krock fick krupp när de krubbade krispig krusbärskräm!

Joséphine knäppte av samtalet, torkade händerna, tog av sig förklädet, tog bort pennan urhåret och drog snabbt fingrarna igenom det för att buffa upp det. Sedan skyndade hon sig att öppna dörren. Hortense störtade först in i hallen utan att säga hej till sin mor eller ens se på henne.

– Är pappa hemma? Jag fick sjutton i skrivning! För Ruffonkärringen dessutom!

– Hortense, snälla du, så säger man inte. Det är din fransklärare.

– En kossa, det är vad hon är!

Tonåringen hade ingen brådska med att krama om sin mamma eller äta en bit bröd. Hon släppte varken sin skolväska eller sin kappa på golvet utan ställde ner den förra och tog av sig den andra graciöst och distingerat som en flicka på sin första bal som tar av sig sin långa cape i entrén.

– Får inte din mamma en puss? frågade Joséphine och anade till sin förargelse en lite bedjande ton i sin egen röst.

Hortense sträckte fram en sammetslen, mjuk kind mot sin mor, medan hon lyfte upp allt sitt rödbruna hår för att lufta sig.

– Det är så varmt! Tropiskt, skulle pappa säga.

– Ge mig en riktig puss, min älskling, bad Joséphine, och släppte all värdighet.

– Mamma, du vet att jag inte tycker om när du klistrar dig på mig sådär.

Hon nuddade vid sin mammas framsträckta kind och sa sen:

– Vad blir det till lunch?

Hon gick bort mot köket och lyfte på locket till en kastrull för att få ett litet smakprov. Vid fjorton års ålder hade hon redan en kvinnas hållning och utstrålning. Hon bar ganska enkla kläder men hade dragit upp sina skjortärmar, knäppt kragen, lagt till en brosch, spänt ett brett bälte kring midjan vilket omvandlat hennes skolflickskläder till en moderiktig utstyrsel. Det kopparfärgade håret framhävde hennes ljusa hy och hennes stora gröna ögon. Dessa ögon, som uttryckte en lätt förvåning, kombinerad med ett nästan omärkligt förakt som höll hela världen på avstånd. Om det fanns ett ord som verkade ha kommit till speciellt för Hortense, var det ordet "distans". Var har hon fått denna oberördhet från? frågade sig Joséphine varje gång hon iakttog sin dotter. Inte från mig i alla fall. Vid sidan om min dotter verkar jag snarast tafatt!

Hon påminner lite om taggtråd, tänkte hon efter att ha kramat om henne. I självförebråelsen över att ha formulerat en sådan tanke kramade hon om henne en gång till, vilket irriterade tonårsflickan Hortense och fick henne att slita sig loss.

– Pommes frites och stekt ägg …

Dottern rynkade på näsan.

– Inte särskilt nyttigt, mamma. Inget kött?

– Nej, jag ... Älskling, jag har inte kunnat gå till ...

– Jag förstår. Vi har inte tillräckligt med pengar, kött är dyrt!

– Det är bara det att ...

Joséphine hann inte avsluta meningen, eftersom en annan liten flicka störtade in i köket och kastade sig i famnen på sin mamma.

– Mamma! Älsklingsmamma! Jag träffade Max Barthillet i trappan och han ville att jag skulle komma in och se Peter Pan hos honom. Han har en DVD-spelare ... Hans pappa har tagit hem den till honom! Får jag gå dit ikväll efter skolan? Jag har inga läxor till imorgon. Säg ja, mamma, säg ja!

Zoé lyfte sitt ansikte, strålande av tillit och kärlek, mot sin mamma som inte kunde motstå henne och tryckte henne intill sig och sa: ”Visst, visst, min lilla älskling, min sötnos, min baby ...”

– Max Barthillet? väste Hortense. Låter du henne gå hem till honom? Han är lika gammal som jag och går i samma klass som Zoé! Han får gå om hela tiden, han kommer att sluta som slaktarlärling eller rörmokare.

– Det är inget fel med att vara slaktare eller rörmokare, protesterade Joséphine. Och om han nu inte är lagd för att studera ...

– Jag vill inte att han blir alltför familjär med oss. Jag är rädd för att det sprider sig. Han har verkligen dåligt rykte med sina alldeles för stora byxor, sina nitbälten och sitt alldeles för långa hår.

– Fegis! Fegis! skanderade Zoé. För det första så är det inte du som är inbjuden, det är jag! Visst får jag gå dit, mamma, visst? För jag, jag struntar i om han blir rörmokare! Jag tycker till och med att han är jättesöt, Max Barthillet! Vad ska vi äta idag? Jag dör av hunger.

– Pommes frites och stekt ägg.

– Mmmmm! Då kan jag väl få göra sönder äggulan, mamma?

Får jag kladda ut den med gaffeln och hälla en massa ketchup över?

Hortense ryckte på axlarna åt sin lillasysters entusiasm. Vid tio års ålder var Zoé fortfarande på många sätt lik en liten baby: runda kinder, knubbiga armar, fräknar på näsan, gropar som framhävde hennes kinder, rund överallt. Hon älskade att pussas energiskt och ljudligt efter att ha anfallit den lycklige utvalde och tacklat den som en rugbystolpe. Efter det brukade hon trycka sig emot en och spinna medan hon tvinnade en lock av sitt ljust kastanjebruna hår.

– Max Barthillet bjuder in dig för att han vill komma i kontakt med mig, deklarerade Hortense medan hon knaprade på en pommes frites med sina vita tänder.

– Åh, mallapa! Hortense tror alltid att alla bara bryr sig om henne. Han har bjudit in mig, mig och ingen annan! Så det så! Han tittade inte ens åt dig i trappan! Du räknas inte ens!

– Ibland kan naiviteten gränsa till dumhet, svarade Hortense, och mönstrade sin syster från topp till tå.

– Vad menas med det, mamma?

– Det menas att ni ska sluta prata och i stället äta i lugn och ro.

– Ska inte du äta? frågade Hortense.

– Jag är inte hungrig, svarade Joséphine och satte sig vid bordet med sina döttrar.

– Max Barthillet kan ju alltid drömma, sa Hortense. Men han har inte en chans. Jag vill ha en snygg och stark man, lika sexig som Marlon Brando.

– Vem är Marion Bardot, mamma?

– En mycket känd amerikansk skådespelare, älskling.

– Marlon Brando heter han. Han är så snygg, så otroligt snygg! Han spelade i Linje Lusta, pappa tog med mig på den filmen. Pappa säger att det är ett av filmens mästerverk!

– Hm? De är så goda, dina pommes frites, älsklingsmamma.

– Är inte pappa här, förresten? Har han gått på ett möte? förhörde sig Hortense och torkade sig om munnen.

Stunden som Joséphine fruktat var inne. Hon mötte sin äldsta dotters frågande blick, betraktade sen Zoé som satt med böjt huvud, helt uppslukad av att doppa sina pommes frites i äggule- och ketchupröran. Hon skulle bli tvungen att berätta för dem. Det tjänade ingenting till att skjuta på det till senare eller att ljuga. De skulle ändå få veta sanningen till slut.

Hon hade velat berätta det för dem en och en. Hortense var så fäst vid sin pappa, hon fann honom så "chic", tyckte att han hade sådan "klass". Han gjorde å sin sida vad som helst för att hans dotter skulle bli nöjd. Han hade aldrig velat att de skulle berätta för flickorna om att de hade ont om pengar, eller om hur osäker framtiden var för dem. Och det var inte Zoé som han ville skona på det sättet, utan sin äldsta dotter. Deras villkorslösa kärlek, det var allt han hade kvar av sin svunna storhet. Hortense brukade hjälpa honom att packa upp resväskorna när han kom tillbaka från en resa, hon smekte tyget i hans kostymer, berömde skjortornas kvalitet, slätade med handen ut slipsarna och hängde upp dem i en rad på stången i klädskåpet. Du är vacker, min egen pappa. Du är vacker! Han lät sig älskas, lät sig smickras, och tog i sin tur henne i sina armar och stack till henne en liten present bara dem emellan, som en hemlighet. Joséphine hade flera gånger kommit på dem när de konspirerade tillsammans. Hon kände sig utanför deras gemenskap. I deras familj fanns det två kaster: herrefolket, Antoine och Hortense, och så vasallerna, Zoé och hon själv.

Hon kunde inte dra ut på det längre. Hortenses blick hade blivit tung och kall. Hon väntade på ett svar på frågan hon just ställt.

– Han har gett sig av …

– Hur dags kommer han tillbaka?

– Han kommer inte tillbaka. I alla fall inte hit …

Zoé lyfte huvudet och i hennes ögon kunde Joséphine se att

hon försökte förstå det som hennes mor sagt men att hon inte lyckades.

– Har han gett sig av för alltid? frågade Zoé, med munnen rund av förfäran.

– Jag är rädd för det.

– Kommer han inte att vara min pappa mer?

– Visst, det är klart. Men han ska inte bo med oss längre.

Joséphine var rädd, mycket rädd. Hon hade kunnat peka ut exakt var rädslan satt, mäta längden och diametern på stången som krossat hennes solarplexus och hindrade henne från att andas. Hon hade velat gömma sig i sina döttrars famn. Hon hade velat att de skulle slänga sig i varandras armar och hitta på en magisk fras som den om Krick och Krock som fick krupp när de krubbade krispig krusbärskräm. Hon skulle ha velat så många saker, spola tillbaka tiden, åter andas lyckans luft, deras första baby, en graviditet till, deras andra baby, de första semestrarna med alla fyra, första grälet, första försoningen, första långa tystnaden som bet sig fast och inte längre släppte taget. Hon hade velat förstå när förtrollningen hade brustit, när den charmerande pojke som hon hade gift sig med hade blivit Tonio Cortès, en trött, lättirriterad och arbetslös äkta man; velat stanna tiden och vända tillbaka, tillbaka …

Zoé började gråta. Hennes ansikte drogs ihop, förvreds, blev karmosinrött, tårarna forsade. Joséphine böjde sig mot henne och tog henne i sin famn. Hon gömde sitt ansikte i den lilla flickans lockiga, mjuka hår. Hon fick absolut inte börja gråta själv. Hon måste vara stark och bestämd. Hon måste visa dem båda att hon inte var rädd och att hon skulle ta hand om dem. Hon började prata utan att darra på rösten. Samvetsgrant sa hon allt det som handböcker i psykologi råder föräldrar att säga vid en separation. Pappa älskar mamma, mamma älskar pappa, pappa och mamma älskar Hortense och Zoé men pappa och mamma kan inte längre leva tillsammans, alltså separerar mamma och pappa. Men pappa kommer alltid att älska Hortense och Zoé och han kommer alltid att finnas där för dem, alltid. Hon kände det som om hon pratade om människor hon inte kände.

– Jag tror inte han har åkt särskilt långt, deklarerade Hortense med en liten, spänd röst. Vilken grej! Han måste vara helt förvirrad och inte längre veta vad han ska göra.

Hon suckade, lade med en förargad min tillbaka pommes friten som hon just skulle sätta tänderna i. Medan hon tittade på sin mor tillade hon:

– Min stackars mamma, vad ska du göra?

Joséphine kände sig ömklig, men blev ändå lättad av ett tecken på medkänsla från sin äldsta dotter. Hon hade velat att Hortense fortsatte sin tirad och tröstade henne men hon fann sig snabbt; det var hon som skulle krama om henne. Hon sträckte fram en arm mot Hortense som tvärs över bordet klappade henne på handen.

– Min stackars mamma, min stackars mamma, suckade Hortense.

– Ni har väl inte grälat? frågade Zoé med ögonen fyllda av skräck.

– Nej, min älskling, vi har fattat det här beslutet som två vuxna och förnuftiga människor. Pappa är mycket ledsen för pappa älskar er mycket, mycket. Det är inte hans fel, vet du. En dag, när du blir äldre, kommer du att förstå att man inte alltid gör som man vill i livet. Ibland, får man finna sig i något, istället för att bestämma själv. Sedan en tid tillbaka har pappa fått underkasta sig många tråkiga saker och han föredrar att ge sig av, andas ut för att inte lägga över sina svårigheter på oss. När han har hittat ett arbete, kommer han att förklara för er vad som har hänt.

– Så han kommer tillbaka, mamma, han kommer tillbaka?

– Säg inte så mycket dumt, Zoé, avbröt Hortense. Pappa har gett sig av, punkt och slut. Och inte för att komma tillbaka, om du vill veta vad jag tror. Enligt mig, så förstår jag inte … Det handlar om en bitch och inget annat!

Hon hade uttalat ordet med en äcklad min och Joséphine förstod att hon visste. Hon kände till sin pappas förbindelse. Hon måste ha känt till den före henne. Hon ville prata med henne om det, men i Zoés närvaro tvekade hon.

– Enda problemet är att vi verkligen kommer att bli fattiga nu … Jag hoppas att han ger oss lite pengar. Det måste han väl?

– Alltså Hortense … Det har vi inte pratat om.

Hon avbröt sig, medveten om att Zoé inte borde höra fortsättningen.

– Du måste gå och snyta dig, min älskling, och badda ögonen med lite vatten, rådde hon Zoé.

Hon föste ner henne från sitt knä och skickade ut henne ur köket.

Zoé gick snyftande ut och släpade fötterna efter sig.

– Hur kan du veta om det? frågade Joséphine Hortense.

– Veta om vad?

– Veta om … den där kvinnan.

– Men mamma. Hela kvarteret vet. Jag skämdes över dig och undrade hur du gjorde för att ingenting se.

– Jag visste men blundade.

Det var inte sant. Hon hade fått veta det dagen innan av en granne på samma våning, Shirley, som hade kommit med samma argument som dottern. ”Men Joséphine, öppna ögonen, för tusan! Han bedrar dig och du säger inget! Vakna! Till och med bagerskan skrattar bakom din rygg när hon räcker dig din baguette.”

– Vem har berättat för dig?

Blicken som Hortense då gav henne fick henne att frysa till is. Det var en kall blick, full av föraktet från kvinnan som visste, gentemot kvinnan som inte visste, blicken från en välinformerad världsvan kvinna gentemot ett litet våp.

– Men stackars mamma, öppna ögonen. Ser du ingenting. Hur du klär dig? Hur du har håret? Du har släppt allt. Det är inte konstigt att han har gått till någon annan. Det är dags att du lämnar medeltiden för att leva i vår tid.

Samma röst, samma roade förakt, samma argument som sin fars. Joséphine slöt ögonen, satte händerna för öronen och började skrika.

– Hortense! Jag förbjuder dig att tala till mig i den tonen … Att vi fortfarande har vad vi behöver, det kan ni tacka mig och 1100-talet för! Oavsett om du gillar det eller inte. Och jag förbjuder dig att se på mig på det där sättet. Jag är din mor, glöm aldrig det, din mor! Och du ska … Du ska inte … Du ska respektera mig.

Hon stammade, hon var löjlig. En ny rädsla snörde ihop strupen på henne: hon skulle aldrig klara att uppfostra sina två flickor, hon hade inte tillräckligt med auktoritet, hon skulle bli fullständigt överkörd.

När hon öppnade ögonen igen såg hon Hortense betrakta henne med nyfikenhet, som om hon såg henne för första gången, och det hon tyckte sig kunna läsa i sin dotters förvånade blick var inte ägnat att trösta. Hon skämdes fruktansvärt över att ha förlorat kontrollen över sina känslor. Nu ska jag inte röra till allting, sa hon till sig själv, det är jag som ska tjäna som förebild, nu har de bara mig att hålla sig till.

– Jag är ledsen, min älskling.

– Det gör inget, det gör inget, mamma. Du är trött och helt slut. Gå och lägg dig och vila en stund så mår du bättre efteråt.

– Tack, älskling, tack. Jag ska gå och se efter vad Zoé gör.

När väl lunchen var över och flickorna gått tillbaka till skolan, gick Joséphine över och knackade på sin granne Shirleys dörr. Hon hade redan fått nog av att vara ensam.

Det var Gary, Shirleys son, som öppnade för henne. Han var ett år äldre än Hortense och gick i samma klass som hon, men hon brukade vägra gå hem från skolan tillsammans med honom med förevändningen att han var ovårdad. Hon föredrog att klara sig utan sina läxor, om hon varit sjuk eller borta, hellre än att stå i tacksamhetsskuld till honom.

– Är du inte i skolan? Hortense har redan gått.

– Vi har inte samma tillval, på måndagarna slutar jag halv tre. Vill du se min nya uppfinning? Titta!

Han visade upp två Tampax som han satte i rörelse utan att snörena trasslade ihop sig. Det var konstigt: för varje gång som en tampong närmade sig den andra, nära att trassla ihop de vita bomullssnörena, blev den orörlig, började pendla, sedan svänga runt först i små, sedan allt vidare cirklar utan att Gary behövde röra ett finger. Joséphine såg förvånat på honom.

– Jag har uppfunnit en evighetsmaskin utan någon miljöfarlig energikälla.

– Det där får mig att tänka på diabolospel, sa Joséphine för att ha något att säga. Är din mamma hemma?

– I köket. Hon håller på att plocka undan.

– Hjälper du inte till?

– Hon vill inte, hon tycker det är bättre att jag uppfinner saker.

– Lycka till, Gary!

– Du har inte ens frågat hur jag gör!

Han viftade med sina Tampax som två frågetecken och muttrade besviket:

– Du är inte särskilt cool.

I köket jobbade Shirley. Med ett stort förkläde knutet runt midjan samlade hon ihop tallrikar, skrapade bort rester och kastade dem i slaskhinken, allt medan hon lät vattnet rinna för fullt. På spisen, i stora gjutjärnsgrytor, puttrade något som att döma av de delikata dofterna var en kanin i senap och en grönsakssoppa. Shirley var en fanatiker när det gällde naturliga råvaror. Hon åt inga konserver, inget fryst och läste uppmärksamt allt i innehållsförteckningen på yoghurten. Hon lät Gary få i sig ett, säger ett, kemiskt livsmedel per vecka för att, som hon sa, göra honom immun mot de moderna livsmedlens faror. Hon tvättade sin tvätt för hand med Marseilletvål och lät den torka utbredd på stora handdukar. Hon tittade sällan på TV men lyssnade varje eftermiddag på BBC, den enda intelligenta radiokanalen enligt henne. Hon var en lång och bredaxlad kvinna med blont, kort och tjockt hår, stora ögon med guldstänk i och solbränd, babylen hy. Såg man henne bakifrån kunde man tro att hon var en man men framifrån var hon en elegant kvinna. Halvt man, halvt vamp, brukade hon skrattande säga, jag kan först slå ner folk i metron och sedan återuppliva mina angripare genom att vifta med ögonfransarna! Shirley hade svart bälte i jiujitsu.

Hon var ursprungligen från Skottland och brukade berätta hur hon kom till Frankrike för att gå på en hotell- och restaurangskola och sedan bara hade blivit kvar. Hon livnärde sig på att ge sånglektioner vid konservatoriet i Courbevoie, privatlektioner i engelska till högre tjänstemän på väg upp i karriären – och på att tillverka delikata tårtor som hon sålde för femton euro styck till en restaurang i Neuilly. De beställde ett tiotal av henne per vecka, ibland mer. Hos henne doftade det frästa grönsaker, jäsande deg, smältande choklad, kokande knäck, lök som stektes och gödhöna som bryntes. Hon levde ensam med sin son Gary, och pratade aldrig om barnets pappa. När man anspelade på pappan, lät hon undslippa sig några gurglande ljud som antydde den låga uppfattning hon hade om män i allmänhet och honom i synnerhet.

– Vet du vad din son leker med, Shirley?

– Nej.

– Med två Tampax!

– Jaså. Men han tar dem väl i alla fall inte i munnen?

– Nej.

– Jättebra! Han kommer i alla fall inte att rygga tillbaka första gången en flicka sticker en sådan under näsan på honom.

– Shirley!

– Joséphine, vad är det som gör dig chockerad? Han är femton år, han är ingen baby längre!

– Inget kommer att kännas romantiskt för honom om du berättar allt för honom, visar allt, förklarar allt.

– Romantik, my ass. Det är bara något som man har hittat på för att lura oss. Känner du till någon romantisk relation? Jag känner bara till lögn och bedrägeri, jag.

– Shirley, nu är du för hård!

– Och du Joséphine, du är farlig med dina illusioner. Hur är det med dig, förresten?

– Det känns som om livet går i hundra kilometer i timmen sedan i morse. Antoine har lämnat mig. Eller ... jag slängde ut honom. Jag har berättat det för min syster, jag har berättat det för flickorna! Gud! Shirley, jag tror jag har gjort en stor dumhet.

Hon strök med händerna över sina armar som om hon frös, trots värmen denna majdag. Shirley drog fram en stol till henne och beordrade henne att sätta sig ner.

– Du är inte den första övergivna kvinnan på tvåtusentalet! Vi är en hel hög! Och jag ska berätta en hemlighet för dig: man överlever och man gör det till och med riktigt bra. I början är det svårt, det är sant, men efter ett tag står man inte ut om man inte får vara ensam. Man slänger ut hanen så fort han har befruktat en, som honorna i djurens värld. Det är en ren njutning. Jag, till exempel ... ibland får jag lust att laga små middagar med levande ljus bara till mig själv och mig själv.

– Där är inte jag ännu.

– Det förstår jag väl. Berätta nu. Det var ju bara en fråga om tid innan detta skulle hända! Gary, det är snart dags att gå till skolan. Har du borstat tänderna? Alla visste om det, utom du. Det var skamligt.

– Det är precis vad Hortense sa till mig. Förstår du? Min fjortonåriga dotter visste det som jag var helt ovetande om! Jag känner mig som en idiot, en bedragen idiot. Men jag ska säga dig att nu struntar jag i det och jag undrar till och med om jag inte hade föredragit att inte få veta något.

– Blev du arg för att jag sa så?

Joséphine betraktade sin väninnas rena, behagliga ansikte med de pyttesmå fräknarna på den korta uppåtsträvande näsan, de lite sneda honungsbruna, grönmelerade ögonen och skakade sakta på huvudet.

– Jag skulle aldrig kunna bli arg på dig. Det finns inte det minsta ont i dig. Du måste vara världens snällaste person. Och förresten, den där flickan, Mylène, har inget med det här att göra! Och han, om han hade fortsatt att jobba, så hade han inte ens tittat åt henne. Det är … det som hände med hans jobb, det där att bli lämnad vid sidan av vägen vid fyrtio års ålder, det är inte mänskligt!

– Stopp nu, Jo. Du håller på att mjukna. Snart var det väl ditt fel också!

– I alla fall var det jag som slängde ut honom. Jag är arg på mig själv för det, Shirley. Jag borde ha haft mer förståelse, mer tolerans.

– Du blandar ihop allting, Jo. Om det nu hände idag så var det för att det skulle hända … att det var bättre att skiljas åt innan ni kommit därhän att ni inte tålde se varandra. Så, ryck upp dig … *Chin up*!

Joséphine nickade, oförmögen att få fram ett ord.

– Titta på denna fantastiska kvinna: hon nästan dör av skräck för att en man har lämnat henne! Så så, nu ska vi ha en kopp kaffe, en stor bit choklad och du ska se att allt känns bättre.

– Jag tror inte det, Shirley. Jag är så rädd! Vad ska det bli av oss? Jag har aldrig levt ensam. Aldrig! Jag kommer inte att klara det. Och flickorna? Jag blir tvungen att uppfostra dem utan deras pappa till hjälp. Jag har så lite respekt med mig.

Shirley stannade upp, närmade sig sin väninna och tog henne om axlarna för att tvinga till sig hennes blick.

– Jo, berätta för mig exakt vad är det som gör dig så rädd? När man är rädd, måste man alltid se sin rädsla i ögonen och ge den ett namn. Annars krossar den en och drar en med sig som en hemsk våg …

– Nej, inte nu! Låt mig vara … Jag har inte lust att tänka.

– Jo, gör det. Berätta exakt vad som gör dig så rädd.

– Sa du inte något om en kaffe och en chokladbit?

Shirley log och vände huvudet mot kaffekokaren.

– Okej. Men så lätt kommer du inte undan.

– Shirley, exakt hur lång är du?

– En och sjuttionio, men försök inte byta samtalsämne. Vill du ha arabica- eller mozambique-kaffe?

– Vad du vill, jag bryr mig inte.

Shirley tog fram ett paket kaffe, en kaffekvarn av trä, fyllde på kaffe, satte sig på en pall, klämde fast kvarnen mellan sina långa ben och började mala med en jämn rörelse utan att släppa sin väninna med blicken. Att mala bönorna för hand, hjälpte henne att mala sina tankar, brukade hon säga.

– Jag tycker du är så vacker när du sitter sådär, med förkläde på …

– Försök inte snacka bort dig med komplimanger.

– Och jag tycker att jag är så ful själv.

– Men det är väl i alla fall inte det som gör dig rädd?

– Vem har lärt dig att vara så rak, din mamma?

– Livet … man vinner tid på det. Men du slingrar dig fortfarande. Du undviker hela tiden ämnet.

Då lyfte Joséphine sina ögon mot Shirley, knäppte händerna mellan sina ben och började prata, snabbt och stammande, hela tiden upprepande samma sak.

– Jag är rädd, jag är rädd för allt. Jag är som ett klot av rädsla … Jag skulle vilja dö. Här och nu och aldrig behöva ta tag i någonting mer.

Shirley betraktade henne en lång stund och uppmuntrade henne med ögon som sa: såja, såja, fortsätt. Precisera!

– Jag är rädd för att inte lyckas, jag är rädd för att sluta under broarna, jag är rädd för att bli vräkt, jag är rädd för att aldrig mer få älska, jag är rädd för att förlora mitt jobb, jag är rädd för att aldrig mer kunna drömma, jag är rädd för att åldras, jag är rädd för att bli tjock, jag är rädd för att dö ensam, jag är rädd för att aldrig mer kunna skratta, jag är rädd för bröstcancer, jag är rädd för morgondagen …

Fortsätt, fortsätt, sa Shirleys blick medan hon fortsatte att mala kaffet, töm varbölden, berätta om din värsta skräck för mig ... den som paralyserar dig och hindrar dig från att växa, från att bli den magnifika Jo som är oslagbar vad det gäller medeltiden och katedralerna, adelsmännen och de mäktiga slotten, de livegna och krämarna, damerna och möerna, präster och prelater, häxor och galgbackar. Hon som berättar så bra om 1100-talet så att jag ibland skulle vilja återvända till den tiden ... Jag känner en saknad, ett sår, en skräck i dig som gör dig halt, som får dig att kröka ryggen. Jag iakttar dig sedan sju år tillbaka, de sju år som vi bott i samma trappa. Du kommer och dricker kaffe och får en pratstund när han inte är hemma ...

– Såja, mumlade Shirley, bara ut med det.

– Jag tycker jag är så ful, så ful. Jag vet att ingen man någonsin kommer att bli förälskad i mig. Jag är tjock, jag kan inte klä mig, jag kan inte göra håret snyggt ... Och jag kommer att bli äldre och äldre.

– Ja, men det, det gäller alla.

– Nej, för mig kommer det att gå dubbelt så fort. För du förstår, jag, jag anstränger mig inte längre, jag har släppt det. Jag vet det så väl ...

– Och vem är det som har planterat så svarta tankar i ditt huvud? Han, innan han gav sig av?

Joséphine skakade på huvudet och snyftade.

– Ingen behöver hjälpa mig med det. Det räcker med att se mig själv i spegeln.

– Och mer då? Vad är det som gör dig mest rädd av allt här i världen? Vad är det som känns omöjligt att stå ut med?

Joséphine lyfte en frågande blick mot Shirley.

– Vet du inte?

Joséphine skakade på huvudet. Shirley såg henne länge djupt i ögonen och suckade sen:

– Det är när du har identifierat just den rädslan, den där rädslan som ligger bakom alla de andra, det är då du inte längre behöver vara rädd och äntligen kan bli den du är.

– Shirley, du pratar som en spåkvinna …

– Eller som en häxa. På medeltiden hade man bränt mig på bål.

Det var sannerligen en märklig scen som utspelade sig mellan dessa två kvinnor i köket mitt ibland rykande kastruller med skakande lock. Den ena med ett stort förkläde kring livet och en kaffekvarn mellan sina långa ben. Den andra som kröp ihop alltmer medan hon pratade, och som till slut inte sade något alls utan bara lade sig över bordet och grät. Medan kvinnan med kaffekvarnen först såg ömsint på henne, och sedan sträckte ut en hand och smekte henne över håret som man gör för att trösta ett spädbarn.

– Vad ska du göra ikväll? frågade Bérengère Clavert Iris Dupin medan hon sköt bort en bit bröd långt från sin tallrik. För om du är ledig, skulle vi kunna gå tillsammans på Marcs vernissage.

– Jag ska ha familjemiddag hemma. Är det ikväll som Marc har vernissage? Jag trodde det var nästa vecka …

De satt på innerestaurangen där de brukade träffas varje vecka. Lika mycket för att träffas och prata med varandra som för att se skådespelet som pågick inför deras ögon i innekretsarna. Politiker som viskade information till varandra, en blivande stjärna som slängde med sitt vackra hår för att göra intryck på en regissör, en, två, tre trådsmala modeller som stötte höftkammarna mot bordet, en gammal stamgäst, ensam vid bordet som likt en krokodil i strandkanten lurpassade på maten som han skulle käka upp.

Bérengère hade nappat åt sig brödbiten igen och gröpte nu ur den med små otåliga nyp mellan tummen och pekfingret.

– Alla bara väntar på att få se mig där. Med sina blickar kommer de att ta pulsen på mig för att se hur kräket mår. De kommer inte att säga något, jag känner dem nog. Alltför väluppfostrade! Men i deras ögon kommer jag att kunna läsa i morsealfabet: Hur mår hon nu, lilla Clavert? Inte alltför nere av att ha blivit dumpad? Färdig att skära av sig pulsådern? Marc kommer att paradera med sin nya tjej vid armen … Och jag, jag kommer att bli sjuk. Av förödmjukelse. Av ilska, av kärlek, av svartsjuka.

– Jag visste inte att du var kapabel till så mycket känslor.

Bérengère ryckte på axlarna. Brytningen med Marc hade, oavsett vad hon sade, varit tillräckligt smärtsam även utan de ytterligare taggar i hjärtat som en offentlig förödmjukelse skulle kunna innebära.

– Jag känner dem, vet du. De kommer att ligga på lur! Och jag kommer att göra mig löjlig …

– Det är bara att se avspänd ut så lämnar de dig ifred. Du är så duktig på att se elak ut, min kära. Det blir ingen ansträngning för dig!

– Hur kan du säga så?

– Därför att du inte kan få mig att blanda ihop sårad stolthet med äkta kärlek. Du är arg men inte sårad …

Bérengère mosade brödinkråmet med sitt högra pekfinger, plattade till det med ett rejält slag och rullade det slutligen tills det blev en lång orm som mörknade medan den vred sig på den vita duken. Sedan lyfte hon bryskt på huvudet och kastade en misshandlad kvinnas blick på sin väninna som hade böjt sig ner för att ta upp telefonen som ringde i hennes väska.

Bérengère tvekade mellan att utgjuta sina tårar över sitt öde eller att ge tillbaka. Iris lade tillbaka telefonen som hade slutat ringa och kastade en ironisk blick på henne. Bérengère valde att ge tillbaka. På väg till den här lunchen hade hon lovat sig själv att inte säga något, att bespara sin väninna det ihållande ryktet som gick i Paris. Men Iris hade just sårat henne med en sådan nonchalans, med ett sådant förakt att hon inte gett henne något val: nu måste Bérengère själv slå till. Revansch! Revansch! skrek hela hennes varelse. När allt kommer omkring, sade hon sig för att slutligen övertyga sig själv, är det bättre att hon får höra det från mig, hela Paris pratar om det och hon vet ingenting.

Det var inte första gången som Iris sårat henne. Det hände faktiskt allt oftare. Bérengère stod inte längre ut med Iris tankspridda grymhet när hon slängde ur sig sina sanningar som man kastar ur sig matematiska formler till en efterbliven. Hon hade mist sin älskare, visst, var uttråkad av sin man, det var ett faktum, hon var begränsad av sina fyra barn, det var beklagligt. Hon älskade skvaller och sladder, javisst, men hon vägrade att låta sig trakasseras utan att ge igen. Hon bestämde sig dock för att ta sin tid innan hon sköt iväg den första pilen, så hon satte armbågarna på bordet, lade hakan i handen och påpekade med ett stort leende:

– Det var inte särskilt snällt sagt.

– Kanske inte snällt, sa Iris, men absolut sant, eller hur? Vill du att jag ska låtsas, att jag ska ljuga för dig? Att jag ska beklaga dig, dessutom?

Hon pratade med en utled och trött röst. Bérengère anföll honungslent.

– Alla kan ju inte ha en så snygg, intelligent och rik man som du! Om Jacques var som Philippe skulle jag inte ha den minsta lust att göra några snedsprång. Jag skulle vara trogen, vacker, snäll och lugn!

– Snällhet skapar inte åtrå, det borde du veta. De två begreppen är helt främmande för varandra. Man kan vara snäll mot sin man och het med sin älskare …

– Det vill säga … Har du en älskare?

Iris överraskande påstående hade tvingat fram denna råa och raka fråga ur Bérengère. Iris såg förvånat rakt på henne. Hon blev så chockad att hon drog sig bakåt i stolen och svarade utan att tänka:

– Varför skulle jag inte ha det?

På bråkdelen av en sekund hade Bérengère rätat på sig och riktade nu sina ögon, smalnande av nyfikenhetens glöd, mot Iris. Hennes läppar drogs tillbaka, beredda att smaka på detta gudomliga skvaller. Iris såg på henne och lade märke till att hennes högra mungipa drog sig högre upp än den vänstra. Så obönhörligt dömer en kvinna en annan kvinnas utseende, även om det rör sig om en väninna. Inget undgår henne och hon bevakar varje tecken på begynnande förfall hos den andra. Iris hade alltid sagt sig att just den blicken var den mest solida beståndsdelen i den kvinnliga vänskapen: Hur gammal är hon? Yngre eller äldre? Hur mycket? Alla dessa snabba överslag, förstulna och ömsesidiga förtroenden som bollades mellan två munnar, två avsikter, för att lugna sig själv eller tvärtom göra någon ledsen, allt detta skapade ett hemligt samförstånd och tyst solidaritet mellan två kvinnor.

– Har du gjort läppförstoring?

– Nej. Men berätta. Berätta nu.

Bérengère kunde inte vänta längre, hon bönföll och nästan hoppade av otålighet och hela hennes uppenbarelse sa: ”Jag är din bästa vän och du är skyldig att låta mig vara den första att ta del av denna godbit.” Denna otålighet framkallade en viss avsmak hos Iris som försökte skingra den genom att tänka på något annat. Hennes blick föll på utsidan av väninnans ena amorbåge som var svullen.

– Och varför putar den ut där då?

Hon satte fingret vid Bérengères vänstra mungipa och petade lätt på den svaga svullnaden. Bérengère skakade förargat på huvudet för att komma undan.

– Jag lovar dig, det ser konstigt ut där på vänstra sidan, din läpp går uppåt. Eller också är det din nyfikenhet som förvränger munnen … Är du så uttråkad så du måste gripa tag i minsta skvaller för att ha något att roa dig med?

– Sluta vara så elak!

– Oroa dig inte, jag skulle aldrig nå upp ens till anklarna på dig Bérengère, när det gäller elakhet.

Bérengère lutade sig bakåt i sin stol och fixerade uppmärksamt entrédörren. Det var otroligt mycket folk på restaurangen men inte ett enda ansikte som hon kände igen. Att kunna sätta namn på ett hårsvall eller en profil brukade lugna henne men just idag fanns där inte ett enda bekant namn att lägga i hennes nyfikenhetssoppa. Är det jag eller det här stället som har tappat greppet, frågade hon sig själv medan hon kramade armstöden på stolen vars ryggstöd mörbultade hennes stackars rygg.

– Jag skulle verkligen förstå om du behövde lite sällskap ... Du har varit gift så länge ... Passionen får ju inte näring av den dagliga tandborstningen i badrummet, armbåge mot armbåge ...

– Där kan jag ta dig ur en villfarelse. Vi har fortfarande ganska ofta sex med armbågarna.

Bérengère ryckte på axlarna.

– Omöjligt. Inte efter så många års äktenskap.

Och, tänkte hon, inte efter det jag nyligen fått veta!

Hon tvekade ett ögonblick och lade sedan till med en dov och hes röst som förbryllade Iris:

– Vet du vad det viskas om din man i hela Paris?

– Sånt tror jag inte alls på.

– Inte jag heller. Det är ju inte klokt!

Bérengère skakade på huvudet som om hon inte kunde smälta det. Hon ville dra ut lite till på sin väninnas väntan, tog allting långsamt för att än en gång få njuta av sötman i det gift som hon var på väg att injicera. Mitt emot henne satt Iris oberörd. De långa fingrarna med sina rödlackerade naglar lekte med ett veck på den vita duken men det var det enda tecknet på något som kunde likna otålighet. Bérengère skulle ha velat att Iris kastade sig över henne med frågor, men försökte påminna sig om att det inte alls var hennes väninnas stil. Iris största styrka var att hon befann sig i en sorts oberördhet som gränsade till fullkomlig likgiltighet, som om ingenting någonsin kunde beröra henne.

– Det sägs ... Vill du veta det?

– Om det roar dig så.

Det fanns i Bérengères ögon en glimt av återhållen glädje, på väg att brista ut. Det måste vara allvarligt, tänkte Iris, hon skulle inte befinna sig i ett sådant sinnestillstånd för ett grundlöst rykte. Och tänk att hon säger sig vara min vän. I vilken säng tänker hon kasta Philippe? Philippe är en man som kvinnorna sneglar på: snygg, framgångsrik, nerlusad med pengar. De tre viktigaste egenskaperna hos en man enligt Bérengère … Och dödstråkig, tillade Iris inom sig medan hon lekte med sin kniv – men det måste man leva med honom för att förstå. Hon var trots allt den enda som delade denne eftertraktade mans urtråkiga vardag. En märklig vänskap det här, hann hon också tänka, en vänskap som består i att inte skona den person man tycker om. Utan hellre hitta den mest ömma punkten för att kunna stöta in kniven.

De kände varandra sedan lång tid tillbaka. Relationen som vuxit fram var en grym intimitet mellan två kvinnor som tävlade med varandra utan att kunna vara utan varandra. En vänskap som ömsom var grälsjuk, ömsom innerlig, där var och en vägde och mätte den andra. Alltid färdig att hugga, eller att plåstra om såret, beroende på humör och graden av fara. För, brukade Iris säga sig, om något allvarligt skulle hända mig så skulle Bérengère stå vid min sida. De var rivaler så länge de hade klor att klösa med och tänder att hugga med, men enade om en av dem skulle vackla.

– Vill du veta?

– Jag väntar mig det värsta, sa Iris, med road ironi.

– Åh, du vet, det är säkert bara skvaller …

– Skynda dig för snart har jag glömt bort vem vi pratar om och då är det inte alls lika roligt.

Ju längre Bérengère dröjde med att komma till saken, desto mer illa till mods kände sig Iris, för den här inledande svadan betydde utan tvivel att informationen var värd sin vikt i guld. Annars skulle Bérengère ha serverat den utan att tveka och brustit ut i skratt inför det absurda i de falska nyheterna. Men nu tog hon tid på sig.

– Det sägs att Philippe har ett seriöst och mycket speciellt förhållande. Agnès berättade det för mig i morse.

– Den apan! Träffar du fortfarande henne?

– Hon ringer mig då och då.

De ringde varandra varje morgon.

– Men du vet ju att hon säger precis vad som helst.

– Om det är någon som är välinformerad så är det hon.

– Och skulle jag då kunna få veta med vem det är som Philippe hånglar runt med?

– Det är där skon klämmer.

– Och det börjar bli allvarligt?

Bérengères ansikte skrynklade ihop sig som ansiktet på en äcklad pekinges.

– Så allvarligt så att …

– Och det är därför som du är så snäll och berättar det för mig?

– Du skulle ändå få veta det. Enligt min åsikt är det bäst att du är förberedd innan du får höra det från någon annan.

Iris lade armarna i kors över bröstet och väntade.

– Var snäll och ge mig notan tack, sa hon till kyparen, som passerade intill deras bord.

Hon skulle bjuda Bérengère, högdraget och ädelt. Hon älskade 1700-talspoeten André Chénier för hans isiga elegans när han på väg mot schavotten sades ha vänt blad i den bok han just höll på att läsa.

Hon betalade och väntade sedan.

Bérengère vred sig av obehag. Hon skulle ha velat ta tillbaka sina ord. Hon var arg på sig själv för att hon hade tillåtit sig att prata på. Hennes nöje hade varit kortvarigt men skadan, det kunde hon förutse, skulle ta lång tid att reparera. Driften var starkare än hon själv: hon bara måste spotta ur sig sitt gift. Att göra folk illa fick henne att må bra. Ibland lovade hon sig att låta bli, att sluta prata illa om folk, och hon försökte verkligen hålla sig. Hon kunde ta tid exakt på hur länge hon kunde stå emot. Som en dykare som håller andan. Hon klarade det inte särskilt länge.

– Oh, Iris, jag är så ledsen … Jag borde inte ha … Jag känner mig så arg på mig själv.

– Du tycker inte att det där kommer i senaste laget? svarade Iris iskallt och tittade på sin klocka. Jag är ledsen, men om du fortsätter att dra ut på det här så hinner jag inte vänta tills jag får höra det.

– Ok, alltså: Det sägs att han träffar en … en …

Bérengère fixerade henne förtvivlat med blicken.

– En … en …

– Bérengère, sluta stamma. En vad?

– En ung manlig advokat som arbetar tillsammans med honom, kastade Bérengère hastigt fram.

Ett ögonblicks tystnad uppstod, därefter mönstrade Iris Bérengère från topp till tå.

– Det var originellt, sa hon och bemödade sig om att låta neutral. Det väntade jag mig inte … Tack så mycket, tack vare dig kommer jag att känna mig lite mindre dum.

Hon reste sig upp, grep tag i sin väska, drog på sig sina tunna rosa handskar, stack in varje finger omsorgsfullt som om varje rörelse markerade ett led i hennes tankes rytm. Plötsligt kom hon ihåg vem som hade gett henne handskarna, drog dem av sig igen och lade dem på bordet framför Bérengère.

Hon gick ut.

Hon hade varken glömt orienteringsbokstaven på parkeringsplatsen eller numret på parkeringsfickan och hon satte sig i sin bil. Där satt hon stilla ett ögonblick. Rak i ryggen i enlighet med sin uppfostran, rak av stolthet. Och orörlig, tillintetgjord av en smärta som hon ännu inte förnam men som hon kände var i antågande. Hon led inte, hon kände sig bara förvirrad. Splittrad i tusen bitar, som om en bomb hade exploderat i henne. Hon förblev sittande i tio minuter utan att röra sig. Utan att tänka. Utan att känna. Frågade sig själv vad hon faktiskt borde tänka om det hon hade hört, vad hon verkligen kände. Efter tio minuter kände hon förvånat sin näsa darra, läpparna skälva och två stora tårar droppa ner från de stora, blå ögonen. Hon torkade dem, snyftade och slog på tändningen.

Marcel Grobz sträckte ut armen över sängen för att dra till sig sin älskarinna, som hade dragit sig ifrån honom med en kraftfull kroppsrörelse och nu demonstrativt vänt honom ryggen.

– Sluta, Choupette, raring, var inte sur på mig. Du vet ju att jag inte står ut med det.

– Jag pratar med dig om en jätteviktig sak och du lyssnar inte på mig.

– Jodå, jodå. Kom nu. Jag lovar att jag lyssnar.

Josiane Lambert slappnade av och tryckte sig i sin malvafärgade spetsnegligé mot sin älskares majestätiska kropp. Hans stora mage svämmade ut över hans höfter, rött hår prydde hans bröst och en rödblond hårkrans hans skalliga hjässa. Han var ingen ungdom, Marcel, men hans odygdiga skarpa blå ögon föryngrade honom väsentligt. "Dina ögon är tjugo år gamla", brukade hon mumla i hans öron när de hade älskat.

– Maka på dig, du tar all plats. Du har blivit tjockare, du är stor överallt! sa hon och nöp honom i sidan.

– För många affärsmiddagar nuförtiden. Det är tuffa tider. Man måste övertyga, och för att övertyga måste man döva den andres misstro, få honom att käka och dricka och … käka och dricka.

– Ok, jag ska hämta något att dricka till dig och så ska du lyssna på mig.

– Stanna här, Choupette! Såja … Jag lyssnar. Sätt igång!

– Jo, såhär …

Hon hade vikt ner lakanet just under sina stora vita bröst fulla av tunna lila ådror, och Marcel hade svårt att slita blicken från de båda bröstvårtorna som han en liten stund tidigare så lystet hade sugit på.

– Du måste anställa Chaval, ge honom ansvar och betydelse.

– Bruno Chaval?

– Ja.

– Och varför det? Är du kär i honom?

Josiane Lambert brast ut i ett av de där djupa och hesa skratten som gjorde honom galen, och hennes haka försvann i de tre lagren av fett som låg runt hennes hals och som nu började skälva som gelé.

– Mmm, vad jag älskar din hals, tjöt Marcel Grobz och borrade in näsan i en av de slappa ringarna under sin älskarinnas kinder. Du vet vad en vampyr säger till kvinnan som han just bitit i halsen?

– Det är ingen idé, svarade Josiane, som framför allt ville fortsätta sitt resonemang och som inte tyckte om att han avbröt henne.

– Tack så mycket.

– Tack så mycket för vad?

– Tack så mycket för din vackra hals! *Merci beau cou!*

– Ja, ja. Det är bra, det är bra. Är du klar med alla ordlekar och virriga historier? Kan jag få prata?

Marcel Grobz tog på sig en ångerfull min.

– Jag ska inte göra så mer, Choupette.

– Jo, jag sa det att …

Och när hennes älskare än en gång dök ner i ett veck på hennes vällustiga kropp:

– Marcel, om du fortsätter så strejkar jag. Jag förbjuder dig att röra mig på fyrtio dagar och fyrtio nätter! Och den här gången lovar jag dig att jag kommer att hålla det.

För att bryta kärleksstrejken förra gången hade han blivit tvungen att ge henne ett halsband av trettien odlade söderhavspärlor med en låskula beströdd med diamanter och infattad i platina. ”Med ett äkthetsintyg”, hade Josiane krävt. ”Bara på det villkoret lägger jag ner vapnen och låter dig lägga dina stora labbar på mig!”

Marcel Grobz var galen i Josiane Lamberts kropp.

Marcel Grobz var galen i Josiane Lamberts hjärna.

Marcel Grobz var galen i Josiane Lamberts sunda bondförnuft.

Därför gick han med på att lyssna på henne.

– Du måste anställa Chaval, annars kommer han att gå till konkurrenterna.

– Det finns knappast några konkurrenter längre, jag har slukat dem alla.

– Var inte så säker på det, Marcel! Du har dödat dem, javisst, men de kan återuppstå en vacker dag och ta död på dig i sin tur. I synnerhet om Chaval ger dem ett handtag. Alltså, allvarligt talat, lyssna på mig!

Hon hade nu satt sig upp, med det rosa täcket svept runt brösten. Hon rynkade pannan med allvarlig min, en min lika målmedveten i affärer som i njutningen. Detta var en kvinna som aldrig fuskade.

– Det är mycket enkelt: Chaval är en utmärkt revisor och samtidigt en utmärkt säljare. Jag skulle hata att en dag se dig som konkurrent till en man som i sig förenar dessa två förmågor: säljarens skicklighet och revisorns finansiella noggrannhet. Den förstnämnde tjänar pengar på kunderna och den senare får pengarna att förränta sig. Men de flesta människor innehar bara en av dessa förmågor.

Marcel Grobz hade i sin tur rest sig upp på en armbåge och lyssnade uppmärksamt på sin älskarinna.

– Säljaren kan sälja, men behärskar sällan de ekonomiska finesserna som betalningssätt, förfallotider, leveranskostnader, möjliga rabatter. Du skulle själv ha haft bekymmer om inte jag hade funnits.

– Du vet mycket väl att jag inte kan leva utan dig, Choupette.

– Det påstår du bara. Jag vill gärna se lite fler handfasta bevis på det.

– Det är för att jag är en mycket dålig revisor.

Josianes leende visade att hon inte alls lät sig duperas av denna undanflykt och hon fortsatte sitt resonemang.

– Och ändå är det just dessa exakta fakta, dessa finansiella aspekter som gör hela skillnaden: en marginal på tresiffriga eller tvåsiffriga tal – eller inga siffror alls!

Också Marcel Grobz satt nu upp, med överkroppen bar och huvudet lutat mot sänggavelns mässingsstänger. Han fullföljde själv sin älskarinnas resonemang.

– Det vill säga, Choupette, att innan Chaval själv inser allt det där, innan han vänder sig mot mig och hotar mig …

– Låt oss befordra honom!

– Och var ska vi sätta honom?

– I företagets ledning. Under tiden som han får affärerna att blomstra utvecklar vi andra sidor … Som det nu är hinner du inte vara framsynt. Du agerar inte längre, du reagerar. Men din verkliga talang är att känna tidsandan, att känna vart vindarna blåser och förutse vad folk kommer att vilja ha. Vi anställer Chaval och låter honom trötta ut sig på nuets besvärligheter medan vi glider fram på morgondagens vågor! Inte illa va?

Marcel Grobz spetsade öronen. Det var första gången hon sa ”vi” när hon pratade om företaget. Och hon hade gjort det flera gånger i rad. Han lutade sig tillbaka och iakttog henne. Hon pratade på, röd i ansiktet, med koncentrerad min och med ögonbrynen rynkade i ett djupt V av blonda strån. Han konstaterade att denna kvinna, denna idealiska älskarinna som inte ryggade inför någon sexuell fantasi och som hade alla talanger för det, sedan några minuter tillbaka hade betydligt mer omfattande ambitioner. Vilken omväxling från min fru som suger av mig med ett sugrör, tänkte han, och det varje gång en ny påve blir vald! Det hjälper inte att jag tar henne i nackskinnet, hon gör det inte! Josiane, hon gör det gärna … Genom att ta rejäla tag med låren, med tungan, med brösten, kunde hon skicka honom till himlens salighet, få honom att skrika på mamma, få honom att gå från knull till knull. Hon slickade honom, smekte honom, tryckte honom mot sina kraftiga lår och när den sista spasmen bedarrat över hans läppar samlade hon försiktigt ihop honom i sina armar, lugnade ner honom, piggade upp honom med en välfunnen analys av företaget innan hon på nytt skickade honom upp till lycksalighetens höjder. Vilken kvinna! sa han till sig själv. Vilken älskarinna! Generös. Lysten. Mjuk i sängen och tuff i arbetet. Vit, mjölkvit, så vällustig att man måste fråga sig varifrån hon fått sin underbara kropp.

Josiane arbetade hos honom sedan femton år tillbaka. Hon

hade landat i hans säng en kort tid efter att hon anställts som sekreterare. Från att ha varit en butter och lite sorgsen kvinna när hon kom in i företaget hade hon börjat blomstra under hans befäl. Det enda betyg hon hade var ett uselt från skolan där man hade lärt henne maskinskrivning och stavning samt ett språk utan krusiduller. Hon hade visat upp ett kaotiskt CV av vilket det framgick att hon inte stannat länge på någon anställning. Marcel hade bestämt sig för att ge henne sitt förtroende. Det fanns något hos denna lilla kvinna som stod framför honom, något slugt, tjurskalligt som tilltalade honom utan att han visste varför. Det var ett vågspel. Lika gärna som en allierad skulle hon kunna visa sig vara en fruktansvärd motståndare. Det var krona eller klave, hade Marcel sagt sig. Han var en spelare – så han satsade. Hon kom från samma bakgrund som han själv. Livet hade format henne med hjälp av örfilar, knölar som hade tryckt sig mot henne, tafsat på henne, gett sig på henne utan att hon fått någon möjlighet att försvara sig. Marcel hade snabbt förstått när han såg henne att hon inte begärde mer än att ta sig ur denna gyttja. ”Min lön får en att gråta, ni måste se till att den får mig att le”, hade hon deklarerat nio månader senare. Han hade lytt och hade på så sätt skaffat sig en listig och slug tjänarinna, rik både till kropp och själ. Efter hand hade hon konkurrerat ut alla hans andra älskarinnor som annars hade tröstat honom i hans trista äktenskap. Han ångrade det inte. Han hade aldrig tråkigt tillsammans med Josiane. Det han ångrade var att han hade gift sig med Henriette, den stela tandpetaren. Hon som aldrig ville ge av sig själv men alltid slösa med hans pengar. Aldrig ge, vare sig av sin kropp eller sitt hjärta. Hur kunde jag vara så dum och gifta mig med henne, tänkte han. Jag trodde jag skulle få åka hiss, socialt … Men Henriette hade aldrig kommit längre än till första våningen.

– Marcel, lyssnar du på mig?

– Visst, Choupette.

– Nu är det slut med specialister! Företagen svämmar över av dem. Vi behöver generalister igen, genialiska generalister. Och Chaval är en genialisk generalist!

Marcel Grobz log.

– Jag är själv en genialisk generalist om jag får påpeka.

– Det är därför jag älskar dig, Marcel!

Medan Josiane presenterade denne anställdes liv och karriär, en anställd som han själv knappt lagt märke till, tänkte Marcel Grobz tillbaka på sitt eget liv. Judiska föräldrar, polska emigranter som kommit till Paris och slagit sig ner i kvarteren kring Bastiljen, pappan skräddare, mamman tvätterska. Åtta barn i två rum och kök. Få kramar, många örfilar. Få sötsaker, mycket torrt bröd. Marcel hade uppfostrat sig själv.

Han hade skrivit in sig på en dubiös kemiutbildning för att få en examen och fått sitt första arbete på ett företag som tillverkade och sålde stearinljus. Det var där han hade lärt sig allt. Ägaren, som var barnlös, hade fattat tycke för honom. Han hade lånat honom pengar för att han skulle kunna köpa upp ett företag på obestånd ... Och sedan ett företag till ... De diskuterade igenom det på kvällarna när butiken hade stängt. Ägaren gav honom råd och uppmuntrade honom.

Det var på så sätt Marcel hade blivit likvidator av företag. Han tyckte inte om det ordet särskilt mycket men han kände en tillfredsställelse i att köpa upp företag med dåliga affärer och återuppbygga dem med sin skicklighet och arbetskapacitet. Han brukade berätta hur han på den tiden kunde somna ifrån ett levande ljus, men vakna igen innan det var nerbrunnet. Han talade också gärna om alla de idéer han hade fått när han var ute och gick. Han hade vandrat längs Paris gator och studerat handlarna bakom deras diskar, skyltfönstren, alla varor som översvämmade trottoarerna. Han hade lyssnat när folk pratade, muttrade och klagade och därmed lärt sig förstå deras drömmar, deras behov och deras önskemål. Långt före alla andra hade han känt av trenden att vilja krypa ihop hemma hos sig själv, rädslan för yttervärlden, för det främmande: ”Världen blir alltför hård, folk vill kura ihop sig hemma hos sig själva i sitt hus kring småsaker som ett stearinljus, en prydnadsduk, ett litet fat eller ett tallriksunderlägg." Han bestämde sig för att koncentrera alla sina ansträngningar på varor för hemmet. Casamia. Det blev namnet på kedjan som nu hade butiker både i Paris och på landsbygden. Först en, sedan två, tre, fem, sex, nio affärer hade blivit Casamiabutiker och sålde doftljus, bordsdekorationer, lampor, soffor, ramar, inomhusdofter, markiser och gardiner, tillbehör för badrum och kök. Allt till låga priser. Tillverkat i utlandet. Han hade varit en av de första att sätta upp fabriker i Polen, Ungern, Kina, Vietnam och Indien.

Men så en dag, en förbannad dag, hade en viktig leverantör sagt till honom: "Era varor är väldigt bra, Marcel, men inredningen i era butiker saknar klass! Ni borde anställa en stylist som skulle kunna skapa enhetlighet bland era produkter, det där lilla extra som skulle tillföra ert företag ett värde. Han hade tuggat detta om och om igen och fått infallet att anställa … Henriette Plissonnier, en torr men elegant änka som bättre än någon annan visste hur man skulle drapera ett tyg eller skapa en vacker uppsättning av två halmstrån, en bit satin och en bit keramik.

Vilken klass! sa han till sig själv när han såg henne vid anställningsintervjun som följde efter att han hade annonserat i tidningen. Hon hade just förlorat sin man och var ensam med sina två flickor. Hon hade ingen erfarenhet. "Bara en utmärkt uppfostran och en medfödd känsla för elegans, form och färg", hade hon berättat för honom medan hon svepte över honom med blicken. "Vill ni att jag ska bevisa det för er? " Och innan han hunnit svara hade hon placerat om två vaser, rullat ut en matta, dragit ifrån en gardin, bytt ut tre prydnadssaker på hans skrivbord som plötsligt såg ut som taget ur ett inredningsmagasin. Sedan hade hon satt sig igen och lett förnöjt. Han hade anställt henne, först som stylist och sedan befordrat henne till dekoratör. Hon gjorde hans skyltfönster, tog hand om att framhäva månadens erbjudande – champagneglas, grytvantar, förkläden, lampor, lampskärmar, ljuslyktor. Hon deltog vid inköpen, lanserade säsongens tema, den blå säsongen, ockrasäsongen, den gyllene säsongen ... Han hade förälskat sig i denna kvinna som representerade en värld som var oåtkomlig för honom.

Vid första kyssen tyckte han sig nudda en stjärna.

Vid deras första natt tillsammans fotograferade han henne med sin Polaroidkamera när hon sov och stoppade in bilden i sin plånbok. Hon fick aldrig veta det. Deras första weekend tillsammans tog han med henne till Hotel Normandie i Deauville. Hon ville inte gå utanför rummet. Detta tolkade han som sedesamhet, de var ännu inte gifta, senare förstod han att hon skämts för att visa sig med honom.

Han hade friat till henne. Hon hade svarat: ”Jag måste fundera, jag är ju inte ensam, jag har två små flickor som ni vet.” Hon envisades med att nia honom. Hon hade låtit honom vänta i sex månader utan att någonsin anspela på hans frieri vilket gjorde honom galen. En dag utan att han förstod varför hade hon sagt: ”Kommer ni ihåg förslaget som ni gav mig? Om det fortfarande gäller så är svaret ja.”

Under trettio års äktenskap hade han aldrig tagit henne med till sina föräldrar. Hon hade träffat dem en enda gång på restaurang. Vid utgången, medan hon tog på sig sina handskar och med blicken letande efter bilen med chaufför som han hade ställt till hennes förfogande, sa hon helt enkelt: ”Hädanefter kan ni träffa dem så mycket ni vill, men utan mig. Jag tror inte det är nödvändigt att jag utvecklar den relationen.”

Det var hon som hade döpt honom till Chef. Hon tyckte att Marcel var för alldagligt. Numera kallade alla honom Chef. Utom Josiane.

Det var Chef hit och Chef dit. Chef som skrev på checkar. Chef som man placerade vid bordsändan under fina middagar. Chef som man avbröt när han pratade. Chef som sov avsides i en liten säng i ett litet rum i ett hörn av den enorma lägenheten.

Ändå hade han blivit förvarnad. René, hans lagerarbetare och vän, som han brukade ta sig ett glas med efter jobbet, hade sagt till honom: ”Du misstar dig med den där kvinnan! Hon är nog inte lätt att tillfredsställa!” Marcel hade tvingats medge att René hade rätt. ”Det är knappt hon låter mig sätta på henne. Och jag kan inte beskriva hur svårt det är att få henne att böja sig över den gamle pålen! Man måste hålla henne hårt och ta ett rejält tag om hennes nacke. Med den kvinnan blir det till att sova i eget rum. Pålen får vara slak för det mesta, och att hon skulle suga av mig är det inte tal om. Hon låtsas att hon är fin. ”Men skippa henne då”, hade René sagt. Ändå hade Marcel tvekat: Henriette gav honom status i samhället. ”Jag behöver bara ta med henne på en middag så ser de andra gästerna med andra ögon på mig ... Och jag svär på att flera kontrakt skulle ha förblivit oskrivna utan henne!” René hade haft svar på det också: ”Jag hade hyrt ett proffs om jag var du! En stylad hora, det finns. Det är bara att hitta en som gör gott för dig både vid bordet och i sängen. För samma pris som du betalar din fru!”

Marcel Grobz hade slagit sig på låren och skrattat.

Men han hade fortsatt att vara gift med Henriette. Till slut hade han utnämnt henne till ordförande i bolagsstyrelsen. Därtill tvungen, annars surade hon. Och när Henriette surade var hon inte bara odräglig utan vedervärdig. Han hade alltså gett efter. De hade gift sig med äktenskapsförord och han hade skrivit en donation i hennes namn. När han dog skulle hon ärva alla hans tillgångar. Hon hade satt klorna i honom ordentligt. Ju sämre hon behandlade honom desto mer fäst vid henne blev han. Det hände att han sa sig att han hade fått för mycket stryk när han var liten och att han då hade fått smak för det; kärlek var inte en vara gjord för honom. Det fungerade bra för honom som förklaring.

Och så kom Josiane. Kärleken gjorde entré i hans liv. Men idag, när han var sextiofyra år fyllda, var det för sent att börja om. Om han skilde sig skulle Henriette kunna utkräva hälften av hans förmögenhet.

– Och det kommer inte på fråga, protesterade han nu med hög röst mot Josianes förslag att anställa Chaval.

– Men varför, Marcel? Vi kan erbjuda honom ett bra kontrakt utan att ge honom del i vinsten, eller bara lite så att han känner sig delaktig och inte får lust att ge sig av.

– Mycket lite då.

– Då gör vi så.

– Jävlar, vilken värme! Ballarna klibbar ju fast. Kan du kila iväg och hämta ett glas apelsinsaft med isbitar?

Hon klev ur sängen i frasande, skrynkliga spetsar och med lår som gneds mot varandra. Hon hade blivit ännu tjockare. Marcel kunde inte låta bli att le. Han älskade mulliga kvinnor.

Han tog ut en cigarr ur etuiet som låg på nattygsbordet och började snitta den, rulla den, snusa på den och sen tända den. Han strök med handen över sin skalliga hjässa. Gjorde en slug grimas. Han måste se upp med den där Chaval. Inte ge honom för mycket makt eller inflytande i företaget. Han måste också se upp så att hans lilla älskling inte gick och blev betuttad i honom … Javisst! Vid trettioåtta års ålder måste hon känna för lite ungt kött. Och för en plats i ljuset. Istället för att vara gömd, illegitim på grund av Tandpetaren, det var ju inget liv för hans stackars Josiane!

– Jag kan inte stanna ikväll, Choupette. Middag hos Tandpetarens dotter!

– Den vassa eller den runda?

– Den vassa. Men den runda kommer att vara där, med sina två flickor. Och den ena, hon är klipsk hon. Bara hennes sätt att titta på mig. Jag ska säga dig att hon ser rakt igenom mig, den flickan. Jag tycker bra om henne, hon har verkligen klass, hon också.

– Du tråkar ut mig med din klass, Marcel. Om inte du var där för att pröjsa så skulle de få slita hund, de där honorna. De skulle få göra som alla andra, städa eller hora.

Marcel föredrog att inte gå i närkamp med Josiane utan klappade henne i baken.

– Det gör inget, fortsatte hon, jag har lönebesked att avsluta och sen bjuder jag in Paulette att se en film. Du har rätt, det är verkligen varmt, man står knappt ut.

Hon räckte honom ett glas iskall apelsinsaft som han drack i ett enda drag. Sedan kliade han sig på magen och rapade ljudligt och brast ut i skratt.

– Åh, tänk om Henriette såg mig nu! Hon skulle tappa hakan.

– Tala inte om den där kvinnan med mig om du vill att jag ska fortsätta vara din lilla pulla.

– Såja, min lilla sötnos, bli inte arg. Du vet mycket väl att jag inte rör henne längre.

– Skulle bara fattas det. Att jag hittade dig i sängen med den kärringen.

Hon fann inte ord längre och höll på att storkna av förtrytelse.

– Den slynan, den jävla satmaran!

Hon visste att han älskade att höra henne förolämpa Tandpetaren. Det hetsade upp honom när hon sköt okvädningsord ur sig som en kulspruta. Han vred sig lustfyllt i sängen medan hon fortsatte med sin djupa hesa röst: ”Den där mallgrodan med sitt torra arsle, den där vaxgula hertiginnan, vad gör hon på toaletten? För hon har ju inget hål mellan benen, den torrfittan. För hon har väl aldrig fått smaka på det stora spjutet som känns ända upp i tänderna så att plomberna hoppar ut?”

Det där sista hade han inte hört förut! Det gick som en stöt genom honom som kastade hans utsträckta ben framåt medan hals och nacke sträcktes upp emot sänggaveln. Han tog tag i de runda mässingsstängerna med sina stora, håriga händer, sträckte på benen, sträckte på magen och kände sitt kön hårdna så att det nästan gjorde ont, alltmedan hon fortsatte kasta ur sig allt fulare och snuskigare otidigheter. Till slut stod han inte ut längre och fångade in henne, tryckte henne mot sig och svor att han skulle käka upp henne om och om igen.

Josiane slängde sig i sängen och suckade av välbehag. Hon älskade honom, han var hennes stora, snälla hund. Hon hade aldrig träffat en man som var så generös och så kraftfull. Vid hans ålder! Flera gånger om dagen kunde han gå i säng med henne. Inte alls den typen som tillfredställer sig själv medan partnern får ligga och räkna flugprickarna i taket. Ibland var hon tvungen att dämpa honom. Hon var rädd att han skulle kola av där i hennes armar med sin enorma aptit på kärlek.

– Vad skulle det bli av mig om inte du fanns, min Marcel?

– Du skulle hitta en annan lika tjock, lika ful och lika dum man som kunde pyssla om dig. Hela du är ett rop på kärlek, min lilla turturduva. De skulle komma i horder för att få mumsa på dig.

– Prata inte så. Jag blir galen. Jag skulle bli så olycklig om du försvann.

– Nejdå, nejdå. Såja, kom och hälsa på den gamle, hm, stöten ... Han har tråkigt!

– Är det säkert att du har lämnat något till mig om du nu skulle ...

– Om jag skulle kola? Är det så du menar, min turturduva? Så klart! Jag kan till och med försäkra dig om att du kommer att stå i första ledet i företaget. Jag vill att du gör dig riktigt vacker den dagen. Att du tar på dig dina vita pärlor och diamanter. Att du hedrar mig hos bouppteckningsmannen. Så att allihop spricker av ilska. De ska inte säga: "Är det till den där sopan han lämnar alla dessa stålar." Tvärtom, de ska buga sig. Åh, jag skulle så gärna vilja vara där och se Tandpetarens nylle! Ni kommer inte att bli vänner ...

Uppmuntrad av allt detta böjde sig Josiane spinnande ner över sin älskares vitbehårade kön som hon med glupande aptit stoppade i munnen. Hon hade ingen som helst utbildning men hon hade redan som ung lärt sig vad som lugnade ner män och gjorde dem lyckliga.

Iris Dupin kom innanför dörren och kastade bil- och lägenhetsnycklarna i den för ändamålet avsedda lilla skålen på det runda kjolförsedda pelarbordet i hallen. Sedan tog hon av sig jackan, sparkade av sig skorna och slängde väskan på den stora kelimmattan, inköpt hos Drouot en kall och dyster vintereftermiddag tillsammans med Bérengère. Hon bad Carmen, sin trogna hushållerska, att servera henne en rejäl whisky med två eller tre isbitar och lite Perrier, varefter hon tog sin tillflykt till det lilla rum som hon använde som arbetsrum. Ingen fick gå in där, utom Carmen en gång i veckan för att städa.

– En whisky? frågade Carmen med uppspärrade ögon. En whisky mitt på eftermiddagen? Är ni sjuk? Har himlen fallit ner över er?

– Det gör detsamma, Carmen, men jag vill absolut, absolut inte ha några frågor! Jag måste få vara ensam och fundera och komma fram till ett beslut …

Carmen ryckte på axlarna och mumlade: ”Så nu sätter hon igång att dricka helt ensam, en så väluppfostrad kvinna!”

Väl inne i sitt arbetsrum, kurade Iris ihop sig i soffan. Hon såg sig sökande omkring i sitt krypin, som om hon letade efter argument för endera en snabb reträtt eller en förströdd förlåtelse. För, sa hon till sig själv och sträckte ut benen på den röda sammetssoffan draperad med en kashmirschal, det hela är enkelt: antingen konfronterar jag Philippe och förklarar att hela situationen är outhärdlig, ger mig av och tar min son med mig, eller också väntar jag och står ut, sväljer förtreten och ber för att denna smutsiga affär inte blir alltför omfattande. Om jag ger mig av, ger jag de giftiga tungorna rätt, utsätter Alexandre för en skandal, skadar Philippes affärer, alltså mina … Dessutom kommer jag att bli föremål för elakt och illvilligt medlidande. Om jag stannar … Om jag stannar så drar jag ut på ett missförhållande som råder sedan länge. Jag drar också ut på en bekvämlighet som jag latar mig i sedan länge.

Hennes blick vandrade runt det raffinerat eleganta lilla rummet med dess ljusa panelbeklädda väggar, dit hon älskade att ta sin tillflykt. Det lilla trebenta Leleu-bordet med klar glasskiva, papegojvasen av Colotte med sin äggformade kropp och vit utmejslad kristalldekor, en skimrande Lalique-pjäs i gjuten kristall kringgärdad av förgyllda rep, de två lamporna av vridet opalglas. Varje föremål fyllde henne med glädje och det fanns inget hon älskade så mycket som att stänga in sig i sitt arbetsrum och betrakta dessa ting medan hon omärkligt förflyttade sig i rummet. Jag har lärt mig av Philippe att uppskatta denna skönhet, tänkte hon, och jag kan inte längre klara mig utan den. Hennes blick föll på ett foto av dem själva, Philippe och hon på deras bröllopsdag, hon helt i vitt och han i grå frack. De log in i kameran. Han hade med en kärleksfull, beskyddande gest lagt sin arm runt hennes axlar, och hon hängav sig åt det som om ingenting någonsin kunde hända henne mer. Man urskiljde hennes svärmors hatt i fotots övre, vänstra hörn: ett brett, rosa brätte med fuchsia- och malvafärgade florrosetter.

– Skrattar ni för er själv nu också? frågade Carmen som kom in i arbetsrummet bärande på en bricka med ett whiskyglas, en liten flaska Perrier och en ishink.

– Kära Carmen … Tro mig, det är bäst om jag skrattar.

– Är det så allvarligt att ni också skulle kunna gråta?

– Om jag vore normal, ja, Carmen.

– Men ni är inte normal …

Iris suckade.

– Låt mig vara, Carmencita …

– Ska jag duka till ikväll? Jag har lagat gazpacho, sallad och baskisk kyckling. Det är så varmt. De kommer inte att vara så hungriga … Jag har inte tänkt ut någon efterrätt, frukt kanske?

Iris bekräftade allt och viftade med handen för att Carmen skulle lämna henne ensam.

Hennes blick vilade på tavlan som Philippe hade givit henne vid Alexandres födelse: *Les Amoureux* av Jules Breton. Hon hade blivit helt betagen i denna oljemålning som bjudits ut vid en auktion till förmån för menlösa barn, Philippe hade gått längre än alla andra i budgivningen och sedan givit tavlan till Iris. Den föreställde två älskande ute på fälten. Kvinnan hade lagt armarna runt halsen på mannen som liggande på knä drog henne till sig. Gabor … Gabors styrka, Gabors svarta, tjocka hår, Gabors bländande vita tänder, Gabors rygg … Hon hade inte velat låta den tavlan gå sig ur händerna för allt i världen. Hon hade vridit sig på sin stol och känt Philippes hand ta tag om hennes nacke. Han hade tryckt lite lätt som för att säga: Lugna dig, min älskling, den tavlan ska du få.

De gick ofta på auktioner. De köpte tavlor, smycken, böcker, handskrifter och möbler. De kände samhörighet i den febriga ivern att snoka upp och känna igen fynd och att lägga bud på dem. De hade köpt stillebenet av Bran Van Velde i Drouot tio år tidigare. *Le Bouquet de fleurs* av Slewinskin Barcelon som de kommit över efter utställningen på Fondation Maeght, de två terrakottavaserna av samme konstnär, som hon hade åkt och hämtat i hans atelјé på Mallorca. Och det långa handskrivna brevet av Cocteau där han berättar om sitt förhållande med Nathalie Paley … Den senares uttalande kom nu plötsligt upp i Iris minne. ”Han önskade sig en son men i sängen med mig var det som man kan förvänta sig av en homosexuell som dessutom är hög på opium.” Om hon lämnade Philippe skulle hon få försaka all denna skönhet. Om hon lämnade Philippe så skulle hon få börja om helt på nytt.

Ensam.

Detta lilla ord fick henne att rysa. Hon avskydde ensamma kvinnor. De var så många! Alltid på språng, alltid kämpande, bleka i ansiktet med ett lystet ansiktsuttryck. Folks liv idag är skrämmande, sa hon till sig själv, medan hon fuktade läpparna i sin whisky. Det ligger en outhärdlig ångest i luften. Och hur skulle det kunna vara på något annat sätt? Man tar struptag på dem, tvingar dem att arbeta från morgon till kväll, man överanstränger dem, påtvingar dem behov som inte passar dem, gör dem förvirrade och fördärvar dem. Man förbjuder dem att drömma, att ta det lugnt, att slösa på tid. De får slita ut sig på arbete. Folk lever inte längre, de arbetar ihjäl sig. Långsamt.

Tack vare Philippe, tack vare Philippes pengar, åtnjöt hon ett ojämförligt privilegium. Hon behövde inte slita. Hon tog sin tid. Hon läste, gick på bio, på teater, inte så mycket som hon hade kunnat, men hon höll sig ajour. Sedan en tid tillbaka, i största hemlighet, skrev hon. En sida varje dag. Ingen visste om det. Hon stängde in sig i sitt arbetsrum och klottrade ner ord runt vilka hon klottrade vingar, flugben och stjärnor när inspirationen vägrade infinna sig. Det gick trögt för henne. Hon skrev av La Fontaines *Fabler*, läste om La Bruyères *Les Caractères* eller *Madame Bovary* för att lära sig hitta de exakta orden. Det hade blivit en lek, ibland ljuvlig ibland plågsam, att hitta en känsla och klä den i rätt ord som en sorts överrock. Hon slet där i sitt arbetsrum mellan de fyra väggarna. Och även om hon slängde mängder av de pappersark hon fyllt måste hon erkänna att detta minutiösa arbete skänkte en viss känsla av intensitet till hennes liv. Hon hade inte längre lust att slösa det på meningslösa luncher eller shoppingeftermiddagar.

Förr hade hon skrivit scenarios som hon ville filma. Hon hade slutat med allt det där när hon gifte sig med Philippe.

Om hon hade lust skulle hon kunna börja ägna sig åt skrivandet på allvar igen … Om hon orkade, vill säga … för man behövde ork för att hålla sig instängd i timmar och älta orden om och om igen, att rita små ludna tassar på dem eller vingar för att de skulle sätta igång att gå eller flyga.

Philippe. Philippe, upprepade hon medan hon sträckte ut ett långt solbränt ben och lät isbitarna i Perrier-whiskyn klirra, varför lämna honom?

För att delta i den där imbecilla tävlingen? För att likna stackars Bérengère som gäspar efter att ha älskat? Kommer inte på fråga! Det blir bara gråt och tandagnisslan. Var är männen? skriker kvinnohopen. Det finns inga män längre. Man kan inte längre bli förälskad.

Iris kunde deras klagosång utantill.

Antingen är de snygga, manliga och otrogna … och man får gråta!

Eller också är de svaga, självgoda och impotenta … och man får gråta för det!

Eller idioter, efterhängsna, debila … och då får man *dem* att gråta!

Till sist gråter man för att man är lämnad ensam med sin gråt.

Men hela tiden letar de efter honom och väntar på honom, mannen. Idag är det kvinnorna som jagar männen, kvinnorna som högljutt kräver en man, kvinnorna som är brunstiga. Inte männen! De anlitar byråer, eller surfar på Internet, det är den senaste trenden. Jag tror inte på Internet, jag tror på livet och människor med hull och hår. Jag tror på den lust som livet självt har med sig och om lusten sinar …, då beror det på att du inte längre är den värdig.

Förr hade hon älskat livet. Innan hon gifte sig med Philippe Dupin hade hon älskat livet till vanvett.

Och i detta liv från förr hade åtrån funnits, detta ”tillvarons underliggande mysterium”. Som hon älskade dessa ord av Alfred de Musset! Åtrån som ger varje yta på huden lyster och lust efter en annans hud, denna andra om vilken man ingenting vet. Man är intim innan man ens känner varandra. Man kan inte längre vara utan den andres blick, hans leende, hans hand, hans läppar. Man tappar huvudet, man blir förryckt. Man skulle kunna följa honom till världens ände, och förnuftet säger: Men vad vet du om honom? Ingenting, ingenting. Igår var hans namn helt okänt för mig. Vilket bra spratt biologin spelar människan som tror att hon är så stark. Vilken lång näsa att räcka från hjärta till hjärna! Åtrån sipprar in i neutronerna och trasslar till det bland dem. Man är fjättrad, berövad friheten. I sängen i alla fall, denna sista utpost för det primitiva livet.

Det finns ingen sexuell jämlikhet. Man kan inte vara jämlik eftersom man återgår till det vilda stadiet. Honan i djurhud under mannen i djurhud. Vad var det Joséphine sa häromdagen? Hon pratade om äktenskapets motto på 1100-talet och det fick mig att skälva. Jag lyssnade på henne utan att lyssna, som vanligt, och plötsligt var det som hon slängde en yxa mellan mina ben.

Gabor, Gabor …

Hans jättelika kroppshydda, hans långa ben, hans sträva och råa engelska. *Iris, please listen to me … Iris, I love you, and it's not for fun, it's for real, for real, Iris …*

Hans sätt att säga Iris. Det lät som Irish …

Hans sätt att rulla på *r* gav henne lust att rulla under honom.

”Med och under honom.” Det var äktenskapets motto på 1100-talet.

Med och under Gabor …

Gabor var förvånad när hon stod emot honom, när hon ville behålla sina förmåner som frigjord kvinna, han brukade brista ut i sitt ”mannen-från-skogarna-skratt”: Vill du ta bort styrkan? Dominansen? Kapitulationen? Men det är ju det som tänder gnistan mellan oss. Stackars dåre, se vad det blivit av dessa amerikanska feminister: ensamma kvinnor. Ensamma! Och det är det, Iris, som är kvinnans olycka …

Hon undrade vad det hade blivit av denne man. Ibland somnade hon och drömde att han kom och ringde på dörren och att hon kastade sig i hans armar. Hon släppte allt: kashmirschalarna, gravyrerna, teckningarna, tavlorna. Hon gav sig av tillsammans med honom, ut på vägarna.

Men då kom två små siffror och förstörde hela hennes dröm. Två illröda krabbor vilkas klor med tunga reglar stängde hennes fantasis halvöppna dörr: 44. Hon var 44 år …

Hennes dröm gick i bitar. För sent, hånskrattade krabborna medan de viftade med sina klor. För sent, sa hon till sig själv. Hon var gift, och hon skulle förbli gift! Det var precis vad hon hade för avsikt att förbli.

Men hon måste ändå hålla en bakdörr öppen. Ifall hennes

make skulle bli betuttad och rymma tillsammans med den unge mannen i svart kappa. Hon måste tänka över detta.

Framförallt var det viktigt att inte förhasta sig.

Hon fuktade läpparna i glaset som Carmen hade tagit in till henne. Från och med ikväll måste hon börja låtsas.

Joséphine konstaterade lättad att hon inte skulle behöva ta bussen (två byten) för att åka och äta middag hos sin syster: Antoine hade lämnat kvar bilen. Det kändes konstigt för henne att sätta sig bakom ratten. Man var tvungen att knappa in en kod för att komma ut ur garaget. Eftersom hon aldrig använde den fick hon stoppa ner handen i väskan på jakt efter kalendern där hon hade skrivit upp den.

– 2513, sufflerade Hortense, som satt bredvid henne.

– Tack, min älskling …

Dagen innan hade Antoine ringt hem. Han hade pratat med flickorna, först med Zoé och sedan med Hortense. Efter sitt samtal med honom hade Zoé kommit in i sovrummet där hennes mor låg och läste, och krupit ihop hos henne med tummen i munnen och Nestor, sitt gosedjur, inklämt under hakan. De hade legat tysta båda två en lång stund. Så hade Zoé suckat: ”Det finns så många saker som jag inte förstår, mamma, livet är ännu svårare än skolan.” Joséphine fick lust att säga till henne att hon inte heller längre förstod något av livet. Men hon behärskade sig. ”Mamma, berätta historien om Min Drottning”, hade Zoé bett och tryckt sig tätt intill henne. ”Du vet hon som aldrig frös, aldrig var hungrig, aldrig rädd, hon som försvarade sitt kungarike mot horder av soldater och som blev mamma till prinsar och prinsessor. Och berätta hur hon gifte sig med två kungar och regerade över två länder samtidigt.” Zoé älskade historien om Eleonora av Akvitanien över allt annat. ”Ska jag börja från början?” hade Joséphine frågat. ”Berätta om när hon var gift första gången”, sa Zoé med tummen i munnen. ”Berätta om den dagen när hon gifte sig med Ludvig den VII, Frankrikes gode kung, och bara var femton år gammal. Börja med att berätta om badet med timjan och rosmarin, du vet, som hennes tjänarinna hällde upp med stora hinkar med brännhett vatten i ett träbadkar. Berätta om vetedegen som hon la över ansiktet för att bli vacker och dölja sina små finnar … Och de färska örterna som de la runt badkaret för att inte parketten skulle bli blöt. Berätta, mamma, berätta!"

Joséphine hade börjat och ordens magi hade lagt sig över rummet som en julsaga: "Den dagen var hela Bordeaux i feststämning. I stadens utkant, instängd i lägret av tält i brokiga färger med riksbaneret i toppen, väntade Ludvig den VII, tronarvinge av Frankrike, tillsammans med sina stormän, på att hans fästmö Eleonora skulle bli färdig med sina förberedelser i slottet Ombière." Här gick hon över till detaljerna om Eleonoras bad, till örterna, salvorna, parfymerna som hovdamerna och sällskapsdamerna räckte henne för att hon skulle bli den vackraste kvinnan i Akvitanien. När hon hade givit tillräckligt många detaljer för att tillfredställa Zoés fantasi kände Joséphine hur dottern blev tyngre mot hennes arm och hon fortsatte ytterligare några minuter. "Vi är i juli månad år 1137 och solen färgar slottets borgmurar. Bröllopsfestligheterna kommer att fortgå i flera dagar och nätter i enlighet med den tidens sed. Ludvig, som satt bredvid den strålande unga flickan i scharlakansröd klänning med långa slitsade hermelinkantade ärmar, gav intryck av att vara en väldigt bräcklig, ung och förälskad kung. Han satt mitt ibland eldslukare, trumslagare, björntämjare och jonglörer, pager som serverade vin och fyllde på faten med det grillade köttet som kom nästan helt kallt från köket, eftersom köken på den tiden låg mycket långt från balsalarna. Vacker och nybadad gnolade Eleonora på visan som hennes amma hade lärt henne inför hennes bröllop:

*Mitt hjärta är ditt*
*Min kropp är din*
*När mitt hjärta för dig slår*
*Min kropp du också får*

Hon upprepade den versen flera gånger som man ber en bön om natten, och hon lovade sig själv att bli en rättfärdig, god och mild drottning för alla sina undersåtar."

Joséphine hade sänkt rösten tills den bara hördes som en viskning. Efterhand som hennes flicka blev tyngre och tyngre mot hennes bröst, förstod hon att barnet sov och att hon kunde tystna utan att väcka henne.

Hortense hade pratat länge i telefon med sin far, sedan hade hon gått och lagt sig och släckt utan att komma och krama om sin mamma. Joséphine hade respekterat hennes behov av att vara ensam.

– Vet du hur man kör till Iris? frågade nu Hortense medan hon vek ner solskyddet för att beundra sina vita tänder och se till att håret låg som det skulle.

– Har du sminkat dig? noterade Joséphine vid åsynen av dotterns glänsande läppar.

– Lite läppglans som jag har fått av en kompis ... Det är inte vad jag kallar att sminka sig. Bara ett minimum av artighet gentemot andra människor.

Joséphine avstod från att kommentera det uppkäftiga i påståendet och föredrog att koncentrera sig på vilken väg hon skulle ta. Vid den här tiden var Avenue du Général-de-Gaulle igenproppad, men det fanns ingen annan väg att komma över Courbevoie-bron. Hade man väl kommit över bron skulle trafiken flyta på. Det var i alla fall vad hon hoppades.

– Ikväll vid middagen föreslår jag att vi inte pratar om att pappa har gett sig av, sa hon till sina flickor.

– Det är för sent, svarade Hortense, jag har redan sagt det till Henriette.

Flickorna kallade sin mormor vid hennes förnamn. Henriette Grobz vägrade att kallas "Mamie" eller mormor. Hon fann det vulgärt.

– Åh, men Gud, varför?

– Hör nu här, mamma, nu måste vi vara lite praktiska: om det finns någon som kan hjälpa oss så är det hon.

Nu tänker hon på Chef, tänkte Joséphine, på Chefs pengar. Två år efter hennes egen fars död hade hennes mor gift om sig med en mycket rik och mycket snäll man: Chef. Det var han som hade uppfostrat Joséphine och Iris. Det var Chef som hade betalat deras studier på bra privatskolor, Chef som hade låtit dem åka på skidresor, segla, rida, spela tennis, åka utomlands, Chef som hade finansierat Iris högre studier, Chef som hyrt stugan i Megève, båten i Bahamas, lägenheten i Paris. Chef, deras mors andre man. På bröllopsdagen ståtade Chef i en äppelgrön lurexkavaj och en skotsk läderslips. Deras fru Moder hade nästa svimmat. Vid minnet gav Joséphine upp ett litet kvävt skratt, men hon återkallades till ordningen av högljudda tutningar eftersom hon inte kört när det hade blivit grönt ljus.

– Vad sa hon?

– Att det inte förvånade henne. Att bara det att du hade lyckats hitta en man var ett mirakel, och att om du hade lyckats behålla honom så hade det varit ett supermirakel.

– Sa hon så?

– Ord för ord, och hon har inte fel. Du betedde dig verkligen klumpigt med pappa. Faktiskt mamma, låta honom sticka iväg med en …

– Hortense, det räcker! Jag vill inte höra dig prata på det sättet. Du gick inte in på detaljer, hoppas jag?

I samma minut som hon ställde frågan, undrade Joséphine för sig själv varför hon nedlät sig till att ställa den. Det var väl klart att hon hade berättat allt! Utan att utelämna något: Mylènes ålder, Mylènes storlek, Mylènes hårfärg, Mylènes arbete, Mylènes rosa blus, hennes tillgjorda leende när hon ville ha dricks. Hon hade säkert hittat på lite extra för att man skulle tycka synd om Mylène, den stackars lilla övergivna flickan.

– I vilket fall så kommer folk att få veta allt, och då är det bättre att berätta allt med en gång så verkar det inte fullt så dumt, allting.

– Är du säker på att pappa verkligen har stuckit sin väg? frågade Zoé.

– Hallå, sa Hortense. Han sa ju det, i telefonen igår.

– Sa han verkligen det? frågade Joséphine.

Än en gång förbannade hon sig själv. Hon hade fallit i fällan som Hortense hade gillrat.

– Jag tror han har vänt blad för alltid ... Det var i alla fall så jag förstod det. Han sa att han skulle hitta ett projekt som "den andra" skulle finansiera.

– Har hon pengar?

– Sparpengar som hon har ärvt och som han får disponera, kunde Hortense vidare rapportera. På mig verkar hon vara galen av kärlek. Han sa till och med att hon skulle kunna följa honom till världens ände ... han söker ett jobb i utlandet, han säger att det inte längre finns någon framtid för honom i Frankrike, för det är ett förstört land. Att han behöver nya jaktmarker. Förresten har han redan en idé som han pratade med mig om och som jag tycker låter jätteintressant. Vi ska prata mer om det, bestämde vi ...

Joséphine var som bedövad: Antoine anförtrodde sig hellre åt sin dotter än åt henne! Skulle han fortsättningsvis se henne som en fiende? Hon föredrog att koncentrera sig på vägen: Ska jag köra genom le Bois eller ska jag ta ringvägen vid Porte Maillot? Vilken väg skulle Antoine ha tagit? När han körde lade jag aldrig märke till vilken väg han tog, jag förlitade mig helt på honom och lät mig köras medan jag fantiserade om mina riddare, mina damer, mina borgar med unga fästmör som reste i sina täckta bärstolar, kvinnor som gett sig ut på vägarna för att möta en man de inte kände och som skulle lägga sig naken bredvid dem. Hon rös, skakade på huvudet och återgick till att tänka på körvägen. Hon bestämde sig för att ta genvägen genom le Bois och hoppades att där inte skulle vara för mycket trafik.

– Men du kunde ändå ha frågat mig innan du pratade med din mormor om det, återtog Joséphine efter att ha tagit in på vägen mot le Bois.

– Ursäkta mig, mamma, vi har nog inte råd att vara så där finkänsliga? Vi kommer att behöva Henriettes pengar, så det är lika bra att spela dum och tappad bakom en vagn. Hon älskar när man behöver henne.

– Nej, du. Vi ska inte spela dumma gäss. Vi ska klara oss själva …

– Jaha, och hur tänker du klara det med din skitlön?

Joséphine tvärbromsade och stannade vid kanten av Allée du Bois.

– Hortense, jag förbjuder dig att tala till mig på det sättet och om du envisas med att vara otrevlig kommer jag att bli tvungen att ta i med hårdhandskarna.

– Oh, la la! Vad rädd jag blir, flinade Hortense. Du kan inte ana så rädd jag blir.

– Jag vet att du inte tror mig men jag kan bli riktigt sträng mot dig. Jag har alltid varit mjuk och snäll men nu går du över gränsen.

Hortense såg Joséphine i ögonen och upptäckte en ny bestämdhet som fick henne att tänka att hennes mor skulle kunna sätta sitt hot i verket och skicka henne till ett internat, till exempel, något som hon fruktade. Hon ryggade tillbaka i sätet, satte upp en förnärmad min och kastade föraktfullt ur sig:

– Bara fortsätt du med alla dina ord. Det är du bra på. Men att klara sig i livet, det är en helt annan grej.

Då tappade Joséphine resten av sin självbehärskning. Hon dunkade i ratten medan hon pratade så högt att lilla Zoé, panikslagen, började gråta och gnälla: ”Jag vill hem, jag vill ha min nalle! Ni är elaka, jätteelaka och jag blir rädd!” Hennes gråt överröstade mammans röst och efterhand blev det till en konsert av skrik i den lilla bilen, i vilken de förr mest tillbringat tysta resor med Antoines röst som ackompanjemang, när han förklarade var gatunamnen kom ifrån, när en bro eller kyrka var byggd eller vilken väg de skulle ta och varför.

– Men vad är det med dig? Ända sen igår är du gräslig. Det känns som om du hatar mig, vad har jag gjort dig?

– Du har gjort så att min pappa har stuckit eftersom du är ful och skitttråkig och det finns inte en chans att jag tänker bli som du. Och för den sakens skull så är jag beredd att spela dum och undergiven inför Henriette så att hon sticker till oss lite pengar.

– Aha, så det är det du tänker göra: krypa för henne?

– Jag vägrar att vara fattig, jag hatar fattiga människor, fattigdom stinker! Titta bara på dig själv! Du är så ful som man kan bli.

Joséphine stirrade på henne, med munnen gapande av bestörtning. Hon kunde inte längre tänka klart, inte prata. Hon kunde knappt andas.

– Har du inte förstått någonting? Har du inte märkt att det enda som intresserar folk idag, det är pengar. Och jag, jag är som alla andra, bara det att jag inte skäms för att säga det. Så sluta spela osjälvisk bara för att du är dum i huvudet, mamma. Dum!

Nu måste hon absolut säga något och sätta upp en skyddsmur mellan sig själv och sin dotter.

– Du glömmer en sak, min älskling, din mormors pengar är först och främst Chefs pengar. Och hon kan inte göra som hon vill med dem. Du går lite väl fort fram.

Det var inte alls det jag borde ha sagt, tänkte hon. Inte alls. Jag borde gett Hortense en uppsträckning, talat henne tillrätta, inte bara sagt att pengarna inte är hennes. Vad är det med mig? Vad är det som händer? Allt går fel nu sedan Antoine gav sig av … Jag är inte ens kapabel att tänka ordentligt.

– Chefs pengar är Henriettes pengar. Eftersom Chef inte har några barn så kommer hon att ärva allt. Jag är ingen idiot, jag vet det. Punkt och slut! Och sluta förresten att prata om pengar som om det var skit, det är bara ett snabbt sätt att bli lycklig och jag har faktiskt för avsikt att inte vara olycklig, kan du tänka dig!

– Hortense, det finns faktiskt annat än pengar i livet!

– Så gammaldags du kan vara, min stackars mamma. Du

behöver omskola dig helt. Så, kör nu. Det fattas bara att vi kommer för sent. Hon hatar sånt.

Sedan vände hon sig om mot Zoé, som satt och grät tyst i baksätet med tummen i munnen:

– Och du, sluta gråta! Du går mig på nerverna. Fan, här sitter jag med er två. Jag förstår att pappa stack.

Hon vek ner solskyddet, kollade sin bild en sista gång i spegeln och jämrade sig högt:

– Titta nu. Efter allt det här så har mitt läppglans gått bort. Och jag har inget med mig. Om jag hittar ett hos Iris så snor jag det. Jag svär, jag snor det. Hon kommer inte ens att märka det. Hon köper ju tio åt gången. Jag är född på fel ställe – jäkla otur!

Joséphine stirrade på sin äldsta flicka som om hon var en förrymd brottsling som satt där bredvid henne i passagerarsätet. Hortense skrämde henne, hon ville protestera men hittade inte de rätta orden. Allt gick för fort. Hon var på väg ner i en rutschkana som hon inte såg slutet på. Så, i brist på luft och ord, vände hon blicken framåt igen och koncentrerade sig på vägen och växtligheten längs Allée du Bois. De tjocka stammarna med tunga grenar fulla av späda ljusgröna blad. Knoppar färdiga att slå ut som böjde sig ner mot henne och bildade ett valv av blommor som genombröts av sommarkvällens ljus så att varje gren, varje blad, varje fjunig knopp markerades i vitt. Hon hämtade tröst i grenarnas långsamma vaggande och medan Zoé grät ljudlöst med händerna för öronen, ögonen stängda och näsan rynkad vred hon om tändningen och återupptog körningen. Hon bad till Gud att hon inte skulle ha tagit fel väg och att avenyn som hon hade valt ledde till Porte de la Muette. Så ska jag bara parkera också … Och det, det blir en helt annan grej, suckade hon för sig själv.

Familjemiddagen avlöpte den här kvällen utan några incidenter.

Carmen övervakade att serveringen av de olika rätterna fungerade väl, och den unga flicka som hon hade tagit in som extrahjälp den här kvällen visade sig vara mycket duktig. Iris, i lång vit skjorta och lavendelblå linnebyxor, höll sig ovanligt tyst och deltog inte i konversationen utom för att sätta fart på den när den avstannade, vilket den i och för sig ofta gjorde eftersom ingen var särskilt pratsam. Det var något ansträngt och frånvarande i hennes attityd, olik hennes vanliga älskvärdhet mot gästerna. Hon hade fäst upp sitt långa, svarta hår runt ansiktet men låtit de tjocka, glänsande vågorna falla tillbaka ner runt axlarna.

Vilket fantastiskt hårsvall, brukade Carmen tänka när hon kände detta tjocka hår löpa mellan sina fingrar. Ibland lät Iris henne borsta håret och Carmen älskade att höra det spraka under borsttagen. Iris hade tillbringat eftermiddagen instängd i sitt arbetsrum utan att ett enda telefonsamtal hade ringts. Carmen hade övervakat displayen på telefonväxeln i köket. Ingen lampa hade tänts. Vad hittade Iris egentligen på i sitt arbetsrum alldeles ensam? Hon satt där allt oftare. Förr brukade hon komma hem med famnen full av paket och ropa: "Carmencita! Ett varmt bad! Snabbt! Snabbt! Vi ska ut i kväll." Hon brukade släppa paketen på golvet, springa och krama om sin son i hans rum och högljutt fråga: "Har du haft det bra idag, Alexandre? Berätta för mig, min älskling, berätta! Fick du bra betyg?" Alltmedan Carmen hällde upp vatten i badkaret av blå och grön mosaik och tillsatte timjan-, salvia- och lavendelolja. Hon kände på temperaturen genom att sticka ner armbågen i vattnet, hällde i lite badsalt från Guerlain och när allt var perfekt tände hon några små ljus och kallade på Iris så att hon kunde glida ner i det doftande varma vattnet. Ibland fick hon hjälpa Iris genom att bearbeta hennes fotsulor med fotfilen och massera hennes tår med en myskdoftande rosenolja. Med starka fingrar bearbetade Carmen anklar, vader och fötter, klämde och knep, tryckte och släppte efter, kunnigt och vällustigt. Iris slappnade av och berättade om sin dag för henne, om sina väninnor, om en tavla som hon sett på ett galleri, en blus vars krage hon gillat. "Du förstår, Carmen, inte helt nedvikt utan rak och nedvikt på sidorna som om den hölls upp av två osynliga kragstöd ..." Om en chokladmacaron som hon smakat på bara med ett litet bett: ”På det sättet så äter jag den egentligen inte, och så blir jag inte tjock!” Om något som hon hört berättas, eller om en gammal kvinna som sträckt fram handen mot henne och gjort henne så rädd att hon hällt ut alla sina mynt i hennes gamla pergamentliknande handflata. ”Åh, Carmen, jag blev så rädd för att sluta som hon en dag. Jag har ingenting. Allt tillhör Philippe. Vad äger jag som står i mitt namn?” Och Carmen som fortsatte att klippa hennes tånaglar, mjuka upp fotsulan på de slanka, välvda fötterna, suckade: ”Nej, min sköna, ni kommer aldrig, aldrig att sluta som den där gamla rynkiga kvinnan. Inte så länge jag lever! Jag skulle ta städjobb, jag skulle kunna försätta berg för att ni inte skulle bli övergiven!” ”Säg det igen, Carmencita, säg det igen!” Och hon slappnade av och slumrade, lutad mot den hoprullade handduk som Carmen sett till att smyga in under hennes nacke.

Den här kvällen hade det inte blivit någon badceremoni.

Den här kvällen hade Iris tagit en mycket snabb dusch.

Carmen satte en ära i att varje måltid blev perfekt. Särskilt när madame Henriette Grobz kom på middag.

– Åh! Den där ..., suckade Carmen när hon tittade på henne genom den halvöppna dörren till serveringsrummet varifrån hon övervakade att allt flöt som det skulle. Vilken satmara!

Henriette Grobz satt rak och stel som en stenstod vid bordsändan, med håret uppsatt i en hård knut där inte en enda hårslinga hängde löst. Till och med helgonen i kyrkan är mer lössläppta än hon! tänkte Carmen. Henriette bar en tunn linnedräkt på vilken minsta veck var stärkt. Hortense hade placerats till höger om henne och lilla Zoé till vänster, och hon pratade med dem en i taget, framåtböjd som en gammal lärarinna. Zoé var kladdig om kinderna. Hennes ögon var svullna och ögonfransarna hopklibbade. Hon måste ha gråtit i bilen innan de kom hit. Joséphine satt och petade i maten. Det var bara Hortense som pratade på och fick sin moster och mormor att le och gav Chef komplimanger som fick honom att spinna förnöjt.

– Jag lovar dig att du har gått ner, Chef. När du kom in i rummet tänkte jag direkt: Vad han är snygg! Som han har föryngrats! Om du inte har gjort någonting förstås … Ett litet lyft kanske?

Chef brast ut i skratt och gnuggade sin hjässa av välbehag.

– Och för vem skulle jag göra det, min lilla sötnos?

– Ja, jag vet inte … För att göra mig glad till exempel. Jag skulle bli så ledsen om du blev gammal och rynkig … jag vill ha en morfar som är stark och brunbränd som Tarzan.

Hon vet verkligen hur hon ska ta männen, den tösen, tänkte Carmen. Han strålade av stolthet, styvmorfar Grobz. Ända upp på hans skalliga hjässa rynkade sig huden av glädje. Som vanligt skulle han sticka till henne en stor sedel innan han åkte hem. Och varje gång rullade han sedeln i handen så att ingen annan märkte något.

Lugnad av ordväxlingen som han och Hortense hade haft, vände sig Marcel mot Philippe Dupin och utväxlade några upplysningar om läget på börsen. Upp- eller nedgång under de närmaste månaderna? Sälja eller tvärtom investera? Och i vad? Aktier eller valuta? Vad sa man i affärskretsar? Philippe Dupin visade uppmärksamhet utan att riktigt lyssna på sin svärmors make, som verkade vara i mycket god form. Riktigt pigg och alert, han har verkligen levt upp, hon har rätt den lilla, sa Carmen till sig själv, hon ska nog vara lite försiktig, mamma Grobz!

Carmen rycktes från sitt studium av bordsgästerna av extrahjälpen som frågade var det passade bäst att servera kaffet. I salongen eller vid bordet?

– I salongen, lilla vän … Jag tar hand om det, du kan duka av bordet. Och sätt allt i diskmaskinen. Utom champagneglasen som måste diskas för hand.

Så fort desserten var uppäten drog Alexandre med sig sin kusin Zoé in i sitt rum och lämnade Hortense kvar vid bordet. Hortense blev alltid kvar i sällskap med de stora. Hon gjorde sig liten, lyckades få dem att glömma hennes närvaro, hon som var så skarp och djärv minuterna innan smälte nu in i tapeten och lyssnade. Hon observerade, hon uttydde en svävande fras, en felsägning, ett upprört utrop, en tryckande tystnad. Denna flicksnärta är en riktig snokare, svor Carmen för sig själv. Och ingen misstänker något. Och hon har förstått att jag har läst av henne. Hon tycker inte om mig men hon är rädd för mig. Ikväll måste jag sysselsätta henne, ta henne med in i lilla salongen för att se en film.

Eftersom samtalet gick trögt tröttnade Hortense själv och följde med Carmen utan svårigheter.

I stora salongen drack Joséphine sitt kaffe och bad till gudarna att frågorna inte skulle börja hagla över henne. Hon försökte inleda ett samtal med Philippe Dupin som ursäktade sig: hans mobil ringde, det var viktigt och om hon inte hade något emot det ... Han tog sin tillflykt till sitt kontor för att svara i telefon.

Chef läste en affärstidning som låg på det låga bordet. Madame Mère och Iris pratade om att byta ut gardinerna i ett sovrum. De gjorde tecken till Joséphine att komma och sätta sig hos dem, men Jo föredrog att gå och hålla Marcel Grobz sällskap.

– Hur är det min lilla Jo, är livet en fest?

Han hade ett sådant sätt att prata: han använde uttryck som inte längre gällde. Med honom reste man genom sextio- och sjuttiotalet. Han var nog den enda person hon kände som fortfarande kunde få henne att känna sig som en revolutionär student.

– Det kan man kanske säga, Chef.

Han blinkade med ena ögat mot henne, återvände en stund till sin tidning, såg sedan att hon inte gick iväg och förstod då att han var tvungen att konversera henne.

– Och din man, tillhör han fortfarande ledighetskommittén?

Hon nickade utan att svara.

– Det är svårt just nu. Man får hålla i hatten och vänta på att det går över.

– Han söker i alla fall. Han läser alla platsannonser varje morgon.

– Om han inte hittar något kan han alltid komma till mig … Jag skulle säkert kunna få in honom någonstans.

– Du är snäll, Chef, men …

– Men då måste han böja på nacken lite. För han är stolt av sig, din man, Jo? I dessa dagar har man inte råd att vara stolt. Nej, man får lägga sig ner. Man lägger sig ner och man säger tack, patron. Till och med den tjocke Marcel får slita som ett djur för att hitta nya marknader och nya idéer, han tackar gud när han har skrivit under ett nytt kontrakt.

Han klappade sig på magen medan han pratade.

– Säg nu detta till Antoine. Stolthet, det är en lyx. Och han har inte råd med den lyxen, din man! Du förstår, lilla Jo, det som är min räddning det är att jag kommer från misär. Alltså stör det mig inte att återvända dit. Det finns ett senegalesiskt ordspråk som säger: "När du inte vet vart du ska gå, stanna och se varifrån du kommer." Jag kommer från slummen, så …

Joséphine fick anstränga sig för att inte erkänna att hon själv inte befann sig så långt från slummen.

– Men du förstår, Jo, när jag tänker efter … Om jag skulle anställa en person ur familjen, så skulle jag föredra dig. För du, du kan nog jobba. Medan din man, jag är inte så säker på att han vill få smuts under naglarna. Ja, du förstår vad jag menar?

Han gav upp ett rått skratt.

– Jag kräver inte att han ska bli bilmekaniker.

– Nej, jag vet, Chef. Jag vet.

Hon klappade honom på underarmen och betraktade honom med välvilja. Han blev generad, avbröt tvärt sitt skratt, harklade sig och försjönk åter i läsandet av sin tidning. Hon förblev sittande en stund bredvid honom och hoppades att han skulle ta upp samtalet igen, så att hon slapp ifrån sin mors och sin systers nyfikenhet, men Marcel gjorde ingen min av att fortsätta prata.

Det är alltid så med Chef, tänkte Joséphine, när han har pratat med mig i tio minuter känner han sig fri och går vidare till något annat. Jag intresserar honom inte. Det måste vara en verklig börda för honom, de här familjemiddagarna. Liksom för Antoine. Männen känner sig utanför. Eller snarare: här får de bara agera statister, ingenting annat. Man känner att den verkliga makten ligger i kvinnornas händer. Ja, det gäller visserligen inte alla kvinnorna. Själv syns jag inte.

Hon kände sig isolerad. Hon kastade en hastig blick på Iris som pratade med sin mor medan hon lekte med sina örhängen som hon hade tagit av. Samtidigt svängde hon med sina fötter vars tånaglar var målade ton i ton med händernas naglar. Vilken grace! Det är omöjligt att föreställa sig att denna strålande, utsökta, raffinerade varelse tillhör samma kön som jag, tänkte Joséphine vidare. Man borde uppfinna underkategorier för indelningen av människor i de två könen. Feminin, kategori A, B, C, D … Iris skulle tillhöra kategori A och jag D.

Hon kände sig utesluten ur den sinnliga och lugna kvinnlighet som präglade varje gest som hennes syster gjorde. Varenda gång hon hade försökt efterlikna henne hade det slutat med svidande förödmjukelse. En dag hade hon köpt likadana sandaler i grönt krokodilskinn som hon hade sett på Iris fötter, och så hade hon gått fram och tillbaka i hallen i väntan på att Antoine skulle lägga märke till dem. Han hade utbrustit: ”Så konstigt du går. Med de där grejorna på fötterna skulle man kunna tro att du var en transvestit!” De förtjusande små sandaletterna hade blivit grejor och hon själv en transa …

Hon reste sig och ställde sig vid fönstret så långt från sin mor och sin syster som möjligt. Hon betraktade träden på Place de la Muette som vajade i den fuktiga kvällsluften. De massiva hyreshusen i sten färgades röda av den nedgående solen. Järnsmidesportarna visade på välståndet innanför och från de mjukt gröna, ljusgula och molnvita trädgårdarna steg en regnbågsskimrande ånga. Allt andades rikedom och skönhet, en rikedom som i sin flyktighet, njutning och suggestion föreföll befriad från allt materiellt. Chef är rik men tung, konstaterade Joséphine. Iris är rik och lätt. Hon har tillägnat sig den otroliga otvungenhet som pengar skänker. Madame Mère försöker förgäves ta sig upp till sin äldsta dotters nivå men hon kommer ändå alltid att vara en uppkomling. Hennes hårknut är alltför stram, hennes läppstift alltför tjockt, hennes handväska alltför blank och varför sätter hon aldrig ner den? Hon är som de fattiga förr i tiden: hon är rädd för att någon ska stjäla den för henne. Hon äter med väskan i knät. Hon lyckades en gång dupera Chef, men hon hade aldrig kunnat lura någon annan, någon som hon verkligen ville lura. Hon fick nöja sig med Chef, den illa klädde, Chef som stoppar fingrarna i näsan och särar på benen för att rätta till byxbaken. Hon vet om det och hon är arg på honom för det. Det påminner henne om att även hon är ofullkomlig och begränsad. Medan Iris har en ledighet gjord av mysterium, en helighet, en otvungenhet som inte går att förklara. Hon är på en högre nivå än andra människor och tjänar som förebild för dem. Iris har lyckats komma ifrån en värld och födas en andra gång.

Det var det som gjorde Antoine fumlig och fick honom att svettas: denna osynliga gräns mellan honom och Philippe, mellan Iris och honom. En subtil skillnad som inte hade något att göra med kön, födelse, utbildning, den som skiljer äkta elegans från uppkomlingens och som fick Antoine att framstå som en tönt. Den första gången Antoine förvandlades till en fontän, det var här, på denna balkong, en kväll i maj … De tittade tillsammans på träden på Avenue Raphaël; han måste ha känt sig så klumpig, så kraftlös inför trädens, husens och salongsgardinernas fulländning att han förlorade kontrollen över sin inre termostat och började drypa av svett. Han hade smitit in i badrummet och skyllt på att kranarna hade exploderat för att förklara kavajens och skjortans bedrövliga skick. Den kvällen trodde de oss kanske, men därefter kunde han inte skylla på kranen fler gånger. Och jag, jag bara älskade honom mer för det. Jag förstod honom så väl, och jag grät inombords.

Nu hördes bara ljudet när Chef vände blad i tidningen.

Vad gör min lilla sockerpulla just nu? Undrade han inom sig, uppiggad. Hur ligger hon när hon vilar sig? Nersjunken på mage på soffan i färd med att titta på en av dessa dåliga komedier som hon älskar? Eller utbredd i sin säng som en tjock, ljus pannkaka, i samma säng där vi rullade runt i eftermiddags och där ... Han var tvungen att stänga av fantasin direkt, "jag får stånd och det kommer att synas" ... Han hade, på order av Tandpetaren, tagit på sig ett par grå, lätta byxor som satt som ett korvskinn på honom och i dem skulle en oläglig erektion synas mycket tydligt. Denna möjlighet fick honom att falla i ett skratt som han kvävde så väl att han hoppade till när Carmen böjde sig över honom och frågade:

– En liten marcaron till kaffet, herrn?

Hon räckte fram en tallrik med sötsaker av choklad, mandelmassa, kola.

– Nej tack, Carmen, man får vara rädd om sina tänder.

När Henriette Grobz hörde detta, rös hon till av obehag och hennes nacke styvnade till. Chef gladde sig. Hon skulle aldrig få glömma vem hon gift sig med! Han njöt i mjugg av att påminna henne om det. Som för att markera sitt tysta ogillande och hålla avstånd mellan sig själv och Chef, reste sig Henriette Grobz och gick fram till Joséphine vid fönstret. Denne mans vulgaritet, det var hennes straff, korset som hon hade att bära. Trots att hon inte längre delade kontor eller säng med honom fruktade hon alltid att han skulle smitta henne, som en bärare av ett farligt virus. Hon måste ha varit riktigt desperat när hon gifte sig med en så grov man. Och dessutom var han frisk som en nötkärna. Denna livskraft gjorde henne mer och mer irriterad. Ibland blev hon så irriterad att hon knappt kunde andas, av att se honom så jovialisk och frisk. Hon fick ryckningar, och tog tabletter för att lugna ner sig. Hur länge till måste jag stå ut med honom? Hon suckade djupt och valde att vända sin uppmärksamhet mot sin dotter som lutade sig mot fönsterkarmen och betraktade rörelsen i trädkronorna. En lätt bris svepte in och lät äntligen lite frisk luft breda ut sig över denna kväll.

– Kom hit, min älskling, så att vi kan prata med varandra, sa hon till Joséphine och drog med henne till en soffa längre inne i salongen.

– Jaha, Joséphine, attackerade Henriette Grobz, vad tänker du göra nu då?

– Fortsätta ..., svarade Joséphine, tjurskalligt.

– Fortsätta?

Henriette Grobz lät överraskad.

– Fortsätta med vad?

– Äh, ja, fortsätta med mitt liv.

– Allvarligt talat, min älskling ...

När hennes mor kallade henne älskling var klockan slagen. Medlidande, predikan, beklagande skulle följa på vartannat som i en sliten gammal slagdänga.

– Det har du faktiskt inte med att göra! stammade hon. Det är mitt problem.

Joséphine hade uttalat detta alltför snabba svar med en ton av aggressivitet som hennes dagars upphov inte alls var van vid och modern mörknade genast.

– Är det ett sätt att svara mig på? replikerade Henriette Grobz surt.

– Vad har du bestämt dig för? inflikade Iris med sin mjuka behagliga röst.

– Att klara av det ... alldeles själv, svarade Joséphine, bryskare än hon hade tänkt sig.

– Åh, det är verkligen otacksamt att säga nej till den hjälp vi erbjuder dig, sa Henriette Grobz, oföränderligt buttert.

– Kanske, men så är det. Jag vill inte prata mer om det, okej?

Hennes röst blev allt högre och slutet av meningen spårade ur i ett gällt skrik som genljöd i den dämpade stämningen denna lugna kväll.

Ser man på, vad är nu detta för rabalder, sa Chef till sig själv, och spetsade öronen. Man döljer allt för mig! Jag är verkligen femte hjulet i den här familjen. Med en likgiltig min flyttade han över tidningen till det låga bordet vid sidan om sig, för att komma lite närmare platsen där de tre kvinnorna uppehöll sig.

– Och hur ska du klara av det?

– Genom att arbeta, genom att ge lektioner, genom ... Jag vet inte. För närvarande försöker jag greppa det hela och, tro mig, det är tillräckligt svårt som det är. Jag har inte riktigt fattat det än, antar jag.

Iris tittade på sin syster och beundrade hennes kurage.

– Iris, frågade Madame Mère, vad tänker du om allt det här?

– Jo har rätt, det är helt nytt för henne. Vi får låta henne hämta sig innan vi frågar henne vad hon tänker göra.

– Tack, Iris ..., suckade Joséphine och vågade hoppas att ovädret hade dragit förbi.

Då hade hon inte tagit med Madame Mères envishet i beräkningen.

– När jag blev ensam och hade er två att försörja, då kavlade jag upp ärmarna och arbetade, jag arbetade ...

– Men jag arbetar, mamma, jag arbetar! Du verkar alltid glömma det.

– Jag kallar inte det att arbeta, min flicka.

– Bara för att jag inte har ett kontor, ingen chef, inga rikskuponger? Bara för att det inte liknar något annat arbete som du känner till? Men jag försörjer mig, vare sig du vill se det eller inte.

– På en urusel lön!

– Jag skulle vilja veta hur mycket du tjänade hos Chef när du började. Det var nog inte bättre.

– Inte den tonen när du pratar med mig, Joséphine.

Chef reste sig, uppiggad. Min själ, nu drar det ihop sig, tänkte han. Kvällen började äntligen bli intressant. Hertiginnan skulle sätta sig på sina höga hästar, stapla upp lögn efter lögn, gräva i sitt minne och visa upp den gamla bilden av den fromma änkan, den fantastiska modern som hade offrat sig för sina barn. Han kunde hennes offernummer utantill.

– Det är sant att det var mycket svårt. Vi fick dra åt svångremmen men mina kvalifikationer gjorde att Chef snabbt lade märke till mig och att jag kunde klara mig.

Hon harklade sig, fortfarande helt rörd av denna otroliga seger över motgångarna. Hon manade fram en bild i fonden för sitt känslosamma tal, en bild av en vacker kvinna, stor och hjältemodig, som klöv de rasande vågorna likt en galjonsbild, medan hon släpade med sig två unga föräldralösa flickor, rödnästa av all sin gråt. Det var hennes äreminne över sig själv, detta att ensam ha klarat av att uppfostra sina två flickor, hennes egen nationalsång, hennes Hederslegion på bröstet.

Du klarade det därför att jag med falska förevändningar stack till dig kuvert fyllda med sedlar, medan du låtsades som att du inte märkte något för att inte behöva tacka mig, tänkte Chef medan han fuktade sin tumme för att vända blad i sin tidning. Du klarade det för att du var född till satkärring, mer fal och hänsynslös än den slugaste hora! Men du hade redan satt klorna i mig och jag hade gjort allt för att behaga dig, för att avlasta dig.

– … och senare blev mitt arbete erkänt av alla, till och med av Chefs konkurrenter, men han ville till varje pris behålla mig …

Jag hade sådan lust att förföra dig så jag hade kunnat ge dig en VD-lön utan att du hade behövt be om det, replikerade Chef inom sig. Jag fick dig att tro att alla ville ha dig för att du skulle acceptera pengarna som jag gav dig utan att bli förolämpad. Så dum jag var, så dum! Som att äta hö med en gaffel! Och nu spelar du den dygdiga. Men berätta nu för din dotter hur du lyckades snärja mig. Hur du drog mig vid näsan. Jag trodde jag var en äkta man, men jag blev en betjänt.

Jag bönföll dig att ge mig ett barn och du skrattade mig rakt upp i ansiktet! Ett barn! En liten Grobz! Din mun kräktes ur sig mitt namn som om du redan var i full färd med att abortera. Och du skrattade! Du är så ful när du skrattar, så ful! Berätta det också för dem! Berätta sanningen! Så att de lär sig. Att män är som efterblivna barn. Att man kan leda dem genom att vifta med en röd trasa. De marscherar som soldater i en trupp … Förresten, jag borde vara på min vakt med Choupette … Den här historien med Chaval gillar jag inte riktigt.

– Jag ska göra som du. Jag ska arbeta. Och jag ska klara mig helt själv.

– Du är inte helt ensam, Joséphine! Jag vill påminna dig om att du har två döttrar.

– Det behöver du inte, mamma, det vet jag. Jag har inte glömt det.

Iris lyssnade på samtalet och tänkte att hon själv kanske snart skulle vara i samma situation. Om Philippe i ett anfall av vanvettigt mod skulle begära sin frihet … Hon föreställde sig plötsligt sig själv som en orädd musketör och det fick henne att le. Nej! De var båda fångar i samma nät: respektabilitetens nät. Hon fruktade ingenting. Varför var hon alltid rädd för att allt skulle braka samman runt henne?

– Du verkar lite väl lättsinnig, Joséphine, sa Henriette. Jag har ofta tänkt att du är lite för naiv för dagens samhälle. Alltför illa rustad, mitt stackars barn!

Joséphine såg rött. År efter år av samma gråtmilda ton så fort det handlade om henne … Alla de där åren kom plötsligt smattrande som kulor mot henne, och krossade hennes hjärta. Hon exploderade.

– Fy fan för dig, mamma. Fy fan för dig med ditt ”rättänkande” tal. Jag står inte ut med det längre! Tror du jag går på dina uppbyggliga historier om den förtjänstfulla änkan? Tror du inte jag vet vad du har gjort med Chef! Tror du inte jag förstått dina ynkliga manövrar? Du gifte dig med Chef för hans pengar. Det var så du klarade dig, inte på något annat sätt. Inte för att du var modig, arbetsam och duktig. Så predika inte för mig. Om Chef hade varit fattig hade du inte ens tittat åt honom. Du hade hittat en annan. Du har aldrig lyckats dupera mig, förstår du. Jag hade accepterat det, jag hade förstått det om det var för oss du gjorde det, jag hade till och med tyckt det var fint och generöst om du inte hela tiden gjorde dig till offer, om du inte använde den där nedlåtande tonen när du vänder dig till mig som om jag var misslyckad, en nolla … Jag står inte ut med ditt hyckleri längre, jag står inte ut med dina lögner, jag står inte ut med dina korstecken, ditt offer … Detta sätt att predika för mig ständigt och jämt, när du i själva verket bara har ägnat dig åt världens äldsta yrke.

Sedan vände hon sig mot Chef som inte längre dolde att han lyssnade:

– Jag är ledsen, Chef …

Och inför hans goda ansikte och öppna mun, i vilken hon såg det löjliga men också plötsligt all godhet och generositet, drabbades hon av samvetskval och kunde bara upprepa:

– Jag är ledsen, jätteledsen … Jag ville inte göra dig illa.

– Bekymra dig inte, min lilla Joséphine, jag är inte född i farstun.

Joséphine rodnade. Hon hade velat skona honom, men hade inte kunnat behärska sig.

– Det bara for ur mig!

Hon uttalade denna självklarhet medan hennes mor, stum och dödsblek, hade låtit sig falla ner på soffan och fläktade sig med handen. För att dra till sig uppmärksamheten bar hon sig åt som om hon höll på att dö.

Joséphine kastade en ursinnig blick på henne. Modern skulle nu snart be om ett glas vatten, resa sig upp, be att någon lade en kudde bakom ryggen på henne, jämra sig, darra, kasta en svart, mördande blick mot henne, i vilken hon kunde läsa alla dessa undertexter som hon kunde utantill: ”Efter allt vad jag har gjort för dig, att behandla mig på det här sättet, jag vet inte hur jag ska kunna förlåta dig, om det är min död du önskar så behöver du inte vänta länge till, jag dör hellre än står ut med en dotter som du.” Hon var mästare på att få andra att känna fruktansvärda skuldkänslor, folk rullade sig i stoftet inför hennes fötter och bad om förlåtelse för att ha vågat säga emot henne, trotsa henne.

Joséphine hade först sett henne få fadern dithän, och senare hennes styvpappa.

Ett tag tänkte hon lämna stora salongen och gå in till Carmen i köket för att hämta sig lite. Ta lite vatten i ansiktet, be om en huvudvärkstablett. Hon var helt utmattad. Utmattad, men också lycklig, i känslan av att för första gången ha vågat vara sig själv, Joséphine, den kvinna hon inte kände särskilt väl, med vilken hon levde sedan fyrtio år tillbaka utan att egentligen lägga märke till henne, men som hon nu längtade efter att lära känna. Det här var första gången som denna kvinna hade trotsat hennes mor, första gången som hon höjt rösten, som hon vågat säga vad hon tänkte. Formen hade inte varit särskilt elegant, lite grov, lite virrig – det erkände hon gärna – men kärnan i detta utspel hade hon tyckt mycket om. Så nu bestämde sig denna kvinna för att stå på sig. Innan hon lämnade rummet tillade hon med mjuk men stadig röst till modern som låg och jämrade sig på soffan:

– Åh, jag glömde, mamma: Jag kommer inte att be dig om någonting, inte ett öre, inte ett enda råd. Jag ska klara mig ensam, helt ensam, om vi så ska svälta, jag och mina flickor! Lyssna nu noga på mig, idag ger jag dig ett löfte: aldrig, aldrig mer ska jag bli en liten gås som du ska predika för och få in på rätt väg. För vet du vad? Jag är en mogen och ansvarsfull kvinna och det ska jag bevisa för dig.

Nu gällde det att lägga band på sig, kände hon. Det var svårt att inte prata för mycket, nu när det väl hade lossnat.

Henriette Grobz vände hastigt bort huvudet som om anblicken av hennes dotter hade blivit outhärdlig för henne. Hon utstötte några grymtningar som betydde att Joséphine borde ge sig iväg. ”Hon får gå nu! Jag står inte ut mer! Jag dör ...”

Joséphine, som roades av förutsägbarheten i sin mors reaktioner, ryckte på axlarna och gick ut ur salongen. När hon öppnade dörren hörde hon ett litet tjut, det var Hortense som lyssnade med örat tryckt mot dörrspegeln i trä och som nu plötsligt for bakåt.

– Vad gör du där, älskling?

– Det var smart! sa hennes dotter. Har du gjort dig intressant nu? Hoppas det känns bättre!

Joséphine valde att inte svara och tog sin tillflykt till rummet närmast intill salongen. Det var Philippe Dupins arbetsrum. Hon såg honom inte med en gång, men hon hörde hans röst. Han stod upp, delvis dold bakom de tunga bandkantade gardinerna i röd gallerväv. Han pratade med låg röst i telefonen som han höll tryckt mot örat.

– Oj, förlåt! sa hon och stängde dörren bakom sig.

Han avbröt sig genast. Hon hörde honom säga ”jag ringer upp dig”, innan han lade på.

– Det var inte meningen att störa dig.

– Det tog lite längre tid än jag trodde …

– Jag ville bara vila mig en stund, komma bort från …

Hon torkade sig i pannan där några små svettdroppar pärlade och vägde kroppen från en fot till den andra i väntan på att han skulle be henne sätta sig ner. Hon ville inte komma och besvära honom, men heller inte gå tillbaka till stora salongen.

Han betraktade henne ett ögonblick medan han frågade sig vad som kunde vara en lämplig replik, hur han skulle få till övergången mellan det samtal han nyss avslutat och den tafatta, sluddrande kvinna som just betraktade honom och som tycktes vänta sig något av honom. Han kände sig alltid så illa till mods tillsammans med folk som väntade sig något av honom. Han fann dem motbjudande. Han var oförmögen att känna den minsta empati när någon tvingade den på honom eller tiggde om den. Minsta inträngande i hans integritet gjorde honom kall och ilsken. Han tyckte synd om Joséphine. Men att känna medlidande äcklade honom. Han sa till sig själv att nu måste han vara snäll, och hjälpa henne. Men han hade bara lust med en enda sak: att bli av med henne så fort som möjligt. Plötsligt fick han en idé:

– Säg Joséphine, pratar du engelska?

– Om jag pratar engelska? Javisst! Engelska, ryska och spanska.

Hon var så lättad att han äntligen pratade, att han ställde en personlig fråga till henne, så när hon radade upp alla sina förmågor hann rösten bli gäll igen. Hon harklade sig och samlade sig. Hon hade skrutit om sig själv på ett högljutt sätt. Hon var inte van vid att framhäva sin egen person, men ilskan hade fått henne att släppa sina hämningar den här kvällen.

– Jag har hört av Iris att …

– Åh! Har hon pratat med dig om det?

– Jag skulle kunna hitta ett arbete till dig så att du kan tjäna lite pengar. Det handlar om att översätta viktiga kontrakt, affärskontrakt. Fy, det är tråkiga texter! Men det är inte så dåligt betalt. Vi hade en medarbetare på byrån som var ansvarig för det men hon har just slutat. Ryska, sa du? Pratar du tillräckligt bra för att förstå nyanserna när det gäller affärer?

– Jag pratar ganska bra, ja.

– Vi skulle kunna titta på det tillsammans. Jag låter dig göra en provöversättning.

Philippe Dupin var tyst en lång stund. Joséphine vågade inte bryta tystanden. Denne så perfekte man skrämde henne. Men aldrig förr hade han, konstigt nog, förefallit henne så här mänsklig. Philippes mobil satte igång att ringa igen men han svarade inte. Joséphine var honom tacksam för det.

– Det enda jag begär av dig, Joséphine, är att inte berätta det för någon. Inte för någon. Varken för din mor eller din syster eller din man. Jag skulle vilja att detta stannar mellan oss. Mellan oss två, menar jag.

– Så vill jag också ha det, suckade Joséphine. Om du visste hur trött jag är på att hela tiden behöva förklara mig inför dessa människor som finner mig så slapp och dum …

Orden ”slapp” och ”dum” fick honom att le och spänningen försvann i ett slag. Hon har inte fel, sa han sig. Det är något intetsägande över henne. Det är precis de orden jag skulle ha använt för att beskriva henne. Han greps av en vag sympati för denna lilla klumpiga men rörande svägerska.

– Jag tycker mycket om dig, Jo. Och jag högaktar dig också. Rodna inte! Jag tycker du är mycket modig, och väldig snäll.

– I brist på att vara vacker och gåtfull som Iris.

– Det är sant att Iris är mycket vacker, men du har en annan skönhet.

– Åh, sluta Philippe! Jag kommer att börja gråta. Jag är så sårbar just nu. Om du visste vad jag nyss har gjort …

– Antoine har gett sig av … Är det det?

Det var inte det hon tänkte på, men ja, hon kom ihåg: Antoine hade gett sig av. Hon sa igen:

– Ja …

– Det är sånt som händer.

– Ja, grimaserade Joséphine med ett leende, du ser att inte ens i min olycka lyckas jag vara originell.

De log, förblev tysta en stund. Sedan reste sig Philippe Dupin upp för att titta i sin kalender.

– Ska vi säga imorgon på mitt kontor vid tretiden? Passar det dig? Då kan jag presentera dig för den som är ansvarig för att kontrollera översättningarna.

– Tack, Philippe. Tack så mycket.

Han satte fingret mot läpparna för att påminna henne om den hemlighet som hon hade lovat att hålla. Hon nickade.

I salongen, sittande i Marcel Grobz knä, frågade sig Hortense Cortès – medan hon strök med handen fram och tillbaka över hans skalliga hjässa – vad hennes mor och hennes morbror kunde ha att säga varandra eftersom de höll sig inlåsta så länge i arbetsrummet och hur hon skulle kunna reparera det enorma klavertramp hennes mor gjort sig skyldig till denna kväll.

# Del två

Joséphine satt vid köksbordet och gick igenom sin ekonomi.

Oktober. Höstterminen hade börjat. Hon hade betalat allt: allt skolmateriel, laboratorierockarna, skolväskorna, gymnastikkläderna, flickornas skolmatsavgifter, försäkringarna, skatterna, amorteringarna på lägenheten.

Alldeles själv! suckade hon och släppte pennan.

Ett verkligt kraftprov.

Visst, hon hade fått översättningsjobb från Philippes byrå. Men så hade hon också arbetat idogt i juli och augusti. Hon hade inte åkt på semester utan stannat i lägenheten i Courbevoie. Det enda sommarliv hon fått hade varit att vattna blommorna på balkongen. Hon hade haft mycket problem med den vita kamelian. Antoine hade åkt iväg med flickorna i juli, som de hade kommit överens om. Iris hade bjudit med dem till Deauville i augusti, Jo hade själv tagit ledigt en vecka runt den 15 augusti och åkt ut till dem. Flickorna verkade må riktigt bra. De var solbrända och utvilade och hade växt. Zoé hade vunnit sandslottstävlingen och stoltserade med sitt förstapris: en digitalkamera. ”Wow”, hade Jo sagt, ”man märker att man är hos förmöget folk, minsann!” Hortense hade sett ogillande ut. ”Åh, min lilla älskling, det är så skönt att slappna av och säga lite dumheter”, hade Jo slätat över. ”Ja men mamma, du kan göra Iris och Philippe ledsna, de som har varit så snälla mot oss.”

Joséphine hade lovat sig själv att inte låta undslippa sig vilka dumheter som helst. Hon började känna sig bättre till mods i förhållande till Philippe. Hon kände sig som en kollega, även om ordet långt ifrån stämde in på deras arbetsrelation. En kväll hade de råkat hamna ensamma på träbryggan som ledde ut i havet, han hade pratat med henne om en affär han just hade avslutat, där hon hade översatt de inledande handlingarna. De hade skålat för den nya kunden. Hon hade blivit rörd.

Huset var vackert där det svävade mellan havet och dynerna. Det var fest varenda kväll, de åkte ut och fiskade, grillade fisken på stora grillar, hittade på nya drinkar. Flickorna lekte berusade och låtsades att de snubblade i sanden.

Det var med motstridiga känslor hon återvände till Paris. Men när hon fick se summan på checken som hon fick av Philippes sekreterare, ångrade hon sig inte. Hon hade trott att det blivit något fel. Hon hade misstänkt att Philippe hade betalat henne för mycket. Hon träffade honom sällan; det var alltid hans sekreterare som tog emot henne. Ibland skrev han ett par rader till henne där han sa att han var mycket nöjd med hennes arbete. En dag hade han lagt till: ”PS. Men jag hade inte väntat mig något annat från dig.”

Hon hade blivit till sig. Hon mindes deras samtal i hans arbetsrum den där kvällen … kvällen då hon hade grälat med sin mor.

Och sedan, nyligen, hade en av Philippes kolleger frågat henne om hon trodde att hon skulle gå i land med att översätta verk från engelska. ”Riktiga böcker?” Jo hade spärrat upp ögonen. ”Javisst.” ”Seriös litteratur?” Kollegan hade svarat ja, lite irriterad av Jos frågor. ”En av våra kunder är förläggare och behöver en snabb och noggrann översättning av en biografi om Audrey Hepburn, och då tänkte jag på er.” ”På mig?” Joséphines gälla röst hade skvallrat om hur berörd hon var. ”Ja, just det. På er!” Mademoiselle Caroline Vibert hade nu visat ännu tydligare tecken på irritation. ”Åh, men … naturligtvis!” Jo hade försökt skärpa sig. ”Inga problem. När behöver han ha det?”

Mademoiselle Vibert hade givit henne telefonnumret till personen hon skulle kontakta och allt hade blivit snabbt bestämt. Hon hade två månader på sig att översätta *Audrey Hepburn, ett liv*, 352 tättskrivna sidor! Två månader, räknade hon ut, det betyder att jag måste vara klar i slutet av november.

Hon gned sig i pannan. Hon hade ju inte bara detta att göra. Hon hade anmält sig till en konferens vid universitetet i Lyon och till dess måste hon skriva ett femtiotal sidor om kvinnliga arbetare i väverierna under 1100-talet.

På medeltiden arbetade kvinnorna nästan lika mycket som männen, men inte med samma arbetsuppgifter. Enligt väveriägarnas bokföring räknade man tjugo kvinnor på fyrtioen arbetare. Kvinnorna fick inte göra de arbetsuppgifter som ansågs alltför tunga för dem. Detta gällde exempelvis vävande på hög varp eftersom detta arbete krävde att man arbetade med armarna utsträckta. Om denna epok var de förutfattade meningarna nuförtiden många. Man föreställde sig att kvinnorna satt undangömda i sina slott, inklämda i strut och slöja och kyskhetsbälte – när de i själva verket var aktiva, särskilt bland folket och hantverkarna. Inom aristokratin var de mycket mindre aktiva, där stämde det bättre. Joséphine grubblade en stund på inledningen på sitt föredrag. Hur skulle hon börja? Med en anekdot? Med statistik? Med en allmän reflektion?

Hon funderade med blyertspennan i luften när plötsligt en tanke slog henne och exploderade som en bomb. Hon hade glömt höra sig för om hur mycket hon skulle få för Audrey Hepburn! Som en duktig arbeterska hade hon bara tagit emot en bok och glömt att fråga. En våg av panik vällde upp inom henne och hon såg sig själv fångad i en fälla. Vad skulle hon göra? Ringa upp och säga: ”Apropå ingenting, hur mycket får jag betalt? Så idiotiskt, jag glömde att fråga er?” Fråga Mademoiselle Vibert? Omöjligt. Dum och ful, dum och ful, dum och ful. Allt går för fort! jämrade hon sig. Men hur skulle hon annars göra? Folk har inte tid att vänta, inte tid att tänka efter. Jag skulle ha skrivit ner alla mina frågor på ett papper innan jag gick till mötet. Jag måste lära mig bli snabb och effektiv. Jag som levde ett lugnt liv som evig plugghäst …

Shirley gav henne ett och annat handtag med översättningen av Audrey Hepburn-biografin. Joséphine markerade de ord eller uttryck hon hade problem med och rusade in till Shirley. Det slogs en del i dörrarna på deras trappavsats …

Siffrorna på utbetalningen ljög inte. Hon klarade sig till och med riktigt bra. Hon erfor en känsla av eufori och bredde ut armarna i en ansats att lyfta från marken. Lycklig! Lycklig! Sedan samlade hon sig och bad till gudarna att miraklet skulle bestå. Inte en sekund tänkte hon: Det är för att jag arbetar, för att jag hela tiden arbetar. Nej! Joséphine såg aldrig sambandet mellan sin möda och belöningen. Aldrig att hon unnade sig själv ett erkännande. Hon tackade Gud, himlen, Philippe eller Mademoiselle Vibert. Hon hade inte en tanke på att ge sig själv uppskattning för alla de timmar hon tillbringade böjd över lexikon och papper.

Jag måste köpa mig en dator om jag ska fortsätta med sådant här arbete, det skulle gå mycket fortare. Ännu en utgift, tänkte hon, och viftade bort tanken med handen.

På ena sidan hade hon radat upp sina inkomster och på den andra sina utgifter. Med blyerts noterade hon osäkra inkomster respektive utgifter, med röd kulspetspenna poster som var säkra. Och avrundade. Hon avrundade mycket. Till sin nackdel. På det sättet kan jag bara bli positivt överraskad och så får jag lite marginaler, resonerade hon. För det var det som skrämde henne: hon hade inga marginaler. Om något hände henne skulle det bli en katastrof.

Hon hade ingen hon kunde vända sig till.

Det måste vara det som menades med ordet ”ensam”. Förut var de två. Det var dessutom så att Antoine hade koll på allt. Hon skrev under där han pekade. Han brukade skratta och säga: ”Jag skulle kunna få dig att skriva under precis vad som helst!” Och hon brukade svara: ”Javisst! Jag litar på dig!” Han hade pussat henne i nacken medan hon skrev under.

Ingen pussade henne längre i nacken.

De hade fortfarande inte pratat vare sig om separation eller skilsmässa. Hon hade lydigt fortsatt underteckna alla papper som han lade framför henne. Utan att ställa några frågor. Hon blundade för allt bara för att få känna att banden mellan dem fortfarande fanns kvar. Man och hustru, man och hustru. I nöd och lust.

Han fortsatte ”få lite frisk luft”. Med Mylène. Nu har han snart luftat sig i sex månader, tänkte hon och kände ilskan stegra inom sig. Allt oftare uppfylldes hon av denna ilska.

När han kom och hämtade flickorna i början av juli, gjorde det ont inom henne. Mycket ont. Hissdörren smällde igen. ”Hej-då, mamma, jobba på!” ”Ha så roligt, flickor! Passa på!” Därefter tystnaden i trapphuset. Och sedan … hon hade sprungit ut på balkongen och sett Antoine packa bilen, öppna bagageluckan och sätta in de två resväskorna och, i passagerarsätet på hennes plats: en armbåge som stack fram. En armbåge i röd bomull.

Mylène!

Han tog med henne på semester med flickorna.

Mylène!

Hon satt på hennes plats!

Mylène!

Hon försökte inte ens gömma sig, hon lät sin armbåge sticka fram. Sin röda armbåge.

För ett ögonblick fick Jo lust att springa ner och ta sina döttrar i nackskinnet och slita dem ur deras pappas klor, men hon besinnade sig. Det var Antoines rättighet, hans absoluta rättighet. Hon kunde ingenting säga om det.

Hon hade låtit sig sjunka ner på balkongens betonggolv. Hade satt händerna för ögonen och gråtit och gråtit. En lång stund. Utan att röra sig. Alltmedan samma film rullades upp för hennes inre. Antoine presenterade Mylène för flickorna, Mylène log mot dem. Antoine körde, Mylène läste kartan. Antoine föreslog att de skulle stanna vid en restaurang, Mylène valde. Antoine hade hyrt en lägenhet med flickorna och Mylène. Ett rum till flickorna och ett till honom och Mylène. Han sov med Mylène och flickorna sov i rummet bredvid. På morgonen åt de frukost tillsammans. Alla tillsammans! Antoine åkte och handlade med flickorna och Mylène. Han sprang på stranden med flickorna och Mylène. Han tog med flickorna och Mylène på marknad. Han köpte sockervadd till flickorna och Mylène. Orden formade sig hela tiden till samma visa: "flickorna och Mylène, Antoine och Mylène." Så hade hon tagit ett djupt andetag och vrålat: "Nybildad familj, my ass!" Hon hade blivit förvånad över att höra sig själv vråla på det sättet och hon hade slutat gråta.

Den dagen hade Joséphine förstått att hennes äktenskap var över. En röd armbåge i rött tyg hade varit mer effektiv än alla ord som utväxlats mellan henne och Antoine. Slut, hade hon sagt till sig själv medan hon på ett papper ritade en triangel som hon färglade i klarrött.

S-l-u-t! Helt slut.

Hon hade satt upp den röda triangeln i köket ovanför brödrosten för att hon skulle kunna titta på den varje morgon.

Nästa dag hade hon fortsatt med sin översättning

Senare, när hon var i Deauville hos Iris, hade hon fått veta att Zoé hade gråtit mycket tidigare under sommaren, i juli. Hon hade fått höra det av Iris som fått det från Alexandre som Zoé hade anförtrott sig åt. "Antoine hade sagt till dem att det var lika bra att de vande sig vid Mylène eftersom han tänkte leva med henne och att de hade ett jobbprojekt på gång tillsammans inför hösten ..." Vad då för jobbprojekt? "Det är det ingen som vet ..." Flickorna sa själva ingenting. Joséphine fick bita sig i tungan för att inte ställa några frågor.

"Stackars små barn, så illa de far i livet!" deklarerade Madame Mère inför Iris. "Gud, vad man utsätter barn för nuförtiden. Inte konstigt att samhället ser ut som det gör. Om inte föräldrarna kan uppföra sig, vad kan man då förvänta sig av barnen?"

Madame Mère. Henne träffade inte Jo längre. Inte sedan i maj. Inte sedan deras sammandrabbning i Iris vardagsrum. Inte ett enda ord. Inte ett enda telefonsamtal. Inte ett enda brev. Ingenting. Hon tänkte inte på det hela tiden, men när hon på gatan hörde en kvinna i sin egen ålder böja sig över en äldre dam som hon kallade "mamma", vek sig knäna under henne och hon fick leta upp en bänk att sätta sig på.

Men hon vägrade ta första steget. Och hon ångrade inte ett enda ord hon sagt den där kvällen.

Hon frågade sig till och med om det inte var just denna scen med hennes mamma som hade gett henne energin att arbeta. "Man känner sig stark när man inte spelar falskt. Den kvällen spelade du inte falskt och se vilka framsteg du har gjort sen dess!" Det var Shirleys teori. Och kanske hade Shirley inte fel.

Ensam. Utan Antoine, utan mamma. Utan man.

På biblioteket, i en av de smala gångarna mellan bokhyllorna, hade hon stött till en man som kom från andra hållet. Hon hade famnen full av böcker, hon hade inte sett honom. Alla böckerna hade rasat ut över golvet och den okände hade böjt sig ner för att hjälpa henne samla ihop dem. Han hade tittat förebrående på henne, vilket hos henne hade utlöst ett våldsamt skratt. Hon hade blivit tvungen att gå ut för att lugna ner sig. När hon kom in igen hade han blinkat åt henne i något slags heligt samförstånd. Hon hade blivit helt förvirrad. Hela eftermiddagen hade hon försökt fånga hans blick men han hade suttit försjunken i sina pärmar. När hon vid ett tillfälle hade lyft blicken var han försvunnen.

Hon hade träffat på honom igen och han hade gjort en liten gest med handen och lett mjukt åt hennes håll. Han var lång och mager, med ett kastanjebrunt hår som föll ner i ögonen på honom, och hans kinder var så insjunkna att det såg ut som om han sög in dem. Han hängde försiktigt sin marinblå duffel på stolsryggen innan han satte sig ner, borstade av den och slätade till den innan han sjönk ner på stolen som en dansör. Han hade långa, magra ben. Jo föreställde sig honom steppande. Med svarta trikåer, svart kavaj, och svart hög hatt. Hans ansiktsuttryck skiftade ofta. I ena minuten fann hon honom vacker och romantisk, i nästa blek och melankolisk. Hon var aldrig säker på att hon skulle känna igen honom. Ibland glömde hon hur han såg ut, och måste titta flera gånger för att lära sig hans utseende.

Hon hade inte vågat berätta historien om den unge mannen för Shirley. Hon skulle ha skrattat åt henne. ("Men du skulle ha frågat om han ville ta en fika, frågat efter hans namn och hans arbetstider! Du är ju hopplös.")

Javisst ... Jag är hopplös och det är ingen nyhet! suckade Joséphine medan hon klottrade på sitt papper. Jag ser allt, jag känner allt, tusen detaljer går in i mig som långa taggar och gör mitt liv sårigt. Tusen detaljer som andra inte lägger märke till eftersom de har krokodilhud.

Det svåraste var att inte låta sig gripas av panik. Om nätterna låg paniken alltid på lur. Hon kände hur skräcken växte inom henne och kunde inte fly. Hon vred sig fram och tillbaka på sin madrass utan att lyckas somna. Betala amorteringarna på lägenheten, avgiften till bostadsrättsföreningen, skatterna, Hortenses fina kläder, reparationerna på bilen, försäkringarna, telefonräkningarna, årskortet till simhallen, semestern, biobiljetter, skor, tandställningar ... Hon räknade upp utgifterna och skräckslagen, med vidöppna ögon, rullade hon in sig i täcket för att inte behöva tänka mer på dem. Det hände att hon vaknade, satte sig upp i sängen och om och om igen gick igenom sina räkenskaper fram och tillbaka för att till slut konstatera att nej, hon skulle inte klara det fastän siffrorna hade sagt ja tidigare på dagen. Då tände hon, panikslagen, gick och hämtade papperet där hon krafsat ner siffrorna och började om från början med att räkna fram och tillbaka ända tills hon tog sitt förnuft till fånga och släckte ljuset, helt utmattad.

Hon fruktade dessa nätter.

Hon kastade ett sista öga på siffrorna i blyerts och på dem som var skrivna med rött, och konstaterade lugnt att de klarade sig bra för tillfället. Tankarna vandrade iväg till föredraget som hon måste förbereda. En passage, som hon läst någonstans, flög genom hennes huvud. Hon hade sagt sig att det skulle vara bra att skriva ner den och använda den. Så gick hon och letade efter den och fann den. Hon beslöt sig för att inleda sitt föredrag med den.

"All forskning inom ekonomisk historia framhåller åren 1070-1130 i Frankrike: man finner under dessa år grunden till många samhällen på landsbygden liksom de första tecknen på urbanisering. Då började också användandet av mynt på landsbygden och handelsvägarna mellan städer grundlades. Men denna dynamiska och innovativa period präglades även av feodalherrarnas makt och deras rättighet att utkräva skatter. Hur går detta ihop? Ska man tänka sig det ekonomiska uppsvinget *trots* feodalismen eller tack vare den?"

Med armbågarna på vaxduken frågade sig Jo om inte denna fråga även kunde gälla hennes eget öde. Sedan hon blivit ensam och ansatts av alla räkningar som skulle betalas växte hon med uppgiften och blev klokare. Som om detta att vara i fara drev henne att kavla upp ärmarna, att arbeta och arbeta …

Om bara inte pengarna gick åt så kvickt, så hade jag kunnat hyra ett hus med flickorna nästa sommar. Köpa alla de fina kläder som de vill ha, ta med dem på teater, på konsert … Vi skulle kunna göra oss fina och gå på restaurang en gång i veckan! Jag skulle gå till frisören. Köpa mig en vacker klänning, Hortense skulle inte längre skämmas för mig …

Hon tillät sig att drömma sig bort en stund till och tog sig sen samman: hon hade lovat Shirley att hjälpa henne leverera tårtor till ett bröllop. En stor beställning. Shirley behövde hjälp så att inte tårtorna for omkring när hon bromsade och med att sitta kvar i bilen om hon inte fick någon parkeringsplats utanför.

Hon lade undan sina saker, sin kassabok, sin blyertspenna, sin röda kulspetspenna. Hon stod en stund fundersam och sög på hatten till sin kulspetspenna, sedan reste hon sig, drog på sig en kappa och gick in till Shirley.

Shirley väntade otåligt på henne i trappan. Hennes son Gary stod i dörröppningen. Han vinkade med handen till Jo och stängde sedan dörren. Joséphine kvävde ett förvånat utrop som inte undgick Shirley.

– Vad är det med dig? Har du sett ett spöke?

– Nej, men Gary … jag såg honom precis så som han kommer att se ut om några år. En vuxen man! Så snygg han är!

– Ja, jag vet, och kvinnorna har börjat spana in honom.

– Vet han om det?

– Nej, och jag tänker då inte berätta det för honom … Jag vill inte att han blir självuppgiven.

– Självupptagen, Shirley, inte självuppgiven.

Shirley ryckte på axlarna. Hon hade travat kartongerna där tårtorna som hon skulle leverera vilade inbäddade i vita dukar.

– Säg mig … Hans pappa måste ha varit riktigt snygg?

– Hans pappa var den vackraste mannen i världen … Det var för övrigt hans viktigaste egenskap!

Hon rynkade ögonbrynen och sopade med handen undan luften som om hon ville jaga bort ett obehagligt minne.

– Ok, hur gör vi nu?

– Som du tycker är bäst. Det är du som bestämmer, vet du väl.

Joséphine lät henne fundera ut en plan.

– Vi åker ner, du vaktar tårtorna medan jag går och hämtar bilen, vi lastar in och så är allt klart … Tryck på hissen och håll upp dörren.

– Kommer Gary med oss?

– Nej, hans fransklärare är sjuk, han är sjuk hela tiden … Och istället för att stanna kvar i skolan och plugga så går Gary hem och läser Nietzsche! Andra har finniga tonåringar men jag har en intellektuell fjortis. Såja! Vi slösar bort tiden på att stå här och prata, *move on!*

Joséphine lydde. På några minuter var bilen lastad, tårtorna staplade i baksätet och Jo lade en hand på kartongerna för att hålla fast dem.

– Titta på kartan och säg om det finns någon annan väg man kan ta än över Avenue Blanqui.

Joséphine tog upp kartan från golvet och studerade den.

– Så långsam du är, Jo.

– Det är inte jag som är långsam, det är du som är stressad. Låt mig titta i lugn och ro.

– Du har rätt. Du är snäll som följer med mig. Jag borde tacka dig i stället för att gräla på dig.

Det är precis för detta som jag tycker om den där kvinnan, sa Jo inom sig medan hon tittade på kartan. När hon går för långt så erkänner hon det, när hon har fel så erkänner hon också det. Hennes ord, hennes gester, hennes handlingar sammanfaller med hennes tanke. Ingenting är falskt eller konstlat.

– Du kan ta Rue d'Artois, svänga in på Maréchal-Joffre och ta första gatan till höger, då kommer du rakt på Rue Clément-Marot.

– Tack. Jag skulle leverera klockan fem. Och sen ringer de mig och säger att det måste bli klockan fyra annars kan jag stoppa upp mina tårtor någonstans ... Det är en stor kund så han vet mycket väl att jag fograr mig efter hans vilja.

När Shirley var upprörd, sa hon de franska orden fel. Annars hade hon ett utomordentligt bra språk.

– Samhället driver med människorna. Man stjäl deras tid, det enda som var och en borde få disponera fritt. Allt verkar gå ut på att man måste offra sina bästa år på ekonomins altare. Vad finns det sen kvar för oss? En mer eller mindre trist ålderdom, när man måste ha löständer och blöjor. Kom inte och säg att det är i sin ordning.

– Kanske inte. Men jag förstår inte hur man skulle kunna göra på något annat sätt. Om man inte ändrar hela samhället. Andra har försökt före oss och man kan inte säga att resultatet har varit direkt uppmuntrande. Om du ber samhället fara åt skogen så vänder de sig bara till någon annan och du förlorar dina tårt-inkomster.

– Jag vet, jag vet … Men jag gnäller för att det gör mig gott att gnälla. Jag lättar på trycket … Drömma kan man ju alltid, förresten.

En moped körde rakt ut framför Shirley som slängde ur sig en salva okvädningsord på engelska.

– Tur att Audrey Hepburn inte pratade som du! Det hade varit svårt att översätta.

– Vad vet du om det? Hon lättade kanske sitt hjärta då och då genom att säga fula ord! Det är bara det att de inte är med i biografin.

– Hon verkar så perfekt, så väluppfostrad. Har du tänkt på att hon inte hade en enda kärlekshistoria som inte slutar i äktenskap?

– Det är kanske vad de säger i din bok! När hon spelade in *Sabrina*, då prasslade hon med William Holden och han var gift.

– Ja, men hon gjorde slut med honom. Därför att han berättade att han hade steriliserat sig och hon ville ha massor av barn. Hon älskade barn. Äktenskap och barn …

– Precis som jag, lade Jo till, ohörbart.

– Men det var ju inte konstigt, så som hon hade haft det som tonåring, att hon drömde om *home, sweet home* …

– Åh! Blev du också förvånad över det? Jag hade aldrig trott det om henne som var så tunn och bräcklig.

Vid femton års ålder, under andra världskriget, hade Audrey Hepburn arbetat för motståndsrörelsen i Holland. Hon transporterade meddelanden som hon gömde under sulorna i sina skor. En dag när hon kom tillbaka från ett uppdrag arresterades hon av nazisterna och togs tillsammans med ett tiotal andra kvinnor med till Kommendaturen. Hon lyckades fly och gömde sig i en källare under ett hus. Hon hade bara sin skolväska med sig, en äpplejuice och en bit bröd, ingenting mer. I källaren tillbringade hon en månad tillsammans med en familj uthungrade råttor. Det var i augusti 1945, två månader före befrielsen av Holland. Halvdöd av hunger och ångest tog hon sig till slut ut mitt i natten, irrade omkring på gatorna och återvände till slut hem.

– Jag älskar hennes test ”Världens sexigaste tjej”, tillade Jo.

– Vad är det?

– Ett knep som hon tog till på kvällarna i början av sin karriär i England. Hon hade väldigt mycket komplex för att hon hade stora fötter men liten byst. Hon brukade sätta sig i ett hörn och upprepa för sig själv: ”Jag är den mest åtråvärda kvinnan i världen! Männen ligger för mina fötter, jag behöver bara böja mig ner för att samla ihop dem.” Hon upprepade det så många gånger så att det till slut fungerade. Mot slutet av kvällen var hon medelpunkten för en hord av män.

– Du borde prova.

– Åh, jag?

– Ja, allvarligt talat … Du har vissa drag av Audrey Hepburn.

– Sluta driva med mig.

– Jo, det är säkert – om du bara gick ner några kilo. Du har redan stora fötter, små bröst, stora bruna ögon, rakt kastanjebrunt hår.

– Nu är du elak.

– Inte alls. Du känner mig: jag säger alltid vad jag tycker.

Joséphine tvekade några sekunder. Och kastade sig därefter ut på djupt vatten:

– Jag har lagt märkt till en kille på biblioteket …

Hon berättade för Shirley om hur de stött ihop, hur böckerna for ut över golvet, hur de hade skrattat och om den omedelbara samhörighet som hon hade känt med den okände mannen.

– Hur ser han ut?

– Han ser ut som en övervintrad student. Han går omkring i en duffel. En man bär inte duffel om han inte är en övervintrad student.

– Eller filmregissör som håller på med research, eller en mesig forskare, eller en doktorand i historia som arbetar med en avhandling om Jeanne D'Arcs syster … det finns en massa möjligheter, som du ser.

– Det är första gången jag ser åt en man sen …

Jo avbröt sig. Hon hade fortfarande svårt att prata om Antoines uppbrott. Hon svalde och fortsatte:

– Sen Antoine gav sig av.

– Har ni träffats fler gånger?

– En eller två gånger … varje gång har han lett mot mig. Man kan ju inte prata med varandra på biblioteket, alla är tysta … Så man får prata med ögonen … Han är snygg, riktigt snygg! Och romantisk!

Trafikljuset slog om till rött och Jo passade på att ta fram en blyertspenna ur sin ficka och frågade:

– Du vet när Audrey spelar mot Gary Cooper … och han talar konstig engelska?

– Han var en riktig cowboy. Han kom från Montana. Han sa inte *yes* eller *no* utan *yup* och *nope*! Denne man som fått miljoner kvinnor att drömma pratade som en dräng. Och, utan att vilja göra dig besviken, så var han ganska tråkig!

– Han sa också: *"Am only in film because ah have a family and we all like to eat!"* Hur översätter du det till franskt cowboyspråk, om jag får fråga?

Shirley kliade sig i huvudet, släppte upp kopplingen och körde iväg. Hon svängde till höger, till vänster och lyckades efter att ha skällt på ett par tre bilister ta sig ur trafikstockningen.

– Man skulle kunna säga: "Filmar? Det gör jag bara för att klara livhanken för frugan och kidsen, vi gillar att käka allihop, serru." Nåt sånt! Titta på kartan om jag kan ta till höger, för här är helt igenkorkat.

– Det kan du … Men sen måste du ta till vänster igen.

– Jag tar till vänster igen. Det är hjärtats plats, min egen plats.

Joséphine log. Livet förvandlades till en centrifug tillsammans med Shirley. Hon hängde aldrig upp sig på yttre omständigheter, konventioner eller fördomar. Hon visste exakt vad hon ville och hon gick rakt mot målet. Livet enligt Shirley var enkelt. Sättet hon uppfostrade Gary på chockerade Joséphine ibland. Hon pratade med sin son som om han var vuxen. Hon dolde inget för honom.

Hon hade sagt till Gary att hans far hade gått upp i rök när han föddes, hon hade också sagt till honom att den dag han bad henne skulle hon ge honom pappans namn så att han kunde söka upp honom om han ville. Hon hade lagt till att hon hade varit vansinnigt förälskad i hans far och att Gary själv hade varit ett önskat och älskat barn. Att livet var tufft för männen idag, att kvinnorna krävde mycket av dem och att de inte alltid hade tillräckligt breda axlar för att bära allt. Så ibland valde de att ta till flykten. Det hela verkade räcka för Gary.

Under loven åkte Shirley till Skottland. Hon ville att Gary skulle lära känna sina förfäders land, prata engelska och lära känna en annan kultur. I år när de hade kommit hem hade Shirley varit mörk och dyster. Hon hade låtit undslippa sig: ”Nästa år åker vi någon annanstans …” Sedan hade hon inte pratat mer om det.

– Vad tänker du på, frågade Shirley.

– Jag tänkte på din mystiska sida, på allt det som jag inte vet om dig …

– Det är väl lika bra? Att veta allt om den andra blir bara tråkigt.

– Du har rätt … Och ändå. Ibland önskar jag att jag vore gammal för jag tänker mig att jag då kommer att veta vem jag verkligen är.

– Enligt min åsikt, men det är bara min åsikt, så ligger ditt mysterium någonstans i din barndom. Det måste ha varit något som hände då, som har blockerat dig. Jag undrar ofta varför du gör så lite väsen av dig själv, varför du utstrålar så lite självsäkerhet …

– Det undrar jag också, ska du veta.

– Se där ja, det låter bra. Det är alltid en början. Frågan är den första biten du lägger i ditt eget pussel. Det finns människor som aldrig frågar sig någonting, som lever med stängda ögon och som aldrig kommer till några klarheter.

– Så är det inte med dig!

– Nej. Du kommer att gå från klarhet till klarhet. Fram tills nu har du tagit betäckning bakom ditt äktenskap och dina studier, men du håller på att sticka ut näsan och det kommer att hända saker. Du ska få se, så fort man rör på sig så sätter man också livet omkring sig i rörelse! Du kommer inte undan. Är det långt kvar?

Exakt klockan fyra fick de syn på grindarna till firman Parnell Traiteur. Shirley parkerade på infarten så att inga bilar kunde komma ut eller in.

– Stannar du i bilen och flyttar den om någon kommer? Jag levererar tårtorna.

Joséphine nickade. Hon flyttade över till förarsätet och tittade på när Shirley grep sig an tårtkartongerna. Hon baxade upp dem med axeln, lastade famnen full ända upp till hakan, höll kartongtraven på utsträckta armar och gick in med stora steg. Bakifrån skulle man verkligen kunna tro att hon var en man. Hon hade på sig ett par snickarbyxor och en arbetarjacka. Men så fort hon vände sig om blev hon Uma Thurman eller Ingrid Bergman. En av dessa långa blonda kvinnor med regelbundna drag och ett avväpnande leende, klar hy och sneda kattögon.

Hon kom tillbaka i ett krumsprång och smällde av två pussar på Jos kinder.

– Stålar! Stålar! Nu kan jag lyxa till det. Han retar gallfeber på mig, den där kunden, men han betalar bra. Ska vi gå på kafé och unna oss en öl?

På vägen tillbaka, medan de lät sig vaggas fram av herrgårdsvagnens krängningar och Joséphine gjorde upp planer för sitt föredrag, rycktes hon ur sitt drömmeri av en figur som korsade gatan framför dem.

– Titta!

Jo skrek till och drog Shirley i ärmen.

– Där framför oss.

En man i duffel, med halvlångt brunt hår, gick med händerna i fickorna över gatan utan brådska.

– Man kan inte säga att han är nervöst lagd, den där killen. Känner du honom?

– Det är han, mannen från biblioteket! Han, du vet? Har du sett så snygg han är, vilken nonchalant stil han har ...

– Nonchalant är ordet.

– Nu ser jag hur snygg han är, faktiskt. Snyggare än jag tyckte på biblioteket!

Joséphine ryggade tillbaka i sätet, rädd att han skulle känna igen henne. Sedan kunde hon inte hålla sig längre utan tryckte näsan mot vindrutan. Den unge mannen i duffeln hade vänt sig om och gjorde stora gester som visade på ljuset som höll på att slå om till grönt.

– Aj, aj, sa Shirley. Ser du vad jag ser?

En ung kvinna, blond, smal och förtjusande, störtade fram mot honom och drog honom med sig. Hon stack ner ena handen i fickan på hans duffel och smekte honom på kinden med den andra. Mannen drog henne till sig och kysste henne.

Joséphine böjde ner huvudet och suckade.

– Så var det med det!

– Vadå, menar du? röt Shirley. Han vet ju inte att du är här. Han kan ju ändra sig. Och du ska bli Audrey Hepburn och förföra honom. Och nu ska du sluta äta choklad när du sitter och jobbar. Vips, så kommer du att gå ner i vikt. Sen ser man bara dina stora ögon, din getingmidja – och han kommer att falla pladask! I fortsättningen blir det *du* som sticker ner handen i fickan på hans duffel! Och så blir ni vansinnigt lyckliga tillsammans. Det är så du måste tänka, Jo, inte på något annat sätt.

Joséphine lyssnade på henne, fortfarande med huvudet nerböjt.

– Jag är nog inte gjord för stora kärleksäventyr.

– Säg nu inte att du redan hade diktat ihop en hel roman om honom.

Jo nickade ömkligt på huvudet.

– Jo, jag är rädd för det ...

Shirley släppte upp kopplingen, grep tag i ratten, satte våldsam fart och lämnade avtryck av all sin ilska på vägbanan i form av svarta däckspår.

När Josiane Lambert kom till kontoret den morgonen fick hon ett samtal från sin bror, som berättade att deras mor var död. Även om hon inte mindes annat än hugg och slag från sin mor började hon gråta. Hon grät över sin pappa som avlidit tio år tidigare, över sin barndom som präglats av lidande, över de ömhetsbetygelser hon aldrig fått, över härliga skratt hon aldrig fått dela med någon, över komplimanger hon aldrig hört, över hela detta tomrum som gjorde så ont i henne. Hon kände sig föräldralös. Sedan insåg hon att hon faktiskt blivit föräldralös på riktigt, och då grät hon ännu mer.

Det var som om hon nu tog igen all förlorad tid. När hon var liten hade hon aldrig fått gråta. Om hon gjorde en min av att börja gråta ven örfilen i luften och brände till på hennes kind. Hon insåg nu när hon lät tårarna flöda att hon räckte ut sin hand till den lilla flicka som aldrig hade kunnat gråta, att det var ett sätt att trösta henne och ta henne i famnen och ordna en plats åt henne vid sin sida. Det är lustigt, tänkte hon, det känns som om jag är dubbel: Josiane, trettioåtta år gammal, smart och beslutsam, en kvinna som vet hur man klarar sig i livet. Samtidigt är jag den lilla handfallna, klumpiga flickan som har ont i magen av rädsla, hunger och kyla. Genom att gråta blev hon båda två på en gång, och det kändes bra med detta återseende.

– Men vad händer här då? Här var det gråt och tandagnisslan – vilken jämmerdal. Och ni svarar inte i telefon!

Henriette Grobz, stel som en pinne, med en hatt som en stor tårta placerad lite snett på huvudet, tittade strängt på Josiane som först nu lade märke till att telefonen faktiskt ringde. Hon väntade ett ögonblick och när den slutat ringa tog hon upp en välanvänd pappersnäsduk ur fickan och snöt sig.

– Det är min mamma, snyftade Josiane. Hon är död …

– Det var naturligtvis tråkigt, men ... Alla förlorar sina föräldrar förr eller senare, det måste man vara förberedd på.

– Jaha, men då får vi kanske konstatera att jag inte var förberedd på det, trots allt?

– Ni är inte längre en liten flicka. Tag er samman nu. Om alla anställda tog med sig sina personliga problem till jobbet, hur skulle det då gå med Frankrike?

Självstillstånd på jobbet, det är en lyx för chefen, inte för de anställda, tänkte Henriette Grobz. Det är bara att hålla inne med tårarna under dagen och sedan släppa ut dem på kvällen hemmavid. Hon hade aldrig gillat Josiane. Hon gillade inte hennes oförskämdhet, hennes mjuka smidiga gång, hon var som en nöjd katta med sitt blonda hår och sina ögon. Åh, de där ögonen! Eggande, djärva, livliga ..., ibland fuktiga och trånande. Hon hade ofta bett Chef att avskeda henne men han vägrade.

– Är min man inne? frågade hon Josiane som hade rest sig upp och med tjurskallig blick låtsades följa en flugas flykt för att slippa titta rakt på denna kvinna som hon avskydde.

– Han är däruppe men han kommer snart ner. Slå er bara ner på hans kontor och vänta så kommer han strax. Ni vet ju vägen!

– Lite artighet, lilla gumman, jag tillåter inte att man talar till mig på det viset, replikerade Henriette Grobz i en mästrande ton.

– Ni ska inte kalla mig lilla gumman. Jag är Josiane Lambert och inte er lilla flicka ... som tur är, det hade jag aldrig stått ut med.

Jag tycker inte om hennes ögon, tänkte Josiane. Hennes små kalla, hårda och giriga ögon, fulla av misstanke och beräkning. Jag tycker inte om hennes smala, torra läppar eller hennes vitaktiga mungipor. Hon måste ha gips i munnen, den kvinnan! Jag står inte ut med att hon pratar till mig som om jag var hennes tjänstehjon. Vad har hon att vara mallig över? Att ha gift sig med en duktig man som har dragit upp henne ur misären? Hon har tagit sig in i värmen, men jag skulle mycket väl kunna stänga av den för henne. Skrattar bäst som skrattar sist!

– Akta er, lilla Josiane, jag har inflytande över min man och jag skulle kunna se till att ni inte får sticka in näsan mer på det här företaget. Sekreterare finns det gott om. Om jag var ni skulle jag vakta min tunga.

– Och om jag var ni, så skulle jag inte vara så säker på min sak. Under tiden, låt mig sköta mitt arbete och gå in och slå er ner på kontoret, beordrade hon i en så myndig ton att Henriette Grobz på sitt stela och mekaniska sätt lydde henne.

På tröskeln vände hon sig om och hötte hotfullt med fingret mot Josiane och tillade:

– Tro inte att det tar slut här, min lilla Josiane. Ni kommer att få höra av mig. Om jag får ge er ett gott råd, så förbered er på att packa ihop.

– Vi får väl se, min goda fru. Jag har haft med värre personer än ni att göra och ingen har hittills fått mig på fall. Försök att få in det i er skalle, där under er stora hatt!

Hon hörde dörren till Chefs kontor stängas med en smäll och log ett förnöjt leende. Nu var hon ursinnig, den gamla geten. En poäng till mig, tänkte Josiane. Sedan deras första handslag tålde hon inte Tandpetaren. Men hon hade tagit för vana att aldrig sänka blicken inför henne, hon tittade henne alltid rakt i ögonen. En duell pågick mellan två skoningslösa kvinnor: den ena torr, rynkig, vresig och den andra mjuk, rosig och fyllig. Båda lika envisa.

Hon slog numret till sin bror för att ta reda på när begravningen skulle äga rum. Väntade en stund, det var upptaget, slog numret än en gång och väntade igen. Skulle Henriette Grobz verkligen kunna köra iväg henne? Undran slog henne medan hon lyssnade på telefonens ringsignal. Skulle hon verkligen … Kanske det, trots allt. Män är så fega. Han skulle bara säga till mig att han tänkte hitta en annan plats till mig. I en filial. Och då skulle jag vara långt från högkvarteret. Långt ifrån allt det som jag byggt upp så tålmodigt och som just håller på att bära frukt. (Ring, inget svar.) Det är bäst jag håller ögonen öppna nu! (Ring, inget svar.) Han ska inte få kollra bort mig med sina ljuva ord, den gode Marcel, för att få mig att svälja en sådan besk medicin …

– Hallå, Stéphane. Det är Josiane.

Begravningen skulle hållas nästa lördag på kyrkogården i byn där Josianes mor hade bott. Josiane greps plötsligt av sentimentalitet och beslöt sig för att delta. Hon ville vara där när man fick mamman i jorden, hon behövde se sin mor sänkas ner i ett stort svart hål för alltid. Då skulle hon kunna säga farväl och kanske, kanske viska till henne att hon så gärna hade velat älska henne.

– Hon ville bli kremerad …

– Jaså, varför det? frågade Josiane.

– Hon var så rädd för att vakna i mörkret.

– Jag kan förstå henne.

Min lilla mamma som är rädd för mörkret … Hon kände en ansats till kärlek gentemot sin mor. Hon började åter gråta. Hon lade på luren, snöt sig och kände en hand på sin axel.

– Mår du inte bra, Choupette?

– Det är mamma. Hon är död.

– Och du är ledsen?

– Jaa.

– Seså, kom här …

Chef hade tagit henne om midjan och dragit upp henne i sitt knä.

– Lägg armarna om min hals och släpp efter … som om du var min baby. Du vet hur gärna jag hade velat ha en liten, en egen liten en.

– Ja, snyftade Josiane och kröp ihop i hans stora varma famn.

– Du vet att hon aldrig har velat ge mig ett barn.

– Tur i oturen, svalde Josiane medan hon snöt sig.

– Det är därför som du är mitt allt … min fru och mitt barn.

– Din älskarinna och ditt barn, observera! För din fru är på ditt kontor och väntar på dig.

– Min fru!

Chef studsade upp som om någon hade stuckit honom med en rostig spik därbak.

– Är du säker?

– Vi växlade några ord …

Han kliade sig i skallen med en besvärad min.

– Grälade ni?

– Hon var ute efter bråk och hon fick det!

– Oh là, là. Och jag som behöver hennes underskrift! Jag har lyckats pracka på engelsmännen min ruttna filial du vet, den i Murepain, den som jag ville bli av med. Nu måste jag smila in mig. Choupette, du hade inte kunnat vänta till en annan dag med att mucka gräl med henne. Hur ska jag nu göra?

– Hon kommer att kräva min skalp, av dig …

– Är det så illa?

Han såg orolig ut och satte igång att gå fram och tillbaka i rummet. Han gick runt, gjorde yviga gester, slog handflatan i skrivbordet, vred sig, pratade högt för sig själv och föll slutligen med lyfta armar ner på en stol.

– Är du så rädd för henne?

Han log ömkligt, inte olik en besegrad soldat med händerna i luften och byxorna nerdragna.

– Jag borde nog gå in till henne nu.

– Ja, gå och se vad hon hittar på där, helt ensam på ditt kontor …

Chef tog på sig en ångerfull min och avlägsnade sig medan han slog sig på sidorna med armarna som om han bad om ursäkt för denna skamsna reträtt. Sedan vände han sig om, böjd och härjad, och frågade med en svag och kuvad röst:

– Är du arg på mig, Choupette?

– Såja, gå nu.

Hon visste en del om mäns mod. Hon väntade sig inte att han skulle försvara henne. Hon hade så ofta sett honom komma ut i darrigt skick efter ett möte med Tandpetaren. Hon väntade sig inget från honom, annat än mjukhet, och ömhet i sängen. Hon skänkte i sin tur den gamle hedersknyffeln njutning, vilket han annars inte fick mycket av, och det fyllde henne med glädje, ty i kärlek var att ge lika stort som att få. Vilken underbar känsla att sätta sig på honom och känna hans vällust mellan sina lår! Att se hans ögon rulla och munnen vrida sig. Det gav henne en känsla i magen av makt … nästan moderlig makt. För övrigt … hon hade haft rätt många mellan benen, en mer eller mindre hade ingen betydelse. Och den här var ju snäll! Hon hade fått smak för denna känsla av makt, detta kärleksutbyte mellan henne själv och hennes stora nallebjörn. Kanske borde hon ha hållit käften trots allt … Josiane hade aldrig litat på män. Inte på kvinnor heller, för övrigt. Det var knappt att hon litade på sig själv. Ibland blev hon förvirrad av hur hon själv reagerade.

Hon bestämde sig för att gå och ta en kopp kaffe och rensa skallen lite. Hon reste sig upp och kastade en sista misstänksam blick mot Chefs kontor. Vad utspelade sig mellan hans fru och honom? Skulle han ge vika för utpressningen och offra henne på klöverns altare? Klöver – det var så hennes mamma alltid hade sagt om pengar.

Detta dyrkande av klöver, tänkte hon. Det är bara vi, de små och ynkliga, som känner denna ödmjukhet inför pengar. Vi kan inte bara använda dem som ett medel för försörjning utan vi avgudar dem och tillber dem. Vi kastar oss över minsta centime som studsar mot marken. Vi plockar upp den och gnuggar den tills den blänker och då känner vi att vi lever. Som slagna hundar kastar vi en blick mot de rika som tappat den och inte brytt sig om att ta upp den. Jag själv som låtsas vara en frigjord kvinna, jag som har låtit mig utnyttjas hela mitt liv på grund av pengar, jag som förlorade oskulden på grund av pengar, som fick mina första knytnävsslag på grund av det, mina första sparkar i magen, jag som blivit förödmjukad och slagen … Så fort jag ser en förmögen snubbe kan jag inte låta bli att se honom som en högre varelse. Jag lyfter blicken mot honom som om han vore Messias, jag är beredd att komma till honom med rökelse och myrra!

Arg på sig själv slätade hon ut klänningstyget och gick och lade i ett mynt i kaffemaskinen. Muggen föll ner och utlöste den brännheta strålen, Josiane avvaktade tills maskinen hade slutat spotta ut sin svarta galla. Hon slöt händerna om sin kaffekopp och gillade värmen som spred sig i henne.

– Vad ska du göra ikväll? Ska du träffa den gamle?

Det var Bruno Chaval som kom för att ta kaffepaus. Han hade tagit fram en cigarrett som han slog lätt mot paketet innan han tände den. Han hade väl sett det i gamla filmer.

– Åh! Kalla honom inte så.

– Är du lite kär i honom, lilla gumman?

– Jag gillar inte att du kallar honom den gamle, det är bara det.

– För att du är kär i honom, din gamla farbror?

– Ja, faktiskt.

– Åh! Men det har du aldrig sagt …

– Konversation har väl aldrig varit det viktigaste oss emellan.

– Jag förstår: du är på dåligt humör. Så jag håller tyst.

Hon ryckte på axlarna och gnuggade kinden mot den varma muggen.

De stod tysta en stund och tittade på varandra medan de drack sitt kaffe i små klunkar. Chaval gick närmare och pressade höften mot Josianes höft och tog henne om midjan för att se om hon verkligen var arg. Sedan, eftersom hon inte flyttade sig och inte stötte honom ifrån sig, dök han ner med näsan i hennes halsgrop och suckade:

– Mmm, du luktar så god tvål. Jag får lust att lägga dig ner och lukta på dig och ta gott om tid på mig.

Hon lösgjorde sig och utstötte en suck. Som om han skulle ta sig tid med henne. Som om han skulle smeka henne. Han var typen som lät sig älskas, han. Det var han som lade sig ner och hon som skulle göra hela jobbet ända tills han började kvida och kasta sig fram och tillbaka. Det var knappt han tackade henne eller smekte henne efteråt.

Med en cynisk och samtidigt charmerande min sträckte han

på sig och tände sin cigarrett. Han strök tillbaka en lock av det bruna håret som irriterade honom, och han släppte henne inte med blicken. Han såg på henne med ägarmin, nöjd med sitt byte. Han visste hur han skulle tas med henne och smickra henne. Sedan han lyckats fånga henne i sin ficka – eller snarare i sin säng – hade han fått ett mer skrytsamt sätt. Han var helt sprickfärdig! Han liksom gratulerade sig till sin erövring, och hans tuppkam växte stadigt. Han hade fått en ingång till chefen via henne och nu var makten inom räckhåll. Han var inte längre en vanlig anställd, han skulle bli delägare! Sådana är män, tänkte Josiane, de kan inte bara ta emot framgången och äran utan måste burra upp sig och brösta sig. Sedan hon hade lovat att hon skulle prata med den gamle och att Chaval skulle bli befordrad stod han riktigt och stampade av otålighet. Han letade upp henne överallt, i korridorerna, i alla skrymslen, i hissen för att hon skulle försäkra honom om att det skulle gå bra. Har han skrivit på, undrade han. Har han skrivit på? Hon sköt bort honom men han kom alltid tillbaka. "Vad tror du? Det tär på mina nerver det här väntandet. Du skulle vara i mina kläder så skulle du förstå", kved han.

Även den här gången hade han velat fråga henne: "Och hur går det? Har han sagt något?" Men han såg tydligt att det inte var läge för det. Han väntade.

Josiane var inte arg så länge. Hon var oftast snäll mot männen.

Hur kan det komma sig att jag inte är arg på dem? frågade hon sig själv. Hur kan det komma sig att jag fortfarande tycker om att älska med dem? Även med de tjocka, de fula, de våldsamma som har tvingat sig på mig, jag är inte arg på dem. Man kan inte säga att de gett mig särskilt mycket njutning, men jag fortsätter ändå vara ihop med dem. När de börjar sjunga sina söta locktoner så kommer jag galopperande. Det räcker att man pratar vänligt med mig, att man behandlar mig som en mänsklig varelse med en själ, en hjärna och ett hjärta, att man låter mig ha en plats i samhället, så blir jag som barn på nytt. All min ilska, mitt agg, min hämndlystnad, allt är som bortblåst och jag är redo att offra mig för att de ska fortsätta tala till mig med respekt och uppskattning. Bara de säger lite snälla saker till mig … Att de frågar efter min åsikt … Hur dum får man bli!

– Såja, min lilla älskling, ska vi sluta fred? viskade Chaval och satte handen på Josianes höft och fick henne att snurra runt mot honom.

– Sluta, nån kan se oss.

– Nej då! De skulle bara tro att vi var två goda vänner som skojade med varandra.

– Nej, säger jag. Han är på kontoret med Tandpetaren. Om han kommer ut och får syn på oss, så är det klippt för mig.

Om det inte är klippt redan, tänkte hon. Om han inte just nu har offrat mig på företagets altare. Ända sedan han bestämde sig för att kränga iväg Murepain-fabriken verkar han kapabel till vad som helst för att Tandpetaren ska skriva på. Han kommer att lova henne mitt huvud på ett fat. Jag väger inte tungt jämfört med detta avtal. Och då kommer allt att skita sig. Chef, Chaval, klövern. Allt kommer att gå åt pipan och jag ligger kvar med rumpan bar som vanligt.

Hunnen så långt i sina tankar kände hon sina krafter vika. Hon tryckte sig mot Chaval och förlorade fattningen.

– Tycker du lite om mig i alla fall? frågade hon med en röst som tiggde om ömhet.

– Om jag tycker om dig, min sköna? Du skulle bara ana. Vänta bara så ska jag visa dig hur mycket jag tycker om dig!

Han stack in en hand under hennes klänning och grep tag i hennes rumpa.

– Men om det inte går i lås, om något skulle gå fel? Behåller du mig i alla fall då?

– Vadå! Har han sagt något negativt om mig? Berätta, berätta …

Hon kände hur klöverkungen höjde en dolk, färdig att skära halsen av henne. Hon rös och kände ett stort hål öppnas inom sig. Hon slöt ögonen och tryckte sig mot Chaval. Han ryggade tillbaka lite, men när han såg att hon hade blivit helt vit stöttade han henne och lade armarna om hennes midja. Hon släppte de sista hämningarna och mumlade: "Bara några ord, säg några snälla ord, jag är så rädd, så rädd ..."

Han började bli irriterad. Gud, så komplicerade kvinnor är, tänkte han, det var knappt en minut sedan hon bad mig dra och en minut senare ber hon mig trösta henne. Besvärad höll han henne intill sig, nästan bar henne eftersom hon nu var helt kraftlös och hade tappat kontrollen över sig själv. Plötsligt så svag och så skälvande ... Han smekte henne förstrött över håret. Han vågade inte fråga om den gamle hade skrivit under hans befordran, men ovissheten retade honom och han började hålla henne som man håller ett skrymmande paket man inte vet vad man ska göra med. Han visste verkligen inte vad han skulle göra med henne: trycka upp henne mot kaffemaskinen, eller sätta henne på en stol? Där fanns ingen stol ... Åh, muttrade han tyst, så går det när man lägger sitt öde i händerna på en brud. Han ville bara en sak, att slita sig ur denna kvinnas famn. Knulla, ja, men inte allt tjafset efteråt. Inga kärleksförklaringar, inga tårfyllda omfamningar. Så fort man kom för nära någon så fick man känna på alla kärlekens avigsidor.

– Såja, Josy, skärp dig! För det första: någon skulle kunna se oss. För det andra: då kommer allt att gå åt pipan.

Hon tog sig samman, lösgjorde sig snyftande och med röda ögon. Snöt sig och bad om ursäkt ... men det var för sent.

Henriette och Marcel Grobz väntade framför hissen och iakttog dem tyst. Henriette snörpte på munnen och rynkade ögonbrynen under sin stora hatt. Marcel stod kraftlös och slapp, med kinderna darrande av en sorg som präglade hela hans uppenbarelse.

Henriette var den första som vände bort huvudet. Sen tog hon tag i Marcels kavaj och släpade honom med sig in i hissen. När dörrarna väl stängts gav hon luft åt sin ursinniga glädje:

– Du ser, jag sa ju att den flickan var en slampa! Och som hon uppförde sig mot mig! Och du tog henne i försvar dessutom. Så naiv du kan vara, min stackars Marcel ...

Marcel Grobz höll blicken stadigt mot hissens heltäckningsmatta och räknade brännmärkena efter cigaretter medan han kämpade med tårarna som snörde samman hans strupe.

Brevets färgglada frimärken var stämplade för drygt en vecka sedan. Det var adresserat till Hortense och Zoé Cortès. Jo kände igen Antoines stil men avhöll sig från att öppna det. Hon lade det på köksbordet mitt ibland papper och böcker, gick runt, runt det, höll upp det mot ljuset för att se om hon kunde urskilja foton, en check ... men förgäves. Hon fick vänta tills flickorna kom hem från skolan.

Det var Hortense som först fick syn på brevet och slet åt sig det. Zoé började hoppa upp och ner och skrika: ”Jag också! Jag vill också ha brevet.” Joséphine fick dem att sätta sig ner och bad Hortense läsa det högt, sedan tog hon upp Zoé i sitt knä, höll henne hårt intill sig och gjorde sig beredd att lyssna. Hortense sprättade upp kuvertet med en kniv och tog ut sex tunna pappersark, vek upp dem, lade dem på köksbordet och slätade ömt ut dem med handryggen. Sedan började hon läsa:

”Mina söta älsklingar,

Som ni säkert har förstått av frimärkena på kuvertet så är jag i Kenya. Sedan en månad tillbaka. Jag ville överraska er och det var därför jag inte sa något till er innan jag åkte. Men jag räknar med att ni kommer och hälsar på mig så fort jag kommit i ordning. Ni skulle kunna komma till lovet. Jag ska prata med mamma om det.

Kenya är (om ni slår upp det i en uppslagsbok) en stat som ligger inklämd mellan Etiopen, Somalia, Uganda, Rwanda och Tanzania, på Afrikas östkust mitt emot Seychellerna, vid Indiska Oceanen ... Säger det er något? Nej? Då får ni läsa på i geografiboken. Den kuststräcka som jag bor vid, mellan Malindi och Mombasa, är den mest kända regionen i Kenya. Den tillhörde sultanen av Zanzibar fram till 1890. Araberna, portugiserna och sen engelsmännen har tvistat om Kenya som inte blev självständigt förrän 1963. Men nu räcker det med historia för idag! Jag är säker på att ni bara frågar er en sak: vad gör pappa i Kenya? Innan jag svarar, bara ett gott råd ... Ni sitter väl ner, mina små älsklingar? Sitter ni nu ner?"

Hortense log överseende och suckade: "Typiskt pappa!" Jo kunde inte fatta det: han hade åkt till Kenya! Ensam eller med Mylène? Den röda triangeln ovanför brödrosten retades med henne. Hon tyckte den blinkade åt henne.

"... Jag föder upp krokodiler ..."

Flickorna gapade av förvåning. Krokodiler! Hortense fortsatte att läsa och flåsade mellan orden så förbluffad hon var.

"... för kinesiska företagare! Ni vet kanske att Kina håller på att utvecklas till en stor industriell makt med en enorm variation i sina naturresurser och sin affärsverksamhet, och de arbetar med allt från tillverkning av datorer till bilmotorer och allt möjligt däremellan. Och minsann, kineserna har bestämt sig för att arbeta med krokodiler som råvara. En viss mister Wei, min chef, har anlagt en modellfarm i Kilifi och hoppas den snart ska producera stora mängder krokodilkött, krokodilägg, krokodilskinnsväskor, krokodilskinnsskor, krokodilskinnsplånböcker ... Ni skulle inte tro mig om jag berättade om alla planer som de här investerarna har, eller om uppfinningsrikedomen i deras anläggningar. Alltså har de bestämt sig för att "odla" krokodiler i massor i en naturpark. Mister Lee, min kinesiske medhjälpare, har berättat att de fyllt enorma Boeing 747:or med tiotusentals krokodiler från Thailand. De thailändska bönderna har drabbats hårt av krisen i Asien och blivit tvungna att göra sig av med dem: priset för en krokodil har fallit med 75%! De fick dem för ingenting. De var på rea!"

– Han är rolig pappa! Zoé sög på tummen. Men jag, jag gillar inte att han jobbar med krokodiler. Krokodiler är värdelösa!

"De släppte ut dem i avlägsna flodarmar som de stängt av med stålnät och sen satte de igång att leta efter en *deputy general manager* … Det är min titel, mina små älsklingar. Jag är *deputy general manager* i Croco Park!"

Det är som en VD, förklarade Hortense efter att ha funderat lite. Det var det jag skrev på anhörigblanketten i skolan där man skulle skriva sin pappas yrke.

"… Och jag styr över sjuttiotusen krokodiler. Kan ni tänka er?"

– Sjuttiotusen! utbrast Zoé. Hoppas han inte trillar i vattnet när han är ute och går på sin farm! Jag gillar inte alls det här.

"Det var en gammal kund från tiden när jag jobbade på Gunman & Co som hittade jobbet åt mig. Jag råkade stöta på honom i Paris en kväll i juni, när jag tog mig ett glas i panoramabaren i Concorde Lafayette, Porte Maillot. Ni minns väl den: jag har tagit med er dit flera gånger. Jag berättade för honom att jag sökte jobb och att jag skulle vilja lämna Frankrike och sen kom han att tänka på mig när han hörde om krokodilfarmen. Det som lockade mig att våga mig på detta äventyr var Kinas enorma ekonomiska uppsving. Det är som i Japan under åttiotalet. Allt som kineserna rör vid verkar förvandlas till guld! Även krokodilerna. I vilket fall så är det mitt jobb att få krokodilerna att frodas. Och varför inte introducera dem på börsen. Det hade varit kul, va? De kinesiska arbetarna här arbetar långa dagar och tränger ihop sig i lerhyddor. De skrattar hela tiden. Jag undrar om de inte till och med skrattar när de sover. De ser så lustiga ut med sina smala ben som sticker ut ur de alldeles för stora shortsen. Enda problemet är att de ofta blir attackerade av krokodilerna och de har fullt av ärr på armarna, benen och till och med i ansiktet. Och gissa vad? De syr själva ihop sina sår. Med nål och tråd. De är obetalbara! Det finns en sjuksköterska här som har till uppgift att sy ihop dem, men hon ägnar sig mest åt besökare.

För jag har glömt att berätta för er att Croco Park är öppen för turister. För européer, amerikaner, australiensare som kommer för att åka på safari i Kenya. Vår farm finns med i utflyktskatalogen som de får. De betalar en liten entréavgift och får ett fiskespö av bambu och två kycklingskrov att sätt fast längst ut på tråden. Sen kan de roa sig med att sakta dra kycklingbitarna i träskets vatten och mata krokodilerna, som är ganska glupska, det måste erkännas. Och farliga också! Förgäves rekommenderar vi besökarna att vara försiktiga för ibland så blir de djärva och går för nära och blir tagna av krokodilerna som är mycket snabba och har en uppsättning tänder som är lika vassa som en motorsåg! Det händer också att de slår ner en besökare med sin svans och bryter nacken på dem. Vi försöker att inte få för mycket publicitet kring detta men jag förstår om man inte vill komma tillbaka om man har blivit biten en gång!"

– Det är klart, instämde Hortense. Men när jag åker dit så ska jag titta på dem i kikaren!

Jo lyssnade förbluffat. En krokodilfarm! Varför inte nyckelpigeuppfödning?

"Men jag kan genast lugna er: jag riskerar inget för jag tar hand om krokodilerna på avstånd. Jag går inte nära dem. Det lämnar jag åt kineserna. Affärerna ser mycket lovande ut. Dels för att kineserna på det här sättet kan producera den råvara som de behöver för att kunna tillverka alla de franska och italienska modellerna – väskor, skor och accessoarer – som de kopierar. Dels för att kineserna är mycket svaga för krokodilkött och krokodilägg som förpackas noggrant och skickas till Kina med båt. Så ni förstår att jag har fullt upp med att organisera allt det här och jag ligger inte på latsidan. Jag bor i det som kallas "husbondens hus" som är ett stort tvåvånings trähus som ligger i mitten av farmen. Det har flera sovrum, en pool som är väl inhägnad med taggtråd ifall en krokodil skulle få lust att komma och plaska i den. Det har faktiskt redan hänt! Direktören som var före mig här befann sig plötsligt en dag öga mot öga med en krokodil och sen dess har man ökat säkerheten. I varje hörna av parken finns det vakttorn med beväpnade vakter som lyser över området med stora strålkastare, för ibland om nätterna kommer infödingarna för att stjäla krokodiler som de sen äter upp. Köttet lär vara delikat!

Såja, mina små älsklingar, nu vet ni allt eller nästan allt om mitt nya liv. Morgonen gryr och jag ska leta upp min medhjälpare för att bestämma vad som ska göras idag. Jag kommer att skriva till er snabbt och ofta för jag saknar er och tänker mycket, mycket på er. Jag har ställt era foton på mitt skrivbord och berättar för alla som frågar: Men vilka är de två söta flickorna? Då svarar jag stolt: Det är mina döttrar, de vackraste flickorna i världen!

Skriv till mig. Säg till mamma att hon ska köpa en dator till er, så skulle jag kunna skicka bilder på huset, krokodilerna och de små kineserna i shorts. Det finns billiga modeller nu så det skulle inte behöva kosta så mycket. Många kramar och pussar, jag älskar er. Pappa

PS. Här kommer ett brev till mamma också …"

Hortense räckte Joséphine arket och Joséphine vek ihop det och stoppade ner det i förklädesfickan.

– Ska du inte läsa det direkt? frågade Hortense.

– Nej … Vill ni prata lite om pappas brev?

Flickorna tittade på henne utan att säga något. Zoé sög på tummen. Hortense funderade.

– Krokodiler är värdelösa! sa Zoé. Och varför stannade han inte i Frankrike?

För att i Frankrike föder man inte upp krokodiler, som han sa, suckade Hortense. Och han har alltid sagt att han ville flytta utomlands. Varje gång vi träffade honom så pratade han bara om det ... Undrar bara om hon har följt med honom ...

– Jag hoppas att han får bra betalt och att han tycker om sitt arbete, tillade Joséphine snabbt för att flickorna inte skulle sätta igång och prata om Mylène. Det är så viktigt för honom att komma igen och att ha ansvarsfulla uppgifter. En man som inte arbetar känner sig inte väl till mods ... Och nu är han ju i sitt rätta element. Han har alltid älskat de stora vidderna, resor, Afrika ...

Joséphine försökte låta uppriktig i sina positiva kommentarer. Men vilken idioti! Tänkte hon. Jag hoppas att han inte har investerat pengar i den här affären ... Vilka pengar skulle det vara? Mylènes? Jag skulle aldrig ha vågat hjälpa honom. Men han ska inte komma här en dag och be mig rädda honom.

Då kom hon ihåg att de hade ett gemensamt bankkonto. Hon lovade sig själv att tala om detta med monsieur Faugeron, hennes kontakt på banken.

– Jag ska gå och läsa i min bok om reptiler vad krokodiler sysslar med, deklarerade Zoé och hoppade ner från sin mors knä.

– Om vi hade haft Internet så hade du inte behövt titta i en bok.

– Men vi har inte Internet, sa Zoé, så jag tittar i böcker ...

– Det skulle ha varit bra om du köpte en dator till oss, framkastade Hortense. Alla mina kompisar har en.

Om han hade lånat pengar av Mylène så visar det att det är seriöst mellan dem, funderade Joséphine vidare. De kanske skulle gifta sig ...”Men nej, jag är en idiot, han kan inte gifta sig med henne, han är ju inte skild!” suckade hon högt.

– Mamma, du lyssnar ju inte!

– Jodå, jodå ...

– Vad sa jag då?

– Att du behövde en dator.

– Och vad tänker du göra?

– Jag vet inte, älskling, jag måste fundera.

– Det är inte genom att fundera som du kommer att kunna betala den.

Hon måste vara så vacker som matmor i hans hus! Rosig, fräsch och smal. Joséphine såg Mylène framför sig när hon stod på verandan och väntade på Antoine, eller när hon satt i jeepen på en rundtur i parken, när hon förberedde middagen eller bläddrade i en tidning sittande i en stor gungstol … Och på kvällarna, när han kom hem, hade de en boy som lagade en god middag till dem som de avnjöt i skenet av levande ljus. Det måste kännas som att börja ett nytt liv för honom. Ny kvinna, nytt hus, nytt jobb. Vi måste framstå som ganska trista, alla tre, här i vår lägenhet i Courbevoie.

Senast i morse hade madame Barthillet, Max mamma, frågat henne: ”Jaha, madame Cortès, har ni hört nåt från er man?” Hon hade mumlat något till svar. Madame Barthillet hade blivit mycket smalare och Joséphine hade frågat henne om hon bantade. ”Ni kommer att skratta, madame Cortès, men jag följer en potatisdiet!” Joséphine hade brustit ut i skratt och madame Barthillet hade upprepat: ”Jag menar allvar: en potatis varje kväll, tre timmar efter middagen och allt sockersug försvinner! Det sägs att om man äter en potatis innan man somnar, så frigörs två hormoner i hjärnan som neutraliserar behovet av socker och kolhydrater. Man känner inte längre för att äta mellan målen. Och då går man ner, det är vetenskapligt. Ni har väl Internet? För jag har hittat det på Internet och då hade ni kunnat få Internet-adressen av mig. Det låter lite märkligt med den här metoden men den fungerar, jag lovar er.”

– Mamma, en dator är inte en lyx, det är ett arbetsverktyg … Du skulle kunna använda den i ditt arbete och vi till våra studier.

– Jag vet, älskling, jag vet.

– Det är bara som du säger, men du bryr dig inte. Och det handlar faktiskt om min framtid …

– Lyssna nu, Hortense, jag skulle göra allt för er. Allt! När jag säger att jag ska tänka på det så är det för att jag inte vill lova dig något som jag inte kan hålla, men det är mycket möjligt att jag kan klara det.

– Åh, tack mamma, tack! Jag visste att jag kunde lita på dig.

Hortense kastade sig om halsen på sin mamma och ville absolut sätta sig i hennes knä precis som Zoé.

– Det kan jag väl fortfarande göra, mamma, jag är väl inte för gammal?

Joséphine brast ut i skratt och höll henne intill sig. Hon kände sig mer rörd än hon var beredd på. Att hålla henne intill sig, känna hennes värme, den sötaktiga lukten av hennes hud, den lätta doften som kom från hennes kläder gav henne tårar i ögonen.

– Åh, min älskling, jag älskar dig så mycket, om du bara visste! Jag blir så ledsen när vi grälar med varandra.

– Vi grälar inte mamma, vi bara diskuterar. Vi ser inte saker på samma sätt, det är allt. Och, vet du, om jag blir arg ibland så är det för att sen pappa gav sig av så har jag varit ledsen, väldigt ledsen och då låter jag det gå ut över dig för du finns ju i alla fall till hands.

Joséphine hade svårt att hålla tårarna tillbaka.

– Du är den enda människan som jag kan räkna med, förstår du det? Så jag begär mycket av dig för jag vet att du klarar allt, min älskade mamma … Du är så stark, så modig, så trygg.

Jo repade mod medan hon lyssnade på sin dotter. Hon var inte längre rädd, hon kände sig kapabel till alla uppoffringar för att Hortense skulle fortsätta att sitta uppkrupen hos henne och ösa ömhetsbetygelser över henne.

– Jag lovar dig, älskling, att du ska få din dator. Till jul. Kan du vänta till jul?

– Åh, tack, älskade mamma. Du kunde inte göra mig gladare.

Hon slog armarna kring Joséphines hals och kramade henne så hårt att hon skrek: ”Nåd! Nåd! Du knäcker halsen på mig!”

Sedan sprang hon in till Zoé i hennes rum för att berätta den goda nyheten för henne.

Joséphine kände sig lätt. Dotterns glädje strålade inom henne och befriade henne från hennes bekymmer. Sedan hon tagit på sig översättningarna hade hon låtit Hortense och Zoé äta i skolmatsalen och på kvällarna var det nästan alltid samma meny: skinka och potatismos. Zoé åt det grimaserande, Hortense petade i maten. Joséphine åt upp det de lämnade för att inte behöva kasta något. Det är därför jag går upp i vikt, tänkte hon, jag äter för tre. Efter avslutad måltid diskade hon – diskmaskinen var trasig och hon hade inte pengar till att reparera den eller köpa en ny – hon torkade av vaxduken på köksbordet, tog ut sina böcker ur skåpet och fortsatte att arbeta. Hon lät flickorna sätta på TV:n och fortsatte med den översättning hon höll på med.

Då och då hörde hon deras småprat. ”Sen ska jag bli stylist”, sa Hortense, ”jag ska sätta upp ett eget modehus …” ”Och då ska jag sy upp klänningar till mina dockor”, svarade Zoé. Joséphine lyfte på huvudet och log och dök sedan ner i Audrey Hepburns liv igen. Hon tog bara paus för att se till att de hade borstat tänderna ordentligt och för att pussa dem godnatt när de lagt sig.

– Max Barthillet, han bjuder inte in mig till sig längre, mamma … Varför det, tror du?

– Jag vet inte, älskling, svarade Joséphine, frånvarande. Folk har så mycket att tänka på.

– Mamma, om jag vill bli stylist, sa Hortense, så måste jag börja klä mig snyggt. Jag kan inte gå omkring i vad som helst.

– Så, så, nu ska ni nanna, flickor, ropade Joséphine, som hade bråttom att återvända till sitt arbete. Imorgon är det upp och hoppa klockan sju.

– Tror du att Max Barthillets föräldrar ska skiljas?

Det var Zoé som frågade.

– Jag vet inte, min älskling, sov nu.

– Kan inte du ge mig lite pengar så jag kan köpa en Diesel t-shirt, mamma, bönföll Hortense.

– Sov nu! Jag vill inte höra ett enda ord till.

– Natt, mamma ...

Hon fortsatte med sin översättning. Vad skulle Audrey Hepburn ha gjort i hennes situation? Hon skulle ha arbetat, hon skulle ha behållit sin värdighet och hon skulle ha tänkt på sina barns välbefinnande. *Behålla sin värdighet och tänka på sina barns välbefinnande.* Det var så hon hade levt sitt liv, värdig, kärleksfull och mager som en sticka.

Den kvällen bestämde sig Joséphine för att sätta igång med potatisdieten.

Det var en kall och regning novemberkväll. Philippe och Iris Dupin var på väg hem till sig. De hade varit hos en av Philippes kompanjoner. Det hade varit stor middag med ett tjugotal gäster, en hovmästare som serverade de olika rätterna, praktfulla blomsterbuketter, en sprakande eld i den öppna spisen i salongen, så förutsägbara samtal att Iris hade kunnat recitera dem i förväg. Lyx, god mat och ... tristess, summerade hon för sig själv medan hon lutade sig bakåt i Mercedesens passagerarsäte. Philippe körde under tystnad. Hon hade inte lyckats fånga hans blick på hela kvällen.

Iris betraktade Paris och kunde inte låta bli att beundra husen, monumenten, broarna över Seine, arkitekturen och de breda avenyerna. När hon bodde i New York saknade hon Paris. Paris gator, husens vita stenfasader, träden i alléerna, caféterrasserna, Seines stilla flöde. Det hände att hon slöt ögonen och lät bilder från Paris passera för sitt inre.

Det var den delen av en kväll som hon tyckte bäst om, hemfärden i bilen. Ta av sig skorna, sträcka ut sina långa ben, luta nacken mot nackstödet, sluta ögonen till hälften och insupa det skådespel som den skälvande staden bjöd på i billyktornas sken.

Hon hade haft dödtråkigt på denna middag, där hon suttit mellan en ung, entusiastisk advokat, ny i yrket, och en av de största advokaterna i Paris som diskuterat uppgången på fastighetsmarknaden. Ledan framkallade ett anfall av vrede hos henne. Hon hade fått lust att resa sig upp och välta omkull bordet. Men istället hade hon klyvt sig själv i två delar och låtit ”den andra”, den vackra madame Dupin, spela rollen som ”fru till”. Hon lät höra sitt skratt, en lycklig kvinnas skratt, för att mota undan sin inre ilska.

I början av sitt äktenskap hade hon ansträngt sig för att ta del av konversationen, intresserat sig för affärslivet, för börsen, vinster, aktieutdelningar, sammanslagningar av stora företagsgrupper, för strategier som utarbetades för att besegra en motståndare eller vinna en bundsförvant. Hon kom från en annan miljö: från universitetet i Columbia, med vilda diskussioner kring en film, ett scenario, en bok ... Här i den kommersiella världen kände hon sig tafatt, som en debutant. Efter hand hade hon förstått att hon ändå var utom tävlan. Man bjöd henne bara för att hon var vacker, charmerande och Philippes fru. Folk sågs som par, inte som individer. Och det räckte att hennes bordsgranne frågade henne: ”Och ni, madame, vad gör ni?” och hon svarade: ”Inte mycket! Jag ägnar mig åt mitt barn ...” för att han diskret skulle vända sig från henne och ägna sig åt någon annan bordsgäst. Hon hade blivit bedrövad, sårad och senare hade hon vant sig. Det hände att vissa män gjorde diskreta närmanden, men i de livliga diskussionerna lämnades hon åt sidan.

Ikväll hade det varit annorlunda.

När bordsgästen mitt emot henne, en attraktiv förläggare som var känd för sin utgivning och för sina framgångar hos kvinnor, ironiskt hade kastat fram frågan: ”Jaha, min kära Iris, är du fortfarande Penelope där hemma? Snart får vi sätta på dig en slöja!” hade hon blivit sur och svarat utan att tänka sig för: ”Du kommer att bli förvånad: jag har börjat skriva!” Knappt hade hon uttalat orden förrän intresset hade tänts i förläggarens ögon. ”En roman? Och vad för sorts roman?” ”En historisk roman ...” Utan att reflektera över det hade hon kommit att tänka på Joséphine och hennes arbete med 1100-talet. Hennes syster hade i andanom kommit och slagit sig ner mellan den här mannen och henne. ”Åh! Det låter intressant! Fransmännen är galna i historia och i romantiserad historia … Har du kommit igång, alltså …?” ”Ja”, hade hon självsäkert svarat och tagit hjälp av sin systers kunskaper. ”En roman som utspelar sig under 1100-talet … På Eleonora av Akvitaniens tid. Det finns många vanföreställningar om den tiden. Den var en vändpunkt i Frankrikes historia … En period som på ett märkligt sätt liknar vår egen tid: pengarna ersätter byteshandeln och börjar få en dominerande roll i folks liv, byarna töms på folk och städerna utvecklas, Frankrike öppnar sig för inflytande från utlandet, handeln breder ut sig över hela Europa, ungdomen som inte hittar sin plats i samhället revolterar och blir våldsam. Religionen behåller en viktig roll, både ekonomiskt, lagstiftande och politiskt. Prästerskapet beter sig nästan som ayatollor och får horder av fanatiker med sig som blandar sig i allt. Det är också tiden för stora byggnadsverk, katedraler byggdes, universitet, sjukhus, de första kärleksromanerna, de första idédebatterna …” Hon improviserade. Alla Jos argument kom ut ur hennes mun som pärlorna på ett radband och den imponerade förläggaren som kände vittring av en god affär släppte henne inte längre med blicken.

– Fascinerande! När kan vi äta lunch tillsammans?

Det är så skönt att vara någon, inte längre bara ”fru till” och mamma …

Hon kände vingarna växa.

– Jag kommer och hälsar på dig. Så fort jag har lite mer att visa dig …

– Du visar det inte för någon annan än för mig, lovar du det?

– Jag lovar!

– Jag tror på dig … Jag ger dig ett bra kontrakt. Jag vill ju inte bli ovän med Philippe.

Han hade givit henne sitt direktnummer och innan de gick hade han påmint henne om hennes löfte.

Philippe släppte av henne framför deras hus och körde och parkerade.

Hon skyndade sig in i sovrummet och medan hon klädde av sig tänkte hon över sin uppdiktade historia. Vilken fräckhet! Vad ska jag göra nu? Sen lugnade hon sig: han kommer att glömma bort alltihop eller också får jag säga till honom att jag precis har börjat och att jag måste få tid …

Bronsklockan som stod på spiselkransen i rummet slog tolv slag. Iris rös av välbehag. Det hade varit underbart att spela en roll. Att bli någon annan. Att hitta på ett nytt liv åt sig. Hon kände sig förflyttad bakåt i tiden, till studenttiden i Columbia, när de i grupp studerade en iscensättning, en roll, en kameraplacering, en dialog, hur bra en mellantext var. Hon hade visat för teatereleverna hur de skulle tolka sin roll. Hon spelade man och sedan kvinna, det oskuldfulla offret och den fördärvade intrigmakerskan. Livet tycktes henne aldrig stort nog att rymma alla sidor av hennes mångfacetterade personlighet. Gabor hade uppmuntrat henne. Tillsammans hade de utvecklat de olika scenarierna. De arbetade så bra tillsammans …

Gabor … Hon återkom ofta till honom.

Hon ruskade på huvudet och samlade sig.

För första gången på länge hade hon känt sig levande. Visst, hon hade ljugit … men det var ingen stor lögn!

Sittande vid fotändan av sängen i sin krämfärgade negligé tog hon tag i sina hårborstar och borstade sitt långa svarta hår. Det var en ritual som hon aldrig försummade. I de romaner hon brukat läsa som barn borstade hjältinnorna alltid sitt hår med två borstar, morgon och kväll.

Det sprakade kring borstarna och med huvudet bakåtlutat tänkte Iris på sin långa och dystra dag. Ännu en dag då hon inte gjort något. Sedan ett tag tillbaka höll hon sig hemma. Hon hade tappat lusten att roa sig med ytliga ting. Hon hade ätit lunch ensam i köket medan hon lyssnat på Babettes pladder, städerskan som kom och hjälpte Carmen om förmiddagarna. Iris studerade

Babette som man undersöker en amöba under täckglas, i ett laboratorium. Babettes liv var som en roman: övergiven som barn, våldtagen, omhändertagen i fosterfamiljer, upprorisk, småkriminell, gift vid sjutton års ålder, mamma vid arton. Hon hade rymt ett otal gånger och gjort mycket olagligt men utan att någonsin överge sin dotter, Marilyn, som hon alltid släpade med sig och som hon överöste med all den kärlek hon själv aldrig fått. Vid trettiofem års ålder hade hon bestämt sig för att ”sluta med de där dumheterna”. Att sköta sig, arbeta hederligt för att kunna betala studierna för dottern som just tagit studenten. Hon skulle bli städerska. Hon kunde inget annat. En utmärkt städerska, den bästa av alla. Hon skulle ”sno” de rika på tjugo euro i timmen. Iris, som blev nyfiken på den lilla blondinen med de blå, fräcka och frimodiga ögonen hade anställt henne. Sedan dess njöt hon av att lyssna på henne. Samtalet mellan dessa två helt olika kvinnor som träffades i köket var ofta märkligt.

Den här morgonen hade Babette bitit för häftigt i ett äpple och en av hennes framtänder hade fastnat i frukten. Iris hade sett hur hon tog loss tanden, sköljde den under kranen, tog upp en klistertub ur sin väska och satte tillbaka den.

– Händer det ofta?

– Vad? Åh, min tand? Då och då …

– Varför går du inte till tandläkaren? Till slut tappar du den.

– Vet ni hur mycket det kostar att gå till tandläkaren? Man märker verkligen att ni har gott om pengar.

Babette var sambo med Gérard som var lagerarbetare i en elektrisk verkstad. Hon försåg huset med glödlampor, förlängningssladdar, brödrost, fritös, frys, diskmaskin etc. Och till oslagbara priser: fyrtio procents rabatt. Carmen uppskattade det. Gérards och Babettes kärlekshistoria var en följetong som Iris följde med stort intresse. Oavbrutet grälade de, separerade, försonades, bedrog varandra … och älskade varandra. Det är om Babettes liv jag borde skriva! Tänkte Iris och saktade ner borstandet.

Idag hade Iris ätit lunch i köket medan Babette rengjorde

ugnen. Babette hade farit ut och in i ugnen som en väloljad vevstake.

– Hur gör du för att alltid vara så glad? hade Iris frågat.

– Det är inget särskilt med mig, ser ni. Det går tretton på dussinet av såna som jag.

– Med allt det du varit med om?

– Jag har inte haft det värre än någon annan.

– Åjo, trots allt …

– Nej, det är bara ni själv som inte har varit med om något.

– Har du inga bekymmer, ingen ångest?

– Inte alls.

– Är du lycklig?

Babette hade dragit sig ut ur ugnen och tittade på Iris som om hon just hade ställt en fråga om Guds existens.

– Vilken konstig fråga! Ikväll ska vi ta ett glas hos några kompisar och det ska bli kul men imorgon är en annan dag.

– Hur gör du? hade Iris suckat avundsjukt.

– Men ni då, är ni olycklig?

Iris hade inte svarat.

– Alltså, om jag var i ert ställe … som jag skulle ha roat mig! Inga problem i väntan på löningen, alltid en massa stålar, en fin lägenhet, en snygg man, en vacker son … Jag skulle ha kastat mig ut, tveklöst …

Iris hade lett blekt.

– Livet är mer komplicerat än så, Babette.

– Kanske det … Om ni säger det så.

Hon hade försvunnit igen in i ugnen med huvudet före. Iris hade hört henne muttra över de där självrengörande ugnarna som inte rengjorde något alls. Hon trodde sig höra ordet ”skitjobb”, följt av ett gurglande ljud och till slut dök Babette fram igen för att konstatera: ”Kanske kan man inte få allt här i livet. Jag har kul och jag är fattig, ni har tråkigt och ni är rik.”

När sedan Babette hade lämnat ugnen hade Iris känt sig mycket ensam.

Om hon bara hade kunnat ringa Bérengère … Hon träffade henne inte längre och hon kände det som om hon hade mist en del av sig själv. Inte den bästa delen av sig själv, så mycket var säkert, men hon måste erkänna att hon saknade Bérengère. Hennes sladder, kloakdoften kring hennes sladder.

Jag såg ner på henne, tänkte hon, jag ansåg att jag inte hade något gemensamt med den kvinnan – men jag älskade att pladdra med henne. Det är som en furie inom mig, en perversion, en drift efter det som jag föraktar mest av allt i världen. Jag kan inte motstå det. Det är ett halvår sedan vi sågs sist, räknade hon efter, ett halvår som jag inte längre vet vad som händer i Paris, vem som ligger med vem, vem som är ruinerad, vem som blivit avskedad.

Hon hade stängt in sig i sitt arbetsrum större delen av dagen och läst om en novell av Henry James och fått syn på en fras som hon också hade skrivit ner i sitt anteckningsblock: "Vad är utmärkande för män i allmänhet? Är det inte just förmågan att spendera oändligt mycket tid tillsammans med tråkiga kvinnor, att tillbringa den, jag säger inte utan att bli uttråkade men, vilket är samma sak, utan att lägga märke till att de är uttråkade, utan att generas av det, utan att försöka komma ifrån det."

– Är jag en tråkig kvinna? mumlade Iris till den stora spegeln som täckte dörrarna till hennes klädskåp.

Spegeln förblev stum. Då upprepade Iris, tystare:

– Kommer Philippe att gå sin väg?

Spegeln fick inte tid att svara eftersom telefonen ringde. Det var Joséphine. Hon verkade helt exalterad.

– Iris … har du tid att prata? Är du ensam? Jag vet att det är hemskt sent men jag var tvungen att prata med dig.

Iris lugnade henne: hon störde inte.

– Antoine har skrivit till flickorna. Han är i Kenya. Han föder upp krokodiler.

– Krokodiler? Har han blivit galen?

– Åh, du tycker som jag.

– Jag visste inte att man kunde föda upp krokodiler.

– Han arbetar för några kineser och …

Joséphine föreslog att hon skulle få läsa upp Antoines brev och Iris lyssnade utan att avbryta.

– Vad säger du nu om allt detta?

– Ärligt talat, Joséphine: han har tappat huvudet.

– Det är inte allt.

– Har han blivit kär i en enbent kinesiska i shorts?

– Nej, du är inte ens nära.

Joséphine brast i skratt och det gladde Iris. Hon tyckte om att höra Joséphine skratta åt denna nya del av sitt äktenskapliga liv.

– Han hade skrivit en sida bara till mig i slutet av flickornas brev … och du kan aldrig gissa …

– Vad? Jo … säg det då!

– Jo, jag la det i min förklädesficka, du vet, det där stora vita förklädet som jag har på mig när jag lagar mat … När jag hade lagt mig, kom jag på att jag hade lämnat det i förklädesfickan … Jag hade glömt det … är det inte fantastiskt?

– Utveckla det, Jo, utveckla … Ibland är det svårt att hänga med.

– Hör här Iris: jag glömde att läsa Antoines brev. Jag kastade mig inte över det. Det måste betyda att jag håller på att friskna till, eller hur?

– Det är sant, du har rätt. Och vad sa han i brevet?

– Vänta, jag ska läsa det för dig …

Iris hörde papper som prasslade och sedan sin systers klara röst:

– ”Joséphine … Jag vet att jag är feg, jag gav mig av utan att säga något till dig men jag orkade inte reda ut det med dig. Jag kände mig för dålig. Här ska jag börja om från noll. Jag hoppas att det ska fungera, att jag kommer att tjäna pengar och att jag kommer att kunna återgälda dig hundrafalt för det du har gjort för barnen. Jag har fått en möjlighet att lyckas, att tjäna mycket pengar. I Frankrike kände jag mig krossad. Fråga mig inte varför … Joséphine, du är en god, intelligent, mjuk och generös kvinna. Du har varit en mycket god maka. Jag kommer aldrig att glömma det. Jag har varit taskig mot dig och jag skulle vilja rätta till det. Göra livet lite lättare för dig. Jag kommer att höra av mig regelbundet. Sist i brevet lämnar jag mitt telefonnummer där du kan nå mig om det skulle hända något. Jag tänker på dig och alla goda minnen som vi har tillsammans." Och sen finns det två PS. I det första står det: "Här kallar alla mig Tonio … om du skulle ringa mig och det är vår boy som svarar." I det andra: "Det är konstigt, jag svettas aldrig och ändå så är det varmt här." Så … Vad tänker du om det?

Iris första reaktion var att tänka: Stackars kille! Det är patetiskt. Men hon visste inte riktigt om Joséphine hade kommit så långt i sitt känslomässiga avståndstagande, så hon föredrog att vara lite diplomatisk.

– Det viktigaste är väl vad du tänker själv.

– Du brukade ju vara så brutal förr i världen.

– Ja, men förut var han en del av familjen. Man kunde skälla på honom …

– Åh, är det så du ser på familjen?

– Du lät dig då inte generas för ett halvår sen med vår mor. Du var så våldsam så hon vill inte längre höra talas om dig.

– Och du anar inte hur mycket bättre jag känner mig efter det.

Iris funderade en stund och frågade sedan:

– Efter att du hade läst brevet till flickorna, hur kände du dig då?

– Inte bra … Men ändå: jag hade inte bråttom med att läsa mitt eget brev, det är ett tecken på att jag mår bättre, eller hur? Att jag inte är besatt av honom längre.

Joséphine gjorde en paus och lade sedan till:

– Det är nog så här egentligen: med det arbetet jag har nu, så blir det gott om tid för att tänka.

– Klarar du dig på det arbetet? Behöver du pengar?

– Nej, nej … det går. Jag tar alla jobb jag kan få. Alla!

Sedan bytte hon bryskt ämne och frågade:

– Hur mår Alexandre? Har han blivit bättre på diktamen?

Alexandre hade varit tvungen att träna diktamen långa stunder hela sommaren medan hans kusiner fiskade eller gick till stranden.

– Jag har glömt fråga honom. Han är så inbunden, så tyst. Det är konstigt men han skrämmer mig. Jag vet inte hur man ska prata med en pojke. Jag menar: när man inte vill förföra honom. Ibland avundas jag dig dina två flickor. Det måste vara mycket enklare ...

Iris kände sig plötsligt otroligt modlös. Moderskärlek framstod för henne som ett berg som hon aldrig skulle kunna bestiga.

Det är inte klokt, tänkte hon, jag arbetar inte, jag har inget att göra hemma utom att välja blommor och doftljus, jag har ett enda barn och jag ägnar mig knappast alls åt honom. Det enda som Alexandre förknippar med mig är ljudet av paket som jag sätter ner i hallen eller frasandet av min klänning när jag böjer mig över honom på kvällen för att säga god natt innan jag går ut. Det är ett barn som betingats med ljud.

– Jag måste sluta, älskling. Jag hör min mans steg. Puss och kram och glöm inte: Krick och Krock fick krupp när de krubbade krispig krusbärskräm!

Iris lade på och lyfte blicken mot Philippe som betraktade henne från tröskeln till rummet. Honom förstår jag mig inte heller på, suckade hon medan hon fortsatte borstarnas dans genom håret. Det känns som om han spionerar på mig, som om han smyger efter mig, som om jag har hans ögon i ryggen. Låter han skugga mig, kanske? Vill han komma på mig på bar gärning för att kunna förhandla om skilsmässa? Tystnaden hade vuxit upp mellan dem som en Jerikos mur som ingen trumpet i världen skulle kunna få att falla eftersom de inte skrek, inte slog i dörrar eller överhuvudtaget höjde rösterna. Vilka lyckostar, de där paren som ställer till scener, drömde Iris, allt verkar mycket enklare efter ett ordentligt gräl. Då skriker man på varandra, tröttar ut sig och kastar sig sedan i den andres armar. Man får anstånd ett tag och tårarna faller, omfamningarna dämpar grollet, suddar ut alla beskyllningar och det blir vapenvila. Philippe och hon hade bara tystnaden, kylan och den sårande ironin som för var dag grävde den säkra separationens dike allt djupare.

Iris ville inte tänka på det. Hon tröstade sig med att de inte var det enda paret som drev omkring i en artig likgiltighet. Alla skilde sig inte. Det var en jobbig period att gå igenom, som visserligen kunde vara länge, men som i bästa fall stilla kunde utvecklas till en fridfull gemensam ålderdom.

Philippe slängde sig på sängen och tog av sig skorna. Den högra först och sedan den vänstra. Därefter den högra strumpan och sedan den vänstra. Till varje rörelse hörde ett ljud, ploff, ploff, pfft, pfft.

– Har du en jobbig dag imorgon?

– Möte, en lunch, rutinärenden.

– Du borde arbeta mindre ... Kyrkogårdarna är fulla av oumbärliga personer.

– Kanske ... Men jag kan inte se hur jag skulle kunna ändra på mitt liv.

De hade redan haft denna diskussion ett otal gånger. Det var som en obligatorisk väg att gå innan de lade sig. Det slutade alltid på samma sätt: ett frågetecken blev hängande i luften.

Och nu kommer han att gå in i badrummet, borsta tänderna, dra på sig sin långa t-shirt för natten, komma och lägga sig och sucka: ”Jag tror jag somnar direkt.” Hon själv skulle säga ..., hon skulle inte få ur sig någonting alls. Han skulle placera en puss på hennes axel och tillägga: ”God natt min älskling.” Sedan skulle han ta på sig sin ögonmask, rätta till den, vända sig om på sin sida av sängen. Hon skulle ställa tillbaka borstarna, tända lampan på nattygsbordet, ta en bok och läsa tills hennes ögonlock började falla ihop.

Det var därefter som hon hittade på en historia.

En kärlekshistoria eller något annat. Vissa kvällar rullade hon ihop sig i sin säng, tryckte kudden mot sitt bröst, gjorde en grop i den lätta fjäderfyllningen – och återsåg i fantasin Gabor. De är var för sig på festivalen i Cannes. De går i sanden längs havet. Han är ensam, han håller ett manuskript under armen. Hon är ensam och lyfter sitt ansikte mot solen. De går förbi varandra. Hon tappar sina glasögon. Han böjer sig ner för att ta upp dem, reser sig och … "Iris!" "Gabor! "De omfamnar varandra, kysser varandra, han säger: "Som jag har saknat dig. Jag har aldrig upphört att tänka på dig!" Hon mumlar: "Jag också!" De springer genom Cannes gator, förbi olika hotell. Han har kommit för att presentera sin film, hon följer med honom överallt, de går uppför några trappor tillsammans, hand i hand. Hon tar ut skilsmässa …

Andra kvällar valde hon en annan historia: Hon har just skrivit en bok, den blir en stor succé. I ett palats ger hon intervjuer till den internationella pressen som samlats i en stor sal inför hennes entré. Romanen har översatts till tjugosju olika språk, rättigheterna har köpts av MGM, Tom Cruise och Sean Penn slåss om att få spela huvudrollen. Dollar växer i gröna högar så långt man kan se. Intervjuerna går bra. Man fotograferar hennes arbetsrum, hennes kök, och man vill ha hennes åsikt om allt.

– Mamma, får jag sova hos er?

Philippe vände sig ögonblickligen om och svaret blir skarpt:

– Nej, Alexandre! Vi har redan haft den diskussionen tusen gånger! Vid tio års ålder sover en pojke inte hos sina föräldrar längre.

– Mamma, säg ja …, snälla!

Iris kunde skönja en ångestfull glimt i sonens ögon och böjde sig mot honom och tog honom i sina armar.

– Vad är det, min älskling?

– Jag är rädd, mamma, jätterädd. Jag har drömt en mardröm.

Alexandre kom närmare och försökte smita ner mellan lakanen.

– Nu går du till ditt rum! röt Philippe och tog av sig sin blå ögonmask.

Iris såg paniken i sonens ögon. Hon reste sig, tog honom i handen och sa:

– Jag går och lägger honom.

– Så kan man inte uppfostra ett barn. Vad ska det bli av honom? Mammas gosse? En man som är rädd för sin egen skugga?

Jag ska bara lägga honom i hans säng. Det är väl inget att göra så stor affär av. Så, kom nu, min älskling.

– Det är bedrövligt! Bedrövligt! upprepade Philippe medan han vände sig om i sängen. Barnet kommer aldrig att bli vuxet.

Iris tog Alexandre i handen och tog honom med till hans rum. Hon tände nattlampan som var fäst vid sänggaveln, vek täcket åt sidan och pekade åt Alexandre att lägga sig. Han kröp ner under täcket. Hon lade handen på hans panna och frågade:

– Vad är du rädd för, Alexandre?

– Jag är rädd …

– Alexandre, än så länge är du en liten pojke men snart blir du en vuxen man. Du kommer att leva i en värld och du måste tuffa till dig. Du kan inte komma och gråta vid dina föräldrars säng …

– Jag grät inte!

– Du gav efter för rädslan. Den blev starkare än du. Det är inte bra. Du måste besegra den, annars kommer du alltid att förbli en baby.

– Jag är ingen baby.

– Jo. Du vill sova hos oss som när du var en baby.

– Men nu är jag ingen baby.

Han grimaserade av ilska och av bedrövelse. Samtidigt var han arg på sin mamma som inte förstod honom. Han kände att han säkert skulle bli rädd om han lämnades ensam.

– Förresten är du elak.

Iris visste inte vad hon skulle svara. Hon såg på honom med munnen öppen, färdig att svara, men inte ett ord kom över hennes läppar. Hon visste inte hur hon skulle tala med sitt barn. Hon stod på ena sidan en flod och han på den andra. De iakttog varandra under tystnad. Detta hade börjat redan när han föddes. På BB. När de hade lagt Alexandre i den genomskinliga baljan bredvid hennes säng hade Iris sagt till sig själv: Ojdå, en ny person i mitt liv! Aldrig hade hon uttalat ordet ”baby”.

Tystnaden och Iris rådvillhet gjorde Alexandre ännu mer ängslig. Det måste vara allvarligt eftersom mamma inte kan prata med mig, tänkte han. Eftersom hon bara tittar på mig utan att säga något.

Iris placerade en puss på sonens panna och reste sig upp.

– Mamma, kan du stanna tills jag har somnat?

– Din pappa kommer att bli vansinnig …

– Mamma, mamma …

– Jag förstår, min älskling, jag förstår. Jag stannar, men nästa gång måste du lova mig att du är stark och blir kvar i din säng.

Han svarade inte. Hon tog hans hand.

Han suckade och slöt ögonen. Hon lade handen på hans axel och smekte honom försiktigt. Såg på hans långa spensliga kropp, hans bruna ögonfransar, hans svarta vågiga hår … Han hade det oroliga barnets bräckliga skönhet, han var ett barn som var på sin vakt. Till och med när han vilade hade han ett veck mellan ögonbrynen och hans bröst hävde sig som om det var på väg att krossas under en alltför tung börda. Han lät undslippa sig suckar av rädsla och suckar av lättnad, suckar som fick honom att tappa andan.

Han kom till vårt rum för att han kände att jag behövde honom, kände Iris. Ett barns föraningar … Hon mindes sig själv när hon var liten, hur hon skrattat högt åt sin pappas skämt och spelat pajas för att jaga bort de tunga, svarta molnen mellan föräldrarna. Pappa som var så rund, så snäll, så god. Mamma så skarp, så hård och så mager. Två främlingar som sov i samma säng. Iris hade fortsatt att spela pajas. Hon tyckte det var lättare att få folk att skratta än att uttrycka vad hon kände. Första gången någon hade mumlat inför henne: ”Så söt den lilla flickan är! Vilka vackra ögon! Man har väl aldrig sett på maken …”, så hade hon bytt ut clowndräkten mot den-söta-flickan-utstyrseln. Vilket rollspel!

Jag mår dåligt för närvarande, konstaterade hon inom sig. Det där lediga och otvungna sättet som jag kört med så länge håller på att krackelera. Ut kommer en blandning av motsägelsefulla egenskaper. Jag blir tvungen att välja. Gå i en viss riktning, men vilken? Bara den som hittar sig själv, som är hel och hittar sitt sanna jag, är en fri människa. Om man vet vem man är och finner glädje i att utforska sitt inre, då får man aldrig tråkigt. Den lycka man då känner inför att vara med sig själv kan göra en euforisk. Då lever man verkligen, medan andra låter livet rinna mellan fingrarna utan att försöka fånga det.

Än rinner livet mellan fingrarna på mig. Jag har inte lyckats hitta meningen med det. Jag lever inte, jag famlar i blindo. Jag har det dåligt med andra och med mig själv. Jag är arg på folk för att de visar mig den bild av mig själv som jag inte tycker om, och jag är arg på mig själv för att jag inte kan visa dem en annan bild. Jag är fast i ett mönster utan att förmå mig att ändra på det. Det räcker att man en gång accepterat att lyda under andras lagar, att leva i överensstämmelse med vad de vill för att ens själ ska försvinna och lösas upp. Man blir bara en utsida. Plötsligt blev hon rädd för tanken: är allt för sent? Har jag inte redan blivit den kvinna som jag ser spegla sig i Bérengères ögon? Hon rös vid tanken. Hon tog Alexandres hand och tryckte den hårt. I sömnen tryckte han tillbaka och mumlade ”mamma, mamma”. Tårarna steg i hennes ögon. Hon lade sig bredvid sin son, lade huvudet på kudden och slöt ögonen.

– Josiane, har ni tagit hand om mina biljetter till Kina?

Marcel Grobz stod framför sin sekreterare och talade till henne som till ett vägmärke. Han tittade en meter över hennes huvud. Josiane kände en våldsam stöt i bröstet och stelnade till på sin stol.

– Ja. Allt ligger på skrivbordet.

Hon visste inte längre hur hon skulle prata med honom. Han niade henne. Hon stammade, sökte efter ord och vändningar. Hon hade avskaffat alla personliga pronomina i deras samtal och pratade i infinitiv och passiva verbformer.

Han begravde sig i arbete, flerdubblade antalet resor, möten och affärsmiddagar. Varje kväll kom Henriette Grobz och hämtade honom. Hon passerade framför Josianes skrivbord utan att se henne. En träbit som rörde sig, klädd i hatt. Josiane såg dem åka iväg, han kutryggig och hon uppflugen på sina höga hästar.

Alltsedan han hade kommit på dem framför kaffemaskinen, Chaval och henne, undvek han henne. Han passerade framför henne, stängde in sig på sitt kontor, kom inte ut förrän till kvällen och då som en vindstöt ... Ropade bara med bortvänt huvud: "Vi ses imorgon!" Det var knappt hon hann se när han gick förbi.

Och jag, jag får bli kvar i rännstenen, tänkte Josiane. Tillbaka på ruta ett. Snart kommer han att sparka mig, betala min semesterersättning, ge mig betalt för lång och trogen tjänst, skriva mitt anställningsintyg och sen adjöss. Lycka till, Choupette. Hon snyftade och svalde tårarna. Vilken idiot, den där Chaval. Och jag då, vilken korkad gås. Varför kunde jag inte hålla mig lugn, vara lite försiktig? Aldrig tidigare har jag ju pratat med honom på jobbet, inte givit honom en enda gest, inte minsta puss. Helt anonymt hade vi bara arbetat och arbetat vid sidan av varandra. Och så måste han komma och stöta på mig precis framför näsan på Marcel. Han var tydligen bara tvungen, en testosteronkick! Plötsligt blev han tvungen att spela Tarzan. För att sen dumpa mig medan han slängde sig vidare bort i lianerna.

För efteråt hade den gode Chaval verkligen tryckt ner henne i skorna, och spytt ur sig de grövsta oförskämdheter, en tirad som gjort henne helt förstummad. En del av vad han sagt var bland det värsta hon någonsin hört. Och ändå hade hon hört det mesta i den vägen!

Sedan dess hade hon gråtit floder. Livet hade blivit grått och trist.

Jag måste likna en flygolycka, fick hon för sig. Utslungad i luften mitt under en flygning. Just när jag hade allt i min hand: min stora älskade nallebjörn, en ung och pigg älskare därtill … och klöver på fickan! Det var bara att dra lite i trådarna och sedan skulle knuten vara tilldragen. Livet på en pinne! Nu kan jag inte ens tänka klart längre, jag har bomull i hjärnan. På begravningen i går hade jag satt på mig solglasögon och alla trodde att jag höll på att förgås av sorg. Det passade mig perfekt …

Josiane hade kommit till sin mors begravning med tåg till Culmont-Chalindrey, tagit en taxi (trettiofem euro plus dricks), gått till fots i regnet över kyrkogården och där återsett en samling svarta figurer hopkurade under sina paraplyer, personer som hon tjugo år tidigare hade lämnat med ett finger i luften: ”Hej då allihop, nu sticker jag och rullar hatt i Panama! Om jag kommer tillbaka så är det antingen med fickorna fulla av pengar eller med fötterna före!” Kanske var det ingen vidare bra idé att komma tillbaka så där lite diskret – utan pukor och trumpeter eller pompa och ståt, som hade kunnat täppa till truten på dem. ”Kom du med tåg? Har du ingen bil?” Bilen symboliserade i hennes familj internationell klass, att man hade ”lyckats”. Att man bodde i Elyséepalatset. Att man liksom drabbats av framgång. ”Nej, jag har ingen bil, i Paris är det fint att gå till fots. ” ”Jaså, minsann …” De hade stuckit näsan innanför sina svarta kragar för att dölja sina hånskratt: ”Ingen bil, ingen bil! En sån stor, fet nolla hon är!”

Hon hade bara vänt på klacken och gått fram till hålet där man hade placerat den lilla lådan med aska. Och där! Där hade allt kommit över henne och bägaren hade runnit över: Marcel, mamma, Chaval, nu har jag ingen mer, jag är ensam, övergiven, utan pengar, utan framtidsperspektiv, utblottad. Jag är åtta år igen och bara väntar på örfilen som snart kommer rungande. Jag är åtta år och skinkorna darrar på mig, så rädd är jag. Jag är åtta år och min morfar kommer in till mig i rummet på natten när alla andra sover. Eller låtsas att de sover för att de inte vill se.

Det var inte över sin mor hon grät utan över sig själv. Hon måste ha kommit till vid ett fylleslag och hade alltid fått klara sig bäst hon ville. Någon riktig barndom hade hon aldrig haft. På grund av den som nu kallnade tio fot under marken och som fullständigt hade struntat i om hon blivit våldtagen, utnyttjad eller helt enkelt bara olycklig. Strunt samma! När jag väl fått mitt på det torra så ska jag lägga mig på soffan hos nån hjärnskrynklare och berätta om mina föräldrar, bestämde hon. Vi får se vad han säger om det!

Efter kyrkogården hade de festat till det. Det röda vinet hade flutit i floder, korv och frikassé, pizza och pasta, ostar och chips hade lagts upp i långa banor. De tycktes alla ha kommit för att syna och granska henne, känna henne på pulsen. ”Hur är det? Hur är livet i Paris?” ”Strålande”, sade hon och visade dem diamanten med omgivande rubiner på halsbandet från Marcel. Och sträckte på halsen för att de skulle få se alla de trettien odlade söderhavspärlorna med sitt diamantbeströdda lås och sin platinainfattning. Hon sträckte på sig och sträckte på sig och blev nästan som en giraff för att få dem att spänna av. ”Och vad jobbar du med? Är det bra betalt? Är han snäll mot dig, din chef?” ”Bättre kan det inte bli”, svarade hon och bet ihop för att inte tårarna skulle välla fram. Alla kom fram till henne i tur och ordning och det var samma frågor, samma svar, samma runda munnar som bekräftade vidden av hennes framgångar. De dreglade av häpnad och tog sig ett glas till. Det var som fan! Här måste man minsann ha kontakter till och med för att få jobb som snabbköpskassörska! Här finns inga jobb överhuvudtaget. Här frågar sig alla var livet blir av … De äldsta berättade: ”På min tid började man när man var tretton år, var som helst med vad som helst men det fanns i alla fall jobb. Idag finns det ingenting …” Och de fortsatte att dricka. Snart kommer de att vara fulla som ägg och börja sjunga snuskiga visor, tänkte Josiane. Hon bestämde sig för att ge sig av innan fyllesnacket började. Vad som helst skulle kunna hända om de började supa till rejält. De grälade, stökade, trasslade ihop sig, gjorde upp gamla familjeangelägenheter, slog av falskhalsar för att döda varandra.

Efter en stund blev hon lite yr i huvudet och bad någon öppna fönstret.

"Varför det, får du vallningar? Är du på smällen? Vet du vem som är pappan?" De grova skratten exploderade och en hel kör av skratt växte i kanon och spred sig åt alla håll, steg och sjönk i olika tonarter som om de tänkte sätta igång med fågeldansen. "Man kan min själ tro att jag är ert enda samtalsämne", slängde hon ur sig innan hon hunnit tänka efter. "Har ni inget annat att prata om? Tur att jag kom, annars hade ni väl ruttnat bort."

De tystnade, förargade. "Åh, du har inte förändrats", sa hennes kusin Paul. "Lika aggressiv som alltid! Inte konstigt att ingen gjort dig på smällen. Han är inte född som skulle riskera det! Tjugo års straffarbete med en näbbgädda i rustning! Man måste vara helt vrickad för att ge sig på det!"

Ett barn? Ett barn med Marcel! Varför hade hon aldrig tänkt på det? Han drömde ju om det, dessutom. Han pratade alltid om Tandpetaren som hade förvägrat honom denna rättmätiga glädje. Hans ögon fuktades när han fick syn på någon av dessa små änglar som figurerade i reklamen, nedkletade med gyttja eller med stinkande Pampers.

Tiden stannade och plötsligt förstod hon.

Alla deltagarna i kalaset blev stilla som om hon hade tryckt på pausknappen på fjärrkontrollen och orden sjönk in i henne. En ba-by. En liten bä-bis. Ett Jesusbarn. En liten rundkindad Grobz. Med en guldsked i munnen. Vad säger jag, en guldsked? Nej, en hel servis. Tillräckligt för att få honom att storkna, den lille babyn. Gud, så korkad hon hade varit! Det var ju det som behövdes: ta tillbaka Chef, bli gravid och sedan skulle hon ha sitt på det torra. Ett änglalikt leende spred sig över hennes ansikte, hon tappade hakan av lycksalighet och hennes bröst började häva sig i flämtande vågor i balkongbehån, storlek 105 C.

Hon lät en ömsint blick svepa över kusinerna, bröderna och

farbröderna, tanterna och systerdöttrarna. Som hon älskade dem för att de gett henne denna strålande idé … Som hon älskade dem för deras småaktighet, deras medelmåttighet, deras försupenhet. Hon hade bott för länge i Paris. Hon hade fått konstgjorda vanor. Hon hade tappat fotfästet. Glömt klasskampen, könskampen och kampen om pengarna. Jag borde åka hit oftare, tänkte hon, jag borde gå på fortbildning här. Och hitta tillbaka till den gamla kända frågan: hur behåller man en man? Genom att bli på smällen! Hur hade hon kunnat glömma detta gamla tusenåriga recept som genererat dynastier och fyllt deras kassaskåp?

Hon föll dem nästan om halsen, men behärskade sig och antog en min av förnärmad oskuld. ”Nej, nej, det har jag aldrig tänkt på.” Hon bad om ursäkt för att hon brusat upp. ”Det är minnet av mamma som gör mig helt upp och nervänd. Jag har nerverna på utsidan!” När kusin Georges skulle köra tillbaka till Culmont-Chalindrey med bil bad hon att få åka med för att slippa byta tåg.

”Ska du redan ge dig av? Vi har ju knappt hunnit träffa dig. Sov över här!”

Hon tackade med ett lent leende, kramade om den ena efter den andra, stack till sina syskonbarn en sedel och smet iväg i kusin Georges gamla Simca. Medan hon satt och gladde sig åt bebådelsescenen, kontrollerade hon att ingen hade frestats sno åt sig de smycken hon fått av sin älskare.

Det svåraste låg dock framför henne: att återerövra Chef, att övertyga honom att äventyret med Chaval bara var tillfälligt, så obetydligt att hon knappt mindes det, ett ögonblicks eftergift för kroppens lustar, ett misstag, kvinnlig svaghet. Att hitta på en lögn som lät sannolik – han hade tvingat sig på henne, hotat henne, klått upp henne, drogat henne, hypnotiserat henne eller förhäxat henne? Och sedan ta tillbaka sin plats som favorit och fånga en liten grobziansk spermie för att bli på smällen.

På vägen upp, i Culmont-Chalindrye, i förstaklasskupén till Paris, funderade Josiane. Här gällde det att använda knep, insåg hon, att gå försiktigt fram, att tassa på tåspetsarna. Allt måste byggas upp igen: tålmodigt skulle hon ta det sten för sten utan att klaga, utan att förtröttas, utan att avslöja sig. Ända tills pyramiden obestridligen stod där.

Det skulle bli svårt, så mycket var klart, men motstånd var inget som skrämde henne. Hon hade klarat sig ur skeppsbrott förr, helskinnad.

Hon gjorde det bekvämt för sig i sin förstaklassfåtölj. Kände i baken tågets första skakningar när det lämnade stationen och skänkte en rörd tanke åt sin mor, tack vare vilken hon nu återvände till Paris så pigg och så fylld av stridslust.

”Är du säker på att vi hittar dem där inne? Jag vill för allt i världen inte missa detta. En eftermiddag vid Ritz pool, höjden av lyx!” Hortense suckade och sträckte ut sig i bilen. ”Jag vet inte varför men så fort jag lämnar Courbevoie, så fort jag passerar bron, så lever jag upp. Jag hatar förorten. Mamma, varför bosatte vi oss i förorten?”

Joséphine som körde svarade inte. Hon letade efter en plats att parkera på. Den här lördagsförmiddagen hade de bestämt träff med Iris på hennes klubb, vid poolen. (”Det kommer att göra dig gott, du ser pressad ut, min stackars Jo ...”) Sedan trettio minuter körde hon runt, runt. Att hitta en plats i det här kvarteret var inte en lätt sak, de flesta bilarna väntade i dubbla rader i brist på parkeringsplatser. Det var mitt i julhandeln och trottoarerna var fulla av folk som bar på tunga paket. De banade sig väg genom att hålla dem framför sig som sköldar och kunde plötsligt, utan förvarning, välla ut i gatan. Man var tvungen att tuta för att inte köra på dem. Joséphine svängde, spärrade upp ögonen på utkik efter en plats medan flickorna blev otåliga. ”Där, mamma, där!” ”Nej, det är förbjudet och jag tänker inte få parkeringsböter.” ”Åh, mamma du är en riktig glädjedödare!” Det var deras nya uttryck: glädjedödare. De använde det i tid och otid.

– Jag har fortfarande lite solbränna kvar sen i somras. Jag vill inte se ut som en endiv, fortsatt Hortense medan hon undersökte sina armar.

Medan jag, tänkte Jo, jag kommer att vara endivdrottningen. En bil körde ut mitt framför näsan på henne, hon bromsade och satte på blinkersen. Flickorna började stampa med fötterna.

– Kom igen nu, mamma, kom igen ... Visa oss en perfekt fickparkering.

Jo gjorde sitt bästa och lyckades glida in i den lediga parkeringsfickan utan missöden. Flickorna applåderade. Jo, som badade i svett, torkade sig i pannan.

Tanken på att gå in i byggnaden, möta blickarna från personalen som skulle mäta henne uppifrån och ner och fråga sig vad hon hade där att göra, fick henne på nytt att kallsvettas. Men hon fann sig i att följa efter Hortense som helt obesvärat visade vägen, med högdragna blickar mot den uniformsklädda personalen.

– Har du varit här förr? viskade Jo till Hortense.

– Nej, men jag förmodar att poolen måste vara där ... i källarvåningen. Och förresten, om vi går fel så gör det inget. Då går vi bara tillbaka. De är faktiskt bara betjänter. De har betalt för att visa oss.

Joséphine följde henne förvirrat hack i häl med Zoé i släptåg, som noggrant granskade skyltfönstrens exklusiva smycken, väskor, klockor och andra accessoarer.

– Wow, mamma, så vackert! Så dyrt det måste vara! Om Max Barthillet såg det här skulle han komma och sno allt. Han säger att när man är fattig kan man stjäla från de rika, de märker det inte ens. Och så jämnar det ut sig!

– Nej, nu får jag nog till slut ge Hortense rätt i att Max är ett mycket dåligt sällskap för dig, protesterade Joséphine.

– Mamma, mamma titta, ett diamantägg! Tror du det är en diamanthöna som har värpt det?

Vid klubbens entré frågade en elegant ung dam efter deras namn, tittade i ett stort anteckningsblock och bekräftade att de var väntade av madame Dupin vid poolen. På hennes skrivbord brann ett doftljus. Ur högtalarna strömmade klassisk musik. Joséphine tittade på sina fötter och skämdes för sina billiga skor. Den unga damen visade dem vägen till omklädningshytterna och önskade dem en trevlig eftermiddag. De dök in i varsin hytt.

Joséphine klädde av sig. Hon gnuggade på märkena efter behån, vek ihop den noggrant, tog av sig strumpbyxorna, rullade ihop dem, hängde upp sin t-shirt, sin tröja och sina byxor i det skåp som tilldelats henne. Sedan tog hon ut sin baddräkt ur det plastfodral där hon hade lagt den i augusti ... och en hemsk ångest kom över henne. Hon hade gått upp i vikt sedan sommaren, hon var inte säker på att den fortfarande passade henne. Jag måste absolut gå ner, grälade hon på sig själv, jag står inte ut med mig själv längre. Hon vågade inte titta på sin mage, sina lår eller sina bröst. Hon slank ner i baddräkten i blindo, medan hon fixerade en prick någonstans i hyttens trätak. Hon drog i axelbanden för att höja bysten, rättade till vecken över höfterna, knölade och drog för att försöka trolla bort allt detta överflödsfett som tyngde henne. Till slut sänkte hon blicken och upptäckte en badrock på en krok. Räddad!

Hon tog på sig de vita frottétofflor hon hittat tillsammans med baddrocken, stängde dörren till hytten och sökte med blicken efter flickorna. De hade redan gått ut till Iris och Alexandre.

Iris vilade med en bok över knäna i en lång däckstol, lyxig i sin svarta badrock och det långa svarta håret bakåtkammat. Hon var helt inbegripen i ett samtal med en ung flicka som Jo bara såg bakifrån. En smal ung flicka i en minimal tvådelad baddräkt. Överdelen var röd och beströdd med stenar, gnistrade likt Vintergatans stjärnor. Baken var vackert rundad, och trosan så liten att Joséphine tyckte att den verkade nästan överflödig. Gud, så vacker denna kvinna var! Smal midja, enormt långa ben, perfekt hållning, håret uppsatt i en slarvig knut ... Allt hos henne andades grace och skönhet, allt hos henne var i perfekt harmoni med omgivningen där poolens blåa vatten speglades i de kaklade väggarna. Alla Joséphines komplex kom tillbaka och hon knöt åt badrockens skärp hårdare. Jag lovar, bestämde hon, från och med nu ska jag sluta att äta och börja göra sit-ups varje morgon. Förr var jag ju också en lång, smal ung flicka …

Hon fick syn på Alexandre och Zoé i vattnet och vinkade till dem. Alexandre ville gå upp för att hälsa på henne men Jo viftade avrådande med handen. Då dök han igen och grep tag i Zoés ben så att hon gav upp ett förskräckt litet skrik.

Den unga flickan i röd bikini vände sig om och Jo såg att det var Hortense.

– Hortense, vad är det du har på dig?

– Sluta, mamma … Det är en baddräkt. Och skrik inte så högt! Vi är inte i simhallen i Courbevoie nu.

– Hej, Joséphine, sa Iris, och reste sig för att gå emellan mor och dotter.

– Hej, hasplade Joséphine ur sig, och vände sig snabbt till sin dotter igen. Hortense, kan du berätta för mig var du har fått tag på den där baddräkten.

– Det var jag som köpte den till henne i somras, sa Iris. Och det finns ingen anledning att brusa upp sådär. Hortense är förtjusande …

– Hortense är oanständig! Och så vitt jag vet så är Hortense min dotter, inte din!

– Men mamma då, så du överdriver!

– Hortense, du går och klär om omedelbart!

– Kommer inte på fråga! Bara för att du gömmer dig i en säck så behöver inte jag förklä mig till en tonfisk.

Hortense mötte trotsigt, utan att blinka, sin mors blick som sjöd av vrede. Kopparfärgade lockar hade lösgjorts från hårspännet som höll upp hennes hår och hennes kinder hade rodnat vilket gav ett barnsligt intryck, i kontrast till hennes utstyrsel som femme fatale. Joséphine kunde inte undgå att känna sig träffad av sin dotters pik och tappade fattningen helt. Hon stammade fram ett svar som inte var något riktigt svar eftersom det var ohörbart.

– Såja, flickor, lugn nu, sa Iris med ett leende för att lätta upp den tryckta stämningen. Din dotter har blivit stor, Joséphine, hon är inte längre en baby. Jag förstår att det kommer som en chock för dig men du kan inte göra något åt det! Om du inte klämmer fast henne mellan två lexikon förstås.

– Jag kan hindra henne från att visa upp sig på det sättet som hon gör.

– Hon är som de flesta flickor i hennes ålder – förtjusande.

Joséphine vacklade till och fick sätta sig i Iris solstol som stod alldeles intill. Att tampas med sin syster och dotter samtidigt blev för mycket för henne. Hon vände bort huvudet för att svälja de tårar av ilska och vanmakt, som hon kände vällde upp inom henne. Det slutade alltid på samma sätt när hon gick emot Hortense. Hon tappade ansiktet. Hon var rädd för henne, för hennes stolthet, för det förakt hon visade sin mamma. Men när allt kom omkring måste hon erkänna att Hortense ofta såg saker och ting som de var. Om hon hade kommit ut från hytten, stolt över sin figur och strålande i sin baddräkt – då hade hon säkert inte reagerat så våldsamt.

Hon satt kvar någon minut, darrande och med ansiktet i upplösning. Hon fäste blicken på poolvattnets reflexer, granskade dem utan att riktigt se dem, de gröna växterna, marmorpelarna, den blåa mosaiken. Sedan reste hon sig, och tog ett djupt andetag för att hindra tårarna från att tränga fram. Det skulle bara fattas att jag gör bort mig, tänkte hon, jag vill inte bli gjord till åtlöje. Och så vände hon sig mot sin dotter, färdig att åter drabba samman med henne.

Hortense hade gått iväg. Hon stod halvvägs nere i poolen och kände på vattnet och skulle just doppa sig.

– Du borde inte bli så till dig inför henne, du mister all din auktoritet, viskade Iris, och vände sig om på mage.

– Jag skulle vilja se hur du skulle klara det här? Hon uppför sig avskyvärt mot mig.

– Det är puberteten. Hon är mitt uppe i den.

– Ja ja, skyll på puberteten, bara. Men hon behandlar mig som om jag var mindre värd.

– Det är kanske för att du alltid har låtit dig behandlas så själv.

– Vad menar du? Hur då låtit mig behandlas?

– Du har alltid låtit folk behandla dig hur som helst. Du har ingen som helst respekt för dig själv. Hur kan du då begära att andra ska respektera dig?

Joséphine lyssnade häpet på vad hennes syster sa.

– Du minns väl, när vi var små? Jag fick dig att knäböja framför mig, du skulle ta det finaste du hade i världen och sätta på huvudet och ge det till mig genom att böja på huvudet utan att det fick falla av … Annars blev du bestraffad. Kommer du ihåg?

– Det var en lek!

– Inte så oskyldig som man skulle kunna tro. Jag testade dig. Jag ville veta hur långt jag kunde gå och jag hade kunnat få dig till vad som helst. Du skulle inte ha sagt nej till nånting!

– För att jag älskade dig.

Joséphine protesterade med full kraft.

– Det var kärlek, Iris, ren och skär kärlek. Jag dyrkade dig.

– Hm. Det borde du inte ha gjort. Du skulle ha försvarat dig, skällt på mig. Men det gjorde du aldrig. Och nu blir du förvånad när din dotter behandlar dig på det här sättet.

– Sluta! Snart säger du väl att det var mitt fel!

– Det är väl klart att det är ditt fel!

Gränsen var nådd för Joséphine. Hon lät de tunga tårarna som hon hållit tillbaka strömma fritt över kinderna, hon grät tyst medan Iris, som låg utsträckt på mage med huvudet mot armarna, fortsatte berätta om deras barndom och de lekar som hon uppfunnit för att kunna hålla sin syster i slaveri. Plötsligt är jag som tillbakaskickad till min älskade medeltid, tänkte Joséphine genom tårarna. Till tiden då en stackars livegen var tvungen att betala skatt till slottsherren. Man kallade det huvudskatt, fyra denarer som den livegne placerade på sitt böjda huvud och skänkte till herremannen som bevis för sin lojalitet. Fyra denarer som han inte hade råd att betala men som han på något sätt ändå var tvungen att hitta. Annars blev han slagen, inlåst, fråntagen sin odlingslott, fråntagen soppan att äta … Det hjälper inte att vi har uppfunnit bensinmotorn, elektriciteten, telefonen, televisionen, förhållandet mellan människor har ändå inte förändrats. Jag har varit, är fortfarande och kommer alltid att vara min systers ödmjuka tjänarinna. Och andras! Idag var det Hortense jag böjde mig för, imorgon blir det någon annan.

Iris ansåg nu ämnet vara uttömt, hade åter lagt sig på rygg och fortsatte samtalet som om inget hade hänt.

– Vad ska du göra i jul?

– Jag vet inte …, svarade Jo och svalde sina tårar. Har inte haft tid att tänka på det. Shirley har bett mig följa med henne till Skottland …

– Till hennes föräldrar?

– Nej, dem vill hon inte åka till. Jag vet inte varför. Det blir till några goda vänner men Hortense gör sura miner, hon tycker Skottland låter ”skittrist” …

– Vi kunde fira jul tillsammans i stugan …

– Ja, det skulle hon säkert hellre vilja. Hon trivs hos er!

– Och jag skulle tycka det var roligt om ni kom.

– Vill du inte vara ensam med bara din familj? Jag hänger på er hela tiden … Philippe tröttnar nog snart på det.

– Äh, du vet, vi är inte nygifta längre.

– Jag måste tänka efter. Första julen utan pappa …

Hon suckade. Sedan kom hon att tänka på något, något bitande trist och obehagligt, och hon frågade:

– Kommer Madame Mère att vara där?

– Nej. Då hade jag inte föreslagit det. Jag har förstått att man inte ska ha er i närheten av varandra om man vill slippa ringa brandkåren.

– Du är rolig, du. Jag ska fundera på saken …

Hon kom på sig med att vilja fråga:

– Har du pratat om det med Hortense?

– Inte än. Jag har bara frågat både henne och Zoé vad de önskar sig i julklapp …

– Och vad sa hon att hon önskade sig?

– En dator …, men hon sa också att du hade lovat köpa en till henne och att hon inte ville göra dig ledsen. Du ser att hon kan vara finkänslig och uppmärksam gentemot andra …

– Det är lätt att säga. Faktum är att hon praktiskt taget pressade ur mig löftet att köpa en till henne. Och som vanligt gav jag med mig.

– Om du vill så ger vi henne en tillsammans. Datorer är dyrt.

– Glöm det, absolut inte! Men om jag köper en så dyr present till Hortense, vad ska jag då ge till Zoé? Jag hatar orättvisor …

– Jag kan hjälpa dig med det med … Allvarligt talat, jag kan vara med på de där inköpen … Du vet att det inte känns så dyrt för mig!

– … och sen börjar det handla om mobiltelefon, Ipod, DVD-spelare, kamera … Vet du vad, Iris? Jag har ingen kontroll längre, jag är trött. Iris, jag är så trött …

– Just därför kan du väl låta mig hjälpa dig. Jag kan ge dem en liten present bredvid, och så får du ta åt dig äran.

– Det är väldigt generöst från din sida. Men nej! Jag skulle ha svårt för det.

– Kom igen, Joséphine, spänn av … Du är alldeles för principfast.

– Nej, säger jag! Och den här gången kommer jag inte att ge med mig.

Iris suckade och gav upp.

– Jag ska inte insistera, jag vill bara påminna dig om att det är jul om tre veckor och att du inte har så mycket tid på dig att tjäna miljoner … Om du inte spelar på Lotto.

Jag vet, rasade Joséphine inom sig. Det finns ingenting som jag är mera medveten om. Jag borde ha lämnat min översättning för en vecka sedan, men föreläsningen i Lyon har tagit all min tid. Jag hinner inte längre arbeta på min licentiatavhandling och jag missar vartannat möte på jobbet. Jag ljuger för min syster genom att dölja för henne att jag arbetar för hennes man, jag ljuger för min handledare och säger att jag inte har varit i form för att arbeta sedan Antoine stack. Mitt liv som tidigare gick efter noter är numera ett enda stort kaos.

Medan Joséphine satt längst ut på vilstolen och förde en inre monolog, väntade Alexandre Dupin otåligt på att hans kusin skulle sluta tumla om i vattnet och återgå till mer stillsamma aktiviteter, så att han kunde ställa de frågor som snurrade runt i huvudet på honom. Zoé var den enda som kunde besvara dem. Han kunde inte anförtro sig vare sig till Carmen, till sin mamma eller till Hortense som alltid behandlade honom som ett småbarn. Så när Zoé gick med på att lägga sig vid poolkanten och vila sig, stödd på armbågarna, lade sig Alexandre bredvid henne och började prata.

– Zoé, hör här … Det är viktigt.

– Kom igen. Jag lyssnar.

– När de stora sover tillsammans, tror du att det är för att de är kära i varandra?

– Mamma har sovit ihop med Shirley och de är inte kära i varandra …

– Ja, fast en man och en kvinna … Tror du att de är kära i varann om de sover tillsammans?

– Nej, inte alltid.

– Men när de älskar med varann? Då är de väl kära i alla fall?

– Det beror på vad du menar med att vara kär.

– Tror du att när stora inte älskar med varandra mer, så är det för att de inte är kära längre?

– Jag vet inte. Hur så?

– För pappa och mamma inte sover tillsammans längre. Det har de inte gjort på fjorton dagar.

– Då är det för att de ska skiljas.

– Är du säker?

– Nästan. Max Barthillets pappa har stuckit.

– Och han har skiljt sig?

– Ja. Och Max berättade för mig att precis innan hans pappa gav sig av så sov han inte längre med hans mamma. Han sov inte hemma över huvud taget, han sov någon annanstans, Max visste inte riktigt var, men …

– Ja, för min, han sover i sitt arbetsrum. I en jätteliten säng …

– Oj då. Då ska de säkert skiljas, din mamma och pappa. Och då, förstår du, då kommer de att skicka iväg dig till en psyki …, nånting, en gubbe som öppnar huvudet på dig för att förstå vad som händer där inuti.

– Men jag vet vad som händer inne i mitt huvud. Jag är rädd hela tiden. En gång precis innan han började sova i sitt arbetsrum, så gick jag upp mitt i natten för att lyssna utanför deras sovrumsdörr och då var det alldeles tyst och jag blev så rädd för den där tystnaden. Förr, så älskade de ibland och det hördes, och då kände jag mig trygg.

– Älskar de inte alls med varandra längre?

Alexandre skakade på huvudet.

– Och de sover inte ens tillsammans?

– Inte alls, sen fjorton dagar tillbaka.

– Aha. Då kommer du att bli som jag: skild!

– Är du säker?

– Japp. Och det är inte kul. Din mamma kommer att vara arg hela tiden. Mamma är bara sur och trött sen hon skilde sig. Hon skriker, hon blir arg, det är inte roligt, ska du veta … Det kommer att bli likadant med dina föräldrar!

Hortense, som just tränade simning under vatten hela bassänglängden, dök upp just när Alexandre sa: ”… pappa och mamma skilda!” Hon bestämde sig för att låtsas som om hon ingenting hört, just för att kunna lyssna bättre. Alexandre och Zoé blev misstänksamma och tystnade så fort de såg henne flyta på rygg nedanför dem.

Eftersom de blev så tysta verkar det allvarligt, tänkte Hortense. Skilda, Iris och Philippe? Om Philippe lämnar Iris kommer Iris att ha mycket mindre pengar och hon kommer inte att kunna skämma bort mig som hon gör nu. Den här röda baddräkten behövde jag bara titta på, så gav Iris den till mig.

Hon tänkte på datorn. Hon hade varit dum som inte hade tackat ja, när Iris erbjudit sig att köpa en till henne: den skulle ha varit tio gånger så fin som den som hennes mor skulle kunna tänkas välja. Mamma pratade ju hela tiden om att spara. Vilken glädjedödare hon var med sitt sparande! Som om pappa hade gett sig av utan att lämna några pengar till henne. Otänkbart! Det skulle han aldrig ha gjort. Pappa var en ansvarsfull man. Han betalade nog, fast han låtsades att han inte betalade.

Min pappa pratar inte om pengar, summerade Hortense. Det är klass, det! Livet är verkligen skittrist … Hon återgick till sitt undervattenssimmande och tänkte vidare: Det är bara Henriette som vet hur man klarar sig. Chef kommer aldrig att ge sig av.

Åter dök hon upp till ytan. Hon betraktade människorna omkring sig. Kvinnorna var eleganta, och deras män frånvarande: upptagna med att arbeta, att tjäna pengar så att deras förtjusande kvinnor skulle kunna ligga och lata sig vid bassängkanten i den senaste Eres-baddräkten på en badhandduk från Hermès. Hennes dröm var att ha en sådan kvinna till mamma. Jag skulle ta vilken som helst av dem, tänkte hon. Vilken som helst utom min mamma. Jag måste ha blivit förväxlad på BB. När hon kom hade hon snabbt slunkit ut från omklädningshytten för att gå och krama om sin moster och hålla sig till henne. För att alla dessa kvinnor skulle tro att Iris var hennes mamma. Hortense skämdes för sin mor. Alltid klumpig och illa klädd. Alltid höll hon på och räknade pengar. Alltid torkade hon näsvingarna med tummen och pekfingret när hon var trött. Hortense hatade den där gesten. Hennes pappa däremot, han var chick och elegant, han umgicks med viktiga personer. Han kände till alla whiskeymärken, pratade engelska, spelade tennis och bridge, visste hur man skulle klä sig … Hennes blick sökte sig tillbaka till Iris. Hon såg inte ledsen ut. Kanske tog Alexandre fel …, han var ju faktiskt en sådan tönt!

Lika töntig som hennes mamma som satt orörlig, inklämd i sin badrock. Hon kommer inte att bada, tänkte Hortense, jag har fått henne att skämmas.

– Ska du inte bada? frågade Iris Joséphine.

– Nej … jag upptäckte i hytten att jag hade … att det var den tiden i månaden.

– Vad du är pryd! Du har mens, helt enkelt?

Joséphine nickade.

– Ja ja, då går vi och dricker te.

– Men barnen då?

– De kommer när de har fått nog av att bada. Alexandre vet vägen.

Iris stängde sin badrock, plockade upp sin väska, stack in sina smala fötter i ett par utsökta badtofflor och gick mot tesalongen som låg dold bakom en häck av gröna växter. Joséphine följde efter och pekade med fingret i riktning mot tesalongen för att Zoé skulle se vart de gick.

– Te med en bakelse eller en bit paj? frågade Iris medan hon satte sig ner. Deras äppelpaj är delikat!

– Bara te. Jag började banta när jag kom hit och jag känner mig redan smalare.

Iris beställde två te och en äppelpaj. Servitrisen avlägsnade sig, och två kvinnor närmade sig leende deras bord. Iris stelnade till. Joséphine blev förvånad över att se sin systers uppenbara förlägenhet.

– Nämen hej, utbrast de båda kvinnorna i kör. Vilken överraskning!

– Hej, svarade Iris. Min syster Joséphine …, Bérengère och Nadia, väninnor till mig.

De två kvinnorna riktade snabba leenden mot Joséphine och ignorerade henne sedan för att vända sig mot Iris.

– Jaha, vad är det Nadia berättar för mig? Det verkar som om du har gett dig in i litteraturens värld, sa Bérengère med ansiktet förvridet av uppmärksamhet och en viss lystnad.

– Det var min man som berättade det efter den där middagen häromkvällen, när jag inte kunde vara med eftersom min dotter hade fyrtio graders feber. Han var helt i gasen! sa Nadia Serrurier. Min man är förläggare, preciserade hon och vände sig mot Joséphine som låtsades vara med på noterna.

– Så du skriver i hemlighet alltså? Det är därför man aldrig träffar dig längre, fortsatte Bérengère. Jag undrade just ... när jag aldrig hörde något från dig. Jag har ringt dig flera gånger. Har inte Carmen berättat det? Nu förstår jag! Bravo, min älskling! Det är fantastiskt! Du har pratat om det så länge! Du har helt enkelt börjat ..., och när kan man få läsa?

– För närvarande leker jag mest med en idé ... Jag skriver inte på riktigt, sa Iris och plockade med badrocksskärpet.

– Säg inte det! utbrast kvinnan som hette Nadia. Min man väntar på manuskriptet ... Ni förförde honom verkligen med era historier om medeltiden. Han pratar bara om det numera. Det är en strålande idé att sammanföra dessa avlägsna tider med det som händer idag. En strålande idé! När man ser vilken framgång många har haft med historiska romaner så inser man att en vacker historia med medeltiden som bakgrund, den kommer att bli en riktig succé.

Joséphine hickade till av förvåning och Iris sparkade henne under bordet.

– Och dessutom är du ju så fotogenique, Iris! Det behövs bara ett foto av dina stora blå ögon på omslaget och så är bestsellerförfattaren född. Eller hur, Nadia?

– Så vitt jag vet så skriver man inte med ögonen, replikerade Iris.

– Jag skämtade, fast inte helt och hållet.

– Bérengère har inte fel. Min man säger alltid att idag räcker det inte att skriva en bok. Man måste sälja den också. Och det är där som era ögon kommer in! Era ögon, era förbindelser, ni kan räkna med framgång, kära Iris ...

– Det är bara att skriva den, älskling! framkastade Bérengère och klappade i händerna för att visa hur spännande hon tyckte allt detta var.

Iris svarade inte. Bérengère tittade på sin klocka och utbrast:

– Oj, nu måste jag skynda mig, jag är sen! Vi rings …

De sa adjö och avlägsnade sig med små vänskapliga gester. Iris ryckte på axlarna och suckade. Joséphine teg. Servitrisen kom med två te och en bit äpplepaj, drypande av grädde och kolasås. Iris bad att få notan uppsatt på sin räkning och skrev under kvittot. Joséphine väntade tills servitrisen hade gått och sedan på att Iris skulle förklara sig.

– Så där ja! Nu vet snart hela Paris att jag skriver en bok.

– En bok om medeltiden! Är det ett skämt? frågade Joséphine i skarp ton.

– Det är inget att göra så stor affär av, Jo, lugna ner dig.

– Håll med om att det är överraskande!

Iris suckade ännu en gång, kastade sitt långa, tjocka hår bakåt och började förklara för Joséphine vad som hade hänt.

– Häromkvällen på en middag så hade jag så tråkigt så jag sa precis vad som helst. Jag påstod att jag höll på att skriva och när man frågade mig vad så pratade jag om elvahundratalet … Fråga mig inte varför, det kom av sig självt.

– Men du har alltid sagt att det är töntigt …

– Jag vet … Men jag blev tagen på sängen. Och det tog skruv! Du skulle ha sett Serruriers, förläggarens, min. Han blev eld och lågor. Så jag fortsatte, jag blev entusiastisk precis som du när du pratar om det, visst är det lustigt? Jag upprepade ordagrant det som du brukar berätta.

– Och du och mamma som alltid har drivit med mig om det genom åren.

– Jag tog fram alla dina argument, på ett bräde, som om du var i mitt huvud och pratade. Och han tog det på allvar, han var färdig att ge mig ett kontrakt att skriva under … Och tydligen har nu ryktet spritt sig så här snabbt. Jag vet inte vad jag ska göra nu, jag blir tvungen att uppehålla spänningen …

– Det är bara att läsa mina arbeten … Jag kan ge dig mina anteckningar om du vill. Jag har massor av idéer till romaner! 1100-talet är späckat med romantiska historier …

– Skratta inte. Jag kan inte skriva en roman … Jag dör av lust men jag kan inte få ihop mer än fem rader.

– Har du verkligen försökt?

– Ja, sen tre, fyra månader tillbaka och resultatet är just tre, fyra rader. Jag kommer aldrig att klara det.

Hon gav upp ett litet sarkastiskt skratt.

– Nej, det jag måste göra nu är att låtsas, så länge det behövs för att den här historien ska vara glömd. Jag får låtsas att jag arbetar hårt, och så en dag deklarerar jag att jag har kastat alltihop, att det var för dåligt.

Joséphine såg på sin syster som om hon inte förstod. Iris, hennes vackra, intelligenta, magnifika syster, Iris hade ljugit för att göra sig intressant! Hon iakttog henne en lång stund, förbluffad, som om hon upptäckt en annan kvinna bakom den stolta och bestämda kvinna som hon hittills känt. Iris hade böjt ner huvudet och delade äpplepajen i små regelbundna bitar på tallriken som hon sedan sköt ifrån sig. Inte konstigt att hon inte blir tjock om hon äter på det där sättet, tänkte Jo.

– Tycker du att jag är löjlig? sa Iris. Säg som det är. Du har rätt.

– Nejdå, jag är bara förvånad. Medge att det här inte är likt dig.

– Javisst. Det är överraskande men det behöver vi inte göra någon stor affär av. Jag ska klara mig ur det. Jag får säga lite vad som helst. Det blir inte första gången!

Joséphine ryckte till på nytt.

– Vad vill du säga med det? Inte första gången som du ljuger?

Iris flinade.

– Som jag ljuger? Vilka stora ord! Hortense har rätt: vad korkad du kan vara! Kan du inget om livet, min stackars Jo. Eller också är ditt liv så skrämmande enkelt … Enligt dig finns det gott och ont, vitt och svart, de goda och de onda, last och dygd. Visst, det är mycket enklare så! Då vet man direkt hur saker och ting är.

Joséphine slog sårad ner ögonen. Hon fann inte ord för att ge igen. Det behövdes tydligen inte heller, för Iris fortsatte direkt i hård ton:

– Det är inte första gången som jag är i skiten, stackars lilla dumbom!

Det låg en elak och raljant ton i hennes röst. Förakt och ilska också. Joséphine hade aldrig hört ett så elakt tonfall från sin syster. Men det som slog henne ännu mer var den avundsjuka som hon tyckte sig kunna ana. Knappt märkbar, nästan omöjlig att urskilja, en ton som kom och gick, men den fanns där! Iris avundsjuk på henne? Omöjligt, sa Joséphine till sig själv. Omöjligt! Hon blev arg på sig själv för att hon kunde tänka så och försökte komma igen.

– Jag ska hjälpa dig! Jag ska hitta på en historia som du kan berätta … Nästa gång du träffar din förläggare kommer du att kunna blända honom med medeltidskultur.

– Jaha, och hur skulle jag då bära mig åt, enligt dig? flinade Iris och mosade en bit paj med gaffeln.

Hon har inte ätit en smula av den, sa Jo för sig själv. Hon har delat den i små bitar som hon har spritt ut över tallriken. Hon äter inte, hon dödar maten.

– Hur skulle jag kunna blända en bildad man med all min okunskap?

– Lyssna på mig! Känner du till historien om Rollon, normandernas hövding, som var så lång att hans fötter släpade i marken när han red på sin häst?

– Har aldrig hört talas om honom.

– Det var en outtröttlig vandrare, en stor seglare. Han kom från Norge och spred skräck omkring sig. Han påstod att paradiset endast var för krigare som dog i strid. Säger det dig ingenting? Du kan brodera ut texten utifrån en person som han. Det var han som grundade Normandie!

Iris ryckte på axlarna och suckade.

– Jag kommer inte långt. Jag kan ingenting om den tiden.

– Eller också kan du berätta för honom att titeln *Gone with the wind*, du vet romanen av Margaret Mitchell, kommer från en dikt av François Villon …

– Jaså?

– *Autant en emporte le vent* … det är en versrad ur en av François Villons sonetter.

Joséphine hade gjort vad som helst för att få se ett leende i sin systers fientliga och slutna ansikte. Hon hade kunnat göra kullerbyttor, hälla hela tallriken med äppelpaj över huvudet på sig själv – bara för att Iris skulle börja le igen, och för att hennes ögon skulle fyllas av blått utan det svarta bläck som nu förmörkade dem. Hon satte igång att recitera, medan hon sträckte ut ärmen på sin vita badrock som en romare, talande till folket från sin tribun:

*O Prins, se din tid är bestämd*
*Precis som den fattiges tid.*
*Blir du vredgad eller beklämd?*
*Vind, intet att fästa sig vid.*

Iris log blekt och tittade på henne med nyfikenhet.

Joséphine var som förklarad. Det kom ett sken från henne, en utstrålning av obestämbar charm. Plötsligt hade hon blivit en annan, lärd och säker, mild och självsäker, så olik den Joséphine som Iris kände. Hon betraktade sin syster med avund. En glimt som försvann lika fort som den kommit, men som Jo hann uppfatta.

– Kom tillbaka till jorden, Jo. De struntar högaktningsfullt i François Villon!

Joséphine tystnade och suckade:

– Jag ville bara hjälpa dig.

– Jag vet, det är snällt av dig … Du är snäll Jo. Helt i det blå men snäll!

Tillbaka till ruta ett, tänkte Joséphine. Nu är jag töntig igen ... Jag ville ju bara hjälpa henne. Tråkigt!

Tråkigt för henne.

Och ändå, där fanns den här förtreten, detta spår av avundsjuka i Iris röst som hon var säker på att hon hade hört. Två gånger inom några sekunder. Jag är inte så värdelös ändå om hon avundas mig, tänkte Joséphine och reste sig, inte så totalt hopplös ... Dessutom tog jag ingen äppelpaj. Jag har redan gått ner ett hekto, minst.

Hon kastade en triumferande blick omkring sig. Hon är avundsjuk på mig, hon är avundsjuk på mig! Jag har något som inte hon har, och som hon gärna skulle vilja ha! Det hade uppenbarats under en bråkdel av en sekund i en skiftning, i Iris blick, i en nyans i hennes röst.

All denna lyx, tänkte Joséphine, alla dessa palmer i krukor, dessa väggar av vit marmor, dessa blåskimrande reflexer i glaspartierna, alla dessa kvinnor i vita badrockar som klirrar med sina armband. Jag struntar fullkomligt i dem. Jag skulle inte vilja byta mitt liv mot något annat i världen. Skicka mig tillbaka till 900-, 1000- och 1100-talen! Där kan jag leva upp, jag får färg, jag reser mig, jag rider barbacka bakom jätten Rollon och jag rymmer tillsammans med honom med mina armar om hans midja ... Jag krigar vid hans sida längs Normandies kuster, jag utvidgar hans rike ända bort till Mont St Michelbukten, jag adopterar hans oäkting och jag uppfostrar honom och han blir Wilhelm Erövraren!

Hon kunde höra trumpeterna vid Wilhelms kröning och hon rodnade.

Eller också ... eller också heter jag Arlette, och är Wilhelms mor ... jag trampar tvätt i Fontaine de Falaise när Rollon, jätten Rollon, får syn på mig, rövar bort mig, gifter sig med mig, gör mig med barn. Från att ha varit en simpel tvätterska blir jag nästan drottning.

Eller också ... Hon höll upp fållen på sin badrock som man

håller upp en underkjol. Eller också heter jag Mathilde, och är dotter till hertig Baudouin av Flandern, hon som gifte sig med Wilhelm. Jag tycker mycket om berättelsen om Mathilde, den är mer romantisk … Mathilde älskade Wilhelm ända fram till sin död. Det var sällsynt på den tiden. Och han älskade henne också. De lät bygga två stora kloster, Abbaye aux hommes och Abbaye aux femmes vid portarna till Caen, för att tacka Gud för sin kärlek.

Jag skulle ha haft historier att berätta om en förläggare kom och frågade mig. Tiotals och tusentals! Jag skulle kunna återge mässingen i trumpeterna, hästarnas galopp, slagens hetta, läppar som skälver inför den första kyssen …"Kyssarnas sötma som är kärlekens lockelse."

Joséphine skälvde. Hon fick lust att öppna sina anteckningsböcker, leta bland sina anteckningar, hitta vackra berättelser från dessa svunna sekel som tjusade henne så.

Hon tittade på sin klocka och beslöt att det var dags att åka hem. "Jag har arbete som väntar på mig", sa hon när hon tog avsked. Iris lyfte på huvudet och lät höra ett dystert: "Okej, hej …"

– Jag hämtar upp flickorna när jag går förbi, sitt kvar du. Och tack för allt!

Hon hade bråttom att ge sig av. Att lämna detta ställe där allt plötsligt kändes falskt och fåfängt.

– Kom, flickor! Nu åker vi hem! Och inga protester!

Hortense och Zoé lydde direkt, kom upp ur vattnet och följde med henne till omklädningshytterna. Joséphine kände det som om hon hade växt tio centimeter. Hon dansade fram på tåspetsarna, trampade överlägset på den tjocka, snövita heltäckningsmattan. Hon svepte med blicken över speglarna som återgav bilden av henne själv. Hi hi! Några kilo mindre och jag kommer att vara supersnygg. Pst! Om det var mig man frågade skulle jag kunna skriva volymer om tusen sidor! Hon passerade den unga eleganta damen i entrén och riktade ett brett, segervisst leende mot henne. Lycklig! Ja, jag är lycklig. Om hon bara visste vad som nyss hade hänt. Då skulle hon ha sett på mig på ett nytt sätt …

Just då gick hennes badrock upp och den unga kvinnan såg milt och vänligt på henne.

– Åh, det såg jag inte innan …

– Vad var det ni inte såg?

– Att ni väntar en liten baby. Så avundsjuk jag blir! Min man och jag har försökt i tre år men …

Joséphine tittade bestört på henne. Sedan föll hennes ögon på hennes egen tjocka midja och hon rodnade. Hon vågade inte ta den stiliga kvinna som gav hennes så vänliga blickar ur villfarelsen, utan återvände till sin hytt släpande fötterna efter sig som två fotbojor.

Rollon och William Erövraren gick förbi utan att se åt hennes håll. Arlette, tvätterskan, skrattade henne rakt i ansiktet och skvätte med tvättvattnet …

I hytten bredvid satt Zoé och funderade på vad Alexandre hade sagt.

Iris och Philippe fick inte skilja sig! Det var allt hon hade kvar av släkt: en morbror och moster. Hon hade aldrig lärt känna sin pappas släkt. ”Jag har ingen familj”, brukade han viska när han pussade henne i nacken. ”Min enda familj det är ni!” Sedan sex månader tillbaka träffade hon inte heller Henriette längre. ”Din mamma och hon har haft ett litet meningsutbyte”, förklarade Iris när Zoé frågade henne varför. Hon tyckte det var tråkigt att inte längre få träffa Chef, hon hade gillat att sitta i hans knä och lyssna på hans historier, om när han var en fattig liten pojke på Paris gator, där han sotade skorstenar för några sous eller fixade trasiga fönsterrutor.

Hon måste komma på en superbra idé för att Iris och Philippe skulle fortsätta att vara tillsammans: hon skulle prata med Max Barthillet om det. Ett stort leende lyste upp hennes ansikte. Max Barthillet! De var ett jättebra par, Max och hon. Han lärde henne en massa saker. Tack vare honom var hon inte längre en liten fegis.

Hon hörde sin mor ropa på henne, med otålig och stressad röst. Och hon skrek till svar: "Ja, mamma, jag kommer, jag kommer ..."

Antoine vaknade av ett vrål. Mylène klängde sig krampaktigt fast vid honom, darrade och pekade med fingret mot något nedanför deras säng.

– Antoine! Titta, där. Där!

Hon tryckte sig mot honom, med munnen förvriden och ögonen uppspärrade av skräck.

– Antoine, ååh! Antoine, gör något!

Antoine hade svårt att vakna till. Trots att han bott i Croco Park i tre månader trevade han varje morgon, när väckarklockan ringde, halvsovande efter gardinerna i sovrummet i Courbevoie. Han tittade på Mylène, förvånad över att inte se Joséphine i hennes förgätmigejblå nattlinne, förvånad också över att inte flickorna kom hoppande upp i sängen, skanderande: "Upp och hoppa, pappa, upp och hoppa!" Varje morgon krävdes av honom samma ansträngning för att han skulle minnas var han var: Jag är i Croco Park, på Kenyas östkust, mellan Malindi och Mombasa, och jag föder upp krokodiler för ett stort kinesisk företag! Jag har lämnat min fru och mina två små flickor. Han var tvungen att upprepa dessa ord för sig själv. Lämnat min fru, mina två små flickor. På den tiden ... På den tiden, när han gav sig iväg på resor, kom han alltid tillbaka. Då kändes hans bortavaro mest som en kortare semester. Idag, tvingade Antoine sig att upprepa, idag föder jag upp krokodiler och jag ska bli rik, rik, rik. När jag har fördubblat omsättningen kommer jag att ha fördubblat min investering. Man kommer att erbjuda mig nya äventyr och medan jag sitter och röker en fet cigarr kommer jag att kunna välja det som gör mig ännu rikare. Sedan åker jag tillbaka till Frankrike. Jag ska betala tillbaka hundrafalt till Joséphine, jag ska klä flickorna som små ryska prinsessor, köpa dem varsin fin lägenhet, må det bära eller brista! Vi kommer att bli en lycklig och välmående familj igen.

När jag blir rik …

Den här morgonen fick han inte tid att drömma färdigt. Mylène sparkade våldsamt med benen, och båda täckena dråsade ner på golvet. Han sökte med blicken efter väckarklockan för att se vad klockan var: halv sex!

Väckarklockan ringde varje morgon klockan sex, och exakt klockan sju ljöd mister Lees visselpipa när han ställde upp arbetslaget som skulle arbeta till klockan tre på eftermiddagen. Utan uppehåll. Hela anläggningen Croco Park var igång utan uppehåll: de hundratolv arbetarna var uppdelade i tre lag enligt Taylors goda gamla principer. Varje gång Antoine bad mister Lee att lägga in pauser i arbetarnas schema fick han svaret: ”*But, sir, mister Taylor said …*” och han visste att det inte var lönt att diskutera. Trots värmen, fukten och det hårda arbetet slog arbetarna aldrig av på takten. Hälften av dem var gifta. De levde i hyddor av halm och lera. Två veckors semester om året, inte en dag mer, inget fack fanns där för att försvara deras rättigheter, sjuttio arbetstimmar per vecka och hundra euro i månadslön plus kost och logi. ”*Good salary, mister Cortès, good salary. People are happy here! Very happy! They come from all China to work here! You don't change the organization, very bad idea!*”

Antoine hade inte sagt mer.

Varje morgon steg han alltså upp, tog en dusch, rakade sig, klädde sig och gick ner för att äta den frukost som Pong, hans boy, hade förberett. Pong hade lärt sig några ord franska för att göra honom glad och han hälsade honom: ”Sovi gott, mister Tonio, sovi gott?” Mylène brukade somna om under myggnätet. Klockan sju brukade Antoine stå vid mister Lees sida, inför arbetarna som i givakt fick sina arbetsuppgifter för dagen. Raka som tennsoldater, med shortsen fladdrande kring de tändstickssmala benen och med ett evigt leende på läpparna och ett och samma svar: ”Yes, sir.” Hakorna pekade upp mot skyn.

Den här morgonen verkade det som om saker och ting inte skulle gå sin gilla gång. Antoine gjorde en kraftansträngning och blev klarvaken.

– Vad är det, min älskling? Har du drömt mardrömmar?

– Antoine … Där, titta … Jag drömmer inte! Han slickade min hand.

Det fanns varken katter eller hundar på området. Kineserna tyckte inte om hundar och katter, de slutade alltid som föda åt krokodilerna. Mylène hade hittat en liten kattunge på stranden i Malindi, en liten söt vit kattunge med svarta, spetsiga öron. Hon hade kallat den Milou och köpt ett halsband åt den av vita snäckor. De hade senare hittat halsbandet flytande på vattnet i krokodilernas vattendrag. Mylène hade gråtit av fasa. ”Antoine, den lilla katten är död. De har ätit upp den!”

– Somna om, älskling, vi behöver inte stiga upp riktigt än …

Mylène satte naglarna i Antoines hals och tvingade honom att vakna. Han gjorde en ansträngning, gnuggade sig i ögonen, böjde sig över Mylènes axel och där på trägolvet fick han syn på en lång glänsande fet krokodil som fixerade honom med blicken.

– Åh, svalde han, vi har faktiskt ett problem … Rör dig inte Mylène, rör dig framförallt inte. Krokodilen anfaller om du rör dig. Om du är orörlig, gör han dig ingenting.

– Men titta, han fixerar oss.

– Just nu, så länge vi inte rör oss, är vi hans vänner.

Antoine betraktade djuret som höll honom under uppsikt med sina smala gulaktiga ögon. Han rös. Mylène kände det och ryckte i honom.

– Antoine, han kommer att äta upp oss!

– Nej då …, sa Antoine för att lugna henne. Nej då …

– Har du sett hans tänder? vrålade Mylène.

Krokodilen tittade på dem och gäspade, uppvisande alla sina vassa och kraftiga tänder, och närmade sig vaggande sängen.

– Pong! skrek Antoine. Pong, var är du?

Djuret sniffade på den ände av det vita lakanet som hängde ner mot golvet och tog det mellan sina käkar och började envist dra i lakanet, och därmed dra Antoine och Mylène allt närmare sig. De höll sig fast sig i sängstolparna.

– Pong! vrålade Antoine som tappade fattningen. Pong!

Mylène skrek oavbrutet, krokodilen började gny och samtidigt skälva på båda sidorna av kroppen.

– Mylène, håll tyst! Han skriker sitt manliga läte! Du håller på att hetsa upp honom sexuellt, han kommer att hoppa på oss.

Mylène blev likblek och bet sig i läppen.

– Åh, Antoine! Vi kommer att dö …

– Pong! skrek Antoine, medan han ansträngde sig för att inte röra sig och inte låta rädslan ta överhanden. Pong!

Krokodilen tittade på Mylène och lät undslippa sig ett lustigt gnällande läte som kom djupt nerifrån. Antoine kunde inte låta bli att brista ut i gapskratt.

– Mylène, jag tror att han som bäst uppvaktar dig.

Mylène sparkade Antoine i sidan, helt utom sig.

– Antoine, jag trodde att du alltid hade ett gevär under huvudkudden …

– Det hade jag i början, men …

De avbröts av snabba steg på väg upp för trappan. Det knackade på dörren, och Pong klev in. Antoine sa till honom att oskadliggöra djuret och drog upp lakanet över Mylènes bröst som Pong noggrant studerade medan han låtsades att han sänkte ögonen.

– Bambi! Bambi! Pong gnällde plötsligt som en gammal tandlös kinesisk kvinna. *Come here, my beautiful Bambi … Those people are friends!*

Krokodilen vände långsamt sitt stora huvud med de gula ögonen mot Pong, tvekade ett ögonblick och utstötte sedan en suck, roterade med hela kroppen och krälade fram till mister Lee som klappade honom med handen och smekte honom mellan ögonen.

– *Good boy, Bambi, good boy ...*

Därefter tog han ut ett kycklinglår ur sin shortsficka och räckte det till djuret som slök det i ett enda brutalt nafs.

Det blev för mycket för Mylène.

– *Pong, take the Bambi away! Out! Out!* sa hon på sin brutna engelska.

– *Yes, mam, yes ... come on Bambi.*

Och krokodilen försvann vaggande ut i hälarna på Pong.

Mylène såg likblek och darrande på Antoine med en blick som sa: Jag vill aldrig mer se detta djur i mitt hus, det hoppas jag du förstår?" Antoine nickade, tog på sig sina shorts och en t-shirt och försvann på jakt efter Pong och Bambi.

Han hittade dem i köket tillsammans med Ming, Pongs fru. Pong och Ming vände bort blicken medan Bambi gnagde på ett bordsben där Pong hade fäst ett grillat kycklinglår. Antoine hade lärt sig att man aldrig fick låta en kines tappa ansiktet. Kineserna var mycket känsliga för allt som kunde tolkas som en förödmjukelse. Antoine bet ihop en lång stund. Sen frågade han mjukt Pong varifrån detta charmerande men hotfulla djur kom, som trots allt inte hörde hemma i huset. Pong berättade historien om Bambi vars mamma hade hittats död i den Boeing som tog dem från Thailand. Han var inte större än ett stort grodyngel, försäkrade Pong, och så söt, mister Toni, så söt ... Pong och Ming hade fäst sig vid den lille Bambi och hade tämjt honom. De hade matat honom med fisksoppa och risbuljong i nappflaskor. Bambi hade vuxit upp, men hade aldrig attackerat dem. Bitit dem lite ibland, men det var ju normalt. Vanligtvis bodde han i en inhägnad damm och kom aldrig ut därifrån. Men i morse hade han rymt. "Han ville säkert lära känna er ... Det ska aldrig hända igen. Han skulle aldrig göra er illa", lovade Pong. "Kasta inte tillbaka honom i träskmarken med de andra, de skulle äta upp honom, för han har blivit en liten människa!"

Som om jag inte hade tillräckligt med problem ändå, tänkte Antoine och torkade sig i pannan. Klockan var bara halv sju på morgonen och svetten pärlade redan i hans ansikte. Han fick Pong att lova att han skulle stänga in Bambi med dubbla lås och att han skulle hålla ett öga på honom. "Jag vill aldrig att detta upprepas, Pong, aldrig!" Pong log och bugade medan han tackade Antoine för hans förståelse. "*Nevermore, mister Tonio, nevermore!*" lovade han, medan han underdånigt bugade sig igen.

Anläggningen bestod av flera olika avdelningar. Där fanns uppfödningen av kycklingar som tjänade som föda åt krokodilerna och de anställda. Krokodiluppfödningen som utgick från korallreven och sträckte sig över flera hundra hektar inåt landet i anlagda vattendrag. Konservfabriken som tog emot krokodilköttet och lade in det i burkar, och förädlingsfabriken där krokodilskinnen skars upp, garvades, preparerades och sattes samman och sedan skickades till Kina för att bli koffertar, resväskor, väskor, kortfodral, portmonnäer – allt präglat med berömda franska, italienska eller amerikanska firmamärken. Denna del av affärsverksamheten oroade Antoine som fruktade internationella repressalier om man kom dit och upptäckte att denna verksamhet hade sitt ursprung i hans plantage. När han blivit anställd av den kinesiske ägaren som kommit från Peking för att träffa honom i Paris, hade denna del av verksamheten dolts för honom. Yang Wei hade istället talat om uppfödningen, och kött- och äggproduktionen som måste organiseras på bästa möjliga sätt både finansiellt och från hälsosynpunkt. Han hade pratat om "sidoaktiviteter" utan att ge några detaljer, och lovat honom procent på vinsten av allt som "levande eller dött" kom från plantagen. "*Dead or alive, mister Cortès, dead or alive.*" Han hade lett ett brett kannibalistiskt leende som lät Antoine förstå att här fanns sagolika vinster att göra. Det var först när han var på plats som han hade insett att han delade ansvaret för en skinnförädlingsfabrik.

Då var det för sent att protestera: han hade gett sig in i äventyret. Moraliskt och finansiellt.

Antoine Cortès hade tänkt stort. Bränd av sitt tidigare misslyckande hos Gunman & Co hade han investerat i Croco Park.

Han hade lovat sig själv att aldrig mer vara en enkel kugge, han skulle bli en man att räkna med. Han hade köpt in sig på tio procent av affären. För detta hade han tagit ett lån i sin bank. Han hade åkt och träffat monsieur Faugeron, på Crédit Commercial, och visat honom utvecklingsplanerna för Croco Park, vinstmöjligheterna på ett, två respektive fem år samt lånat tvåhundratusen euro. Monsieur Faugeron hade tvekat, men kände Antoine och Joséphine och tänkte att bakom detta lån gömde sig Marcel Grobz förmögenhet och Philippe Dupins goda namn. Han hade därför accepterat att låna ut denna summa till Antoine. Den första amorteringen skulle ha gjorts den 15 oktober. Antoine hade inte kunnat betala in eftersom hans lön ännu inte hade kommit. Problem på ekonomiavdelningen, hade Yang Wei förklarat, som han efter många fruktlösa försök hade lyckats nå på telefon. "Det ska inte dröja och glöm inte att om resultatet för första kvartalet blir bra kommer ni att få en stor bonus för era första tre månaders arbete, lagom till jul! *You will be a superman!* Eftersom ni fransmän har många idéer och vi kineser har pengarna att förverkliga dem." Mister Wei hade brustit ut i ett djupt skratt. "Jag betalar de tre månadsavgifterna i en enda betalning", hade Antoine i sin tur lovat monsieur Faugeron, senast den 15 december!" Han hade hört på bankmannens röst att han oroade sig, och tagit fram sin mest entusiastiska ton för att lugna honom. "Oroa er inte, monsieur Faugeron, här är det big business! Kina rör på sig och blomstrar. Det är med det landet man ska göra affärer! Jag hanterar miljontals dollar varje dag!"

– Jag hoppas för er skull att det är hederliga pengar, monsieur Cortès, hade Faugeron svarat.

Antoine hade nästan lagt på luren i örat på honom.

Detta hindrade honom dock inte från att vakna varje morgon med samma oro och Faugerons ord ringande i öronen: "Jag hoppas för er skull att det är hederliga pengar, monsieur Cortès." Varje morgon tittade han också efter i posten om hans lön äntligen hade kommit …

Han hade inte ljugit för flickorna: han vakade över sjuttiotusen krokodiler! Världens största rovdjur. Dessa reptiler låg överst i näringskedjan sedan 20 miljoner år tillbaka. De var en kvarleva från forntiden, och besläktade med dinosaurierna. Varje morgon, när arbetsuppgifterna var fördelade och programmet för dagen bestämt, gav han sig av tillsammans med mister Lee för att kontrollera att allt fortlöpte i enlighet med planer och prognoser. För närvarande slukade han böcker om krokodilers beteende för att kunna öka avkastning och reproduktion.

– Du förstår, sa han till Mylène som såg med misstro på krokodilerna, de är inte aggressiva för nöjes skull. Det är ett rent instinktivt beteende: de dödar de svagaste och som duktiga sophämtare städar de också noggrant naturen. De är riktiga dammsugare och städar floderna.

– Ja, men när de tar dig kan de sluka dig på ett ögonblick. Detta är världens farligaste djur!

– De är samtidigt förutsägbara. Man vet varför och hur de anfaller: när man gör häftiga rörelser tror krokodilen att det handlar om ett skadat djur och kastar sig över en. Men om man glider långsamt genom vattnet så rör den en inte. Vill du inte prova?

Hon hade ryckt till och Antoine hade brustit i skratt.

– Pong har visat mig: häromdagen gled han ner i vattnet bredvid en krokodil, utan att göra några häftiga rörelser. Krokodilen rörde inte honom.

– Det tror jag inte på.

– Jo, jag lovar! Jag såg det med egna ögon.

– Ibland på natten, förstår du, Antoine, så går jag upp för att titta på dem och då ser jag deras gula ögon i mörkret ... Det ser ut som ficklampor i vattnet. Små eldflugor som flyter ... Sover de aldrig?

Han skrattade åt hennes enfald och åt hennes småflicksaktiga nyfikenhet och tryckte henne tätt intill sig. Hon var ett bra sällskap, Mylène. Hon hade ännu inte riktigt vant sig vid livet på plantagen men hon var full av god vilja. "Jag skulle kanske kunna lära dem franska … eller att läsa och skriva", sa hon till Antoine när han tog med henne på en rundtur bland arbetarnas hyddor. Hon sa några ord till kvinnorna, berömde dem för att det var så rent och snyggt inne hos dem, tog de första bebisarna födda på Croco Park i sina armar och vaggade dem. "Jag vill så gärna göra nytta, du vet … Som Meryl Streep i *Out of Africa*, kommer du ihåg den filmen? Hon var så vacker … Jag kunde göra som hon: öppna en sjukstuga. Jag tog diplom som sjukvårdare i skolan, fick lära mig att tvätta sår och sy ihop dem. Då hade jag i alla fall haft något att göra … Eller också skulle jag kunna vara guide för turisterna som kommer hit och tittar …"

– Det kommer inga längre, eftersom det har varit för många olyckor! Resebyråerna vill inte ta risken längre. Det skulle kunna stå dem alltför dyrt …

Hon hade provat på att arbeta i sjukstugan. Det hade inte blivit någon direkt succé. Hon hade kommit dit klädd i ett par vita jeans och en topp i vit, genomskinlig spets och arbetarna hade skyndat sig dit för att visa upp små skråmor som de åsamkat sig själva för att hon skulle känna på dem, undersöka dem och vårda dem.

Hon hade fått ge upp det.

Antoine tog henne ibland med sig ut i jeepen. En dag hade de fått syn på en krokodil som slet en gnu på över tvåhundra kilo i stycken. Krokodilen rullade och snurrade runt sin egen axel och släpade med sig sitt byte i det som arbetarna kallade "dödsdansen". Mylène hade vrålat av skräck och sedan dess hade hon föredragit att stanna hemma och vänta på Antoine. Antoine hade förklarat för henne att hon inte hade mer att frukta från just den krokodilen för efter ett sådant skrovmål så klarade den sig utan mat i flera månader.

Det var det största problem som Antoine ställdes inför: att utfodra krokodilerna i fångenskap. Visserligen fanns det fullt av villebråd runt vattendragen som anlagts för krokodilerna, men de landlevande djuren var försiktiga och hade börjat hålla sig längre upp längs floderna när de ville dricka. Krokodilerna blev alltmer beroende av den mat som levererades av arbetarna på plantagen. Mister Lee hade fått lägga in en ”matningsrunda” i den dagliga rutinen, som innebar att arbetarna gick längs vattnet och släpade en lina med fastknutna kycklingskrov under vattnet efter sig. Det förekom att arbetarna festade på detta kycklingkött även för egen del, när ingen av cheferna såg dem. Så småningom blev det nödvändigt att föda upp alltfler kycklingar.

Jag måste absolut se till att få tillbaka de vilda djuren till flodstränderna, resonerade Antoine. Annars kommer jag att få ett allvarligt problem på halsen. Våra krokodiler ska inte uteslutande livnära sig på det som människan föder dem med. Då vill de till slut inte jaga, de slutar röra på sig och kommer att förlora sin livskraft. De kommer att bli så förslöade att de inte ens orkar fortplanta sig.

Dessutom oroade han sig beträffande fördelningen mellan de manliga och kvinnliga krokodilerna. Han hade upptäckt att det fanns alldeles för många hanar jämfört med honor. Det var svårt att med ögat se vilket kön krokodilerna tillhörde. Man skulle ha behövt söva dem och märka dem direkt när de kom, men detta hade inte gjorts. Kanske borde man göra en könsgallring en dag?

Det fanns andra krokodilparker längre inne i landet. Ägarna till dem hade inte samma problem som Croco Park. Deras reservat hade kunnat bevaras i vilt tillstånd, och krokodilerna skaffade själva mat genom att riva de vilda djur som vågade sig alltför nära vattnet. Uppfödarna brukade träffas på Crocodile Café i Mombasa, den stad som låg närmast Croco Park. Där utbyttes de senaste nyheterna, köttpriser och aktuella priser på skinn. Antoine lyssnade på samtalen mellan de äldre uppfödare som härdats av Afrika, av lång erfarenhet och av solen. ”Krokodilerna är mycket intelligenta djur vet du, Tonio, skrämmande intelligenta trots sina små hjärnor. Som sofistikerade ubåtar. Man ska inte underskatta dem. De kommer att överleva oss, det är ett som är säkert! De kommunicerar sinsemellan genom små men mycket varierande miner och ljud. När de lyfter upp huvudet ur vattnet betyder det att de överlåter den dominerande rollen till en annan. När de kröker på svansen betyder det: Jag är på dåligt humör, stick! De utväxlar hela tiden signaler för att visa vem som bestämmer. Det är något mycket viktigt bland dem: vem som är starkast. Det är som bland oss människor, eller hur? Hur har du det med din ägare förresten? Håller han sig till avtalet? Betalar han på stående fot eller drar han ut på det medan han försöker smälla i dig en massa lögner? De försöker alltid blåsa oss. Slå näven i bordet, Tonio, slå näven i bordet! Låt dig varken skrämmas eller dövas av alla löften. Lär dig att sätta dig i respekt!" De såg på Antoine och skrattade. Antoine lade märke till hur deras käkar öppnades och stängdes. Han kallsvettades bak i nacken.

Han höjde rösten och beställde en runda öl och förde den iskalla ölen till läpparna som spruckit i solen. "Skål, grabbar! Skål för krokodilerna!" Alla lyfte armbågen, alla rullade egna cigarretter. "Det finns bra koka här, Tonio, du borde prova, det lugnar under klibbiga kvällar när du inte får ihop räkenskaperna och du blir skraj!" Antoine vägrade. Han vågade inte fråga vad de visste om mister Wei, hur den förre plantagechefen varit och varför han givit sig av.

"I vilket fall som helst kommer du aldrig att behöva svälta", sa uppfödarna och skrattade. "Du kan alltid käka stekta krokodilägg, omelett på krokodilägg eller mimosasallad med krokodilägg. Så som de värper, de där djävla djuren!"

De betraktade honom med sina gula krokodilögon.

Det svåraste var att dölja oron för Mylène om kvällarna, när han kom hem från sina utflykter till Mombasa. Hon ställde frågor om vad han hade sett och hört. Han kände hur hon ville bli lugnad. Hon hade givit honom alla sina besparingar för att han skulle kunna betala för resan och bosättningen. De hade tillsammans åkt och köpt det hon kallade "de allra nödvändigaste bekvämligheterna". Ingenting fanns i huset, den förre ägaren hade tagit allt med sig, till och med gardinerna i vardagsrummet och sovrummet. Gasspis, kylskåp, bord och stolar, stereo, säng och mattor, grytor och tallrikar – allt hade de behövt köpa. ”Jag är så glad att få uppleva detta äventyr”, hade hon suckat och räckt honom kreditkortet. Hon hade inte backat inför någon enda utgift för deras lilla ”kärleksnäste”. Tack vare henne hade huset blivit hemtrevligt. Hon hade köpt en symaskin, en gammal Singer som hon hittat på marknaden, och sytt gardiner, överkast, dukar och handdukar dagarna igenom. Också de kinesiska arbetarna hade tagit för vana att komma med arbete till henne som hon mer än gärna utförde. När Antoine någon gång kom hem oanmäld och ville kramas med henne kunde hon ha fullt med nålar mellan läpparna. På helgerna åkte de ut till Malindis vita stränder och ägnade sig åt att dyka.

Tre månader hade förflutit och Mylène suckade inte längre av lycka. Varje dag väntade hon oroligt på att posten skulle komma. Antoine såg sin egen oro speglas i hennes ögon.

Inte heller den 15 december kom någon lön med posten.

Det var en dyster och tyst morgon. Pong serverade dem utan att säga något. Antoine rörde inte sin frukost. Han tålde inte längre att äta ägg. Om tio dagar är det jul och jag har inte kunnat skicka något till Joséphine och flickorna, tänkte han. Om tio dagar är det jul och jag kommer att sitta här med Mylène och smutta på champagne lika nerkyld som hoppet i våra ådror. Ikväll ska jag ringa mister Wei och höja rösten …

På kvällen kändes verkligheten mindre hård och krokodilernas gula ögon tindrade i bassängerna som tusentals löften. På kvällen skulle säkert mister Wei befinna sig i sitt hem.

På kvällen kom vinden och den tryckande hettan pressades tillbaka över det torra gräset och träsken. En lätt dimma steg och det blev lättare att andas. Allt kändes lätt och betryggande.

På kvällen sa han till sig själv att det nog alltid var motigt i början: att jobba med kineserna var som att få ett slag i ansiktet, men till slut skulle guldet börja glimma. Man kunde inte bli rik utan att chansa och mister Wei hade inte investerat alla dessa pengar i sjuttiotusen krokodiler utan förhoppningar om en rundlig vinst. ”Du tappar modet för snabbt, Tonio! Seså, ryck upp dig! Du är i Afrika och inte längre i Frankrike. Här måste man slåss. Posten, överföringarna tar längre tid här. Din check finns i händerna på en tullare som vänder och vrider på den för att kontrollera var den kommer ifrån innan han skickar den till dig. Den kommer imorgon eller senast i övermorgon … Vänta en eller två dagar. Bonusen som de lagt till är så enorm så granskningen tar extra lång tid! Min julbonus …”

Antionio log mot Mylène som log tillbaka, lättad över att se honom slappna av.

Åttatusentolv euro! En check på åttatusentolv euro. Det är fyra gånger min månadslön på CNRS, konstaterade Joséphine. Åttatusentolv! Jag har tjänat åttatusentolv euro på att översätta den underbara Audrey Hepburns liv. Det står på checken. Jag sa inget när löneassistenten räckte mig den, jag tittade inte efter summan, jag bara stoppade ner den i fickan som ingenting. Jag kallsvettades av rädsla. Det var inte förrän efteråt i hissen som jag försiktigt öppnade kuvertet lite grand, lossade ena sidan, vek upp det, jag hade gott om tid för jag var på väg ner från fjortonde våningen. Sen tog jag loss checken från brevet som den var fasthäftad vid och så tittade jag efter … Och då såg jag! Jag öppnade ögonen och fick se summan: åttatusentolv euro! Jag blev tvungen att luta mig mot hissväggen. Allt snurrade. Stormen av tänkta sedlar gjorde mig helt snurrig. Den lyfte upp min kjol, förblindade mina ögon, täppte till mina näsborrar och min mun. Åttatusentolv euro flaxade omkring mig. När hissen stannade gick jag och satte mig i den stora inglasade hallen. Jag betraktade min väska. Däri fanns åttatusentolv … Omöjligt! Jag måste ha sett fel! Jag hade misstagit mig! Jag öppnade väskan, tittade på kuvertet, vidrörde det, trevade kring det och det prasslade med ett ljud som av siden och gjorde mig lugn igen. Jag lyfte upp det mot mina ögon utan att någon kunde ana vad jag höll på med och jag läste ännu en gång summan: åttatusentolv euro till madame Joséphine Cortès.

Joséphine Cortès, det är jag. Det är faktiskt jag. Joséphine Cortès har tjänat åttatusentolv euro. Jag klämde fast väskan under armen och bestämde mig för att åka och sätta in pengarna på banken. Nu med detsamma! Goddag, monsieur Faugeron, gissa vad jag kommer med? Åttatusentolv euro! Så nu, monsieur Faugeron, är det slut på telefonsamtalen fyllda med frågetecken, hur tänker ni reda ut det här, madame Cortès? Så här, monsieur Faugeron! Genom att arbeta med den förtjusande, den utsökta, den underbara, den magnifika, den extraordinära Audrey Hepburn! Och till den taxan gör jag gärna imorgon en liten tur i Liz Taylors, Katharine Hepburns, Gene Tierneys och varför inte Gary Coopers eller Cary Grants liv? De är mina kompisar. De viskar förtroenden i mitt öra. Vill ni att jag imiterar Cary Grants bonniga dialekt? Nej … Ok … Och den här checken, monsieur Faugeron, den kommer precis när den ska. Precis före jul!

Jo var överlycklig. Hon gick på gatan och fortsatte sin dialog med monsieur Faugeron. Hon dansade fram och stelnade sedan plötsligt till en saltstod med handen mot hjärtat. Kuvertet! Tänk om hon hade tappat det. Hon stannade, öppnade sin väska på glänt och betraktade det vita kuvertet som fluffigt, plufsigt, välmående vilade mellan nyckelknippan, puderdosan, Hollywoodtuggummit och de svinlädershandskar hon aldrig använde. Åttatusentolv euro! Så nu tar jag taxi. Jag ska åka taxi till banken. Annars skulle jag vara så rädd för att bli rånad i metron.

Rånad i metron!

Hennes hjärta slog tusen slag i minuten, hennes strupe var torr som sandpapper. Små svettdroppar pärlade på hennes panna. Fingrarna sökte åter i väskan efter kuvertet, hittade det, kände på det; hon utstötte en suck, lugnande sitt hjärtas slag och smekte kuvertet.

Hon stannade en taxi, gav honom adressen till banken i Courbevoie. Sätta in åttatusen på banken och sedan … skämma bort flickorna! Jul, jul! *Djingle bells! Djingle bells! Djingle all the way* … Tack gode Gud, tack gode Gud! Vem du än är, var du än finns så vakar du över mig, du har gett mig mod och kraft att arbeta, tack, tack.

På banken fyllde hon i insättningsblanketten och när hon skrev de vackra rundade siffrorna, åttatusentolv euro, kunde hon inte låta bli att le av stolthet. När hon kom fram till luckan frågade hon om monsieur Faugeron var inne. Nej, svarade de, han är på kundbesök och kommer tillbaka vid halvsextiden. Be honom ringa mig, jag är madame Cortès, sa Joséphine medan hon stängde sin handväska med en smäll.

Klick! Madame Joséphine Cortès ville tala med monsieur Faugeron.

Klapp! Madame Joséphine Cortès var inte längre rädd för någonting!

Madame Joséphine Cortès var någon!

Redaktören som hon hade lämnat översättningen till hade sett mycket nöjd ut. Han hade öppnat manuskriptet och gnuggat händerna och sagt ”ser man på, ser man på”. Han hade fuktat sin tumme, vänt på en sida och sedan en till, han hade läst och nickat av belåtenhet. ”Ni skriver mycket bra, det flyter, det är elegant, det är helt enkelt som en klänning från Yves Saint Laurent!” ”Det är Audrey som har inspirerat mig” hade Joséphine rodnande svarat när hon inte visste vad hon skulle svara på så många komplimanger.

– Var inte så blygsam, madame Cortès. Ni är verkligen begåvad … Skulle ni kunna tänka er liknande uppgifter i framtiden?

– Javisst, naturligtvis!

– Då är det inte omöjligt att jag kontaktar er snart igen … Ni kan gå förbi kassan på nästa våning och hämta er check.

Han hade räckt henne handen och hon hade tryckt den som en person i sjönöd griper tag i en räddningsbåt under brinnande storm.

– Adjö, madame Cortès …

– Adjö, monsieur …

Hon hade glömt hans namn. Hon hade gått mot hissen. Mot kassan. Och det var då som …

Hon kunde inte fatta det.

Och nu, sa hon till sig själv när hon kom ut från banken och gick mot köpcentret La Défense, nu blir det massor med presenter till flickorna. Mina små älsklingar ska inte sakna något till jul, och ännu bättre: de kommer att få lika mycket som sin kusin Alexandre!

Åttatusentolv euro! Åttatusentolv euro …

Framför butikernas skyltfönster spärrade hon upp ögonen och höll hårt i sin plånbok med kreditkortet. Skämma bort Zoé, skämma bort Hortense, blända dem med presenter, gravera in ett bestående leende i ansiktet på dessa små tjejer som fick vara utan sin pappa till jul. Genom ett magiskt drag med kortet blir jag, Joséphine, allt på en gång: pappa, mamma, jultomten. Jag kommer att återge dem tron på livet. Jag vill inte att de ska behöva gå igenom samma tråkigheter som jag. Jag vill att de ska somna in på kvällarna och tänka att mamma är här, mamma är stark, mamma vakar över oss, ingenting kan hända oss … Gode Gud, tack för att du givit mig den kraften. Joséphine pratade allt oftare med Gud. Jag älskar dig Gud, vaka över mig, glöm mig inte så som du så ofta har gjort. Och ibland kändes det som om han lade sin hand på hennes huvud och smekte henne.

Medan hon gick mellan de olika girlangprydda butikerna med sina julgranar och tjocka gubbar, utstyrda i röd cape och vitt skägg, tackade hon Gud, stjärnorna, himlen och tvekade att öppna dörren till en butik. Jag måste spara till skatten!

Joséphine var inte den som tappade huvudet.

Och ändå … På en timme hade hon spenderat mer än en tredjedel av sin check: hon blev alldeles yr av det. Så lockande det kunde vara att ta emot allt: alla erbjudanden, alla accessoarer till reapris. Försäljarna som surrade omkring en och sövde en med vackra melodier som när sirenerna sjöng för Odysseus. Hon var inte van vid detta, hon vågade inte säga nej, hon rodnade, vågade sig på en fråga som snabbt viftades bort av försäljaren som här hade hittat ett lätt offer och som band henne vid frestelsernas mast.

För några euro till skulle hon få de nödvändiga programmen installerade på datorn, för några euro till skulle man programmera dvd:n, för några euro till kunde man få varorna hemskickade till sig, på några euro till förlängdes garantin till fem år, för några euro till ... Joséphine var alldeles berusad av alla möjligheter och sa javisst, tack så mycket, ja gärna, jag, ni har rätt, ja, ni kan leverera det under dagen, ja, jag är hemma för det mesta, ni förstår jag jobbar hemifrån. Kom helst under skoltid så att mina flickor inte är hemma, det ska vara en överraskning till jul. Inga problem, madame, vi kommer under skoltid om ni vill ...

Hon hade fortsatt, lite omtöcknad och lite orolig och sedan hade hon i folkmängden fått syn på en liten flicka som liknade Zoé och som med strålande ögon beskådade leksakerna i skyltfönstren. Hennes hjärta slog extraslag av glädje. Det är så mina flickor kommer att se ut när de öppnar sina presenter och deras miner kommer att göra mig till den lyckligaste kvinnan i världen ...

Hon hade gått till fots hem i motvinden som blåste snålt i kvarteren kring La Défense. Det var ju vinter och mörkret föll tidigt. Klockan halv fem var det mörkt och gatlyktorna tände sina bleka ljus ett efter ett. Hon fällde upp sin kappkrage och tänkte: jag hade ju kunnat köpa mig en ny varmare kappa. Sedan böjde hon på huvudet för att skydda sig mot den isiga vinden. ”Han pratade om en översättning till och då ska jag köpa mig en kappa. Denna fick jag av Antoine för tio år sen. Vi hade just flyttat till Courbevoie ...”

Han skulle inte komma hem till jul. Första julen utan Antoine.

Häromdagen på biblioteket hade hon bläddrat i en bok om Kenya. Hon hade tittat efter var Mombasa och Malindi låg. Vita stränder, Malindis gamla hus, små hantverksbutiker och vänliga människor berättade boken om. Och Mylène? Var hon sympatisk, den där Mylène? Hade hon muttrat och slagit ihop boken med en smäll.

Mannen i duffeln kom inte dit längre. Han hade säkert avslutat sitt forskningsarbete. Han gick över Paris gator och lät en söt blondin stoppa ner handen i hans ficka …

När hon kom till biblioteket, la hon sina böcker på bordet och letade med blicken efter honom. Sedan satte hon igång att arbeta. Lyfte på huvudet, höll utkik efter honom och sa till sig själv: han har kommit, han ser på mig i smyg …

Men han kom inte mer.

På väg in i hyreshuset stötte hon ihop med madame Barthillet som råkade gå på henne utan att se henne. Joséphine ryggade tillbaka när hon fick syn på henne. Hennes ögon hade en blick som ett skadat djur. Hon sänkte blicken när hon såg Joséphine och gick åt sidan medan hon tittade ner i marken. De gick förbi varandra utan att säga något. Joséphine vågade inte fråga hur det var med henne och familjen. Hon hade hört att monsieur Barthillet hade givit sig av.

Det goda humöret från början av eftermiddagen var borta. Det var med en lam gest hon tog upp telefonen som ringde när hon kom in genom dörren.

Det var monsieur Faugeron. Han gratulerade henne till checken som hon hade satt in på banken och sedan sa han något som hon först inte förstod. Hon bad honom vänta en stund så att hon kunde ta av sig kappan och sätta ner väskan och sedan tog hon upp luren igen.

– Den här checken kom i rätt ögonblick, madame Cortès. Ert konto är övertrasserat sedan tre månader tillbaka …

Joséphine blev alldeles torr i munnen och handen kramade luren och hon kunde inte få fram ett ljud. Övertrasserat! Sedan tre månader tillbaka! Men hon hade ju räknat på det och hon låg på plus.

– Er man öppnade ett konto i sitt namn innan han reste till Kenya. Han tog ett stort lån och har inte gjort någon av de överenskomna amorteringarna sedan den 15 oktober …

– Ett lån? Antoine? Men …

– På sitt eget konto, madame Cortès, men ni står för det. Han lovade att betala tillbaka och … Ni måste ha skrivit på några papper, madame Cortès! Försök komma ihåg …

Joséphine gjorde en ansträngning och mindes faktiskt att innan Antoine hade givit sig av hade han bett henne skriva på en massa bankpapper. Han hade pratat om planer, investeringar, försäkring för framtiden, en chans han fått. Det var i början av september. Hon hade litat på honom. Hon hade blundat och skrivit på.

Hon lyssnade som i en mardröm på bankmannens förklaringar, huttrande i hallens bleka ljus. Jag måste höja värmen, här är för kallt. Hon bet ihop tänderna, kurade ihop sig i stolen bredvid det lilla telefonbordet och stirrade på heltäckningsmattans slitna väv.

– Ni är ansvarig i hans namn, madame Cortès. Jag är ledsen att behöva säga det … Om ni vill komma förbi banken kan vi lösa ert lån … Ni kan ju också be er styvpappa att hjälpa er …

– Aldrig, monsieur Faugeron, aldrig!

– Men madame Cortès, det kommer att behövas.

– Jag ska klara det, monsieur Faugeron, jag ska klara det.

– Under tiden täcker den här checken på åttatusentolv euro hålet som er man har lämnat … Avbetalningarna ligger på ettusenfemhundra euro per månad så ni kan själv räkna ut …

– Jag har varit och handlat idag, lyckades Joséphine få fram. Till flickorna, till flickorna inför julen … Jag har köpt en dator och … Vänta, jag har kvittona här …

Hon rotade i sin väska, fick fram sin plånbok, öppnade den i all hast och drog ut kvittona. Sen lade hon snabbt ihop summorna som hon betalat och uppgav dem för bankmannen.

– Det täcker precis, madame Cortès … I synnerhet om han

inte betalar amorteringen den 15 januari ... Jag vill inte oroa er nu i juletid, men det täcker precis.

Joséphine visste inte vad hon skulle säga. Hennes blick föll på köksbordet där hennes skrivmaskin tronade, en gammal IBM med kula som Chef hade givit henne.

– Jag ska klara det, monsieur Faugeron. Ge mig bara lite tid att tänka efter. Idag blev jag lovad ett välbetalt arbete. Det handlar om dagar ...

Hon pratade på, okontrollerat. Hon höll på att drunkna.

– Ingen brådska, madame Cortès. Vi kan ses i början av januari, då har ni kanske nyheter att komma med.

– Tack, monsieur Faugeron, tack.

– Såja, madame Cortès ... plåga inte er själv. Det kommer att gå bra. Och till dess, försök nu ha en skön jul. Har ni planer inför julfirandet?

– Jag åker till min syster i Megève, svarade Joséphine som en knockad boxare som domaren håller på att räkna ut.

– Det är skönt att inte vara ensam, att ha familj ... Då så. madame Cortès: God Jul!

Joséphine la på och vacklade ut på balkongen. Från balkongen betraktade hon stjärnorna. Hon hade fått för vana att ta sin tillflykt dit. Hon tolkade en blinkning, ett stjärnfall, som ett tecken på att någon lyssnade på henne, att någon vakade över henne. Den här kvällen lade hon sig på knä på betonggolvet, knäppte händerna, lyfte blicken mot himlen och bad en bön:

”Stjärnor, snälla, gör så att jag inte längre är ensam, gör så att jag inte längre är fattig, gör så att jag inte längre plågas. Jag är så trött, så trött ... Kära stjärnor, man kan inte göra något bra ensam och jag är så ensam. Ge mig frid och styrka inombords. Sänd mig också honom som jag i hemlighet väntar på. Det spelar ingen roll om han är lång eller kort, rik eller fattig, vacker eller ful, ung eller gammal. Sänd en man i min väg som älskar mig och som jag älskar. Om han är ledsen ska jag få honom att skratta, om han är orolig ska jag lugna honom, om han kämpar ska jag kämpa vid hans sida. Jag ber er inte om det omöjliga, jag ber er helt enkelt om en man, för, förstår ni, stjärnor, kärleken är den största av rikedomar … Kärlek som man ger och som man får. Och den rikedomen kan jag inte klara mig utan …"

Hon böjde huvudet mot betonggolvet och fortsatte i en oändlig bön.

Det var på Avenue Niel 75 som Marcel Grobz hade sitt kontor. Inte långt från Place de l'Ètoile och heller inte långt från ringleden runt staden. "Dyrt och fint", brukade han säga och brista ut i gapskratt när han visade sina domäner. Eller, när han var ensam med René: "Det kommer in som centimes och går ut som tio euro!"

För många år sedan hade han köpt denna tvåvåningsfastighet med stenlagd innergård överväxt av blåregn som slingrade sig upp längs väggarna. Den föll honom i smaken. Den unge Marcel Grobz letade efter ett fräscht och borgerligt ställe för sitt företag. "Gode Gud!" hade han utbrustit när han såg tomten man erbjöd honom för en spottstyver. "Här har vi något som skulle kunna göra jobbet!" Och så spann han som en stor fet katt. "Man skulle kunna tro att man är i ett karmelitkloster. Här kommer man att tala till mig med respekt och man kommer att sitta och vänta om jag skulle vara försenad! Det här stället andas godmodighet, lantlighet, och hederliga, blomstrande affärer."

Han hade köpt allt: huset och verkstaden, gården och blåregnet och de gamla stallarna med trasiga fönster som han sedan hade inrett till nya affärslokaler.

Det var här på 75, Avenue Niel, som hans företag hade fått sitt uppsving.

Det var också här som han en vacker dag i oktober 1970 hade sett René Lemarié komma in. En ung pojkspoling, tio år yngre än han själv, med smal midja och breda axlar, rakat huvud, boxarnäsa, rödbrusig hy, en riktig odåga, hade Marcel sagt till sig själv medan han lyssnade till Renés argument för att anställa honom. "Det är inte som jag vill skryta, men jag kan göra allt. Och då överdriver jag inte. Jag har inget känt namn, jag kommer inte precis från Polytechnique-skolan, men jag skulle vara till stor nytta för er! Ta in mig på prov. Sen kommer ni att bönfalla mig att stanna."

René hade gift sig ung. Hans fru Ginette, en liten blondin som skrattade oavbrutet, anställdes i verkstaden. Hon arbetade under sin man. Hon körde släp, skrev maskin, räknade containrarna om och om igen medan hon kontrollerade innehållet. Hon hade velat bli sångerska, men livet hade bestämt något annat. När hon träffade René var hon körsångerska i Patricia Carlis föreställningar och hon hade blivit tvungen att välja: René eller mikrofonen. Hon hade valt René men fortfarande kunde man, när lusten föll på, höra henne sjunga för full hals under de stora fönstren i verkstaden: "Sluta, sluta! Rör mig inte! Jag ber dig, skona mig! Jag kan inte mer, jag kan inte se dig med en annan … Förresten, imorgon har du gift dig med en annan, hon är vacker, hon är rik. Hon har allt och mitt stora fel är att jag älskar dig …" Hon sjöng för allt vad hon var värd, inför de inbillade folkmassornas jubel vid hennes fötter. Hon hade också varit körsångerska till Rocky Volcano, Dick Rivers och Sylvie Vartan. Varje lördagkväll var det karaokeafton hos René och Ginette. Ginette levde fortfarande kvar i sextiotalet i ballerinaskor och rutiga piratbyxor och en frisyr som Sylvies med en liten prästkrage bakom örat. Hon hade samlat alla *Salut les copains* och *Mademoiselle Âge tendre* och brukade sitta och bläddra i dem när hon kände sig nostalgisk.

Marcel hade lånat ut en lokal ovanför stallet till René och Ginette, som de gjort om till bostad. Där hade deras tre barn Eddy, Johnny och Sylvie växt upp.

När Marcel anställde René hade han ännu inte bestämt vad hans arbetsuppgifter skulle bli. "Jag sätter igång och ni får sätta igång med mig!" Sen dess var de två männen som ler och långhalm.

Visserligen träffades de sällan utanför jobbet, men det gick inte en dag utan att Marcel var nere och hälsade på René som stod i sin overall med cigaretten i mungipan och muttrade: ”Hur är läget, gamle kompis?”

René förde exakta räkenskaper över alla varor, noterade alla inköp och all försäljning, kampanjer och produkter som inte gick bra och som det var bråttom att bli av med: ” Den grejen är du så vänlig och sätter som månadens erbjudande. Den får du pracka på de lättlurade typerna och nötterna som drar omkring i dina affärer, jag vill inte se den mer! Och om du har börjat tillverka den i Tsing-Tsing eller Pétaouchnock så slår du till bromsarna omedelbart. Annars får du snart dansa step i bara kallingarna i metron för att kunna äta dig mätt. Fattar inte vad du tänkte på när du beställde trettio pallar, du måste ha haft russin i skallen!”

Marcel blinkade, lyssnade och följde nästan alltid Renés råd.

Utöver magasinet på Avenue Niel hade René ansvar för att fördela varorna mellan affärerna i Paris och ute i landet, sköta de olika lagerlokalerna och beställa varor som saknades eller snart skulle ta slut. Varje kväll innan han gick från kontoret gick Marcel ner till magasinet för att ta ett glas rött tillsammans med René. René tog fram korv, camembert, baguette och saltat smör och de två männen pratade medan de betraktade blåregnet genom verkstadens fönster. De hade sett plantan som liten och späd, tvekande. Nu, trettio år senare, frodades den och slingrade över hela gården inför deras förtjusta blickar.

Sedan en månad tillbaka kom inte Marcel längre ner för att snacka med René.

Om han kom någon gång, var det för att ett problem hade uppstått, för att en affär hade ringt och klagat. Då kom han på ett vresigt sätt och gläfste fram en fråga, spottade fram en order och gick sin väg igen alltmedan han undvek att möta Renés blick.

Först blev René sårad. Han ignorerade Marcel. Svarade honom genom Ginette. När Marcel dök upp oanmäld, hoppade René upp på en vagn och försvann längst in i magasinen för att räkna kassorna. Denna lilla komedi varade i tre veckor. Tre veckor utan vare sig korvskivor eller några glas rött. Utan förtroenden framför blåregnet. Så småningom förstod René att han satte deras vänskap på spel och att Marcel inte skulle komma tillbaka självmant.

En dag svalde han stoltheten och gick upp för att förhöra sig hos Josiane. Vad var det med den gamle? Till hans stora förvåning snäste Josiane av honom.

– Fråga honom själv, vi pratar inte med varandra längre! Han behandlar mig som luft.

Hon såg ut som olyckan själv. Avmagrad, blek och med en liten rodnad på kinderna som vittnade om att hon ljög. Inte den friska, röda ton som springer ur lycka eller kärlek, tänkte René.

– Är han på sitt kontor?

Josiane svarade med en nick mot kontoret.

– Ensam?

– Ensam. Passa på, Tandpetaren är som en igel. Hon är här nästan hela tiden numera!

René knuffade upp dörren till Marcels kontor och överraskade honom där han satt nersjunken i sin fåtölj med ansiktet dolt i en trasa i färd med att sniffa på den.

– Provar du en ny produkt? frågade han och gick runt skrivbordet för att ta tyglappen ur händerna på sin kompis.

Sedan frågade han förvånat:

– Vad är det där?

– Strumpbyxor …

– Ska du ge dig in på strumpbyxor nu?

– Nej …

– Men varför i hela världen sitter du och snusar på ett par nylonstrumpor?

Marcel riktade en olycklig och ilsken blick mot honom. René satte sig mitt emot honom på andra sidan skrivbordet, såg honom rakt in i ögonen och väntade.

Om man tänkte bort hans kontor och hans ekonomiska framgång var Marcel fortfarande den grova och klumpiga yngling som en gång drog omkring på Paris gator på kvällarna, för att sedan gå hem till sig där ingen väntade på honom. Han hade lyckats med en sak: att bli rik och mäktig. Men när det målet väl hade uppnåtts hade han inte förmågan att leva. Han fortsatte jonglera med siffror, fabriker och kontinenter som en gammal kokerska vispar ägg till skum utan att fundera, men för övrigt hade han mist handlaget. Ju mer välmående han blev, desto mer sårbar. Han hade förlorat sitt sunda bondförnuft, och hade inte längre några hållpunkter. Var han förblindad av pengarna och makten som hans förmögenhet gav honom? Eller var det tvärtom: Var han bedövad och förstod inte hur han hade kunnat komma dit? Hade han mist den känsla och intuition som nybörjarivern hade givit honom och förlorat sig i lyx och välstånd?

René kunde inte förstå hur en man som kunde hålla stånd mot kinesiska och ryska kapitalister kunde rulla sig i stoftet för Henriette Grobz. Han hade sett med stort ogillande på Marcels giftermål med Henriette. Det kontrakt hon hade fått honom att skriva på dagen efter bröllopet var enligt honom rena utpressningen. Hon hade verkligen satt klorna i Marcel. Gemensam ekonomi, men boskillnad så att hon inte skulle kunna drabbas vid en konkurs, och en donation till den överlevande för att hon skulle kunna ärva om det blev vinst. Och som lök på laxen: titeln styrelseordförande i företaget. Han kunde inte längre fatta några beslut utan hennes medgivande. Bakbunden och fjättrad, Marcel, gamle man! ”Jag vill inte att det ska verka som om jag gifter mig med dig för pengarna”, hade hon sagt som förklaring. ”Jag vill arbeta hos dig. Vara en del av företaget. Jag har så många idéer!” Marcel hade svalt allt. ”Rena, rama galenskapen!” hade René vrålat när han fått höra om villkoren. ”Bedrägeri! Rena rama rånet! Hon är inte en kvinna utan en gangster! Och du påstår att hon älskar dig, stackars dumskalle? Hon kniper pungkulorna av dig med sina vassa naglar. Herregud, karl, har du helt tappat förståndet?” Marcel hade ryckt på axlarna: ”Hon ska ge mig en liten och då kommer ju allt att gå till den lille!” ”Ska hon ge dig en liten? Hallucinerar du eller vad?”

Marcel hade känt sig sårad och smällt igen dörren till magasinet bakom sig.

Den gången hade de inte pratat med varandra på en månad. Och när de började träffas igen hade de gjort en tyst överenskommelse att inte beröra ämnet mer.

Nu var det Josiane som gjorde honom knäpp så till den milda grad att han satt och sniffade på ett par gamla strumpbyxor.

– Ska du hålla på så där länge till? Om du vill veta det så liknar du en gammal padda på en tändsticksask.

– Jag har inte lust med någonting längre ..., svarade Marcel med rösten full av missräkning, lik en man som livet berövat allt, och som ödmjukt finner sig i sin olycka.

– Menar du att du tänker invänta döden utan att kämpa emot?

Marcel svarade inte. Han hade magrat och hans kinder hängde ner som två mjuka påsar över käkbenen. Han hade blivit en avtrubbad, orörlig gamling som hela tiden var på gränsen till att börja gråta. Hans rödkantade ögon fuktades.

– Skärp dig, Marcel, du är för sorglig. Och snart kommer folk att avsky dig. Lite värdighet!

Marcel Grobz ryckte på axlarna när han hörde ordet "värdighet". Han kastade en fuktig blick på René och höjde handen som för att säga: vad tjänar det till?

René tittade klentroget på honom. Detta kunde inte vara samma man som hade lärt honom konsten att göra affärer. Som givit honom det han brukade kalla det sina kvällskurser. René hade haft intrycket att Marcels högröstade deklamerande var ett sätt att övertyga sig själv, att samla mod för att kunna skrida till verket. "Ju kallare du räknar, desto längre kan du gå. Inga känslor, gamle vän. Man måste slå hårt och obarmhärtigt. Och för att verkligen sätta dig i respekt ska du slå hårt redan innan ni börjat, sparka ut den som är obekväm, likvidera fienden ..., så blir du fruktad för resten av livet!" Eller: "Det finns tre sätt att lyckas på: styrka, intelligens och korruption. Korruption är inte min grej, intelligens har jag inte. Alltså ... det är bara styrka som gäller för min del! Vet du vad Balzac brukade säga: Man måste skjuta sig in i människomassan som en kanonkula eller smyga sig in som en farsot. Visst är det vackert sagt?”

– Och hur vet du det, du som aldrig har gått i skolan?

– Genom Henriette, kompis. Henriette! Hon skriver lappar till mig för att jag ska verka mindre dum på middagsbjudningar. Jag lär mig dem utantill och så upprepar jag det.

En väluppfostrad pudel, hade René tänkt. Men han hade hållit tyst. Marcel var åtminstone stolt på den tiden. Stolt över att ha Henriette vid sin arm och kunna lära sig citat utantill för att göra intryck vid middagar. Det var på den gamla goda tiden. Han hade haft allt: framgång, pengar och en fru. Försök hitta något fel, brukade han säga till René och dunka honom i ryggen. ”Jag har allt, gamle man! Jag har allt! Och vem ska jag snart ha sittande i knäet? Marcel Junior i egen hög person.” Han tecknade i luften ett fint babyansikte, en haklapp, en skallra och log strålande. ”Marcel Junior! En arvtagare. En liten man att sätta vid rodret.” De väntade fortfarande på honom …

René borstade bort askan som fallit på hans overall och tänkte att bakom en segrare fanns alltid en besegrad. Ett liv kunde likaväl sammanfattas med det man har vunnit som det man missat på vägen. Marcel hade skaffat sig pengar och framgång, men saknade kärlek och barn. Han själv, René, han hade Ginette och de tre ungarna, men inte mer pengar än att det precis räckte för att dra det hela runt.

– Så, ut med det nu. Vad är det som händer? Du har ju inte mål i mun sedan en månad tillbaka.

Marcel tvekade, lyfte sina svullna ögon mot sin kompis och satte sedan igång. Han berättade allt: om Chaval och Josiane vid kaffeautomaten, Henriettes reaktion och hennes krav sedan dess på att han skulle avskeda Josiane. Hur han själv hade mist livslusten, och lusten att göra affärer.

– Jag orkar knappt stiga ur sängen och tvekar varje morgon bara jag ska dra på mig byxorna. Jag vill bara ligga kvar på rygg och räkna blommorna på gardinerna. Jag har ingen lust längre. Så enkelt är det: att se de två tryckta mot varandra fick mig att vilja kila vidare direkt. När jag hade henne i mina armar kunde jag inbilla mig att jag var en riktig karlakarl, att jag skulle kunna övervinna alla hinder i världen, bygga en ny kinesisk mur, överglänsa en miljard små kineser! Inte så konstigt: jag kände håret börja växa igen. Men det räckte med en bild på näthinnan, just den bilden: min Choupette i armarna på en annan, yngre, smalare, starkare, det räckte för att jag skulle bli skallig igen och kastas in i ålderdomen. I ett enda slag! Jag tappade hängslena, släppte allt …

Med armen sopade han rent skrivbordet från allt vad telefoner och mappar hette.

– Vad tjänar allt det här till, kan du berätta det för mig? Vindpustar, bluff, simpelt kamouflage!

När René förblev tyst fortsatte han:

– Att arbeta i åratal för ingenting … Så värdelöst! Du har i alla fall tre barn, du har Ginette, ett hem där någon väntar dig på kvällen. Jag har min balansräkning, mina kunder, mina containrar. Jag sover på soffan, jag äter vid bordsändan, jag fiser och rapar i hemlighet. Jag har för trånga byxor. Vill du veta sanningen? De kör inte ut mig eftersom jag ännu kan användas till något, men annars …

Han gjorde en gest som när man knäpper iväg en liten kula med fingerspetsarna och kastade sig med hela sin tyngd ner i sin fåtölj.

René förblev tyst ytterligare några minuter och började sedan försiktigt tala, så som man talar till ett argt barn, ett barn som styvnackat vägrar att lyssna:

– Vad jag kan se mår din Choupette inte bättre än du. Ni är som två strandade sjölejon som gör åkarbrasor på ett tomt isflak. Den där Chaval, han betyder ingenting. En klapp i baken, lite vårkänslor, en liten godsak som man unnar sig bakom disken. Försök inte inbilla mig att det aldrig hänt dig!

– Men med mig är det inte alls samma sak, sa Marcel och slog med all kraft näven i bordet.

– För att du är man? Det där är ett gammalt argument! Det luktar gamle gode Napoleon. De har förändrats, kvinnorna, kan du tänka dig. De är som vi nu, och när de har en liten pomaderad Chaval som tar dem i baken så låter de sig väl smaka, men det betyder absolut ingenting. Det är helt utan betydelse. Hon har ett gott öga till dig, Josiane! Man behöver bara se på hennes min där hon sitter bakom sitt skrivbord. Har du tittat på henne? Nej. Du går förbi henne stel som en pinne med rustning på. Har du inte lagt märke till att hon har magrat, hur kläderna hänger på henne och att håret är risigt. Har du inte lagt märke till att det röda som hon kletar på sig i ansiktet ser helt konstlat ut. Hon köper det väl i sexpack på Monoprix för att hon annars skulle se helt likblek ut.

Marcel skakade på huvudet, halsstarrig och sorgsen. Och René fortsatte att blanda skämt och allvar, känsla och förnuft för att få sin gamle kompis på fötter igen, kompisen som var så nära att strypas av en nylonstrumpa ...

Plötsligt fick han en idé och hans ansikte lyste upp:

– Du frågar inte ens varför jag kom hit för att träffa dig, jag hade ju lovat att aldrig mer prata med dig. Du är så van vid att man smörar för dig att du tycker det är normalt att jag kommer och söker upp dig här på ditt eget kontor. Nu blir jag min själ snart förbannad ...

Marcel tittade på honom, drog med handen över nacken och medan han lekte med en penna som undgått orkanvinden på skrivbordet, sa han:

– Jag ber om ursäkt ... Vad ville du säga mig?

René lade armarna i kors, tog sin tid och meddelade Marcel att hans största skräck höll på att bli verklighet: kineserna hade skrivit av hans order fel. De hade blandat ihop centimeter och *english* fot!

– Jag upptäckte det nyss när jag gick igenom en orderbekräftelse från din fabrik nära Peking. De har fått allt fel för sig. Om du vill undvika det värsta måste du komma och titta direkt och slå dem en signal.

– Herregud! röt Marcel. Det handlar om miljarder! Och du har inte sagt något!

Han reste sig med ett ryck, snappade åt sig sin kavaj och sina glasögon och störtade nedför trappan mot Renés kontor.

René följde efter honom och när han passerade Josiane beordrade han henne:

– Ta din penna och ditt block … Nu blir det krig hos kinamännen.

Josiane lydde och de skyndade sig ner alla tre.

Renés kontor var ett litet, nästan helt inglasat rum som vette ut mot magasinet. Från början hade det varit avsett som kapprum, men René hade installerat sig där och tyckte att det var mest praktiskt att övervaka in- och utförsel av varor just därifrån. Sedan dess var det hans helgedom.

Det här var första gången som Josiane och Marcel befann sig öga mot öga efter incidenten vid kaffeautomaten. René slog upp räkenskapsböckerna på sitt skrivbord och tog sig sen för pannan och skrek:

– Fan, jag glömde den andra boken … den viktigaste! Den ligger kvar vid ingången. Stanna här, jag ska bara hämta den.

Han gick ut från kontoret, tog ut nyckeln ur fickan … och låste dörren om de två. Därefter avlägsnade han sig medan han gnuggade händerna och knäppte igen sin overall.

Inne på kontoret väntade Josiane och Marcel. Josiane lade handen på elementet men tog genast bort den: det var brännhett! Hon gav till ett förvånat skrik och Marcel frågade:

– Sa du något?

Hon skakade på huvudet. Han hade i alla fall tittat på henne. Äntligen vände han huvudet åt hennes håll och vände sig inte bort med rynkad näsa.

– Nej … Det var elementet, det var brännhett …

– Åh …

Tystnaden lade sig mellan dem igen. Man hörde bara ljudet av lastbilar, skriken från arbetarna som gav instruktioner hur de skulle styra: till höger, till vänster, högre, svordomar som de brast ut i när något hotade att gå fel och varorna spridas ut över golvet.

– Men vad sysslar han med? grymtade Marcel och tittade ut genom fönstret.

– Han sysslar inte med nånting. Han sysslar med att få oss på tu man hand med varandra och det har han lyckats med. Det var bara skitsnack det där med beställningen de hade strulat till.

– Tror du?

– Det är bara att testa att ta sig ut. Jag för min del tror att vi är inlåsta. Vi kommer inte ur fläcken!

Marcel lade handen på dörrhandtaget till kontorsdörren och ryckte och slet i det men dörren förblev stängd. Han gormade och riktade en spark mot den.

Josiane log.

– Jag har annat att göra! utbrast Marcel.

– Jag också! Tror du det är Fritidsresor det här?

Luften i kontorsrummet var varm och kvävande. Det luktade kall cigarettrök, elelement på högsta värme och ylletröja som torkar på en stol. Josiane rynkade på näsan och snörvlade till. Hon böjde sig över skrivbordet och såg en gammal rutig ylletröja som hängde över stolsryggen klistrad mot nedre delen av elementet. Han hade glömt att ta den med sig. Han skulle snart börja frysa! Hon vände sig mot blåregnet och det var då hon fick syn på Tandpetaren som kom gående på sitt militäriska vis.

– Djävlar, Marcel! Tandpetaren! viskade hon.

– Göm dig, viskade Marcel, om hon får för sig att komma hit.

– Och varför skulle jag gömma mig? Vi gör inget ont.

– Göm dig, säger jag! Hon kommer att få syn på oss när hon går förbi.

Han drog henne till sig och de gled båda två ner på huk med ryggen mot väggen.

– Varför darrar du så inför henne? frågade hon.

Marcel lade handen över munnen på henne och tryckte henne mot sig med armen.

– Du glömmer alltid att det är hon som har signeringsrätt.

– För att du var så dum så att du gav den till henne.

– Sluta upp med att vilja göra revolution hela tiden.

– Och du, sluta upp med att låta dig luras!

– Oj, här har vi syster duktig! Du var inte fullt så präktig häromdagen vid kaffeautomaten. Där var du helt viljelös i armarna på snyggingen som skulle sälja sin egen mamma för en guldtand.

– Jag tog en kopp kaffe … helt enkelt.

Marcel var nära att storkna. Med en dov, nästan klanglös röst protesterade han:

– Låg du inte i famnen på Chaval, kanske?

– Vi vänslades lite, ok. Men det var bara för att göra dig förbannad.

– Ok … och det lyckades du med.

– Ja … jag lyckades. Och sen dess pratar du inte med mig!

– Du förstår, jag väntade mig inte det …

– Och vad väntade du dig då? Att jag skulle sitta och sticka små yllemössor som du kan ha när du blir gammal?

Marcel ryckte på axlarna och satte igång att putsa skorna med sin kavajärm.

– Jag hade fått nog, Marcel …

– Jaså minsann, svarade han och låtsades vara upptagen med att få sina dojor snygga.

– Nog av att se dig åka hem varje kväll med Tandpetaren! Nog! Nog! Tänker du aldrig på att det gör mig galen? Du lever ditt dubbelliv och jag får nöja mig med de smulor som du har vänligheten att unna mig. Och jag får fånga upp dem med fingerspetsarna utan att ge ett ljud ifrån mig om hon är i närheten och kan höra. Och mitt liv rullar på i full fart utan att jag har kontroll över det. Vi två har hållit på i fem år! Och vi fortsätter att träffas i smyg. Och aldrig tar du mig med någonstans, aldrig får jag vara med i de fina salongerna, aldrig visar du upp mig i solskenet. Nej, för Choupette gäller totalt mörker. Menyer för 200 spänn och plastblommor. Party med benen i vädret och den gamle pålen får sitt lystmäte och sen tar du ditt pick och pack och åker hem till dig! Och när jag protesterar och hotar med att beröva den gamle sin njutning, då sticker du till mig ett smycke. Det gäller bara att få mig att ha tålamod att dämpa ovädret i mitt huvud. Annars är det bara löften. Löften ända in i helvetet! Så den dagen så bröt jag samman. Dessutom hade hon just den dagen givit sig på mig. Det var den dagen som min mor dog och hon förbjöd mig att gråta på kontoret. Jag gjorde inte rätt för min lön, som hon sa! Jag hade kunnat mörda henne …

Marcel lyssnade, upptryckt mot väggen. Han lät sig vaggas med i den musik som Josianes ord gav upphov till inom honom och som allteftersom återuppväckte hans ömhet för henne. Luften gick ur hans ilska som ur en fallskärm som träffar marken. Josiane, som lade märke till att han veknade, drog ut på sin berättelse. Broderade ut den med tårar, suckar, votivgåvor, malvafärg, kastanjebrunt, svart och rosa. Och allt medan hon viskande berättade om sina kval närmade hon sig Marcel med sin kropp. Han lade fortfarande band på sig, höll ihop sina knän med händerna för att inte komma för nära henne, men han krängde sakta och närmade sig henne.

– Det var svårt att förlora sin mor, förstår du. Hon var inget helgon, långt ifrån, det visste du ju. Men hon var min mor … Jag trodde att jag kunde vara stark, att jag skulle kunna ta emot det utan vidare spisning men sen bara … *pang!* Det bara kom över mig som en rak höger, jag tappade andan …

Hon tog hans hand och satte den mellan sina bröst, just där sorgen hade vållat henne så mycket smärta. Marcels hand blev varm i hennes och hittade tillbaka dit där den hörde hemma i den trygga och varma klyftan.

– Det var som om jag blev två och ett halvt år igen. När man lyfter på huvudet full av förtröstan mot den vuxne som ska beskydda dig och du får en örfil, en smäll som du aldrig glömmer ... Man repar sig aldrig från dem smärtan, aldrig. Man försöker vara stolt. Man sätter näsan i vädret, men i hjärtat gråter man ...

Hennes röst tonade bort, blev en förtroendefull viskning som fyllde Marcel Grobz med luftig vadd. Choupette, min Choupette, tänkte han, så gott det är att höra dig igen, min lilla flicka, min skönhet, min gyllene amason ... fortsätt att prata, fortsätt. När du kvittrar, när du länkar ihop orden som virknålen med garnet, då lever jag upp igen. Livet är torftigt utan dig, det porlar inte, det är ingen mening att stiga upp på morgonen när du inte är med.

Henriette Grobz hade gått upp till Marcels kontor och när hon varken fann Josiane eller sin man gick hon på jakt efter René. Hon fick syn på honom i magasinet inbegripen i en livlig diskussion med en arbetare som kliade sig i huvudet: där fanns inte mer plats på höjden för att ställa pallarna. Henriette väntade en liten bit ifrån på att de skulle uppmärksamma henne. Hennes ansikte var som en uppfräschad freskmålning och hatten tronade på hennes huvud som en trofé tagen från fienden. René vände sig om och fick syn på henne. Med en hastig blick mot sitt kontor försäkrade han sig om att de två kombattanterna måste ha återförenats. Han lämnade arbetaren och frågade Henriette vad han kunde hjälpa henne med.

– Jag söker Marcel.

– Han borde vara på sitt kontor.

– Men han är inte där.

Hon svarade med en allvarlig och skarp röst. René satte upp en förvånad min och låtsades tänka efter medan han betraktade henne. Det rosa pudret på hennes ansikte hade lagt sig i torra och irriterade fläckar som underströk de små rynkorna runt munnen och kinderna som börjat hänga. Hennes åldrade ansikte, med sin rovfågelsnäsa, var försett med en liten mun och så smala läppar att läppstiftet hamnat utanför dem. Henriette Grobz försökte sig på ett tvunget leende som hos den som fått stå och vänta länge och nu förväntar sig rejält med dricks i utbyte. Och som när belöningen sedan uteblir gärna skulle vilja spotta på den bedragare som för en sekund fått henne att hoppas på att hon skulle få det hon var ute efter. Hon hade gjort en ansträngning gentemot René eftersom hon trodde att han skulle kunna upplysa henne, men när hon förstod att så inte var fallet fick hon tillbaka sitt överlägsna sätt och vände på klacken. Gode gud, tänkte René, vilken kvinna! Stel som en pinne! Man kan inte föreställa sig henne njuta av vare sig mat, dryck eller sex. Man borde spränga henne i luften med dynamit. Allt är kontrollerat hos henne, allt andas begränsning och beräkning. Egennyttan går igen i hennes stela uppenbarelse och hennes avmätta rörelser. En perfekt stärkt korsett bestående av ekonomiska beräkningar.

– Jag väntar på hans kontor, väste hon medan hon avlägsnade sig.

– Gör så, svarade René, och om jag ser honom säger jag att ni väntar på honom där.

Under tiden fortsatte Marcel och Josiane sin återförening inne på Renés kontor, viskande och hopkrupna i mörkret.

– Har du varit otrogen med Chaval?

– Nej, jag har inte varit otrogen med honom … En kväll när jag mådde dåligt gav jag efter, och det råkade bli han för att han var där. Men det kunde ha varit vem som helst.

– Älskar du mig lite trots allt?

Han hade kommit närmare och hans lår vilade mot Josianes. Han andedräkt var het och hastig och han andades stötvis efter att han suttit dubbelvikt en stund.

– Jag älskar dig rakt upp och ner, min stora björn …

Hon suckade och lutade huvudet mot Marcels axel.

– Jag har saknat dig, förstår du!

– Och jag har saknat dig. Du anar inte.

Där var de båda två, förvånade, tryckta mot varandra som två skolungar som klättrat över muren och som gömt sig för att smygröka. De viskade i mörkret och värmen och lukten av vått ylle.

De satt så en lång stund utan att röra sig. Fingrarna flätades samman, undersökte varandra, kände igen sig och allt var innerlighet och värme som Josiane kände igen som ett barndomslandskap. Deras ögon hade vant sig vid mörkret och kunde urskilja föremålens konturer. Jag struntar i att han är gammal, att han är tjock, att han är ful. Han är min man. Han är den deg jag fick att älska, min deg att skratta åt, min deg att knåda, min deg att lida för, jag vet allt om honom, jag kan berätta hans historia när jag blundar, jag vet vad han tänker säga innan han har sagt det, jag kan läsa i hans huvud, i hans små intelligenta ögon, i hans stora mage. Jag kan berätta den mannens historia när jag blundar.

De satt en lång stund till, utan att säga någonting. De hade sagt allt till varandra och framförallt hade de återförenats. Och så reste sig Marcel plötsligt. Josiane mumlade:

– Akta dig! Hon står kanske bakom dörren!

– Det struntar jag i! Res dig upp, Choupette, res dig … Vi är ju inte kloka som gömmer oss så här. Vi har väl inte gjort något ont, Choupette?

– Så, kom nu här och sätt dig hos mig.

– Nej, nu reser du dig! Jag har en grej jag vill fråga dig. En grej som är alldeles för viktig för att du ska fortsätta sitta ner.

Josiane reste sig, borstade av sin kjol och frågade med ett skratt:

– Tänker du be om min hand?

– Bättre upp, Choupette, bättre upp!

– Jag förstår inte … Du vet, vid trettioåtta bast är det den enda grejen jag ännu inte har gjort: gift mig! Ingen har någonsin friat till mig. Kan du fatta? Och du ska veta att jag har drömt om det … Ibland har jag sagt till mig själv när jag har varit på väg att somna att en dag kommer någon att fria och jag kommer att säga ja. För ringen på fingret, och för att aldrig mer behöva vara ensam. För att få sitta och äta tillsammans över en vaxduk och berätta om sin dag för varandra, för att få ha någon att dra lott med om vem som ska få skalken på baguetten, för att ha någon att gnabbas med …

– Du lyssnar inte på mig Choupette … Jag sa: ”Bättre upp.”

– Jag ger mig, jag kan inte gissa.

– Se på mig, Choupette. Se mig rakt in i ögonen …

Josiane såg på honom. Han var allvarlig som påven när han välsignar församlingen på påskdagen.

– Jag ser dig i ögonen.

– Det jag ska säga dig är viktigt … Mycket viktigt!

– Jag lyssnar …

– Älskar du mig Choupette?

– Jag älskar dig, Marcel.

– Om du älskar mig, om du verkligen älskar mig, bevisa det för mig: ge mig ett barn, en egen liten som får mitt namn. En liten Grobz …

– Kan du ta det en gång till, Marcel?

Marcel upprepade, upprepade och upprepade det en gång till. Hon följde honom med ögonen som om orden flöt fram på en skärm. Och som om hon hade svårt att läsa dem. Han längtade efter barn sedan århundraden tillbaka, han visste redan precis hur barnet skulle se ut, formen på öronen, färgen på håret, storleken på händerna, vecket under foten, ådringen på låren, naglarnas näpenhet och den lilla näsan som rynkades när han fick bröstet.

Josiane lyssnade på hans ord men förstod dem inte.

– Nu svimmar jag nog, Marcel. Knäna är som gelé …

Hon satte sig på baken och han böjde sig genast ner mot henne, grimaserande eftersom han hade ont i knäna.

– Vad säger du, Choupette? Vad säger du om det?

– En liten? Ett barn som är vårt?

– Just det.

– Kommer du att erkänna faderskapet? Kommer du att ge

honom alla rättigheter? Han kommer inte bara att bli en skamlig oäkting?

– Han ska sitta vid familjebordet. Han ska bära mitt namn … Marcel Grobz.

– Svär du på det.

– Jag svär vid mina ballar.

Och han tog tag om sina testiklar.

– Där ser du … Du driver med mig.

– Nej, tvärtom. Så gjorde man förr i tiden. För att visa att man verkligen menade allvar så svor man vid sina ballar. Testiklar, testamente … det är Jo som har lärt mig det.

– Den vassa?

– Nej, den runda. Den snälla. Det är mer än seriöst när man svär vid sina ballar. Jag lovar, om jag tar tillbaka det så blir de till pulver. Och det, Choupette, är inget jag eftersträvar!

Josiane började först fnittra och sedan snyfta.

Det blev alltför stora känslor på en enda dag.

Någon satte sina rödlackerade och välfilade klor i Iris hand, varpå hon utan att vända sig om riktade en ursinnig knuff med armbågen mot angriparen som kved av smärta. Nej men …, rasade Iris mellan tänderna, genera er inte! Jag var först. Och den här lilla krämfärgade sidendräkten med bruna kantband som ni verkar åtrå så högt, den är till mig. Jag behöver den inte precis men eftersom ni så gärna verkar vilja ha den så tar jag den. Och jag tar samma i rosa och grönt eftersom ni insisterar!

Hon kunde inte se sin motståndare: hon stod med ryggen mot henne i det ursinniga vimlet där tusen armar och ben hakade i varandra och trasslades ihop, men hon tänkte inte ge sig och hon fortsatte sin jakt, framåtböjd, med ena armen sträckt och den andra med ett stadigt tag om sin väska för att ingen skulle rycka åt sig den.

Hon lade beslag på de eftertraktade varorna, höll hårt i dem, och började lösgöra sig ur den otyglade folkmassan som slogs om reavarorna på andra våningen i modehuset Givenchy. Hon tog spjärn, puttade, kämpade, utdelade knuffar med knytnävar, höfter, knä för att ta sig ur den böljande horden. Den rödmanikyrerade handen hängde fortfarande med och försökte rafsa åt sig allt som fanns inom räckhåll. Iris såg den komma tillbaka som en envis krabba. Då drog Iris nonchalant men med noggrann beräkning med hjälp av låset på sitt armband upp en lång reva i skinnet på motståndaren. Den hemska människan drog med ett skrik snabbt undan sin hand, som ett sårat djur.

– Nej men vad gör ni! Ni är ju fullständigt galen! kved den rödnaglade handens ägarinna medan hon försökte identifiera förövaren.

Iris log utan att vända sig om. Bra jobbat! Det kommer att synas länge och hon blir tvungen att använda handskar. Scarface i de fina salongerna!

Hon rätade upp sig, lösgjorde sig från röran av anonyma kroppar och stolt över sitt byte skyndade hon sig mot skoavdelningen där skorna lyckligtvis var ordnade efter storlek vilket gjorde jakten mindre riskfylld.

Hon rafsade i flykten åt sig tre par pumps för kvällsbruk, ett par platta skor för att kunna gå bekvämt under dagen och ett par stövlar i svart krokodilskinn, lite väl mycket rock and roll men inte alls dumma, inte alls … Bra kvalitet på skinnet, sa hon till sig själv när hon lät handen glida över stövelns insida. Kanske skulle jag kolla om det finns någon smoking kvar att ha till de här stövlarna? Hon vände sig om, men när hon såg den vrålande hopen av furier i aktion bestämde hon sig för att avstå. Det var inte värt priset. Och förresten, hon hade redan en hel garderob full av dem. Från Saint Laurent dessutom! Det var inte värt att riskera att bli till slarvsylta för det. Tänk, så farliga kvinnor kunde bli när de släpps lös i readjungeln! De hade väntat en och en halv timme i spöregn, var och en med det värdefulla inbjudningskortet i handen som gav dem tillträde till VIP-rean i det allra heligaste en vecka före jul. Happy few, begränsat lager, ett enda tillfälle, fantastiska priser. Ett litet smakprov före den riktiga rean i januari för att reta aptiten och få det att vattnas i munnen. Möjlighet att filosofera kring fynd att göra vid nästa tjurfäktning.

De är inte vilka som helst heller, hade Iris tänkt när hon sett dem uppradade på gatan. Fruar till industrimagnater, bankdirektörer, politiker, journalister, pressattachéer ..., modeller, en skådespelerska! Var och en i spänd väntan, stående på sin lilla asfaltsruta för att ingen skulle kunna ta deras plats i kön. Man skulle kunna tro att de var upphetsade nattvardsgäster, rovgirigheten lyste ur deras ögon. Girigheten, rädslan att missa något, ångesten att gå förbi plagget som skulle kunna förändra deras liv för alltid. Iris kände butikschefen och hade kunnat gå direkt upp på avdelningen utan att behöva vänta. Hon slängde en medlidsam blick mot den stackars skocken som stod och hukade i regnet.

Hennes telefon ringde men hon svarade inte. Att handla på rea krävde total uppmärksamhet. Hennes blick undersökte med laserljus hyllorna, korgarna på golvet och galgarna på stången. Jag tror jag varit runt överallt nu, sa hon till sig själv och bet sig i kinderna. Nu ska jag bara plocka åt mig några småsaker som julklappar och sedan är det klart.

I förbifarten rafsade hon åt sig några örhängen, armband, solglasögon, schalar, en kam av sköldpaddskal, en prydnadsnäsduk i svart sammet, en handfull skärp, handskar ("Carmen är tokig i handskar") och sedan gick hon till kassan, rufsig och andfådd.

Det skulle behövas en domptör här, sa hon skrattande till biträdet. Med en stor piska. Och att man släppte ut några lejon då och då för att göra plats ...

Biträdet log ett artigt leende. Iris slängde fram sin överdådiga fångst på disken och tog ut sitt bankkort som hon fläktade sig med medan hon lade några hårslingor på plats.

– Gud, vilket äventyr! Jag trodde jag skulle dö.

– Åttatusenfyrahundrafyrtio euro, sa biträdet och började vika in varorna i stora vita papperskassar med märket Givenchy på.

Iris räckte fram kortet.

Telefonen ringde igen. Iris tvekade men lät den ringa.

Hon räknade antalet kassar som hon skulle bli tvungen att bära och kände sig helt utmattad.

Lyckligtvis hade hon reserverat en taxi för hela dagen. Den väntade utanför. Hon lade kassarna i bagageluckan och gick för att ta en kaffe på Brasserie de l'Alma och hämta sig lite.

När hon vände på huvudet fick hon syn på Caroline Vibert som just höll på att betala, Mademoiselle Caroline Vibert som arbetade med Philippe. Hur hade den där mänskan lyckats få en inbjudan? undrade Iris för sig själv medan hon gav henne sitt vackraste leende.

De utväxlade krigshjältars utmattade suckar och svängde med sina enorma kassar för att trösta sig. Sen gav de varandra ett tyst tecken: ska vi gå och ta oss en kaffe tillsammans?

Snart satt de på Chez Francis, skyddade från den ursinniga skocken.

– Det börjar bli farligt med såna här utflykter. Nästa gång tar jag med mig en bodyguard som bereder väg för mig med sin kalaschnikov!

– Det var en som rispade upp mig! utbrast Caroline. Hon tryckte in sin armlänk i skinnet på mig, titta …

Hon drog av sig sin handske och Iris kunde förläget se ett brett och djupt jack på Carolines handrygg, där några av bloddropparna ännu inte hade torkat.

– Kvinnorna där är inte kloka! De skulle offra sig själva för minsta lilla trasa! suckade Iris.

– Eller också skulle de offra andra, som i mitt fall. Allt detta för vad? Vi har ju skåpen fulla. Vi vet ju inte var vi ska göra av det …

– Och varenda gång man ska bort så har man inget att ta på sig, hakade Iris på och brast ut i skratt.

– Lyckligtvis är inte alla kvinnor som vi. Jag har faktiskt lärt känna Joséphine i sommar. Om man inte visste det skulle man inte tro att ni var systrar. Det syns inte alls.

– Jaså, på badet i Courbevoie? skämtade Iris medan hon gav tecken åt kyparen att hon ville ha en kaffe till.

Kyparen närmade sig och Iris vände sig mot honom.

– Vill du ha något? frågade hon Caroline Viber.

– En apelsinjuice.

– Åh, det var en bra idé. Två apelsinjuice, tack ... Jag behöver vitaminer efter en sådan här utflykt. Men vad gjorde du på badet i Courbevoie?

– Inget. Jag har aldrig satt min fot där.

– Sa du inte att du hade träffat min syster i somras?

– Jo ... på kontoret. Hon arbetade för oss ... Visste du inte det?

Iris låtsades komma ihåg och tog sig för pannan.

– Javisst, ja. Så dum jag är ...

– Philippe har anställt henne som översättare. Hon arbetade hos oss hela sommaren. Och efter semestern presenterade jag henne för en förläggare som gav henne en biografi att översätta om Audrey Hepburns liv. Alla berömmer henne. Elegant stil. Perfekt arbete. Inlämnat i tid, utan ett enda stavfel och så vidare. Dessutom är hon inte dyr. Hon frågar inte innan hur mycket hon kommer att få betalt. Har du varit med om det någon gång?

Hon ifrågasätter inte, hon tar sin check och det är nästan så att hon kysser ens fötter innan hon går. En liten ödmjuk och tyst arbetsmyra. Har ni vuxit upp tillsammans eller har hon blivit uppfostrad i ett kloster? Jag skulle mycket väl kunna se henne framför mig hos carmelitystrarna.

Caroline Vibert brast ut i skratt. Iris fick plötsligt lust att ge henne en snyting.

– Det är sant att välgjort arbete, godhet, ödmjukhet, det är sällsynt idag ... Hon är sådan, min lillasyster.

– Åh, jag menade inget illa!

– Nej, men du pratar som om hon var efterbliven ...

– Jag ville inte göra dig arg, jag försökte bara vara rolig.

Iris lugnade sig. Hon fick inte skaffa sig en fiende i Caroline Vibert. Hon hade just blivit upphöjd till delägare. Philippe pratade mycket högaktningsfullt om henne. När han var tveksam till en affär, var det Caroline som han diskuterade med. Hon stimulerar mina hjärnceller, brukade han säga med ett trött leende, hon har ett sätt att lyssna ungefär som om hon antecknade, hon nickar, sorterar informationen och ställer några frågor och sedan ser man allt klart. Och så känner hon mig väl … Kanske visste Caroline Vibert något om Philippe? Iris mjuknade och bestämde sig för att gå lugnt fram.

– Nej, nej, det gör inget … oroa dig inte! Jag älskar min syster mycket, men jag måste erkänna att ibland verkar hon så gammaldags. Hon arbetar på CNRS, vet du, och det är inte riktigt som resten av världen.

– Träffas ni ofta?

– Vid familjesammankomster. Vi ska fira jul tillsammans i stugan i år, till exempel.

– Det kommer att göra din man gott. Jag tycker han verkar spänd nuförtiden. Det kan gå timmar när han är helt frånvarande. Häromdagen kom jag in på hans kontor efter att ha knackat flera gånger utan att han hade hört det, då satt han och betraktade träden utanför fönstret och …

– Han arbetar för mycket.

– En skön vecka i Megève och han kommer i form. Förbjud honom att arbeta. Konfiskera datorn och mobilen.

– Omöjligt, suckade Iris, han sover med dem i sängen.

– Det är nog bara att han är trött för när det gäller jobbet är han fortfarande lika duktig. Han kan verkligen hålla huvudet kallt. Det är väldigt svårt att veta vad han verkligen tänker, men samtidigt är han pålitlig och rak. Och det kan man verkligen inte säga om alla på kontoret.

– Har det kommit några nya rovfåglar? frågade Iris medan hon tog upp apelsinskivan ur juicen och bet lite försiktigt i den.

– En liten ny som har vässade klor. Monsieur Bleuet, herr Blåklint himself! Namnet passar honom illa, det kan jag försäkra dig. Han klistrar sig alltid fast vid Philippe för att hålla sig framme, honungslen och snäll men man känner att han i själva verket slipar knivarna. Han vill bara jobba med viktiga projekt …

Iris avbröt:

– Och Philippe, tycker han bra om honom?

– Han tycker att han är effektiv, kultiverad, duktig … han gillar att prata med honom, kort sagt: han betraktar honom med vänliga ögon. Det är helt normalt så här i början men jag säger bara det att jag känner igen en barracuda när jag ser den. Och jag är beredd med min harpun.

Iris log och tillade med mjuk röst:

– Är han gift?

– Nej. Han har en liten flickvän som kommer och hämtar honom ibland om kvällarna … Om hon nu inte är hans syster. Omöjligt att veta. Men till och med henne behandlar han överlägset. I vilket fall så är det viktiga för Philippe att man arbetar. Han kräver resultat. Även om han faktiskt blivit lite mer mänsklig på sista tiden. Han är mindre hård … Häromkvällen kom jag på honom med att sitta och drömma mitt under ett möte. Vi var väl en tio stycken på kontoret, alla i startgroparna, alla pratade på och väntade på att han skulle sätta igång … men han var någon annanstans. Han hade en pärm öppen framför sig, tio personer hängde vid hans läppar och han tänkte på annat med allvarlig och plågad min. Han hade något sårat i blicken … Det är första gången på tjugo år jag har kommit på honom så. Det kändes konstigt för mig som alltid sett honom som den obeveklige krigaren.

– Jag har aldrig tyckt att han är obeveklig.

– Det är klart. Han är ju din man och han är galen i dig. Han avgudar dig! När han pratar om dig strålar ögonen som Eiffeltornet! Du imponerar på honom, tror jag!

– Åh, du överdriver!

Är hon ärlig eller försöker hon bara dränka en barracuda? frågade sig Iris och granskade Carolines ansikte medan denna smuttade på sin apelsinjuice. Hon kunde inte upptäcka någon falskhet hos advokaten som pustade ut efter den tröttsamma upplevelsen på tvåhundrameters realoppet.

– Han har berättat för mig att du tänkte ge dig på att författa ...

– Har han berättat det?

– Mm ... Låt höra nu. Har du börjat?

– Inte riktigt ... men jag leker med en idé.

– I alla fall uppmuntrar han dig, det förstår man. Han är inte den typen av äkta man som blir svartsjuk på sin äkta hälfts framgångar. Inte som monsieur Isambert, hans fru skrev en bok och han kunde inte ta det. Det var nästan så att han stämde henne för att hon inte skulle publicera den i sitt eget namn!

Iris svarade inte. Det hon fruktade var på väg att hända. Alla pratade om hennes bok, alla tänkte på hennes bok. Utom hon själv. Hon hade inte den minsta idé. Och vad värre var: hon kände sig inkapabel att skriva den! Hon kunde mycket väl se sig själv prata om den, göra si, göra så, diskutera skrivande, skrivandets ensamhet, orden som kom för en, skrivkrampen innan man har kommit igång, den tomma sidan som stirrar mot en, personerna som bjuder in sig i berättelsen, som rycker en i ärmen ... Men att sätta igång med arbetet, ensam på sitt arbetsrum! Omöjligt. Hon hade ljugit en kväll för att göra sig intressant, och få folk att lägga märke till henne. Hennes lögn höll nu på att sluta sig omkring henne.

– Jag skulle vilja träffa en sådan man som din, suckade Caroline som fullföljde sin tankegång utan att lägga märke till Iris oro. Jag skulle ha lagt vantarna på honom innan du fick tag i honom.

– Är du fortfarande singel? frågade Iris och ansträngde sig för att intressera sig för Caroline Viberts öde.

– Mer än någonsin! Mitt liv är en evig fest. Jag åker hemifrån klockan åtta på morgonen och kommer hem vid tio på kvällen. Jag häller i mig en pulversoppa och sedan i säng med TV eller en roman som inte kräver något, som sällskap. Jag undviker deckare för att inte behöva vänta till klockan två på natten för att få reda på vem som är mördaren. Det är inte klokt så spännande mitt liv är! Ingen man, inga barn, ingen älskare, inget husdjur, en gammal mor som inte hör vem det är när jag ringer! Sist jag ringde slängde hon luren i örat på mig och sa att hon aldrig hade haft några barn. Jag skrattade så jag grät ...

Hon brast ut i ett skratt som inte var ett skratt, ett skratt för att sminka över ensamheten och tomheten i sitt liv. Vi är lika gamla, tänkte Iris, men jag har en man och ett barn. En man som förblir ett mysterium och ett barn som är på väg att bli ett mysterium. Vad ska man ha i sitt liv för att det ska vara meningsfullt? Gud? En guldfisk? En passion? Medeltiden, som Jo ... Varför har hon inte berättat för mig om de där översättningarna? Varför har inte Philippe sagt något? Mitt liv håller på att upplösas, det fräts upp av en osynlig syra och jag medverkar ofrivilligt till denna upplösning. Den enda energi jag har kvar lägger jag på att rusa omkring på rean på andra våningen i modehuset Givenchy. Jag är en lyxhora med hönshjärna och sådana som jag går det tjugo på dussinet av i den fina världen.

Caroline hade slutat leka med sugröret till sin apelsinjuice.

– Undrar varför jag riskerar livet på de där reorna, när jag ändå aldrig går ut utom i träningsoverall. Och det bara på söndagarna när jag går ut och köper mig min baguette.

– Du gör fel! Du borde klä dig i Givenchy när du går och köper din baguette. Chansen är stor att du träffar någon på söndagen när alla ska till bageriet.

– Du pratar om träffpunkter! Familjer som köper croissanter, mormödrar som tvekar mellan en smördeg och mördeg för att inte knäcka sina löständer, tjocka ungar som proppar fickorna fulla med godis. Jag riskerar varken att träffa Bill Gates eller Brad Pitt. Nej, för mig finns det bara Internet kvar ... Men jag har svårt att förmå mig till det. Mina väninnor har gjort det och ibland verkar det fungera ... De träffar någon.

Caroline Vibert fortsatte prata, men Iris lyssnade inte längre.

Hon betraktade henne med en blandning av ömhet och medlidande. Där hon satt lite böjd, med mörka ringar under ögonen och bitter mun såg Caroline Vibert ut som ett begagnat föremål, dödstrött …, medan hon en halvtimme tidigare varit en ragata färdig att skjuta ner sin nästa för att få tag i en liten krämfärgad sidentopp från Givenchy. Hitta felet, tänkte Iris. Var finns äktheten? Dold bland grenarna i ett träd som i gåtorna som jag älskade att lösa när jag var liten. Den elaka vargen finns gömd i den här teckningen och Rödluvan anar inget, hitta vargen och rädda Rödluvan! Hon hittade alltid den stora stygga vargen.

– Åh, jag måste sluta prata med dig, suckade Caroline, jag blir så deppig. Jag tänker aldrig på allt det där i vanliga fall. Jag undrar om jag inte ska åka tillbaka till Givenchy och riskera livet en stund till. Det ger en i alla fall lite förströelse, om bara galningen som skar mig har gett sig av …

De två kvinnorna kramade om varandra och skildes åt.

Iris gick bort till sin taxi igen, kryssande mellan vattenpölarna. Hon tänkte på krokodilskinnstövlarna och lyckönskade sig själv till köpet.

Väl inne i bilens värme såg hon Caroline ställa sig i taxikön vid Place de l'Alma. Det regnade och kön var lång. Hon höll sina eleganta kassar innanför kappan för att skydda dem från regnet. Hon påminde om en sådan där stor huva man sätter över tekannan för att hålla teet varmt. Iris böjde sig ut genom fönstret för att erbjuda henne skjuts i sin taxi, men just då ringde mobilen och hon svarade.

– Ja, Alexandre älskling, vad är det? Varför gråter du, min älskling? Berätta!

Han frös och var helt genomblöt, fick hon veta. Sedan en timme tillbaka stod han och väntade utanför skolan på att hon skulle komma och hämta honom för att ta honom till tandläkaren.

– Vad är det, Zoé? Berätta för mamma ... Du vet att en mamma förstår allt, förlåter allt och älskar sina barn även om de skulle vara blodtörstiga mördare ... Det vet du väl?

Zoé stod rak i sina skotskrutiga byxor och undersökte noggrant sin ena näsborre med pekfingret.

– Inte fingrarna i näsan, min älskling ... Inte ens när man är jätteledsen.

Zoé drog motvilligt ut fingret, undersökte det och torkade av det på sina byxor.

Joséphine tittade på köksklockan. Hon var halv fem. Om en halvtimme skulle hon träffa Shirley för att gå till frisören. "Jag betalar frisören åt dig", hade Shirley sagt, "jag har fått en massa pengar. Jag ska göra om dig till en sexbomb." Joséphine hade förskräckt spärrat upp ögonen och sett livrädd ut. "Ska du göra mig sexig? Bleka mitt hår platinablont?" "Nej, bara klippa upp det lite och lägga lite slingor för att få det lite ljusare." Jo gick med på det. "Men du ändrar inte för mycket va?" "Nej, nej, jag ska göra dig vacker som en dag och efteråt firar vi jul tillsammans innan du ger dig av för att fira hos de rika!" Hon hade bara en halvtimme på sig att prata med Zoé. Hon måste passa på när Hortense inte var hemma.

– Får jag vara din baby? frågade Zoé och klättrade upp i sin mammas knä.

Joséphine lyfte upp henne i knät. Det var samma rundade kinder, samma vilda lockar, samma lilla rundade mage, samma klumpighet, samma oroliga fräschör. Jo kände igen sig själv som liten från gamla familjefoton. En liten knubbig flicka som står och putar med magen i sin tröja och tittar misstänksamt in i kameran. "Min älskling, min lilla flicka vad jag älskar dig", mumlade hon medan hon höll henne intill sig. "Du vet att mamma alltid finns hos dig? Alltid, alltid?" Zoé nickade med huvudet och tryckte sig mot henne.

Hon måste var ledsen, tänkte Jo. Julen är på väg och Antoine är långt borta. Hon vågar inte säga det till mig. Flickorna pratade aldrig om sin pappa. De visade henne inte breven han skickade en gång i veckan. Han ringde ibland på kvällarna. Det var alltid Hortense som svarade, sedan räckte hon luren till Zoé som stammade fram ja och nej. De hade dragit en tydlig skiljelinje mellan sin mamma och sin pappa. Jo började vagga Zoé och gnola på små ömhetsbetygelser.

– Oj, som hon har växt, min lilla baby! Hon är inte längre en liten baby! Hon är en vacker ung flicka med vackert hår, vacker näsa och en söt mun ...

För varje ord nuddade hon vid håret, näsan och munnen och så fortsatte hon sin räkneramsa i samma sjungande ton:

– En vacker flicka som snart alla pojkar kommer att vara galna i. Alla pojkar i hela världen kommer att komma hit och sätta upp sin stege mot slottstornet där Zoé Cortès bor, bara för att få en puss ...

Vid de orden brast Zoé ut i snyftningar. Joséphine böjde sig över henne och mumlade i hennes öra:

– Berätta för mamma, lilla älskling, berätta vad det är som gör dig så ledsen.

– Det är inte sant, du ljuger, jag är inte en vacker ung flicka och det finns ingen pojke som vill resa sin stege för mig!

Åh, där var det, tänkte Jo. Första kärlekssorgen. Jag var också tio år. Jag smorde in mina ögonfransar med svartvinbärsgelé för att få dem att växa. Men det var Iris han kramades med ...

– För det första, min lilla älskling, så säger man aldrig ”du ljuger” till sin mamma.

Zoé skakade på huvudet.

– Och för det andra så ljuger jag inte alls, du är en mycket söt liten flicka.

– Nej! För Max Barthillet har inte satt upp mig på sin lista.

– Vad är det för en lista?

– Det är Max Barthillet som har gjort den. Han är stor och han vet. Han har gjort en lista tillsammans med Rémy Potiron och han har inte satt upp mig på den. Han har satt upp Hortense men inte mig.

– En lista över vad, min älskade sötnos?

– En lista över flickor som är knullbara, och jag är inte med på den.

Jo höll på att tappa Zoé ur knät. Det var första gången som hon hört någon av sina flickor associeras till sex. Det ryckte i hennes läppar och hon drog med tungan över sina tänder för att lugna ner sig.

– Vet du egentligen vad som menas med det?

– Det betyder att det är flickor som man kan ligga med. Han berättade det för mig …

– Så han förklarade det för dig, dessutom?

– Ja, han sa att jag inte skulle göra så stor affär av det för en dag skulle jag också bli knullbar … men att det inte var så just nu.

Zoé hade dragit fram en bit av ärmen på sin sweatshirt och nu tuggade hon på den, med en lidande min.

– För det första, min älskling, började Joséphine medan hon frågade sig vad man borde svarat på denna förolämpning. För det första så ska en pojke inte sortera flickor efter hur knullbara de är. En vettig pojke behandlar inte en flicka som en vara.

– Nej, men Max är min kompis …

– Då får du säga att du är stolt över att inte finnas med på hans lista.

– Även om det inte är sant?

– Hurdå inte sant?

– Jo, för att … jag skulle gärna ha velat vara med på hans lista.

– Skulle du? Jaha, men då får du säga till honom att det inte är okej att sortera flickor på det sättet, att mellan man och kvinna talar man inte om knullbarhet utan om lust.

– Vad är det mamma. Lust?

– Det är när man är kär i någon och bara vill kramas och kyssas men man väntar och väntar och hela den där väntan, det är den som är lusten. Det är när man inte har kysst honom än, man drömmer om honom när man somnar, det är när man fantiserar och man skälver när man tänker på honom och det är så härligt, Zoé, den där tiden när man vet att kanske, kanske ska man kyssa honom men man är inte säker …

– Fast då är man ju ledsen.

– Nej, man väntar, hjärtat är uppfyllt av denna väntan … och den dagen han kysser dig … då förstår du, då blir det som ett fyrverkeri i ditt hjärta, i ditt huvud och du har lust att sjunga och dansa och du blir kär.

– Är jag redan kär?

– Du är fortfarande mycket liten, du kan vänta …

Jo letade efter en bild som kunde förklara för Zoé att Max inte var en kille för henne.

– Det är som om du skulle prata med Max om hans snopp. Som om du hade sagt: Jag vill gärna pussa dig, men först vill jag se din snopp.

– Han har redan frågat om jag vill se hans snopp! Är han också kär då?

Joséphine kände sitt hjärta banka för fullt. Håll dig lugn, visa inte hur upprörd du blir. Inte bli arg, inte börja tala illa om Max …

– Och … visade han den för dig?

– Nej, för jag ville inte …

– Där ser du … Det var du som gjorde rätt. Du, som är minst! För utan att veta det så ville du inte se hans snopp, du ville ha ömhet och uppmärksamhet, du ville att han skulle finnas kvar vid din sida och att båda två skulle vänta med att göra något mer …

– Ja, men mamma, han har visat den för andra flickor och sedan dess säger han att jag hänger mig på, att jag är en barnunge.

– Zoé, nu måste du förstå en sak. Max Barthillet är fjorton år, nästan femton och lika gammal som Hortense, det är henne han borde vara kompis med. Inte med dig! Du måste kanske hitta en annan kompis …

– Men det är honom jag vill ha, mamma!

– Ja, jag vet, men ni är inte alls på samma våglängd. Du måste hålla dig borta så att han börjar sakna dig. Du får spela lite mystisk. Det fungerar alltid med pojkar. Det kommer att ta lite tid men en dag kommer han tillbaka till dig, och då har han lärt sig att vara lite mer försiktig. Det blir din uppgift: att lära Max hur man gör när man är kär.

Zoé tänkte efter en stund och släppte sin tröjärm och tillade besviket:

– Det betyder att jag kommer att vara helt ensam.

– Eller att du kommer att hitta andra vänner.

Hon suckade, reste sig och gled ner från sin mors knä medan hon drog i sina skotskrutiga byxben.

– Vill du följa med Shirley och mig till frisören? Han kan locka ditt hår så där som du gillar att ha det …

– Nej, jag tycker inte om frisören. Han drar en i håret.

– Ok. Då får du stanna hemma och läsa dina läxor. Kan jag lita på att du gör det?

Zoé tog på sig en allvarlig min. Joséphine såg henne i ögonen och log mot henne.

– Känns det bättre, min älskling?

Zoé hade åter börjat suga på sin sweatshirtärm.

– Du mamma, nu sedan pappa gav sig av är livet inte så roligt …

– Jag vet, min älskling.

– Tror du han kommer tillbaka?

– Jag vet inte, Zoé. Jag vet inte. Men medan du väntar så ska du skaffa dig nya kompisar nu när du inte hela tiden är med Max. Det finns säkert en massa pojkar och flickor som skulle vilja vara vänner med dig men som tycker att Max är i vägen.

– Livet är svårt, inte bara när det handlar om det. Det är svårt i allt.

– Såja, ruskade Joséphine leende om henne, tänk på julen, tänk på alla julklappar du ska få, tänk på snön, på skidor … Låter inte det skoj?

– Jag vill helst åka pulka.

– Ja, men då åker du och jag pulka. Okej?

– Kan inte Max Barthillet få följa med? Han skulle gärna vilja åka skidor men hans mamma har inte råd …

– Nej, Zoé, utropade Joséphine på gränsen till sammanbrott. Sedan lugnade hon sig och fortsatte: Vi kan inte ta med Max Barthillet till Megève! Vi är gäster hos Iris, man kan inte ta med folk i resväskorna.

– Men det är Max Barthillet!

Joséphine räddades från att få ett utbrott av två snabba ringsignaler från dörren. Hon kände igen Shirleys energiska hand, böjde sig fram och kramade om Zoé och sa till henne att läsa på sin historieläxa medan hon väntade på sin syster som snart skulle komma hem.

– Ni gör era läxor först, och sen firar vi jul ikväll med Shirley och Gary.

– Och får jag mina julklappar i förväg?

– Ja, du får dina julklappar i förväg.

Zoé skuttade glatt iväg mot sitt rum. Joséphine tittade efter henne och tänkte att snart hade båda hennes flickor växt om henne.

Hela livet hade snart växt om henne.

Tänk att få komma tillbaka till *Érec och Énides* tidevarv. Till kärleken enligt Chrétien de Troyes.

Till den höviska kärleken med dess mysterier, lätta beröringar, suckar, tjusande smärta, stulna kyssar och de höga tankarna om den utvalda som man höjde till skyarna. Jag är gjord för att leva på den tiden, tänkte hon. Det är inte en tillfällighet att jag blivit så passionerat intresserad av den epoken. Prinsessan Mysterium! Det kan jag ju försöka lära min dotter, jag som är helt inkapabel.

Hon suckade, tog sin väska, sina nycklar och stängde dörren efter sig.

Det var inte förrän Joséphine redan satt hos frisören med huvudet fullt av aluminiumremsor som hon lyckades samla sina tankar och anförtrodde sig åt Shirley som fick sin pojkfrisyr blekt till platinablond.

– Vad rolig jag ser ut, sa Joséphine när hon såg sig själv i spegeln med skallen täckt av silverrosetter.

– Har du aldrig slingat dig?

– Aldrig.

– Då får du önska något eftersom det är första gången.

Joséphine betraktade clownen i spegeln och viskade:

– Jag önskar att mina flickor inte ska behöva lida för mycket här i livet.

– Är det Hortense? Har hon slagit till igen?

– Nej, det är Zoé ... hon har kärlekssorg på grund av Max Barthillet.

– När ens barn har kärlekssorg, det är det värsta som finns. Man lider lika mycket som de och man kan inte göra något. Första gången det hände Gary trodde jag att jag skulle dö. Jag hade kunnat mörda tjejen.

Joséphine berättade om "listan över knullbara flickor". Shirley brast ut i skratt.

– Jag, tycker inte det är roligt utan oroväckande.

– Nu är det inte oroväckande längre, eftersom hon har pratat med dig om det. Hon har fått det ur sig, det är fantastiskt att hon litar så på dig! *She trusts you!* Gratulera dig själv till att vara en älskad mor istället för att kvida över tidsandan. Så är det idag och så är det överallt. I alla samhällsgrupper, på alla områden ... Så bär nu tåligt ditt lidande och gör exakt det som du gör: se till att du finns tillhands. Vi har tur som arbetar hemma. Vi finns där och kan lyssna till minsta lilla onda och ställa om siktet.

– Är du inte chockerad?

– Jag blir chockerad av så många saker så jag tappar andan av det! Så jag har bestämt mig för att vara positiv, annars blir jag galen.

– Vart är vi på väg om femtonåriga killar sorterar flickor efter hur knullbara de är?

– Lugna dig. Jag slår vad om att till och med Max Barthillet förvandlas till en blyg viol den dag han verkligen blir förälskad. Till dess spelar han stor och kaxig! Håll Zoé borta från honom ett tag så ska du se att de blir kompisar igen utan problem.

– Jag vill inte att han ger sig på henne!

– Han kommer inte att göra henne något. Om han gör något kommer det att vara med någon annan. Jag kan svära på vad som helst att han gjorde det för att imponera på ... Hortense! De drömmer alla om den där lilla pesten. Inte minst min son! Han tror att jag inte märker hur han slukar henne med ögonen!

– När jag var liten var det likadant med Iris. Alla pojkarna var galna i henne.

– Och se hur det gick.

– Hm ... Hon har väl blivit ganska lyckad, eller hur?

– Ja. Hon har gift sig fint ... om det är det du kallar att lyckas. Men utan sin mans pengar är hon ingenting!

– Du är hård mot henne.

– Nej! Jag är klarsynt ... Och du borde träna dig på att bli lite mer klarsynt.

Iris aggressiva ton häromdagen i simhallen dök åter upp i Joséphines minne. Och häromkvällen i telefon ... när Jo hade försökt ge henne idéer till boken ... ”Jag ska hjälpa dig Iris, jag ska hitta historier till dig och dokument, så du behöver bara skriva! Vet du förresten vad man kallade skatter på den tiden?” Och när Iris inte svarade hade Jo fortsatt: ”Banaliteter, man kallade dem banaliteter! Tycker du inte att det är lustigt?” Och då ... då hade Iris, hennes älskade syster, svarat: ”Du är så irriterande, Jo, du är skittråkig! Du är bara för mycket ...!” Och sedan hade hon lagt på luren. För mycket vad? hade Jo frågat sig, bestört. Hon hade urskiljt en riktigt elak ton i detta ”du är så irriterande, Jo”. Hon skulle inte berätta det för Shirley för det skulle ha varit att ge henne rätt. Iris måste vara olycklig, när hon reagerar på det sättet? Så är det, hon är olycklig ..., hade Jo upprepat när hon hört tonen i luren tuta ut i tomheten.

– Hon är snäll mot flickorna.

– Det kostar henne ingenting!

– Du har aldrig gillat henne, jag vet inte varför.

– Och din Hortense …, om du inte aktar dig så kommer hon att sluta som sin moster. Det är ingen merit att vara ”fru till …”! Den dagen Philippe lämnar Iris har hon ingenting kvar, då är hon ingenting.

– Han kommer aldrig att lämna henne, han är galen i henne.

– Vad vet du om det?

Jo svarade inte. Sedan hon hade börjat arbeta för Philippe hade hon lärt känna honom. När hon besökte hans advokatkontor på Avenue Victor Hugo, brukade hon kasta ett öga in i hans arbetsrum om dörren stod på glänt. Senast hade hon fått honom att skratta … måste man trycka på en fjärrkontroll för att du ska lyfta huvudet ur dina akter, hade hon frågat i dörröppningen. Han hade gjort tecken åt henne att stiga på.

– En kvart till och sen sköljer jag det, deklarerade frisörskan Denise, och tog bort aluminiumremsorna med spetsen av sin kam. Det tar bra, det kommer att bli jättesnyggt! Och er, sa hon till Shirley, om tio minuter tar jag er med mig till sköljhon.

Hon avlägsnade sig svängande på höfterna i sin rosa rock.

– Förresten …, frågade Jo medan hon följde Denises rumpa med blicken, arbetade inte Mylène här?

– Jo. Hon gjorde mina naglar en gång. Mycket bra för övrigt. Har du hört något från Antoine?

– Ingenting. Men det har flickorna …

– Det är det viktigaste. Han är en hygglig kille, Antoine. Lite svag och slapp. Ännu en som inte har växt upp än.

När hon hörde Antoines namn nämnas kände Joséphine hur magen drog ihop sig. En svart massa vällde fram över henne och pressade sig mot hennes strupe: skulden! Ettusenfemhundra euro per månad. Monsieur Faugeron … Le Crédit Commercial! Om hon räknade bort amorteringen också i januari var där inget kvar alls av hennes åttatusentolv euro. Hon hade lagt ut sina sista slantar på en present till Gary och en till Shirley. Hon hade sagt sig att i det här läget spelade inte några euro mer eller mindre någon roll … jämfört med att få se Garys ansikte när han öppnade paketet.

Hon gled ner i frisörstolen och trasslade till remsorna.

– Mår du inte bra?

– Jo då …

– Du är likblek … Vill du ha en tidning?

– Ja … Tack!

Shirley räckte henne *Elle*. Jo slog upp den. Utan att kunna läsa. Ettusenfemhundra euro. Ettusenfemhundra euro. Shirley hämtades för att gå till sköljhon …

– Om fem minuter är det er tur, sa den unga flickan till Joséphine.

Jo nickade och tvingade sig att titta i tidningen. Hon läste annars aldrig den sortens magasin. Hon brukade läsa omslagen i kioskfönstret eller på metron, över axeln på någon granne, utläste hälften av någon bantningskur, början på ett horoskop, fick en glimt av en skådespelerska hon tyckte om. Ibland tog hon med sig en hem som någon glömt på ett säte.

Hon öppnade tidningen, bläddrade igenom den och gav upp ett skrik.

– Shirley, Shirley, titta!

Hon reste sig och gick fram till sköljningen medan hon viftade med tidningen.

Med huvudet bakåtlutat och ögonen stängda sa Shirley:

– Du ser ju att jag inte kan läsa.

– Titta bara på det här fotot! Den här parfymreklamen.

Joséphine satte sig i stolen bredvid Shirley och satte tidningen under näsan på henne.

– Ja, och? Shirley grimaserade. Jag har fått skum i ögat.

Joséphine viftade med tidningen och Shirley vred på halsen i sköljhon.

– Titta på mannen på fotot …

Shirley spärrade upp ögonen.

– Inte illa! Inte alls illa!

– Är det allt?

– Jag sa inte illa ... *Do you want me to fall on my knees?*

– Det är killen från biblioteket, Shirley! Killen i duffeln! Han är modell. Och den blonda flickan på fotot, det är hon på övergångsstället. De höll på med ett modelljobb när vi såg dem. Så snygg han är! Så snygg ...

– Det var konstigt: på övergångsstället gjorde han inget intryck på mig.

– Du gillar inte män särskilt mycket va?

– *Sorry:* jag har gillat män alltför mycket, det är därför jag håller dem på avstånd.

– Det hindrar inte att han är snygg, han lever, han gör modefoton.

– Och det får dig att svimma ...

– Nej, jag ska klippa ut fotot och ha det i min plånbok ... Åh, Shirley det är ett tecken!

– Ett tecken på vad?

– Ett tecken på att han ska komma tillbaka in i mitt liv.

– Tror du på sådana dumheter?

Jo nickade. Ja och jag pratar med stjärnorna, tänkte hon utan att våga säga det.

– Sådär ja, madame, följ med mig, vi ska skölja, avbröt Denise. Ni kommer att bli helt förvandlad ...

Och Isoldes blonda hår, hur gyllene och glänsande det än var, kommer inte att kunna jämföras med mitt ..., tänkte Joséphine när hon tog plats vid tvätthon.

Klockans stora visare pekade på halv sex. Iris kom på sig med att ängligt bevaka cafédörren. Om han inte kom? Om han i sista minuten hade bestämt sig för att det inte var någon idé. I telefonen hade chefen för byrån låtit trevlig och ordentlig. ”Ja, madame, jag förstår ...”

Hon hade förklarat vad det var hon ville. Han hade ställt några frågor och hade sedan lagt till: ”Vet ni hur mycket vi tar? Tvåhundra euro om dagen för vardagar och det dubbla för helger.” ”Men på helgen behöver jag er inte.” ”Mycket bra, madame, då skulle vi kunna bestämma tid för ett första möte, ska vi säga om en vecka ...?” ”En vecka, menar ni verkligen det?” ”Absolut, madame. Ett möte i ett kvarter där ni inte brukar vara och där ni inte riskerar att träffa någon bekant.” ”Les Gobelins”, hade Iris föreslagit. Det lät lite mystiskt och hemligt, rent av lite skumt. ”Les Gobelins, madame? Utmärkt. Vi säger klockan halv sex på caféet med samma namn, på Avenue Gobelins i höjd med Rue Pirandello, Ni kommer lätt att känna igen vår man: han kommer att ha på sig en regnhatt från Burberry, den passar den här årstiden så han kommer inte att utmärka sig. Han kommer att säga till er: *Det är riktigt kyligt idag*, och ni ska svara honom: *Ja, det har ni rätt i*.” ”Perfekt”, hade Iris svarat utan att oroa sig. ”Jag kommer dit då. Adjö.” Så lätt det var! Hon hade tvekat så länge innan hon bestämt sig och nu var allt klart! Mötet var bestämt.

Hon tittade på människorna som satt omkring henne. Studenter som läste, en eller två ensamma kvinnor som tycktes vänta på någon. Män vid baren som drack, med ögon som förlorade sig ut i tomheten. Hon hörde ljudet från espressomaskinen, order som utdelades, Philippe Bourvards röst som berättade roliga historier i radio, det var dags för programmet ”Grosses têtes”. ”Har ni hört historien om mannen som säger till sin fru: Älskling, du berättar aldrig för mig när det går för dig? Och frun svarar: Hur skulle jag kunna göra det? Du är aldrig där då!” Kyparen bakom disken brast ut i skratt.

Exakt klockan sjutton och trettio steg en man in på caféet. Han bar den omtalade hatten med det skotska mönstret. En snygg man, ung, smidig och leende.

Han såg sig snabbt omkring och hans blick fastnade genast på Iris som böjde på huvudet för att visa att ja, det var hon. Han såg förvånad ut och när han närmade sig uttalade han halvhögt lösenordet:

– Det är riktigt kyligt idag …

– Ja, det har ni rätt i.

Han sträckte fram handen och gjorde en rörelse för att visa att han gärna ville slå sig ner bredvid henne, om hon ville vara så vänlig att ta bort sin väska och kappa från stolen bredvid.

– Det är inte särskilt klokt att lämna er väska öppen för vem som helst så där på en stol …

Hon undrade för sig själv om det sista också var något slags kod, eftersom han uttalade orden i samma tonläge som han använt vid sin kommentar om vädret.

– Åh! Jag har inget värdefullt i den …

– Nej, men väskan i sig är dyrbar, sa han och fäste blicken på Louis Vuitton-märket.

Iris gjorde en rörelse med handen som markerade att det inte var något problem, att hon inte brydde sig speciellt mycket om hans varning. Mannen drog tillbaka hakan lite och visade sitt ogillande.

– Jag kan inte nog understryka vikten av att vara försiktig. Att bli bestulen är alltid en obehaglig upplevelse. Utmana inte ödet!

Iris lyssnade utan att höra. Hon hostade för att visa att det var dags att gå över till viktigare saker. När han inte verkade förstå tittade hon flera gånger demonstrativt på sin klocka.

– Ni är otålig, madame, så jag ska börja …

Han kallade på kyparen och beställde en kall Orangina utan is.

– Jag tycker inte om isbitar. Väldigt dåligt för levern att dricka något iskallt …

Iris vred sina händer under bordet, hennes hjärta bultade hårt. Än kan jag gå, bara gå härifrån …

Han harklade sig och bestämde sig för att börja tala:

– Alltså, som ni hade beställt har jag fått i uppgift att följa efter er man monsieur Philippe Dupin. Jag började följa efter honom torsdagen den 11 december klockan åtta utanför ert hem och har sedan oavbrutet skuggat honom, med hjälp av två kollegor, fram till igår kväll den 20 december klockan tjugotvå och trettio, då han kom hem.

– Just det, svarade Iris med klanglös röst.

Kyparen kom och ställde Oranginan framför dem och bad att få betalt eftersom han skulle gå av sitt pass. Iris betalade och visade med en gest att han kunde behålla växeln.

– Er man har ett mycket välorganiserat liv. Han verkar inte dölja något. Skuggningen var därför mycket lätt. Jag kunde identifiera de flesta han träffade utom en person som jag har problem med …

– Åh, sa Iris, och kände hjärtat banka.

– En man som han träffade två gånger med tre dagars mellanrum på ett café på Roissy-flygplatsen. Ena gången på förmiddagen klockan halv tolv och andra gången på eftermiddagen, klockan tre. Varje möte varade knappt en timme. En man i trettioårsåldern med en svart attachéväska, som han verkade ha allvarliga diskussioner med. Mannen visade honom foton, skriftliga dokument och urklipp ur tidningar. Er man nickade och lät honom prata en bra stund vid varje möte, sedan ställde han många frågor medan mannen lyssnade och gjorde anteckningar …

– Gjorde anteckningar? upprepade Iris.

– Ja. Då tänkte jag att det var ett affärsmöte … Jag har sett till att jag har fått en kopia av hans kalender, jag kan inte berätta hur, men ingenstans finns någon notering om de här mötena. Han har inte skrivit in dem i sin anteckningsbok, inte pratat om dem vare sig med sin sekreterare eller sin närmaste kollega, advokat Vibert …

– Hur kan ni veta allt det där? frågade Iris förvånad över detta intrång i hennes mans liv.

– Det är min ensak, madame. Kort och gott, utan att avslöja våra metoder, jag vet att det inte är några affärsmöten …

– Har ni foton på mannen i fråga?

– Ja, sa han och tog ut en bunt ur en portfölj.

Han bredde ute dem inför ögonen på Iris som böjde sig fram med bultande hjärta. Mannen var i trettioårsåldern, hade brunt kortklippt hår, smala läppar och hornbågade glasögon. Han var varken ful eller snygg. En alldaglig man. Hon försökte minnas honom men fick erkänna att hon aldrig hade sett honom förut.

– Er man gav honom kontanta pengar och när de skildes åt skakade de hand med varandra. Förutom dessa två möten verkar er mans liv vara organiserat endast utifrån hans affärer. Inget tête-à-tête, inga flyktiga möten, ingen hotellvistelse … Vill ni att jag fortsätter att skugga honom?

– Jag skulle vilja veta vem den där mannen är, sa Iris.

– Jag följde efter den okände efter de två mötena. En gång tog han flyget till Basel och en gång till London. Det var allt jag kunde få fram. Jag skulle kunna få fram mer men då behövs det djupare och längre skuggning … Möjlighet att åka utomlands. Det betyder naturligtvis större utgifter …

– Han kom till Paris enkom för att träffa min man, tänkte Iris högt.

– Ja och däri ligger mysteriet.

– Samtidigt närmar vi oss jul. Min man ska åka med oss på semester några dagar och …

– Jag vill inte sätta press på er, madame. Skuggning är kostsamt. Kanske skulle ni kunna fundera lite och återkomma om ni vill att vi fortsätter.

– Ja, svarade Iris, fundersamt. Ja, det vore kanske det bästa.

Det var dock en fråga som brände på tungan men som hon inte vågade ställa. Hon tvekade. Tog en klunk vatten.

– Jag skulle vilja fråga er, började hon tyst, jag skulle vilja veta om … om de gjorde några rörelser …

– Fysiska rörelser som kunde tyda på intimitet dem emellan?

– Ja, svalde Iris, och skämdes att visa sina misstankar inför en helt okänd person.

– Inga … men ett tydligt samförstånd. De pratade med varandra på ett direkt och exakt sätt. Var och en verkade veta precis vad han förväntade sig av den andre.

– Men varför ger min man honom pengar?

– Ingen aning, madame. Jag skulle behöva mer tid för att ta reda på det.

Iris lyfte blicken mot caféets klocka. Hon skulle inte få reda på mer. En våg av missmod kom över henne. Hon var lättad och besviken på samma gång över att inte ha fått reda på något. Hon kände sig försatt i en farozon.

– Jag tror jag måste fundera, mumlade hon.

– Perfekt, madame. Jag står till ert förfogande. Om ni vill fortsätta, ring till byrån så sätter de in mig på ert fall igen.

Han drack upp, smackade flera gånger med tungan som om han smakade ett gott vin, fick ett förnöjt uttryck i ansiktet och tillade:

– Tills jag hör från er igen, önskar jag en trevlig helg och …

– Tack så mycket, tack så mycket, avbröt Iris utan att se på honom. Tack så mycket …

Hon räckte honom tankspritt handen och såg honom avlägsna sig.

Igår kväll hade Philippe kommit tillbaka för att sova hos henne. Han hade bara sagt: ”Jag tror att Alexandre blir orolig, det är inte bra för honom att se att vi inte sover tillsammans.”

Tystnaden kan vara ett tecken på stor lycka som man inte finner ord för, tänkte hon. Men ibland är den också ett sätt att uttrycka förakt på. Det var det Iris hade känt den kvällen, Philippes förakt. För första gången i sitt liv.

Hon såg den skotska hatten försvinna runt ett hörn och sa sig själv att hon till varje pris måste återvinna sin mans uppskattning.

Klockan var halv sju när Joséphine och Shirley kom ut från frisören. Shirley grep tag om Joséphine och tvingade henne att titta i skyltfönstret till en inredningsbutik, upplyst av ett rödaktigt neonsken från bokstäverna i möbelmärkets namn.

– Vill du att jag ska köpa en säng eller ett skåp? frågade Jo.

– Jag vill att du ska se hur snygg du är!

Joséphine tittade på spegelbilden som fönstret reflekterade och blev tvungen att erkänna att hon inte alls såg så illa ut. Frisörskan hade klippt upp håret i etapper och gjort det ljusare, hon såg mer ungdomlig ut. Direkt tänkte hon på mannen i duffeln och sa till sig själv att om han kom tillbaka till biblioteket kanske han skulle bjuda henne på kaffe.

– Du har rätt, det var en bra idé. Jag går ju aldrig till frisören. Det brukar kännas som pengar i sjön …

Hon ångrade sig direkt när hon hade uttalat orden eftersom tanken på pengarna som snart skulle vara slut fick hennes strupen att snöras samman. Hon rös till.

– Och hur tycker du mitt blev? frågade Shirley och vände och vred på sig medan hon drog fingrarna genom sina platinablonda lockar.

Hon hade fällt upp kragen på sin långa rock och virvlade runt med armarna utsträckta och huvudet bakåtlutat som en graciös och bräcklig dansös.

– Åh, jag tycker alltid att du är vacker. Vackrast i världen, sa Joséphine för att schasa bort tankarna på en förestående konkurs.

Shirley brast ut i skratt och började nynna på en gammal Queen-låt medan hon tog några skutt ut på gatan. ”*We are the champions, my friend, we are the champions, we are the champions!*” Hon dansade vidare på de öde gatorna, kantade av höga, gråa och kalla hyreshus. Hon hoppade med sina långa ben, studsade, tystnade och låtsades spela på en elgitarr och sjöng om sin glädje över att ha gjort Joséphine så fin.

– Hädanefter betalar jag frisören åt dig en gång i månaden!

En iskall vindstöt kom och avbröt hennes musiknummer. Hon tog Jos arm för att värma sig. De gick en stund utan att säga något. Det var mörkt och det fåtal fotgängare de mötte tog sig fram oseende, med huvudena nerböjda, ivriga att komma hem till sig.

– Det blir inte ikväll som du kan testa om du är attraktiv, muttrade Shirley, alla tittar ner på sina fötter.

– Tror du att han kommer att lägga märke till mig, mannen med duffeln? frågade Jo.

– Om han inte ser dig så måste han ha fått skräp i ögonen.

Hon hade svarat så tvärsäkert att Joséphine kände sig säker och lycklig. Kan det vara så att jag har blivit snygg? Tänkte hon och letade efter ett nytt skyltfönster att spegla sig i.

Hon tryckte sin väninnas arm. Och eftersom hon för första gången i sitt liv kände sig vacker dristade hon sig att fråga:

– Du, Shirley …, får jag fråga dig en sak? Något personligt. Om du inte vill svara så gör inte det …

– Fråga på du.

– Det är indiskret, det vill jag bara säga … Du får inte bli arg.

– Åh, Joséphine, *come on* …

– Ok, då säger jag det … Varför finns det ingen man i ditt liv?

Knappt hade Joséphine ställt frågan förrän hon ångrade sig. Shirley drog hastigt till sig sin arm och mörknade. Hon tog ett steg åt sidan och lämnade med stora steg Jo bakom sig.

Joséphine blev tvungen att springa för att komma ifatt henne.

– Jag är så ledsen, Shirley, jätteledsen … Jag skulle inte ha frågat, men du måste förstå mig, du är så vacker och att alltid se dig ensam … Jag …

– Jag har länge varit rädd för att du skulle ställa den frågan.

– Du behöver inte svara, jag lovar.

– Och jag tänker inte svara. Okej?

– Okej.

En ny vindstöt blåste rakt på dem och de böjde sig på samma gång och klängde sig fast vid varandra.

– Det är hemskt, svor Shirley. Man skulle kunna tro att domedagen var kommen!

Joséphine tvingade sig själv att skratta för att lätta upp den tryckta stämningen mellan dem.

– Du har rätt. Kunde de inte sätta upp lite fler gatlyktor? Man borde skriva till kommunen …

Hon sa lite vad som helst för att få sin väninna att komma på bättre humör.

– En fråga till då …, en mer oförarglig.

Shirley muttrade något som Joséphine inte förstod.

– Varför klipper du håret så kort?

– Det svarar jag inte heller på.

– Nähä … Men det var väl ingen indiskret fråga?

– Nej, men den har ett direkt samband med din första fråga.

– Åh! Jag är ledsen … Nu slutar jag prata.

– Om det bara är för att ställa fler sådana frågor, så är det nog det bästa.

De fortsatte gå under tystnad. Joséphine kunde ha bitit av sig tungan. Det är alltid så när man känner sig väl till mods, tänkte hon, då blir man djärv och säger vad som helst. Jag skulle ha hållit tyst!

Hon gick förlorad i sina tankar och märkte inte att Shirley stannat upp. Hon gick rakt in i henne.

– Vill du att jag ska berätta en grej för dig, Jo? En enda … *I give you a hint …*

Jo nickade, glad över att känna att Shirley inte längre var arg.

– Långt, blont hår betyder olycka … Smaka på den du.

Och hon fortsatte ensam framåt.

Joséphine följde henne men lät henne gå några steg framför. Långt blont hår betyder olycka … Hade det betytt olycka för Shirley? Hon kunde föreställa sig Shirley som tonåring med långt blont hår, och byns alla pojkar i färd med att spionera på henne, följa efter henne, reta henne. Hennes långa blonda hår som fladdrade som en fana och uppmuntrade önskningar och begär. Hon hade klippt av det …

Det var då som tre pojkar, utan att de sett dem komma, dök upp och störtade sig över dem och ryckte åt sig deras väskor. Jo fick ett våldsamt knytnävsslag över näsan och kved till medan hon lyfte handen mot näsan som verkade blöda. Shirley slängde ur sig en hel ramsa med engelska svordomar och gav sig av efter dem. Lamslagen såg Joséphine hur Shirley, ensam mot tre, gav dem ett kok stryk. I ett utbrott av slag med armarna, sparkar, knytnävsslag kastade hon sig över dem med en oerhörd våldsamhet och slog dem till marken. En av de tre drog fram en kniv och Shirley sparkade med fotspetsen iväg den ut i terrängen.

– Har ni fått nog eller vill ni ha mer? sa hon hotfullt medan hon böjde sig ner för att samla ihop sin och Joséphines väska.

De tre pojkarna höll sig i sidan och kröp ihop på marken.

– Du knäckte en tand på mig, din fitta, sa den tuffaste av dem.

– Bara en? kastade Shirley fram, och riktade en ny spark mot hans mun.

Han gav upp ett vrål och kröp ihop för att skydda sig. De två andra reste sig och smet iväg med benen på ryggen. Den som låg kvar på marken kved. Han började krypa på armbågarna. ”Fitta, djävla hora!” sluddrade han, och upptäckte att han spottade blod. Shirley böjde sig ner, tog tag i hans jacka och medan hon tvingade honom att bli kvar på alla fyra klädde hon av honom helt och hållet. Hon slet av honom hans klädesplagg ett efter ett som man klär av ett barn. Till slut satt han hopkrupen mitt på gatan i bara kalsonger och strumpor. Hon slet av honom en metallbricka som han hade om halsen och beordrade honom att se henne rakt in i ögonen.

– Nu, din lilla skit, ska du lyssna på mig … Varför gav du dig på oss? För att vi är två ensamma kvinnor, va?

– Men tant … Det var inte min idé, det var min kompis …

– Fegis! Du borde skämmas, ditt kräk!

– Ge mig min bricka, snälla tant, ge mig min …

– Skulle du ha givit tillbaka väskorna till oss, va? Svara!

Hon tryckte hans huvud mot marken. Han skrek, lovade att aldrig mer göra så där igen, aldrig mer röra en ensam kvinna. Han vred sig, naken och vit mot den svarta marken.

Fortfarande med greppet om pojken, närmade sig Shirley en gatubrunn och lät metallbrickan försvinna ner mellan spjälorna i gallret. Ett dovt ljud hördes när brickan studsade mot botten av brunnen. Pojken svor till och Shirley gav honom ett nytt slag över nacken, den här gången med spetsen av armbågen. Han vek sig dubbel av smärta, valde att inte göra mer motstånd och lade sig platt på marken.

– Du förstår: jag har just gjort ungefär det som du gjorde mot oss alldeles nyss. Din bricka, den är borta … Så stick iväg nu och fundera på det. Har du förstått, ditt rövhål?

Pojken reste sig vacklande med armen fortfarande lyft för att skydda sig. Han gjorde en rörelse för att samla ihop sina kläder, men Shirley skakade på huvudet.

– Du får ge dig iväg så där … i kalsonger och strumpor. Stick iväg, dumhuvud.

Han smet iväg utan protester. Shirley väntade tills han hade försvunnit. Hon gjorde en boll av hans kläder och slängde dem i en byggcontainer. Sedan rättade hon till sina kläder, drog i sina byxor, borstade av kappan och utstötte en sista svordom på engelska.

Joséphine stirrade på henne, bestört av det våldsutbrott hon just hade bevittnat. Det hade fått henne att tappa andan. Hon riktade en frågande blick mot Shirley som ryckte på axlarna och utbrast:

– Det där är också en av anledningarna till att jag inte är gift … Andra ledtråden!

Hon närmade sig Jo, undersökte hennes näsa som blödde, tog fram en Kleenex ur sin ficka och torkade henne i ansiktet. Joséphine grimaserade av smärta.

– Såja … det ser bra ut. Den är inte bruten. Bara en rejäl smäll!

Den kommer att anta alla möjliga färger imorgon. Du får säga att du råkade gå in i glasdörren i frisersalongen. Inte ett ord till barnen ikväll, okej?

Joséphine skakade bekräftande på huvudet. Hon hade gärna velat fråga Shirley var hon lärt sig att slåss, men hon vågade inte ställa fler frågor.

Shirley öppnade sin väska och kollade så att ingenting saknades.

– Har du allt?

– Ja …

– Då så!

Hon tog Jo i armen och tvingade henne att gå. Jos knän skakade och hon bad att få stanna upp och samla sig.

– Det är normalt, sa Shirley. Det är ditt första slagsmål. Efter ett tag vänjer man sig … Tror du att du klarar att träffa barnen utan att säga något?

– Jag får nog ta mig ett litet glas av något starkt … Jag är helt snurrig.

I entrén till huset fick de syn på Max Barthillet som satt i trappan bredvid hissen.

– Jag har ingen nyckel och min mamma har inte kommit hem …

– Lägg en lapp till henne och skriv att du väntar inne hos mig, bestämde Shirley med en så bestämd röst att pojken verkade vilja göra som hon sa. Har du något att skriva på?

Han nickade och visade upp sin skolväska. När han skrivit lappen tog han trapporna två våningar upp för att sätta den på sin egen dörr.

Jo och Shirley tog hissen.

– Jag har ingen julklapp till honom, sa Jo medan hon betraktade sig själv i hisspegeln. Sjutton också, jag är ju helt förstörd!

– Joséphine, när ska du börja säga fan som alla andra! Jag ger honom en sedel i ett kuvert, det är vad familjen Barthillet behöver just nu.

Hon vände Jos ansikte mot sig och inspekterade hennes näsa noggrant.

– Jag ska lägga lite is på den … Och kom ihåg: du gick in i glasdörren i salongen. Försäg dig inte! Det är jul och det finns ingen anledning att förstöra festen och göra dem skraja!

Joséphine gick och hämtade flickorna, och presenterna som hon hade gömt på översta hyllan i klädskåpet i sitt sovrum. De brast ut i gapskratt inför sin mammas klumpighet och hennes svullna näsa. När de ringde på hos Shirley, hörde de engelska julsånger och Shirley öppnade dörren med ett brett leende. Jo hade svårt att känna igen furien som hade fått tre busar att ta till flykten.

Hortense och Zoé skrek av glädje över sina presenter. Gary packade upp Ipoden som Jo givit honom och tog ett glädjeskutt. ”Yes, Jo!” vrålade han. ”Mamma ville inte att jag skulle ha en! Du är verkligen för …! För toppen!” Han kastade sig om halsen på henne och tryckte till hennes näsa. Zoé betraktade Disneyfilmerna som om hon knappt trodde att de var verkliga, och smekte sin och Hortenses nya DVD-spelare. Hortense var häpen: hennes mamma hade köpt den senaste Apple-modellen, inte en billighetsgrej! Och Max Barthillet tittade på hundraeurosedeln som Shirley hade stoppat ner i ett kuvert tillsammans med några rader.

– Jävlar! tackade han med ett förundrat leende. Du är toppen, Shirley, du tänkte på mig! Det är därför som mamma inte är hemma … Hon visste att du skulle ha fest och så sa hon inget till mig för att överraska mig.

Joséphine vände huvudet mot Shirley och nickade i tyst samförstånd. Hon räckte sin present till Shirley: en originalupplaga av *Alice i underlandet* på engelska som hon hade hittat på loppmarknad. Och Shirley gav henne en underbar polotröja i svart kashmir.

– Så att du kan glänsa i Megève!

Jo kramade henne. Shirley slappnade av och blev mjuk och

tillgiven. ”Vi är ett jäkla bra team, du och jag”, mumlade hon. Jo visste inte vad hon skulle svara utan kramade henne bara hårdare.

Gary hade lagt beslag på Hortenses dator och ville visa henne hur hon skulle komma igång med den. Max och Zoé satt böjda över Walt Disney-filmerna.

– Tittar du fortfarande på tecknade filmer? frågade Jo Max.

Blicken han gav henne var en mycket liten pojkes strålande blick och Jo var åter nära tårarna. Jag får akta så att jag inte blir en fontän till slut, tänkte hon. Den här festen, som hon hade gruvat sig för på grund av Antoines frånvaro, hade utvecklats till något bättre än hon någonsin vågat hoppas på. Shirley hade köpt en gran och klätt den. Bordet var dekorerat med grenar av järnek, snöflingor av bomull, stjärnor av guldpapper. Höga röda stearinljus brann i träljusstakar och gjorde hela rummet drömlikt.

De korkade upp champagne, mumsade på kalkon med kastanjer, och en chokladjultårta enligt ett av Shirleys hemliga recept. När måltiden var avslutad föste de undan bordet och dansade.

Gary drog med sig Hortense i en njutningsfull slow och de två mödrarna såg på deras dans medan de smuttade på sin champagne.

– Vad söta de är, sa Jo, lite smålullig. Ser du: Hortense var inte nödbedd. Jag tycker till och med att hon dansar lite väl nära!

– För att hon vet att han kommer att hjälpa henne att få igång datorn.

Joséphine gav henne en knuff med armbågen i sidan och Shirley skrek till av överraskning.

– Rör inte karatekvinnan som skulle kunna slå ner dig!

– Och du, sluta se ondska överallt!

Joséphine hade velat dra ut på tiden, ta tag i denna stund av lycka och buteljera den. Lyckan, tänkte hon, är gjord av små saker. Man väntar sig alltid att den ska komma med buller och bång men den kommer på bräckliga ben och kan gå ens näsa förbi utan att man lägger märke till det. Den här kvällen grep hon tag i lyckan och släppte den inte. Genom fönstret fick hon syn på stjärnorna på himlen och höll upp glaset mot dem.

Nu måste de gå hem och lägga sig.

De stod i trappan när madame Barthillet kom och hämtade Max. Hon hade rödkantade ögon och påstod att hon hade fått skräp i ögonen när hon kom ut från metron. Max visade upp sin hundraeurosedel. Madame Barthillet tackade Shirley och Jo för att de tagit hand om hennes son.

Jo hade väldigt svårt att få flickorna att lägga sig. De hoppade i sängarna och hojtade av lycka vid tanken på att få resa till Megève. Zoé ville kolla tio gånger i rad att hennes väska var full och att hon inte hade glömt att packa ner något. Jo lyckades till slut fånga henne och få henne att dra på sig pyjamasen och lägga sig. "Jag är helt slut mamma, helt slut!" Hon hade druckit för mycket champagne.

I badrummet rengjorde Hortense ansiktet med en rengöringskräm som Iris hade köpt till henne. Hon gned omsorgsfullt in ansiktet med bomullstussen och inspekterade sedan smutsen som samlades. Hortense vände sig om och frågade:

– Mamma … Alla de här presenterna, är det du som har betalat dem? Med dina pengar?

Joséphine nickade.

– Men mamma … är vi rika nu?

Joséphine brast ut i skratt och kom och satte sig på badkarskanten.

– Jag har hittat ett nytt jobb, jag gör översättningar. Men tyst! Det är en hemlighet, du får inte berätta för någon … I så fall så tar det slut! Lovar du?

Hortense höll upp handen och lovade att hålla tyst.

– Jag fick åttatusen euro för översättningen av en biografi om Audrey Hepburn och om allt går vägen så kommer jag att få göra många fler …

– Och vi kommer att få en massa pengar?

– Och vi kommer att få en massa pengar …

– Och jag kommer att få en mobil? frågade Hortense.

– Kanske, sa Joséphine, lycklig över att se sina döttrars ögon glänsa av lycka.

– Och vi kommer att flytta?

– Tycker du det är så jobbigt att bo här?

– Åh, mamma … Här är så … lågstatusaktigt. Hur tror du att jag ska kunna skaffa mig några bra kontakter för framtiden här?

– Vi har vänner. Tänk på den här underbara kvällen som vi just har varit med om. Det är värt allt guld i världen!

Hortense gjorde en grimas.

– Jag skulle vilja bo inne i Paris i ett bra kvarter … Att ha ett bra kontaktnät är lika viktigt som vad man studerar.

Hon var fräsch, lång och vacker i sitt lilla linne med axelband och sina rosa pyjamasbyxor. Allt i hennes ansikte visade på allvar och beslutsamhet. Jo hörde sig själv säga:

– Jag lovar dig, älskling, att när jag har tjänat tillräckligt med pengar så flyttar vi in till Paris.

Hortense släppte bomullstussen och lade armarna om halsen på sin mor.

– Oh, mamma, min lilla älskade mamma! Jag älskar när du är sådan! När du är stark! Bestämd! Föresten har jag glömt att säga: det är jättesnyggt med din nya hårfärg och frisyr! Du är väldigt snygg! Vacker som en blomma …

– Då älskar du mig lite då? frågade Joséphine lättsamt och försökte låta bli att låta bönfallande.

– Åh, mamma, jag älskar dig vansinnigt när du är en vinnare! Jag står inte ut med se dig som en liten trist och urblekt sak. Det gör mig deppig och värre än så, det gör mig rädd. Då tror jag att allt ska gå åt pipan …

– Hur då, menar du?

– Jag tror att du kommer att köra av vägen vid första bästa hinder, och det gör mig rädd.

– Jag lovar dig att vi inte ska köra av vägen. Jag ska arbeta som en galning, tjäna massor av pengar och du ska aldrig behöva vara rädd!

Joséphine slöt armarna om sin dotters mjuka och varma kropp och sa till sig själv att den stunden, den stunden av närhet och kärlek med Hortense, det var hennes bästa julklapp.

Morgonen därpå stod de på perrong F på Gare de Lyon, där tåg nr 6745 mot Lyon, Annecy och Sallanches skulle komma in. Zoé hade ont i huvudet, Hortense gäspade och Joséphine ståtade med en violett, grön och gul näsa. De väntade på att Alexandre och Iris skulle möta upp.

De väntade och väntade, med händerna på resväskans handtag av rädsla för att bli rånade, de knuffades lite hit och dit av stressade resenärer. De väntade … vaksamt noterande klockans stora visare som obönhörligt närmade sig avgångstiden.

Om tio minuter skulle tåget avgå. Joséphine vände sig än hit, än dit, i hopp om att få se sin syster komma springande med lille Alexandre vid sin sida. Men det var inte den betryggande bilden som hennes blick kom att fastna på, utan en annan … som fick henne att stelna som en stående fågelhund.

Hon vände bort huvudet och bad till Gud om att hennes döttrar inte skulle se det som hon nyss själv hade sett: Chef på samma perrong som de, kyssande Josiane, sin sekreterare, mitt på munnen varefter han hjälpte henne ombord på tåget med tusen förmaningar och pussar och ömhetsbetygelser. Han är löjlig, sa Joséphine för sig själv, man skulle tro att det handlade om ett mer heligt förbund! Hon vände på huvudet en sista gång för att kontrollera att hon inte hade inbillat sig, och fick på nytt syn på sin styvpappa i färd med att gå upp för tågets trappsteg efter den yppiga Josiane.

Då beordrade Jo snabb förflyttning och manade på flickorna att så fort som möjligt ta sig till vagn 33 längst fram på perrongen.

– Ska vi inte vänta på Iris och Alexandre? knorrade Zoé. Jag har ont i huvudet, mamma, jag drack för mycket champagne igår.

– Vi får vänta på dem inne på tåget. De har sina platser, så de hittar oss. Seså, nu går vi, befallde Jo med fast röst.

– Och Philippe, kommer inte han? förhörde sig Hortense.

– Han kommer imorgon, han arbetar.

De släpade iväg sina väskor medan de läste numret på de vagnar de passerade och avlägsnade sig på så sätt från den känsliga plats där Chef omfamnat Josiane.

Jo vände sig om en sista gång och fick långt borta syn på Iris och Alexandre som kom sättande i sporrsträck.

Medan tåget satte sig i rörelse installerade sig alla på sina platser. Hortense tog av sig sin dunjacka och vek noggrant ihop den på hatthyllan. Zoé och Alexandre började genast berätta för varandra om sin julafton med livliga miner, vilket irriterade Iris som snäste dem strängt.

– De kommer att sluta som idioter, jag lovar dig. Men vad har du gjort, Jo? Du är ju helt vanställd! Har du tränat judo? Det är du för gammal för, vet du vad.

När tåget kommit igång drog hon Jo åt sidan och sa:

– Kom, vi går och tar en kaffe.

– Nu med en gång? frågade Jo som var rädd att stöta på Josiane och Chef i restaurangvagnen.

– Jag måste absolut prata med dig, och det så fort som möjligt!

– Vi kan väl prata när vi sitter på våra platser?

– Nej, befallde Iris mellan tänderna. Jag vill inte att barnen hör oss.

Jo kom då på att Chef och hennes mor skulle tillbringa julen i Paris. Han hade alltså inte följt med på tåget. Hon fogade sig och följde med Iris. Hon hade missat den bit som hon tyckte bäst om, när tåget passerade genom Paris förorter – när det sprängde fram som en stålblixt i landskapet med villor och små stationer och ökade hastigheten alltmer. Hon försökte läsa namnen på hållplatserna. I början lyckades hon, sedan missade hon varannan bokstav, hon blev snurrig och kunde inte läsa något alls. Då stängde hon ögonen och slappnade av: resan kunde börja.

Med armbågarna på bardisken i restaurangvagnen rörde Iris runt med den lilla plastskeden i sitt kaffe.

– Mår du inte bra? frågade Jo, överraskad över att se henne så dyster och nervös.

– Jag sitter fast i skiten, Jo, riktigt fast!

Jo sa ingenting men tänkte att det var Iris inte ensam om. Hon skulle själv hamna i misär om två veckor. Från och med den 15 januari närmare bestämt.

– Och det är bara du som kan hjälpa mig ur det!

– Jag? undrade Jo förbluffad.

– Ja: du. Lyssna på mig nu och avbryt mig inte. Det är tillräckligt svårt att förklara ändå, så om du avbryter mig …

Joséphine samtyckte med huvudet. Iris drack en klunk kaffe, fäste sina stora blåvioletta ögon på sin syster och började:

– Kommer du ihåg min bluff den där kvällen när jag påstod att jag skrev en bok?

Joséphine nickade stumt med huvudet. Iris ögon hade alltid samma effekt på henne: hon blev hypnotiserad. Hon hade velat be henne vända bort huvudet lite grand, att inte fixera henne på det sättet, men Iris lät sin djupa, nästan svarta blick sjunka in i sin systers ögon. Hennes långa ögonfransar bidrog med ett spår av grått eller guld beroende på ljuset de fångade upp då de sänktes eller spärrades upp.

– I vilket fall som helst så *ska* jag skriva!

Joséphine spratt förvånat till.

– Men det var väl en god nyhet.

– Avbryt mig inte, Jo, avbryt mig inte! Tro mig, jag behöver alla mina krafter för att säga det som jag har att säga dig, för det är inte lätt.

Hon drog ett djupt andetag, blåste irriterat ut luften igen som om den hade bränt hennes lungor och fortsatte:

– Jag ska skriva en historisk roman om 1100-talet som jag skröt om häromkvällen … Jag ringde förläggaren igår kväll. Han är förtjust … För att fresta honom skickade jag över anekdoterna som du var så snäll att berätta för mig, historien om Rollon, Wilhelm Erövraren, hans mor tvätterskan etcetera … Jag satte ihop en sorts mischmasch av allt det där och han verkade fullständigt förtrollad. När kan du skriva detta för oss? frågade han … Jag sa att det visste jag inget om, inget alls. Då lovade han mig ett stort förskott om jag gav honom ett tjugotal sidor att läsa så fort som möjligt. För att se om det som jag skriver håller i det långa loppet … Det krävs ju både kunnande och inspiration för det, sa han till mig!

Joséphine lyssnade tyst.

– Det enda problemet, Jo, är att jag varken har kunnande eller inspiration. Och det är där som du kommer in.

– Jag? sa Jo och pekade med fingret på sig själv.

– Ja, du.

– Bli nu inte arg men jag förstår inte på vilket sätt …

– Du kommer in eftersom vi två ska göra upp ett hemligt kontrakt. Kommer du ihåg när vi var små och svor blodseden ?

Joséphine nickade. Och efteråt, tänkte hon, efteråt gjorde du vad du ville med mig. Jag var livrädd vid tanken på att bryta mot eden och dö knall och fall!

– Ett kontrakt som vi inte berättar om för någon. Hör du vad jag säger? Ingen. Ett kontrakt som gynnar oss båda. Du behöver pengar … Säg inte nej. Du behöver pengar … Jag behöver respekt och en ny image … Jag kan inte förklara för dig varför, det blir alltför komplicerat och dessutom är jag inte säker på att du skulle förstå. Du skulle inte fatta hur viktigt det är för mig.

– Jag kan försöka om du förklarar för mig, föreslog Joséphine försynt.

– Nej! Och förresten har jag ingen lust att förklara för dig. Så det vi ska göra är mycket enkelt: du skriver boken och får pengarna, jag signerar den och säljer in den i TV, radio och i tidningarna … Du producerar råmaterialet och jag sköter kundtjänsten. För idag så är det inte bara att skriva en bok, man måste sälja den också! Visa upp sig, låta prata om sig, ha glänsande rent hår, vara snyggt sminkad, ha utstrålning, låta sig fotograferas när man är och handlar, i badrummet, hand i hand med sin man, under Eiffeltornet, vad vet jag? En massa saker som inte har någonting med boken att göra, men som säkrar framgången … Jag är mycket bra på sånt men du är oduglig! Jag är oduglig till att skriva, du är briljant! Oss emellan, genom att förena det bästa av var och en av oss så gör vi succé. Jag upprepar: för mig är det inte en fråga om pengar, du får alla pengarna.

– Men det är ju bedrägeri! protesterade Joséphine.

Iris tittade på henne och väste av irritation. Hennes stora ögon svepte över Jo och hon klippte uppgivet med sina långa ögonfransar, höjde på ögonbrynen och återvände sedan med blicken och dök in i sin systers ögon som en rovfågel.

– Jag visste det. Och på vilket sätt är det bedrägeri eftersom alla pengarna tillfaller dig? Jag behåller inte en centime för mig själv. Jag ger dig allt. Hör du mig, Jo? Allt! Jag lurar inte dig, jag ger dig det som du har mest behov av för tillfället: pengar. Och i utbyte ber jag dig om en mycket liten lögn … inte ens en lögn, en hemlighet.

Joséphine gjorde en misstänksam grimas.

– Jag ber dig inte att göra detta hela ditt liv. Jag ber dig att göra det *en* gång och sen glömmer vi det. Sen återgår var och en till sin plats och fortsätter sitt vanliga liv. Utom det att …

Joséphine frågade henne med blicken.

– Utom att under tiden kommer du att ha tjänat pengar och jag kommer att ha löst mitt problem …

– Och vad är ditt problem?

– Jag har inte lust att prata med dig om det. Du får lita på mig.

– Som när vi var små …

– Just det.

Joséphine tittade på landskapet som flöt förbi och svarade inte.

– Jo, jag ber dig, gör detta för min skull! Vad har du att förlora?

– Jag tänker inte i de termerna …

– Åh, sluta! Försök inte inbilla mig att du är ren som snö och inte döljer något! Jag har hört att du arbetade för Philippes byrå i hemlighet utan att säga det till mig. Tycker du det är snyggt? Du har hemligheter tillsammans med min man!

Joséphine rodnade och mumlade:

– Philippe bad mig att inget säga och eftersom jag behövde pengarna …

– Ja, och med mig är det likadant: jag ber dig att inte säga något och jag ger dig pengarna som du behöver …

– Jag var inte stolt över att jag dolde något.

– Nej, men du gjorde det! Du gjorde det, Joséphine. Du kan göra det för Philippe men inte för mig? Din egen syster!

Joséphine började vekna. Iris kände det. Hon antog en mjukare röst, nästan bedjande, och fyllde sina ögon med en tyst ömhet och släppte inte sin syster med blicken …

– Lyssna, Jo! Dessutom gör du mig en tjänst. En enorm tjänst! Mig, din syster … Jag har alltid funnits där för dig, alltid ägnat mig åt dig, jag har aldrig lämnat dig i sticket. Krick och Krock fick krupp när de krubbade krispig krusbärskräm … minns du? Ända sen vi var små … Jag är din enda familj. Det finns ingen mer! Ingen mamma eftersom du inte träffar henne längre och eftersom du *verkligen* inte gillar henne, ingen pappa, ingen man … Du har bara mig.

Joséphine rös till och slog armarna om sig själv. Ensam och övergiven. I euforin vid den första checken hade hon trott att erbjudandena skulle följa på varandra, men hon hade måst konstatera att det inte hade blivit något av det. Mannen som hade berömt henne för hennes utmärkta arbete hade inte ringt igen. Den 15 januari skulle hon bli tvungen att betala. Den 15 februari också och den 15 mars, den 15 april och den 15 maj, den 15 juni och den 15 juli … Siffrorna fick det att snurra i huvudet på henne.

Den svarta massan av en hotande olycka hängde över henne och hon kände hur hon satt allt mer fast i ett skruvstäd. Hon fick svårt att andas.

– Och dessutom, fortsatte Iris, som såg att Joséphines ögon tårades av oro, så pratar jag inte om en liten summa pengar! Jag pratar om minst, absolut minst, femtiotusen euro!

Joséphine gav ifrån sig ett förvånat utrop.

– Femtiotusen!

– Tjugofemtusen euro så snart jag lämnat in de första tjugo sidorna och en plan för resten av historien …

– Femtiotusen! upprepade Joséphine som inte trodde sina öron. Är han galen, din förläggare?

– Nej, han är inte galen. Han tänker efter. Han räknar och han kalkylerar. En bok kostar åttatusen euro att framställa; efter femtontusen exemplar har han fått pengarna tillbaka. Produktionskostnader och förskott inräknat. Men han säger, och nu ska du lyssna noga Jo, … han säger att med mina förbindelser, min utstrålning, mina stora blå ögon och min vältalighet så kommer jag att göra media helt begeistrade och boken kommer att surfa fram på framgångens våg! Han sa så, ord för ord.

– Ja, men …, protesterade Joséphine allt svagare.

– Du skriver den … Du kan ditt ämne utantill, du kan svänga dig med historiska fakta, tidstrogna detaljer, vokabulär och personligheter … Du kommer att njuta! Det blir en barnlek för dig. Och på sex månader, lyssna noga nu Jo, på sex månader tjänar du femtiotusen euro! Och sen behöver du inte bekymra dig mer. Du återgår till dina gamla pergamentsrullar, dina poem av François Villon, ditt *langue d'oïl* och ditt *langue d'oc.*

– Du blandar ihop allt! anmärkte Joséphine.

– Jag struntar i om jag blandar ihop det. Jag behöver bara försvara det som du kommer att ha skrivit. Vi gör det en gång och sen pratar vi inte mer om det …

Joséphine kände en kittling av välbehag i mellangärdet. Femtiotusen euro! Då skulle hon kunna betala … Hon gjorde ett snabbt överslag … minst trettio amorteringar! Trettio månaders uppskov. Trettio månader då hon skulle kunna sova om natten, berätta historier om dagen, hon tyckte så mycket om att berätta historier för flickorna när de var små, hon kunde ge liv åt Rollon och Arthur och Henrik och Eleonora av Aquitanien och Enide! Få dem att virvla runt på baler, i turneringar, slag, slott, i komplotter …

– En enda gång, är det helt säkert?

– En enda gång! Om inte kommer Krick och Krock och ger mig krupp.

Tre minuter innan tåget rullade in på stationen i Lyon, Lyon-Perrache, suckade Joséphine ja, men bara en enda gång … Iris, lovar du mig det?

Iris lovade. Bara en enda gång, på hedersord …

# Del tre

Hon måste alltså skriva!

Nu kunde hon inte längre dra sig ur. Just när tåget kom in på stationen Lyon-Perache hade hon sagt ja och Iris hade mumlat: ”Tack, lillasyster, du räddar mig ur en fruktansvärd knipa, du anar inte! Mitt liv är ett enda stort slöseri men nu är det för sent, jag kan inte vända om, jag kan bara försöka rädda det som räddas kan och inrätta mig efter det så gott det går. Jag måste vänja mig vid tanken att jag bara får nöja mig med rester! Det är inte särskilt ärofullt men jag måste medge att så ligger det till.”

Iris hade omfamnat henne och sedan hade hon tagit sig samman och torkat sina ögon vars blåa färg fördjupats av hennes sorgsenhet och oro.

”Du håller på att bli snygg, Joséphine, snyggare och snyggare. Du klär väldigt bra i de där blonda slingorna, är du kär? Nej? Det kommer snart. Jag spår dig skönhet, talang och rikedom, hade hon lagt till och knäppt med fingrarna som om hon utmanade ödet. Du kommer i kapp. Jag fick mycket från födseln, mer än du, det är sant, men jag har pressat saften ur livet som ur en citron och nu har jag bara kvar det gamla skalet som jag försöker ge smak åt. Jag hoppades ett tag på att jag skulle kunna regissera och skriva. Kommer du ihåg, Jo … det var längesen, jag var begåvad … Alla sa: Iris är begåvad, hon är en konstnär, hon kommer att gå långt, hon kommer att lyckas i Hollywood! Hollywood – hon gav upp ett bittert hånskratt – jag kom inte halvvägs ens! Jag blev tvungen att böja mig för fakta: jag är kanske begåvad men har ingen handlingskraft. Mellan idé och förverkligande är det en avgrund som jag inte förmår ta mig över, jag står maktlös kvar vid kanten och tittar ut över tomheten. Jag har lust att skriva, vansinnigt stor lust, men när jag ska sätta igång så försvinner orden iväg på sina små klibbiga ben som ynkliga kackerlackor! Du däremot ... du kommer att kunna fånga dem, sätta ihop dem till vackra meningar utan att de gör det minsta försök att sticka iväg. Du berättar historier så bra ... Jag kommer ihåg breven som du skickade till mig när du var på skollovskoloni. Jag läste dem för mina kompisar och de döpte dig till Madame de Sévigné!"

Rörd av Iris plötsliga bekännelser och stärkt av hennes förutsägelser hade Joséphine känt sig viktig. Viktig, men också hotad, kunde hon inte låta bli att tänka. Iris högtravande ton gav henne styrka men fick också en varningsklocka att ringa inom henne: Skulle hon vara tillräckligt stark för att bära upp sin roll som spökskrivare? Hon visste hur man skriver en avhandling, ett föredrag, akademiska texter, hon älskade att berätta historier men det var stor skillnad mellan de äventyr hon berättade som godnattsagor för sina döttrar och den historiska roman som Iris hade lovat sin förläggare. "Beträffande det praktiska ska du inte oroa dig", hade Iris fortsatt. "Jag köper en dator till dig och jag installerar Internet." Jo hade protesterat: "Nej, nej, ge mig inget innan jag har visat vad jag duger till." Iris hade insisterat och Jo hade ännu en gång fått böja sig.

Och nu var det dags att skrida till verket.

Hon tittade på datorn, en mycket snygg vit bärbar sak som väntade på henne med käftarna uppspärrade på köksbordet, ett bord som var överlastat med böcker, räkningar, tuschpennor, kulspetspennor, papper och smulor efter frukosten. Hennes blick snuddade vid den gula ringen som tekannan lämnat, locket till aprikosmarmeladburken, en vit hoprullad handduk ... Hon måste göra plats för att kunna skriva. Lägga sin avhandling åt sidan. Det var så mycket som måste göras, så mycket, suckade hon och blev plötslig alldeles matt vid tanken på ansträngningen som hon måste göra. Hur bestämmer man vad en bok ska handla om? Hur skapar man personerna? En historia? Händelseutvecklingen? Förs berättelsen framåt genom yttre händelser eller genom personernas utveckling? Hur börjar man ett kapitel? Vilken ordning tar man dem i? Måste hon leta bland sina arbeten och sina efterforskningar, frambesvärja strålglansen från Rollon, Wilhelm Erövraren, Rickard Lejonhjärta och Henrik II? Nedkalla Chrétien de Troyes ande över sig? Eller skulle hon låta sig inspireras av Shirley, Hortense, Iris, Philippe, Antoine och Mylène? Förse dem med hjälm och hennin, ett par snabelskor eller träskor, härbärgera dem i slott eller koja? Tiderna förändras men kärleken är evig. Hjärtat slår på samma sätt hos Eleonora, Scarlett och Madonna. Klänningarna och brynjorna blir till stoft men känslorna består.

Var ska man börja? frågade sig Joséphine igen, medan hon betraktade det intensiva januariljuset som sakta sänkte sig över köket, med ett blekt sken lyste upp kanten på diskbänken och sedan försvann in i diskstället. Finns det någon bok som ger recept på hur man skriver? Femhundra gram kärlek, trehundrafemtio gram intrig, trehundra gram äventyr, sexhundra gram historiska referenser, ett kilo svett ... låt det koka på svag värme, sätt in i varm ugn, rör om, stek utan att det bränns vid, se till att det inte blir klumpar, låt vila i tre månader, sex månader, ett år. Stendahl hade skrivit *Kartusianklostret i Parma* på tre veckor, sades det. Simenon satte ihop sina romaner på tio dagar. Men hur lång tid i förväg hade de burit dem och närt sina berättelser när de steg upp om mornarna, när de tog på sig byxorna, drack kaffe, hämtade posten, såg morgonljuset breda ut sig över frukostbordet, räknade dammkornen i solstrålarna? Låta det stå och dra. Hitta sitt eget sätt. Dricka kaffe, som Balzac. Skriva stående som Hemingway, instängd som Colette när Willy låste in henne. Företa efterforskningar som Zola. Ta opium, hasch. Vråla som Flaubert. Springa, yra, sova. Eller inte sova, som Proust. Och så jag: vaxduken på köksbordet, ansikte mot ansikte med diskbänken, tekannan, klockans tick-tack, smulorna från frukosten och räkningarna att betala! Léautaud sa: ”Skriv som om ni skrev ett brev, läs inte om det, jag tycker inte om stor litteratur, jag tycker bara om samtal i skrift.” Till vem skulle jag kunna skicka ett brev? Jag har ingen älskare som väntar på mig i parken. Jag har ingen man längre. Min bästa vän bor i samma trappuppgång som jag.

Skriva till en man som jag hittar på … En man som skulle lyssna på mig. Datorn stod fortfarande med käftarna öppna. Iris hade köpt den dagen efter att de anlänt till Megève. Om jag sätter fingrarna på tangentbordet kommer den att hugga dem av mig, tänkte Jo. Hon skrattade nervöst och rös till.

”Är det för pengarna du fick för översättningen som du köpt den”, hade Philippe viskat i hennes öra och hon hade rodnat våldsamt. Iris höll på att göra upp eld i den öppna spisen. ”Jag är mycket nöjd med min nya medarbetare”, hade han lagt till medan han reste sig upp, ”tack vare dig lyckades vi undvika en stor tabbe i Massipovaffären.” Jag håller på att bli mästare i lögn och hyckleri, hade Jo tänkt. Att översätta kontrakt för Philippe fungerar än så länge, men om förlaget med Audrey Hepburn-biografin skulle ge henne en ny bok att översätta, om hennes handledare vid universitetet bad att få se hennes arbete, då skulle hon inte hinna med längre. Då får jag skaffa mig en spökskrivare … Hon hade fnittrat till vid tanken. Iris hade vänt sig om. ”Är det så roligt, det som Philippe säger? Du borde låta alla få höra det …” Jo hade svamlat en ursäkt.

Joséphine trivdes bättre och bättre tillsammans med Philippe. De var ännu inte förtroliga med varandra, och skulle förmodligen aldrig bli det, eftersom Philippe inte inspirerade vare sig till otvungenhet eller förtroenden, men de kom bra överens. De finns människor vilkas blick får en att växa. Det är sällsynt, men när man träffar dem ska man inte släppa dem ur sikte. Det fanns en egendomlig mildhet i Philippes blick när han såg på henne, en förvånad ömhet. När någon ser på mig är det för det mesta för att be mig om något eller ta något från mig. Philippe, han ger. Och under hans välvilliga blickar växer jag ... Kanske kan han en dag bli min vän på riktigt?

Solstrålen hade försvunnit och diskstället lyste inte längre. Över köket låg ett kallt och trist januariljus. Joséphine suckade, hon måste röja upp och ordna en arbetsplats. Snart skulle det bli trångt.

Det var när hon sköt fram köksbordet som hon fick syn på den röda triangeln. Den hade glidit ner bakom brödrosten. Hon böjde sig fram och tog tag i papperet, vände och vred på det och slöt ögonen och tänkte tillbaka på den tiden ... Juli månad. Antoine kommer och hämtar flickorna för att ta med dem på semester. Hon lägger armarna i kors över bröstet där hon står på tröskeln. Biter sig i läppen för att inte visa sin sinnesrörelse. Ropar: "Ha en skön semester, mina älsklingar, ha det så kul". Håller handen hårt för munnen för att inte gråta. Hör deras steg när de rusar nerför trappan. Men så tar hon sig samman och skyndar sig ut på balkongen. Böjer sig ut. Får syn på en röd armbåge som sticker ut ur bilen. Mylènes röda armbåge ... och Antoine som lägger väskorna i bagageutrymmet. Knuffar till en, flyttar en annan med den gode familjefaderns uppmärksamhet när familjen ger sig av på semester. En tanke slår som en blixt ner i huvudet på Jo som på en bråkdels sekund förstår att det är slut. En man ordnar med väskorna i en bagagelucka, en röd armbåge sticker ut, en kvinna på balkongen tittar på. Paret strålar och kvinnan på balkongen har lust att hoppa rakt ut.

Joséphine rev sönder den röda triangeln och kastade den i sophinken.

Det är mitt fel också, tänkte hon. Jag tråkade ut honom med min kärlek. Jag tömde mitt hjärta i hans. Till sista droppen. Jag gjorde honom övermätt. Det finns inte bara kärlek utan också kärlekens politik, har Barbey d'Aurevilly sagt.

Hon höjde blicken mot klockan och utbrast: redan sju! Hon hade suttit i tankar sedan klockan fyra. Tre timmar som flugit förbi som tio minuter. Snart skulle flickorna komma hem från skolan efter läxläsningen som slutade halv sju.

Hon hade inte förberett middagen.

Hon tog fram en gryta och fyllde den med vatten, lade ner några potatisar (jag skalar dem när de är kokta), tog lite sallad i kylen, sköljde den, dukade, tog sitt förnuft till fånga (ingen panik, du kommer att klara det, en författare måste inte vara intelligent, hon måste kunna få fram vad hon känner, hitta ord för känslorna, till vem skulle jag vilja skriva ett brev?) ... Förföra genom att skriva, förföra en man, jag vill inte förföra någon, det är det som är mitt problem, jag tycker jag är ful och tjock och ändå har jag gått ner ... Hon började göra en vinägrett, solrosolja eller olivolja? (Med pengarna från boken ska jag bara köpa fin olja, från första kallpressningen, den som är dyrast, som har fått en massa utmärkelser, pengar kommer jag inte längre att sakna, femtiotusen euro, de är ju galna de där förlagen, har jag verkligen gått ner eller såg jag fel på vågen, jag får väga mig igen imorgon, *Érec et Ènide*, vilken vacker historia, vilken god idé att börja en roman med ett giftermål och sedan utforska hur åtrån överlever, tvärtemot hur de vanliga sagorna brukar vara uppbyggda, varför måste man vara smal för att behaga männen, på 1100-talet var kvinnorna som klädskåp, de skulle vara tjocka, ska min hjältinna vara stark eller ska jag göra henne bräcklig? I vilket fall som helst ska hon vara vacker och insmord i krämer, all hårväxt på huden noggrant borttagen eftersom behåring var mycket illa sedd, och vad ska hon heta?) Inte för mycket senap i vinägretten för Hortense gillar inte det, ska det finnas med några barn i min berättelse? När Antoine och jag gifte oss ville vi ha fyra barn, vi nöjde oss med två och det ångrar jag, han har verkligen gått för långt med det där lånet han tog utan att berätta det för mig, han hade kunnat säga något! Och jag, mitt dumma nöt, jag blundade och skrev på, det kommer inte att bringa honom lycka. Och den andra, Mylène, jag slår vad om att hon spenderar mina pengar, jag avskyr den där, jag hoppas hon tappar allt håret, alla tänder och att hon blir tjock, att hon ... Och hur ska man komma på alla för- och efternamn? Elenora? Nej det är alltför förutsägbart ... Emma, Adèle, Rose, Gertrude, Marie, Godelive, Cécile, Sibylle, Florence ... Och han? Richard, Robert, Eustache, Baudouin, Arnoud, Charles, Thierry, Philippe, Henri, Guibert ... Och varför skulle hon bara ha en älskare, hon är inte lika mesig som jag! Eller också är hon en mes som lyckas trots det! Det skulle vara kul, en flicka som bara önskar ett anspråkslöst och lyckligt liv och som råkar dra till sig framgång, ära och rikedom eftersom allt hon rör vid förvandlas till guld! När berättelsen börjar vill hon bli nunna, men hennes föräldrar vägrar ... Hon måste gifta sig med en rik adelsman eftersom hon kommer från en lågadlig familj som blivit ruinerade av lokala krig och som inte kan underhålla sina egendomar och förlorat mycket av sina tillgångar. Hon måste gifta sig med Guibert, förrädaren med bockskägget, men ...

En droppe kokande vatten stänkte upp ur grytan och brände henne på handen. Hon skrek till och hoppade undan. Sedan stack hon i potatisen med knivspetsen och kontrollerade om de var klara.

– Mamma, mamma! Vi gick hem tillsammans med madame Barthillet och hon är smal som en sticka! Mamma, om jag skulle bli en tjocksmock, då sätter du väl mig på samma diet som madame Barthillet?

– Hej mamma, sa Hortense, de har informerat om att det inte blir någon mat i skolan imorgon, kan du ge mig fem euro så att jag kan köpa en smörgås?

– Javisst, min älskling, ge mig min plånbok ... Den ligger i min väska, tillade Jo och pekade på väskan som stod på elementet i köket. Och du, Zoé, vill inte du också ha en smörgås imorgon, till lunch?

– Jag ska äta lunch hos Max. Han har bjudit in mig. Jag fick tretton på mitt historieprov. Och imorgon ska vi få tillbaka franskan, den kommer jag att få bra betyg på.

– Hur vet du det innan du har fått tillbaka det?

– Jag såg det i madame Portals ögon, hon tittade liksom stolt på mig.

Joséphine iakttog sin dotter, jag måste absolut ha med en liten Zoé i min berättelse; hon föreställde sig henne som en bondflicka med tjocka röda kinder som bar in hö eller stod och kokade soppa i en stor gryta som hängde över elden i spisen. Jag får ändra hennes namn så att hon inte känner igen sig, men jag behåller hennes goda humör, hennes livsglädje och hennes uttryck. Och Hortense? Hortense gör jag en prinsessa av. En mycket vacker, liten näbbgädda som bor på slottet … hennes pappa har gett sig ut på korståg och …

– Hallå, mamma var är du? Jorden anropar …

Hortense räckte Joséphine hennes väska. Hon öppnade den och tog fram en femeurosedel som hon räckte till Hortense. Ett tidningsurklipp föll ut. Jo böjde sig ner och tog upp det. Det var fotot från tidningen. Mannen i duffel. Hon smekte bilden. Från och med nu visste hon till vem hon skulle skriva sitt långa brev.

På kvällen när flickorna hade lagt sig, svepte hon om sig sitt sängöverkast och gick ut på balkongen för att prata med stjärnorna.

Hon bad dem om kraft att påbörja boken, hon bad dem skicka idéer till henne, hon bad dem också förlåta henne. De skumraskaffärer som hon och Iris hade ihop var lite tveksamma, men hade hon någon annan möjlighet att tjäna sitt uppehälle? Va? Gav ni mig något val? Hon tittade uppmärksamt på den stjärnbeströdda himlen och särskilt på den sista stjärnan längst ute i kanten av Karlavagnen. Den var hennes stjärna när hon var liten. Hennes pappa hade givit den till henne en kväll när hon var riktigt ledsen. Han hade sagt: ”Du förstår, Jo, den stjärnan längst ute på vagnen, den är som du. Om man tog bort den skulle vagnen förlora sin jämvikt liksom vår familj skulle gå i kras om du inte fanns, för du är glädjen förkroppsligad, det goda humöret, generositeten och ändå, hade hennes pappa fortsatt, så ser den väldigt anspråkslös ut den här lilla stjärnan ytterst av alla i stjärnbilden. Man ser den knappt … I varje familj finns det någon som ser ut som en liten oansenlig prick men utan dem skulle livet inte vara möjligt, ingen kärlek, inga skratt, inga fester, inget ljus för att lysa de andra. Du och jag, vi är små kärleksprickar …" Ända sedan dess spanade hon in den lilla stjärnan längst ute på vagnen varje gång hon tittade upp mot stjärnhimlen. Den blinkade aldrig. Joséphine hade gärna velat att den blinkade då och då, så att hon hade kunnat tänka sig att det var hennes pappa som gav henne ett tecken. Det hade varit för lätt, grälade hon på sig själv, om du pratade med stjärnorna, ställde en fråga och om stjärnan svarade dig direkt från himlen! Vad inbillar du dig? Med mottagningsbevis och allt! Men, tack, fortsatte hon, för att ni lät fotot på mannen i duffeln falla ut ur min plånbok, tack så mycket, för den mannen tilltalar mig. Jag tycker om att tänka på honom. Det gör inget om han inte tittar på mig. För hans skull ska jag hitta på en berättelse, en vacker berättelse …

Hon drog upp överkastet kring sig, svepte det tätare om sina axlar och efter att ha kastat en sista blick upp mot stjärnhimlen gick hon till sängs.

– Hördu, du döljer något för mig!

Shirley hade öppnat ytterdörren till Joséphines lägenhet och stod på tröskeln till köket med händerna i sidorna. Sedan en och en halv timme tillbaka lekte Jo med sin dator medan hon väntade på inspiration. Ingenting. Inte den minsta tillstymmelse till historia. Kortet på mannen i duffel som hon hade tejpat fast bredvid tangentbordet räckte inte. Man kunde till och med säga att han misslyckades fullständig i sin roll som musa. *Inspiration*, ett ord från 1100-talet, ur den kristna vokabulären, ett ord som innefattar begrepp som entusiasm, ilska, känsloutbrott, hänförelse, upphöjelse, ande, det sublima … Hon hade nyss läst en magnifik text av en viss monsieur Maulpoix om den poetiska inspirationen, *Du lyrisme*, och kunde bara konstatera att hon var i total avsaknad av något sådant. Hon kände sig fjättrad vid marken och var oförmögen att få tankarna att röra på sig. Förgäves talade hon strängt, bönföll och kommenderade dem att sätta sig i rörelse, ta ett tag med stråken så att hon kom igång, blev varm, lossnade, kom på bilder och ord, kollisioner med andra ord och bilder, fick det Sköna, det Bisarra, det Orädda att framträda. Tankarna var nödbedda och Joséphine trummade på bordet med otåliga fingrar där hon satt på sin köksstol. Inte en enda liten lyrisk högstämdhet. Inte ens en början till en kreativ idé. Igår hade hon trott sig få tag på en, men på morgonen när hon vaknade hade idén bleknat bort. Vänta, vänta ... göra sig helt liten inför slumpens blixtnedslag som lägger något inför våra fötter som vi i timmar förgäves sökt efter. Det hade hänt henne tidigare när hon arbetade med delar av sin avhandling, två idéer, två ord som likt två flintastenar antänds när de slås mot varandra. Den var möjlig, denna berömda inspiration! Det var bara att läsa Rimbauds eller Eluards dikter ... Den existerade hos andra! Hennes systers fruktlösa försök återkom i hennes tankar och hon var rädd att samma ofruktsamhet skulle drabba henne. Adjö, oxar, kor, grisar och euro i tusental! Syltburken hotade att försvinna och snart skulle hon åter vara lika pank som tidigare. Hon tog ett raskt beslut och bestämde sig för att övervinna denna paralyserande oförmåga. Och skriva vad som helst, arbeta, kosta vad det kosta vill, att ihärdigt fortsätta, ignorera inspirationen så att den till slut till sin förargelse kom lommande och började leverera snilleblixtar. Hon skulle just sätta fingrarna på tangentbordet ... när Shirley öppnade dörren och ställde sig framför henne.

– Du undviker mig, Joséphine, det gör du faktiskt.

– Shirley, du kommer olägligt ... Jag är mitt i arbetet.

– Du sårar mig verkligen, Joséphine. Vad är det som gör att du undviker mig på det här sättet? Du vet ju att vi kan berätta allt för varandra.

– Vi kan berätta allt, men vi måste inte göra det hela tiden! Tystnaden kan också vara en del av en vänskap.

Just när jag skulle kasta mig in i det! rasade Joséphine inom sig, just när jag hade funnit en lösning, ett knep, som skulle ha hjälpt mig ur denna förlamande skräck som drabbar författaren inför ett tomt pappersark. Hon lyfte på huvudet, betraktade sin väninna och tänkte att Shirleys näsa pekade för mycket uppåt. Alldeles för liten! Som av modellera! En operettnäsa, en balettnäsa, en djurnäsa! Stick med din uppnäsa, hörde hon sig själv tänka, vettskrämd av den våldsamhet som steg upp inom henne.

– Du undviker mig ..., jag känner det, du undviker mig. Sen du kom hem från vinterlovet för tre veckor sedan har jag inte sett till dig ...

Hon sträckte vänster hand mot datorns öppna käftar.

– Är det Hortenses?

– Nej, det är min ..., morrade Jos mellan tänderna.

Ljudet av blyertspennan som hon just brutit mellan sina fingrar fick henne att hoppa till; hon beslöt att lugna ner sig. Hon andades djupt och slappnade av i överkroppen, vred huvudet från höger till vänster och blåste ut all sin irritation i en lång kraftfull utandning.

– Och sen när har du två datorer? Har du aktier hos Apple? En kärleksaffär med Bill Gates? Skickar han dig datorer istället för blommor?

Joséphine sänkte garden, log och fann sig i tanken på att ge upp arbetet. Shirley verkade arg på riktigt.

– Det var Iris som gav mig den i julklapp, slapp det ur henne.

Men hon ångrade omedelbart att hon sagt för mycket.

– Det verkar misstänkt, det ligger något bakom!

– Varför säger du så?

– Din syster ger aldrig något utan att få något tillbaka. Inte det minsta lilla. Jag känner henne! Seså, sätt igång, berätta allt för mig.

– Jag kan inte, det är en hemlighet ...

– Tror du inte jag kan bevara en hemlighet?

– Framförallt så tycker jag att en hemlighet är gjord för att vara hemlig.

Shirley höjde på ögonbrynen, slappnade av och log.

– Det är inte helt fel, där har du en poäng. Bjuder du på kaffe?

Joséphine kastade en avskedsblick på datorns svarta tangenter.

– Jag gör ett undantag för den här gången. Men det är sista gången! Annars blir jag aldrig färdig.

– Låt mig gissa: du skriver ett brev för din systers räkning, ett formellt brev som är så svårt att få ihop så att hon inte klarar det själv?

Joséphine hötte strängt med fingret mot Shirley för att markera att det var meningslöst att insistera.

– Så lätt får du mig inte.

– Svart kaffe med två bitar rörsocker …

– Jag har bara vanligt socker, jag har inte haft tid att handla.

– För upptagen med att jobba, förmodar jag?

Joséphine bet sig i läppen, och påminde sig om sitt beslut att hålla tyst.

– Så, det är alltså inget brev …Och förresten så ger man inte bort en dator för ett enda litet brev! Till och med den vackra madame Dupin vet det …

– Shirley, sluta.

– Ska du inte fråga mig hur semestern var?

Hon betraktade henne med en spjuveraktig min som fick Joséphine att inse att det skulle bli en tuff kamp. Shirley gav sig inte så lätt. Det hade varit lätt att dölja historien om Antoines lån för henne. Det var jul, hon var fullt upptagen med julpynt, julklappar, den fyllda kalkonen, jultårtan, men helgen var över och Shirley hade kommit tillbaka till verkligheten i avsikt att aktivera sin "radar för fula tricks". Det var så hon kallade sin näsa och tryckte på den som för att visa hur effektiv den var.

– Hur var semestern, frågade Joséphine artigt.

– Mycket tråkig. Gary var sur hela tiden. Sen han hållit din dotter i sina armar har han varit som ett åskmoln. Han suckade i timtal medan han läste patetiska kärleksdikter. Han irrade omkring i korridorerna i min väninna Marys hus och deklamerade dyster poesi och hotade att hänga sig i sin polokrage. Det säger jag dig, Jo, jag måste få den tjejen ur huvudet på honom!

– Det går över, vi har alla varit med om det som tonåringar, olycklig kärlek. Och vi överlevde!

– Det är jag som inte kommer över det. I hans rum hittade jag tjugofyra kärleksbrev, lika glödande som förtvivlade! Vissa av dem skrivna på alexandriner. Han har inte skickat iväg ett enda ett av dem.

– Det var klokt av honom. Hortense har mycket lite överseende med gnällspikar. Om han vill erövra hennes hjärta måste han bli stenrik! Hortense har stora behov, stora krav och lite tålamod.

– Tack så mycket.

– Hon tycker om vackra klänningar, vackra smycken och snygga bilar. Hennes idealman är Marlon Brando i *Linje lusta* ... Han kan ju alltid börja med bodybuilding och bära en sönder-trasad t-shirt, det är inte dyrt och det kanske skulle falla henne i smaken.

– Kära Joséphine, jag tycker du är underbart sarkastisk idag. Är det din nya hemlighet som gör dig så uppsluppen?

Nu har jag försökt skriva livfullt i mer än en och en halv timme och så är det i muntan jag lyckas, tänkte Joséphine förargat. Hon kände en obetvinglig lust att vara ensam.

– Marlon Brando! För mig var det Robert Mitchum. Jag var tokig i honom! Igår såg jag förresten en mycket bra film på Cinétoile. Med Robert Mitchum, Paul Newman, Dean Martin, Gene Kelly och Shirley MacLaine. Under inspelningen av filmen hade hon en glödande het kärlekshistoria med Mitchum.

– Åh ... sa Joséphine tankspritt, och försökte hitta på en ursäkt för att bli av med Shirley.

Det är otroligt, sa hon till sig själv, hon är min bästa vän, jag älskar henne innerligt och just nu skulle jag kunna koka buljong av henne och frysa in den för att hon skulle försvinna.

Shirley hade slutat slänga ur sig en massa namn på skådespelarna och fortsatte med kostymmakarna i filmen: ”Edith Head, mycket känd vet du, Jo, en stor dam inom kostymen, hon klädde de vackraste skådespelerskorna i Hollywood och ingen av de fina filmerna gjordes utan hennes medverkan på den tiden.” Nu hade hon gått över till att berätta filmens handling, och Joséphine spetsade öronen.

– … och eftersom hon absolut inte vill bli rik, söker hon den enklaste man att gifta sig med, den mest försynte för att få leva ett lugnt och tillbakadraget liv … för enligt henne bringar pengar snarare olycka än lycka. Det är så roligt, Jo! Förgäves väljer hon den tråkigaste och mest färglöse mannen som tack vare henne lyckas till slut, tjänar mycket pengar, dör av arbete och hon blir änka gång på gång, vilket bekräftar hennes idé att pengar inte bringar lycka!

– Vänta, sa Joséphine och stoppade Shirley i hennes berättelse. Ta om historien från början … Jag lyssnade inte.

Hon hade lagt handen på Shirley arm och kramade den som om det gällde hennes eget liv. Shirley såg på väninnans lystna och passionerade min och drog slutsatsen att hon inte var långt ifrån att uppdaga den hemlighet som Jo dolde. Allt skulle klarna. Joséphine letade efter en historia att berätta. För att skriva en bok? Ett scenario? Gåtan var ännu inte löst, men Shirley misströstade inte. Hon gick med på att berätta handlingen i *What a Way To Go*, Jack Lee Thompsons film som hon hade sett på TV.

– Men det är ju min idé! Idén som jag fick igår! Historien om en flicka som varken vill bli rik eller mäktig och som gifter sig med fattiga män som blir framgångsrika eftersom det räcker med att de är tillsammans med henne för att det ska gå bra för dem. Vad heter filmen?

Shirley upprepade titeln. Joséphine knöt nävarna av upphetsning.

– Jag har aldrig sett dig så hänförd av ett TV-program, skrattade Shirley.

– Men det är inte vilket TV-program som helst! Det är ju historien som jag ville berätta, i min förbenade roman.

Hon kunde ha bitit sig i läppen när hon insåg att hon hade sagt för mycket. Shirley såg milt triumferande ut och förblev tyst.

– Nu har jag försagt mig …

– Jag ska inte säga någonting, Jag lovar och svär på Garys huvud!

Shirley höll upp ena handen för att svära men korsade samtidigt den andra handens fingrar bakom ryggen, för hon tänkte visst berätta det för Gary. Hon berättade allt för sin son. Allt som var viktigt för att förstå sig på livet. Hur folk utnyttjar en, ger en skuldkänslor och mörbultar en. Allt för att han skulle se upp och vara på sin vakt. Hon berättade också om talang, kärlek, möten och vackra fester. Hon var inte en av de där vuxna som påstår att man inte ska tala om ”vissa saker” med barnen. Hon var övertygad om att barn visste allt före de vuxna. De hade en djävuls eller, om man så vill, en ängels intuition. Hur man än väljer att se det så vet de, ansåg Shirley. Om deras föräldrar ska separera så känner barnen det långt innan föräldrarna själva inser det. De vet om deras mamma dricker i smyg, att pappa ligger med kassörskan på Shopi eller att deras morfar inte dog i en hjärtinfarkt i sin egen säng utan att han gav upp andan hos en strippa i Pigalle. Det är en förolämpning mot dem att behandla dem som okunniga. I vilket fall brukade hon kategoriskt sammanfatta sin uppfattning: ni får tycka vad ni vill men jag behandlar inte min son som efterbliven.

– Direkt när jag kom in här så kunde jag lukta mig till trassel, fortsatte Shirley för att vinna Joséphines förtroende så att hon skulle berätta mer.

Hon var inte säker på att hon hade förstått allt. Det saknades några pusselbitar.

– Det är mitt fel, stammade Joséphine, jag underskattade dig.

– Jag är mycket duktig på såna här spratt som livet spelar en,

Jo. Jag har varit med om alltför många … Jag har utvecklat en viss känsla för när det är något som inte riktigt stämmer.

– Men du får inte säga någonting!

– Jag säger inget …

– Hon skulle bli vansinnig om hon visste att du visste …

Vem syftade Joséphine på? Iris? Shirley tog på sig en säker min som hos en som har förstått hela saken, för att få Joséphine att avslöja allt.

– Jag måste verkligen lära mig att ljuga …

– Och du är inte särskilt bra på det, Joséphine!

– I början när Iris föreslog att jag skulle skriva för henne så vägrade jag, jag lovar …

Bingo! Tänkte Shirley. Det är Iris som ligger bakom den här affären. Jag visste det, jag visste det, men undrar vad det egentligen handlar om?

– Att skriva den här romanen som du letar efter idéer till …

– Ja. Hon erbjöd mig att växla in min förmenta talang som författare i pengar … Femtiotusen euro, Shirley! Det är mycket pengar.

– Och behöver du så mycket pengar? frågade Shirley mycket förvånad.

– Det är en grej som jag inte har berättat för dig …

Shirley uppmuntrade med blicken Joséphine att prata. Joséphine berättade allt.

Shirley lade armarna i kors och betraktade Joséphine med en suck.

– Du ändrar dig aldrig. Du låter dig luras av första bästa svindlare som kommer i din väg! Det som jag inte riktigt förstår är varför Iris har dig till att skriva en roman …

– För att hon ska stå som författare, bli en riktig författare i andras ögon. Det är väldigt populärt nuförtiden, förstår du, alla vill skriva och alla tror att de kan. Hon började med att skryta om det vid en middag inför en bokförläggare …

– Ja, men varför? Vem vill hon imponera på? Vad kan hon vinna på det?

Joséphine sänkte blicken.

– Det ville hon inte berätta för mig …

– Och du gick med på att inte få veta det?

– Jag tänkte att det var hennes ensak.

– Alltså, Jo … du blir medbrottsling i en bedrägeriaffär och du vill inte ens veta anledningen till det hela? Du upphör aldrig att förvåna mig!

Joséphine bet på naglarna, rev av små hudflikar runt dem och kastade skrämda blickar mot Shirley.

– Det jag skulle vilja, det är att du ställer frågan till henne nästa gång du träffar henne! Det är viktigt. Hon ska sätta sitt namn på den bok som du skriver och vad får hon ut av det? Ära och berömmelse? I så fall måste er bok göra dundersuccé … Förmögenhet? Hon ger dig alla pengarna. Under förutsättning att hon inte tänker lura dig … Det är inte helt omöjligt. Hon lovar dig pengarna, men ger dig bara en liten del. Med resten sticker hon iväg till Venezuela med en älskare …

– Shirley! Nu är det du som håller på att skriva en roman. Sätt inte sådana griller i huvudet på mig, jag är tillräckligt orolig ändå …

– Eller också skriver hon för att skaffa sig ett alibi … Kokar ihop nåt fuffens bakom din rygg. Hon stänger in sig i ett rum, låtsas att hon arbetar och så tar hon sig ut genom balkongen och …

Joséphine tittade förtvivlat på Shirley. Shirley blev arg på sig själv för att hon hade sått oro och ångest hos Jo.

– Jag spelade in filmen igår kväll. Vill du se den? föreslog hon för att börja på ny kula.

– Med en gång?

– Med en gång … Jag har min lektion på konservatoriet om en och en halv timme men om filmen inte är slut då, så kan du sitta kvar.

Medan Shirley spolade tillbaka filmen berättade Joséphine allt i detalj: Antoines lån, Iris förslag, hennes farhågor inför skrivandet. ”Jag är rädd för att inte lyckas. När du kom in i köket var jag full av tvivel och på jakt efter inspiration. Det var bra att jag pratade med dig till slut så att jag inte är helt ensam om det längre. Så kan jag anförtro mig åt dig när det inte går bra … Särskilt som Iris har så bråttom. Hon måste visa upp tjugo sidor för sin förläggare i slutet av månaden!”

De satte sig i soffan. Shirley tryckte på fjärrkontrollen och utropade: ”Då kör vi!”

På skärmen uppenbarade sig Shirley MacLaines förtjusande, förtrollande och gripande gestalt, helt klädd i rosa med en enorm rosa hatt, i ett rosa hus med rosa pelare, medan hon följde en rosa kista som bars av åtta svartklädda män. Joséphine glömde boken, glömde sin syster, glömde förläggaren, förfallodatum för Antoines lån och följde den långa, smala och rosa siluetten som gick ner för trappan vacklande av sorg.

– Fotot på mannen i duffel på tangentbordet, såg du det? mumlade hon till Shirley medan begravningståget passerade förbi.

– Ja, jag tänkte att det måste vara något viktigt du skulle göra eftersom du hade klistrat fast fotot på honom för att alltid ha honom inför ögonen, det var väl för att hämta inspiration …

– Det fungerade inte! Han inspirerade mig inte alls!

– Gör honom till en av de äkta männen så kommer det att fungera.

– Tack så mycket, men du sa ju att de dör allihop.

– Inte den siste!

– Åh …, sa Joséphine med liten röst. För jag vill ju inte att han ska dö.

– *Silly you!* Du vet ju inte ens vem han är.

– Jag fantiserar och det är underbart. Det är nästan bättre att uppleva kärleken bara i drömmen, för då riskerar man inte att bli besviken …

– Och hur är det att älska med varandra i drömmen?

– Så långt har jag inte kommit, suckade Joséphine, med ögonen klistrade vid skärmen där kistan med den avlidne mannen hade sluntit ur dödgrävarnas grepp och kasade nerför trapporna medan Shirley MacLaine orubbligt fortsatte framåt under sin stora, rosa hatt.

Han sov inte längre om nätterna. Faugerons hotande finger ryckte honom ur sömnen; han vaknade badande i svett med örngott och lakan alldeles genomblöta. Han kände det som om han skulle kvävas, han rosslade, vände och vred sig tills hans strupe klarades och hans näsborrar fylldes med frisk nattluft. Han steg upp, gick och tog en dusch, tog på sig ett par rena och torra pyjamasbyxor, lade sig igen och lyssnade till ljuden från den afrikanska natten som trängde in genom det vidöppna fönstret. Skriken från papegojorna som tagit sin tillflykt till husets tak, skriken från aporna som kastade sig från gren till gren i de stora akaciorna, ljudet av en impalaantilop i det höga gräset, allt kändes främmande och hotfullt. Redan på dagen kände han sig som en inkräktare i dessa marker, men om natten var det som om hela naturen skrek till honom att ge sig av, åka tillbaka till de vita, de där bräckliga små männen som svettades och inte tålde Afrikas värme och som proppade sig fulla med kinin.

Han hörde Mylènes lugna andetag vid sin sida men lyckades inte somna om. Då steg han upp och gick ner i salongen där han slog upp en whisky och gick ut på träterrassen som omgav huset. Han satte sig på ett trappsteg, tog en klunk whisky och en till och en till. Hans ögon vande sig vid mörkret. Ur skuggan frigjorde sig så småningom fladdrande gula fläckar som tändes en efter en och verkade riktas mot honom: krokodilernas gula ögon. De låg precis vid vattenytan som eldflugor på ytan av en svart damm och de tittade på honom. Han hörde deras stjärtar röra sig i vattnet, deras kroppar långsamt sätta sig i rörelse, närma sig stranden och vänta. Framför huset. En, sedan två, tre, fyra, fem, sex, sju, åtta ... klev de ut ur mörkret som tysta dykare. Ibland öppnade en av dem sina stora käftar och en räcka med vita tänder lyste i mörkret. Sedan stängdes käkarna igen med en ljudlig smäll och han urskiljde bara de gula springorna som fixerade honom. I tjugo miljoner år har de funnits på jorden, tänkte han, i tjugo miljoner år har de stått emot alla naturkatastrofer, jorden som spricker, veckas, går sönder, brinner och flyter, blir till is och stelnar. De har sett dinosaurier, primater, människor som går på alla fyra, böjda människor, uppresta människor, krossade människor passera förbi och fortfarande är de kvar, på vakt. Jag väger lätt jämfört med dem. Jag är ensam här. Ingen att prata med. Och fortfarande har jag inget hört från mister Wei. Inga besked, ingen check, ingen förklaring. Han sekreterare svarar alltid att ja, ja, *mister Wei is going to call you back*, men han ringer aldrig upp. *Don't worry, mister Tonio, he'll call you, everyting is all right*, men nej! Ingenting var all right, han hade inte fått ett öre sedan han kom hit. Han levde på Mylènes besparingar. När han ringde sina döttrar i Frankrike hittade han på historier, pratade om sagolika vinster, lovade att se till att de kunde komma och hälsa på snart, det var bara fråga om dagar nu. De hörde säkert på hans röst hur pressad han var för de svarade numera bara enstavigt för att inte såra honom. Och Jo? mumlade han medan han följde en krokodil som kom för att sälla sig till gruppen och tillföra ytterligare två gula lampor till publiken av ljus som betraktade honom. Faugeron måste ha underättat henne om läget. Hon hade inte ringt, inte riktat den minsta förebråelse mot honom. Han skämdes. Hans ögon återvände till de gula fläckarna i mörkret och han fick lust att gråta. Starkare än skammen kände han en kall och envis rädsla växa inom sig. Den lämnade honom aldrig. Rädslan hade ersatt hans sköna säkerhet från förr, när han satt och hade det bra på kvällarna efter safarin ... under kanvastältet, och drack whisky. Han hade ingen att berätta om sin rädsla för, men krokodilerna kände den på sig. De känner min rädsla djupt nere i dammarna, tänkte han, de kommer och skockar sig här framför mig för att njuta av den. De väntar. De har tiden för sig, all tid, det spelar ingen roll att vi har ihjäl dem, de vet att de kommer att vinna, att den råa styrkan alltid vinner. De väntade medan de riktade sina gula lampor mot honom för att öka hans rädsla. Han rädsla ... som ett stort hål som höll på att sluka honom.

Joséphine. Mylène. De har härdats medan jag har blivit uppmjukad, de har huvudet på skaft medan mitt snurrar som en vindflöjel. Mylène visade ett upphöjt lugn när Pong kom med posten. Hon sa ingenting, hon behövde inte ens fråga om checken hade kommit, hon såg honom plocka upp kuverten från träfatet som Pong räckte fram och sedan delade hon hans buffelkotletter så att det gnisslade i tallriken och blev repor. Antoine fick rysningar av ljudet. Sedan frågade hon: "Är det gott? Tycker du om det?" Hon hade lärt sig att tillaga buffel genom att låta den marineras i en sås av mynta och vild järnört som gav den en delikat smak. Det var en bra omväxling till kyckling.

Hon skaffade sig olika projekt för hon ville inte vara overksam. Att lära sig kinesiska, lära sig laga kinesiskt mat, göra armband och halsband som kvinnorna på marknaden och sedan kanske kunna sälja dem i Frankrike, tillverka sminkprodukter av lokala fröer och färgämnen, starta en filmklubb, en målarverkstad. Varje dag hade hon en ny idé. Joséphine hade inte ens gjort sig omaket att ta luren och ringa för att skälla på honom, kalla honom odugling och tjuv. Två kvinnor i pansar. Kvinnor har lärt sig att de måste vara starka, så de bepansrar sig, tänkte han. Ibland blev de nästan grymma och obarmhärtiga i all sin styrka. De gör rätt, man måste vara obarmhärtig idag. Han tittade på kanterna, stenblocken som avgränsade dammarna, gallren som hindrade krokodilerna att gå omkring. En svag bris som blåste håret bakåt över hans hjässa. En krokodil försökte häva sig upp ur vattnet. Han hade fått upp sin kropp ur dammen och gick framåt på sina korta och undersätsiga fötter. En invalids fötter, tänkte Antoine. Krokodilen stannade en stund med nosen mot taggtråden och försökte slita av den, gav upp ett hest skrik och slöt flera gånger sina käkar om gallret. Sedan lade han sig ner och stängde sina gula ögon som fönsterluckor som man motvilligt fäller ner.

Igår kväll hade Mylène sagt att hon gärna skulle vilja att de åkte till Paris en vecka. Så skulle du kunna träffa dina flickor? Han hade känt ett stort hål grävas i sin mage som fylldes av rädsla. Han hade börjat drypa av svett; konfronteras med Joséphine och flickorna och medge att han hade misstagit sig, och att det inte var en särskilt bra idé att föda upp krokodiler. Att han blivit lurad ännu en gång …

Han tittade på det höga gräset framför sig och de stora akaciorna som skälvde i morgonbrisen. Jag älskar gryningen och daggen som glänser i gräset som fortfarande är fuktigt, innan solen hunnit torka det. Jag älskar doften av järnört, trädens stammar som avtecknar sig i den gryende dagen, den fuktiga dimman som förångas i de första solstrålarna. Är det verkligen jag, Antoine Cortès, som sitter här på terrassens trappa? Krokodilen hade åter börjat ge sig på gallret. Den gav sig inte. De stora gula ögonen verkade smalna av vrede och hans klor grävde i jorden som om den försökte gräva en tunnel för att kunna fly. Det måste vara en hane, en förbannad hane, tänkte Antoine. Han kommer att göra tiotals ungar till mig den där. Han måste göra ungar till mig. Den här djävla uppfödningen måste fungera! Jag är fyrtio år för fan, om jag inte lyckas nu så är jag körd! Ingen kommer att vilja veta av mig, jag kommer att vara en av de gamla förlorarna och det kommer inte på fråga, jävlar i mig! Han satte igång att svära för att uppmuntra hatet som han kände stiga inom sig. Hatet mot mister Wei, hatet mot krokodilerna, hatet mot denna värld där man om man inte hade lyckats vid hans ålder bara var värd att kastas bort, hatet mot de två honorna som inte lät sig slås ner av någonting. Avsmak för sig själv också. Du har inte varit här mer än ett halvår och du är redan beredd att ge upp …

Han reste sig upp för att hälla upp ett glas till men bestämde sig för att ta flaskan och dricka direkt ur den. Om han åkte till Paris, skulle han fundera ut en strategi för hur han skulle få sina pengar, tillsammans med Faugeron. Faugeron hade alltid varit tillmötesgående. Säkerligen på grund av Chefs pengar och Philippes förbindelser, flinade han medan han förde flaskan till läpparna ännu en gång. Men icke desto mindre var Faugeron snäll. Jag ska prata med honom och vi kommer att hitta på ett sätt för att få den där gamle kinesen att betala. Vem tror han att han är? Kejsaren av Kina? Den tiden är förbi!

Man skulle ha trott att han skulle övermannas av rädslan igen när han tänkte på mister Wei, men så blev det inte. Det var inte bara det att han inte längre var rädd, han var till och med lycklig. Han uppfylldes av en våldsam glädje, av glädjen hos en man som vet exakt hur han ska slå ner en kille som trakasserar honom sedan månader tillbaka. Han visste precis vad han skulle göra: åka till Paris, diskutera med Faugeron, fundera ut en plan för att få betalt. Det fanns säkert ett sätt att få fram kosingen ur det där kukhuvudet. Vem är det som har fått den här plantagen att fungera? Det är jag, Tonio Cortès … ingen annan. Det är inte en pojkvasker i kortbyxor som springer hem till mamma så fort det är något! Nej! En kille med stake! En kille som till och med skulle kunna kyssa den ilskna krokodilen … han brast ut i skratt och höjde flaskan i en skål för krokodilen.

Det tidiga morgonljuset hade suddat ut krokodilernas gula fläckar. Solen gick upp bakom hustaket med en majestätisk långsamhet som fyllde Antoine med gråtmild respekt. Han böjde sig och bugade djupt, först en gång, sedan en andra gång … och tappade balansen och föll omkull i dammet.

Han reste sig, tog en klunk ur flaskan och medan han fixerade de gula ögonparen drog han ner gylfen och släppte fram en varm, gyllene stråle inför reptilerna. Han skulle visa dem inte bara att han inte längre skämdes men att han inte heller var rädd, att det var bäst för dem att hålla sig på mattan.

– Är det något du vill bevisa eftersom du pissar på det sättet inför de förbannade djuren? frågade en sömnig röst bakom honom.

Han vände sig om och såg Mylène som gick ner för trappan med ett bomullsskynke om höfterna. Han tittade slött på henne.

– Vilka fasoner! skrattade hon.

Han frågade sig själv om han inbillade sig eller om det inte fanns ett uns av förakt i hennes röst. Han brast ut i ett gapskratt som han ville få att låta naturligt och bugade sig ännu en gång och sa:

– *The new Tonio is facing you!*

– Prata franska, är du snäll! Jag vill helst kunna förstå allt …

– Det ska du skita i! Men jag vet vad jag vet och jag vet att detta inte kommer att vara länge till …

– Det var väl det jag misstänkte, suckade Mylène och drog tygskynket tätare omkring sig. Seså, kom nu så äter vi frukost, Pong är redan i köket …

Och när Antoine raglade fram i riktning mot huset, höjde hon rösten tillräckligt för att han skulle höra och sa torrt:

– Jag skulle gärna vilja att du var lika stursk och bestämd inför den där skurken Wei. När jag tänker på att vi håller på att slösa upp alla mina besparingar blir jag verkligen förbannad!

Antoine hörde inte. Han hade missat trappsteget upp till terrassen och föll raklång på verandagolvet. Whiskyflaskan rullade hela vägen ner för trappan och spred till slut ut en fläck av ambrafärgad vätska som fångade solens första strålar.

– Då sa jag till henne att ni borde träffas, att det var idiotiskt att ni inte längre pratar med varandra och hon sa: ”Nej, inte så länge hon inte har bett mig om ursäkt, uppriktigt, en ursäkt som kommer från hjärtat, inte något som man bara slänger ur sig. Det var hon som gav sig på mig, hon är min dotter, hon ska visa mig respekt!” Jag sa till henne att jag skulle framföra det och …

– Det blir inget, jag kommer inte att be henne om ursäkt.

– Då ska ni alltså inte träffas mer?

– Jag har det bra utan henne. Jag har varken behov av hennes råd eller hennes pengar eller den kärlek som hon tror att hon ger mig. Men som egentligen bara är ett utnyttjande av hennes maktposition. Tror du hon älskar mig, min kära mor? Tror du verkligen det? Jag tror det då inte, jag menar att hon gjorde sin plikt när hon uppfostrade oss, men älskar oss gör hon inte. Hon älskar bara sig själv, och pengar. Dig respekterar hon eftersom du har gift dig fint och för att hon kan skryta med sin fantastiska svärson, din stora lägenhet, dina vänner, din levnadsstandard. Men mig …, mig föraktar hon.

– Jo, nu är det nästan åtta månader sedan som du träffade henne. Tänk om det skulle hända henne något … Hon är trots allt din mor!

– Det kommer inte att hända henne något: ont krut förgås inte så lätt! Pappa dog vid fyrtio års ålder av en hjärtinfarkt, hon kommer att leva tills hon är hundra.

– Nu är du verkligen elak.

– Nej, inte elak, jag säger bara som det är! Sen jag slutat träffa henne mår jag mycket bättre …

Iris svarade inte. Hon kastade en skarp blick på en snygg blondin som kom in och brast ut i skratt.

– Du håller på att förändras, Jo, du förändras. Du har blivit hårdare … Akta dig!

– Säg, Iris, du har väl inte bestämt träff med mig på det här caféet vid Porte d'Asnières för att prata om vår mor och för att predika för mig?

Iris ryckte på axlarna och suckade.

– Jag gick förbi Chef på vägen hit. Hortense var på hans kontor, hon sökte praktik i juni, för skolan. Jag kan försäkra att hon fick det att hetta i blodet hos alla killarna på lagret. Allt stannade upp när Hortense kom …

– Jag vet, hon har den effekten på alla …

Jo och Iris åt lunch inne på Café des Carrefours. Lastbilarna fick ställets glasvägg att skallra när de bromsade upp innan de skulle svänga ut på ringvägen; stamgäster som kom in slog i dörrarna. Det var mest ungdomar som förmodligen arbetade på kontor i närheten. När de kom in knuffades de och ropade att de höll på att dö av hunger och så valde de en meny för tio euro inklusive en kvarts karaff vin. Iris hade beställt stekt ägg och skinka, Jo en grönsallad med yoghurt.

– Jag har träffat Serrurier … förläggaren, började Iris. Han har läst … och …

– Och? viskade Joséphine medan strupen snördes samman på henne.

– Och … Han är överförtjust i din idé och över sidorna du gav mig. Han överöste mig med beröm och … och …

Hon tog sin väska, öppnade den och tog upp ett kuvert som hon viftade med i luften.

– Han gav mig ett första förskott. Hälften av de tjugofemtusen eurona … resten kommer när jag har givit honom hela manuskriptet … Jag skrev direkt en check på tjugofemtusen euro till dig som du kan lyfta utan att någon märker det.

Hon räckte kuvertet till Joséphine som tog emot det med oändlig respekt. Plötsligt när hon stängde sin väska började en fråga plåga henne.

– Hur ska du göra med skatten? frågade hon Iris.

– Du har sallad på framtänderna, avbröt henne Iris och gjorde en gest som om hon borstade tänderna.

Joséphine lydde och ställde frågan igen.

– Oroa dig inte, Philippe kommer inte att ana något fuffens. I vilket fall så deklarerar han inte själv utan det gör en kamrer, och han betalar så mycket skatt så det här kommer inte att märkas i det stora hela.

– Är du säker? Och jag då, om man frågar mig var de här pengarna kommer ifrån?

– Du får säga att det är en present från din syster som är tät.

Joséphine gjorde en tveksam grimas.

– Sluta göra miner, Jo. Passa på, passa på … Är det inte underbart? Vårt projekt har fått godkänt och snudd på MVG.

– Jag kan inte smälta det. Och du pratade om vår pestiga mor! Men fattar du, Iris? Han gillade det! Han gillade min idé! Han skrev ut en check på tjugofemtusen euro bara för min idé!

– Och för de tjugo sidorna som du har skrivit … Väldigt finurlig, din plan. Man får lust att läsa fortsättningen …

Joséphine fick för ett ögonblick lust att beställa in en tallrik surkål för att fira händelsen men avstod.

– Är det inte genialiskt, lillasyster, frågade Iris, med ett gult skimmer i sina uppspärrade ögon. Vi kommer att bli rika och berömda!

– Jag kommer att bli rik och du berömd!

– Bekymrar det dig?

– Nej … Tvärtom. Jag kan skriva vad jag vill: ingen kommer att veta att det är jag. Det besparar mig en massa rampfeber, jag lovar. Och förresten hade jag inte klarat av det. När jag ser vad man måste säga och göra för att vara med på TV får jag lust att gömma mig under min säng.

– Det som jag tycker ska bli så roligt. Jag står inte längre ut med min image av den perfekta äkta hustrun, jag står inte ut …

Iris såg för en stund drömmande ut, och försjönk i samma tystnad som Joséphine, som ruvade på sin väska med ögonen. Sedan fortsatte hon att tugga och hon knackade sig i pannan.

– Jag höll nästa på att glömma. Jag ville visa dig en tidningsartikel som jag klippt ut till dig …

Iris stack ner handen i sin väska och tog fram en dubbelvikt tidning som hon försiktigt öppnade, på jakt efter det ställe som intresserat henne.

– Titta! Det är en bild på Juliette Lewis, du vet, den gamla filmstjärnan … eller gammal, hon är väl sådär trettio år. Hon blir inte längre erbjuden några roller så hon har gått över till att sjunga. Hör här vad som står i tidningen! ”Juliette and the Licks, det betyder ungefär Juliette och slickarna, ett namn som är provocerande i sig själv. Det blir inte mindre provocerande av att den unge mannen som sköter gruppens presskontakter bekräftar att Juliette Lewis har minimala trosor på sig på scenen, så kallade stringtrosor. Ja, det händer att man ser hela härligheten, säger mannen som heter Chris, allt medan vi hör Juliettes välbekanta hesa röst strömma över oss i *Here, we go, man.*"

– Jag tyckte det där lät totalt ointressant.

– Men jag vill gärna ge mig in i den sortens lek.

– Och visa dina stringtrosor?

– Att hitta på en image som den, för att sälja boken.

Joséphine tittade på Iris och frågade sig själv om hon inte höll på att begå ett stort misstag som medbrottsling till sin syster.

– Iris, menar du allvar?

– Javisst, lilla dumbom. Jag ska spela upp en show ... En riktig show som jag ska tänka ut i detalj, och jag tänker gå rakt genom TV-rutan. Serrurier, han säger hela tiden till mig: "Med era ögon, era förbindelser, er skönhet ..." Allt det smäller mycket högre än dina små fingrar på tangenterna, och all din lärdom! För att sälja menar jag, för att sälja ...

Hon kastade sitt långa svarta hår bakåt och sträckte upp armarna mot himlen som om hon åkallade gudarna och suckade:

– Jag har så tråkigt, Jo, så tråkigt ...

– Är det därför du gör det här? frågade Jo försynt.

Iris spärrade upp ögonen och såg ut att inte förstå.

– Javisst ... Varför skulle jag annars göra det?

– Just det. Det skulle jag vilja veta. Häromdagen, på tåget, så sa du att jag hjälpte dig ur någonting ... Du använde till och med ordet "knipa", så jag undrade ...

– Åh! Sa jag så?

Hon gjorde en grimas som om Joséphine just hade påmint henne om något obehagligt.

– Exakt så sa du ... och jag tycker att jag har rätt att veta.

– Som du tar i, Jo. Rätt att veta!

– Jaa … Jag ger mig in i ett äventyr med dig och jag tycker det verkar rättvist att jag har samma kort på hand som du.

Iris mätte sin lillasyster med blicken. Hon hade förändrats, Joséphine! Mer djärv och orädd. Hon förstod att hon inte kunde tiga och drog en djup suck och sa utan att titta på Jo:

– Det är på grund av Philippe … Det känns som om han vänder sig ifrån mig, jag är inte längre världens åttonde underverk … Jag är rädd att han överger mig och då tänker jag att genom att skriva den här boken skulle jag få honom intresserad på nytt.

– Eftersom du älskar honom? frågade Joséphine med hopp i rösten.

Iris tittade på henne med en blandning av medlidande och irritation.

– Så kan man säga. Jag vill inte att han lämnar mig. Jag är fyrtiofyra år, Jo, jag kommer aldrig att hitta någon som han. Min hy kommer att bli rynkig, mina bröst hängiga, tänderna kommer att gulna och håret att gråna. Jag tycker om det goda livet som han kan erbjuda mig, jag tycker om lägenheten, huset i Megève, resorna, lyxen, guldkortet i madame Dupins namn. Jag är ärlig mot dig. Jag skulle inte stå ut med att falla tillbaka i ett medelmåttigt liv, utan vare sig pengar eller förbindelser eller flyktmöjligheter … Och ja, sen älskar jag honom kanske också!

Hon hade skjutit tallriken framför sig och tänt en cigarrett.

– Röker du nu också? frågade Joséphine.

– Det ingår i min roll! Jag övar mig. Josiane, Chefs sekreterare, hade ett gammalt paket och eftersom hon har slutat att röka så gav hon mig det.

Joséphine kom att tänka på scenen som hon bevittnat på perrongen på stationen: Chef som omfamnade sin sekreterare och följde henne ombord på tåget, som om han bar på det heliga sakramentet. Hon hade inte berättat det för någon. Hon rös och tänkte på sin mor: vad skulle det bli av henne om Chef övergav henne för en annan?

– Är du rädd för att han ska lämna dig? frågade hon försiktigt Iris.

– Tidigare har jag aldrig ens tänkt tanken men sen en tid tillbaka, ja, så är jag rädd. Jag känner att han kommer allt längre från mig, att han inte ser på mig med samma ögon. Jag blev till och med svartsjuk på er två i julas. Han pratar med mer tillgivenhet och respekt med dig än med mig …

– Nu pratar du bara strunt!

– Tyvärr inte … Jag är obarmhärtigt klarsynt. Jag har många fel men jag är inte blind. Jag känner när folk är intresserade av mig eller inte. Och jag tål inte att de är likgiltiga inför mig.

Hon följde cigarrettröken med blicken och tänkte på sitt möte med Serrurier. På det lilla kontoret där han tagit emot henne. Han var full av lovord och ögonen blänkte av intresse. Hon kände hur hon levde upp på nytt. Han var både artig och respektfull. Han blossade på sin tjocka cigarr vars skarpa rök fyllde rummet och fantiserade om vilken vändning historien skulle ta som Joséphine hittat på. ”Mycket bra idé med den där unga flickan som vill gå i kloster och som man tvingar till äktenskap. Mycket bra idé att hon överlever alla männen, blir stormrik och berömd och sen änka gång på gång. Mycket bra idé det där med hennes ödmjukhet som hon envist håller fast vid, mycket bra idé att låta henne byta miljö och träffa en riddare, en trubadur, en predikant, en prins av Frankrike …” Han hade vankat av och an över golvet och hon hade blivit yr av det. ”Det är modernt, utsökt gammalmodigt, roligt, naivt, smart, folkligt! Ni måste blanda in lite mysterium också så blir det perfekt … Folk är tokiga i intriger som innehåller en blandning av Frankrikes historia, religion, mord, kärlek, Gud och djävulen … men ni vet precis hur ni ska göra, jag vill inte påverka er! Det jag har läst är jag mycket nöjd med. För att vara ärlig så trodde jag inte att ett så vackert huvud kunde rymma så mycket skicklighet och talang … Och var har ni hittat den där historien med ödmjukheten? Det är magnifikt!

Magnifikt! Att göra en kvinna, som gör allt för att vara ödmjuk, till hjältinna mot hennes vilja! Vilken genialisk idé!" För att understryka hur nöjd han var hade han kramat hennes händer entusiastiskt och känslosamt. Sedan hade han givit henne checken och lagt till att han var redo att betala resterande när hon så önskade. Iris hade föredragit att tiga om den detaljen för Joséphine. Hon hade kommit ut från Serruriers kontor med bultande hjärta och darriga ben.

– Var har du hittat den där historien om ödmjukhetens grader?

– I Benediktinerorden ... jag tänkte att det skulle passa för en flicka som drömmer om att hänge sig åt Gud. Hon tränar sig på att bara vara en ödmjuk tjänarinna till männen, och hon går ödmjukt vidare till nästa grad ...

– Och vad innebär den där orden egentligen? Du måste förklara för mig ...

– Enligt Sankt Benedictus måste man passera flera olika grader av försakelse för att uppnå perfektion och möta Gud. Det är det han kallar ödmjukhetens stege. Bibeln säger: "Den förste ska vara den siste och den siste ska vara den förste." I första graden måste du vaka över dina lustar, din egoism och lyda Gud i allt. Sen lär du dig att ge, att älska den som tillrättavisar dig eller smutskastar dig, att vara tålmodig och god. I sjätte graden gäller det att vara nöjd med de enklaste och lägsta förhållanden. I allt som man befaller honom att göra ser munken sig som en dålig och oduglig arbetare. Han upprepar medan han gör avbön: "Jag är inte längre något och jag kan ingenting. Jag är som ett djur inför dig, min Gud. Dock är jag med dig." I den sjunde graden gäller det att inte bara säga det med läpparna: jag är den siste, den uslaste, man måste tro det i djupet av sitt hjärta. Och så fortsätter det ... till tolfte graden, då du inte är mer än en eländig kackerlacka i Guds och människornas tjänst och du växer genom att utplåna dig. I början av boken, innan föräldrarna ingriper, drömmer min hjältinna om att få tillämpa Benedictinerordern ...

– Ja, han älskade i alla fall den här idén!

– Charles de Foucauld, till exempel, sökte förödmjukelse i hela sitt liv. Sainte Thérèse de Lisieux också …

– Hoppsan, Jo, du blir väl inte lite helig plötsligt? Akta dig så du inte hamnar i kloster!

Joséphine bestämde sig för att inte svara.

– Säg …, sa Iris efter en lång stunds tystnad, om du har bestämt dig för att vandra på helighetens väg, varför kan du då inte förlåta vår mor?

– För att jag bara är i den första graden … Jag är bara en ynklig lärling. Och sen vill jag påminna dig om att detta inte handlar om mig utan om min hjältinna. Blanda inte ihop oss!

Iris skakade på huvudet och skrattade.

– Du har rätt! Jag blandar ihop allt. I vilket fall som helst tyckte han om det och det är huvudsaken. Namnet på din hjältinna också! Florine! Det är fint, Florine … Ska vi ta ett glas champagne och skåla för Florine?

– Nej, tack. Jag måste vara klar i huvudet när jag ska arbeta i eftermiddag. När vill han ge ut min bok?

– Vår bok … Joséphine, glöm inte det! Och när den har kommit ut så blir det *min* bok. Du får inte göra någon tabbe.

Joséphine kände ett litet styng i hjärtat. Hon hade redan blivit fäst vid sin historia, vid Florine, hennes föräldrar, hennes äkta män. På kvällarna när hon skulle sova låg hon och tänkte ut deras namn, vilken hårfärg de skulle ha, vilken ögonfärg, hur de skulle vara, funderade ut hur deras liv skulle gestalta sig, deras förflutna, deras nu, fantiserade ihop en gård, ett slott, en väderkvarn, en butik, hon valsade runt med riddare, lärde sig baka bröd, påbörjade en lång gobeläng, hon levde sig in i deras liv och hade svårt att somna. Det är min historia, hade hon lust att säga till sin syster.

– Nu är det februari … Jag tror att han vill ge ut den i oktober eller november. I september kommer alla höstens böcker, så då är det för många om utrymmet! Du måste lämna in manuskriptet i juli. Då har du sex, sju månader på dig att skriva ... Det räcker väl?

– Jag vet inte, svarade Joséphine, sårad över att hennes syster talade till henne som till en sekreterare.

– Det kommer du att klara jättebra. Sluta att oroa dig! Men framför allt, Jo, framför allt inte ett ord till någon levande själ. Om vår grej ska fungera så får vi inte berätta det för någon, absolut inte för någon. Förstår du ...

– Ja, suckade Jo med en svag, liten röst.

Hon hade gärna velat tillrättavisa sin syster: Det är inte en "grej", det här, det är min bok du pratar om, min bok ... Gud, sa hon för sig själv, jag är alldeles för känslig, jag hänger upp mig på allt, minsta lilla sårar mig.

Iris höjde handen mot kyparen och beställde ett glas champagne. "Bara ett?" frågade han förvånat. "Ja, jag är ensam om att fira." "Jag firar gärna tillsammans med er", deklarerade han och bröstade sig. Iris lät sina stora blåa sorgsna ögon stanna vid honom och kyparen avlägsnade sig visslande: "Kärleken är bohemens barn och den har aldrig, aldrig följt någon lag ... Om du inte älskar mig, älskar jag dig och om jag älskar dig så se upp."

– Fortfarande ingenting?

– Ingenting ... jag ger upp!

– Nejdå, det är helt normalt. Du har ätit p-piller i åratal och du väntar dig att – pang! – så knäpper du med fingrarna och fostret blir till. Lite tålamod! Han kommer, ditt himmelska barn, men när hans stund är kommen.

– Jag är kanske för gammal, Ginette ... trettionio år snart. Och Marcel håller på att bli galen.

– Ni är för roliga, ni två. Man skulle kunna tro att ni var ett ungt nygift par. Ni har inte försökt i tre månader ens!

– Han har mig till att gå på en massa undersökningar för att kolla att allt fungerar som det ska. Men i mitt fall räcker det att man tittar på mig för att jag ska bli med barn!

– Har du varit gravid innan?

Josiane nickade med allvarlig min.

– Jag har gjort abort tre gånger! Så …

– Så han är kanske rädd att du har skadat något.

– Du är galen! Jag har inte sagt det till honom. Inte ett ord!

– Har du tagit bort en liten Grobz? frågade Ginette förbluffat.

– Ja, vad tror du? Att jag skulle spela jungfru Maria? Jag hade inte ens en Josef, jag! Och Marcel, feg som han blir inför Tandpetaren, han ingav mig ju ingen säkerhet precis. I närheten av henne är han inte en man, utan en ynkrygg! Senast idag frågade jag mig själv om det här är så klokt. Vad är det som säger att han kommer att erkänna det lilla barnet när han väl gjort mig med barn?

– Han har lovat dig det.

– Du vet mycket väl att löften bara är bindande enligt dem som får dem.

– Åh, nu tar du i, Josiane. Inte den här gången! Han har vänt upp och ner på allt, han pratar bara om detta, han har satt igång att banta, han cyklar, han äter kravodlat, han har slutat röka, han mäter blodtrycket morgon och kväll, han känner till alla babytidningar, det är inte långt ifrån att han provar sparkbyxorna.

Josiane tittade tvivlande på henne.

– Mmm … Vi får väl se när han har sått det lilla fröet. Men det säger jag bara att om han böjer sig en gång till inför Tandpetaren så laddar jag och smäller allt i luften, både far och barn.

– Tyst! Han kommer.

Marcel kom uppklivande för trappan, följd av en korpulent man som pustade för varje trappsteg. De kom in på Josianes kontor. Marcel presenterade monsieur Bougalkhoviev, en ukrainsk affärsman, för Josiane och Ginette. De två kvinnorna bugade sig och log. Marcel kastade en ömsint blick mot Josiane och gav henne en flyktig puss på huvudet så fort ukrainaren hade gått in på hans kontor.

– Mår du bra, Choupette?

Han hade lagt handen på hennes mage och Josiane puttade muttrande bort den.

– Sluta se mig som en värpande höna, rätt som det är föder jag väl fram ett ägg.

– Fortfarande ingenting?

– Sen i morse? svarade hon med ett ironiskt leende. Nej, ingenting. Ingen syns vid horisonten …

– Skämta inte om det, Choupette.

– Jag skämtar inte, är bara less på det … det är lite skillnad.

– Finns det kvar någon whisky på mitt kontor?

– Ja, och is i minibaren. Har du tänkt fylla honom, ukrainaren?

– Om jag ska få honom att skriva på, på mina villkor, så måste det nog bli så!

Han reste sig och gick tillbaka till sitt kontor. Innan han stängde dörren, viskade han till Josiane:

– En sak till. Ingen får störa oss innan jag har honom på kroken.

– Okej … Inte ens telefonen?

– Bara om det är akut … Jag älskar dig, Choupette! Jag är lyckligast av alla män.

Han försvann och Josiane kastade en maktlös blick på Ginette. Vad tycker du jag ska göra med en sådan man? verkade hennes ögon säga. Sedan Marcel hade föreslagit att de skulle skaffa ett barn tillsammans kände hon inte igen honom längre. Till jul hade han skickat iväg henne på vintersemester. Han ringde henne varje dag för att höra om hon andades rätt, oroade sig för om hon hostade, försökte förmå henne att träffa den lokale läkaren, beordrade henne att äta rött kött, ta vitaminer, sova tio timmar per natt, dricka apelsinjuice och morotsjuice. Han läste *Jag väntar barn* om och om igen. Han gjorde anteckningar, kommenterade dem i telefon, tog reda på olika förlossningsmetoder: ”Sittande, tycker du inte det? Så födde kvinnorna förr i tiden och för barnet är det mindre tröttande, han kommer ut lugnt och stilla, han behöver inte kämpa i timmar för att hitta utgången, vi kan nog hitta en barnmorska som går med på det, tror du inte det?" Hon promenerade i snön i timmar och tänkte på detta barn. Hon frågade sig om hon skulle bli en god mor. Med den mamman jag hade, tänkte hon, föds man till mamma eller blir man det? Och varför blev min egen mor aldrig moderlig? Och tänk om jag, mot min vilja, skulle upprepa hennes beteende? Hon rös, vek upp kragen på sin kappa och gick tillbaka så fort hon kunde. Utmattad kom hon hem till det fyrstjärniga hotell där Marcel hade reserverat rum till henne, beställde en grönsakssoppa och en yoghurt på sitt rum, tände TV:n och gled ner mellan de mjuka varma lakanen i den enorma sängen. Det hände att hon tänkte på Chaval, på hans händer kring sina bröst, på hans mun som bet henne tills hon skrek och bad om nåd … Hon skakade på huvudet för att jaga bort tankarna.

– Jag kommer att bli galen! suckade Josiane.

– Säg mig, drömmer jag eller har Marcel satt in implantat?

– Du drömmer inte och en gång i veckan går han och får hudbehandling på ett skönhetsinstitut! Han vill vara världens vackraste pappa!

– Vad sött!

– Nej, Ginette, det är ångestframkallande!

– Ja, ja. Kan du ge mig leveranslistan som jag bad dig om. Det är ett parti som har kommit och René har bett mig kolla det …

Josiane letade i pappershögen i sin mapp och hittade listan som Ginette ville ha och gav den till henne. På vägen ut från kontoret mötte Ginette Chaval.

– Är hon inne? frågade han utan att ens hälsa.

– "Hon" har ett namn om du inte visste det.

– Åh, såja, jag tänker inte äta upp din kompis.

– Akta dig, Chaval, akta dig!

Han knuffade till henne med axeln och gick in på Josianes kontor.

– Jaså, min sköna, håller du fortfarande på med den gamle?

– Har du att göra med var jag placerar min häck?

– Lugn och fin! Lugn och fin! Är han inne? Kan jag få prata med honom?

– Han har sagt att ingen får störa honom på några villkor.

– Även om det är en viktig grej jag har att säga honom?

– Just det!

– Mycket viktig?

– Det är en stor kund och mot det väger du lätt som en fjäder ...

– Det är vad du tror.

– Och jag har rätt! Du får komma tillbaka när han har tid att träffa dig ...

– Då är det för sent ...

Han gjorde en min av att vända på klacken, men han väntade på att Josiane skulle kalla tillbaka honom. När hon inte gjorde något vände han sig förargat om och frågade:

– Vill du inte veta?

– Du intresserar mig inte alls längre, Chaval. Att lyfta ett ögonlock för din skull är en övermänsklig ansträngning för mig. Nu har du varit här i två minuter och jag har redan fått kramp.

– Hå hå, som hon tar i, den lilla tjejen! Sen hon har kommit tillbaka i bossens säng så kuttrar hon av självgodhet och sprutar ut sina krav.

– Hon har fått lugn och ro framförallt. Och det, min lille gubbe, är värt alla fester med benen i vädret. Jag bubblar av tillfredställelse.

– Det är ett av ålderdomens glädjeämnen.

– Oj då, Ben Hur, stanna din vagn! Bara för att du är tre år yngre än jag ska du inte tro att du är en ung kille. Klockan tickar för dig också.

Han log självmedvetet; den lilla mustaschen, som han ägnade stor omsorg, blev till en liten spetsig hatt, och han slängde ur sig:

– Jag kan lika gärna berätta allt för dig: Jag sticker härifrån!

Jag har fått erbjudande om att bli chef på Ikea France och jag har sagt ja …

– Vill de ha dig? Vill de köra sitt företag i botten?

– Skratta du! Du var den första att höja mig till skyarna. Jag kan inte vara så dålig. Jag har blivit headhuntad, kära du! Jag behövde inte lyfta ett finger, de kom hit och anställde direkt. Dubbel lön, massor med förmåner, de öste över mig guld och jag sa ja. Eftersom jag är en korrekt kille kom jag hit för att berätta det för den gamle. Men du kan berätta det för honom, när ni tar en liten vilopaus i sängen … Och så stämmer vi möte för att ordna det hela. Ju förr desto bättre, jag har inte lust att sitta här och mögla. Jag kan redan känna hur mossan växer och det är irriterande. Jag ska skjuta mitt i prick på er två, mitt i prick!

– Oj, vad rädd jag blir för dig, Chaval, jag darrar.

Hon mönstrade honom från topp till tå.

– Förresten, när vi nu pratar om att darra … jag lärde känna mademoiselle Hortense här på förmiddagen. En riktig liten läckerbit, den tjejen! Hon vickar på höfterna så det står härliga till …

– Hon är femton år.

– Visst, men hon uppför sig som tjugo minst! Det måste kännas jobbigt för dig. Särskilt som du närmar dig klimakteriet.

– Stick, Chaval, stick! Jag ska meddela honom och sen ringer han dig …

– Som ni vill, min kära, och … ta det lugnt med Viagra!

Han brast ut i ett elakt skratt och gav sig av.

Josiane ryckte på axlarna och skrev en anteckning till Marcel: ”Boka möte med Chaval. Han har fått ett erbjudande från Ikea och han har sagt ja …” Hon mindes hur hon för mindre än ett år sedan låg i armarna på Chaval. Den mannen hade något elakt över sig, något perverst som lockade och gjorde henne galen. Varför har inte dygden samma inverkan på mig, tänkte hon. Jag måste vara pervers jag också …

Problemet med utlokalisering, tänkte Marcel medan han betraktade ukrainarens smala små ögon där han satt mitt emot honom intryckt i en gammal hundtandsmönstrad överrock, problemet är att man måste utlokalisera hela tiden ... Knappt har man hittat ett lönsamt land, där lönerna är låga, sociala avgifterna ickeexisterande och arbetarna duktiga, så går de med i EU eller något sådant, och så är det inte lönsamt längre. Han höll hela tiden på att flytta sina fabriker, att hitta mellanhänder som sålde nyckelfärdiga lokaler med arbetskraft, att sticka till folk dusörer till höger och till vänster, att lära sig lokala seder och bruk, han hade knappt installerat sig förrän han måste flytta igen. Han förflyttade sig motsols. Efter Polen och Ungern var det Ukrainas tur att öppna sig och komma med erbjudanden. Lika bra att ge sig iväg till Kina direkt! Men Kina, det var långt iväg. Och svårt. Han hade redan satt upp flera fabriker där. Han skulle behöva en högra hand. Och Marcel Junior som var så nödbedd! Jag kommer inte att orka hålla på tills han blir myndig ...

Suckande återvände han till ukrainarens argument. Han hällde upp ytterligare ett glas whisky till honom, la i två isbitar och räckte det till honom med ett stort leende medan han sköt fram kontraktet mot honom. Mannen reste sig till hälften för att ta emot glaset, tog fram en penna och tog av korken. Sådär ja, sa Marcel till sig själv, sådär ja nu skriver han på! Men mannen tvekade ... drog ut ett stort kuvert ur kavajfickan, räckte det till Marcel och sa: "Det är kostnaderna för min resa. Ni kunna betala dem?" "Inga problem", försäkrade Marcel, som öppnade det och kastade ett snabbt öga på de skrynkliga papperslapparna, restaurangnotor, en orimlig hotellräkning, fakturor från fina butiker, en låda champagne, parfymer från Yves Saint Laurent, en ring och ett armband från Mauboussin. Alla fakturorna stod i Marcel Grobz namn. Han var listig den här ukrainaren. Det var bara att betala och reglera den där stora ukrainska grisens idiotier! "Inga problem", försäkrade han och blinkade till ukrainaren som satt med pennan i luften. "Inga problem", upprepade han, "jag lämnar den till ekonomiavdelningen och betalar allt." Han lade på ett leende för att få den orörlige mannen att förstå att allt var klart. Vad väntar han på, vad vill han mer ha? Mannen väntade och hans små ögon glänste av otålighet. ”Inga problem, ni är min vän, och var gång ni kommer till Paris så är ni min gäst.”

Mannen log, slappnade av, hans ögon blev till två små springor utan ljus, han satte pennspetsen till kontraktet och skrev på.

Philippe Dupin lade upp fötterna på sitt skrivbord och började läsa en akt som Caroline Vibert hade givit honom. Noteringen löd: ”Vi har fastnat och hittar ingen lösning. Vi måste rekommendera kunden att köpa mer men han drar sig för att investera, och ändå finns det tydligen ingen annan utväg än fusion för att rädda affärerna, det finns inte längre plats för två konkurrenter i samma nisch på den franska marknaden …” Han suckade och läste om akten från början. Detta var slutet för textilbranschen i Frankrike, det var helt säkert, men en producent som Labonal skulle kunna överleva och gå med vinst eftersom de hade specialiserat sig på strumpor av mycket hög kvalitet. Franska företag måste specialisera sig på lyx- och kvalitetsvaror och lämna de lägre prisklasserna åt kineserna. Alla europeiska länder måste inrikta sig på sitt specialområde för att möta den globaliserade marknaden. För det behövs pengar: köpa nya maskiner, söka patent, investera i forskning och i reklam. Hur skulle man få kunden att förstå det? Man litade på att han skulle hitta de rätta argumenten. Han sparkade av sig skorna och viftade lite med tårna i sina strumpor. Labonalstrumpor, noterade han. Engelsmännen hade förstått detta för länge sedan. De hade inga tunga industrier längre, de hade bara service och deras land gick som tåget. Han suckade. Han älskade sitt gamla land, han älskade Frankrike, men han stod maktlös och såg på hur de mest blomstrande företag gick omkull i brist på flexibilitet, fantasi och djärvhet. Mentaliteten måste förändras. Man måste förklara och vara pedagogisk men ingen företagsledare vågade ta risken. Risken att göra sig impopulär på en kvart, i försöken att rädda många vackra timmar för framtiden. Telefonen ringde. Det var direktlinjen från hans sekreterare.

– En viss herr Goodfellow. Han vill prata med er och han säger att det är viktigt. Han insisterar …

Philippe reste sig upp och rynkade pannan.

– Jag tar det. Koppla över det …

Han hörde ett klick och så kom Johnny Goodfellows hastiga, ryckiga röst, till hälften på engelska, till hälften på franska.

– *Hello, Johnny! How are you?*

– *Fine, fine.* De har fått ögonen på oss, Philippe …

– Vad menar du: fått ögonen på oss?

– Jag är skuggad, jag är säker på det … De har satt en detektiv på oss.

– Säkert?

– Jag har kollat … Mannen är privatdetektiv. Jag har följt efter honom i min tur. Inte särskilt duktig. En amatör. Jag har hans namn, adressen till hans byrå, en byrå i Paris, det är bara att identifiera honom … Vad gör vi nu?

– *Wait and see!* sa Philippe. *Just give me his name and the number where I can reach him and I'll take care of him …*

– Ska vi fortsätta eller avsluta det hela? frågade Johnny Goodfellow.

– Naturligtvis fortsätter vi, Johnny. Okej?

Det blev tyst i andra änden och Philippe upprepade:

– Vi fortsätter, Johnny. Okej? Jag tar hand om resten … Måndag på Roissy, som vi sa.

– Okej …

Ett nytt klick hördes och Philippe lade på. Han var alltså förföljd. Vem kunde ha intresse av att skugga honom? Varken han eller Goodfellow gjorde någon något illa. En kund som försökte blanda sig i hans liv för att pressa pengar av honom? Allt var möjligt. Ibland var hans utlåtande avgörande för hundratals anställda. Han tittade på lappen där han skrivit upp detektivens namn och byråns telefonnummer och bestämde sig för att ringa upp lite senare. Han var inte rädd.

Han tog upp akten igen men hade svårt att koncentrera sig. Ofta hade han lust att sluta med alltihop. Vid fyrtioåtta års ålder hade han visat vad han dög till. Han hade tjänat mycket pengar, säkrat åren som låg framför honom, han skulle kunna försörja flera generationer av små Dupins. Han funderade allt oftare på att sälja sin rörelse och bara jobba som konsult. Gå i pension och ägna sig åt det han tyckte var roligt. Han ville njuta av sin son. Alexandre höll på att bli stor och höll samtidigt på att bli en främling för honom. Hej, pappa. Hur är det, pappa? Sedan försvann han in på sitt rum, lång och gänglig, med stora hörlurar på huvudet. Om Philippe försökte sätta igång ett samtal så hörde han inte. Och hur skulle man kunna förebrå honom? För det mesta kom han själv hem med affärshandlingar under armen. Han stängde in sig på sitt arbetsrum efter en snabb måltid och kom inte ut därifrån förrän Alexandre hade lagt sig. Och så var det ju alla de kvällar när han och Iris gick ut. Jag vill inte missa min sons uppväxt, sa han högt och tittade på tårna på sina perfekt stickade Labonalstrumpor. Det är Iris som har köpt dem till mig. Hon köper dem i dussintal, blåa, gråa och svarta. Höga. Går inte sönder i hälen. Blir inte slappa i tvätten. Häromdagen hade han fått en idé: han skulle skriva ett långt brev till sin son. Allt det som han inte kunde säga muntligt skulle han skriva ner till honom. Det är inte bra att pojken bara träffar kvinnor. Sin mamma, Carmen, Babette, sina kusiner Hortense och Zoé … Han var omgiven av kvinnor! Han blir snart elva år och det är dags för mig att ta honom ur denna kvinnovärld. Att gå på fotboll tillsammans, på rugby och på museum. Jag har aldrig tagit med honom till Louvren! Och hans mor kommer aldrig att göra det … Han hade sagt sig att han skulle skriva ett långt brev till Alexandre där han skulle säga att han älskade honom, att han var arg på sig själv för att han inte hade tid att vara med honom. Jag ska berätta för honom om min barndom, hur jag var i hans ålder, om flickor, om kulor, på min tid spelade man fortfarande kula vid hans ålder, vad spelar han? Jag vet det inte ens. Philippe hade köpt en bärbar dator för sitt personliga bruk. Han ville lära sig att skriva på den utan att titta på tangenterna. För att lära sig det elementära hade han engagerat en skrivmaskinslärare och sedan skulle han klara sig själv. Han ville alltid driva allt till perfektion. ”Brev till min son!” Det skulle bli ett fint brev som han skulle lägga all sin kärlek i. Han skulle be sin son om förlåtelse så som ingen pappa gjort före honom och föreslå att de började om från början. Han rufsade till sin alltför raka bena och log medan han tänkte på Alexandre. Så tog han upp sina papper igen. Framförallt måste de få ihop pengar. Sälja till de anställda för att få dem att intressera sig för saneringsplanen? Hur skulle han börja sitt brev? Han skulle kunna fråga Joséphine. Hon skulle veta. Han vände sig allt oftare till Joséphine. Jag tycker om att prata med henne. Jag tycker om hennes känslighet. Hon har alltid bra idéer. Hon är briljant och hon vet inte om det. Och så diskret! Hon stannar alltid på tröskeln som om hon var rädd för att störa. Jag tror jag ska sälja mitt företag och dra mig tillbaka, hade han slängt ur sig häromdagen inför henne, jag har tråkigt, det här yrket blir tuffare och tuffare, mina medarbetare tråkar ut mig. Hon hade protesterat: ”Men ni är ju bästa byrån i Paris!” ”Ja, de är duktiga, men de håller på att förhärdas och mänskligt sett är de inte längre särskilt intressanta, vet du vad jag drömmer om, Jo?” Hon hade skakat på huvudet. ”Jag drömmer om att vara konsult … Komma med mina synpunkter då och då, och ha tid för mig själv.” ”Och vad skulle du göra då?” Han hade tittat på henne och sagt: ”Bra fråga! Då skulle jag få börja om från noll, och hitta något nytt.” Hon hade lett och sagt: ”Det är lustigt hur du alltid säger *från noll*, du som tjänar så många nollor!”

Han hade pratat med henne om Alexandre och hon hade lagt till: ”Han är osäker, han skulle behöva dig, behöva att du var med honom. Du är där men samtidigt inte … Folk tror att det viktiga är kvaliteten på tiden som man ger sina barn, men det är också kvantiteten eftersom ett barn inte pratar på beställning. Ibland kan man tillbringa en hel dag tillsammans och så är det på kvällen som han plötsligt öppnar sig och berättar en hemlighet, ett förtroende eller en rädsla. Och då säger du dig att du väntade hela den långa tiden och trodde att det var bortkastad tid men det var det inte ..." Hon hade rodnat och sagt: "Jag vet inte om jag uttrycker mig tillräckligt klart." Hon hade gått sin väg, lite böjd med tre nya kontrakt att översätta. Hon verkade trött. Han borde höja hennes översättararvode.

Han hade kallat tillbaka henne och frågat henne: "Är det något du behöver, Jo? Är du säker på att du klarar dig?" Hon hade sagt: "Jadå." Sen hade hon tänkt efter en stund och tillagt:

– Vet du om att Iris vet att jag arbetar för dig?

– Hur har hon fått veta det?

– Genom Caroline Vibert ... De fikade tillsammans. Hon var lite sur för att du inte hade sagt något, så kanske skulle du ...

– Det ska jag göra, jag lovar. Jag tycker inte om att blanda ihop jobbet och familjen ... Du har rätt. Det var idiotiskt från min sida. I synnerhet som det inte var någon hemsk hemlighet, eller hur? Vi är några usla konspiratörer, båda två! Vi är inte så bra på att ljuga ...

Hon hade verkat fruktansvärt generad över hans sista anmärkning.

– Du behöver inte rodna så där, Jo! Jag ska prata med henne, jag lovar. Det måste jag om jag ska kunna börja om från noll!

Han hade brustit ut i skratt. Hon hade tittat generat på honom, och backat ut från hans kontor.

Vilken lustig flicka, hade han tänkt. Så olik sin syster! Nästan så att man skulle kunna tro att hon blivit förväxlad på BB och att Plissonniers åkte därifrån med fel baby. Det skulle inte förvåna mig om man fick veta det en dag. Jag skulle vilja se Henriettes min när hon fick reda på det! Hon skulle tappa sin eviga hatt.

Caroline Vibert sköt upp dörren till hans kontor.

– Har du kommit på någon strategi för ärendet jag gav dig?

– Nej, jag har bara suttit och dagdrömt. Jag har ingen lust att arbeta. Jag tror jag ska ta med min son på lunch, det är onsdag!

Caroline Vibert tittade på honom med öppen mun, och såg på när han slog numret till Alexandres mobil. Alexandre hojtade av glädje vid tanken på att gå på sin favoritrestaurang med sin pappa. Philippe Dupin satte på högtalaren på sin telefon för att hans sons glädje skulle eka på kontoret.

– Och efter det, min son, tar jag med dig på bio och du får välja film.

– Nej, utropade Alexandre, vi åker till le Bois och skjuter prick.

– I det här vädret? Vi kommer att vada i gyttja!

– Jo, pappa, jo! Vi skjuter och jag ska pricka rätt och du ska säga bravo till mig.

– Okej, det är du som bestämmer.

– Yes! Yes!

Advokat Vibert satte fingret mot tinningen och snurrade på det för att visa att han var komplett galen.

– De franska strumporna får vänta … Jag sticker, jag har en träff med min son.

Först hörde han ljudet av sina egna steg i entrén. Väggarna av blekgult kakel, den blå bården, den stora spegeln där man kunde titta på sig själv uppifrån och ner, brevlådan där visitkortet med deras namn, Monsieur et Madame Antoine Cortès, fortfarande satt kvar. Joséphine hade inte bytt ut det. Sedan kom lukten i hissen. En lukt av cigarrett, gammal heltäckningsmatta och ammoniak. Till slut var det ljudet av hans steg i korridoren på deras våning. Han hade inte sina nycklar. Han lyfte handen för att knacka, eftersom han tyckte sig minnas att ringklockan inte fungerade när han gav sig av. Men kanske hade hon reparerat den. Han fick lust att ringa på för att kolla, men Joséphine hade redan öppnat dörren.

Nu stod de där mitt emot varandra. Nästan ett år, verkade

deras blickar säga medan de dröjde vid varandras ansikten. För bara ett år sedan var vi ett par. Gifta med två små döttrar. Vad var det som hade hänt som gjort att allt gick i kras? Från båda sidor samma diskreta och förvånade fråga. Samtidigt som allt har förändrats på detta enda år, tänkte Joséphine medan hon granskade Antoines ansikte. Han hade skrynklig hy under ögonen, små sprängda blodkärl i ansiktet, rynkor i pannan. Han har börjat dricka, tänkte hon, så är det, den där svullna hyn, blodröd på sina ställen ... Och ändå har inget förändrats, tänkte Antoine och ville smeka de blonda lockarna som ramade in Joséphines nu fastare och smalare ansikte. Du är vacker, min sköna, skulle han ha velat viska. Du ser trött ut, min vän, avhöll hon sig från att säga.

Från köket kom en stark doft av stekt lök.

– Jag håller på att göra kyckling med stekt lök till flickorna ikväll, de älskar det.

– Just det, ikväll hade jag tänkt ta med dem på restaurang, det var så länge sen ...

– De kommer att bli så glada. Jag har inte sagt något till dem, jag visste inte om ...

Om du var ensam, om du var fri till middag, om den andra inte skulle följa med dig ... Hon tystnade.

– De måste ha förändrats mycket! Mår de bra?

– I början var det svårt ...

– Och i skolan?

– Har du inte fått deras resultat? Jag har bett att skolan skulle skicka dem till dig ...

– Nej, det måste ha kommit bort ...

Han hade lust att sätta sig ner och inte säga något. Se på när hon förberedde kycklingen med stekt lök. Joséphine hade alltid den effekten på honom, hon gjorde honom lugn. Hon hade den gåvan, som andra har gåvan att läka genom handpåläggning. Han skulle vilja vila sig från den hotande vändning hans liv hade tagit. Han hade en känsla av att smulas sönder som om hela hans varelse flöt omkring och splittrade upp sig på tusen olika identiteter som han inte klarade av. På tusen ansvarsområden som var för tunga för honom. Han hade just träffat Faugeron. Denne hade haft tid med honom i knappt tio minuter och hade svarat på tre telefonsamtal under tiden. ”Ni får ursäkta mig, monsieur Cortès, men det är viktigt ...” Och jag då, är inte jag viktig! hade han velat skrika i ett sista försök till revolt. Han hade behärskat sig och väntat tills Faugeron hade lagt på och återupptagit deras diskussion. ”Men er fru klarar sig mycket bra! Jag har inga problem med era konton, det bästa vore om ni tog upp det med henne ... För det är ju faktiskt en familjeangelägenhet och ni verkar vara en mycket sammanhållen familj.” Sedan hade han blivit avbruten av ett nytt telefonsamtal. ”Tillåter ni?” Vid nästa telefonsamtal bad han inte längre om ursäkt, han hade lyft luren utan att säga något alls. Till slut hade han rest sig upp och tagit Antoine i hand och försäkrat: ”Inga problem, monsieur Cortès, inga problem så länge er fru är med ...” Antoine hade gått därifrån utan att ha fått tillfälle att berätta om sina problem med herr Wei.

– Är det fortfarande vinter i Paris?

– Ja, sa Joséphine. Det är mars så det är väl normalt.

Det var skymningsdags, avenyernas ljus tändes, ett diffust vitt sken steg mot den svarta himlen. Mitt emot såg man genom köksfönstret ljusen från Paris. När de hade flyttat in, brukade de titta in mot den stora staden och göra upp planer för framtiden. När vi flyttat in till Paris ska vi gå på bio, på restaurang ... När vi bor inne i Paris ska vi gå och dricka kaffe på de små inrökta bistroerna ... Paris hade blivit ett vykort, en uppsamlingsplats för alla deras drömmar.

– Vi kom aldrig in till Paris, mumlade Antoine med en så sorgsen röst att Joséphine tyckte synd om honom.

– Jag har det mycket bra här. Jag har alltid trivts bra här.

– Har du ändrat något i köket?

– Nej.

– Jag vet inte, det känns annorlunda bara.

– Det finns fler böcker här, det är allt ... Och datorn! Jag har ordnat till en liten arbetshörna här och bytt plats på brödrosten, vattenkokaren och kaffekokaren.

– Det måste vara det ...

Han förblev tyst en stund, lätt framåtböjd. Han rörde vid vaxduken med fingrarna, borstade bort några brödsmulor. Hon lade märke till några vita hårstrån i nacken och gjorde reflexionen att det brukar vara tinningarna som grånar först.

– Antoine, varför tog du det där lånet utan att tala om det för mig? Det var inte bra.

– Jag vet. Inget som jag gör nu för tiden är bra ... Jag har inget att säga till mitt försvar. Men du förstår när jag reste, tänkte jag ...

Han svalde som om det han tänkte säga var för tungt för honom. Sedan fortsatte han:

– Jag trodde att jag skulle lyckas, tjäna mycket pengar, kunna betala tillbaka till dig, med råge till och med. Jag hade stora planer, jag inbillade mig att allt skulle gå som på räls men sedan ...

– Det är inte slut än, allt kan ordna sig ...

– Afrika, Jo! Afrika! Det tar kål på varannan vit man, det får dem att ruttna långsamt men säkert ... Det är bara de vilda djuren som kan stå emot i Afrika. De stora vilda djuren och krokodilerna ...

– Säg inte så.

– Det känns bra för mig att säga det, Jo. Jag borde aldrig ha lämnat dig, jag ville egentligen inte. Förresten har jag aldrig velat att saker ska hända mig ... Det är min stora svaghet.

Joséphine förstod att han hade övermannats av melankoli. Flickorna fick inte se honom i det skicket. Så slog en hemsk tanke henne.

– Har du druckit ... Har du druckit innan du kom hit?

Han skakade på huvudet, men hon närmade sig honom, kände på hans andedräkt och suckade.

– Du har druckit! Du får gå och ta en dusch och byta om. Jag har fortfarande kvar några av dina skjortor och en kavaj. Du får göra mig den tjänsten att hålla dig rak och vara lite gladare om du ska ta dem med dig på restaurang …

– Har du behållit mina skjortor?

– De är väldigt fina, dina skjortor. Jag kunde ju inte slänga dem! Så res dig upp och gå och ta en dusch. De är inte här förrän om en timme så du har tid på dig …

Det kändes bättre nu. Hemkänslan kom tillbaka. Han skulle ta en dusch, byta om, sedan skulle flickorna komma hem från skolan och han kunde bete sig som om han aldrig hade rest iväg. De skulle kunna gå ut och äta middag alla fyra, som förr. Han ställde sig under duschen och lät vattnet strila ner i nacken.

Joséphine tittade på kläderna som Antoine hade lagt på en stol i deras sovrum innan han gick in i badrummet. Hon var förvånad över hur lätt deras möte hade gått. Direkt när hon öppnade dörren hade hon förstått: han var inte en främling, han skulle aldrig bli en främling, han skulle alltid vara flickornas far, men det var något annat nu, de hade separerat. Separationen hade ägt rum utan tårar eller skrik. I stillhet. Medan hon kämpade helt ensam hade han lämnat hennes hjärta. Smygande.

– Jag har alltid varit säker på att det fanns helt lyckliga människor och jag har alltid velat vara en av dem, erkände han för henne när han väl hade tvättat, rakat och klätt sig.

Hon hade gjort kaffe till honom och lyssnat på honom med huvudet i handen i en uppmärksam och vänskaplig gest.

– Du verkar vara en av de lyckliga människorna nu. Och jag förstår inte hur du lyckats med det. Ingenting verkar skrämma dig … Faugeron sa att du betalade tillbaka skulden själv.

– Jag har tagit lite extraarbete. Jag gör översättningar för Philippes byrå och han betalar mig väldigt bra, alltför bra till och med …

– Philippe, Iris man?

Där fanns en ton av misstro i Antoines röst.

– Ja. Han har blivit riktigt mänsklig. Något måste ha hänt i hans liv för han lägger märke till folk nuförtiden …

Jag måste hålla kvar det här ögonblicket, kände hon. Det måste vara lite längre så att det sjunker in i mitt minne. Ögonblicket när han övergår från att vara mannen som jag älskar och på grund av vilken jag lider, till att bara vara en man, en kamrat, inte ens en nära vän längre. Vilken tid det tog för att jag skulle komma hit. Jag måste njuta av ögonblicket då jag frigör mig från honom. Slutet på en epok. Senare när jag tvekar, tvivlar och misströstar kommer jag att kunna hämta styrka genom att tänka på det här ögonblicket. De måste prata en stund till så att detta ögonblick blir tydligt, verkligt och markerar en vändpunkt i hennes liv. En milstolpe. Tack vara detta ögonblick kommer jag att bli starkare och jag kommer att kunna fortsätta framåt eftersom jag vet att allt har en mening, all den samlade smärtan sedan han gav sig av har omvandlats till ett steg framåt. Ett osynligt framsteg. Jag är inte längre densamma, jag har förändrats, jag har vuxit, jag har lidit men det har inte varit förgäves.

– Joséphine, hur gör folk som lyckas? Har de bara tur eller har de ett recept?

– Jag tror inte att de har ett recept … Det som ska till från början är att du väljer en kostym som passar dig, som du trivs i, efterhand så förstorar du den, du anpassar den efter dina mått. Efterhand, Antoine … Du, du går för fort fram. Du tänker stort direkt och du hoppar över alla de små viktiga detaljerna. Man lyckas inte direkt, man lägger en sten till en annan … När du kommer tillbaka till dina krokodiler, lär dig att göra sakerna en efter en efterhand som de kommer upp och sen, men inte förr, kan du tänka stort, större och ytterligare lite större … Om du går långsamt framåt så bygger du upp, om du går för fort fram så raserar du allt igen …

Han följde hennes ord ett efter ett som man följer varje rörelse hos livräddaren som är på väg att rädda ens liv.

– Det är som med alkohol … Varje morgon du vaknar, säg till dig själv: Jag ska inte dricka ikväll. Säg inte att jag ska aldrig mer dricka i hela mitt liv. Det blir för stort för dig, det löftet. Ett litet steg varje dag … och du kommer att lyckas.

– Min kinesiske arbetsgivare … han betalar mig inte.

– Men vad lever du då av …

– Mylènes pengar. Det är därför som jag inte har kunnat betala tillbaka lånet.

– Åh, Antoine …

– Jag tänkte prata med Faugeron för att han skulle hjälpa mig att hitta en lösning men han lyssnade knappt på mig …

– Men kineserna, får de betalt?

– Ja, småpengar, men de får betalt. Från ett annat konto. Deras pengar vill jag ju inte sno åt mig.

Joséphine funderade och rörde med skeden i kaffekoppen.

– Du måste ge dig av! Du måste hota med att ge dig av …

Antoine stirrade förbluffad på henne.

– Men vad ska jag göra om jag ger mig av?

– Du får börja om här eller någon annanstans … i liten skala … efterhand …

– Det kan jag inte! Jag har satsat allt där nere. Och jag är för gammal.

– Lyssna nu noga, Antoine: sådana människor förstår bara tuffa tag. Om du blir kvar och du arbetar utan att få betalt, hur tror du att han ska kunna respektera dig då? Men om du däremot lämnar honom med krokodilerna i famnen så kommer han att skicka dig en check illa kvickt! Tänk efter … Det är självklart. Han kommer inte att ta risken att låta tusentals krokodiler dö … Då blir det han som sitter i klistret!

– Du har kanske rätt …

Han suckade som om han redan var helt utmattad av det nappatag han måste ta med mister Wei, samlade sig och upprepade: ”Du har rätt, det ska jag göra.” Joséphine reste sig för att sänka värmen under löken. Tog ut kycklingdelarna som hon började bryna i pannan. Doften av kyckling väckte Antoine ur hans drömmeri.

– Det verkar så lätt när jag pratar med dig. Så lätt ... Du har förändrats.

Han sträckte ut armen och tog tag i Joséphines hand. Så tryckte han den och mumlade ”tack”, flera gånger. En ringsignal hördes. Det var flickorna.

– Ta dig samman nu! Le och var glad ... De får inte ana något. Det är inte deras problem. Okej?

Han samtyckte tyst.

– Kan jag ringa dig om det inte går vägen?

Hon tvekade ett ögonblick men inför hans bedjande min accepterade hon.

– Och låt inte Hortense få all samtalstid ikväll ... Låt Zoé få prata. Hon hamnar alltid i bakgrunden av sin syster.

Han log svagt mot henne och nickade.

När de var på väg ut frågade Antoine: ”Följer du med oss och äter?” Joséphine skakade på huvudet och svarade: ”Nej, jag har arbete att göra, ha det så kul och kom inte hem för sent, det är skola imorgon!”

Hon stängde ytterdörren efter dem och hennes första reaktion var att le. Jag måste skriva, tänkte hon, jag måste skriva ner den här scenen och ha den med i min bok. Jag vet inte exakt var, men jag vet att jag nyss har upplevt ett fint ögonblick, ett ögonblick då en persons känslor för handlingen framåt. Det är fantastiskt när handlingen kommer inifrån, när den inte läggs på utifrån ...

Hon gick och satte sig framför sin dator och satte igång att skriva.

Under tiden var Mylène Corbier på väg tillbaka till rummet på Ibishotellet i Courbevoie. Antoine hade beställt det i namnet herr och madame Cortès. Det som för bara ett år sedan hade gjort Mylène överförtjust lämnade henne nu helt kall. Hon hade besvär med att sticka in nyckeln i dörren till rummet så överlastad var hon. Hon hade gjort en tur i affärerna, Monoprix,

Sephora, Marionnaud, Carrefour, Leclerc, på jakt efter billiga makeup-produkter.

Sedan några veckor tillbaka grodde en idé: att lära kinesiskorna i Croco Park att sminka sig, och att tjäna pengar på det. Köpa foundation, mascara, nagellack, rouge, ögonskugga, läppstift i Frankrike och sedan sälja det därnere med vinst. Hon hade märkt att varje gång hon sminkade sig följde kinesiskorna det med stort intresse och viskade bakom hennes rygg, sedan kom de fram till henne och frågade på mycket dålig engelska hur man fick tag på det röda, det gröna, det blå, det rosa, den ockrafärgade krämen för kroppen, det rosabeiga, "kakaon" till ögonfransarna. De pekade med fingrarna på Mylènes ögon, ögonfransar, läppar, hy och tog hennes arm för att känna doften av hennes bodylotion. De rörde vid hennes hår, rufsade till det och gav till små skrik av upphetsning. Mylène iakttog dem, magra och eländiga i sina för stora shorts och med vanskött och glanslös hy. Hon hade också lagt märke till att de var tokiga i produkter där det stod Paris eller Made in France på förpackningen. De var villiga att köpa dem av henne, mycket dyrt. Det hade givit henne ytterligare en idé: att öppna en skönhetssalong i Croco Park. Där skulle hon erbjuda hudvårdsbehandlingar och sälja produkter som hon tagit med sig från Paris. Hon skulle göra noggranna beräkningar på priset och lägga på för resekostnaderna så att hon gick med vinst.

Hon kunde inte längre räkna med Antoine. Han höll på att rasa samman och hade börjat dricka. Han hade blivit en snäll och resignerad alkoholist. Om hon inte tog tag i saker och ting skulle de snart inte ha ett öre. Och ikväll skulle han träffa sin fru och sina döttrar. Det skulle kanske bli en nytändning för honom. Hans fru verkade vara en bra kvinna, snäll och arbetsam. Inte typen som beklagade sig.

Mylène slängde paketen på rummets stora dubbelsäng, öppnade den tomma resväskan och började fylla den. Förresten, fortsatte hon tänka medan hon fyllde väskan med produkter, vad tjänar det till att beklaga sig, det gör ingenting bättre, man gnäller bara över sig själv och över det förflutna och det kan man ju inte göra något åt, så vad tjänar det till? Hon räknade en sista gång förpackningarna, antecknade på ett papper den inköpta kvantiteten av varje produkt och priset hon hade betalat. Jag har inte tänkt på parfymer! Och inte på hårfärgning heller! Eller hårspray! Äsch det gör inget, jag tar det imorgon eller vid nästa resa. Dessutom är det bättre att börja i liten skala …

Hon klädde av sig, tog ut sitt nattlinne ur resväskan, drog papperet av tvålen i badrummet och tog en dusch. Hon ville snabbt återvända till Kenya för att öppna sin skönhetssalong.

Medan hon höll på att somna funderade hon över namnet på sin salong: Beauté de Paris, Paris Chic, Paris Beauty. Sedan fick hon en kort ångestattack. Gud, hoppas att jag inte står där sedan, med alla produkterna. Nu har jag spenderat allt som var kvar på mitt bankkonto, nu har jag inget kvar! Hon famlade i mörkret efter något av trä att ta i. Och somnade om.

Joséphine tittade i almanackan som hängde i köket och markerade med en svart tuschpenna de två kommande veckorna. Det var den 15 april och flickorna skulle komma hem den 30 april, så nu hade hon två veckor på sig att ägna sig helt åt sin bok. Två veckor, 14 dagar med minst 10 timmars arbete om dagen. Tolv kanske, tänkte hon, om jag dricker mycket kaffe. Hon hade just kommit hem från Carrefour där hon hade storhandlat. Hon hade bara köpt mat på burk och i påse, mat som inte behövde tillagas. Mjukt bröd, vatten på flaska, pulverkaffe, Ovomaltinestänger, yoghurt och choklad. Hon måste fylla ark efter ark om hon skulle bli klar i juli.

När Antoine hade föreslagit att flickorna skulle komma till honom på påsklovet hade hon tvekat. Att låta dem åka till Kenya med honom utan något annat förkläde än Mylène kändes inte så bra. Och om flickorna kom för nära krokodilerna? Hon hade pratat med Shirley som hade sagt: ”Jag kan åka med dem, jag tar med Gary … Jag kan vara borta två veckor. Det är inga lektioner på konservatoriet och jag har inga större beställningar att leverera och så älskar jag ju resor och äventyr! Fråga Antoine om han är med på det." Antoine hade sagt ja. Igår hade hon lämnat av flickorna, Shirley och Gary på Roissyflygplatsen.

Göra upp ett arbetsschema. Inte låta tiden rinna iväg. Äta mellan två kapitel. Dricka mycket kaffe. Bre ut sina böcker och anteckningar över köksbordet utan att de var i vägen för någon – och skriva, skriva, skriva.

Först måste hon sätta dekoren.

Var ska min historia utspela sig? Bland skuggorna i norr eller i solen?

I solen!

En by i södra Frankrike i närheten av Montpellier på 1100-talet. Frankrike har tolv miljoner invånare och England bara en miljon åttahundratusen. Frankrike är delat i två:

Det ena är Plantagenêtdynastins kungadöme med Henrik VII och Elenora av Akvitanien i spetsen och det andra är det där Frankrikes kung Ludvig den VII styr, den framtida fadern till Philippe Auguste. Vändplogen är i allmänt bruk och skördarna blir allt rikligare. Väderkvarnarna har ersatt handmalning. Människorna livnär sig bättre, maten blir mer omväxlande och barnadödligheten sjunker. Handeln utvecklas på marknader och torg. Pengar kommer i omlopp och blir ett eftertraktat betalningsmedel. Judarna tolereras men är illa sedda i byar och städer. Eftersom de kristna inte får låna ut pengar mot ränta får juden fungera som bank. Ofta blir han en ockrare. Han tjänar på människors elände och man tycker inte om honom. Han tvingas bära den gula stjärnan på kläderna.

I de högre samhällsklasserna är kvinnans enda värde hennes mödom, som hon erbjuder på sin bröllopsdag. Hennes framtida make ser henne som en kropp att befrukta – med pojkar. Han får inte visa sin kärlek. Kyrkan säger: den som älskar sin hustru alltför hett ska ses som skyldig till äktenskapsbrott. Av den anledningen drömmer tusentals kvinnor om att få gå i kloster. Antalet kloster mångdubblas under 1000- och 1100-talet.

Barnalstrande är tillåtet inom äktenskapet men sexuell vällust som hos horor fördöms, säger prästerna i sina predikningar. Prästen har en mycket viktig funktion. Han är lagen. Till och med kungen lyder honom. En flicka som går ut utan sällskap och blir våldtagen blir en "lösaktig kvinna". Man pekar finger åt henne och hon blir inte gift. Horder av pojkar, herrelösa soldater och riddare utan slott och utan armé, drar fram på landsbygden i jakt på lammkött att ligga med eller gamlingar att råna. Det är en mycket våldsam tidsepok.

Florine har förstått allt detta. Hon vill inte bli en av dessa kvinnor man tvingar fram till äktenskapet som till slaktbänken. Även om den höviska kärleken börjar förekomma i trubadurernas ballader så hör man ingenting om den ute i byarna. När man talar om äktenskap säger man att den unge riddaren vill "njuta och sätta bo, ha en kvinna och mark". Hon vägrar vara ett objekt. Hon föredrar att viga sitt liv åt Gud.

Florine började ta form. Joséphine såg henne kroppsligen. Lång, blond, välväxt, strålande snövit hy, lång och smidig hals, mandelformade gröna ögon som kantades av svarta ögonfransar, hög och välvd panna, välformad rosa mun, rodnande kinder, blonda lockar som faller i kaskader runt hennes ansikte, uppbundna med ett broderat pannband. Hon har elfenbensvita långa mjuka händer, med långa fingrar välformade som stearinljus och prydda med blänkande naglar. Aristokratiska händer.

Inte som mina, tänkte Joséphine och kastade en bedrövad blick på sina trasiga naglar.

Hennes föräldrar är aristokrater som förlorat sin förmögenhet och lever i ett hus där det blåser och regnar in. De drömmer om att återfå sitt vackra, tidigare liv genom att gifta bort sin enda flicka. De är landsbygdsmänniskor och lever av de magra skördarna från sin jord. En häst har de kvar och en vagn, en oxe, några getter och får. Men deras vapen, som finns återgivet på en stor gobeläng, pryder väggen i det stora rummet där de samlas om aftnarna.

Historien börjar en afton …

En afton i en by i Akvitanien på 1100-talet. Jag måste hitta på ett namn till byn, insåg Jo.

På kvällen träffas man släktingar och grannar emellan. Så en kväll när far- och morföräldrar, barnbarn och kusiner är samlade får man veta att greven av Castelnau har återvänt från ett korståg. Wilhelm Långsvärd är en ståtlig, vacker och rik adelsman.

(Och sedan beskriver jag Wilhelm …)

Hans guldfärgade hår gnistrar i solen och hans soldater känner igen honom på slagfältet på hans hårman som breder ut sig som en fana. Kungen har uppmärksammat Wilhelm och givit honom jord som han har fogat till sina grevskap. Han äger ett mycket vackert slott med vidsträckta bördiga jordar som hans mor, som är änka, har vaktat under hans frånvaro. Han söker en gemål och alla spekulerar kring denna blivande grevinnas person. Det är den här kvällen som Florine har tänkt berätta för sina föräldrar att hon bestämt sig för att hörsamma Benediktinerordern och gå i kloster.

(Jag börjar med den här aftonen. Florine letar efter ett tillfälle att prata med sin mor. Nej, med sin far … Det är fadern som är viktig.)

Man ser dem sprita ärtor, riva mangold, laga och lappa kläder, städa, alla håller på med vardagsbestyr medan de småpratar. Man stöter och blöter vardagen, senaste skvallret i byn (männen som anklagas för bigami, en bondhustru som har låtit sitt nyfödda barn försvinna, kyrkoherden som intresserar sig för flickor …). Man skämtar med varandra, man suckar, man pratar om fåren, vetet, oxen som har feber, ullen som ska kardas, vinskörden och utsädet som måste köpas. Senare går samtalet över i de eviga frågorna: byggnader som måste repareras, barn som ska giftas bort, de alltför höga skatterna, de alltför täta barnafödslarna, dessa barn som ”bara äter” …

(Då lägger jag tyngdpunkten vid Florines mamma. En snål, hårdhjärtad och egoistisk kvinna. Pappan är godmodig men domineras av sin fru.)

Florine försöker få sin pappas uppmärksamhet och komma in i samtalet. Men förgäves. Barn ska inte prata om ingen tilltalar dem. Florine måste buga sig när hon ska prata med sina föräldrar. Alltså förblir hon tyst och inväntar rätt ögonblick för att prata. En gammal, gnällig tant fastställer att man inte ska tala om obetydligheter men om högre ting. Florine höjer blicken mot henne och hoppas att hon ska börja prata om Gud så att hon då kan få tillfälle att uttala sig. Tyvärr är det ingen som lyssnar på den gamla tanten, och Florine förblir tyst. Till slut vänder sig husbonden, den som alla måste respektera, till sin dotter och ber henne hämta hans pipa.

(Som när jag var liten! Det var jag som gav pipan till pappa. Mamma förbjöd honom att röka inomhus. Han fick gå ut och röka på balkongen och jag brukade följa med honom. Han visade mig stjärnorna och lärde mig deras namn.)

Florines pappa rökte inomhus, det var Florine som stoppade hans pipa. Hon tar tillfället i akt att berätta om sina klosterplaner. Hennes mor hör det och protesterar. Det kommer inte på fråga: hon ska gifta sig med greve Castelnau!

Florine sätter sig på tvären. Försäkrar att hon har vigt sitt liv åt Gud. Hennes far befaller henne att gå upp på sitt rum och stanna där och betänka Guds första bud: du ska hedra din moder och din fader.

Florine drar sig tillbaka till sitt rum.

(Där ska jag beskriva rummet: kistorna, bonaderna, ikonerna, bänkar och pallar, sängen.)

Kistorna och skänkarna är försedda med flera lås. Att få ha hand om nycklarna är ett tecken på hög rang i hushållet. När alla har gått hem kan Florine höra föräldrarna prata med varandra i rummet intill. Ibland beklagar sig mamman: ”Jag har inget att ha på mig, du försummar mig … Alla är bättre klädda än jag och mer ansedda, alla tycker att jag är löjlig ..." Hon tjatar hela tiden men hennes man förblir tyst. Den här kvällen pratar de om henne, om hennes roll som dotter. En flicka av god familj ska baka brödet, bädda, tvätta, laga mat, ta hand om alla syarbeten, brodera penningpungar. Allt bestäms av föräldrarna: hon lyder dem i allt.

"Hon ska gifta sig med Wilhelm Långsvärd", bestämmer modern. "Det står jag fast vid."

Hennes far tiger.

Nästa dag kommer Florine ner i köket och hennes amma svimmar. Hennes mamma skyndar dit och svimmar i sin tur. Florine har rakat av sig håret och upprepar envist: "Jag ska inte gifta mig med Wilhelm Långsvärd, jag vill gå i kloster."

Hennes mor kommer till sans och stänger in henne på rummet.

Det blir allmän indignation, förebråelser och anklagelser duggar tätt. Man tar ifrån henne nycklar och frihet och man behandlar henne som ett tjänstehjon. Florine är mycket vacker. Florine är perfekt. Inget finns att skvallra om beträffande henne, det kan kyrkoherden intyga. Hon går och biktar sig tre gånger i veckan. Hon artar sig till den idealiska hustrun. Allt talar för att hennes föräldrar kan hoppas på ett bra parti.

Hon är nu inspärrad i hemmet. Övervakad av sin mor, sin far och tjänstefolket.

Hushållsarbete i enskildhet och tystnad ska få denna egensinniga flicka på andra tankar och få henne att glömma de religiösa svärmerierna. Man håller henne borta från fönstren eftersom de är alldeles för farliga för en ung flickas dygd. De vetter ut mot gatan, skyddas av en slags persienner och kan ge tillfälle till allsköns lössläppthet. Man spanar, man tittar och man samtalar genom fönstren.

Ryktet om Florines skönhet och förträfflighet har nått ända fram till Wilhelm Långsvärds öron och han ber att få träffa henne. Modern täcker henne med en broderad slöja och med tusen berlocker för att dölja hennes rakade skalle.

Mötet äger rum och Wilhelm Långsvärd fascineras av hennes långa elfenbensvita händer. Han friar. Florine måste böja sig och hon bestämmer att detta ska bli hennes första grad av ödmjukhet.

Bröllopet. Wilhelm vill ha ett stort bröllop. Han låter resa en enorm estrad, fylld av bord där upp till femhundra gäster kalasar under åtta dagar. Estraden smyckas av gobelänger, dyrbara möbler, rustningar, tyger som införskaffats i Orienten. Parfymerade ljus brinner i skålar. För att skydda middagsgästerna har ett enormt solsegel av ljusblått broderat kläde spänts upp och garnerats med grönskande girlanger prydda med rosor. Ett serveringsbord av ciselerat silver tronar på estraden. Golvet är bestrött med grönska. Femtio kockar och kökspojkar snor i köken. Rätterna följer på varandra. Bruden bär en huvudbonad smyckad med påfågelfjädrar som kostat motsvarande fem till sex årslöner för en duktig murare. Under hela bröllopsdagen håller hon blicken sänkt. Hon har lytt. Hon har lovat inför Gud att vara en god hustru och hon kommer att hålla sitt löfte.

(Och där, tänkte Joséphine, ska jag måla upp Florines första dagar som gift kvinna. Hennes bröllopsnatt. Skräcken för bröllopsnatten!)

Dessa barnbrudar som man överlämnade åt råbarkade soldater som nyss kommit tillbaka från krig och som inte visste något om kvinnlig njutning. Hon darrar, naken under sin nattskjorta. Kanske är Wilhelm öm … (Jag får se hur sympatisk jag vill göra honom!)

Under sitt äktenskap med Florine är Wilhelm Långsvärd framgångsrik och blir mycket rik. Hur? (Det måste jag tänka ut …)

Den andre mannen träffar hon …

Just då ringde det på dörren. Först ville Joséphine inte öppna. Vem kunde det var som kom hem till henne och störde? Hon smög på tåspetsarna fram till dörren och kikade ut genom titthålet. Iris!

– Öppna, Joséphine. Det är jag, Iris.

Joséphine öppnade motvilligt. Iris brast ut i skratt.

– Men vad har du på dig? Du ser ut som ett smutsigt hembiträde.

– U-mm ... jag jobbar ...

– Jag kom hit på en liten visit för att se hur det går med min bok och hur vår hjältinna mår.

– Hon har rakat huvudet, muttrade Joséphine och hade god lust att även raka sin systers skalle.

– Jag vill läsa! Jag vill läsa!

– Hör nu på, Iris. Jag vet inte om ... Jag är mitt uppe i arbetet.

– Jag ska inte stanna. Jag lovar. Jag kom bara förbi.

De gick in i köket och Iris böjde sig över datorn. Hon började läsa. Hennes mobil ringde och hon svarade. "Nej, nej du stör inte, jag är hos min syster. Ja! I Courbevoie, kan du tänka dig! Jag tog med mig kompass och mitt pass. Nä? Va! Nä, är det sant? Berätta ... Sa han det! Och hon? Vad sa hon då?"

Joséphine kände hur hon kokade inombords. Hon inte bara stör mig, dessutom slutar hon mitt i läsningen för att babbla i telefonen. Hon drog datorn ur händerna på sin syster och gav henne en förkrossande blick.

– Åh Gud ... Men nu måste jag sluta, Joséphine mördar mig med sina blickar! Jag ringer igen.

Iris stängde locket på sin mobil.

– Blev du arg?

– Ja, jag blev arg. Först dyker du upp utan förvarning och stör mig mitt i arbetet och sen avbryter du läsningen av min text för att prata med någon idiot och driva med mig! Om det som jag skriver inte intresserar dig, kom inte hit och stör mig då, okej?

Florines ilska bubblade inom henne.

– Jag trodde det var till hjälp att jag kom och gav mina synpunkter.

– Jag behöver inte dina synpunkter, Iris. Låt mig skriva i lugn och ro. När jag sedan vill så kan du läsa det.

– Okej, okej. Lugna ner dig! Kan jag få läsa lite i alla fall?

– På villkor att du inte svarar i telefonen.

Iris nickade och Joséphine räckte henne datorn. Iris läste under tystnad. Hennes telefon ringde men hon svarade inte. Sedan lyfte hon på huvudet, såg stint på sin syster och sa: ”Det är bra. Det är mycket bra”.

Joséphine kände lugnet återvända inom sig.

Ända tills Iris log och sa:

– Det är bra, det där med att hon rakar sitt huvud ... Jättebra idé!

Joséphine svarade inte. Hon ville bara en sak: fortsätta på sin roman så fort som möjligt.

– Vill du att jag ska gå nu?

– Du blev inte sur?

– Nej ... tvärtom. Jag måste verkligen lyckönska mig själv till att du tar detta på så stort allvar.

Hon tog sin väska, sin mobil, kramade om sin syster, gav sig av medan doften av hennes parfym dröjde kvar.

Joséphine lutade sig mot ytterdörren, andades ut och återvände till köket. Hon tog upp skrivandet men fick sluta: hon hade inte en enda bra idé längre.

Hon gav upp ett ilsket skrik och öppnade kylskåpsdörren.

– Pappa. Kommer krokodilerna att äta upp mig?

Antoine höll Zoés lilla hand i sin och lugnade henne. Krokodilerna skulle inte äta upp henne, men hon fick inte gå alltför nära när hon skulle mata dem. Vi är inte på zoo, här finns inga vakter. Man ska vara försiktig, det är allt.

Han hade tagit med sig Zoé på en promenad längs krokodilernas dammar. Han ville visa var han arbetade och vad han gjorde så att hon skulle förstå att han hade haft en god anledning att resa iväg. Han mindes Joséphines förmaning: ”Ägna tid åt Zoé och låt dig inte uppslukas av Hortense.” Shirley, Gary och flickorna hade anlänt dagen innan, trötta av resan och värmen men upphetsade av tanken på att upptäcka Croco Park, havet, lagunen och korallreven. Shirley hade köpt en guide över Kenya som hon hade läst för dem på planet.

De hade ätit middag på verandan. Mylène verkade glad över att få sällskap. Hon hade lagat mat hela dagen för att måltiden skulle bli lyckad. Och det blev den. Antoine hade känt sig lycklig för första gången sedan han slagit sig ner i Kenya. Lycklig över att ha sina döttrar hos sig. Lycklig över att åter ha ett familjeliv. Mylène och Hortense verkade komma mycket bra överens. Hortense hade lovat hjälpa Mylène att sälja skönhetsprodukter. ”Så sminkar jag dig och du blir en sorts rörlig reklam, men akta så att inte kineserna blir alldeles till sig!” Hortense hade gjort en liten grimas av avsmak. ”De är för små, för magra, för gula, jag tycker om riktiga män som har muskler överallt!” Antoine hade lyssnat, häpen över sin dotters säkerhet. Gary hade känt på sina biceps. Han gjorde femtio armhävningar morgon och kväll. ”Ansträng dig lite mer, dvärgen, så ska jag ta dig under övervägande!” Shirley hade rynkat pannan. Hon gillade inte att man kallade hennes son för dvärg.

I morse hade Zoé kommit in i hans och Mylènes sovrum utan att knacka. Han hade gett tecken till henne att inte föra oväsen och sedan hade de båda givit sig ut på en promenad.

De gick under tystnad. Antoine visade Zoé de olika anläggningarna i parken. Lärde henne namnet på ett träd, en fågel. Han hade varit noga med att smörja in Zoé med solkräm och hade givit henne en stor hatt som skydd mot solen. Hon viftade bort en fluga med handen och suckade.

– Pappa, ska du vara kvar här länge?

– Jag vet inte än.

– När du har dödat alla krokodilerna och lagt dem på burk eller gjort väskor av dem, då kan du väl ge dig av, eller hur?

– Då kommer det att finnas nya. De kommer att få ungar …

– Och ungarna, ska du döda dem också?

– Det måste jag …

– Bebisarna också?

– Jag får vänta till de har blivit stora … Eller också väntar jag inte, om jag har hittat ett annat arbete.

– Jag tycker inte du ska vänta. Vid vilken ålder är krokodiler vuxna?

– Vid tolv års ålder …

– Men då kan du inte vänta! Eller hur pappa?

– Vid tolv års ålder skaffar de sig ett revir och en hona.

– Det är lite som med oss, då.

– Lite, det är sant. Krokodilmamman värper ett femtiotal ägg och sen ligger hon och ruvar sina ägg i tre månader. Ju högre temperaturen är i boet, desto fler hanar blir det av äggen. Och det är ju inte som med oss.

– Då får hon femtio bebisar!

– Nej, för en del dör inuti ägget och andra kommer att bli uppätna av rovdjur som mungor, ormar och vithägrar. De bevakar boet och när mamman är borta kommer de och rotar igenom det.

– Och när de är födda?

– Då tar krokodilmamman dem mycket försiktig i sitt gap och lägger dem i vattnet. Hon blir kvar där med dem i några månader, ibland rentav upp till ett eller två år för att skydda dem. Men mat får de tag i helt själva.

– Det är många barn för henne att ta hand om!

– Nittionio procent av alla krokodilungar dör vid låg ålder. Så är naturens lag …

– Och mamman, blir hon ledsen?

– Hon vet att det är så … hon kämpar för dem som överlever.

– Hon måste bli ledsen trots allt. Hon verkar vara en bra mamma. Hon anstränger sig mycket … Som mamma, hon anstränger sig mycket för vår skull. Hon arbetar mycket …

– Du har rätt Zoé, din mamma är fantastisk.

– Och varför lämnade du oss då?

Hon hade stannat, vikt upp sitt hattbrätte och tittade allvarligt på honom.

– Det där är ett vuxenproblem. När man är liten tror man att livet är enkelt och logiskt. När man blir större förstår man att det är mer komplicerat än så … Jag tycker oändligt mycket om din mamma, men …

Han visste inte vad han skulle säga. Han ställde sig samma fråga som Zoé: varför hade han givit sig av? När han hade följt flickorna hem häromkvällen hade han gärna stannat kvar med Joséphine. Han skulle ha glidit ner i sängen och somnat, och livet skulle ha börjat på nytt, tryggt och snällt.

– Det måste vara krångligt om du inte kan förklara själv, ens … Jag vill aldrig bli stor! Det blir bara tråkigheter. Kanske kan jag bli stor utan att bli vuxen …

– Det är det som är problemet, min älskling: att lära sig att bli en vuxen och bra person. Det tar år att lära sig och ibland lär man sig det inte … Eller också förstår man för sent att man har gjort en dumhet.

– När du sover med Mylène, sover du påklädd då?

Antoine ryckte till. Han var inte förberedd på den frågan. Han tog sin dotters hand igen men hon lösgjorde sig och upprepade sin fråga.

– Varför frågar du det? Är det viktigt?

– Älskar du med Mylène?

Han mumlade:

– Men Zoé, det har du faktiskt inte med att göra!

– Jo! Om du älskar med henne så kommer ni att få en massa barn och det vill inte jag …

Han satte sig på huk och kramade henne och viskade mjukt till henne:

– Jag vill inte ha några andra barn än Hortense och dig.

– Lovar du?

– Jag lovar dig … Ni är mina älskade döttrar och ni fyller hela mitt hjärta.

– Så då sover du påklädd!

Han kunde inte förmå sig att ljuga utan beslöt att byta samtalsämne.

– Är du inte hungrig? Känner du inte för en stor frukost med ägg, skinka, smörgåsar med sylt?

Hon svarade inte.

– Ska vi gå hem?

Hon nickade och såg bekymrad ut. Verkade tänka efter en stund. Antoine betraktade henne och fruktade ännu en besvärlig fråga.

– Det är Mylène som bakar brödet här. Det är jättegott, ibland lite bränt men …

– Alexandre är också orolig för sina föräldrar. Ett tag sov de inte tillsammans och Alexandre berättade för mig att de inte alls älskade med varandra längre.

– Och hur visste han det?

Hon svalde och kastade en blick på sin pappa: Tar du mig för en baby eller vad?

– För att han inte hörde några ljud från deras sovrum längre! Det är så man märker det.

Antoine tänkte att han måste vara försiktig medan flickorna var där.

– Och det gjorde honom orolig?

– Ja, för sen skiljer sig föräldrarna …

– Inte alltid, Zoé. Inte alltid … Mamma och jag har inte skilt oss ännu.

Han tvärstannade. Nu var det bäst att byta samtalsämne igen, för att undvika fler pinsamma frågor.

– Nej, men det kvittar … Ni sover inte tillsammans längre.

– Gillar du ditt rum här?

Hon plutade med munnen och svarade.

– Ja det är okej, det är bra.

De gick tillbaka mot huset under tystnad. Antoine tog åter Zoés hand, och hon lät honom göra det.

Eftermiddagen tillbringade de på stranden. Alla utom Mylène som öppnade sin butik klockan fyra. Antoine fick en chock när Hortense tog av sig sin T-shirt och sin sarong: hon hade en kvinnas kropp. Långa ben, insvängd midja, vackert rundad rumpa, en söt vältränad liten mage, fylliga bröst som baddräkten knappt kunde dölja. En kvinnas kropp och hållning. Sättet som hon förde sitt långa hår bakåt på och satte upp det, sättet att smörja in sina lår, sina axlar, sin hals med solkräm gjorde honom orolig. Han vände bort blicken för att se om det fanns några män på stranden som spanade in henne. Till sin lättnad fann han att de var nästan helt ensamma förutom några barn som lekte i vågorna. Shirley lade märke till hans oro och konstaterade:

– Häpnadsväckande eller hur? Hon kommer att göra männen galna! Så fort min son ser henne snubblar han över sina skosnören.

– När jag åkte var hon fortfarande liten.

– Du får vänja dig! Och detta är bara början.

Barnen sprang ut mot vattnet. Den vita sanden klibbade fast under deras fötter och de slängde sig skrikande i vattnet. Antoine och Shirley satt bredvid varandra och tittade på dem.

– Har hon någon pojkvän?

– Jag vet inte. Hon är väldigt hemlig av sig.

Antoine suckade.

– Oj, oj, och jag kommer inte att vara där för att övervaka henne.

Shirley log ironiskt.

– Hon håller dig i sitt ledband! Hon kollrar bort alla män … Du får förbereda dig på det värsta, det är lika bra.

Antoine tittade ut mot havet där de tre barnen hoppade i vågorna. Gary tog tag i Zoé och kastade henne i en våg. Akta! höll Antoine på att skrika men så kom han ihåg att det inte var särskilt djupt och att Zoé bottnade. Sedan tittade han på Hortense igen som hade avlägsnat sig lite och låg och flöt på magen med armarna längs sidorna, benen sammanhållna som en lång havsjungfrustjärt och bara sina halvöppna ögon ovanför vattenytan.

Han genomfors av en rysning. Så reste han sig upp och föreslog Shirley:

– Ska vi göra dem sällskap? Du ska få se, vattnet är härligt.

Det var när Antoine gick ut i vattnet som han kom på att han, sedan flickorna kom, inte hade druckit en droppe alkohol.

Henriette Grobz var på krigsstigen.

Sittande framför sin spegel höll hon på att rätta till sin filthatt och stack noggrant in en lång nål från ena sidan till den andra för att hatten skulle hållas på plats på huvudet och inte flyga iväg vid första bästa vindpust. Sedan drog hon ett lager med knallrött läppstift över sina läppar och satte rouge på kinderna, knäppte fast öronclipsen vid sina torra och rynkiga öronsnibbar och reste sig upp, färdig att göra sina efterforskningar.

Den här morgonen var det första maj och på första maj arbetar ingen.

Ingen utom Marcel Grobz.

Han hade meddelat vid frukosten att han gav sig av till kontoret och inte skulle komma hem förrän sent på kvällen, så hon skulle inte vänta med middagen till honom.

Till kontoret? hade Henriette Grobz upprepat tyst för sig själv och böjt på sitt huvud där håret låg klistrat mot skallen med hjälp av mängder av hårspray. Hennes hårknut var så stram att hon inte behövde någon ansiktslyftning. När hon någon gång släppte ner håret blev hon tio år äldre: hennes mjuka och slappa hud hängde ner när den inte hade hjälp av hårnålar för att hållas uppe. Till kontoret den första maj? Här låg det en hund begraven. Detta bekräftade vad hon haft på känn sedan gårdagen.

Det var den andra bomben som den sympatiske Marcel släppt medan han högg toppen av sitt kokta ägg och doppade änden av sin baguette med smör ner i gulan. Hon hade betraktat denna runda och feta man med äggula rinnande över hakan och fått kväljningar.

Den första bomben hade exploderat dagen innan. De åt middag tillsammans, bara de två vid varsin ände av bordet, och deras mauritiska hemhjälp Gladys skötte serveringen. Marcel hade frågat: ”Har du haft en bra dag?”, som han gjorde varje kväll när de åt middag. Men igår kväll hade han lagt till två små ord som hade smattrat i hennes öron som en kulsprutesalva. Marcel hade inte bara frågat ”har du haft en bra dag”, han hade lagt till ”min älskling” i slutet av frågan!

”Har du haft en bra dag, min älskling?”

Och sedan hade han stoppat ner trynet igen i sin biff med morötter utan att lägga märke till det oväder som han just hade släppt loss.

Det var tjugo år eller mer sedan Marcel Grobz kallat Henriette ”min älskling”. Först för att hon hade förbjudit honom att kalla henne det offentligt, sedan för att hon fann de där två små orden ”groteska”. ”Groteskt”, det var hennes personliga uppfattning om ömhetsbetygelser mellan äkta makar. Genom att ständigt bli avsnäst varje gång han yttrade orden, tilltalade Marcel henne numera bara i neutrala ordalag, helt enkelt: Henriette.

Men igår kväll hade han kallat henne ”min älskling”.

Det hade träffat henne som ett piskrapp i ansiktet.

Detta ”min älskling” var uppenbarligen inte avsett för henne.

Hon hade legat och vänt och vridit på sig hela natten i den före detta äktenskapliga sängen och klockan tre på natten hade hon gått upp för att dricka ett glas rött vin som hon hoppades skulle hjälpa henne att somna. Hon hade helt lätt skjutit upp dörren till Chefs rum och kunnat konstatera att hans säng var tom.

Ytterligare ett indicium!

Det hände att han inte sov hemma när han var på affärsresa men nu var det inte frågan om någon affärsresa eftersom han hade ätit middag med henne och sen dragit sig tillbaka till sitt rum som han gjorde varje kväll. Hon hade gått in i Chefs rum och tänt ljuset: ingen tvekan, fågeln hade smitit, han hade inte ens legat i sängen! Hon hade förvånat sett sig omkring i detta lilla rum där hon aldrig gick in. Den smala sängen, ett enkelt nattygsbord, en billig matta, en lampa med trasig lampskärm, sockor som låg slängda. Hon hade inspekterat badrummet: rakhyvel, rakvatten, kam, borste, schampo, tandkräm och ... en hel uppsättning skönhetsmedel för män, *Bonne gueule* från märket Nickel. Dagkräm, kräm för oren hy, peelingkräm, mjukgörande kräm, återfuktande kräm, ögonkräm, stärkande kräm. Chefs arsenal av skönhetsmedel som låg utbredd på kanterna av tvättstället kändes som ett hån.

Hon gav till ett skrik: Chef hade en älskarinna! Chef kuttrade! Chef hade utgifter! Chef smet ut! Hon gick ut i köket och tömde flaskan med bordeauxvin Grand Cru som hon hade påbörjat vid middagen.

Hon fick inte en blund på hela natten.

Hans deklarationer vid frukosten på första maj bekräftade hennes misstankar.

Hon skulle bli tvungen att ge sig ut och undersöka saken. Det första var att åka till Chefs kontor för att ta reda på om han verkligen var där. Leta igenom hans post, hans almanacka, kolla hans möten, gå igenom hans checkhäfte och kontoutdrag. För att kunna göra detta måste hon ta sig förbi den där lilla ohyran Josiane, men det var ju ändå första maj? Kontoren kommer att stå tomma och jag kan leta igenom dem i lugn och ro, tänkte hon. Jag måste bara undvika den där tönten René och hans höna till fru, två stora dumhuvuden som underhålls generöst av det nötet Marcel Grobz. Vilken vidrigt namn! Tänk att jag också bär det, förbannade hon sitt öde, medan hon kontrollerade att hattnålen satt på sin plats.

Vad får man inte offra för sina barn! Man offrar sig på moderskapets altare. Iris förstod att vara tacksam, behaglig och trevlig – men Joséphine! En skam! Och upprorisk ovanpå allt! Hon revolterar som en tonåring vid fyrtio års ålder, är det inte löjligt?

Nu träffas vi ändå inte och det är lika bra det. Jag tål henne inte! Jag tål inte det medelmåttiga liv hon har valt, en tönt till man, en lägenhet i ett höghus i förorten och en miserabel liten lärarlön. Tala om att lyckas! Det är skrattretande. Det var bara lilla Hortense som strök lite salva på såren. En riktig liten dam, den flickan, vacker hållning och utstrålning och med helt andra ambitioner än sin stackars mamma.

Hon strök sig över halsen för att sudda bort rynkorna och med munnen hopsnörd gick hon ut och tryckte på hissknappen.

När hon gick förbi portvaktslogen bugade hon och log brett. Portvakterskan gjorde henne många tjänster och hon var mån om att behålla denna vänskap.

Henriette Grobz var, som så många andra, hemsk mot sina närmaste men vänlig mot folk i allmänhet. Eftersom hon tyckte att hon inte hade mer att hämta hos dem som hon levde med och då hon var helt ovetande om sådant som gåvor, kärlek och generositet, ansträngde hon sig inte längre och utövade mot sina närmaste en obarmhärtig och brutal tyranni för att hålla dem i sitt grepp. Men eftersom hon var fylld av fåfänga saknade hon komplimanger och beröm som hon inte kunde få utom från totala främlingar som fann denna kvinna charmerande, beundransvärd och tillskrev henne alla dygder. Dygder som hon berömde sig av och som hon upprepade i all oändlighet medan hon berättade om alla dessa som tyckte så mycket om henne, som skulle göra vad som helst för henne, som fann henne så distingerad, förtjänstfull och förtjusande ... Så gjorde hon också beundransvärda ansträngningar för att vinna dessa människors uppskattning eftersom hon misstänkte att hennes närmaste, i synnerhet hennes dotter Joséphine, hade upptäckt hennes känslokyla. På så sätt hoppades hon vinna uppskattning från dem som var främmande för henne och utvidga den cirkel som hon ansåg sig själv stå i centrum av. Genom att göra helt okända människor en tjänst fick hennes självkänsla näring och hon stärktes i de höga tankar hon hade om sig själv.

Portvakterskan var en del av detta hennes hov. Henriette skänkte henne sina gamla paltor och försäkrade att de var från de förnämsta märkena, en slant till sonen som hjälpte henne att bära upp paket när hon hade mycket att bära. Hon lät portvakten parkera sin bil gratis på den tomma parkeringsplats som de hade i huset. Genom sin falska generositet försäkrade hon sig om en tacksamhet som stärkte henne i sin höga uppfattning om sig själv och gjorde det möjligt för henne att fortsätta att terrorisera sin omgivning. Detta perifera vänskapliga nätverk gjorde henne säker. Hon kunde ge utlopp för sina känslor inför dem, berätta i oändlighet om allt lidande hennes yngsta dotter utsatte henne för … Joséphine hade alltid varit förvånad över portvakterskan tvära sätt mot henne när hon var på besök hos sin mor.

Den här morgonen hade Henriette Grobz inga svårigheter att misstänkta det värsta av sin äkta man. Hon såg ondskan överallt eftersom hon själv bar den inom sig.

Först blev hon förvånad över att inte hitta bilen och chauffören i givakt framför dörren men sedan mindes hon att det var första maj och hon förbannade dessa helger och ledigheter som uppmuntrade lättjan hos fransmännen och minskade landets aktivitet. Hon fann sig och höjde armen för att kalla på en taxi.

– Avenue Niel, skällde hon till chauffören i en grå Opel som nästan körde på henne innan han stannade.

Precis som hon hade trott fann hon kontoret tomt.

Inget spår av vare sig Chef eller hans sekreterare. Inte heller av de där idioterna från magasinet. Hon skrattade elakt och gick upp för trapporna till kontoret som hon hade nycklarna till.

Hon såg till att sätta sig bekvämt och började inspektera de papper som låg och väntade, öppnade en pärm och sedan en till, tittade på mötena i kalendern. Inget kvinnonamn, inga misstänkta initialer. Hon tappade inte modet, utan fortsatte tömma lådorna i jakt på checkhäften och kontoutdrag. Från checkhäftena fick hon inte fram något. Inte heller från kontoutdragen. Hon började just misströsta när hon lade handen på ett tjockt kuvert som låg intryckt längst inne i en låda, på vilket det stod "diverse utgifter". Hon öppnade kuvertet och en varm våg av skadeglädje sköljde över henne. Hon hade honom fast! En hotellnota, fyra nätter på Plaza för två personer med frukost. Ser man på, ser man på, hånflinade hon, kaviar och champagne till frukost, han har då inte tråkigt med sin lilla pulla! En saltad faktura från en juvelerare vid Place Vendôme och fler av samma sort, champagne, parfym, kläder från fina butiker! Åh tusan, han gör sig till för sina erövringar, inget är för fint för dem! När man är gammal får man betala! Och man får betala dyrt!

Hon reste sig upp och gick in på Josianes kontor för att ta fotokopior. Medan kopiatorn arbetade frågade hon sig varför Chef hade sparat dessa fakturor. Hade han betalat dem med företagets checkar? Om så var fallet var det bedrägeri och hon skulle sätta dit honom dubbelt upp!

Hon gick sedan tillbaka och satte sig på kontoret och fortsatte att rota. Kanske fanns det fler misstänkta kuvert. Så stötte hon mot en kartong med foten under skrivbordet och hon böjde sig ner och drog fram den, öppnade den och tittade förstenad på innehållet. Det var ett tiotal sparkdräkter, rosa, blå, vita, i velour, i bäckebölja, i sidenblandningar. Haklappar, tumvantar för bebisar för att de inte ska riva sig i ansiktet, ullstrumpor i alla de färger, lyxiga schalar från La Châtelaine och schweiziska, engelska, franska kataloger över vaggor, barnvagnar och mobiler att fästa ovanför den lilla ängelns huvud. Hon inspekterade kartongen och tänkte efter. Han tänkte ge sig in på babykläder och babytillbehör. Kopiera de finaste märkena och låta tillverka dem till låga priser i Kina eller någon annanstans. Hon gjorde en min av avsmak. Gamle Grobz gav sig in på en ny marknad. Babymarknaden. Ömkligt! Hon stängde kartongen och sköt tillbaka den med spetsen av sin sko. Det är som om han vill trösta sig för att han aldrig fått något barn. Ålderdomen är en patetisk ålder om man förlorar sitt sinne för det passande, man måste inse att man är gammal. Gud ska veta att han hade gått henne på nerverna med sin längtan efter ett barn. Men hon hade hållit stånd! Hennes järnhand hade inte släppt taget. Det var tillräckligt hemskt att stå ut med hans omfamningar, känna hans små tjocka fingrar knåda hennes bröst och … Hon gjorde en äcklad grimas och samlade sig igen. Den tiden var förbi, hon hade snabbt satt punkt för allt det där.

Hon gick tillbaka ner för trappan. Hon var rädd för att ta hissen helt ensam. Det hade hänt en gång att den hade fastnat och hon hade trott att hon skulle dö. Hon hade hållit på att kvävas, fått kippa efter andan medan hon bankade med huvudet och nästan storknade. Hon hade blivit tvungen att ta av sig hatten, knäppa upp sin blus, ta bort hårnålarna en efter en ur hårknuten för att få luft och det var en gammal, vettskrämd och jämrande kvinna som tog emot brandmännen som kallats dit för att rädda henne. Episoden hade varat en dryg timme men hon skulle aldrig glömma personalens bestörta blickar när hon kom utvacklande. Hon hade inte vågat sätta sin fot på kontoret på mycket länge efter det.

På gården hörde hon vild musik från Ginettes och Renés bostad och en man, förmodligen berusad, stack fram huvudet och sa bryskt:

– Hallå, gamla gumma. Vill du komma och dansa med oss? Kolla grabbar! Kom och titta, en gammal gumma som springer sin väg med en hatt på huvudet!

– Håll tyst, Règis! skällde en man som lät som René. Det där är mamma Grobz.

Hon ryckte på axlarna och skyndade på sina steg, medan hon höll det eländiga kuvertet tryckt under sin arm. Skratta ni, jag ska nog se till att ni inte slipper undan med det här, svor hon och bad till gudarna att hon snabbt skulle hitta en taxi, så att hon kunde komma hem och lägga sitt byte i kistan i sitt rum.

– Är det därför man aldrig ser dig längre? Stänger du in dig och skriver?

Iris tog på sig en mystisk min och nickade. Hon förflyttade sig i tanken tillbaka till Joséphines kök och beskrev skapandets vedermödor för Bérengère som var förbryllad över väninnans förvandling.

– Det är så slitsamt, vet du. Du skulle se mig! Jag går knappt utanför mitt arbetsrum. Carmen kommer in med matbrickor till mig. Hon tvingar mig, annars glömmer jag att äta!

– Ja, du har faktiskt blivit smalare …

– Alla dessa personer i mitt huvud! De har intagit mig. De är mer verkliga än du, Alexandre eller Philippe! Det är inte svårt: du ser mig men jag är inte här! Jag är med Florine, min hjältinna.

Bérengère lyssnade med gapande mun.

– Jag sover inte längre. Jag stiger upp mitt i natten för att göra anteckningar. Jag tänker på det hela tiden. Och sen måste man hitta rätt språkbruk för var och en, deras inre utveckling som för handlingen framåt utan att det känns påklistrat. Allt ska flyta, allt måste kännas som skrivet utan ansträngning så att läsaren kan gå in i det och ta det till sig. Man måste lämna tomrum, göra ellipser …

Bérengère var inte säker på att hon förstod betydelsen av ordet ”ellips”, men vågade inte be Iris förklara det för henne.

– Och hur gör du med historierna från medeltiden?

– Från 1100-talet, min älskling! En vändpunkt i Frankrikes historia … Jag har köpt en massa böcker som jag läser: Georges Duby, Georges Dumèzil, Philippe Ariès, Dominique Barthélemy, Jacques Le Goff … Jag läser också Chrétien de Troyes, Jean Renarts romaner och 1100-talets store poet Bernard de Ventadour!

Iris tog på sig en tankfull min, böjde nacken som om allt vetande tyngde hennes axlar.

– Vet du vad man kallade vällust på den tiden?

– Ingen aning!

– Avslickning. Och hur man gjorde abort? Med sporren på sädessträet!

Ett ord till som jag inte förstår, tänkte Bérengère, förbluffad över sin väninnas kunnande. Vem skulle ha trott att den spotska, ytliga Iris Dupin skulle ge sig på en så mödosam uppgift som att skriva en roman. En roman som dessutom utspelade sig på 1100-talet!

Det fungerar, det fungerar, lyckönskade sig Iris tyst. Om alla läsare är lika lätta att föra bakom ljuset som den här kommer detta att gå som smort. Jag ska bara skaffa mig lämplig klädsel, frisyr och stil, två eller tre små talfel, en våldtäkt när jag var elva, två eller tre kokainsnortar och – bingo! – så drar jag högsta vinsten! De här luncherna med Bérengère var utmärkta övningstillfällen inför det som komma skulle och därför träffade hon henne regelbundet för att träna sig på att svara på de frågor som hon senare skulle kunna få från journalisterna.

– Och Decretum? Har du hört talas om Decretum?

– Jag har inte tagit studenten, Iris, svarade Bérengère förskräckt. Jag fick inte ens gå upp i muntan!

– Det var ett mycket strängt frågeformulär som upprättades av kyrkan för att reglera kvinnans sexuella beteende. Med hemska frågor: Har du tillverkat ett visst föremål i önskad storlek, har du fört in det i ditt kön eller i någon kvinnlig kamrats kön och har du bedrivit otukt med andra dåliga kvinnor med detta instrument eller något annat?

– Fanns dildos på den tiden?

Bérengère trodde knappt det var sant.

– ”Har du bedrivit otukt med din lille pojke? Har du lagt honom över ditt kön och gjort samlagsrörelser?”

– Wow …, utbrast Bérengère, häpet.

– ”Har du givit dig till ett djur? Har du med något knep tvingat det till samlag? Har du smakat din mans säd för att han skulle brinna av kärlek till dig? Har du tvingat honom att dricka ditt mensblod eller äta bröd som knådats på din rumpa?”

– Det har jag aldrig gjort, sa Bérengère, bragd ur fattningen.

– ”Har du sålt din kropp till älskare för att de ska njuta av den, eller har du sålt din dotters eller din dotterdotters kropp?”

– Man skulle kunna tro att det handlade om vår tid!

– Ja, det är just det som hjälper mig. Omgivningen, kläderna, maten, livets rytm förändras men känslorna och de intima sakerna förblir tydligen alltid de samma …

Ännu ett argument som hon hört Joséphine utveckla. Hon var ganska nöjd med sig själv. Hon hade lärt sig passager ur Decretum utantill och hade reciterat dem felfritt. Den där lilla gåsen är perfekt, hon kommer att berätta om vår lunch för hela Paris, för alla som är något i Paris, och ingen kommer att kunna misstänka att det inte är jag som har skrivit boken. Senare när boken kommer ut kommer hon att säga: Jag var där, jag var med när hon knogade med sin roman. Ska jag sluta nu eller ska jag komma med en sista dödsstöt?

Hon bestämde sig för det sistnämnda och böjde sig fram mot Bérengère som hade gjort abort flera gånger och mumlade hotfullt:

– "Har du dödat din avkomma? Avlägsnat fostret ur din livmoder antingen med häxeri eller med ett strå?"

Bérengère gömde ansikte i händerna.

– Sluta, Iris. Du gör mig rädd.

Iris brast ut i skratt.

– Oönskade nyfödda barn kvävde man eller slängde i kokande vatten. Och de som skrek för mycket kastade man ut genom skottgluggarna och bad Gud eller Djävulen att byta ut mot andra lugnare barn.

Bérengère skrek till av fasa och bad om nåd.

– Sluta, annars äter jag aldrig mer lunch med dig.

– Åh, du förtappade själ, jag rullar mig i stoftet och ger upp allt vad denna värld har att bjuda och jag gör en levande hostia av min kropp!

– Amen, svarade Bérengère som inte ville höra mer. Och hur reagerar Philippe?

– Han är ganska förvånad måste jag säga … och han respekterar att jag stänger in mig. Han är fantastisk och tar hand om Alexandre hela tiden.

Det var inte helt osant. Philippe betraktade sin frus påstådda nya sysselsättning med skepsis. Han pratade aldrig med henne om den, men däremot var det sant att han brydde sig mycket om Alexandre. Han kom hem från kontoret varje kväll klockan sju och tillbringade sedan tid i hans rum och förhörde honom på läxorna, förklarade matteproblem, tog med honom på rugbymatcher. Alexandre var överlycklig, han tog efter sin far i allt, stack ner händerna i fickorna med viktig min, använde samma ord som Philippe och kunde upprepa "det var märkligt" med samma allvar som sin pappa. Iris hade ringt detektivbyrån för att avbryta utredningen. "Det passar bra", hade chefen för byrån svarat, "för det verkar som om vi har blivit upptäckta." "Aha? Jag oroade mig i onödan, det handlade bara om en rent yrkesmässig affär för min man!" hade Iris sagt för att avsluta det hela så fort som möjligt.

Så enkelt var det nog inte, hade chefen tänkt. Han hade fått besök av Philippe Dupin. Denne hade låtit förstå att om han inte upphörde omedelbart med skuggningen, skulle Dupin se till att han blev av med sitt tillstånd. Han hade de nödvändiga kontakterna och han såg inte ut att skämta. Han hade satt sig med stor auktoritet i den stora läderfåtöljen mitt emot skrivbordet med armarna på armstöden, lagt benen i kors och dragit i sina manschetter. Så hade han suttit en stund utan att säga något. Sedan hade han börjat prata med låg röst och halvt slutna ögonlock under vilka hans obarmhärtiga blick underströk att det inte rörde sig om tomt hot. "Det var allt, jag hoppas att jag har uttryckt mig klart …" Han hade rest sig upp och blicken hade vandrat runt kontoret som för att göra en bouppteckning. Byråns chef hade rest sig för att följa Philippe Dupin ut men denne hade avböjt som man gör mot tjänstefolk, och han hade gått ut genom dörren utan ett ord. Chefen för detektivbyrån hade föredragit att genast avsluta ärendet redan innan den vackra madame Dupin ringde upp.

När lunchen var slut tog Iris sin bil och begav sig ut till Courbevoie för att träffa Joséphine. Hon måste berätta för henne hur hon hade lurat Bérengère. Men hon fann dörren låst. Hon förbannade sin syster som inte hade någon mobiltelefon så man kunde nå henne. Sedan gav hon upp och vände hemåt igen för att finslipa på sin roll som framgångsrik romanförfattarinna. Hon fick inte lämna någon detalj åt slumpen. Träna på att svara på alla frågor, förbereda slagkraftiga svar. Och läsa, läsa. Hon hade bett Jo att göra en lista till henne över några oundgängliga verk och nu studerade hon dem och gjorde anteckningar. Carmen fick lov att komma in med te till henne, under tystnad.

Det hände att hon tänkte på Gabor. Kanske skulle han läsa hennes bok? Han kanske skulle få lust att göra film av den! De skulle arbeta tillsammans på scenariot ... Som förr! Som förr ... Hon suckade och sjönk ner i den mjuka soffan som stod framför hennes favorittavla, den som påminde henne om Gabor. Hon kunde inte glömma honom.

Joséphine hade tagit sin tillflykt till biblioteket. De stora fönstren som öppnade sig ut mot en fransk trädgård släppte in fridfullt ljus som i ett kloster, och skapade ett tillstånd av sinnesro. Man kunde höra fåglarna sjunga, någon vattna rabatterna med en trädgårdsslang; allt ingav en känsla av paradisisk tidlöshet.

Det hade lika gärna kunnat vara i ett av Florines slott ... Hon hade brett ut sina anteckningar över bordet och studerade hur hennes handling utvecklade sig.

Florine är änka för första gången. Wilhelm Långsvärd har på hennes inrådan givit sig ut på korståg. ”Det är inte bra, min vän, att ni stannar i slottet när man i Guds namn ropar efter ert mod i fjärran länder. Ert folk gör narr av er kärleksiver och jag hör viskas gemenheter om er manlighet som sårar och plågar mig. Ta åter upp era vapen!” Wilhelm hade böjt sig för sin unga maka och efter sex månaders smekmånad hade han klätt sig i rustning, stigit till häst och givit sig av för att kriga i Orienten. Där skar en morisk krigare halsen av honom eftersom han avundades honom hans mod och skönhet. Wilhelm dog, efter att ha hittat en skatt som han hade skyndat sig att skicka hem till Florine. Florine begråter nu hans öde, beslöjar sig av sorg och av fromhet.

Man vill nu tvinga henne att gifta om sig. Man plågar henne med friare som hon ignorerar. Man hotar med att ta ifrån henne hennes egendomar. Hennes svärmor klagar och säger att Florine måste agera, det är hennes plikt som kvinna och grevinna. Hon bönfaller henne och lämnar henne inte ifred. Florine har bara en önskan och det är att leva i lugn och ro på sitt slott och hänge sig åt fasta, bön och gudsdyrkan. Hon har inte hunnit bli havande med en arvtagare som skulle ha kunnat skydda henne från dessa påhopp och göra sin fars namn respekterat ...

Livet för en ung änka på den här tiden är en hård kamp och Florine blir tvungen att gifta om sig om hon inte vill se hela Wilhelms skatt försvinna och familjens namns släpas i gyttjan. Dessutom berättar Isabeau, hennes trogna jungfru, att en komplott håller på att smidas mot henne. Den närmaste slottsherren, Étienne den Svarte, har lejt en grupp legosoldater som ska röva bort henne och vanhedra henne så att han sedan ska kunna roffa åt sig hennes mark utan svårigheter. Kidnappning var förr ett vanligt tillvägagångssätt för att kunna lägga beslag på någon annans jordegendom. Florine beslutar sig för att gifta om sig. Hon väljer den blidaste och mest anspråkslöse friaren som inte kommer att sätta sig emot hennes fromma planer: Thibaut de Boutavant, kallad Trubaduren. Han är av god familj, frimodig och hederlig, han tillbringar dagarna med att skriva dikter om *den höga kärleken* och spela mandolin medan han drömmer om Florine. Men det återstår att få äktenskapet godkänt av de andra stormännen! Florine ställer dem inför fullbordat faktum och gifter sig i hemlighet en natt i slottets lilla kapell. Hon erbjuder en stor summa pengar till prästen som förrättar vigseln. Följande dag ger hon en bankett där hon presenterar sin make för de försmådda friarna. Vinet flyter i floder, vin från Gascogne eftersom det engelska vinet ”måste drickas med slutna ögon och sammanbitna tänder”, så dåligt är det …, och friarna super sig under bordet. Thibaut placerar sin fana på slottsmuren för att visa att han är herre över slottet.

Joséphine använde sig ofta av personer som hon kände, när hon skrev. En eller flera detaljer och även flyktiga iakttagelser. Allt var inte nödvändigtvis överensstämmande med verkligheten. På så sätt hade hon lånat bilden av sin egen far som förebild till Florines far. Det var som om hon äntligen lärde känna honom. Hon mindes att hon som barn beundrat sin far och haft överseende med hans ordvitsar eftersom hon förstått att han använde sig av dem för att slappna av: när han kom hem, bekymrad och trött, hade han givit sig hän åt lättsamma lekar med ord. Brottstycken av minnen kom tillbaka till henne. Hon förstod tystnaden bättre, och ord som hon inte hade förstått på den tiden. Hon sa sig själv att hon älskade arbete, lag och ordning eftersom hennes far hade stått för dessa värden. Jag är inte en revoltör eller en kämpe utan en arvtagerska till hans ödmjukhet: jag respekterar denna inställning till livet. Jag älskar att beundra. Jag älskar människor som står över mig, förmodligen för att jag är min pappas dotter. Han var för mig en mystisk person, otydlig men också krävande. Jag har förstått att tystnaden var hans sätt att kämpa och söka sig fram. När jag har träffat människor som inte väntar på något, inte söker något, har jag i dem sett motsatsen till min far. Det är personer som alltid är på väg mot det betydelselösa. Det är därför jag har behov av riddare, kungar, av dessa avlägsna tider då Benedictinerorden predikade ödmjukhet.

Ibland kom minnen upp som hon inte riktigt kunde tolka. Som de böljande skogarna …, föreställande något hon inte förstod vad det stod för. Hennes fars fruktansvärda stumma ilska under ett oväder en dag i les Landes …, den enda gången han hade höjt rösten mot hennes mor, och kallat henne ”kriminell”. Den enda gången hennes mor inte hade svarat något. Hon mindes så väl hur hon burits hem i sin fars famn. Hans doft av salt: var det från havet eller av tårar? Minnet kom och gick och lämnade varje gång en ny känsloskörd efter sig, fick tårarna att stiga i hennes ögon utan att hon förstod varför. Hon antog att här doldes en gåta, men scenen gled fortfarande undan. En dag ska jag tyda gåtan om den böljande skogen, tänkte Joséphine.

Hon satt och funderade på vem hon skulle ta som förebild för Thibaut, medan hon sög på sin kulspetspenna, då hon plötsligt fick se mannen i duffel sitta vid andra änden av det långa bordet. Han var där, några meter ifrån henne. Han bar en svart polotröja som stack av mot den vårlika känslan denna förmiddag i maj och hans mörkblå duffel hängde över stolsryggen. Han får bli min trubadur! Hon tvekade. Hon observerade honom. Han skrev med vänster hand, böjd över sin armbåge, med huvudet sänkt och omedveten om hennes blickar. Han hade långa vita händer, kinderna lite mörkskuggade av begynnande skäggväxt, tjocka ögonfransar som dolde hans bruna ögon med gröna stänk, han var blek och väldigt mager. Så vacker han var! Som han inspirerade till kärlek! Så fjärran från jordelivets alla vedermödor!

Han får bli Thibaut och jag ska inte låta honom dö: han får försvinna och återkomma i slutet av historien! Det blir en ny peripeti. Man tror att han är död, Florine kommer att utgjuta alla sina tårar över honom och gifta om sig men hennes hjärta kommer för alltid att tillhöra Trubaduren Thibaut.

Nej ... Han måste dö, annars håller inte min historia ihop. Jag får inte låta mig distraheras. Thibaut är herreman och trubadur på en gång. Han skriver ihop kärlekssånger men också pamfletter mot Frankrikes kungamakt eller Henrik II. Han besjunger slagfältets fröjder, svärdshuggen, men berättar också om krigsbyten, krigsmanövrer och korstågsriddarnas rovgirighet. Han dömer ut de två härskarnas politik, de alltför betungande skatterna, de förödande fälttågen. Hans sånger sjungs i städer och byar; han blir inflytelserik, alltför inflytelserik. Pengarna, skriver han, ska gå till goda ändamål och inte till prinsarnas ära. Han återger de klagomål han hört bland bönderna, de livegna och vasallerna. Han lockar och han irriterar. Han debatterar. Man överöser honom med guld och silver för att höra honom sjunga sina engagerade ballader. Henrik II sätter ett pris på hans huvud och han dör genom förgiftning, som en berömd man.

Joséphine fick suckande foga sig i att trubaduren Thibaut måste dö.

Hon arbetade hela eftermiddagen och fick inspiration av att ha duffelmannen så nära inpå. Hon lade märke till handen som strök över det begynnande skägget, ögonen som stängdes i jakt på en idé, den smala och magra handleden som vilade på det vita arket, ådrorna i pannan som svällde, de håliga kinderna ... och hon lade in alla dessa detaljer i Thibauts person. Florine, som berörs av mannens mildhet, upptäcker kärleken, försummar sin Gud och fördjupar sig sedan i långa böner om förlåtelse ... Florine upptäcker den äktenskapliga bäddens fröjder.

Joséphine rodnade när hon påbörjade berättelsen om bröllopsnatten: när Thibaut kommer i sin nattskjorta och lägger sig hos Florine i den stora sängen med sängförhängen ... Hon sköt upp den delen av berättelsen till ett senare tillfälle: när hon inte befann sig i biblioteket mitt emot honom!

Tiden gick. Hon märkte knappt när mannen samlade ihop sina saker för att gå sin väg. Hon tvekade ett ögonblick mellan Thibaut och mannen i duffeln och ... följde efter honom på väg ut och sköt upp dubbeldörrarna som skyddade läsesalen från ljud utifrån. Hon hann upp honom på busshållplatsen vid den tungt trafikerade avenyn, där han stod i tankar och väntade på bussen.

Hon gick och ställde sig bredvid honom och lät en en bok falla ner på marken. Han böjde sig ner för att ta upp den och när han reste sig upp kände han igen henne och log.

– Är det en vana ni har att få saker att falla er ur händerna?

– Jag är så disträ!

Han skrattade vänligt och tillade:

– Men jag kan inte alltid finnas tillhands.

Han hade uttalat orden i en intetsägande och banal ton. Utan den minsta nyans av skämtsamhet. Han hade bara gjort ett konstaterande – och hon skämdes över sitt tilltag. Hon visste inte vad hon skulle svara. Hon blev arg på sig själv för sin stumhet, och försökte hitta på något spirituellt att svara men förblev tyst och rodnade.

– Det är vår men ni har fortfarande duffel på er, vågade hon sig på för att det inte skulle bli helt tyst mellan dem.

– Jag fryser alltid …

Det blev tyst igen och hon förbannade åter sig själv. Bussen stannade framför dem och han lät henne gå på före honom och steg sedan på som om de skulle till samma ställe. Gud! Det är inte alls min väg, tänkte Jo när hon såg att bussen gick mot La place de la Boule. Hon gick och satte sig och gjorde plats för honom på sätet bredvid sig. Hon såg honom tveka ett ögonblick. Men så ändrade han sig och satte sig ner bredvid henne.

– Är ni lärare? frågade han artigt.

Han hade lång näsa med markerade näsborrar. Thibaut Stornäsa? Det skulle vara mer originellt än Thibaut Trubaduren.

– Jag arbetar på CNRS, med 1100-talet.

Han gjorde en uppskattande grimas.

– En vacker epok, 1100-talet. Inte så allmänt omtalad …

– Och ni? frågade hon.

– Jag skriver tårarnas historia … för ett utländskt förlag. Ett universitetsförlag. Det är inte särskilt roligt, faktiskt.

– Men det är väl spännande!

Hon bannade sig inombords: vilken idiotisk kommentar! Idiotisk och platt. Som inte uppmuntrade till svar.

– Det var den tidens bio, sa han. Ett sätt att uttrycka sina känslor privat såväl som offentligt. Män och kvinnor grät mycket …

Han sjönk ner i sin duffel och fortsatte sitt drömmeri. Den här mannen är verkligen frusen av sig, tänkte Joséphine som direkt tänkte på hur hon kunde använda denna detalj på Thibaut som hade bronkitproblem.

Hon tittade ut genom fönstret: hon kom allt längre och längre bort! Hon måste börja tänka på att ta sig hem. Flickorna skulle snart sluta skolan och de skulle bli förvånade över att hon inte var hemma. Förr fanns jag alltid där när de kom hem, uppmärksam och tillgänglig. Jag älskar att ringa på och jag älskar när det är du som öppnar, brukade Zoé säga och slänga sig om halsen på henne.

– Går ni ofta till biblioteket? frågade hon djärvt.

– Alltid när jag behöver lugn och ro för att arbeta ... Jag är så koncentrerad när jag arbetar att jag inte klarar det minsta lilla ljud.

Han är gift och har barn, sa Joséphine till sig själv. Hon måste få veta mer om honom. Hon satt och undrade hur hon skulle kunna ställa frågan utan att verka alltför nyfiken, när han reste sig och sa:

– Jag ska av här ... Vi ses säkert en annan gång.

Han riktade en förlägen blick mot henne. Hon nickade och svarade ja, vi ses, och såg efter honom när han gick av. Han gick iväg utan en blick, med hållningen hos den som blickar inåt snarare än på vägen han går.

Det var bara för henne att ta bussen tillbaka i motsatt riktning. Hon hade glömt fråga efter hans namn. Han inbjöd inte precis till samtal. För att vara en person som poserade som fotomodell var han väldigt tillbakadragen.

Nedanför huset stod en folksamling. Joséphines hjärta började bulta: det måste ha hänt flickorna något. Hon skyndade sig och skingrade åskådarna som betraktade madame Barthillet och Max som satt i trappan.

– Vad är det som händer? frågade Joséphine grannen på tredje våningen som stod och tittade på dem med korslagda armar.

– Kronofogden har varit här. De har blivit vräkta. De måste flytta. För många obetalda hyror!

– Men vart ska de ta vägen?

Hon ryckte på axlarna. Det var inte hennes problem. Hon konstaterade, det var allt. Joséphine gick fram till madame Barthillet som grät tyst med huvudet sänkt. Hon mötte Max tysta mörka blick.

– Vet ni vart ni ska ta vägen ikväll?

Madame Barthillet svarade nekande.

– Men ni kan inte sova på gatan.

– Varför inte? sa madame Barthillet.

– De har inte rätt att köra ut er! Med ett barn dessutom!

– Det bryr de sig inte om!

– Följ med upp till mig. Ikväll i alla fall …

Madame Barthillet lyfte på huvudet och mumlade:

– Menar ni allvar?

Joséphine nickade och tog Max om axlarna.

– Res dig upp Max … Ta era grejor och följ med mig.

Grannen från tredje våningen skakade på huvudet med dyster min och kommenterade:

– Hon vet inte vad hon gör, den stackaren. Det där är att be om problem.

– Mamma, när kommer jag att få ligga med någon?

Shirley sa några ord på engelska och la på luren. Hon skulle snart bli tvungen att ge sig iväg. Garys fråga hade tagit henne på sängen.

– Men Gary … Du är sexton år! Det är inte så bråttom!

– Det är det för mig.

Hon tittade på sin son. Han hade rätt, han var en man nu. En och åttiofem, händer, armar, ben som spagetti. Mansröst, början till skägg, svart halvlångt rufsigt hår. Han rakade sig redan, tillbringade timmar i badrummet, vägrade att gå ut när han hade finnar och ruinerade sig på krämer och ansiktsvatten. Hans röst hade mörknat. Det måste vara förvirrande att som barn känna en man växa inom sig. Jag minns när mina bröst började växa, tänkte hon, hur jag snörde dem, och första mensen, jag trodde att om jag höll ihop benen …

– Är du förälskad? Tänker du på någon flicka?

– Jag vill så gärna, mamma. Det känns … här!

Han höll upp handen mot halsen och stack ut tungan av lust.

– Jag tänker inte på något annat.

Packa väskorna, ta första bästa plan till London, be Joséphine hålla ett öga på Gary … Det var verkligen inte rätt tillfälle att diskutera tonåringars sexualliv.

– Hör nu här, min älskling. Vi får prata mer om det när du blir förälskad …

– Måste man vara kär?

– Det känns bäst då. Det är inte bara en grej man gör … Och första gången är viktigt! Man ska inte göra det med vem som helst, hur som helst. Du kommer att minnas första gången i hela ditt liv.

– Hortense finns ju, men hon ser inte åt mig.

Under påsklovet i Kenya hade Gary tillbringat sin tid med att följa Hortense som en fjäril som dras mot ljuset. Hon hade knuffat bort honom och sagt: ”Du är klistrig, Gary! Vad du är klistrig! Stick! Stick!” Shirley hade blivit skakad, och bitit ihop tänderna. Garys bryderi hade förstört vistelsen för Shirley som bara kunnat betrakta sin sons klumpighet utan att ingripa. En kväll hade hon förklarat för honom att han betedde sig dumt: ”En kvinna vill ha mysterium och distans. Hon behöver få längta efter mannen hon gillar, bli nyfiken, tvivla på sin förförelseförmåga, hur tror du att hon ska kunna längta efter dig när du följer henne överallt som en humla, när du förekommer alla hennes önskningar, alla hennes infall … Hon respekterar dig inte!

– Mamma, jag kan inte låta bli, hon gör mig galen!”

– Lyssna nu, Gary! Det här är inget bra tillfälle att prata om detta. Jag måste åka till London, det är akut! Jag kommer att vara borta en vecka och du får klara dig själv här hemma.

Han tystnade och stack ner händerna i fickorna på de alltför stora byxorna. Hans kalsonger syntes. Shirley sträckte ut handen för att dra upp byxorna men Gary sköt undan den.

– Det är aldrig rätt tillfälle att prata med dig!

– Nu överdriver du, älskling … jag finns alltid här för att lyssna på dig, men just idag kommer det olägligt.

Gary suckade ljudligt och gick och stängde in sig på sitt rum. Shirley höll på att bli tokig. Normalt skulle hon ha satt sig ner, ställt frågor, lyssnat, föreslagit en lösning. Men vad kunde hon säga till en sextonårig pojke med pubertetsbekymmer – nu? Det skulle ha behövts tid och just tid hade hon inte. Hon måste packa sin väska, boka en flygbiljett och förvarna Joséphine om att hon skulle resa iväg.

Hon gick och ringde på hos Jo. Det var madame Barthillet som öppnade.

– Är Joséphine inne?

– Ja … på sitt rum.

Shirley fick syn på två stora resväskor i hallen och gick och letade rätt på Joséphine.

– Vad gör madame Barthillet här?

– Hon har precis blivit vräkt. Jag sa att hon kunde komma och bo hos mig tills hon fått ordning på saker och ting.

– Det också, till råga på allt … Jag skulle vilja be dig om en tjänst.

Joséphine lade ifrån sig lakanen som hon just tagit fram ur skåpet.

– Berätta … Jag lyssnar.

– Jag måste åka till London. Omgående … Jobb! Jag skulle vilja be dig ta hand om Gary tills jag kommer tillbaka.

– Ska du vara borta länge?

– En vecka ungefär …

– Inga problem. Det passar perfekt! Jag ska måla ett rött kors i pannan på mig.

– Jag är ledsen, Jo, men jag kan inte säga nej. Jag ger dig ett handtag med madame Barthillet sen när jag kommer tillbaka.

– Jag hoppas hon har flyttat när du kommer tillbaka. Herregud, min bok … Jag har bara två månader på mig innan jag ska lämna in manuskriptet! Och jag är bara på den andra mannen. Det är tre till som väntar!

De satte sig båda två på Joséphines säng.

– Ska hon sova i ditt rum? frågade Shirley.

– Ja, med Max. Jag får ta vardagsrummet och arbeta på biblioteket …

– Har hon inget jobb?

– Hon har just fått sparken.

Shirley tog Joséphines hand, tryckte den och sa tack.

– Jag ska återgälda dig, jag lovar!

När flickorna kom hem från skolan klappade Zoé i händerna när hon fick veta att Max skulle bo hos dem.

Hortense drog in sin mor i badrummet och frågade:

– Är det ett skämt?

– Nej. Lyssna, Hortense … Vi kan inte låta dem sova under broarna.

– För fan, mamma!

– Men jag begär inget av dig.

– Jo. Den där dumma familjen tar ju en massa plats. Du vet vem hon är, madame Barthillet: ett socialfall. Du ska få se, du kommer att få ångra det här! I alla fall ska ingen inbilla sig att de får invadera mitt rum! Eller röra min dator!

– Hortense, det handlar bara om några dagar … älskling, mumlade Jo och försökte ta sin dotter i sina armar. Var inte egoistisk! Och förresten är det inte *ditt* rum, det är Zoés också.

– Du gör mig vansinnig med din skenheliga välgörenhet. Du är så töntig, din stackare!

Örfilen ven i luften utan att Joséphine hann tänka sig för. Hortense förde handen mot kinden och såg på sin mor med mord i blicken.

– Jag kan inte bo här längre! väste Hortense. Jag kan inte bo med dig! Jag vill bara en sak och det är att sticka härifrån. Jag varnar dig …

Den andra örfilen ven och i den lade Joséphine all sin ilska.

I köket förberedde Zoé, Max och madame Barthillet middagen. Max och Zoé dukade medan madame Barthillet värmde pastavattnet.

– Nu ska du skärpa dig och hålla god min annars kommer det att gå mycket illa, väste Joséphine mellan tänderna.

Hortense tittade på henne, vacklade och satte sig ner på badkarskanten. Sen skrattade hon till, tittade på sin mor och lät undslippa sig i ursinnigt förakt:

– Djävla idiot!

Joséphine tog tag i hennes tröjärm och slängde ut henne ur badrummet. Sedan gled hon ner på golvet och kämpade mot illamåendet som vällde upp inom henne. Hon ville kräkas. Hon ville gråta. Hon var arg på sig själv för att hon hade tappat kontrollen och gett efter för ilskan. Man löser inget genom att dela ut örfilar till ett barn. Man erkänner sig besegrad, det är allt. Hortense gick alltid segrande ur dessa strider. Joséphine tog lite kallt vatten på sina rödkantade ögon och gick och knackade på Hortenses dörr.

– Du avskyr mig, eller hur?

– Åh, mamma sluta! Vi har inget att säga varandra, du och jag. Jag skulle ha stannat i Kenya med pappa. Jag kommer till och med bättre överens med Mylène än med dig. Så nu vet du det!

– Men vad har jag gjort dig, Hortense? Kan du säga mig det?

– Jag avskyr allt det du står för. Ditt veliga sätt, ditt idiotiska snack! Och förresten kan jag inte bo här längre ... Du lovade att vi skulle flytta men vi är fortfarande kvar på det här vidriga stället. I den här gräsliga förorten med de här gräsliga människorna.

– Jag har inte råd att flytta, Hortense! Jag har lovat dig att vi ska flytta om vi kan, om det skulle göra dig lycklig.

Hortense såg rakt på henne med en misstrogen min och tog upp handen mot kinden som för att sudda ut det brännande minnet av örfilarna. Joséphine var arg på sig själv för att hon hade slagit henne och bad om ursäkt:

– Jag borde inte ha slagit till dig, älskling, men du gick för långt.

Hortense ryckte på axlarna.

– Det gör inget. Jag ska försöka glömma det.

Någon knackade på dörren till rummet. Det var Zoé som

meddelade att maten var klar. De väntade bara på dem. Joséphine hade velat vänta tills hennes dotter sa att hon förlät henne, hon hade velat ta henne i sina armar och krama henne men Hortense svarade " ja, ja, vi kommer" och gick ut ur rummet utan att se åt sin mamma.

Joséphine samlade sig, torkade ögonen och gick mot köket. I gången stannade hon och tänkte: Jag kommer inte att kunna arbeta i köket, när de bor här, och inte i vardagsrummet heller. Var ska jag ställa mina böcker, mina papper och min dator? När vi flyttar ska vi ha en lägenhet med ett arbetsrum till mig ... Om boken går bra, om jag tjänar mycket pengar, kommer vi att kunna flytta. Hon suckade och fick lust att gå och berätta den goda nyheten för Hortense men ångrade sig. Först måste hon avsluta boken. Hon fick gå till biblioteket och arbeta. Hos mannen med duffeln. Hon var för gammal för att bli förälskad. Hon var löjlig. Vad var det nu Hortense hade sagt? Töntig. Hon hade rätt. Hortense hade alltid rätt.

– Har ni ingen TV? frågade Max när han kom in i köket.

– Nej, svarade Joséphine, och vi klarar oss väldigt bra utan.

– Ännu en av mammas idéer, suckade Hortense och ryckte på axlarna. Hon har satt ner TV:n i källaren. Hon föredrar att vi ligger och läser i våra sängar på kvällarna. Så kul vi har!

– Och ikväll är det Charles och Camillas stora bal på Windsor Castle, sa madame Barthillet, den kan vi inte se då ... Alla kommer att vara där, drottningen, prins Philip, William, Harry och alla de andra kungligheterna!

– Vi kan gå in till Gary, svarade Zoé. De har TV. Men vi, vi har Internet. Det är min moster Iris som har fått det installerat för att mamma ska kunna arbeta. Det var hennes julklapp. Man behöver inte ens koppla upp sig för det är trådlöst!

– Ingen får röra min dator, morrade Hortense. Jag varnar er!

– Oroa dig inte. Jag lyckades få behålla min, sa madame Barthillet. Det är en som jag har köpt på tjuvarnas marknad i Colombe, för nästan ingenting ...

Tjuvarnas marknad var källarvåningen under ett datavaruhus där man kunde köpa stulna varor till en tredjedel av ordinarie pris. Joséphine kände en rysning längs ryggraden. Fattades bara att polisen dök upp hos henne!

– Tog de allt för er annars? frågade Zoé och såg ledsen ut.

– Allt ... vi har ingenting kvar! suckade madame Barthillet.

– Fast nu ska vi kanske inte sitta här och jämra oss! avbröt Hortense. Ni får söka er ett arbete. För de som verkligen vill så finns det alltid arbete. Babettes kille hittade ett jobb på mindre än tjugofyra timmar genom ett bemanningsföretag. Så fort han kom in genom dörren fick han jobbet. Man får gå upp tidigt på mornarna, det är det enda som gäller! Jag har fått svar på min praktikansökan: Chef tar mig tio dagar i juni. Han sa att om jag jobbade på bra skulle jag till och med få betalt!

– Vad bra, älskling, sa Joséphine. Du ordnade det helt själv!

– Det var jag ju tvungen till! Så ... är pastan klar eller inte? Jag har massor av läxor kvar att göra.

Joséphine gick och hällde upp pastan och när hon serverade den var hon noga med att alla fick lika mycket. Det var viktigt att undvika trätoämnen.

De åt under tystand. Hortense tog riven ost utan att erbjuda de andra. Joséphine rynkade ögonbrynen och kastade en mörk blick mot henne.

– Det finns massor i lådan i kylskåpet. Det är väl inte hela världen? De kan resa sig upp och ta.

Joséphine undrade för sig själv om hon inte begått ett stort misstag när hon tog emot Barthillets.

Doktor Troussard skulle ta emot dem klockan tre. De anlände klockan halv tre, söndagsklädda, och tog plats i väntrummet på den lilla läkarmottagningen på Avenue Klébert. Doktor Troussard var specialist inom området barnlöshet. Marcel hade fått hans namn genom en av sina butikschefer. ”Men man måste vara försiktig, Marcel. Vi fick tre stycken på en gång. Vi var helt slut!

Det var nära att de blev föräldralösa alla tre!" "Tre, fyra, fem, jag tar allt", hade Marcel svarat. Butikschefen hade sett förvånad ut. "Gäller det er själv?" hade han frågat nyfiket. Marcel hade funnit sig: "Nej, det gäller min lilla systerdotter, hon har nästan gett upp hoppet om att få barn och att se henne tyna bort gör mig så fruktansvärt ledsen. Jag har uppfostrat henne, hon är nästan som min egen dotter, förstår ni ..." "Aha", hade den andre sagt och smålett, "det var tur. Jag trodde det gällde er själv! Vid en viss ålder vill man hellre titta på TV än byta blöjor, inte sant?"

Marcel hade förnöjt gått sin väg. Han har inte fel, den gode mannen, hade han tänkt. Jag vaknar lite väl sent för att sjunga vaggvisor. Och Josiane är inte heller någon ungdom. Så länge det inte blir en idiot, en grönsak, ett missfoster! Åh, jag kan så väl föreställa mig vårt barn ..., jag ser honom redan framför mig. En liten robust krabat som jag ska uppfostra som en prins av Gallien. Han ska varken sakna vitaminer eller frisk luft, varken ridlektioner eller fina skolor, det sätter jag allt jag äger och har på.

Doktor Troussard hade bett dem fylla i ett frågeformulär – en hel tättskriven sida! – och nu väntade han dem klockan fyra för att "kommentera resultatet". Nu satt de där darrande i väntrummet, skrämda av sofforna, fåtöljerna, mattorna som man sjönk ner till fotknölarna i och de tunga gardinerna.

– Kolla på gardinerna, här snackar vi noshörningsballar!

– Han nöjer sig nog inte med småpengar, den där doktorn, viskade Josiane. Det luktar för mycket stålar och det luktar kvacksalvare.

– Nej då! Killen sa till mig att han är lite stel, inte precis typen som dunkar en i ryggen, men mycket effektiv ...

– Åh! Jag är nervös, Marcel! Känn på mina händer, de är iskalla.

– Ta en tidning, så får du något annat att tänka på ...

Marcel tog två tidningar och räckte en till Josiane, som sköt bort den.

– Jag kan inte läsa något nu.

– Läs, Choupette, läs!

För att föregå med gott exempel började han läsa på måfå: ”Man vet att kvinnor på fyrtio år löper tre gånger större risk att få missfall än de som är tjugofem år, men idag visar en fransk-amerikansk studie att också faderns ålder ökar risken. Eftersom spermierna också utsätts för åldrandets inverkan: de förlorar sin rörlighet och innehåller fler genetiska fel och missbildade kromosomer som kan leda till ett missfall. Risken för missfall ökar med trettio procent när pappan är över trettiofem år. Den risken ökar stadigt med åldern, oavsett vem mamman är …”

Marcel slog förfärad ihop tidningen. Josiane såg honom bli likblek och fukta läpparna som om han inte hade mer saliv kvar.

– Mår du inte bra? Mår du illa?

Han räckte henne förkrossad tidningen.

Hon ögnade igenom den, lade ner den och sa:

– Det tjänar inget till att sätta griller i skallen på sig. Han har våra analysresultat och han kommer att berätta för oss hur det ligger till …

– Jag drömmer om en liten Herkules och så lyckas vi knappt göra ett litet ynkligt yngel.

– Sluta, Marcel! Jag förbjuder dig att tala illa om din son.

Hon drog sig undan och korsade armarna över bröstet. Bet sig i läppen för att inte börja gråta. Gode Gud som hon längtade efter det här barnet, hon också! Hon hade gjort abort tre gånger utan minsta tvekan och nu när hon ville bli gravid så gick det inte. Hon bad varje kväll, tände ett vitt ljus framför Jungfru Maria, knäböjde och läste *Fader vår* och *Var hälsad Maria*. Hon hade blivit tvungen att lära sig bönerna igen eftersom hon hade glömt dem. Hon vände sig särskilt till Jungfru Maria:

”Du är en mor, du också, du vet vad det handlar om. Jag ber inte om en son som din, som man pratar om än idag, bara jag får en som är normal, frisk med allt på rätt plats och en stor mun att skratta med. En som lägger sina armar om halsen på mig och säger *jag älskar dig mammis*, en som jag skulle göra vad som helst för! Det finns de som ber dig om mycket svårare saker, men jag vill bara ha ett litet klick i min mage, det är inte så mycket trots allt ..." Hon hade uppsökt en sierska som hade försäkrat henne om att hon skulle få ett barn. "En vacker liten pojke kan jag försäkra er, jag ser honom ... må jag mista min gåva om jag tar fel!" Det hade kostat etthundra euro men Josiane hade gärna gått tillbaka varenda dag för att bli lugnad. Pojke eller flicka, jag struntar i vilket, hade hon tänkt. Bara hon fick ett barn, en liten baby att älska, att pyssla om, att vagga i sina armar. Ju längre han dröjde med att komma, det här barnet, desto mer fäste hon sig vid honom. Det spelade henne inte någon roll längre om Marcel lämnade Tandpetaren eller inte! Bara hon fick sin baby ...

De satt tysta en lång stund ända tills sköterskan kom och kallade in dem. Marcel reste sig, rättade till slipsknuten och slickade sig om läpparna.

– Jag tror jag håller på att få en attack.

– Inte just nu, protesterade Josiane.

– Ge mig din arm, jag kan inte gå rakt.

Doktor Troussard lugnade dem direkt. Allt var i sin ordning både med Josiane och Marcel. De var i lika fin form som unga föräldrar. Det var bara för dem att kavla upp ärmarna och sätta igång att jobba på det.

– Men vi gör ju inget annat, utbrast Marcel.

– Och vi lyckas inte. Varför? kved Josiane.

Doktor Troussard bredde ut sina armar i en gest av vanmakt.

– Jag är som mekanikern, jag lyfter på motorhuven och kontrollerar att allt fungerar och är i sin ordning. Nu är det ni som får sätta er vid ratten och köra!

Han reste sig, räckte dem deras journal och följde dem ut.

– Men ..., försökte Josiane.

Han avbröt henne direkt och sa:

– Sluta upp med att tänka! Annars får vi undersöka ert huvud. Och det, tro mig, är mycket mer komplicerat.

Marcel betalade priset för konsultationen, hundrafemtio euro, medan Josiane suckade: Tusen spänn för att få veta att allt är bra, det var lite väl dyrt, trots allt!

Väl ute på gatan tog Marcel Josianes arm och de fortsatte framåt under tystand. Sen stannade Marcel, tittade Josiane rakt in i ögonen och frågade:

– Är du säker på att du vill ha det här barnet?

– Bergsäker. Hur så?

– Därför att …

– Därför att du kanske tänkte att jag bara låtsades, att jag egentligen inte ville?

– Nej, jag undrade om du inte var rädd med tanke på din mamma?

– Jag har redan ställt mig den frågan.

De fortsatte att gå. Sedan högg Josiane tag i Marcels arm.

– Jag skulle kanske gå och träffa en psykiater?

– Jag hade aldrig trott att det skulle vara så svårt att göra en baby!

– Kanske gör vi livet alltför komplicerat! Om vi var mer avslappnade så skulle det kanske komma av sig själv?

Marcel deklarerade att de måste sluta tänka på det, utesluta namnet Junior ur sina samtal och låtsas som ingenting.

– Vi pratar inte om det mer, vi sätter igång att festa och pippa – och om du sen fortfarande är platt som en spätta så stänger jag in dig i ett provrör!

Josiane slängde sig om halsen på honom och kysste honom. De hade stannat framför ett skyltfönster till en barnklädesaffär. Marcel närmade sig sin spegelbild i fönstret, drog lite i skinnet på halsen, grimaserade och sa ”jag skulle kanske göra ett litet lyft för att de inte ska tro att jag är lille Juniors morfar som hämtar vid skolan?”

Hon gav honom en knuff med armbågen i sidan och tjöt:

– Vi skulle ju inte prata mer om det!

Han höll handen för munnen för att visa henne att han inte

skulle yttra ett enda ord mer i ämnet. Gav henne en liten klapp i baken och tog hennes arm igen.

– Tusen spänn för att läsa en rapport, han visste att ta betalt, sa Josiane. Får man tillbaka det från Försäkringskassan?

Marcel svarade inte. Han hade stannat framför en tidningskiosk och studerade framsidan med uppspärrade ögon.

– Vad är det Marcel? Var är du? Vad tänker du på?

Han visade med en gest att han inte kunde prata.

– Har du svalt din tunga?

Han skakade på huvudet.

– Vad är det då?

Hon ställde sig framför tidningskiosken, började titta på de exponerade omslagen och fastnade för ett specialnummer om Yves Montand. "Yves Montand. Hans liv, hans kärlekar hans karriär. Yves Montand och Simone. Yves Montand och Marilyn. Yves Montand, pappa vid sextiotre års ålder … Hans sista kärlek hette Valentin."

Hon suckade, öppnade sin portmonnä, tog tidningen och gav den till Marcel som tackade henne med en stum nick.

De gick till fots tillbaka till kontoret. Det var vackert väder. Triumfbågen avtecknade sig segervisst mot den blå himlen, små blå-vit-röda flaggor vajade på bussarnas backspeglar, kvinnorna hade bara armar och männen höll dem om midjan. Marcel och Josiane höll armarna om varandra som vilket par som helst som är ute och går och som har satt på sig fina kläder för att promenera i de fina kvarteren.

– Vi är aldrig ute och går så här som ett förälskat par, påpekade Josiane. Vi är alltid rädda att stöta på någon.

– Lilla Hortense ska göra praktik på kontoret i juni …

– Jag vet. Chaval har sagt det … När slutar han förresten?

– Slutet av juni. Han jublade när han sa upp sig. Jag hade kunnat låta honom sticka direkt men jag behöver honom ett tag till. Måste hitta en ersättare …

– Skönt att bli av med honom! Jag tål honom inte längre …

Marcel kastade en orolig blick mot henne. Talade hon sanning eller fanns där inte ett litet spår av ömhet i rösten trots allt? Han skulle ha föredragit att behålla Chaval i företaget för att ha honom under uppsikt och kunna övervaka hans arbetstider och hans resor.

– Tänker du inte alls på honom längre?

Josiane skakade på huvudet och sparkade till en ölburk som rullade iväg i rännstenen.

– Titta! När man talar om trollen ...

Vid trafikljusen i korsningen mellan Avenue des Ternes och Avenue Niel brummade en röd cabriolet, redo att köra iväg. Bruno Chaval satt vid ratten iförd solglasögon och ljus mockajacka med skjortan uppknäppt i halsen. Han gnolade på en melodi och höjde volymen på radion. Han kollade sin spegelbild i backspegeln, strök med handen över sitt svarta hår, putsade sin tunna mustasch med fingret, lät sedan motorn gå i spinn och lämnade svarta spår efter sig i asfalten när han for iväg.

Den stora balen i Windsor Castle sändes på TV denna lördagskväll: de hade alla satt sig framför Shirleys TV-apparat. Alla utom Hortense, som hade vägrat komma och titta på kungligheterna som defilerade förbi med pompa och ståt. Gary hade öppnat för dem med ett muttrande: "Vad är det för trams ni ska titta på? Jag stannar på mitt rum ..." Joséphine, Zoé, Max och Christine Barthillet hade satt sig på golvet i vardagsrummet framför TV:n. Direkt på golvet hade de spritt ut chipspåsar, några flaskor Coca Cola, några påsar geléhallon och två baguetter som de bredde pastej på med fingrarna.

Joséphine tänkte att hon egentligen borde stanna hemma och arbeta. Den andre mannen i romanen levde fortfarande! Hon hade fäst sig vid honom och hade svårt att låta honom gå hädan. Hon skulle aldrig bli klar i tid. Den tredje måste hon snabbt ta livet av. Hon hade gått till biblioteket varenda dag men hade inte kommit någon vart. Hon hade för många bekymmer i huvudet.

Hortense pratade inte längre med henne, Zoé hade skolkat från skolan två gånger på en vecka, för att följa med Max på tvivelaktiga utflykter. ”Men vi skulle bara hämta en mobil som en kompis till Max hade blivit bestulen på! Men Max hade lämnat sin skolväska hos sin kompis och jag följde med och hämtade den …” ”Och måste du sminka dig som en cirkusartist för att gå till skolan nuförtiden?” Den förtjusande Zoé höll på att förvandlas till en odräglig tonåring. Hon stängde in sig i badrummet. Och kom ut därifrån i minikjol, svartmålade ögon och vampyrröd mun! Joséphine blev tvungen att tvätta av ansiktet på henne med tvättvante och tvål medan Zoé slogs och protesterade mot behandlingen. Hortense ryckte på axlarna med likgiltig min. Hon måste ha pratat med sin pappa, för Antoine hade ringt och frågat: ”Vad är nu detta med att ha Barthillets inneboende? Joséphine, jag har alltid sagt att man ska hålla sig ifrån dem, det är dåliga människor!”

– Och vadå? hade Jo sagt. Vad skulle jag ha gjort? Lämnat dem i trappan?

– Ja, hade Antoine svarat. Du måste först och främst tänka på flickorna …

Christine Barthillet tillbringade dagarna på soffan i vardagsrummet i joggingkläder medan hon surfade på sin dator. Hon hade hittat en dejtingsajt och svarade på mail från kärlekskranka män. När Jo kom hem från biblioteket berättade hon om de napp hon fått under dagen. ”Oroa er inte, madame Joséphine, jag sticker snart. Jag ska bara värma upp dem lite, sen drar jag. Jag har två varma som erbjuder mig att få bo hos dem. En ung kille som är lite tveksam på grund av Max och en annan lite äldre som är gift och har fyra barn men som kan tänka sig att betala en studio till mig mot lite sällskap varje eftermiddag. Han har ett företag inom rörmokarbranschen och fixar andra människors skit, det är mycket lönsamt.” Joséphine lyssnade förfärad på henne. ”Men ni vet ju ingenting om dem, Christine, är det inte att be om nya problem?”

– Varför inte? svarade Christine Barthillet. I åratal har jag varit hederlig, och titta bara vad det har lett till … Jag har ingenting längre, inte tak över huvudet, inga pengar, ingen man, inget arbete! Nu ska jag leva på andra! Skriva in mig på socialen, få socialbidrag och skaffa mig en kille som betalar! När hon inte svarade på mail från okända, spelade hon poker på Internet med sitt kontokort.

– Stötpoker, madame Joséphine, det kan man tjäna massor på! Än så länge håller jag på att lära mig men sen ska jag satsa som en galning.

I väntan på den stora vinsten tog hon en massa snabblån och var på väg mot bankrutt i skenande tempo.

Joséphine var bedrövad. Hon hade stammat fram argument som fått Christine Barthillet att brista ut i skratt. ”Men ni är ju en vuxen människa som måste ta ansvar och vara en förebild för ert barn!” Christine Barthillet hade replikerat: ”Det är slut med sånt nu! Slut. Man vinner inget på att vara hederlig. Det är bara att köra!”

”Men inte under mitt tak!” hade Joséphine protesterat. Madame Barthillet hade muttrat något om: ”Oroa er inte, vi sticker snart Max och jag”, och fortsatt sitt hamrande på datorn. ”Här är en ny som frågar mig om jag har några tillbehör? Vad menar han med det, tro? Han är ju sjuk, den killen!”

Joséphine gick iväg till biblioteket för att arbeta. När hon stack nyckeln i låset om kvällen var det alltid med en känsla av panik. Inte ens mannen med duffeln kunde muntra upp henne längre.

– Hur står det till, mår ni inte bra? Ni tappar ingenting längre, hade han sagt dagen innan.

Han hade bjudit henne på en kopp kaffe. Han var passionerat intresserad av religiös historia. Han hade pratat länge om heliga tårar, profana tårar, extatiska tårar, glädjetårar, offertårar … och alla dessa tårar hade fyllt Joséphines hjärta och fått henne att börja gråta.

– Då hade jag rätt, ni mår inte alls bra … Vill ni ha en kaffe till?

Joséphine hade lett genom tårarna.

– Det är inte så muntert, det ni berättar …, hade hon snyftat medan hon letat efter en pappersnäsduk i fickorna.

– Men ni måste känna till detta. 1100-talet är ett mycket religiöst och mystiskt århundrade. Det vimlade av kloster. Prästerna åkte omkring på landsbygden och predikade om att man hamnade i helvetet om man inte tvättade bort alla sina synder.

– Det är sant, hade hon suckat, och svalt sina tårar eftersom hon inte hittat någon pappersnäsduk.

Han iakttog henne uppmärksamt. Ibland tänkte hon att det som var jobbigast med hennes arbete var att det måste vara hemligt. All energi som hon lade ner på det, alla idéer hon fick om natten och som hindrade henne från att sova, alla historier som hon hittade på, inget av detta kunde hon dela med någon. Vad värre var: hon var en brottsling. Ju mer Iris pratade om deras ”fuffens”, desto mer övertygad blev hon om att hon var inne på brottsliga vägar. Allt detta kommer att sluta illa, tänkte hon när hon låg i sängen och inte kunde sova. Vi kommer att bli avslöjade och jag kommer att sluta som madame Barthillet, ruinerad och bortjagad från mitt hem.

– Ni får inte låta er påverkas så av det jag berättar, återupptog mannen i duffeln. Ni är alltför känslig …

Det var då hon hade hasplat ur sig: ”Jag vet inte ens vad ni heter.” Han hade lett och sagt: ”Luca, av italienskt ursprung, trettiosex år, har alla tänder kvar och en stor kärlek till böcker. Jag är en biblioteksråtta.” Hon hade givit honom ett ömkligt leende tillbaka medan hon tänkte att han inte berättade allt och att trettiosex år var lite för gammalt för att vara fotomodell. (Fast jag gör slavarbete vid fyrtio!) Hon vågade inte prata med honom om modebilderna. Hon visste inte varför, men det kändes märkligt att han kunde utöva det yrket.

– Och er familj, finns den i Frankrike eller i Italien? dristade hon sig att fråga.

Hon måste få veta om han var gift eller inte.

– Jag har ingen familj, hade han svarat, dystert.

Hon hade inte insisterat.

Shirley var inte hemma så att hon kunde berätta för henne. Hon hade ringt tre gånger från London. Hon måste stanna kvar till måndag. ”Jag kommer hem på måndag, jag lovar, och då ska jag ta med dig ut och festa!” ”Det är inte festa jag behöver utan sömn! Jag är så trött, så trött ...”

Programmet hade börjat och Christine Barthillet slickade sina fingrar innan hon stoppade i sig ett nytt geléhallon. Man fick se ljusen från Windsor Castle och överst på trappan stod Charles och Camilla och tog emot släkt och vänner.

– Så vackert det är! Så söta de är! Ser ni som det glittrar, ser ni blombuketterna, musikerna och dekorationerna! Så vackert med en gammal kärlek som har varat så länge. Trettiofem år, madame Joséphine, trettiofem år! Det är inte alla som kan säga det samma.

Nej, inte ni i alla fall! tänkte Joséphine. Trettiofem sekunder på Internet och ni är beredd att flytta in hos första bästa!

– Vad heter den gifte mannen med fyra barn? viskade hon i örat på Christine Barthillet.

– Alberto ... Han är portugis ...

– Han kommer aldrig att skilja sig! Portugiserna är väldigt religiösa.

(Varför säger jag detta, jag struntar totalt i om han skiljer sig eller inte.)

– Jag är inte ute efter att gifta mig. Jag vill bara ha någonstans att bo medan jag ser tiden an!

– Jaså, ja då så ...

– Alla är inte så känslosamma som ni!

Efter att de druckit kaffe, hon och mannen med duffeln, hade de helt naturligt gått iväg mot busshållplatsen och hon hade gått på samma buss som han. När han skulle gå av hade han sagt adjö och lagt till ”vi ses imorgon” och vinkat lite till henne. Hon hade tänkt på hela den långa vägen hon hade att åka tillbaka. Flickorna att tampas med, middagen att förebereda ... Madame Barthillet kunde inte laga mat. Hon köpte bara pulversoppor, konserverade grönsaker, plastförpackade räkor eller fiskpinnar. Hon blev förvånad när Joséphine förberedde middagen, och tittade på medan hon själv målade naglarna. Zoé lade beslag på penseln men Joséphine tog den från henne. ”Men varför? Det är fint!” ”Nej, inte vid din ålder!” ”Men jag är stor!” ”När jag säger nej så menar jag nej!” ”Ni har fel, madame Joséphine, pojkarna gillar det!” ”Zoé är för liten för att göra sig till för pojkarna!” ”Det säger ni, ja, men små flickor är koketta väldigt tidigt! När jag var i hennes ålder hade jag redan två beundrare ...” ”Mamma säger alltid att jag är för liten”, gnällde Zoé och sneglade på madame Barthillets röda naglar.

– Titta, madame Joséphine, titta! Där kommer drottningen och prins Philip! Så snygg han är! Han har sådana muskler. En verklig sagoprins!

– Är han inte lite gammal? sa Joséphine irriterat.

Drottning Elisabeth skred fram iklädd en lång turkos aftonklänning och med en svart handväska hängande på armen. Efter henne följde prins Philip i frack.

– Men, men ..., hickade Joséphine. Precis bakom drottningen, tre steg efter henne, i skuggan, titta, titta!

Hon reste sig och pekade med fingret mot TV-rutan och upprepade ”titta, titta då” och eftersom ingen reagerade gick hon fram till TV:n och pekade direkt på skärmen, på en ung kvinna som gick fram med huvudet sänkt, i rosa klänning med långt släp och med glittrande örhängen som gnistrade som solens strålar.

– Såg ni?

– Nej, svarade de i kör.

– Där, ser ni, där!

Joséphine dunkade på skärmen med fingret. ”Där, kvinnan

med kortklippt hår!" Den unga kvinnan gick framåt medan hon höll upp sitt släp. Hon strävade uppenbarligen efter att hålla sig i skuggan av drottningen men följde henne på nära håll.

– Men ja … Hon har en svart väska drottningen. Och det är inte snyggt till hennes turkosa klänning.

– Nej, inte drottningen. Precis bredvid! Gary! skrek Joséphine mot Garys rum. Gary kom hit!

Den unga kvinnan dök nu upp på skärmen igen, till hälften dold bakom drottningen som log bakom sina solglasögon.

Gary kom in i vardagsrummet och frågade: "Vad är det? Varför skriker ni så?"

– Din mor i Windsor Palace! Bredvid drottningen! skrek Joséphine.

Gary spärrade upp ögonen och kom och satte sig framför TV:n och muttrade "Ja, ja … mamma, ja …", innan han med släpiga steg gick tillbaka till sitt rum.

– Men vad gör hon där, skrek Joséphine i riktning mot Garys rum. Hör ni till kungafamiljen?

Det kom inget svar.

– Madame Shirley! rapade Christine Barthillet, medan hon sög på ett geléhallon. Det är sant, vad gör hon där?

– Ja, det skulle jag gärna vilja veta, mumlade Joséphine och följde den långa rosa siluetten som nu blandade sig i vimlet av gäster. Detta ska hon få förklara för mig.

Hon såg Shirley bland alla gäster, fick syn på henne på nytt i drottningens kölvatten och var förstummad. Kunde det verkligen vara så att Shirley tillhörde kungafamiljen? Men vad gjorde hon då i Paris förorter och varför gav hon lektioner i engelska och tillverkade tårtor?

Joséphine tillbringade kvällen med att fråga sig detta medan Christine Barthillet, Max och Zoé gjorde slut på chipsen, Coca Colan och geléhallonen medan de dreglade inför det vackra skådespelet och paraden av prinsar och prinsessor. "Åh, William har gått upp i vikt! Det sägs att han har flickvän och att Charles tänker bjuda henne på middag. Och Harry, så söt han är! Hur gammal är han nu? Han är nog eftertraktad och han verkar roligare än William ..."

På måndagen kom Shirley inte tillbaka. Inte heller på tisdagen, onsdagen eller torsdagen. Gary kom och åt hos Joséphine. När flickorna försökte pressa honom med sina frågor svarade han bara: "Ni har misstagit er, ni såg fel!" "Men Gary, du såg ju henne också!" "Jag såg en kvinna som liknade henne, det var allt! Det finns många blondiner med kort hår! Vad skulle hon där och göra? Det är faktiskt sant, Madame Joséphine, ni arbetar för mycket! Det stiger er åt huvudet." "Men ni såg henne allihop! Jag har inte drömt." "Gary har rätt. Vi såg någon som liknade henne men när man tänker efter så var det inte hon!"

Joséphine höll fast vid att det var Shirley hon hade sett i lång rosa klänning i skuggan av drottningen. Hon kände en fruktansvärd ilska gentemot Shirley. Jag berättar allt för Shirley, tänkte hon, hon klämmer ur mig sanningen – men själv tiger hon! Jag får inte ens ställa några frågor. Jo kände sig lurad. Allt blandades ihop i hennes huvud: Iris, Antoine, madame Barthillet och hennes älskare på nätet, Shirley i Windsor Palace, Hortenses förakt, Zoé som uppförde sig illa ... De tyckte alla att hon var en dumbom. Och det hade de rätt i, det var exakt vad hon var!

Vreden gav henne vingar. Hon gjorde slut på den snälle trubaduren, som gav upp andan förgiftad efter att till sin stora glädje ha varit med vid sin sons födelse. Florine behövde inte längre kämpa för att klara sig: hon hade en legitim son som var arvtagare till domänerna, Thibaut den Unge. Jo passade också på att ta död på svärmodern, som började gå henne på nerverna med sin eviga klagovisa. Sedan fick hon en tredje äkta man att dyka upp: Baudouin, en behaglig och from riddare. Han ser bra ut, drömmer om att odla sina marker, gå i mässan och göra bot. Mycket snart blev Joséphine trött på honom och hans skenhelighet, han föll offer för hennes vrede och hennes drift att låta honom omkomma. Hur ska jag få slut på honom då, funderade Joséphine. Han är ung, vid god hälsa, han dricker inte, frossar inte, han har samlag i återhållsamhet … Hon började tänka på Charles och Camillas bal igen och på Shirleys flyktiga siluett, på ett möjligt släktskap med Windsorfamiljen. Och hennes ilska gick ut över Baudouin den Snarfagre.

Baudouin och Florine bjuds in till en stor bal som ges av Frankrikes kung, som är på jakt i de närliggande Castelnau-domänerna. I vimlet av alla gäster i färgglada utstyrslar får kungen syn på Baudouin. Han bleknar och släpper sin spira som rullar in under tronen. Sedan gör han tecken med handen till det unga nygifta paret att komma och sätta sig hos honom och dricka ett glas vin. Baudouin rodnar och lägger sitt svärd vid kungens fötter. Florine oroar sig: hon fruktar en ny befordran. Ska hon ännu en gång få tillgång till en nätt förmögenhet som tar henne långt från det sjätte trappsteget där hon sedan en tid befinner sig? Men något annat väntar. Mot slutet av kvällen då det unga paret, överraskat av alla hedersbetygelser, återkommer till den bostad som kungen låtit iordningställa till dem blir Baudouin nerstucken i hörnet av ett galleri inför ögonen på sin chockade unga hustru. Tre soldater kastar sig över honom, övermannar honom och skär av honom halsen. Blodet flyter i floder. Florine svimmar och faller över sin makes livlösa kropp. Senare får man veta att han varit oäkta son till kungen av Frankrike och kunnat göra anspråk på kronan. Av rädsla för att han ska kräva sin rätt föredrar kungen att låta mörda honom. För att trösta den unga änkan överöser han henne med guld, hermelin och ädelstenar och skickar henne tillbaka till slottet i Castelnau, eskorterad av fyra riddare till sitt skydd. Florine, änka på nytt, ber till Gud att befria henne från sin ilska för att hon i lugn och ro ska kunna uppnå de sista trappstegen.

Så var man av med den tredje! suckade Joséphine som nu blivit riktigt blodtörstig. När hon räknade det antal sidor som hon skrivit de senaste dagarna måste hon konstatera att ilskan var en bra musa: den svärtade ner det vita bladet med tusentals små svarta tecken.

– Ni verkar må bättre, konstaterade Luca, i bibliotekscaféet.

– Jag är arg och det ger mig vingar!

Han betraktade henne. Något rebelliskt och hängivet hade kommit över hennes ansikte vilket gav honom intrycket av en tonåring på krigsstigen.

– Ni ser ut som en … som en odygdig busunge!

– Det är faktiskt skönt att släppa efter ibland. Jag är alltid så snäll och rar! God vän, god syster, god mor …

– Har ni barn?

– Två döttrar … men ingen man! Jag var nog ingen bra hustru. Han gav sig av med en annan.

Hon skrattade fånigt och rodnade. Hon hade just låtit undslippa sig ett förtroende.

De hade tagit för vana att träffas i caféet. Han pratade med henne om sitt manuskript. Jag vill skriva tårarnas historia för mina samtida som blandar ihop känslighet med gråtmildhet, som gråter för att visa upp sig, för att sälja, för att visa sig intressanta, för att uppleva känslor som de egentligen inte känner. Jag vill återge tårarna den nobless som Jules Michelet förr beskrev. – Vet ni vad han skrev? ”Medeltidens mysterium, hemligheten hos dess outsinliga tårar och dess djupa genialitet. Dyrbara tårar, de har flutit i floder i gamla legender, i underbara dikter och de har hopats upp mot himlen, givit upphov till gigantiska katedraler som ville uppstiga till Herren!” Han citerade med slutna ögon och från hans läppar kom honungslena ord. Han citerade Michelet, Roland Barthes och Les Pères du Désert medan han knäppte händerna som om han bad en bön.

En eftermiddag vände han sig mot henne och frågade:

– Skulle ni ha lust att gå på bio en kväll? Det går en gammal film av Kazan som man nästan aldrig ser i Frankrike, *Den vilda floden*, på en biograf på Rue des Ècoles. Jag tänkte …

– Gärna, sa Joséphine. Väldigt gärna.

Han tittade på henne, förvånad över hennes entusiasm.

Hon hade just förstått något mycket viktigt: när man skriver måste man öppna alla portar mot livet så att det rusar in bland orden och ger näring åt fantasin.

På lördagkvällen gick Luca och Joséphine på bio. De hade stämt träff utanför biografen. Joséphine kom för tidigt. Hon ville ha tid att samla sig innan Luca dök upp. Hon kunde inte låta bli att rodna när han tittade på henne; om deras händer skulle råka nudda vid varandra kändes det som om hjärtat skulle hoppa ur bröstet på henne. Han påverkade henne fysiskt och detta gjorde henne förvirrad. Hittills hade hennes sexuella erfarenheter varit ganska intetsägande. Antoine hade varit varsam och hängiven, men han framkallade inte den våg av begär hos henne som en enda blick från Luca gjorde. Det besvärade henne. Hon ville inte att något skulle dra hennes uppmärksamhet från skrivandet av boken, men samtidigt kunde hon inte motstå önskan att vara i närheten av honom i en mörk sal. Och om han lägger armen om mina axlar? Och om han kysser mig? Inte ge med sig för snabbt, hålla huvudet kallt. Jag har fortfarande en dryg månads idogt arbete kvar att göra och jag får inte komma efter. Och inte trassla in mig i en liten kärlekshistoria. Florine behöver mig.

Joséphine hade blivit förvånad över hur lätt det gick att skriva och vilket nöje hon fann i att snickra ihop sina historier. Hon var också förvånad över den plats som boken tog i hennes liv. I tanken var hon ständigt tillsammans med bokens personer och hade mycket svårt att intressera sig för det verkliga livet. Hon låtsades närvara, svarade ja och nej men skulle inte ha kunnat upprepa vad som just sagts eller vad man frågat henne. Hon såg med ett halvt öga flickorna, Max och madame Barthillet röra sig omkring henne medan hon filade på en fras eller bestämde sig för en ny vändpunkt. När hon hade sagt ja till hans förslag hade hon faktiskt tänkt att hon skulle kunna använda sin egen sinnesrörelse för att beskriva Florines kärleksliv, ett område som hon hade försummat en del hittills. Florine var en enastående kvinna, from och tapper, men hon var icke desto mindre kvinna. Hon måste bli förälskad i någon av sina fem äkta män, tänkte Jo när hon gick fram och tillbaka framför bion, verkligen förälskad, huvudlöst förälskad så att hon tappar andan av det … Hon kan inte nöja sig med den helige Benedictus stege eller med sin himmelske brudgum. Köttets lust måste härja inom henne. Och hur är man när man är huvudlöst förälskad? Joséphine kunde börja ana hur …, när hon insåg hur hon själv uppförde sig i Lucas närhet.

Hon tog fram en liten anteckningsbok där hon skrev ner sin idé. Hon gick numera ingenstans utan vare sig sina anteckningar eller sin penna.

Hon hade just stängt anteckningsboken när hon lyfte på huvudet och upptäckte Luca som böjde sig fram mot henne. Han betraktade henne med nonchalant säkerhet och med den tillgivna likgiltighet som var betecknande för deras relation. Hon studsade till, hennes väska välte och de satte sig på huk för att samla ihop dess innehåll.

– Åh, det är precis som första gången jag träffade er, sa han spjuveraktigt.

– Jag var helt inne i min bok …

– Skriver ni en bok? Det har ni inte berättat!

– Öhh, nej …, det vill säga min avhandling och jag …

– Ni behöver inte ursäkta er. Ni är en arbetsmyra. Det är inget att skämmas för.

De ställde sig i biljettkön. När de skulle betala öppnade Joséphine sin portmonnä men Luca gjorde tecken att han ville bjuda henne. Hon rodnade och vände bort huvudet.

– Vill ni sitta längst bak, i mitten eller långt fram?

– Det har absolut ingen betydelse …

– Ok, då tar vi rätt långt fram? Jag gillar att sitta ganska nära …

Han tog av sig sin duffel och lade den på det tomma sätet

bredvid Joséphine. Hon blev berörd av att se plagget hopvikt nära sig och fick lust att röra vid det, känna lukten, värmen från Luca, sticka in sina armar i de tomma hängande ärmarna.

– Ni ska få se, det är en historia om vatten …

– Om tårar?

– Nej, en damm … Ni får gärna gråta om ni gör det på allvar. Inga krokodiltårar, bara riktiga, äkta tårar!

Han log sitt leende som verkade ha sin upprinnelse i en ofantlig ensamhet. Det kändes som att om hon alltid fick se honom le, om så bara några minuter om dagen, skulle hon vara den lyckligaste av kvinnor. Allt hos denne man var unikt och sällsynt. Inget mekaniskt och inget tillgjort. Hon hade fortfarande inte vågat fråga honom om hans modelljobb. Hon sköt alltid upp det till en annan gång.

Ljuset i biosalongen släcktes och filmen började. Med en gång fanns där vatten, gult vatten, kraftfullt vatten, gyttjigt vatten som fick henne att tänka på krokodilernas dammar. Lianer som hängde, buskar som hade torkat ut i solen – och Antoine dök upp framför henne. Utan att hon hade bjudit in honom. Hon tyckte sig höra hans röst, hon såg hans kutiga rygg när han satt i köket, hans hand som hade tagit hennes, hans inbjudan att följa med och äta middag med flickorna. Hon blinkade med ögonen för att få honom att försvinna.

Filmen var så vacker att Joséphine snart kände sig förflyttad till ön med bönderna. Hon blev helt tagen av Montgomery Clifts sårade skönhet och hans ögon som var fyllda av mjuk och vild beslutsamhet. När bönderna slog honom sönder och samman kramade hon Lucas arm och han klappade henne lätt på huvudet … ”Han klarar sig, han klarar sig”, mumlade han i mörkret … Hon glömde allt för att hålla fast detta ögonblick med hans hand på sitt huvud och hans lugnande röst. Hon väntade spänt i mörkret på att hans hand skulle närma sig hennes, att han skulle lägga sin arm om hennes axlar, blanda sin andedräkt med hennes. Väntade, väntade … Han hade dragit tillbaka sin hand och höll den intill kroppen igen. Hon böjde tillbaka huvudet, satt rakt upp medan tårarna steg i hennes ögon. Att vara så nära honom och inte få ge efter. Hennes armbåge nuddade hans, deras axlar rörde vid varandra, men han verkade ha tagit sin tillflykt till Kinesiska muren.

Jag kan gråta, han kommer bara att tro att det är vattnet i filmen. Han vet inte att det är på grund av den lilla stunden, de få sekunderna som jag väntade på att han skulle dra mig intill sig, att han kanske skulle omfamna mig, detta korta ögonblick av förväntan som inte infriades. Det som fick mig att inse att jag bara är en bra kompis, en medeltidskännare med vilken han kan diskutera tårar, medeltidens kyrka och riddare.

Hon grät. Hon grät av sorg för att hon inte längre var en kvinna som man drar intill sig i mörkret. Hon grät av besvikelse. Hon grät av trötthet. Hon grät tyst rakt upp och ner utan att röra sig. Hon förvånade sig över att kunna gråta så värdigt och fångade med tungspetsen upp dropparna som rann över hennes kinder. Hon avsmakade dem som ett gott och salt vin, som vattnet som rann på filmduken och skulle dra med sig böndernas hus, som drog med sig den gamla Joséphine, hon som aldrig skulle ha kunnat föreställa sig att sitta och gråta bredvid någon annan man än Antoine i mörkret i en biosalong. Hon tog farväl; hon grät när hon tog avsked av henne: av den snälla, förnuftiga, rara Joséphine som hade gift sig i vit klänning, uppfostrat två barn och som alltid försökt göra sitt bästa, att alltid vara rättvis och förnuftig. Hon suddades ut inför den nya Joséphine: hon som skrev en bok, gick på bio med en man och väntade på att han skulle omfamna henne! Hon visste inte längre om hon skulle skratta eller gråta.

De promenerade på Paris gator. Hon tittade på de gamla husen, de majestätiska portarna, de hundraåriga träden, caféernas ljus, folket som kom och gick, energin hos människorna där de skyndade fram, skrattade och ropade på varandra. Pulsen i nattlivet. Antoine kom tillbaka i dubbelexponering. De hade drömt så länge om att flytta in och bo i Paris, men deras drömmar hade känts allt mer svåruppnåeliga, som en synvilla. Hos alla dessa människor som gick förbi henne fanns det en aptit på livet, en lust att festa och bli förälskad som fick henne att vilja träda in i dansen. Hon, den nya Joséphine. Skulle hon ha tillräckligt med kraft för att sträcka ut handen eller skulle hon nöja sig med att stanna där hon var, utanför dansen, som ett barn som känner rädsla för att gå i vattnet? Hon lyfte ansiktet mot Luca. Återigen liknade han ett ensamt och öde torn som förflyttade sig framåt, inmurad i sin tystnad.

Hur många liv har man rätt till under sin vistelse på jorden, frågade hon sig. Man säger att katten har nio liv. Florine har fem äkta män. Varför skulle inte jag ha rätt till en andra kärlek? Har jag förklarat tillräckligt mycket hur handeln fungerade på den tiden? Jag har glömt att prata om ekonomin. Man betalade med pengar eller in natura: vete, havre, vin, kapuner, hönor, ägg. Varje större stad präglade sina egna mynt och vissa mynt var mer värda än andra. Det berodde på staden.

Hon kände Luca ta henne i armen.

– Åh! Hon spratt till som om han väckt henne.

– Om jag inte hade tagit tag i er hade ni blivit överkörd. Ni är verkligen väldigt disträ … Det känns som om jag går bredvid ett spöke!

– Jag är ledsen … Jag tänkte på filmen.

– Låter ni mig läsa boken när den är klar?

Hon mumlade ”men jag skriver inte, skriver inte …”, han log och tillade: ”Att skriva en bok är alltid ett mysterium, ett stort mysterium. Ni gör rätt som inte pratar om det, man kan förstöra allt om man berättar om det innan boken är klar och förresten ändrar sig handlingen hela tiden. Man tror man skriver en historia och så skriver man en annan, ingen kan veta – så länge sista meningen inte är skriven. Jag känner till allt det där och jag respekterar det. Och ni behöver inte svara mig!

Han följde henne till porten. Kastade en blick på huset och sa:

”Det här får vi göra om, eller hur?” Räckte henne handen, tryckte den varsamt och länge som om han tyckte det var oartigt att släppa den för snabbt.

– God natt då ...

– God natt och tusen tack. Filmen var verkligen mycket vacker ...

Han gick sin väg raskt som en man som är nöjd med att ha undsluppit avskedet framför porten. Hon kände en fruktansvärd tomhet inom sig. Nu förstod hon vad det innebar att vara ”ensam”. Inte ”ensam” om att betala räkningar eller uppfostra barn, utan ”ensam” därför att mannen som man hade hoppats skulle ta en i sina armar är på väg bort och har vänt en ryggen. Jag föredrar ensamheten med räkningarna, suckade hon och tryckte på hissknappen, då vet man i alla fall vad man har att hålla sig till.

Ljuset i vardagsrummet var tänt. Flickorna, Max och Christine Barthillet satt vid datorn och gav upp små skrik, brast ut i gapskratt, skrek ”och den då! och den här” och pekade med fingret på skärmen.

– Har ni inte gått och lagt er? Klockan är ett på natten!

De lyfte knappt på huvudet, helt inne i vad de såg på skärmen.

– Kom och titta, mamma, ropade Zoé och vinkade till Joséphine att komma närmare.

Hon var inte säker på att hon ville delta i den allmänna uppsluppenheten. Hon var fortfarande uppfylld av kvällens sorgsna känsla. Hon knöt upp skärpet på sin regnrock, sjönk ner i soffan och tog av sig sina skor.

– Vad exakt är det som händer? Ni ser ut som om ni just ska explodera!

– Kom och titta nu, mamma. Det går inte att beskriva, du måste se det med egna ögon, förklarade Zoé med stort allvar.

Joséphine gick fram till datorn som stod på bordet.

– E ru beredd? frågade Zoé.

Joséphine nickade. Christine Barthillets finger knackade mot skärmen.

– Det är bäst att ni tar en stol, madame Joséphine, ni kommer att bli rejält omskakad …

– Det är väl inte porrbilder? undrade Jo, som inte litade på Christine Barthillets omdöme.

– Nej då, mamma! sa Hortense. Det är något mycket mer intressant.

Madame Barthillet klickade på en ikon och foton på små pojkar kom upp på skärmen.

– Jag sa inga porrbilder men inte heller pedofilbilder, morrade Joséphine. Och jag skämtar inte!

– Vänta, sa Max. Titta efter ordentligt!

Joséphine böjde sig fram mot skärmen. Där syntes två helt blonda pojkar och en tredje, ganska mycket yngre, med mörkbrunt hår. Där var foton när de lekte i en park, i en swimmingpool, var på sportlov, red, skar upp en födelsedagstårta, foton på dem i pyjamas och när de åt glass …

– Och? frågade Joséphine.

– Känner du inte igen dem? fnittrade Zoé.

Joséphine tittade lite närmare.

– Det är William och Harry …

– Ja, och den tredje?

Joséphine koncentrerade sig och kände igen det tredje barnet. Gary! Gary på semester med de små prinsarna, Gary vid Dianas hand, Gary på en ponny ledd av prins Charles, Gary som spelade fotboll i en stor park …

– Gary? mumlade Joséphine.

– I egen hög person! utropade Zoé. Kan du tänka dig: Gary är kunglig!

– Gary? upprepade Jo. Är ni säkra på att det inte är ett montage?

– Vi hittade dem när vi surfade bland familjefoton som en inte speciellt nogräknad betjänt hade lagt ut på nätet …

– Ja, det är väl det minsta man kan säga! sa Joséphine.

Joséphine tittade på skärmen och klickade på det ena fotot efter det andra.

– Och Shirley? Finns där inget foto på Shirley?

– Nej, svarade Hortense. Däremot har hon kommit hem. Hon kom nyss när du var på bio. Var filmen bra?

Joséphine svarade inte.

– Var bion tillsammans med Luca bra?

– Hortense!

– Han ringde när du precis hade gått, för att säga att han skulle komma lite för sent. Stackars mamma, du kom för tidigt. Man får aldrig komma för tidigt. Jag slår vad om att han inte ens kysste dig. Man kysser inte kvinnor som kommer i tid!

Hortense satte handen för munnen som för att kväva en gäspning och visa hur uttråkad hon var inför sin mors brist på världsvana.

– Man ska inte göra sig vacker så att det märks! Det ska se naturligt ut. Man sminkar sig utan att sminka sig! Man klär upp sig utan att klä upp sig! Det är sånt som man bara vet eller också vet man det inte alls, och du har tydligen ingen talang för det där.

När Hortense förödmjukade henne sådär inför madame Barthillet visste hon att Joséphine inte skulle kunna reagera särskilt våldsamt. Hon skulle bli tvungen att behärska sig. Vilket hon också gjorde. Joséphine bet ihop och försökte behålla fattningen.

– Han har ett vackert namn … Luca Giambelli! Är han lika snygg som sitt namn?

Hon gäspade och medan hon lyfte upp sitt hår som en tjock gardin, tillade hon:

– Jag vet inte varför jag ställer den frågan. Som om det intresserade mig! Det är väl en av de där små biblioteksråttorna som du gillar så mycket … Har han mjäll och gula tänder?

Hon brast ut i skratt i skydd av den närvarande Christiane Barthillet, som generat försökte hålla sig utanför det hela.

– Hortense, nu går du och lägger dig, skrek Joséphine, som

inte längre kunde hålla sig lugn. Och ni andra också förresten. Jag är sömnig. Det är sent.

De gick ut från vardagsrummet och Joséphine drog ut bäddsoffan med en så häftig rörelse att hon bröt en nagel. Hon sjönk ner på sängen.

Kvällen hade varit misslyckad. Jag har så dåligt självförtroende så jag gör inte intryck på någon, tänkte hon. Varken gott eller dåligt, jag är den osynliga kvinnan. Han behandlade mig som en kompis, han hade inte en tanke på att jag kunde vara något annat. Hortense kände det direkt, så fort jag kom in i rummet. Hon kände direkt doften av en förlorare.

Hon kröp ihop till en liten boll på soffan och stirrade på en röd tråd i heltäckningsmattan.

Nästa dag när Max och flickorna hade gett sig av till en loppmarknad på en av gatorna i kvarteret, städade Joséphine i köket och gjorde upp en lista över vad som behövdes: smör, marmelad, bröd, ägg, skinka, ost, sallad, äpplen, jordgubbar, en kyckling, tomater, bönor, potatis, blomkål, kronärtskockor ... Det var torgdag. Hon satt och skrev när Christine Barthillet kom in i köket med fötterna släpande efter sig.

– Jag är så bakfull, muttrade hon, och tog sig om huvudet. Vi drack för mycket igår kväll.

Hon höll sin radio i handen, lyfte upp den mot örat och lyssnade efter sitt favoritprogram. Hon är väl ändå inte döv, tänkte Joséphine.

– När ni säger "vi", hoppas jag att ni inte inbegriper mina flickor i det.

– Ni är lustig, madame Joséphine.

– Kan ni inte kalla mig Joséphine rätt och slätt?

– Nej ... ni skrämmer mig. Vi kommer inte från samma värld.

– Försök!

– Jag har redan försökt, men det går inte ...

Joséphine suckade.

– Madame Joséphine, det låter som en bordellmamma.

– Och vad vet ni om horor och bordeller?

En tanke slog Joséphine och hon stirrade på Barthillet. Hon hade ställt ner radion på bordet och lyssnade på någon sydamerikansk musik medan hon rörde sig i takt till den.

– Och vad vet ni själv?

Christine Barthillet drog ihop sin morgonrock över bröstet med högdragenheten hos en anklagad som iklär sig sin oskuld.

– Någon gång då och då, för att få lite smör till spenaten ...

Joséphine svalde och sa:

– Alltså, det ...

– Jag är inte den enda ska ni veta ...

– Nu förstår jag den där historien med Alberto bättre ...

– Åh, han är snäll. Idag ska vi ha vår första träff. Vi ska träffas på la Défense och fika. Jag måste klä upp mig. Hortense har lovat hjälpa mig ...

– Där har ni tur! Det är få människor som Hortense bryr sig om.

– I början tyckte hon inte om mig, det är ett som är säkert. Nu står hon ut med mig. Jag vet hur man ska ta er dotter, man måste smickra henne, stryka henne medhårs och säga att hon är vacker, intelligent och ...

Joséphine skulle just svara när telefonen ringde. Det var Shirley. Hon bjöd in Joséphine till sig.

– Du vet ... med madame Barthillet svassande omkring oss kan vi inte prata i lugn och ro, det är bättre hos mig.

Joséphine samtyckte och lämnade över inköpslistan till Christine Barthillet, gav henne pengar och uppmanade henne att klä på sig och gå ut. Madame Barthillet muttrade att det var söndag morgon och att man aldrig kunde slappna av tillsammans med Joséphine, hon hade alltid så bråttom. Joséphine täppte till munnen på henne genom att upplysa henne om att marknaden stängde klockan halv ett.

– Det är inte sant! knotade Christine Barthillet när hon tittade på listan.

– Och byt inte ut frukten och grönsakerna mot godis! röt Joséphine när hon gick ut. Det är dåligt för tänderna, för hyn och för rumpan.

– Jag bryr mig inte. Jag äter minsann min potatis på kvällarna.

Hon ryckte på axlarna och fortsatte att läsa inköpslistan som om hon läste en bruksanvisning. Joséphine tittade på henne, tänkte säga något men ångrade sig.

Shirley pratade i telefon när hon öppnade dörren för Jo. Hon pratade på engelska och hon var arg. Hon sa: ”*no, no, aldrig mer! Jag är färdig med dig ...*” Joséphine gjorde tecken att hon skulle komma tillbaka senare, men Shirley slängde ur sig en sista ramsa av svordomar och lade sedan på.

Inför Shirleys härjade ansikte med svarta ringar under ögonen försvann den ilska som Joséphine hade känt hela veckan.

– Vad glad jag är att träffa dig. Har det gått bra med Gary?

– Han är underbar, din son ... snäll, snygg och intelligent! Han har allt.

– Tack så mycket. Vill du ha te?

Joséphine nickade och betraktade Shirley som om hon aldrig hade sett henne förut. Som om det faktum att hon sett henne vid drottningens sida gjorde henne till en främling.

– Jo ... Varför tittar du på mig på det sättet?

– Jag såg dig på TV ... häromkvällen. Bredvid drottningen av England. Med Charles och Camilla. Och säg inte att det inte var du för då ...

Hon sökte efter ord och viftade med händerna i luften som om hon var på väg att kvävas. Hon visste precis vad hon ville säga men hon kunde inte formulera det. Om du säger att det inte var du trots att jag tydligt kände igen dig, då vet jag att du ljuger och det står jag inte ut med. Du är min enda vän, den enda person jag anförtror mig åt och jag vill inte veta av att den vänskapen och den förtroligheten utmanas. Så tala om för mig att jag inte har drömt. Ljug inte, snälla, ljug inte för mig.

– Ja, det var jag, Joséphine. Det var därför jag gav mig av i sista minuten. Jag ville inte åka dit och …

– Var du tvungen att vara med på en bal med drottningen av England? frågade Joséphine häpet.

– Tvungen …

– Känner du Charles, Camilla, William, Harry och hela familjen?

Shirley nickade.

– Och Diana?

– Jag kände henne mycket väl. Gary växte upp med dem, med henne …

– Men Shirley … Du måste förklara för mig!

– Jag kan inte, Jo.

– Vad menar du?

– Jag kan inte.

– Även om jag lovar att inte berätta det för någon?

– För din säkerhet, Jo. För din och flickornas säkerhet. Du ska inte veta något.

– Jag tror dig inte.

– Men ändå …

Shirley betraktade henne med ömhet och stor sorgsenhet.

– Vi har känt varandra i många år, vi pratar om allt, jag avslöjar min enda hemlighet för dig, du läser mig som en öppen bok och det enda du kan säga till mig är att du inte kan berätta något för mig, för då …

Joséphine höll på att kvävas av ilska.

– Jag har avskytt dig hela veckan, Shirley! Hela veckan har det känts som om du hade stulit något från mig, som om du hade svikit mig och nu vill du inte säga något. Vänskap måste ju vara ömsesidig!

– Det är för att skydda dig. Det man inte vet kan man inte prata om …

Joséphine brast ut i ett besviket skratt.

– Som om jag skulle kunna bli torterad på grund av dig.

– Det kan vara farligt. Som det är för mig! Men jag måste leva med det och det behöver inte du …

Shirley pratade med ihålig röst. Hon gjorde konstateranden. Joséphine kunde inte upptäcka någon emfas eller falskhet i rösten. Hon konstaterade bara faktum, ett skrämmande faktum utan att någon känsla överhuvudtaget märktes på rösten. Joséphine slogs av hennes uppriktighet och ryggade tillbaka.

– Är det så illa?

Shirley gick och satte sig bredvid Jo. Hon lade armen om hennes axlar och viskade till henne med förtrolig röst.

– Har du aldrig funderat över varför jag bosatte mig här? I den här förorten? I det här huset? Helt ensam, utan familj i Frankrike, utan man, utan vänner, utan något riktigt yrke?

Joséphine skakade på huvudet.

– Det är därför jag tycker om dig, Joséphine.

– För att jag är dum? För att jag inte ser längre än näsan räcker?

– För att du inte ser något ont någonstans! Jag tog min tillflykt hit. Till ett ställe där jag var säker på att inte bli igenkänd, uppsökt, jagad. Där jag bodde tidigare hade jag ett fint och bra liv tills … detta hände. Här klarar jag mig på lite småjobb, jag överlever …

– I väntan på vad?

– I väntan på jag vet inte vad. I väntan på att det ska ordna sig där, i mitt land … Att jag kan återvända dit och återuppta ett normalt liv. Jag glömde allt när jag bosatte mig här. Jag bytte personlighet, jag bytte namn, jag bytte liv. Här kan Gary växa upp utan att jag behöver skaka av skräck om han kommer lite sent hem från skolan, jag kan gå ut utan att kolla om någon följer efter mig, jag kan sova utan att vara rädd att någon ska bryta sig in …

– Är det därför du har klippt håret kort? Och är det därför du går som en man? Och slåss som en man?

Shirley nickade.

– Jag har lärt mig allt det. Jag har lärt mig att slåss, jag har lärt mig att skydda mig, jag har lärt mig att leva helt ensam …

– Vet Gary om det?

– Jag har berättat det för honom. Jag var tvungen. Han hade förstått för mycket och jag blev tvungen att lugna honom. Säga att han inte hade fel. Det har fått honom att mogna mycket och växa … Han stod pall. Ibland känns det som om han skyddar mig.

Shirley höll hårdare om Joséphine.

– Mitt i all denna olycka har jag funnit något slags lycka här. En stillsam lycka, utan vare sig glädjerus eller sorg, och utan en man …

Shirley genomfors av en rysning. Hon hade tänkt säga "den mannen". Hon hade träffat honom. Det var på grund av honom hon hade stannat längre i London. Han hade ringt, givit henne numret till sitt rum på Park Lane Hotell och sagt: "Jag väntar på dig i rum 616." Sedan hade han lagt på utan att vänta på hennes svar. Hon hade tittat på telefonen och sagt till sig själv: jag går inte dit, jag går inte dit, jag går inte dit. Hon hade sprungit ända bort till Park Lane Hotel, i hörnet av Piccadilly och Green Park. Precis bakom Buckingham Palace. Den stora entréhallen i beige och rosa med ljuskronor i form av venetianska druvklasar. Sofforna där affärsmän drack te och pratade med dämpade röster. De enorma blomsteruppsättningarna. Baren. Hissen. Den långa korridoren med beiga väggar, tjock heltäckningsmatta och utsirade lampetter med små kjolformade lampskärmar. Rum 616 … Dekoren rullades upp som i en film. Han bestämde alltid träff med henne i ett av hotellen längs parken. "Du lämnar barnet i gräset och du kommer upp till mig. Han kan titta på de förälskade paren och på ekorrarna och så lär han sig om livet." En dag hade hon väntat på honom hela dagen i Hyde Park. Gary var liten. Han jagade ekorrarna. Jag tycker om dem på långt håll, mammy, på nära håll ser de ut som råttor. För mig är det tvärtom, hade hon tänkt, jag tycker om honom på nära håll, på långt håll tar jag honom för det han är: en råtta. Den dagen hade han inte kommit. De hade gått till Fortnum and Mason och ätit bakelser och glass. Hon hade druckit rökt te med slutna ögon. Gary hade suttit rak i sin stol och smakat på bakelsen med gaffeln med kännarmin. ”Han uppför sig som en prins”, hade servitrisen sagt. Shirley hade bleknat. ”Det var en skön eftermiddag i parken”, hade Gary sagt och tryckt hennes hand. ”Green Park, det är min favoritpark.” Han kände till alla Londons parker.

En annan gång när hon hade gått upp på hotellrummet hade Gary gått och pratat med talarna vid Marble Arch. Han måste ha varit elva år. Han hade sagt: ”Ta god tid på dig, mammy, tänk inte på mig, jag tränar på att prata engelska, jag vill inte glömma mitt modersmål.” Han hade avhandlat Guds existens med en tystlåten figur som stod böjd över sin pall och väntade på att någon skulle komma och prata med honom. Han hade frågat Gary: om Gud finns, varför har han försatt människan i allt detta lidande? ”Och vad svarade du?” hade Shirley frågat medan hon vek upp kragen på sin jacka för att dölja ett sugmärke. ”Jag pratade med honom om filmen *Trasdockan*, om gott och ont, om att människan måste välja och hur ska hon kunna välja om hon inte vet skillnaden på ont och gott …” ”Sa du så till honom?” hade Shirley svarat i förundran.

Prata med mig älskling, prata mer med mig så att jag glömmer detta rum och denne man, så att jag glömmer hur jag äcklas av mig själv när jag har varit i denne mans armar, hade hon tyst bönfallit. Han hade väntat i rummet. Utsträckt på sängen med skorna på. Legat och läst en tidning. Han hade tittat på henne utan att säga något. Lagt undan tidningen. Lagt sin hand på hennes lår och dragit upp hennes kjol och …

Det var alltid samma sak. Den här gången hade hon varit fri att förbli hans fånge: Gary väntade inte i parken. Hon hade inte märkt vare sig timmarna eller dagarna som gick. Brickorna hade samlats på hög vid foten av sängen. Städerskorna hade skickats iväg när de knackade på dörren.

Aldrig mer, aldrig mer. Nu måste det ta slut!

Hon måste få vila långt ifrån honom. Han hittade henne alltid. Han reste aldrig till Frankrike där han var efterlyst och därför rädd för att åka över gränsen. I Frankrike var hon säker. Där borta var hon i hans våld. Det var hennes eget fel. Hon kunde inte stå emot honom. Hon skämdes när hon kom tillbaka till sin son. Han väntade troget på henne utanför hotellet. När det regnade sökte han skydd inomhus och väntade. De gick hem till fots genom parken. ”Tror du på Gud?” hade Gary frågat en dag efter att ha tillbringat eftermiddagen med att prata med ännu en talare i Hyde Park. Han hade fått smak för det. ”Jag vet inte”, hade Shirley svarat, ”jag skulle gärna vilja tro …”

– Tror du på Gud? frågade Shirley Joséphine.

– Hmm, ja …, svarade Joséphine, förvånad över Shirleys fråga. Jag pratar med honom, på kvällen. Jag går ut på balkongen, tittar på stjärnorna och pratar med honom. Det hjälper mig mycket …

– *Poor you!*

– Jag vet. När jag berättar det så tar folk mig för en efterbliven. Så därför berättar jag inte det.

– Jag har ingen tro, Joséphine … Försök inte övertyga mig.

– Det gör jag inte, Shirley. Om du inte tror så är det av trots eftersom världen inte är beskaffad som du skulle vilja ha den. Men det är som med kärlek, man måste vara modig för att älska. Ge, ge och inte tänka, inte räkna … Till Gud måste man säga ”jag tror” och då blir allt perfekt, logiskt, allt får en mening och allt blir förklarat.

– Inte i mitt fall, flinade Shirley. Mitt liv är en rad av fel och brist på logik … Om det var en roman skulle det vara en sån där tårdrypande historia och jag hatar att någon tycker synd om mig.

Hon tystnade som om hon redan hade sagt för mycket.

– Och hur går det med Madame Barthillet?

– Betyder det att du inte vill prata mer om det? suckade Joséphine. Du byter ämne. Diskussionen är avslutad.

– Jag är trött, Jo. Jag vill pusta ut … Jag är så glad att vara hemma hos mig själv igen, ska du tro.

– Faktum kvarstår att vi allihop såg dig på TV. Vad ska du säga om flickorna eller Max frågar?

– Att jag har en dubbelgångare vid engelska hovet.

– Det kommer de inte att tro på: de har hittat foton på Gary på Internet med William och Harry! En gammal betjänt som …

– Han kunde inte sälja dem till tidningarna så då la han ut dem på Internet. Men jag kommer att neka, säga att små pojkar liknar varandra mycket. Lita på mig, jag kommer att klara det. Jag har varit med om värre. Mycket värre!

– Du måste finna mitt lilla liv väldigt tråkigt …

– Ditt liv kommer att bli mycket mer komplicerat i och med den här historien med boken. När man börjar fuska och ljuga så ger man sig in i en massa konstiga äventyr …

– Jag vet. Ibland gör det mig rädd …

Tekitteln hade börjat vissla och locket dansade av kraften från ångan. Shirley reste sig upp och började brygga teet.

– Jag tog med Lapsang Souchong från Fortnum & Mason. Du får säga vad du tycker …

Joséphine betraktade henne medan hon ägnade sig åt teceremonin: skölja ur tekannan med hett vatten, räkna teskedarna, hälla över kokande vatten, låta det dra, allt med den sanna engelskans allvar.

– Gör man te på samma sätt i Skottland som i England?

– Jag är inte skotska, Jo, jag är idel engelsk lady …

– Men du sa …

– Jag tyckte det lät mer romantiskt.

Joséphine var nära att fråga henne vilka hennes andra lögner var, men hon ångrade sig. De njöt av sitt te medan de pratade om barnen, om madame Barthillet och hennes nätträffar.

– Bidrar hon med pengar till dig?

– Hon har inte ett öre.

– Menar du att du köper käk till allihop?

– Hmm. Ja!

– Du är verkligen för söt, sa Shirley och gav henne en lite klapp på näsan. Städar hon? Lagar hon mat? Stryker hon?

– Ingenting.

Shirley drog upp axlarna och lät dem sen falla ner med en djup suck.

– Jag tillbringar all min tid på biblioteket. Jag har varit på bio med mannen i duffel. Han är italienare och han heter Luca. Fortfarande lika fåordig. På sätt och vis passar det mig bra. Först måste jag bli färdig med boken ...

– Hur långt har du kommit med den?

– Till fjärde maken.

– Och vem är han?

– Jag vet inte än. Jag skulle vilja att hon var med om en stormande passion. En fysisk passion ...

– Som Shelley Winters och Robert Mitchum i *Trasdockan?* Hon åtrår honom som en galning och han avvisar henne ... alltså åtrår hon honom ännu mer. Han låtsas att han är pastor och använder sig av Bibeln för att dölja sin girighet. När hon försöker förföra honom läxar han upp henne och vänder henne ryggen. Till slut mördar han henne. Han är ondskan personifierad ...

– Just det ..., svarade Joséphine med tekoppen mellan sina båda händer. Han är en predikant som åker omkring på landsbygden, hon träffar honom och blir handlöst förälskad. Han gifter sig med henne, vill åt hennes slott och hennes guld och försöker döda henne. Man fruktar för hennes liv och han tar hennes son som gisslan ... Men det är ju inget som gör henne rik.

– Varför inte? Du kan hitta på att han redan har svindlat många änkor, att han gömmer slantarna någonstans och att hon ärver honom ...

– Luca pratade just med mig om predikanterna på den tiden ...

– Har du berättat för honom att du skriver en bok? frågade Shirley oroligt.

– Nej … men jag gjorde en stor tabbe.

Joséphine berättade hur hon hade nämnt boken när de var på bio. Hon frågade sig högt om han inte hade genomskådat hennes hemlighet.

– Du är den sista jag skulle anförtro en hemlighet till, sa Shirley och log. Du förstår att jag gjorde rätt som inte berättade något för dig.

Joséphine sänkte förläget blicken.

– Jag måste vara försiktig sen när boken kommer ut …

– Iris kommer att se till att all uppmärksamhet koncentreras på henne. Hon kommer inte att lämna en smula åt dig. På tal om det, hur mår Iris?

– Hon repeterar inför den stora dagen … Hon kommer och läser det jag har skrivit då och då, och läser alla böcker som jag rekommenderar henne. Ibland kommer hon med uppslag. Hon ville att jag skulle ha med en scen där Paris skolpojkar ägnar sig åt veritabla upplopp. Svänger med sina knivar och sina rakade skallar. Studenterna var klerker och räknades till prästerskapet vilket gjorde att de inte löd under den världsliga rättvisan. Kungen kunde inte göra något mot dem eftersom de istället löd under den gudomliga rättvisan och det missbrukade de. Vilket gjorde det svårt att uppehålla lag och ordning i Paris. De begick brott utan att man kunde straffa dem! De stal, de dödade. Ingen kunde döma eller straffa dem.

– Och då?

– Det känns som om jag vore en stor tratt, jag lyssnar på allt, jag samlar anekdoter, små detaljer från verkliga livet och jag häller ut dem i min bok. Jag kommer aldrig att bli den samma efter den här boken. Jag förändras, Shirley, jag förändras mycket även om det inte syns!

– Du upptäcker livet medan du berättar den här historien; du ger dig in på marker som du aldrig skulle beträda annars …

– Framförallt, Shirley, så är jag inte rädd längre. Förut var jag rädd för allt! Jag gömde mig bakom Antoine. Bakom min avhandling. Bakom min skugga. Idag tillåter jag mig saker som jag förbjöd mig själv tidigare, jag går direkt på nät!

Hon skrattade som en liten flicka och gömde sig bakom sina händer.

– Jag måste bara ha tålamod och låta den nya Joséphine växa och en dag tar hon hela utrymmet och ger mig all sin kraft. Just nu håller jag på att lära mig … Jag har förstått att lyckan inte är att leva ett stilla liv utan bekymmer, utan att begå misstag och röra på sig. Lyckan, det är att acceptera striden, ansträngningen, tvivlet och att gå framåt, framåt och konfrontera varje hinder. Förut gick jag inte framåt, jag sov. Jag lät mig föras fram i en stilla lunk: min man, mina barn, mina studier, min bekvämlighet. Idag har jag lärt mig att kämpa, att hitta lösningar, att periodvis misströsta och sen ta mig samman och gå framåt, Shirley. Alldeles själv! Jag klarar mig … När jag var liten upprepade jag det som mamma sa; hennes syn på livet var min; och så lyssnade jag på Iris. Jag tyckte hon var så intelligent, så briljant … Sen kom Antoine: jag skrev under allt han ville, jag anpassade mitt liv efter honom. Till och med du, Shirley … Det faktum att du var min vän gjorde mig trygg, jag sa mig att jag måste vara en bra person eftersom du tyckte om mig. I vilket fall så är det slut med allt det nu! Jag har lärt mig att tänka själv, att gå själv, att kämpa helt själv …

Shirley lyssnade på Joséphine och tänkte på den lilla flicka hon själv hade varit. Så säker på sig själv. Fräck och nästan arrogant. En dag hade hennes guvernant tagit med henne på en promenad i parken och hon hade släppt hennes hand och gett sig av. Hon måste ha varit ungefär fem år gammal. Hon hade irrat omkring och njutit av den underbara känslan av att vara fri och kunna springa utan att miss Barton sa att det inte var bra, att en liten väluppfostrad flicka skulle gå makligt. En polis hade frågat henne om hon gått vilse. Hon hade svarat: ”Nej, men ni får leta upp min guvernant för det är hon som har gått vilse.”

Jag var aldrig rädd, tänkte Shirley. Jag klarade mig själv. Det var senare som allt gick fel. Jag har gått åt motsatt håll mot Joséphine.

– Du lyssnar inte på mig längre!

– Jo, det gör jag …

– Jag har accepterat livets mörka sidor, de avskräcker mig inte längre och gör mig inte längre rädd.

– Och hur har du kommit fram till allt detta? frågade Shirley rörd.

– Du förstår, jag tror att … den här vardagliga kampen, den vilar på kärleken. Inte på äregirigheten, på behovet av att ha och äga, utan på kärleken … Inte på kärleken till sig själv heller. Nej! På kärleken till andra, kärleken till livet. När du älskar är du räddad. Det där var en sammanfattning av det som har hänt den senaste tiden i mitt liv.

Hon log svagt som om hon var förvånad över att ha kunnat uttala alla dessa högtravande ord. Shirley betraktade henne och sa sakta:

– Jag håller fortfarande på att slå vilt omkring mig, har inte börjat kämpa för att komma framåt!

– Jodå, du går framåt på ditt sätt. Var och en har sitt sätt att komma framåt …

– Jag har inte klarat att konfrontera, jag har föredragit att fly. Och sen dess är jag ständigt på rymmen.

Hon drog en suck som om hon inte borde säga mer. Joséphine betraktade henne en stund och kramade om henne.

– För att få ett bra liv måste man kasta sig ut i livet, gå vilse och hitta tillbaka, gå vilse igen, ge upp och börja om men aldrig, aldrig tro att en dag ska man kunna vila. För det slutar aldrig, aldrig … Lugnet, det kommer senare för oss.

– När vi dör?

Jo brast ut i skratt.

– Vi är här på jorden för att kämpa. Vi är inte här för att leva det ljuva livet.

Hon gjorde ett uppehåll, sträckte fram koppen för att be om mer te, slöt ögonen, svalde och viskade:

– Hur är hon, drottningen av England?

Shirley tog tekannan, hällde upp teet och svarade: ”Försök inte!”

Madame Barthillet hade kommit tillbaka från marknaden. Hon hade ont i armarna av att ha burit plastkassarna och hon gnuggade handflatorna mot varandra eftersom händerna hade domnat. Ett ögonblick funderade hon på att lämna varorna på köksbordet men så ångrade hon sig och bestämde sig för att sortera in allt.

Alla dessa grönsaker som hon haft mig att köpa och som är så dyra, suckade hon för sig själv. När det är så enkelt att bara öppna en konservburk. Man måste tvätta dem, skala dem, koka dem, det tar tid ... Till och med köttgryta kan man hitta i pulverform nuförtiden. Jag måste sticka härifrån! Jag måste börja ett nytt slappt liv. Inte behöva anstränga sig mer, hellre hitta en bra kille som betalar hyran och låter mig titta på TV hela dagarna. Max klarar sig. Uppfostra ett barn, det är för jobbigt. När de är små är det lätt, men när de blir större måste man stå emot dem och införa regler. Kämpa för att de ska respektera en. Det har jag inte lust med, jag vill ha stiltje. Barn är otacksamma. Var och en får klara sig själv! Klockan sjutton hade hon träff med Alberto på la Défense. Ta en dusch, göra sig i ordning. Göra sig vacker. Jag har fortfarande vackra drag. Jag kan fortfarande se vacker ut. Och förresten är inte han någon ungdom själv! Han hade skickat henne ett suddigt foto där man inte kunde se någonting. Han kommer inte att vara alltför nogräknad, slog hon fast.

När Hortense kom hem från loppmarknaden, väntade madame Barthillet på henne i vardagsrumssoffan, iklädd morgonrock. Hon tittade på Michel Drucker på TV medan hon tuggade tuggummi.

– Hittade ni några bra grejer? frågade hon och reste sig.

– Äsch, bara skräp, svarade Max, men vi hade kul. Vi gick och spelade flipper och drack cola. Det var en kille som betalade för att … för Hortenses vackra ögons skull.

– Hur såg han ut? frågade madame Barthillet.

– Skitful, svarade Hortense. Men det triggade honom att tro att jag skulle falla för tre cola och lite pengar att spela med. Stackars kille!

– Du har förstått hur det ska gå till, fnittrade Christine Barthillet.

– Det är inte svårt att förstå sig på den sortens killar. Han dreglade av åtrå. Det blev en stor pöl på marken.

– Jag är så trött på att vara liten, ingen tittar på mig, klagade Zoé.

– Det kommer, min lilla, det kommer … Du har väl inte glömt att du skulle klä upp mig för min träff? frågade Christine Barthillet Hortense.

Hortense stirrade stint på henne och mätte henne med blicken.

– Vad har ni för kläder som är presentabla?

Madame Barthillet suckade.

– Inte mycket, jag håller inte på med märkeskläder utan det blir postorder för mig.

– Då får ni köra med den avspända stilen då …, deklarerade Hortense med kännarmin. Har ni en safarijacka?

Madame Barthillet nickade.

– En modell från La Redoute. Från i år …

– Joggingdress?

Madame Barthillet nickade.

– Bra … Gå och hämta dem!

Madame Barthillet kom tillbaka med kläderna i en hög. Hortense tog upp dem med fingerspetsarna, bredde ut dem på soffan och betraktade dem en stund. Max och Zoé tittade trollbundna på henne.

– Ja ja …

Hon rynkade på näsan, snörpte på munnen, kände på en tröja, på ett linne, slätade ut en vit blus, sköt bort den.

– Har ni några accessoarer?

Madame Barthillet lyfte förvånat på huvudet.

– Halsband, armband, en scarf, ett par glasögon …

– Jag har lite krimskrams från Monoprix …

Hon gick in i sovrummet och hämtade det.

Zoé knuffade Max med armbågen och viskade: ”Nu ska du få se, titta noga! Hon kommer att göra om din mamma till en sexbomb.” Madame Barthillet lade en hög med billiga smycken bredvid de utbredda kläderna som verkade vänta på en touche från Hortenses trollspö. Den senare funderade en stund och sa sedan i myndig ton:

– Klä av er!

Madame Barthillet satte upp en oförstående min.

– Vill ni att jag ska klä er eller inte?

Christine Barthillet lydde. Snart stod hon i BH och trosor inför Max och flickorna. Hon höll för brösten med händerna och harklade sig förläget. Max och Zoé fick ett skrattanfall.

– Safarijackan är ett måste! Regel nummer ett: ha den tillsammans med ett par Adidas joggingbyxor med vita band på sidorna. Vad bra att ni har ett par. Det är förresten enda sättet att se snygg ut i joggingkläder!

– Med en safarijacka?

– Absolut. Regel nummer två: under jackan har man en V-ringad tröja och ett linne som sticker fram under tröjan …

Hon gjorde tecken till madame Barthillet att dra på sig kläderna som hon räckte henne.

– Inte illa … Inte illa! sa Hortense och mätte henne med blicken. Regel nummer tre: komplettera det hela med några billiga accessoarer, vi tar era halsband och armband från Monoprix …

Hon dekorerade henne som en skyltdocka. Tog ett steg tillbaka. Drog upp en ärm. Steg tillbaka igen. Lossade lite på tröjans halsringning. Lade till ytterligare ett halsband och ett par pilotglasögon som hon satte i håret.

– På fötterna ett par gymnastikskor … Och så är det fixat! utbrast hon nöjt.

– Gymnastikskor! protesterade Christine Barthillet. Det är inte särskilt kvinnligt.

– Vill ni se ut som en sophög eller som ett stilproffs? Ni bad mig hjälpa er, jag hjälper er, om ni inte gillar det, ta era höga klackar och se ut som en kärring.

Madame Barthillet tystande och drog på sig sina gymnastikskor.

– Sådär ja, sa Hortense, och drog lite i tröjan så att spetsen på linnet syntes. Gå och titta i spegeln.

Madame Barthillet gick in i Joséphines rum och kom tillbaka med ett stort leende.

– Det är jättebra! Jag känner inte igen mig själv. Tack, Hortense, tack.

Hon virvlade runt i vardagsrummet och sjönk sedan ner i soffan och klappade sig förtjust på låren.

– Det är inte klokt vad man kan göra med några klädtrasor när man har god smak! Var har du lärt dig det?

– Jag har alltid vetat att jag var duktig på det.

– Rena trolleriet! Som om du hade sett någon annan i mig. Som om jag äntligen har fått veta vem jag är.

Zoé kröp ihop som en boll på mattan och mumlade medan hon pillade på mattfransarna:

– Jag skulle gärna vilja veta vem jag är. Kan du inte hjälpa mig, Hortense …?

– Hjälpa dig med vad? frågade Hortense förstrött medan hon rättade till en sista liten detalj i Christine Barthillets utstyrsel.

– Så som du gjorde med madame Barthillet …

– Jag ska. Jag lovar.

Zoé tog ett glädjeskutt och slängde sig om halsen på Hortense som snabbt lösgjorde sig.

– Först måste du lära dig att behärska dig, Zoé, och hålla avstånd. Det är regel nummer ett för att ha klass. Förakt ... Om du är högdragen mot folk så respekterar de dig. Om du inte har förstått det så är det ingen idé att gå ut alls.

Zoé bytte fot, tog tre steg tillbaka och låtsades förnäm och likgiltig.

– Så här? Är det bra?

– Det måste verka naturligt, Zoé. Att du är högdragen på ett naturligt sätt. Det är det som är det svåraste i "attityden".

Hon uttalade ordet med mycket tydlig artikulation.

– *Attityden* måste vara naturlig ...

Zoé snurrade sitt hår med fingrarna och suckade medan hon kliade sig på magen.

– Det är för svårt ...

– Man får jobba på det, helt klart, svarade Hortense vasst.

Hennes blick föll åter på Christine Barthillet och hon frågade henne:

– Vet ni hur han ser ut, er Alberto?

– Ingen aning! Han ska ha *Le journal du dimanche* under armen! Jag ska berätta sen för er ... Så där ja, nu går jag. Ciao! Ciao!

Hon tog sin väska och gjorde sig i ordning för att gå. Hortense tog tag i henne och anmärkte att hennes väska inte alls passade till hennes klädsel.

– Det kan inte hjälpas, sa Christine Barthillet. Jag vet att man ska komma för sent men om jag drar ut på det alltför länge så kommer där inte att stå någon Alberto kvar.

Hon var på väg ned för trapporna när Max och Zoé ropade efter henne att hon skulle ta ett foto så att de fick se hur Alberto såg ut.

– Du förstår, viskade Zoé bekymrat, han kommer kanske att bli din styvpappa ...

I köket satt Joséphine och skrev med fönsterluckorna stängda för att skydda sig från värmen. Dagen då hon måste lämna in manus närmade sig. Det var inte mer än tre veckor kvar tills hon måste vara klar.

Iris kom varje dag och tog med sig barnen på bio, på en tur i Paris eller till Jardin d'Acclimatation. Hon åt glass och betalade barnens biljetter till radiobilarna och omgångar på skjutbanorna. Max och Zoé var lediga från skolan eftersom deras skola för tillfället användes som examinationscentrum för gymnasister. Joséphine hade låtit Iris förstå att hon inte skulle klara av att avsluta romanen om hon inte fick ha lägenheten helt för sig själv och slippa fundera över vad flickorna sysslade med om dagarna. "Jag kan inte låta Zoé hänga med Max, då slutar det med att hon blir inblandad i handel med stulna mobiler eller försäljning av cannabis!" Iris hade protesterat. "Men vad ska jag göra med dem?" "Du klarar dig", hade Jo svarat, "det är det som gäller annars skriver jag inte färdigt!" Hortense gjorde sin praktik hos Chef och levde sitt eget liv, men det gällde att hålla Zoé och Max sysselsatta.

Madame Barthillet fortsatte sin romans med Alberto. De bestämde träff på caféer och uteserveringar men ännu hade de inte löpt linan ut. "Här ligger en hund begraven", sa Christine Barthillet. "Här ligger en hund begraven! Varför tar han mig inte med till ett hotell? Han kramar mig, tafsar på mig och ger mig presenter men inget mer. Jag vill bara komma till skott, jag! Istället för att rulla runt så sitter vi och pratar och dricker kaffe … Snart känner jag till alla Paris barer. Han kommer alltid först och hans stora grej är att få se mig gå. Han säger att min gång inspirerar honom, att han älskar att se mig komma och att se mig gå iväg! Den mannen är säkert impotent eller rubbad. Han drömmer om att ha ett förhållande men kan inte fullborda det. Det är typiskt min otur! Uppriktigt talat känns det som om jag är tillsammans med en man utan ben! Jag har aldrig sett honom stående!" "Nej men", hade Zoé sagt, "han är bara en romantiker, han tar tid på sig." "Jag har ingen tid att förlora. Jag kan ju inte slå rot hos er. Jag vill få någonstans att bo och det går för långsamt. Jag vet inte ens hans efternamn. Jag säger bara det: här ligger en hund begraven!"

Joséphine hade heller ingen tid att förlora. Florines fjärde man hade just givit upp andan på kättarbålet. Puh, tänkte hon och torkade sig i pannan. Det var dags! Vilken otäck och illasinnad man! Han hade kommit ridande till slottet på en stor svart stridshäst och haft med sig de heliga evangelierna. Han hade bett Florine om en fristad och Florine hade tagit emot honom. Den första natten hade han inte alls velat sova i en säng utan på bara marken under stjärnorna insvept i sin svarta slängkappa. Guibert den fromme var en praktfull man. Långt brunt hår, muskulös överkropp, armar som en timmerhuggare, vackra vita tänder, ett riktigt vargleende och blå genomträngande ögon ... Florine hade känt elden inom sig. När han talade citerade han verser ur Evangelierna, reciterade texten ur Decretium som han kunde utantill och ondgjorde sig över synden i alla dess former. Han slog sig ner på slottet och började bestämma över allas liv. Han krävde av Florine att hon bar spartanska kläder utan någon färg överhuvudtaget. Djävulen bor i varje kvinnas bröst, mässade han och höjde fingret mot himlen. Kvinnor är lättsinniga, skvalleraktiga, barnamörderskor, abortörer, vällustiga, liderliga, prostituerade. Beviset: det finns inga kvinnor i Paradiset. Han hade låtit ta ner bonaderna och draperierna från slottets väggar, konfiskerat alla pälsverk och tömt kistorna på smycken. Med sin maskulina, självsäkra röst delade han ut bannlysningar. Smink är synd, fula flickor är jordens spyor och de vackra ska man se upp med, de är bara vackra höljen för att dölja en säck sopor. Du påstår att du vill följa Benediktinerordern och så tvekar du när jag säger åt dig att sova på marken i nattskjorta! Ser du inte att det är djävulen som stänger in dig i denna drottninglika bekvämlighet, att djävulen fyller dina lådor med silver och ädelstenar, och viskar till dig att du ska vårda ditt utseende och din hy? Allt för att vända dig från din Himmelske make. Florine lyssnade och sa till sig själv att denne man hade sänts till henne för att återföra henne till den rätta vägen. Hon hade gått vilse tillsammans med sina tidigare äkta män. Hon hade glömt sin kallelse. Hans röst förhäxade henne, hans kropp väckte begär hos henne, hans blick genomborrade henne. Hon åtrådde honom så starkt att hon samtyckte till allt. Isabeau, hennes trogna tjänarinna, var så skrämd av Guiberts fanatism att hon en natt flydde och tog med sig den unge greven. Florine blev ensam kvar med det skräckslagna tjänstefolket. De som inte lydde stängdes in i slottets fängelsehålor. Ingen vågade sätta sig upp mot Guibert. En kväll lägger han armen om Florines axlar och ber henne gifta sig med honom. Salig av lycka tackar Florine Gud och säger ja. Det blir en trist och stel bröllopsfest. Den nygifta bruden är barfota och brudgummen håller henne på avstånd. På bröllopsnatten när Florine glider ner mellan lakanen darrande av lycka, sveper han in sig i sin kappa och lägger sig bredvid henne. Han tänker inte fullborda äktenskapet. Det skulle vara att ge efter för syndig otukt. Florine snyftar men biter ihop för att han inte ska höra henne. Han förmår henne att läsa en bön upprepade gånger som lyder: ”Jag är ingenting, jag är mindre än ingenting, jag är en dålig kvinna, sämre än de sämsta djuren. Jag har träffat min Frälsare genom att gifta mig med denne man och jag ska lyda honom i allt.” Hon böjer sig. Nästa dag kapar han hennes långa gyllene hår med sin dolk och stryker två tjocka streck av aska över hennes ansikte. ”Aska är du och aska ska du förbli”, säger han medan han stryker med tummen över hennes panna. Florine darrar av välbehag av att känna hans finger mot sin hud. Hon bekänner sin njutning och han mångdubblar sina grymheter. Han får henne att slita ut sig på olika arbetsuppgifter, han ålägger henne en ständig fasta, befaller henne att själv utföra allt hushållsarbete, och dricka smutsigt avloppsvatten. Han avskedar tjänstefolket en efter en och överöser dem med presenter för att de inte ska prata bredvid mun. Han befaller henne att ge honom sina pengar och att berätta för honom var hon gömmer sitt guld, ”guldet som Frankrikes kung gav dig efter att ha haft ihjäl din man och som du har hållit hemligt. Dessa pengar är förbannade, du måste ge dem till mig så jag kan kasta dem i floden.” Florine står emot. Det är inte hennes pengar, det är hennes sons. Hon vill inte göra Thibaut den Unge arvlös. Då utsätter Guibert henne för verklig tortyr. Sätter på henne bojor och kedjar fast henne i en fängelsehåla för att hon ska berätta. Ibland, för att få henne att vekna, tar han henne i sina armar och de ber tillsammans. ”Gud har skickat mig till dig för att rena dig.” Hon tackar honom och tackar Gud för att han leder henne på underkastelsen och lydnadens väg.

Hon är nära att avstå från allt, att överlämna sin förmögenhet när den trogna Isabeau kommer tillbaka med en trupp riddare för att befria henne. När Isabeau letar igenom slottet för att kunna komma till Florines undsättning, hittar hon en verklig skatt: Guiberts skatt som han har tillskansat sig från alla de kvinnor som han har bedårat innan han träffade Florine. Hon ger den till Florine som nu har tagit sitt förnuft till fånga, och bestämt sig för att inte längre fortsätta späka sig. Hon vill leva ett normalt liv utan att försöka uppnå helgonstatus på jorden, eftersom det är syndigt högmod att tro sig jämställd med Gud i renhet. Hon ser Guibert brinna på bål och kan inte låta bli att gråta över denne man som hon älskat så och som nu förgås som en brinnande fackla utan att vare sig skrika eller be om förlåtelse. Han kommer att hamna direkt i helvetet och det är rätt och riktigt! deklarerar Thibaut den Unge. Nu är Florine åter änka och ännu rikare än innan.

Lite som jag, tänkte Joséphine och reste sig upp för att sträcka på sig. Snart kommer jag att få tjugofemtusen euro till och jag har ingen man i mitt liv. Ju bättre det går desto rikare och mer ensam blir jag! Luca hade försvunnit ännu en gång. Hon hade inte hört något från honom på tio dagar. Han kom inte till biblioteket längre. Han måste ha åkt till andra sidan av jordklotet för att göra något modelljobb. Hon suckade, masserade ryggen och gick sedan tillbaka och satte sig framför datorn. Nu var det bara en make kvar att berätta om … Florines siste. Denne, bestämde hon, ska vara den rätte. Jag vill ha ett lyckligt slut. Hon hade några idéer. Han skulle heta Tancrède de Hauteville. Florine kände honom sedan länge. Det var en herreman ifrån trakten. En slarver, utan vare sig tro eller lag, en girig man. Han hade varit med i den lömska komplotten mot henne som letts av Étienne den Svarte, vid hennes första mans död. Han hade försökt röva bort henne för att lägga beslag på slottet och dess jordar. Sedan dess hade han ångrat sig många gånger om. Han hade återvänt från korstågen och ville leva som en god kristen, långt ifrån jordelivets frestelser. Han kommer och ber Florine att förlåta honom hans forna brott. Florine gifter sig med honom och lämnar slottet till sin son som nu är vuxen. Sedan ger hon sig iväg med Tancrède för att leva med honom på hans ägor. Under vägen söker de skydd i en skog i Poitou i Melleregionen. Där hittar de en liten stuga där de bosätter sig och framlever sina dagar under bön. De livnär sig på de grönsaker de själva odlar, dricker regnvattnet, klär sig i djurhudar och sover intill elden. De är lyckliga, älskar varandra med en innerlig kärlek ända tills Tancrède en dag när han ska hämta vatten upptäcker en silverådra. En fantastisk silverfyndighet! Av den kan man tillverka massor av denarer, ett myntslag som uppfanns av Karl den store. De kommer att bli stormrika. Först blir Florine förtvivlad men ser det sedan som ett tecken från Gud och finner sig i sitt öde. Hon måste acceptera att det är meningen att hon ska vara rik och ta emot dessa pengar. Med hjälp av sina nya rikedomar öppnar hon ett härbärge för fattiga och hemlösa som hon driver tillsammans med Tancrède. Hon skänker honom också många barn. SLUT.

Nu fanns det inte mer att skriva. Åtminstone anar jag slutet, tänkte Joséphine. En sista ansträngning och sedan är det klart. Och då …, då måste jag ge boken till Iris. Det kommer att kännas hårt. Jag får inte tänka på det, inte tänka på det alls. Jag har gått med på det. Jag var visserligen tvungen, men jag gick med på det. Jag måste skiljas från min bok och inte tänka på den mer.

Hon fruktade den stunden. Boken hade blivit en vän, och personerna i boken fyllde hennes liv. Hon pratade med dem, hon lyssnade på dem och hon följde med dem. Hur ska jag kunna skiljas från dem?

För att inte tänka mer på saken läste hon sina mail. Där fanns ett från Antoine. När de pratats vid senast hade de nästan grälat på grund av madame Barthillet.

Kära Jo.

Här kommer några rader från mig. Du kommer att bli glad över att höra att jag följde ditt råd till slut och började strejka. Det blev full kalabalik! Lee klarade inte av allt själv. Han rusade omkring överallt med uppspärrade ögon. De uthungrade krokodilerna förstörde stängslen och slukade två arbetare. Det blev nödvändigt att slakta dem och alla de andra krokodilerna som hade rymt! Det är inte lätt att skjuta mot krokodiler. Kulorna studsade tillbaka överallt och flera personer blev skadade. Det var mycket nära myteri. Alla talade om det och det kom på första sidan i lokalpressen och till slut skickade Mister Wei en rejäl check och betalade äntligen det han var skyldig mig!

Jag har också förstått att Lee var på Weis sida. När jag gjorde klart att jag inte vill arbeta längre, trodde han mig inte. Han iakttog mig med sina små gula ögon och undrade vad det var fråga om. Han följde efter mig överallt, dök upp bakom mig när jag minst anade det, följde mig när jag gick till Mylènes butik och flera gånger kom jag på honom när han pratade i telefon med låg röst som en konspiratör. Han dolde något. Varför skulle han annars viska när jag ändå inte förstod ett ord kinesiska? Numera är jag på min vakt mot honom. Jag har skaffat mig en hund och låter den smaka, lite diskret under bordet, en tugga av allt jag själv ska äta av. Du kommer att säga att jag är paranoid men jag tycker jag ser krokodiler överallt.

Under tiden som jag strejkade gav jag Mylène ett handtag. Det är en bra flicka, ska du veta. Och full av uppslag. Hon arbetar nästan ihjäl sig och sliter tolv timmar varenda dag, till och med på söndagarna. Hennes butik är aldrig tom på folk. Hon tjänar massor av pengar. Öppnandet blev succé och det bara fortsätter. Kinesiskorna bränner alla sina pengar för att bli lika vackra som västerländskorna. Hon erbjuder skönhetsbehandlingar och säljer skönhetsprodukter. Hon har fått åka till Frankrike två gånger för att skaffa mer varor. Under tiden som hon var borta höll jag i butiken och det gav mig minsann nya idéer. Ställ in dig på att jag kommer att bli rik och betydelsefull även om det innebär att jag måste flytta till Kina! För det är tydligt att om kineserna översvämmar oss med produkter som produceras till låga priser, så kan vi täppa till munnen på dem genom att sälja vårt know-how!

Så där ja! tänkte Joséphine skakad. Nu tänker han för stort och för snabbt igen. Han har inte förstått någonting.

Jag dricker nästan ingenting längre. Bara en whisky på kvällen i solnedgången. Men det är allt, jag lovar … Kort sagt, jag är en lycklig man och jag närmar mig äntligen målet! Jag tycker för övrigt att vi borde skiljas. Det skulle vara mer praktiskt om jag ska ge mig in i nya verksamheter …

Skiljas! Ordet kom som en örfil för Joséphine. Skiljas … Hon hade aldrig tänkt på det. ”Men du är min man”, sa hon högt och tittade på skärmen. ”Vi har lovat att hålla ihop i nöd och lust.”

Jag pratar regelbundet med flickorna och de verkar må bra vilket gläder mig mycket. Jag hoppas att Barthillets har flyttat och att du slutat leka Florence Nightingale. De där människorna är samhällets parasiter och mycket dåliga förebilder för våra flickor …

Vem tror han att han är? Bara för att han och hans flickvän gör sig en förmögenhet på pormaskar och underlagskräm, tror han att han kan komma och läxa upp mig!

Vi måste diskutera sommarlovet. Jag vet inte ännu hur jag ska göra. Jag tror inte att jag kommer att kunna åka ifrån krokodilerna. De första nya kullarna borde komma då. Du får berätta hur du har planerat och sen rättar jag mig efter det.
Kram Antoine

P.S. Nu när jag tjänar pengar kommer jag att kunna betala mitt lån. Du behöver inte ha bekymmer med det mer. Jag ska ringa Faugeron och då får han nog använda en annan ton mot mig!

P.S. Igår upptäckte jag att jag kan se på ”Frågor för en mästare” här! Det sänds en dag efter. Visst är det toppen?

Joséphine ryckte på axlarna. Antoines mail hade gett upphov till motstridiga känslor inom henne och hon förblev sittande orörlig framför datorn.

Hon tittade på klockan. Iris skulle strax komma hem med barnen. Madame Barthillet skulle komma tillbaka från sin träff med Alberto och Hortense från sitt arbete hos Chef. Slut på friden! Imorgon skulle hon sätta igång att skriva igen. Hon längtade efter det.

Hon stängde datorn och reste sig för att förbereda middagen. Telefonen ringde och det var Hortense.

– Jag kommer hem lite senare. Vi ska ut och ta ett glas med jobbet …

– Vad menar du med ”lite senare”?

– Jag vet inte … Vänta inte på mig med middagen. Jag kommer inte att vara hungrig.

– Hortense, hur kommer du hem?

– Någon skjutsar mig.

– Vem är ”någon”?

– Jag vet inte. Jag hittar säkert någon! Min lilla älskade mamma, snälla … Förstör inte det roliga för mig! Jag tycker det är roligt att arbeta och alla verkar nöjda med mig. De berömmer mig mycket.

Joséphine tittade på klockan. Klockan var sju på kvällen.

– Ok, men kom inte hem senare än …

Hon tvekade. Det var första gången hennes dotter bad om tillåtelse att gå ut och hon visste inte vad hon borde svara.

– Klockan tio? Okej, älskade mamma, jag är hemma klockan tio, var inte orolig … Du förstår, det hade varit praktiskt om jag hade haft en mobil. Då hade du kunnat nå mig alltid och du hade kunnat känna dig lugn. Men …

Hennes röst sjönk och Joséphine kunde se hennes min framför sig. Hortense la på och Joséphine kände sig alldeles bedövad. Ringa till Chef och be honom se till att Hortense hittade en taxi? Hortense skulle bli ursinnig om hon lekte polis bakom hennes rygg. Dessutom hade hon inte pratat med Chef sedan grälet med sin mor …

Hon stod kvar vid telefonen och bet på fingrarna. Hon kände en ny fara närma sig: att hantera Hortenses frihet. Hon log ett blekt leende: två ord som inte gick ihop, ”hantera” och ”Hortense”. Hon hade aldrig kunnat ”hantera” Hortense. Hon blev alltid lika förvånad när Hortense lydde henne.

Hon hörde nyckeln vridas om i entrédörren och madame Barthillet kom in i köket och sjönk ner på en stol.

– Så var det med det!

– Med vad då?

– Han heter Alberto Modesto och han har klumpfot.

– Det var ett vackert namn, Alberto Modesto …

– Ja, men en klumpfot, det är inte alls vackert. Det är min typiska otur. Jag träffar en krympling.

– Men, Christine, det är väl inte så farligt!

– Det är inte ni som blir tvungen att gå längs gatan bredvid en jättesko! Vad ska folk tänka om mig?

Joséphine betraktade henne bestört.

– Förresten upptäckte jag det för att jag smög på honom. Annars hade han fortsatt att lura mig. När jag kom till caféet var han där, välklädd, parfymerad, sittande på en stol med skjortkragen uppknäppt och med en liten present till mig … Titta!

Hon sträckte fram handen och visade något som såg ut som en liten diamant på sin ringfinger.

– Vi pussades, han gav mig komplimanger för mina kläder, beställde in en myntalemonad till sig själv och en kaffe till mig och sen pratade vi och pratade … Han säger att han blir allt mer fäst vid mig och han har tänkt efter noga och bestämt sig för att hyra den där lägenheten till mig som jag så väl behöver. Och då kramar jag om honom för att han är så hjärtegod, jag klänger mig fast vid honom, jag fäktar, kort sagt jag gör mig löjlig! Men han bara fortsätter att dricka sin lemonad och föreslår fortfarande inte att vi ska ta in på ett hotell. Tiden går och jag börjar tänka för mig själv att detta är inte normalt och jag säger att jag har ett möte som svepskäl för att fly fältet. Då kysser Alberto mig på handen och säger att nästa gång ska vi titta på lägenhetsannonser tillsammans. Jag reser mig och går och ställer mig runt gathörnet för att vänta på att han ska sticka. Och då såg jag honom komma förbi med sin klumpfot! Man skulle kunna säga att han har foten nerstucken i en verktygslåda! Han haltar, Madame Joséphine, han haltar! Han är helt sned!

– Och än sen? Han har väl rätt att leva, eller hur?

Joséphine hade vrålat ut sin avsky.

– Han har rätt att ha en klumpfot eftersom ni har rätt att lura honom.

Christine Barthillet lyssnade på Joséphine med öppen mun.

– Men madame Joséphine … ni får inte bli arg.

– Vet ni vad: ni äcklar mig! Om det inte var för Max så skulle jag slänga ut er! Ni bor hos mig, ni gör ingenting, absolut ingenting. Ni tillbringar tiden med att surfa runt på Internet eller tugga tuggummi framför TV:n och ni gnäller för att er beundrare inte stämmer med er bild av honom. Ni är för bedrövlig … Ni har varken hjärta eller värdighet.

– Oj oj, då …, muttrade Christine Barthillet. Vi behöver väl inte gräla?

– Ni måste hitta ett arbete, stiga upp om mornarna, ta hand om er son och ge mig ett och annat handtag. Har ni aldrig tänkt på det?

– Jag trodde att ni tyckte om att ta hand om folk. Så jag lät er göra det …

Joséphine samlade sig, satte armbågarna på bordet som om hon gjorde sig redo för förhandlingar och fortsatte:

– Lyssna nu noga: Jag är överhopad av arbete, jag har annat att göra. Det är den 10 juni och jag vill att ni är härifrån till slutet av månaden. Med eller utan Alberto! Eftersom jag är en dumbom låter jag Max bo kvar här tills ni har hittat en bra lösning men jag vill aldrig, och lyssna noga nu, aldrig mer ha med er att göra.

– Jag tror jag förstår …, mumlade Christine Barthillet och drog en indignerad suck.

– Det var bra det, för jag tänkte inte ge er någon nedtecknad bruksanvisning! Snällheten har sina gränser och ärligt talat tror jag att jag har nått mina.

Josiane såg den lilla Cortès komma. Punktligt som varje morgon. Hon gick in på företaget med sin välavvägda gång, svängde en höft åt höger och en höft åt vänster. Hon gick fram med en mannekängs elegans och utstrålning. Varje rörelse var exakt och utstuderad. Hon sa god morgon till all personal, log och satte på sig en uppmärksam min och mindes allas namn. Varje dag ändrades någon detalj i kläderna men varje dag blev man tvungen att beundra hennes långa ben, hennes smala midja, hennes vackra byst. Allt som om hon hade lärt sig att framhäva varje kroppsdel utan att man kunde anklaga henne för att göra det medvetet. När hon skulle arbeta satte hon upp sitt kastanjebruna hår, och när dagen var slut släppte hon teatraliskt ner det igen. För att man skulle lägga märke till hennes ansiktes graciösa form, den vackra lystern från hennes hy och de fina dragen brukade hon ibland sätta håret bakom öronen. Men hon arbetade! Man måste säga att hon gjorde skäl för brödfödan, det var ett som var säkert. Ginette hade tagit henne under sina vingars beskydd och visat henne hur man bokförde lagret. Den lilla var duktig på datorer och hon hade snabbt förstått. Hon ville gärna prova något annat också och nu cirklade hon kring Josiane.

– Vem har hand om inköpen här? frågade hon med ett stort leende som motsade den kalla metallglansen i hennes ögon.

– Chaval, svarade Josiane och fläktade sig.

Det rådde en tryckande hetta och Marcel hade ännu inte låtit installera luftkonditionering på kontoret. Den här värmen skulle komma att förhindra ägglossningen!

– Jag tror att jag ska gå och erbjuda honom mina tjänster … Lagret, det har jag förstått hur det fungerar nu, det är intressant, men jag skulle vilja lära mig något annat.

Alltid med detta tillgjorda leende. Som om jag skulle gå på det! knorrade Josiane tyst. Till och med Ginette och René ser bara värme i henne. Och vad beträffar lagerarbetarna så hänger deras tungor ända ner på betonggolvet av längtan.

– Visst, det är bara att fråga honom … Jag är säker på att han kommer att bli förtjust över att få en praktikant som du.

– För det som intresserar mig, det är att förstå sig på folks smak, att göra om dem. Man kan sälja billiga saker på ett snyggt sätt!

– Så du tycker det är skräp, det vi säljer här? kunde Josiane inte låta bli att säga, irriterad över flickungens nedlåtande ton.

– Åh, nej, Josiane, det har jag inte sagt.

– Nej, men det lät så! Gå nu och sök upp Chaval … Han tar sig säkert an dig, men skynda dig för han slutar den sista i den här månaden. Hans rum ligger på nästa våning.

Hortense tackade henne och fyrade av ett nytt lika tillgjort leende vilket fick Josiane att frysa till is. Mötet mellan de där två kan bli intressant! tänkte hon. Jag undrar vem av dem som kommer att äta upp den andre.

Hon tittade ut genom fönstret för att se efter om Chavals bil stod på gården. Det gjorde den, parkerad mitt på gården som om han ägde hela stället! De andra fick klara sig bäst de kunde för att hitta plats.

Lampan på telefonväxeln lyste och hon svarade. Det var Henriette Grobz som sökte sin make.

– Han har inte kommit än, svarade Josiane. Han hade ett möte på Batignolles och borde vara här vid tiotiden …

Faktum var att han var ute och joggade, som alla andra morgnar. Han kom tillbaka till kontoret plaskvåt av svett, tog en dusch hos René, tog sina vitaminer, bytte om och tog sig an dagen med en energi som hos en ung man.

Henriette muttrade att han skulle ringa henne tillbaka och Josiane lovade att framföra detta. Henriette lade på utan att säga vare sig adjö eller tack och Josiane kände ett styng i hjärtat. Hon borde ha vant sig efter alla dessa år men hon kunde inte. Det finns små förödmjukelser som påverkar en mer än en stor smäll på käften, tänkte hon, och Henriette Grobz ger mig sedan lång tid tillbaka ideligen små nyp. Ha! Det kommer det snart att bli ändring på, och då … Då, ingenting, tänkte hon sedan, jag struntar i Tandpetaren, hon är själv ansvarig för sin olycka.

Medan Hortense påbörjade sin karriär i Chefs företag, drog Zoé, Alexandre och Max omkring i salarna på Musée d'Orsay. Iris hade tagit de tre barnen med sig dit tidigt på morgonen i hopp om att de impressionistiska mästerverken skulle ha en lugnande inverkan på dem. Hon stod inte längre ut med Jardin d'Acclimatation, köerna framför attraktionerna, skriken, dammet, de fula kramdjuren som man måste släpa med sig när de vunnit dem och visa upp dem som troféer. Nu är det dags för Joséphine att bli klar så att jag kan få tillbaka mitt gamla liv, suckade Iris tyst. Jag står inte ut mer med de här fjortisarna i denna värme! Alexandre är väl okej, men de andra två! Så ouppfostrade de är! Lilla Zoé som förut var så rar har blivit ett monster. Det måste vara Max inflytande. Efter museibesöket hade hon tagit med dem på Café Marly och frågat ut dem om vad de hade sett. Hon hade bett var och en av dem välja ut tre tavlor och berätta om dem. Den som uttryckte sig bäst skulle få en present. På det viset kan jag också få shoppa lite, tänkte hon. Det kommer att bli lite avkoppling för mig. Det var Philippe som hade kommit med idén om museet. Igår kväll när de gick och lade sig hade han sagt till henne: "Varför tar du inte med dem till Orsay, jag har varit där med Alexandre och han tyckte mycket om det." Lite senare innan han släckte hade han sagt: "Och din bok, går det framåt med den?"

– Med jättekliv.

– Får jag läsa den?

– Jag lovar. Så fort den är klar.

– Vad bra! Bli klar snabbt så att jag har något att läsa i sommar!

Hon hade tyckt sig kunna urskilja en gnutta ironi i Philippes röst.

I vilket fall strövade de nu omkring i salarna på Musée d'Orsay. Alexandre tittade på tavlorna, gick fram till dem och backade sedan för att få en uppfattning, Max släpade fötterna efter sig medan han gned med gymnastikskorna mot parketten och Zoé tvekade om hon skulle ta efter sin kusin eller sin kompis.

– Sen Max börjat bo hos er så pratar du inte med mig längre, beklagade sig Alexandre för Zoé som hade kommit och ställt sig bredvid honom när han tittade på en duk av Manet.

– Det är inte sant … Jag gillar dig fortfarande lika mycket.

– Nej. Du har förändrats … Jag tycker inte om det där gröna du sätter på ögonen … Jag tycker det ser vulgärt ut. Du ser äldre ut. Det är synd!

– Vad har du valt för tavlor?

– Jag vet inte än …

– Jag vill gärna vinna. Jag vet vad jag ska be om för present av din mamma!

– Vad ska du be om?

– En hel sminkbox för att göra mig fin. Som Hortense.

– Men du är ju redan fin!

– Nej, inte som Hortense …

– Du har ingen egen personlighet! Du vill göra allt som Hortense.

– Du har ingen egen personlighet heller, du gör allt som din pappa. Tror du inte jag har märkt det?

De skiljdes åt, sura, och Zoé gick för att leta efter Max som hade tvärstannat framför en naken kvinna av Renoir.

– Bruden är helt näck! Visste inte att de hade såna grejor på museum.

Zoé svalde och knuffade honom med armbågen.

– Säg inte det till min moster för då svimmar hon.

– Det struntar jag i. Jag har redan skrivit upp tre tavlor!

– Var har du skrivit upp dem?

– Här …

Han visade henne sin handflata där han hade noterat tre tavlor av Renoir.

– Du kan inte välja samma konstnär tre gånger, du fuskar.

– Jag gillar de där tjejerna och killarna. De är fina och de ser snälla och glada ut.

Under lunchen hade Iris svårt att få Max att prata.

– Du har verkligen inte särskilt stort ordförråd, min vän, kunde hon inte låta bli att säga. Märk väl att det inte är ditt fel, det handlar om uppfostran!

– Ja …, men jag kan saker som inte ni kan! Sånt som man

inte behöver något ordförråd till. Vad ska det vara bra för, ordförråd?

– Det hjälper dig att tänka. Att sätta ord på dina känslor och dina upplevelser ... Du reder ut dina tankar när du har rätt ord för rätt sak. Och när du reder ut dina tankar så formar du din personlighet, du lär dig att tänka och du blir någon.

– Men jag är inte rädd! Folk respekterar mig! Ingen muckar med mig, så det så!

– Det är inte det jag menar ..., började Iris men sedan bestämde hon sig för att avsluta samtalet.

Det var en avgrund mellan henne och den där pojken och hon var inte säker på att hon ville överbrygga den. För att inte göra dem avundsjuka bestämde hon sig för att låta alla tre barnen välja varsin present och de gav sig iväg till Le Marais för att titta i butiker. Måtte det här slitet snart vara slut och Joséphine bli klar med boken så jag kan ta den med till Serrurier, tänkte hon. Sedan kan hela familjen åka iväg till Deauville. Där väntar vi tillsammans på att han har läst igenom manuset och kommer med sin åsikt. Där har vi med oss Carmen eller Babette och jag behöver inte stå ut med de här ungarnas humör hela dagarna. Hon hade lyckats övertyga Joséphine om att tillbringa juli hos dem. "Om det är några ändringar som ska göras så är du på plats, det är mer praktiskt." Joséphine hade motvilligt accepterat. "Tycker du inte om vårt hus?" "Jo, jo", hade Joséphine svarat, "det är bara det att jag skulle gilla att inte tillbringa alla mina semestrar med er. Jag känner mig som ett efterblivet barn."

När de drog omkring på gatorna i Le Marais greps Zoé av dåligt samvete och gick på nytt fram till Alexandre och stack in sin hand i hans.

– Vad vill du? muttrade Alexandre.

– Jag vill berätta en hemlighet ...

– Jag struntar i dina hemligheter!

– Nej, det här ..., det är en jättestor hemlighet.

Alexandre veknade. Det var tråkigt att behöva dela Zoé med

den där Max Barthillet som de tvingade på honom vid varenda utflykt. Jag kan inte sparka på honom, tänkte Alexandre, eftersom han låtsas att jag inte finns! Bara för att han bor i förorten och jag i Paris … Han tar mig för en liten borgarbracka och han föraktar mig. Det var mycket bättre innan, när det bara var jag och Zoé.

– Vad är det för hemlighet du har då?

– Åh, du ser att du är intresserad! Men du berättar det inte för någon, va? Lova och svär!

– Okej!

– Hör här då: Gary, Shirleys son, är en ”kunglig”.

Zoé berättade allt: kvällen framför TV:n, fotona på Internet, William, Harry, Diana och prins Charles. Alexandre ryckte på axlarna och sa att det var bluff.

– Nej, det är inte alls bluff, det är sant, Alex, jag svär! Förresten, bara för att du ska förstå att det är sant: Hortense tror på det. Hon har blivit jättesnäll mot Gary nu. Hon pratar inte överlägset med honom längre. Hon ger honom respekt. Innan ville hon inte ens glo på honom …

– Du pratar lika illa som han nu …

– Det är inte fint att vara svartsjuk.

– Det är inte fint att ljuga.

– Men det är inte lögn, vrålade Zoé, det är sant …

Hon gick och hämtade Max och bad honom intyga att det var sant. Max försäkrade Alexandre att det var sant.

– Men vad säger Gary om det då? frågade Alexandre.

– Han säger ingenting … Han säger att vi har tagit fel. Han säger som sin mor att han har en dubbelgångare, men vi tror inte alls på den där dubbelgångaren, inte gör vi, Max?

Max skakade allvarligt på huvudet.

– Nej, för vi såg honom faktiskt. På TV och på Internet. Jag har kanske inget ordförråd men jag har ögon!

Alexandre log.

– Blev du arg på min mamma?

– Ja, faktiskt. Bara för att hon rullar sig i pengar så behöver man ju inte ge sig på dem som inte har några.

– Det är klart. Det är inte ditt fel.

– Det är inte min mammas fel heller. Din, hon babblar sitt borgarsnack. Borgarkärring!

– Hallå! Du pratar faktiskt om min mamma …

– Ååh, nu ska ni inte gräla … Bli vänner nu!

Alexandre och Max gav varandra en vänskaplig knuff. De gick tillsammans en stund alla tre. Iris ropade på dem och bad dem vänta eftersom hon hade sett en blus i ett skyltfönster. De stannade och Max frågade Alexandre:

– Vad har du för mobiltelefon?

Alexandre tog fram sin mobil och Max ropade till.

– Det är samma som jag har! Samma som jag! Och vad har du för ringsignal?

– Jag har flera olika, det beror på vem som ringer …

– Får jag höra dem? Vi skulle kunna byta med varandra …

De två pojkarna satte igång att ringa med sina mobiler och lämnade Zoé för sig själv.

– Jag vet vad jag skulle vilja ha, muttrade Zoé. Jag vill ha en mobil. Jag ska gå till tjuvarnas marknad i Colombes och stjäla en.

Joséphine vaknade först och gick ner för att äta frukost. Hon uppskattade dessa mornar när hon var ensam i det stora köket vars perspektivfönster vette ut mot stranden. Hon satte några brödskivor i rosten, värmde tevatten, tog ut saltat smör och marmelad. Ibland stekte hon ett ägg åt sig med en korv eller lite bacon. Hon åt frukost medan hon tittade ut över havet.

Hon saknade sina romangestalter. Florine, Wilhelm, Thibaut, Guibert, Tancrède, Isabeau och de andra. Jag var orättvis mot den stackars Baudouin, tänkte hon. Han hade knappt hunnit in på scenen innan jag tog livet av honom. Allt på grund av att jag var arg på Shirley. Guibert fick henne att rysa. Hon var som Florine: förhäxad. Ibland på natten drömde hon att han kom och omfamnade henne. Hon kände hans doft, hans varma, mjuka läppar mot sina och när hon besvarade hans kyss satte han en dolk mot hennes strupe. Hon vaknade skälvande. Männen var så våldsamma på den tiden! Hon mindes en scen som hon hade läst om i ett gammalt manuskript. En äkta man är med vid sin frus förlossning. ”Mer än hundra kilo kött, blod och lättretlighet. I ena handen en lång och stor eldgaffel och i den andra en enorm kaffekanna med kokande vätska. Barnet var en pojke och pappan slappnade av, föll i gråt och började be och skratta.” Kvinnorna var bara till för att föda barn. Isabeau sjunger en ramsa som säger mycket om den saken: ”Min mamma påstår att hon har givit mig till en man med hjärta. Vilken sorts hjärta är det då? Han sticker sitt kastspjut i min mage och han slår mig som en mulåsna.” Hon hade givit sitt manuskript till Iris som hade tagit med det till Serrurier. Varje gång telefonen ringde hoppade de båda systrarna till.

Den här morgonen gjorde Philippe henne sällskap i köket. Han hade också stigit upp tidigt. Han gick och köpte tidningen och croissanter, tog en första kaffe ute och kom tillbaka och avslutade sin frukost hemma. Han var bara där på helgerna, anlände på fredagskvällen och åkte tillbaka på söndagen. Han skulle ha semester i augusti. Han brukade ta med sig barnen ut och fiska, utom Hortense som föredrog att stanna på stranden med sina vänner. Jag måste lära känna hennes vänner, tänkte Jo. Hon vågade inte be Hortense presentera dem för henne. Hortense gick ofta ut om kvällarna. Hon brukade säga: ”Åh, mamma! Jag har lov, jag har jobbat hela året, jag är inte ett litet spädbarn längre. Jag måste få gå ut …” ”Men du får göra som Askungen, du kommer hem vid tolvslaget”, hade Joséphine deklarerat i en skämtsam ton som inte kunde dölja hennes oro. Hon var rädd för att Hortense skulle sätta sig på tvären. Hortense hade gått med på det. Joséphine hade inte tagit upp ämnet fler gånger och Hortense kom hem punktligt vid midnatt. Efter middagen hördes en kort tutning och Hortense slängde i sig desserten och lämnade bordet. De första gångerna satt Joséphine uppe till midnatt och väntade på ljuden av dotterns steg i trappan. Sedan blev hon lugnad av Hortenses punktlighet och gav efter för sömnen. Det var enda sättet att få lugn och ro! Jag orkar inte bråka med henne varje kväll, slog hon fast. Om hennes far hade varit här hade vi delat på ansvaret men alldeles ensam känner jag mig inte i stånd att ställa till bråk och det vet hon om.

I augusti skulle flickorna åka till sin pappa i Kenya igen, och då kunde Antoine få agera polis. För närvarande ville Joséphine minst av allt ge sig in i oändliga diskussioner med sin dotter.

– Vill du ha en varm croissant? frågade Philippe och lade tidningarna och påsen från bageriet på bordet.

– Tack, gärna …

– Vad satt du och tänkte på när jag kom in?

– På Hortense och hennes nattliga eskapader …

– Hon är en hårding, din dotter. Hon skulle behöva en pappa med järnhand …

Joséphine suckade.

– Ja, det är sant, men samtidigt är hon så hård att jag inte oroar mig för henne. Jag tror inte hon skulle låta sig bli indragen i några dåligheter. Hon vet exakt vad hon vill.

– Var du som hon i hennes ålder?

Joséphine satte nästan teet i halsen när hon skulle svälja.

– Du skämtar hoppas jag? Du ser ju hurdan jag är idag och jag var likadan då, bara ännu mesigare.

Hon tystnade och ångrade det hon hade sagt; det kändes som om hon bad om medlidande.

– Vad saknade du när du var barn?

Hon funderade en stund och var honom tacksam för att han hade ställt denna fråga. Hon hade själv aldrig ställt sig den men sedan hon börjat skriva hade glimtar från hennes barndom kommit för henne och fått hennes ögon att tåras. Som den där scenen när hennes pappa bar henne och skrek till hennes mor: ”Du är ju kriminell!” Det var en mulen eftermiddag med tunga svarta moln och ljudet av vågor som bröts. Jag håller på att bli nostalgisk och alltför överkänslig, nu måste jag skärpa mig, tänkte hon. Hon försökte svara utan känslosamhet.

– Jag saknade ingenting. Jag fick en bra uppfostran, jag hade tak över huvudet, en pappa och en mamma, trygghet. Jag insåg många gånger hur mycket min pappa älskade mig. Men jag saknade … Det var som om jag inte fanns. Man räknade inte med mig. Man lyssnade inte på mig, man sa aldrig att jag var söt, intelligent eller rolig. Det gjorde man inte på den tiden.

– Men man sa det till Iris …

– Iris var så väldigt mycket vackrare än jag. Jag ställde mig alltid i skuggan av Iris. Mamma framhöll alltid henne som föredöme. Jag kände tydligt att hon var stolt över henne men inte över mig …

– Och så är det fortfarande, eller hur?

Hon rodnade, tog en tugga av sin croissant och väntade på att den skulle smälta i munnen.

– Vi har inte valt samma väg i livet. Men det är sant att hon är mer …

– Men idag, Jo? avbröt Philippe. Idag …

– Mina flickor ger livet en mening och ett mål men de får mig inte att existera, det är sant. Men att skriva, det är en början till att existera för mig. Fast bara under tiden som jag skriver, sen när jag läser igenom det … Nej! Då skulle jag kunna slänga alltihop!

– Att skriva på din doktorsavhandling, menar du?

– Ja …, stammade hon och förstod att hon ännu en gång nästan hade försagt sig. Du vet, jag är en av dessa varelser som utvecklas långsamt. Jag frågar mig om jag inte kommer att vakna för sent, om jag inte kommer att låta min chans gå mig förbi och samtidigt vet jag inte vad denna chans skulle bestå i, som jag av hela min kraft ropar efter …

Philippe kände lust att trösta henne. Att säga till henne att hon tog för hårt på saker och ting, att hon förebrådde sig saker utan anledning. Hennes stela hållning och stadiga blick uttryckte något som var alltför starkt och intensivt och han tillade som om han kunde läsa hennes tankar:

– Så nu tror du att du har låtit chansen gå dig förbi? Att livet är slut …

Hon tittade på honom med stort allvar och sedan log hon som för att be om ursäkt för att ha varit så seriös.

– På sätt och vis, ja … Men, förstår du, det gör ingenting. Det skulle inte vara en upprivande försakelse, bara en väldigt liten glidning mot ingenting alls. Livslusten vittrar sönder och en dag så märker man att den har reducerats till nästan ingenting. Det kan du inte förstå. Du har alltid tagit livet i dina egna händer. Du har aldrig låtit någon diktera villkoren för dig.

– Ingen är helt fri, Joséphine. Och jag är inte mer fri än någon annan! Och kanske, på ett sätt, är du mer fri än jag … Men du vet inte om det, helt enkelt. En dag kommer du att inse att du är fri och den dagen kommer du att tycka synd om mig …

– Som du just nu beklagar mig …

Han log och ville inte ljuga.

– Det är sant … jag har tyckt synd om dig och ibland har jag till och med retat mig på dig! Men du har förändrats. Du håller på att förändras. Du kommer att märka det när förvandlingen inträffar. Man är alltid själv den sista att inse vilken väg man valt. Men jag är säker på att en dag kommer du att få det liv som du önskar och det livet kommer du att ha skapat helt själv!

– Tror du verkligen det?

Hon log ett sorgset litet leende.

– Du är själv din värsta fiende, Jo.

Philippe tog tidningen och sin kaffekopp och frågade:

– Har du något emot att jag sätter mig och läser på terrassen?

– Inte alls. Då kan jag återuppta mitt dagdrömmeri. Utan Sherlock Holmes vid min sida!

Han slog upp *Herald Tribune* och tänkte på gårdagen. Det var så lätt att prata med Jo. Att prata på riktigt. Med Iris är jag sluten som en mussla. Hon hade föreslagit att de skulle gå och ta ett glas i baren på Royal. Han hade inte velat säga emot henne och hade sagt ja. Egentligen hade han bara lust med en sak: att träffa Alexandre. Till slut hade han ju skrivit sitt brev till Alexandre. Och Alexandre hade blivit så glad när han hade fått det! Det var Babette som hade berättat det för Philippe. Ni skulle ha sett honom! Hans ögon strålade och kinderna rodnade. Han skyndade sig ut i köket och berättade att jag har fått ett brev från min pappa! Ett brev där han säger att han älskar mig och att han vill ägna all sin tid åt mig. Fattar du, Babette! Är det inte toppen? Han viftade med brevet i luften och gjorde mig yr i huvudet. Sedan dess hade Philippe hållit ord. Han hade lovat Alexandre att låta honom övningsköra och alla lördags- och söndagsförmiddagar tog han honom med på en liten tur på småvägarna, då han fick sitta i sin fars knä och hålla i ratten.

Iris hade beställt två glas champagne. En ung kvinna i långklänning hade spelat på en harpa med sina långa, smala fingrar.

– Vad har du gjort i Paris hela veckan?

– Jag har jobbat …

– Berätta för mig.

– Åh, Iris det är inget intressant. Och förresten: när jag är här har jag inte lust att prata om mina affärer.

De hade satt sig ute på terrassen. Philippe hade lagt märke till en fågel: den försökte ta med sig en brödsmula som hade fallit ner från ett fat som servitören satt ner när han serverade champagnen.

– Hur mår den vackre maître Bleuet?

– Fortfarande lika effektiv. Och lika självupptagen! Häromdagen när han satt på planet från New York i första klass blev han missnöjd med den köttbit som serverades och då skrev han ihop ett klagomål som han lade i kuvertet man får från Air France för att besvara en enkät om servicen på planet. Innan han klistrade igen kuvertet lade han ner sitt visitkort och … köttbiten! Air France fördubblade hans poäng … Har du något emot att jag tar av mig kavajen och lossar på slipsen?

Hon hade lett och smekt honom över kinden med handen. En smekning som visade på en viss äktenskaplig vana. Tillgivenhet och naturligtvis kärleksfullhet men också ett sätt att förminska honom till ett otåligt barn. Han stod inte ut med att hon behandlade honom som ett barn. Ja, jag vet, tänkte han, du är vacker, du är fantastisk, du har världens mest djupblå ögon, ögon vilkas likar inte finns och en hållning som en anorektisk sultaninna. Din skönhet skuggas inte av några som helst bekymmer och du regerar, enväldigt och allsmäktigt över min kärlek och du kontrollerar med en lite klapp med handen att jag fortfarande är din tjänare. Allt det där gjorde mig förr rörd och bedårad, jag tog din tillgivna nedlåtenhet som ett bevis på kärlek. Men, förstår du Iris, jag har tråkigt tillsammans med dig numera och jag har tråkigt eftersom all denna skönhet vilar på lögner. Jag lärde känna dig på grund av en lögn och du har sen dess aldrig upphört att ljuga för mig. I början trodde jag att jag skulle kunna förändra dig, men du kommer aldrig att förändras eftersom du är nöjd med den du är.

Han log lite och bet sig i läppen och Iris förstod inte.

– Du berättar aldrig något för mig ...

– Vad vill du jag ska säga? frågade han medan han följde fågelns slängiga rörelser när den fått tag på en bit bröd och försökte ta den i näbben.

Iris kastade en olivkärna mot fågeln som försökte flyga iväg utan att tappa sitt byte. Dess ansträngningar för att lyfta var skrattretande.

– Du är elak! Det var kanske middagen för hela hans familj.

– Det är du som är elak! Du pratar inte längre med mig.

Hon satte upp en min som ett trumpet barn och surade men han vände sig bort och hans blick föll åter på fågeln som hade märkt att den inte längre blev angripen och hade lagt ner sin börda och försökte dela den mitt itu med små hugg med näbben. Philippe log, slappnade av och bredde ut armarna med en suck av lättnad.

– Åh, äntligen långt ifrån Paris!

Han observerade henne ur ögonvrån: hon surade fortfarande. Han kände väl till den attityden som skrek: ägna dig åt mig, titta på mig, jag är jordens medelpunkt. Hon är inte längre jordens medelpunkt, konstaterade han. Jag är uttråkad. Allt gör mig uttråkad: mina affärer, mina medarbetare, äktenskapet. Maître Bleuet drog in en fantastisk affär och jag orkade knappt lyssna på honom. Jag trivs inte längre med att vara hans parhäst. De senaste månaderna har varit speciellt ihåliga och tomma. Är det jag som håller på att förändras eller är det Iris? Är det jag som inte längre nöjer med mig resterna som hon är så vänlig att erbjuda mig? I vilket fall som helst måste man inse faktum, att ingenting längre händer. Och ändå fortsätter vi och tillbringar sommaren tillsammans med familjen. Kommer vi att vara tillsammans nästa sommar? Eller kommer jag att ha vänt blad? Och ändå: jag har inget att förebrå henne, många män måste avundas mig men vissa äktenskap döljer en så mild leda att den blir bedövande. Man stannar kvar eftersom man varken har kraft eller energi att gå sin väg. För några månader sen vaknade jag upp, jag vet inte varför. På grund av mitt möte med John Goodfellow? Eller träffade jag honom just därför att jag hade vaknat upp?

Fågeln hade lyckats sönderdela sin måltid i två delar, flög iväg snabbt och var snart förvunnen i den blå skyn. Philippe tittade på halvan som han lämnat kvar på marken: han kommer tillbaka, man återvänder alltid till sitt byte.

– Pappa! Pappa! Får jag övningsköra idag, ropade Alexandre när han fick syn på sin pappa på terrassen.

– Jag lovar, min son. Vi kan ge oss av när du vill …

– Och vi tar med oss Zoé! Hon tror inte på att jag kan köra …

– Fråga Joséphine om hon är med på det.

Alexandre återvände in i köket och frågade om Joséphines tillåtelse, som hon med glädje gav honom. Sedan Zoé slutat att ständigt umgås med Max hade hon åter blivit den lilla flickan från förr. Hon hade återfått sin egen ålder och pratade inte längre vare sig om smink eller killar. Hon hade kommit tillbaka in i sina och Alexandres gamla vanor och de hade utarbetat ett eget hemligt språk som inte var hemligt för någon annan än dem själva. *The dog is barking* betydde fara å färde, *the dog is sleeping* allt är lugnt, *the dog is running away* ska vi gå en sväng? Föräldrarna låtsades inte förstå och barnen satte upp hemlighetsfulla miner.

Joséphine hade fått ett vykort från madame Barthillet. Alberto hade hittat en möblerad lägenhet till henne på Rue des Martyrs, inte långt från hans firma. Hon gav henne sin nya adress. ”Allt är bra. Det är vackert väder. Max tillbringar lovet hos sin pappa som tillverkar getost i Centralmassivet med sin tjej. Han tycker mycket om att arbeta med djuren och hans pappa pratar om att behålla honom hos sig vilket hade passat mig bra. Bästa hälsningar, Christine Barthillet.”

– Vilken dag är det idag? frågade Joséphine Babette som kom in i köket.

– Den 11 juli … Inte dags än att smälla raketer!

”Det är lite för tidigt att smälla raketer …” Om två dagar skulle det vara årsdagen för hennes pappas död. Hon skulle aldrig glömma den dagen.

– Vad ska vi ha till lunch? Har ni någon idé? frågade Babette.

– Nej, ingen alls. Vill ni att jag ska gå till marknaden?

– Nej, jag går, jag är van … Jag undrade bara om det var något särskilt ni skulle vilja ha.

Carmen hade semester i juli. I Paris. Hon tog hand om sin gamla mamma, en lättretlig gammal dam som led av emfysem men som var helt klar i huvudet. Hon hade reducerat sin dotter till sin slav, och hindrade henne från att leva sitt liv. Joséphine trivdes bättre med Babette. Carmen skrämde henne. Hennes manér av skolad guvernant lamslog henne. Hon kände det alltid som om hon satt och kutade med ryggen eller petade i näsan när Carmen var där.

– Ni är så vänlig, Babette … Hur mår er dotter?

– Marilyn? Bra. Hon har just tagit en examen som chefssekreterare. Hon är välmöblerad i hjärnan. Inte som jag!

– Ni är stolt över henne …

– Jag kan inte förstå hur jag kunde få en så intelligent unge! Och snäll! Jag drog en vinstlott. Man vet aldrig innan man fått dem, eller hur?

Hon hade öppnat kylskåpsdörren och såg efter vad som saknades. Sedan kom hon tillbaka och satte sig för att göra en inköpslista, letade efter en blyertspenna, plockade bland sakerna på köksbordet men kom plötsligt ihåg att hon hade en i håret för att hålla det på plats, drog fram den och brast i skratt.

– Så dum jag är! Jag glömmer allt. Det får mig förresten att tänka på en sak: jag hittade den här i er dotters jeansficka. Det var nära att den följde med i tvättmaskinen!

Hon visade upp en mobiltelefon och lade den på bordet.

– De borde inte kallas bärbara utan borttappningsbara. Jag har redan tappat två i toaletten.

– Det måste vara fel, Babette, mina flickor har inga mobiler.

– Utan att vilja säga emot, madame, den här tillhör faktiskt Hortense. Den låg i hennes ficka.

Joséphine tittade förvånat på telefonen.

– Var snäll och säg ingenting, Babette. Vi ska se hur hon reagerar.

Hon tog telefonen och stoppade ner den i fickan. Babette tittade på henne och log i samförstånd.

– Så ni vet inte varifrån den kommer?

– Just det. Och jag vill inte öppna eld innan hon själv har avslöjat sig.

Den 13 juli mot slutet av förmiddagen kom Joséphine tillbaka från en joggingtur i skogen. En vindpust från havet rufsade till håret som föll i tunna testar över ögonen på henne och hennes orange t-shirt som klibbade mot huden hade fått stora fula svettfläckar på ryggen och under armarna. Svetten sved i ögonen och gjorde att hon såg suddigt.

Hon hade blivit trött på att gå omkring och tänka: det är trettio år sedan pappa dog, det är trettio år sedan pappa dog, det är trettio år sedan pappa dog. Så hon hade tagit sina joggingskor och gett sig ut för att springa. Fyrtiofem minuter! Hon tittade på klockan och gratulerade sig själv. Att springa hjälpte henne att tänka. Hennes tankar utvecklades i takt med att hennes steg blev längre. Det hade regnat under natten och hon kände doften från den fuktiga jorden. Den fick alla andra dofter att framträda tydligare. Dofter utsöndrade från ormbunkar, kaprifol, skogsmossa, svamp, döda löv, allt i en behaglig bouquet. Och över alltihop, som en dimma som förångades i luften, den salta doften av hav som kom över hennes ansikte och som hon slickade i sig med små rörelser med tungan. Medan hon sprang hörde hon en fågel som skrek ”pffiit, pffiit, pffiit” men hon hörde ”kvickt, kvickt, kvickt” och snabbade på sina steg. Eller en som sa ”men visst, men visst, men visst ...” och då pratade hon med sin pappa. Pappa, snälla pappa, om du hör mig, ge mig ett tecken ... ”men visst, men visst, men visst”, kommer förläggaren att svara snart? Vad sysslar han med? Det är mer än fjorton dagar sen han fick manuset! Men visst, men visst ... svarade fågeln. Det skulle vara bra om han svarade idag, det skulle betyda att du vakar över manuskriptet! Igår hade hennes mamma ringt och pratat länge med Iris. ”Mamma tror att Chef har en älskarinna”, hade Iris viskat till Jo. ”Kan du föreställa dig Chef i sängen?” De hade setts i köket när alla hade gått och lagt sig, och Iris hade satt fingret för munnen för att hindra att barnen hörde dem. ”Hon tycker att han har förändrats, blivit piggare och föryngrats. Han använder tydligen skönhetskrämer, färgar sitt hår och han har blivit av med sin mage och så sover han borta ibland! Mamma luktar sig till en rival. Hon hittade ett foto där Chef omfamnar en kvinna, när hon letade igenom hans saker. En yppig brunett med djup urringning och långt hår. En ung flicka. På baksidan av fotot hade han klottrat Natascha och ett hjärta. Fotot var från en middag på Lido. Det verkar som om han ruinerar sig på henne och sen tar han det på firman. Vid hans ålder! Kan du tänka dig!" "Vad tänker hon göra åt det?" hade Joséphine frågat och mindes scenen som hon bevittnat på stationen.

Josiane var blond, mullig och hade passerat åldern då man kan kallas ung flicka. Så då har han flera älskarinnor, tänkte hon, nästan beundrande. Vilken karlakarl!

"Hon säger att hon har en hållhake på honom! Hon struntar i om han bedrar henne men om han vill skiljas kommer hon att slå till!" "En hållhake?" hade Joséphine frågat. Vad kan det vara?" "En historia om falska skatteavdrag. Hon har hittat några mycket komprometterande dokument! Det är sant att sådana saker kan bli mycket allvarliga. Han kommer att få stort intresse av att hålla sig på mattan … om han inte vill sluta som utblottad på tidningarnas förstasidorna."

Stackars Chef! tänkte Joséphine där hon satt och betraktade den röda stolpe som utgjorde en kantmarkering till Dupins egendomar. Han har all rätt att bli förälskad, han kan inte ha haft det roligt med vår mor! På himlen svävade vita moln som avtecknade sig som vita runda bokstäver mot den azurblå skyn.

Iris stod triumferande och väntade på henne på trappan upp till huset, klädd i en Lacoste-skjorta av senaste modell och ett par vita piratbyxor. Hennes enorma blå ögon verkade ännu större än vanligt när hon var solbränd. Hon kastade en medlidsam blick på Joséphines utstyrsel och meddelade stolt:

– Krick och Krock fick krupp när de krubbade krispig krusbärskräm.

Joséphine slog sig ner på trappan och medan hon torkade sig i pannan med sin t-shirt frågade hon:

– Har du lyckats göra en sufflé?

– Du är inte nära ens …

– Alexandre har för första gången kört helt själv runt huset?

– Ännu längre ifrån …

– Väntar du barn?

– Vid min ålder! Du är galen!

Plötsligt lyfte hon huvudet mot sin syster och förstod.

– Serrurier har ringt!

– Bingo! OCH HAN ÄLSKAR DEN!

Joséphine rullade ner på marken, blev liggande med armarna i kors över bröstet och tittade på molnen som skrev på himlen. Hon uttydde orden "OCH HAN ÄLSKAR DEN"! Hon hade lyckats! Florine skulle födas en andra gång! Och Wilhelm, och Thibaut, och Badouin, och Guibert och Tancrède! Hittills hade de legat uppradade som statyetter i en låda, insvepta i silkepapper och väntat på ett svepande med det magiska trollspöet … Nu skulle de kunna få liv och stå på hyllorna på biblioteken och hos bokhandlare!

Iris kom och ställde sig stadigt framför henne. Hennes långa, smala, solbrända ben bildade ett upp och nedvänt V, V som i Victoire, i seger!

– Han älskar det. Inte en rättning. Allt är perfekt. Den kommer ut i oktober. Stor upplaga. Succé till julhelgen. Stor reklamkampanj. Radioprogram. TV-program. Tidningsreportage. Reklamaffischer överallt!

Hon lyfte armarna i luften och slog sig sedan ner bredvid Jo och sträckte ut sig på marken.

– Du lyckades, Jo! Du lyckades! Han var helt upp- och nervänd! Andlös! Tack! Tack! Du är fantastisk, du är underbar, du är otrolig!

– Det är exakt trettio år sen pappa dog. "Fjortonde juli-raketerna …" Det är han som ska tackas.

– Åh? Är det trettio år sedan?

– Idag.

– Ja, men det är du som har skrivit boken! Ikväll ska vi fira. Vi ska gå på restaurang och dricka champagne, äta kaviar med slev, havskräftor i spad och petit-choux med choklad!

– När jag sprang så tänkte jag på honom och bad honom ge boken ett litet handtag och …

– Sluta! Det är du som har skrivit boken, inte han! utropade Iris med ett litet uns av irritation i rösten.

Stackars Jo. Sorgsna Jo. Fast i känslor och illusioner om det förgångna. Jo med sitt omättliga behov av att älska, att lita på någon annan än sig själv. Jo som aldrig kan tillerkänna sig själv något bra. Iris ryckte på axlarna och började åter tänka på boken. Nu var det hon som skulle agera. Nu var det hon som skulle ta över stafettpinnen.

Hon stödde sig på armbågarna och deklarerade:

– Från och med nu är jag författare! Jag måste tänka som en författare, äta som en författare, sova som en författare, ha frisyr som en författare, klä mig som en författare …

– Kissa som en författare!

Iris hörde inte. Försjunken i sina tankar gjorde hon upp planer för sin karriär. Hon stannade plötsligt upp och började fundera.

– Hur ska jag göra allt detta?

– Ingen aning. Vi sa att vi skulle dela upp rollerna. Nu är det din tur!

Hon försökte prata otvunget men hjärtat var inte med.

Samma kväll åkte Philippe, Iris och Jo för att äta middag på Cirro's. Philippe parkerade sin stora Mercedes mellan två bilar vid strandpromenaden. Iris och Joséphine fick slingra sig ur den. Iris nuddade med handen vid en röd bil med cabriolet. En mörk man med tunn mustasch röt: ”Var försiktig! Det är min bil!”

Iris mönstrade honom från topp till tå och svarade inte.

– Vilken idiot! mumlade hon när de avlägsnade sig. Han skulle kunna göra en anmälan för minsta lilla. Så överkänsliga män är när det gäller deras bilar! Jag kan slå vad om att han kommer att sitta och äta under sin sufflett för att ingen ska komma för nära hans bil.

Hon avlägsnade sig med klapprande Prada-sandaletter och

Joséphine följde efter henne med rundad rygg. Luca tog bussen. Luca bar en gammal duffel. Luca rakade sig var tredje dag. Luca röt inte. Han hade kommit tillbaka till biblioteket en dag i slutet av juni och de hade återupptagit sina långa pauser i kafeterian.

"Vad ska ni göra i sommar? hade han frågat och tittat henne djupt i ögonen med sina sorgsna ögon." "Jag ska åka till min syster i juli, till Deauville. I augusti vet jag inte. Flickorna ska vara hos sin pappa ..." "Då väntar jag på er då. Jag ska vara här hela sommaren. Jag kommer att kunna arbeta i lugn och ro. Jag älskar sommaren i Paris. Man skulle kunna tro att man var i en främmande stad. Och sen är biblioteket tomt, man behöver inte vänta på att få sina böcker ..."

De hade bestämt träff i början av augusti och Joséphine hade åkt iväg, lycklig vid tanken på att få återse honom.

Iris beställde in champagne och höjde glaset i en skål för boken.

– Ikväll känner jag mig som gudmodern till en båt som ska ge sig ut i böljorna, sa hon, högtravande. Jag önskar boken all lycka och välgång ...

Philippe och Joséphine skålade med henne. De smuttade under tystnad på sin rosa champagne. En lätt imma glaserade glaskanten och färgade den i regnbågens alla färger. Philippes telefon ringde. Han tittade på nummerpresentatören och sa "jag måste ta det". Han reste sig upp och gick ut på trätiljorna för att prata. Iris stack ner handen i fickan och tog upp ett vitt vadderat kuvert.

– Det här är till dig, Jo. För att den här kvällen ska bli en fest för dig också!

– Vad är det? frågade Joséphine förvånat.

– En liten present ... som kommer att göra livet lättare för dig!

Joséphine tog kuvertet, öppnade det och tog ut ett rosa kort där det stod skrivet i guldbokstäver med Iris stora handstil: "Happy you! Happy book! Happy life!" Inuti kortet låg en hopvikt check. Tjugofemtusen euro. Joséphine rodnade och la tillbaka allt i kuvertet, förödmjukad. Priset för min tystnad. Hon bet sig i läppen för att inte börja gråta.

Hon kunde inte med att stamma fram ett tack. Hon fick syn på Philippe som betraktade dem på avstånd. Han hade avslutat sitt samtal och var på väg tillbaka till dem. Hon tvingade sig att skratta.

Iris hade rest sig och gjorde stora gester i riktning mot en ung flicka som var på väg mot ett bord vid strandkanten.

– Nej, men det är ju Hortense! Vad gör hon här?

– Hortense? upprepade Joséphine.

– Men visst … titta.

Hon ropade i riktning mot Hortense. Hortense stannade och kom emot dem.

– Vad gör du här, min älskling? frågade Iris.

– Jag kom för att överraska er. Babette sa att ni skulle äta här och jag ville inte vara kvar hemma med de två små …

– Sätt dig hos oss, sa Iris och pekade på en fåtölj.

– Nej, tack … Jag ska gå tillbaka till mina kompisar som är på baren bredvid.

Hon gick runt bordet, kramade om sin moster, sin mamma och sin morbror och sedan frågade hon Joséphine:

– Ger du mig permission, snälla mamma? Du är väldigt vacker ikväll.

– Tycker du? sa Joséphine. Men jag har inte gjort något speciellt. Ja, jag var ute och sprang imorse, det är kanske det …

– Det måste vara det! Då så … Vi ses sen. Ha det så trevligt.

Joséphine såg förbryllat efter henne när hon gick sin väg. Hon döljer något för mig. Det är inte normalt att Hortense ger mig en komplimang.

– Så, sa Philippe. Skål för boken!

De tog sina glas igen. Kyparen kom med matsedeln för att ta emot deras beställning.

– Vi kan rekommendera kräftorna ikväll, de är delikata …

– Vad heter boken, förresten?

Joséphine och Iris tittade förbluffade på varandra. De hade inte tänkt på titeln.

– Sjutton också, sa Jo. Det är sant, jag har inte tänkt på titeln!

– Och ändå har jag frågat dig ofta! avbröt Iris henne. Du har alltid sagt att du är bra på titlar och att du skulle hitta på en till mig!

Hon försökte skyla över Joséphines tabbe. Hon insisterade och sa:

– Fast jag bad dig att komma med förslag redan när jag visade dig manuskriptet, så har du inte kommit med någonting, ingenting, inte ett ord! Du hade lovat mig, Jo, det är inte snällt!

Joséphine satt med näsan i matsedeln och vågade inte titta på Philippe. Han såg på henne utan att säga något, med blicken tung av ilska. Den här scenen påminde honom om en annan scen, femton år tidigare. Äregirigheten är en förödande passion, tänkte han. Den girige frossar i sitt guld, vällustingen frossar i köttet, den högmodige livnär sig av fåfängan, men den äregirige som inte lyckas, vad kan han livnära sig på om det inte kommer av honom själv? Han gnager på sig själv, han förstörs långsamt, inget kan dämpa hans törst efter att glänsa och lyckas. Han är redo att sälja sig själv eller att lägga beslag på andras talang för att ta sig upp till framgången. För att någon äntligen ska applådera. Det som hon inte klarade att göra själv, såg Iris till att få gjort genom andra och hon tog åt sig äran som var ägnad någon annan. Hon hade varit nära att lyckas en gång tidigare. Nu hade hon gjort ett nytt försök och den här gången samtyckte offret. Hans blick föll på Joséphine som gömde sig bakom matsedeln.

– Du har fel meny, Jo. Det är vinlistan …

Hon sluddrade och mumlade något ”jag är ledsen, jag tog fel”.

Philippe kom till hennes undsättning.

– Det gör inget! Nu ska vi inte förstöra din fest, eller hur min älskling? sa han, vänd mot Iris.

Han hade betonat ”din” lite extra och sedan hade hans röst fått en ton av ironi när han avslutade med ”min älskling”, innerligt och bitande.

– Såja, Jo, fortsatte han! Vi kommer på en titel.

De skålade igen medan kyparen kom tillbaka och ställde sig bredvid dem för att ta upp beställningen. En lätt vind hade börjat blåsa, parasollernas fransar prasslade, sanden förflyttade sig böljande. Man kände doften från havet som blandades med dofterna från de grönskande växterna planterade i vita blomlådor av trä. En plötslig kyla sänkte sig över middagsgästernas axlar, Iris huttrade till och drog schalen tätare omkring sig.

– Vi kom hit för att fira eller hur? Så, för bokens och allas vår framgång!

# Del fyra

– Vad gör ni som inte andra gör?

– Jag ammas fortfarande av min mamma.

– Vad saknas för att ni ska vara helt lycklig?

– En karmeliternunnedräkt.

– Var kommer ni ifrån?

– Jag föll ner från himlen.

– Är ni lycklig?

– Ja … för att vara en person som vill ta livet av sig varje dag.

– Vad har ni avstått från?

– Att vara blond.

– Vad gör ni med era pengar?

– Jag ger bort dem. Pengar för olycka med sig.

– Vilket är ert favoritnöje?

– Att lida.

– Vad skulle ni vilja ha i födelsedagspresent?

– En atombomb.

– Nämn tre samtida personer som ni avskyr.

– Mig själv, mig själv och mig själv.

– Vad försvarar ni?

– Rätten att ta livet av mig.

– Vad kan ni stå emot?

– Allt som man vill påtvinga mig med våld.

– Vad har ni varit kapabel att göra för kärleks skull?

– Allt. När man är förälskad är 98 % av hjärnan ur funktion.

– Vad tjänar konsten till?

– Att vänta på att mörkret ska falla.

– Vad tycker ni bäst om hos er själv?

– Mitt långa svarta hår.

– Skulle ni kunna offra det av någon anledning?

– Alla skäl som förs fram uppriktigt är goda skäl.

– Om jag bad er offra ert hår nu, skulle ni göra det?

– Ja.

– Ge mig en sax!

Iris protesterade inte. Hennes stora blå ögon tittade in i TV-kameran och hennes ansikte avslöjade inga känslor. Klockan 21 i en stor public service-kanal. Hela Frankrike tittade. Hon hade svarat bra, hade inte glömt någon effekt. En assistent kom med en sax på en silverbricka. Programledaren tog den, närmade sig Iris och frågade:

– Vet ni vad jag tänker göra?

– Era händer skakar.

– Är ni med på det och anmäler mig inte efteråt? Säg ja, jag svär.

Iris sträckte ut handen och uttalade orden ”ja, jag svär” i likgiltig ton som om det inte handlade om henne. Programledaren tog tag i saxen och visade upp den inför kameran. Assistenten höll andan. Mannen ryggade tillbaka lite grand men höjde sedan saxen på nytt framför kameran. Det såg ut som om han rörde sig i slow motion. Som om han försökte dra ut på den outhärdliga spänningen och väntade på att Iris skulle ångra sig och börja protestera. Åh, om det bara hade kommit lite reklam så att man kunnat göra ett avbrott! Det skulle ha blivit dyra reklamminuter! I mitt nästa program kommer reklamkunderna att strömma till, tänkte programledaren. Sedan närmade han sig, smekte Iris tunga hår, vägde det i handen, bredde ut det över hennes axlar och gjorde ett första klipp med saxen. Det åstadkom ett dovt ljud, som ett gnisslande av filspån och silke. Mannen tog ett steg tillbaka och ner föll en svart hårmassa som han fångade. Han vände sig mot publiken och höll upp håret som en trofé. Ett förfärat mummel hördes. Iris rörde sig inte. Hon satt rakt, likgiltig med vidöppna ögon. Ett omärkligt leende lekte på hennes läppar som om hon vore i extas. Mannen lyfte upp fler tjocka svarta glänsande hårslingor och klippte av dem. Hårslingorna föll ner på det långa ovala bordet. De övriga studiogästerna drog sig undan som om de inte ville ha med denna audiovisuella dödsstöt att göra.

Tystnaden var total. Mellan varje tag med saxen lät man kameran svepa över de bestörta åskådarna.

Nu hördes bara det: klippen med saxen i den silkeslena massan av hår. Det blev till ett regelbundet, skrämmande gnisslande. Inte en röst höjdes för att protestera. Inte ett rop. Men ett ljud av allmän bestörtning, silat mellan åskådarnas läppar, blev till ett dovt mummel.

Programledaren klippte nu med bestämda rörelser i hårmassan som en trädgårdsmästare klipper en häck med en sekatör. Saxens klippljud hade blivit mjukare, mindre brutala. De silverglänsande saxskären dansade över Iris huvud i en metallisk balett. Några hårtestar framhärdade och mannen fortsatte envist med en plikttrogen arbetares ihärdighet. Tittarsiffrorna skulle raka i höjden. Det skulle bli veckans bästa siffror. Alla skulle prata om hans program. Han föreställde sig rubrikerna, kommentarerna och avundsjukan bland hans kolleger.

Till slut sänkte han saxen och utbrast triumferande:

– Mina damer och herrar! Iris Dupin har just bevisat att fiktion och verklighet är ett, eftersom …

Han avbröt sig inför applådsalvan som steg mot honom och som gav utlopp för den ångest som alla de som lamslagna bevittnat vid denna scen.

– För, i sin bok, låter Iris Dupin en ung kvinna, Florine, raka sitt huvud för att undkomma äktenskapet! Boken ges ut av Editions Serrurier och heter *En anspråkslös drottning* och det är berättelsen om … Ska jag berätta eller vill ni göra det själv?

Iris bugade sig och sa:

– Ni kommer att göra det mycket bra, ni har förstått min hjältinna så väl …

Hon drog handen genom sitt hår och log. Hon utstrålade ett upphöjt lugn. Vad spelade det henne för roll med några centimeter hår mindre! Imorgon skulle boken köpas, imorgon skulle alla Frankrikes bokhandlare böna och be hos förlaget att skicka dem tusentals och åter tusentals exemplar av *En anspråkslös drottning*. ”Jag måste bara poängtera att det inte är en berättelse om en av Frankrikes drottningar utan om en hjärtats drottning.” Förläggaren hade rekommenderat henne att framförallt inte glömma den detaljen. ”De får inte tro att det är en vanlig historisk skildring. Säg att det är som i en gobeläng där många trådar löper samman och formar helheten. Här är det många olika historier som tillsammans bildar *den stora historien* och för oss tillbaka till 1100-talet, till de befästa slottens dunkla tid, och där inflikar ni några detaljer, några uttryck, lite kropp och lite själ … Ni rodnar lite, får tårar i ögonen, ni talar om Gud, mycket bra att prata om Gud här, om våra förfäders Gud, om fädernejorden Frankrike, om Guds lag, om människans lag. Jag säger er: jag litar på er, ni kommer att vara briljant!” Han hade inte räknat med att hon skulle låta sig klippas i direktsändning. Iris njöt av sin triumf med ödmjuk min och sänkt blick, och koncentrerade sig på den historia som programledaren nystade upp.

Eftersom det hela är en cirkus och jag är i manegen, så är det lika bra att vara cirkusens drottning, tänkte hon medan hon förstrött lyssnade på programledaren. En sista påminnelse om bokens titel, förlagsnamnet, en sista gång hyllades hennes namn av publiken som ställt sig upp som romarna på Colosseum. Iris bugade sig för att tacka. Med allvarlig min och lätta steg lämnade hon sedan stolen som hon suttit uppflugen på, och gick in bakom kulisserna i studion.

Förlagets pressansvarige gjorde förtjust tummen upp i telefon. Perfekt!

– Du lyckades, min kära! Du var fantastiskt, heroisk, gudomlig! tillade hon med handen på sin mobiltelefon. Alla ringer, tidningarna, radiokanalerna, de andra TV-kanalerna, alla vill ha dig, de är hänförda. Du har lyckats!

Hos Shirley i hennes vardagsrum, tittade Joséphine, Hortense, Zoé och Gary på programmet.

– Är du säker på att det är Iris? frågade Zoé med en liten orolig röst.

– Javisst ...

– Varför gjorde hon så?

– För att sälja, svarade Hortense. Och hon kommer att sälja! Alla kommer att prata om henne! Vilken kupp! Tror du att de hade kommit överens om det i förväg? Att de hade tänkt ut det tillsammans med journalisten? frågade hon Shirley.

– Jag tror hon är kapabel till vad som helst, din moster. Men detta ..., jag måste erkänna att hon gjorde mig perplex!

– *She knocks me down too!* stammade Gary fram. Det är första gången jag ser något sånt på TV. Jag menar när det inte är på film, för när de klippte Jeanne d'Arc, det har man redan sett, det var en skådespelerska och hon hade peruk.

– Menar du att hon inte har något hår längre på riktigt? ropade Zoé, på gränsen till tårar.

– Vad jag förstår, ja!

Zoé tittade på sin mamma som inte hade sagt något.

– Men det är ju fruktansvärt, mamma, det är fruktansvärt. Jag ska aldrig skriva någon bok och aldrig vara med på TV.

– Du har rätt, det är fruktansvärt ..., lyckades Joséphine få fram innan hon rusade ut på toaletten för att kräkas.

– Slut på filmen och fortsättning följer! utbrast Shirley och stängde av TV:n. För detta var förstås bara början.

De hörde vattnet spola på toaletten och Joséphine kom tillbaka, likblek, medan hon torkade sig om munnen med baksidan av handen.

– Varför är mamma sjuk? viskade Zoé till Shirley.

– Hon blev sjuk av att se din moster uppföra sig på det där sättet! Såja, nu dukar ni och jag tar ut min grillade majskyckling ur ugnen. Tur att hon kom först i programmet annars hade det bara blivit kol av pippin.

Gary reste sig först och vecklade ut sina en och nittiotvå. Joséphine kunde inte vänja sig vid det. Hon hade inte känt igen honom när de kom tillbaka i september. Hon hade sett honom bakifrån i entrén till huset och hade tänkt att det var en ny hyresgäst. Han hade växt ytterligare och var mer än ett och ett halvt huvud högre än sin mor. Han hade blivit starkare också. Hans axlar fick knappt plats innanför den rutiga öppna skjortan som han bar över en svart t-shirt där man kunde läsa ”Fuck Bush”. Han liknade inte alls den tonåring hon hade tagit avsked av i början av juli. Hans halvlånga svarta hår ramade in hans ansikte och framhävde det gröna i hans ögon och hans vita fina tänder. En lätt skäggväxt markerade hans haka. Hans röst hade mognat. Nästan sjutton år! Han hade blivit en man, men hade fortfarande i vissa stunder kvar tonåringens lite fumliga charm. Den framkom i ett leende, i sättet att stoppa händerna i byxfickorna eller väga från ena foten till den andra. Om bara några månader kommer han definitivt ha gått över till att vara vuxen, hade hon tänkt när hon såg hur han utvecklats. Han har naturlig klass, rör sig med elegans, han är kanske verkligen ”kunglig”, trots allt!

– Jag vet inte om jag kommer att kunna få ner något alls, vad det än vara må, sa Joséphine, när hon satte sig ner vid bordet.

Shirley böjde sig ner och viskade i Joséphines öra: ”Skärp dig, annars börjar de undra varför du är så upprörd!”

Shirley hade berättat för Gary om Joséphines hemlighet. ”Men du berättar inte det för någon!” ”Jag lovar och svär!” hade han svarat. Hon kunde lita på honom: han kunde bevara en hemlighet.

De hade tillbringat en underbar sommar tillsammans. Två veckor i London och fyra veckor i Skottland, i en herrgård som en god vän hade lånat ut till dem. De hade jagat, fiskat och vandrat över de gröna kullarna. Gary hade tillbringat kvällarna tillsammans med Emma, en ung flicka som arbetade på byns pub om dagarna. En kväll hade han kommit hem och sagt till sin mor: "*I did it*", med ett leende som hos ett belåtet rovdjur. De hade skålat för Garys nya liv. "Första gången", hade Shirley sagt, "är aldrig så bra, men sen blir det bara bättre och bättre!" "Det var inte dåligt! Så länge som jag har längtat efter det! Vet du vad, det är konstigt, men det känns som jag är jämbördig med min pappa nu." Han hade varit nära att tillägga: berätta för mig om honom, men hon hade sett frågan tona bort från hans läppar innan han hunnit uttala orden. Varje kväll var han iväg och träffade Emma som bodde i ett litet rum ovanför puben. Shirley hade tänt en brasa i den stora vapensalen och läst en bok, uppkrupen i soffan framför elden. Ibland träffade hon mannen. Han hade kommit och tillbringat två eller tre helger med henne. De träffades i slottets västra flygel när det blev mörkt. Han hade aldrig stött ihop med Gary.

Hon tittade på Gary som just avslutade dukningen av bordet och lade märke till en blick från Hortense som också betraktade honom. Och hon jublade. Åh! Nu kommer han inte längre att vara en ung flämtande hund som tidigare. *Well done, my son!*

Något har förändrats hos Gary, tänkte Hortense. Naturligtvis hade han växt och blivit större, men det var också något annat. Som om han fått en ny självständighet. Som om han inte längre sprattlade i hennes nät. Jag gillar inte när mina beundrare ignorerar mig, tänkte hon och fingrade på sin mobil i jeansfickan.

Hon har också förändrats, tänkte Shirley medan hon tittade på henne. Hon var snygg och hade blivit farlig. Hon utstrålade en oroande sensualitet. Det var bara Jo som inte hade märkt det och som fortfarande behandlade henne som en liten flicka. Shirley öste kycklingen med skyn från formen, konstaterade att den var genomstekt, gyllenbrun på ytan, och ställde den på bordet. Hon frågade vem som ville ha bröstbitar och vem som ville ha lårklubbor. Flickorna och Gary räckte upp handen och bad om bröstbitar.

– Ska vi ta klubborna då? sa Shirley till Jo som betraktade kycklingen med äcklad min.

– Jag överlåter min bit till dig, sa Jo och sköt tillbaka sin tallrik.

– Mamma, du måste äta ..., befallde Zoé. Du har gått ner för mycket, det är inte snyggt. Du har inga gropar i kinderna längre.

– Har du bantat med madame Barthillets metod? frågade Shirley, medan hon serverade de vita köttbitarna.

– Jag har arbetat hela augusti och inte ätit så mycket. Det har varit så varmt ...

(Och jag har tillbringat tiden med att vänta på Luca på biblioteket och jag har blivit smal av väntan, jag har inte kunnat få i mig någonting ...)

– Kom den inte ut lite väl tidigt, den här boken? frågade Shirley.

– Förlaget ville testa att ge ut den redan vid terminsstarten.

– Det måste vara för att han känner sig väldigt säker på den.

– Eller på henne! Och vi har sett beviset: han hade rätt ..., mumlade Jo.

– Har du hört något från Barthillets? frågade Shirley för att byta samtalsämne.

– Ingenting och det passar mig bra.

– Max har inte kommit tillbaka till skolan, suckade Zoé.

– Det var bra. Han hade mycket dåligt inflytande på dig.

– Det är ingen elak kille, Jo, inflikade Gary. Han är bara lite lost ... Och med de föräldrarna som han skaffat sig så är det inte så konstigt! Nu tar han hand om sin pappas tackor. Han har det nog toppenkul hela dan. Jag har en kompis som känner honom väl och som har hört från honom. Han har hoppat av skolan och bestämt sig för att hålla på med ost! *Good luck!*

– Han jobbar åtminstone, sa Hortense. Det börjar bli sällsynt nuförtiden. Jag har anmält mig till teater som fritt val! Det kommer jag att ha nytta av när jag ska framåt i livet ...

– Som om du hade brist på självförtroende, småskrattade Shirley. Om jag var du skulle jag snarare anmäla mig till en kurs i ödmjukhet.

– Mycket roligt, Shirley! Jag vrider mig av skratt.

– Jag bara retas lite, sötnos …

– Förresten, mamma, jag måste börja prenumerera på några tidningar så att jag kan hålla koll på de senaste trenderna. Igår var jag med en kompis på Colette och det var bara sää bra!

– Inga problem älskling, jag ska prenumerera till dig … Vad är det, "Colette"?

– En boutique som är superinne! Jag såg en liten Prada-jacka som var så snygg. Lite dyr men snygg … Det är klart att här skulle den sticka ut lite men när vi bor inne i Paris så skulle den vara helt perfekt.

Shirley släppte sitt kycklingben och vände sig mot Jo.

– Ska ni flytta?

– Hortense vill så gärna och …

– Jag vill inte flytta till Paris, muttrade Zoé, men det är ingen som frågar vad jag tycker!

– Skulle du flytta härifrån? frågade Shirley.

– Det är inget bestämt, Shirley. Jag måste tjäna mycket pengar …

– Det finns nog risk för att du gör det fortare än du anar, sa Shirley, och kastade en blick på den avstängda TV:n.

– Shirley! protesterade Jo för att få tyst på henne.

– Ursäkta mig … Det var chocken. Du är min enda familj. Om ni flyttar så följer jag efter er.

Zoé klappade i händerna.

– Det skulle vara toppen! Vi kan ha en stor lägenhet …

– Vi är inte där än, avslutade Joséphine. Ät nu flickor, så att maten inte kallnar.

De njöt av kycklingen under tystnad. Shirley anmärkte att det var ett gott tecken att de gillade den. Hon gav sig in i en lång förklaring om vad man skulle tänka på när man köpte kyckling. Att den skulle vara uppfödd på majs, vilken märkning man kunde lita på, vad märkningen betydde, storleken på burarna, kvaliteten på fodret. Men hon blev avbruten av en signal från en mobiltelefon.

Eftersom ingen gjorde en min av att svara frågade Joséphine:

– Är det din, Gary?

– Nej, den la jag i mitt rum.

– Är det din, Shirley?

– Nej, det är inte min signal …

Joséphine vände sig då till Hortense som svalde det hon hade i munnen, torkade sig omsorgsfullt om munnen med en servett och svarade i likgiltig ton:

– Det är min, mamma.

– Och sen när har du en mobil?

– Det är en vän som har lånat mig sin. Han har två …

– En vän som betalar samtalen …

– Hans föräldrar. De är täta.

– Det kommer inte på fråga. Du får lämna tillbaka den och så köper jag en till dig …

– Till mig också? bönföll Zoé.

– Nej. Du får vänta tills du är tretton år …

– Jag är trött på att vara liten! Jag är trött på det!

– Du är snäll mamma, avbröt Hortense, men när jag nu har den här så vill jag hellre behålla den … Så får vi se sen.

– Hortense, du lämnar tillbaka den omedelbart!

Hortense gjorde en grimas och kastade ur sig:

– Om du envisas så …

Sedan började hon undra hur hennes mamma hade råd att vara så generös. Hade hon fått en ny översättning kanske … Hon måste be Jo höja hennes månadspeng. Det var ingen brådska. För närvarande betalade han allt som hon ville ha, men den dag hon gjorde sig av med honom skulle det vara bra att ha lite pengar undanlagda.

Den första oktober, Josiane skulle komma ihåg den dagen i hela sitt liv.

Ljudet av hennes egna klackar mot den ojämna stenläggningen på gården skulle länge genljuda i hennes minne. Vilken dag! Hon visste inte om hon skulle skratta eller gråta.

Hon hade varit först på kontoret och hade tagit sin tillflykt till toaletten för att göra ett graviditetstest, inköpt när hon gick förbi apoteket på Avenue Niel, i hörnet mot Rue Rennequin. Hon hade gått över tiden: hon skulle ha fått sin mens för tio dagar sedan! Varje morgon hade hon stigit upp försiktigt, dragit upp sitt nattlinne och skrevat med benen för att kunna se den lilla vita bomullslappen i trosorna. Ingenting! Hon hade knäppt händerna och bett för att det skulle vara "det": den lille Grobz i blå eller rosa sparkbyxor. Om det är du, min älskling, så ska du få se vilket fint hus jag blir för dig!

Den här morgonen, på toaletten på andra våningen, hade hon väntat i tio minuter sittande på toalettstolen medan hon bad alla böner hon kunde till Gud och alla helgon, med ögonen mot taket som om himlen skulle öppna sig. Sedan hade hon tittat på teststickan: Bingo, Josiane, den här gången fungerade det, det gudomliga barnet har slagit sig ner hos dig!

Det blev som en explosion av lycka. En bubbla öppnade sig i hennes bröst och fick henne att lyfta av glädje. Hon gav upp ett triumferande rop, reste sig upp och lyfte armarna mot himlen. Stora tårar rullade ner över hennes kinder och hon satte sig ner igen av rörelse. Mamma, jag ska bli mamma, upprepade hon, hopkrupen med armarna om sina axlar som om hon omfamnade sig själv. Mamma, jag, mamma … De små blå och rosa sparkbyxorna dansade framför hennes ögon genom tårarna.

Hon sprang och knackade på Ginettes och Renés dörr. De höll just på att avsluta sin frukost när de såg henne störta in som en tornado. Hon kunde knappt vänta tills René hade gett sig av till lagret och så fort han hade gått drog hon Ginette i ärmen och berättade:

– Det gick! Den lille, han är här …

Hon pekade på sin platta mage med fingret.

– Är du säker? frågade Ginette med uppspärrade ögon.

– Jag har just gjort testet: po-si-tivt!

– Du vet att du måste göra ett till hos läkaren? För ibland är det positivt men du är ändå inte gravid.

– Jaså! sa Josiane besviket.

– Det händer en gång på tusen … Men ändå, det är bäst att vara säker.

– Jag känner det redan. Han behöver inte ringa och berätta att han är på väg. Jag vet att han är där. Titta på mina bröst: är de inte större?

Ginette log.

– Ska du berätta det för Marcel?

– Tycker du jag ska vänta tills jag är säker?

– Jag vet inte.

– Okej, jag väntar. Det blir svårt. Jag kommer att ha svårt att dölja min glädje.

En baby, en liten Jesus, en liten kerub att gosa med! Åh, han skulle aldrig sakna något, den lille! Jag ska älska honom mer än mig själv! Hela livet ska han ha det bra, det ska jag se till! Vid tanken på att hon snart skulle hålla en baby i sina armar började hon storgråta igen och Ginette fick hålla om henne för att lugna henne.

– Såja, min sköna, lugna dig! Det är glada nyheter, eller hur?

– Jag blir så rörd, så du anar inte! Jag är alldeles upp- och nervänd. Jag trodde aldrig att jag skulle komma fram till er. Benen bar mig inte längre, de nästan vek sig under mig! Det är ju inte så konstigt, så länge som vi har väntat. Jag vågade inte tro på det längre.

Plötsligt blev hon orolig och klamrade sig fast vid bordet.

– Bara han nu inte ploppar ut! De säger att fram till och med tredje månaden är risken stor att man får missfall! Kan du tänka dig hur ledsen Marcel skulle bli om jag knäckte hans ägg?

– Nu ska du inte måla fan på väggen! Du är gravid och det är en god nyhet!

Ginette höjde kaffekannan och hällde upp en kopp kaffe till henne.

– Vill du ha en smörgås? Nu måste du äta för två!

– Åh, jag äter gärna för fyra för att han ska bli rund och god! Vid nästan fyrtio års ålder! Kan du tänka dig? Är det inte ett mirakel?

Hon höll handen mot sitt bröst för att lugna sitt hjärta som dunkade våldsamt.

– Ja, ja … Du får nog ta dig samman, för du har åtta månader till att vänta och om du fortsätter gråta kommer du att få alldeles rödkantade ögon.

– Du har rätt. Men det är så skönt att gråta av lycka, det har inte hänt mig särskilt ofta, det kan jag försäkra dig.

Ginette log rörd och smekte henne över armen.

– Jag vet, lilla Josiane, jag vet … det är den bästa tiden i ditt liv som börjar nu. Du ska få se att han kommer att pyssla om dig, din Marcel.

– Ja, han kommer att bli glad, det är ett som är säkert! Jag måste till och med vara lite försiktig när jag berättar det för honom, annars kommer hans hjärta att explodera …

– Med all den träningen han håller på med nu är hans hjärta starkt. Seså, gå nu och jobba och försök hålla tyst några dagar till …

– Jag får tejpa igen munnen.

Hon gick tillbaka till sitt kontor, pudrade näsan och var just på väg att lägga ner puderdosan när hon hörde Henriette Grobz steg i trappan. Den, hon hade ett sätt att gå! Hon hamrade mot stenarna. Hennes knän måste vara helt utslitna av att ha gnidits mot varandra så …

– God dag, Josiane, sa Henriette och tittade vänligare än på länge på sin mans sekreterare. Är allt väl?

– God dag madame, svarade Josiane.

Vad gör hon på kontoret i ottan, den där fågelskrämman? Och

den där sammetslena rösten, vad döljer den? Hon vill be mig om en tjänst, den saken är klar.

– Min lilla Josiane, började Henriette, jag skulle vilja be er om en sak. Men jag skulle vilja att det stannar mellan oss och att min man inte får reda på det. Han skulle kunna bli arg för att jag går bakom ryggen på honom i något som har med hans business att göra …

Henriette Grobz älskade att krydda sina meningar med engelska ord. Hon tyckte det lät chickt!

– Ni vet, män gillar inte att man ser mer klart än de, och i det här fallet tror jag att min man är på väg att begå ett misstag, och …

Hon sökte efter orden. Det kan inte vara riktigt klart i hennes huvud, tänkte Josiane, då hade hon inte varit så trevlig. Det är en tjänst hon vill be mig om och så cirklar hon runt det som flugan kring en sockerbit.

– Genera er inte, sa Josiane, medan hon noterade kvaliteten på Henriettes väska.

Ja, inte var det plast i alla fall. Hon köper bara krokodilskinn, den gamla skatan! Det passar henne bra, hon skulle äta upp sin egen dotter om det behövdes.

Henriette drog upp ett foto ur sin väska och visade det för Josiane.

– Känner ni igen den här kvinnan? Har ni sett henne här på kontoret?

Josiane kastade ett öga på den vackra, storbröstade unga flicka som Henriette Grobz just hade stuckit under näsan på henne och hon skakade på huvudet.

– Nej, jag har aldrig sett henne här.

– Är ni säker? frågade Henriette. Titta noga …

Josiane tog tag i fotot och fick en chock. Faktiskt hade hon tittat lite slarvigt. Bredvid den lilla mörkhåriga, lite dold, stod Marcel, rund och glad, med armen runt midjan på den okända. Ingen tvekan! Det var han. Hon kände igen Marcels sigillring som han hade givit sig själv för att fira sin första miljon. Han var väldigt stolt över den och fingrade och snurrade alltid på den. Han sa att den hjälpte honom att tänka.

Henriette uppfattade förändringen i Josianes sinnestämning och frågade:

– Åh! Ni känner igen henne, eller hur?

– Det är det att … Tillåter ni att jag tar en kopia?

– Gör det, lilla vän … Men låt den inte ligga kvar. Jag vet att monsieur Grobz är i Shanghai men jag vill inte att han får syn på den när han kommer hem.

Josiane reste sig för att lägga fotot i kopiatorn. När Henriette vände ryggen till passade hon på att vända på fotot och upptäckte ett tecknat hjärta och orden ”Natascha, Natascha, Natascha” skrivna med Marcels handstil. Det var verkligen han. Hon hade inte misstagit sig. Men Henriette Grobz fick inte märka hur upprörd hon var.

– Jag ska gå ut och se i registret, för jag tror jag har sett den där kvinnan här en gång … Tillsammans med er man …

Henriette Grobz uppmuntrade henne, med små nickningar med huvudet, att fortsätta prata. Hon gav eftertryck åt varje ord Josiane sa genom att nicka, med hatten vickande.

– Hennes namn …, hennes namn … Jag kommer inte riktigt ihåg … Han kallade henne Tacha,Tacha någonting …

– Natascha? Kan det ha varit så?

– Absolut! Natascha …

– Hennes efternamn vet jag inte. Men jag är orolig för att hon är en spion som konkurrenterna skickat till monsieur Grobz för att störa honom och lura av honom några tillverkningshemligheter. Han är så dum så honom kan man lura som ett barn. En vacker kvinna och han tappar huvudet!

Där har vi det, tänkte Josiane, och behärskade sin ilska, du är livrädd för att han ska lämna dig för den här slynan och så hittar du på den här historien om en spion från öst. En slampa som kommer in från kylan!

– Hör här, madame Grobz, jag ska kolla upp i mitt register och om jag hittar någon upplysning som kan vara intressant så hör jag av mig …

– Tack, lilla Josiane, det var snällt av er.

– Det var ingenting, madame, det är väl bara min plikt.

Josiane log sitt mest inställsamma leende och följde henne till dörren.

– Och, lilla Josiane, ni säger väl ingenting till honom, eller hur?

– Nej, nej, oroa er inte. Jag kan bevara en hemlighet.

– Ni är mycket vänlig.

Ja, men jag kommer att vara mindre vänlig mot honom när han kommer hem, lovade Josiane sig själv när hon gick tillbaka och satte sig. Han kan dyka upp med käften vitpudrad, sprittande av glädje, nyduschad efter sin joggingtur och han kommer inte att bli besviken, den där kungen av trassel.

Hon borrade pennan i den vackra Nataschas ansikte och stack ut ögonen på henne.

– Stanna där, befallde Hortense och pekade med sitt finger mot gathörnet.

– Om jag vill …

– Vill du att vi ska fortsätta att träffas eller inte?

– Nu är du dum, jag skojade bara …

– Om min mamma eller Zoé får se mig tillsammans med dig så är det slut på det roliga.

– Men hon känner mig ju inte, hon har aldrig träffat mig.

– Mig känner hon. Hon skulle snabbt dra slutsatser. Hon är efterbliven men hon kan lägga ihop ett och ett.

Chaval parkerade och stängde av motorn. Han lade armen om Hortenses axlar och drog henne intill sig.

– Kyss mig.

Hon gav honom en snabb puss och försökte öppna dörren.

– Bättre än så!

– Vad jobbig du är!

– Hoppsan … Så lät det inte nyss när du fick mitt kreditkort att jobba.

– Det var då det.

Han stack in handen under hennes t-shirt och försökte smeka hennes bröst.

– Sluta, Chaval, sluta.

– Jag har faktiskt ett förnamn om du inte visste det. Jag avskyr när du kallar mig Chaval.

– Det är ju ditt namn … Tycker du inte om det?

– Jag skulle vilja att du var lite mjukare, lite mer kärleksfull.

– Jag är ledsen, men det är inte min grej.

– Och vad är din grej, Hortense? Du ger ingenting, inte ett gram av din lilla person …

– Om du inte är nöjd så slutar vi. Jag har inte bett dig om någonting, det är du som frågat efter mig. Du följer efter mig överallt som en vovve!

Han borrade in sitt ansikte i hennes mjuka långa hår och mumlade:

– Du gör mig galen! Det är inte mitt fel. Snälla, var inte elak … Jag är så tänd på dig. Jag köper allt du vill ha.

Hortense himlade med ögonen. Vad han var pinsam! Han skulle till och med kunna ge henne avsmak för shopping!

– Klockan är halv åtta och jag måste hem.

– När träffas vi nästa gång?

– Vet inte. Jag ska försöka hitta på en historia tills på lördag men det är inte säkert att det går …

– Jag har två inbjudningar till en soaré hos Galliano på fredag kväll. Är du intresserad?

– John Galliano?

Hortense spärrade upp ögonen så att de blev stora som två tefat.

– *Himself!* Om du vill kan du följa med.

– Ok. Jag hittar på något!

– Men då måste du vara snäll mot mig …

Hortense suckade och sträckte på sig som en uttråkad katta:

– Alltid dessa villkor! Om du tror att det ger mig lust …

– Hortense, nu är det tre månader som du hållit på så här med mig. Det finns gränser för mitt tålamod …

– För mig finns det inga gränser, förstår du! Det är det som är min charm och det är därför du är intresserad av mig.

Chaval lade händerna på ratten till sin Alfa Romeo och muttrade:

– Jag är trött på att du spelar den heliga jungfrun.

– Jag ligger med dig när jag har bestämt mig för det och för närvarande är det inte aktuellt. Är det klart?

– Du talar åtminstone klarspråk!

Hon öppnade dörren, stack ut ett långt, smalt rasben som hon försiktigt placerade på asfalten och medan hon drog upp sin kjol ända upp till ljumsken, brände hon av sitt allra vackraste leende och sa adjö till honom.

– Rings vi?

– Vi rings!

Hon tog den stora vita kassen från Colette från baksätet och gick ut. Hon gick framåt som en modell på visning, han tittade på henne medan hon avlägsnade sig och han svor till. Den slinkan! Hon gjorde honom galen! Bara att få känna hennes mjuka smidiga läppar mot sina fick hans blod att sjuda. Och hennes lilla tunga som dansade omkring när de kysstes … Han slöt ögonen och kastade huvudet bakåt. Hon gjorde honom upphetsad som en åsna! Jag klarar inte det här mer, nu måste hon snart bjuda på sin lilla kissemiss.

Deras lilla historia hade hållit på sedan i juni. Och sedan i juni lockade hon med det han längtade efter: att få tillbringa en hel natt tillsammans med henne, låta honom klä av henne långsamt, smeka henne … Han hade spenderat alla helger i juli i Deauville på grund av henne. Han hade betalat för alla hennes nycker, betalat för alla hennes kompisar och katt-och-råtta-leken hade sedan fortsatt i Paris. När han trodde att han hade henne så smet hon och räckte honom lång näsa.

Han skällde på sig själv: Dumbom, idiot, hon gör ju vad hon vill med dig, den där. Hon låter dig höra ljuva toner på väg till kassan! Och vad har du fått av henne? Inte ett smack! Utom några pussar på munnen och ett par tre smekningar. Så fort handen kommer lite för långt ner så blir det ett ramaskri. Hon vill gärna visa sig med mig på fina restauranger, shoppa runt, äta glass, sträcka ut sig i fåtöljen i biosalongen men för övrigt är det kalla handen! Bara lite gulligull som tack. Om jag lägger ihop prylarna som hon har fått mig att köpa, mobilerna som hon älskar att strö omkring sig, grejerna som hon blir trött på och slänger i soptunnan eftersom hon inte orkar läsa instruktionsboken, så kan man konstatera att det har varit utslängda pengar. Ingen flicka har någonsin behandlat mig så här. Ingen! För det mesta slickar de mina skosulor. Hon torkar dojorna på mina byxben, kladdar lipgloss på bilklädseln, spottar ut tuggummi i handskfacket och dunkar Dior-väskan i motorhuven när hon inte är nöjd!

Han speglade sig i backspegeln och frågade sig själv vad han hade gjort för att förtjäna detta. Du är ju inte son till Frankenstein, du luktar inte mögel, du är ju välpumpad och ändå fotograferar hon dig inte ens! Han suckade och vred om nyckeln.

Som om hon hade hört hans tankar vände sig Hortense om innan hon försvann runt gathörnet, och kastade en slängpuss mot honom samtidigt som hon slängde en tung hårslinga bakåt. Han svarade henne med en blinkning med lyktorna och lät sedan sin ilska manifestera sig i avtrycken efter däcken när han rivstartade.

Så lätt det är att få männen dit man vill! Sexlustens idioti! Känslornas tyranni! De störtar ner i det allihop som i farliga grottor och de skryter med det! Till och med gubbar som Chaval! Han tigger om kärlek, han darrar och han bönar och ber, tänkte Hortense. Och ändå är han trettiofem! Han borde ha erfarenhet. Men icke! Han lägger sig platt. Det räckte att hon gav honom ett vagt löfte om något skönt eller drog upp sin kjol lite grand över låren för att han skulle börja spinna som en gammal tandlös katthane. Ska jag ligga med honom eller inte? Jag har verkligen ingen lust men annars kanske han tröttnar. Och då är det slut på festen. Jag skulle hellre vilja göra det med någon som jag är lite kär i. Särskilt första gången. Med Chaval riskerar det att bara bli affärsmässigt. Och så är han ju så efterhängsen, det är inte alls sexigt, som klister!

Innan hon gick hem måste hon byta om i skrubben där städredskap och rengöringsmedel för trappstädning förvarades. Hon tog av sig sin minikjol, drog på sig jeansen och en tjock tröja för att dölja T-shirten som bara räckte till naveln på henne. Sedan gnuggade hon sig i ansiktet för att få bort sminket och hon blev åter mammas lilla flicka. Vilken idiot hon är, mamma, som inte fattar någonting! Hon lyfte på en flaska kaustiksoda för att kunna gömma sin kläder och fick syn på en hopvikt tidning med hennes mosters ansikte på första sidan. ”Före, efter: en stjärna föds” löd rubriken. Precis under fanns ett foto med Iris i långt hår och ett annat där hon satt med sin Jeanne d'Arc-klippning och orden: ”Jag har bara följt André Gides råd till en ung författare …” Hortenses mun rundades och hon lät undslippa sig en beundrande vissling.

Hon skulle just gå upp till sig när hon märkte att hon hade den stora vita kassen från Colette i handen. Prada-jackan!

Hon funderade en stund och beslöt sig sedan för att riva av prislappen och låtsas att hon hade köpt den på loppmarknaden i Colombes förra helgen.

Antoine observerade krokodilen som låg och latade sig i solen framför dem. De hade stannat i skuggan av en stor akacia och han betraktade djuret som värmde sig i solen med halvslutna ögon. Enormt, motbjudande, blänkande. Vad är du egentligen? grubblade han förtretat. Ett minne från dinosaurierna? En stock med två gula springor? En blivande handväska? Varför hånar du mig med dina halvslutna ögon? Räcker det inte att du djävlas med mig varenda dag som Gud ger?

– Åh! Titta så söt han är, utbrast Mylène, bredvid honom. Han sover i solen och ser så lugn ut. Jag får lust att krama honom.

– Och då skulle han slita sönder dig med sina tjugofyra huggtänder!

– Nej då ... Han tittar på oss också. Han är nyfiken på oss. Jag har lärt mig att tycka om dem, vet du! Jag är inte rädd längre ...

Och jag, jag hatar dem! tänkte Antoine och sköt ett skott i luften för att få den att sticka iväg. Djuret rörde sig inte och såg faktiskt ut att le. Sedan krokodilernas uppror och de två kinesernas död var Antoine alltid beväpnad. Han stack geväret under armen och stoppade ner patronerna i fickan på sina bermudas. Det påminde honom om den gamla goda tiden hos Gunman & Co, när allt rullade på och de vilda djuren inte var något annat än lockande villebråd för sysslolösa miljonärer.

Mister Wei betalade honom regelbundet. Vid varje månadsskifte fick han sin utbetalning. En riktig idiot, tänkte Antoine och småflinade när han öppnade kuvertet med lönespecifikationen i. Han trodde han hade mig men jag var smartare än han. Jag kan också visa tänderna.

Emellertid var Antoines problem på väg att bli fler. Han hade haft besök av en grupp vetenskapsmän som höll på med forskning kring krokodilernas blod i syfte att framställa nya sorters antibiotika. De förbannade djuren kunde stå emot allt. De utvecklade inga infektioner eller blodförgiftning när de skadade sig utan såren läkte snabbt och sedan fortsatte de piggare och friskare än någonsin. De hade någon molekyl i blodet som gjorde dem motståndskraftiga. Han hade måst erbjuda forskarna mat och husrum och ställa lokaler till deras förfogande. Mer jobb för Antoine men pengar till mister Wei! Jag är så trött på att det alltid går åt samma håll, knotade Antoine och avlossade en ny salva.

– Sluta! protesterade Mylène, de har inte gjort dig någonting, de där stackars djuren …

Och den där kinesen som skulle göra pengar av allt! När han hade fått höra om Mylènes verksamhet hade han föreslagit henne att slå sig ihop med honom och lansera en serie skönhetsprodukter, ”Belles de Paris”. Han ville låta tillverka förpackningarna i Frankrike för att få ”Made in France” tryckt på askarna. Det skulle garantera framgången för kosmetikan på den kinesiska marknaden. Dessutom har han tur, rasade Antoine och laddade om sitt gevär. Allt han rör vid omvandlas till guld!

Så var det inte med honom.

Hans drömmar om att bli miljonär i väskor och skålar började kännas ihåliga. Krokodiler hade visat sig vara en opålitlig råvara. De ville inte äta något annat än kyckling- och människokött. Mat som inte föll dem i smaken lämnade de att ruttna i solen. Man skulle kunna tro att de fötts upp på ett femstjärnigt hotell, tänkte Antoine när han hällde ut en tippkärra med ris som blandats med en specialblandning av ostron och alger som han beställt från Sao Paulo. De rörde det inte. Inte heller anka eller fiskfärs. De krävde kyckling. När han visade dem annan mat vände de bort huvudena.

– Nej men, jag tror jag drömmer! gnällde Antoine. De är så feta så de orkar inte ens sätta på sina honor, har du sett det? Honorna överöser dem förgäves med smekningar och de lyfter knappt på ögonlocken.

– De skrattar åt dig när du sitter här och blir arg i din ensamhet. De vet att de är vinnarna …

– De kommer inte att vinna länge till om de fortsätter att gå upp i vikt i den här takten.

– Ha! Du kommer att vara död sedan länge medan de står stadigt kvar på sina fötter. Sådana där bestar kan leva i hundra år.

– Om inte jag fixar dem allihop!

– Men tror du det skulle vara en lösning?

– Det finns ingen lösning, Mylène, jag har blivit grundlurad!

Wei. Han struntar i det, han kommer alltid att klara sig ur det, men jag … Jag har investerat i en anläggning med feta och impotenta kräldjur.

Dessutom hade Antoine upptäckt att nästan inga av honorna som levererats från Thailand längre var fruktsamma. Han hade ringt uppfödaren, han som hade fyllt Boeingplanet med de sjuttio krokodilerna och klagat. Thailändaren hade försäkrat honom: *”Forty eggs a day! Forty eggs a day! - Zero eggs a day”* hade Antoine vrålat i luren. *“Åh”*, hade thailändaren svarat, *“they must be grand mothers then! You are not lucky, we put the wrong ones in the plane, we didn't know …”*

Krokodiler i klimakteriet! Och till råga på allt måste han få nativiteten att explodera! Fabriken hade fått sakta ner produktionen av väskor och konservfabriken hade halverat sin produktion. När allt kom omkring så skulle det kanske bli antibiotikaaffären som gick bra, men där hade han inget kontrakt. Jag är rökt, stönade Antoine. Förbannade reptiler!

Han sköt på nytt i luften. Krokodilen höjde på ögonbrynet.

Mylène ryckte på axlarna och bestämde sig för att gå tillbaka till sitt kontor. Hon hade mail att läsa igenom innan hon skickade iväg dem till Paris för nya beställningar. Sminket sålde mycket bättre än krämerna som var dyrare, och svårare att lagerhålla i den tryckande hettan. Då får det bli så, avgjorde Mylène. Sminket kan jag köpa i stora kvantiteter direkt från fabriken i Paris och sedan multiplicerar jag priset med fyra. Mina kunder sväljer allt och diskuterar aldrig priset. De vördar läppstiftet och ögonskuggan och försakar allt för att snygga till ansiktet. Bästsäljaren: min vita foundation! De älskar den! De gör om sig till små runda och bleka dockor. Varorna hinner knappt komma upp på hyllorna innan de försvinner i deras små giriga händer. Mister Wei har erbjudit mig ett kompanjonskap. Fifty-fifty. Jag bidrar med know-how, affärsfilosofin, känslan, den goda franska smaken och han tar hand om produktionen och försäljningen. Han säger att det inte kostar något att framställa. Jag måste prata med Antoine om det. Han har så mycket bekymmer så jag är rädd att tynga honom med mina planer.

Samma kväll när Pong serverade dem under tystnad, meddelade Mylène att hon hade skickat ett kontraktsförslag till Mister Wei och att hon funderade på att slå sig ihop med honom.

– Har du skrivit på?

– Nej, inte ännu men det är så gott som klart …

– Du har inte sagt något till mig!

– Jo, min älskling, jag har pratat med dig om det men du har inte lyssnat … Du tänkte att det var ett litet småflicksnöje! Men där finns mycket pengar att hämta, förstår du.

– Har du rådgjort med någon innan du skriver på?

– Jag har gjort upp ett väldigt enkelt kontrakt med summan på investeringarna, procentsatserna, licenser och andra villkor. En väldigt enkel grej vad jag kan förstå.

Hon skrattade lite förläget för att visa att hon var medveten om sin brist på erfarenhet.

– Har du börjat läsa juridik? frågade Antoine spydigt. Var snäll och skicka saltet … Vad är det för stuvning det här? Det smakar ingenting!

– Antilop …

– Ja, det är i alla fall vidrigt.

– Jag har faktiskt inte tid att laga mat numera …

– Jag tyckte det var bättre när du hade tid! Det hade varit bättre om du hade öppnat en restaurang …

– Där ser du: vi kan inte prata seriöst.

– Sätt igång, jag lyssnar.

– Såhär: när jag reste till Paris konsulterade jag en specialiserad advokat, vid Champs Élysées …

– Och från vem fick du hans namn?

– Jag ringde upp din svärfars sekreterare, Josiane heter hon. Mycket vänlig. Vi tyckte bra om varandra och jag sa att jag ringde å dina vägnar och att du behövde lite hjälp, namnet på en bra advokat som hade erfarenhet av att ha att göra med vår planets värsta hajar ...

– Och ...

– Det var inga problem: hon gav mig ett namn och ett telefonnummer som jag ringde upp. Eftersom jag hade hälsningar från Marcel Grobz var advokaten mycket vänlig och åtog sig mitt ärende. Han bjöd mig till och med på middag. Vi gick på en rysk restaurang precis intill hans kontor.

– Gjorde du det? Du utnyttjade Chefs förbindelser fast du inte kände honom? Om han får reda på det blir han vansinnig.

– Varför skulle han bli det? Jag har inte gjort honom något ...

– Jag vill bara påminna dig om att det är på grund av dig som jag stuckit från min fru och mina döttrar! Du verkar ha glömt det ...

– Det var inte jag som bad dig lämna dem. Det gjorde du helt själv ... du, som sen drog iväg mig på det här äventyret!

– Så du ångrar dig nu?

– Nej, jag ångrar ingenting. Det tjänar ingenting till att ångra sig. Jag försöker klara mig ur det, det är allt. Och du behöver inte vara arg på mig för det ...

De grälade med låga röster för att inte väcka Pongs misstankar. De diskuterade med ett leende på läpparna men varje ord de viskade till varandra var en förgiftad pil. Hur hade detta börjat? frågade sig Antoine och hällde upp lite mer vin. Jag grubblar för mycket. Jag borde göra som alla andra, inte tänka. Tjäna pengar, men framför allt inte tänka. I Afrika har jag varit som allra lyckligast och jag trodde att om jag kom tillbaka hit skulle jag bli lycklig igen. Jag skulle börja om på nytt här. Jag tog med mig denna söta lilla tjej som sa att hon skulle ta hand om mig. Skitprat! Det är bara jag själv som kan ta hand om mig och just nu gör jag det duktigt ... med sparkar och slag. Varför skylla det på henne? Det är inte hennes fel. Jag har dragit på mig en för stor kostym. Jo har rätt. De har rätt allihop. Och han log ironiskt mot sig själv vilket Mylène dock tog personligt:

– Åh, var inte arg! Jag älskar dig så mycket. Jag lämnade allt för att följa med dig. Jag skulle åka vart som helst … Jag vill bara ha någon vettig sysselsättning. Jag är inte van vid att inte göra något. Jag har alltid arbetat, ända sen jag var liten …

Hon rundade munnen som en liten flicka som blir påkommen med att ljuga och som hävdar sin oskuld. Med sina stora blå ögon betraktade hon honom oskuldsfullt, på ett sätt som retade upp honom.

– Försökte han inte något med dig efter restaurangen?

– Du ser något ont i allting.

– Du är fruktansvärd, Mylène! Fruktansvärd … Och alltihop utan att berätta för mig.

– Jag ville överraska dig … Och förresten, varenda gång jag försökte prata med dig bytte du ämne. Så jag lät bli. Men du behöver inte vara arg, min älskling, det är bara på skoj, vet du … Det blir kanske så att Mister Wei förlorar hela sin insats och jag har inte investerat något alls! Om det går bra så fyller jag fickorna och du blir marknadschef på mitt lilla företag …

Antoine stirrade häpet på henne. Hon övervägde att anställa honom. Hon höll väl som bäst på att räkna ut vad han skulle få för lön och hur mycket bonus han skulle få till årsskiftet! Han kände svetten börja rinna längs ryggraden, därefter vid tinningarna, armarna, bröstkorgen … Nej inte det! Inte det! Han bet ihop tänderna.

– Men älskling, vad är det med dig? Du är alldeles blöt! Det ser ut som om du har duschat. Är du sjuk?

– Jag måste ha fått i mig något skit. Det är den där antilopstuvningen som inte är bra.

Han kastade servetten på bordet och reste sig för att gå och byta om.

– Vet du vad, min älskling, det finns ingen anledning att bli arg. Det här är ett lotteri. Det kan bli så att det inte fungerar alls eller också går det jättebra. Och då blir jag rik, rik, rik! Det skulle vara kul, eller hur?

Antoine stannade på tröskeln in till huset. Hon hade inte sagt ”vi”, hon hade sagt ”jag”. Han tog av sig den genomblöta skjortan och försvann in i huset.

Philippe Dupin sjönk ner i fåtöljen i sin frus arbetsrum och suckade. Tänk om någon hade sagt till honom att han en dag skulle snoka bland Iris saker som en svartsjuk äkta man! När han såg en man på film göra så beklagade han honom. Han öppnade en rosa pärm som stod på skrivbordet på vilken Iris hade skrivit med stora bokstäver: ROMAN. Nedanför hade hon skrivit med grönt tusch: *En anspråkslös drottning*. Hon räknade kanske med att skriva fler, tänkte han och öppnade pärmen. Eller att låta få fler skrivna. Han kunde inte låta bli, han måste få veta. Att gå på henne direkt hade varit ädlare men det skulle inte gå med Iris. Hon klarade sig alltid undan. När hon hade kommit hem efter TV-programmet han tittat på tillsammans med Alexandre och Carmen, medan de åt vid det låga bordet framför apparaten, hade hon triumferande ställt sig framför dem och frågat: ”Hur var jag? Fantastisk, eller hur?” Han hade inte haft hjärta att svara. Hon hade väntat en stund och när tystnaden sedan fortsatte hade hon suckat: ”Ni förstår ingenting! Det kallas marknadsföring, och om man inte gör det så säljer inte boken. Jag är helt okänd och det är min första roman och då måste man lansera den och sen rullar det på av bara farten!” hade hon tillagt medan hon drog fingrarna genom håret. Därmed var det slut på diskussionen. Följande dag hade hon sprungit iväg till frisören för att han skulle fixa till frisyren för etthundrasextiofem euro. Det korta håret framhävde de stora vackra blå ögonen, den långa fina halslinjen och ansiktets perfekta form. Hennes solbrända axlar glänste som en vapensköld på en gobeläng. Hon såg ut som en oskyldig page. ”Mamma, mamma, man skulle kunna tro att du är fjorton år!” hade Alexandre utropat. Philippe hade blivit illa till mods, men hade det inte varit för den vaga avsmak han kände för hela affären, så hade han blivit rörd.

Han öppnade pärmen. Den var full av tidningsurklipp, från dagstidningar. Månadsmagasinen hade inte kommit ut än. De skulle komma att fyllas av henne, av hennes lögner och hennes citat. Han ögnade igenom de första artiklarna. Vissa var skrivna av journalister som han kände. Alla pratade om Iris och hennes djärvhet. ”*A star is born*” var rubriken på en. ”Kockens special” på en annan. En annan mer seriös journalist frågade sig när föreställningen skulle sluta och litteraturen börja, men han erkände att boken var bra skriven och mycket väl dokumenterad, även om den var lite ”akademisk”. ”Man känner att Iris Dupin kan sitt 1100-tal på sina fem fingrar och hon låter oss återuppleva det på ett mästerligt sätt. Allt är korrekt. Allt är spännande. Man kommer på sig själv med att följa Benediktinerordern som om man följde en Hitchcockfilm.” Han ögnade igenom artiklarna. Läste Iris tankar om skrivandet, svårigheterna med en första roman, orden som inte vill låta sig fångas, ångesten inför en blank sida. Hon pratade mycket bra om det, berättade om sina studier vid Columbia och sin debut som filmmanusförfattare, citerade Gides råd till en ung författare: ”För att inte lockas gå ut, raka huvudet.” ”Något jag inte vågade på grund av min fåfänga men som jag blev tvungen att göra. Man kan inte fuska med skrivandet. Det kommer alltid i fatt en. Jag ångrar det inte, jag lever bara för litteraturen.” Eller: ”I nio månader levde jag bara på kokt vatten och potatis med skal, det var bara så jag fann inspirationen.” På bilderna bar hon ett par jeans med låg midja och en t-shirt som slutade ovanför naveln och detta tillsammans med hennes nya pojkfrisyr fick henne att se ut som en rebellisk tonåring. På en bild hade man skrivit ”love” och ”money” med läppstift på hennes nacke och hon hade låtit sig fotograferas med böjt huvud för att de två orden skulle synas ordentligt. Bildtexten sa: ”På sin nacke bär hon sin romans handling och världens öden.” Bara en sådan sak, suckade Philippe, världens öden på min frus nacke! En annan tillade: ”Tonåringarna kommer att bli galna, männen tappa huvudet och kvinnorna kommer att se henne som sitt språkrör. Denna bok är en försoning mellan gamla och unga." Längre fram kunde han läsa att en rysk miljardär hade lämnat sitt privata plan till Iris disposition för att hon skulle kunna åka och shoppa i London eller Milano och ett parfymmärke ville köpa bokens titel för att lansera en ny doft. På alla dess förslag svarade Iris blygsamt att hon var smickrad men att allt det där var "mycket långt ifrån litteraturen. Jag vill inte bli ett marknadsfenomen. Vad som än händer oavsett om boken blir en framgång eller ett misslyckande, kommer jag att fortsätta att skriva, det är det enda som intresserar mig".

Jag har fött upp ett monster, tänkte Philippe. Detta konstaterande var inte smärtsamt. Det är som när man erkänner att kärleken har tagit slut, tänkte han. Det gör inte ont längre. Med kyla ser man på personen som tidigare varit föremålet för ens kärlek och konstaterar att han eller hon är sig lik, att jag inte kan ändra på det. Det är jag som har förändrats. Så det är slut. Helt slut. Det han kände nu var avsmak blandad med vag ilska. I åratal hade han varit besatt av henne, han hade bara haft en önskan: att vara henne till lags, imponera på henne, bli Paris bästa advokat, sedan Frankrikes bästa advokat, sedan internationell advokat. Han hade börjat samla konstföremål, köpa gamla manuskript, finansiera baletter, operor, han hade upprättat mecenatfonder ... Allt för att hon skulle vara stolt över honom. Stolt över att heta madame Philippe Dupin. Han visste att hon inte brydde sig om pengar: Chef hade givit henne så mycket pengar hon ville ha. Hon ville skapa. Skriva, rita, dirigera vad som helst, bara man tillskrev henne talang! Han hade erbjudit henne en hel palett av talanger. Han hade naivt trott att det var tillräckligt för att hon skulle vara lycklig, detta att hon fick vara vid hans sida när han valde tavlor eller finansierade föreställningar. Han hade drömt om att hon skulle följa med honom på internationella mässor för modern konst, att hon skulle delta vid möten eller läsa manus till teaterpjäser och hjälpa honom att välja, och sedan vara med vid repetitionerna. I början hade hon följt med men hon hade snabbt upphört att intressera sig. Det var ju inte henne man hedrade utan pengarna, namnet och hennes mans goda smak.

Han gick med blicken runt rummet och kände igen varje konstföremål. De är vår kärleks historia. Eller *min* kärleks, rättade han sig själv, för hon har inte älskat mig. Hon har tyckt bra om mig. Hon har uppskattat mig. Hennes lögner har lyckats med det som min kärlek misslyckades med. Jag älskar henne inte längre och kan inte låtsas att jag gör det mer. För att ett förhållande ska fortleva är det bättre med två vackra lögner än två fula sanningar. Det var slut. Han hade en sak till han måste göra och det skulle han ta sig an nu. På ett storslaget sätt. Lite löjligt visserligen, men storslaget. Ställa till med ett glansfullt slut. Det skulle bli hans eget konstverk!

Hans ögon föll på det sista tidningsurklippet. En artikel som inte handlade om henne utan om en filmfestival i New York. Hon hade strukit över ett namn med gul överstrykningspenna: Gabor Minar … Han hade blivit inbjuden som hedersgäst. Man visade hans senaste film *Gypsies* som hade fått pris på festivalen i Cannes. Så var vi där igen, tänkte Philippe, Gabor Minar … Den evige Gabor Minar, stelnad i sin pose som egensinnig och besynnerlig filmregissör. Med sitt rebelliska och obekymrade utseende, sina häpnadsväckande filmer. Det sades om honom att han hade återuppväckt den sjunde konsten med sina specialeffekter. Att han hade lyckats återge filmkonsten mening och rikedom. På kortet log han, håret hängde ner i ögonen och han hade uppknäppt krage. Philippe stängde pärmen med en smäll och tittade på klockan. Det var för sent att ringa Johnny Goodfellow. Han skulle ringa imorgon.

När Iris kom hem på kvällen viftade hon med ett nummer av *L'Express*.

– Fyra på boklistan! På två veckor. Jag ringde Serrurier, de ger ut fyratusenfemhundra exemplar om dagen. Utöver första tryckningen. Förstår du? Varje dag köper fyratusenfemhundra personer boken av Iris Dupin! Jag är på väg att hamna som etta. Jag slår vad om att jag ligger överst på listan nästa vecka! Och du undrade om det var nödvändigt att snagga sig?

Hon brast ut i skratt och kramade tidningen.

– Man måste följa med sin tid, älskling. Vi lever inte längre på trubadurernas tid, det är ett som är säkert! Carmen, snabbt, vi sätter oss, jag är vrålhungrig.

Hennes ögon glänste av en liten ihärdig gyllene flamma som nästan brände tidningen hon höll i handen. Hon sänkte den och vände sig mot honom förvånad över hans tystnad och sedan riktade hon ett stort leende mot honom, böjde på huvudet och inväntade lyckönskningarna. Han bugade artigt och lyckönskade henne.

Joséphine gnuggade sig i ögonen och undrade om hon drömde: kvinnan som satt mitt emot henne på buss 163 läste hennes roman. Hon slukade den, böjd över boken och vände försiktigt och uppmärksamt varje blad för att inte missa ett enda ord av texten. Runt omkring henne förflyttade sig folk, ringde samtal, hostade, kallade på varandra men hon rörde sig inte. Hon läste.

Joséphine betraktade henne förbluffat. *En anspråkslös drottning* på 163:an!

Så då var det sant det som stod i tidningarna: hennes bok sålde. Den gick åt som smör i solsken. I början kunde hon inte tro på det. Hon hade till och med trott att det var Philippe som köpte upp alla exemplaren. Men att se *En anspråkslös drottning* på 163:an var beviset för henne att framgången var på riktigt.

Varje gång hon läste positiv kritik fick hon lust att ge upp ett segervrål, att skratta så att tårarna rann och ta stora känguruskutt. Hon gick ständigt in till Shirley. Det var det enda stället där hon kunde släppa loss sin glädje. ”Det gick, Shirley, det gick, jag har skrivit en bestseller! Fattar du, jag, den lilla gråa forskaren med usel lön, som medverkar i dammiga konferenser, den lilla vita gåsen som inte förstår någonting av livet! På första försöket lyckas jag med ett mästerverk!” Shirley skrek *Olé* och de dansade en vild flamenco. Gary hade överraskat dem en gång och då avbröt de sig, röda och andfådda.

Efter hand som tiden gick hade hon översköljts av en stor tomhetskänsla. Känslan av att ha blivit bestulen, rånad och utnyttjad. Nersmutsad. Iris bredde ut sig överallt. Iris log överallt. Iris blå ögon överraskade henne i varenda tidningskiosk. Iris pratade om skrivandets våndor, om ensamheten, om 1100-talet, om Sankt Benedictus. Hur hade hon fått idén till boken? När hon kom in i Sacré Coeur en melankolisk afton. När hon betraktade en staty av ett helgon som var så vacker, och hade ett så vackert ansikte, då hade hon sytt ihop en berättelse efter den förebilden. Och idén att kalla henne Florine? Jag bakade en kaka tillsammans med min son och hällde i florsocker och då kom jag på det. Joséphine lyssnade förbluffad på henne: var fick hon allt ifrån? En dag hade hon till och med hört henne prata om Gud och gudomlig inspiration som förklaring till flytet i texten: "det är inte jag som skriver, det är någon som dikterar för mig." Joséphine blev tvungen att sätta sig på pallen bredvid vasken: "Det också ...", sa hon för sig själv, "det också, vilken fräckhet!"

Hon hade öppnat glasdörren ut mot balkongen och tittat upp mot stjärnorna. Det här är för mycket, sa hon tyst, jag klarar inte mer! Bara att höra henne lägga beslag på Florine är för mycket, men om hon nu ska börja ta er stjärnor i besittning också! Vad blir det kvar till mig då? Att titta i det blå? Det ger ju ingenting! Och hur vet hon att jag pratar med er? Jag har aldrig berättat det för henne. Eller jo, kanske en gång ... Hon utnyttjar *allt*! Hon är en vampyr.

Den kvällen, efter att ha sett en av sina läsare på bussen, ringde Joséphine på Shirleys dörr. Ingen öppnade. Hon gick tillbaka in till sig och hittade en lapp från Zoé där det stod: "Mamma, jag ska sova hos Alexandre, Carmen kom och hämtade mig. Hortense bad mig säga till dig att hon skulle ut, att hon skulle komma hem sent och att du inte skulle oroa dig. Jag älskar dig. Zoé."

Hon var ensam. Hon värmde upp resten av en Quiche Lorraine, lade några salladsblad på tallriken och satte sig att titta på mörkret som föll. Ledsen, så ledsen.

När det blivit mörkt, knuffade hon upp glasdörren mot balkongen och tittade på stjärnorna.

– Pappa, vågade hon säga. Pappa? Hör du mig?

Hon tillade med barnslig röst:

– Det är inte rättvist ... Varför är det alltid hon som ska vara främst? Ännu en gång har jag blivit utsuddad. När vi var små och någon tog kort på oss insisterade alltid mamma på att Iris skulle synas bra. Iris ögon, Iris frisyr, flytta dig lite, Jo, jag kan inte se hela Iris klänning.

"Kriminell, du är kriminell", hörde hon sin pappas röst säga. Hans armar runt henne, smaken av hans salta hud eller hans tårar, hans stora kliv. Han hade burit på henne som om han räddat henne från något. De var på stranden, det var sommar, jag kom upp ur vattnet, jag spottade ut vatten, ögonen sved, jag grät och grät ... Efter det, mindes hon, efter det sov han aldrig i samma rum som mamma mer. Efter det tog han sin tillflykt till sina ordlekar och sin pipa. Och sedan dog han. "Han knäckte sitt pipskaft." Hon skrattade till mot sin pappa. Den ordleken hade du gillat! Pappa, min pappa, gnolade hon i mörkret under stjärnorna. En dag kommer jag att hitta pusselbiten som saknas ... En dag kommer jag att förstå. Till dess, lilla pappa, tack för den här framgången. Den har gett mig viss tröst. Och nu är jag inte rädd längre. Det är viktigt. Jag känner mig inte längre hotad. Jag är fortfarande inte särskilt säker på mig själv, men jag har slutat vara rädd. Du måste vara stolt över mig, du som vet att det är jag som har skrivit boken.

Hon suckade: Jag har fortfarande många saker att lära mig, så är det bara. Man tror att man har vunnit när man tar hem en seger, men det finns alltid fler att vinna. Mitt liv var så enkelt innan. Ju längre fram i livet jag kommer desto mer komplicerat tycker jag det är. Kanske för att jag inte levde innan ...

Hon lyfte på huvudet. Hennes ilska var borta.

Hon lyfte armarna mot himlen och skickade iväg all sin kärlek och all sin lycka mot stjärnorna. På Iris var hon inte avundsjuk. ”Iris vet att det är jag som har skrivit boken. Hon vet det. Hennes berömmelse vilar på en lögn.”

Ett stilla lugn kom över henne. Hon hade kvar sin avhandling att slutföra. Hon måste jobba med den. Jag ska gå tillbaka till biblioteket, ta tag i mina gamla anteckningar och i historieböckerna, bestämde hon.

Och en dag ska jag skriva en bok till.

En bok som ska vara min egen, bara min egen.

Vad säger ni om det, stjärnor?

Marcel Grobz kom ut från flygplatsen och satte sig i bilen bredvid sin chaufför, efter att ha slängt in resväskorna i bagageutrymmet.

– Jag är helt slut, Gilles! Jag är för gammal för dessa långa flygresor.

– Förstår det, chefen. En månad på turné med alla dessa hotellbyten och olika tidszoner, det kan inte vara nyttigt!

– Man fryser som en hund här! Bara slutet av oktober och redan är istiden på gång. Där borta log åtminstone körsbärsträden mot en … Jag ser väl inte alltför sliten ut?

Gilles kastade en snabb blick på Marcel Grobz i backspegeln och fastslog att så inte var fallet, att chefen såg ut ”som ett spänstigt rakt fiskespö”.

– Du är hygglig! Men det finns några rejäla valkar på det här fiskespöet och det hjälper inte att jag springer som en galning, de sitter hårt fast. Vad har annars hänt här hemma? Har du köpt tidningarna till mig?

– De ligger i baksätet. Er styvdotter, madame Dupin, gör en jättegrej av sin bok …

– Har hon skrivit en bok?

– Till och med min mamma har köpt den, och hon njöt till fullo av den!

– Jäklar, vad jag kommer att få höra om detta … Och annars?

– Annars ingenting. Jag har låtit göra en översyn av bilen som ni bad mig. Allt funkar. Vart ska vi?

– Till kontoret.

– Ska ni inte åka hem, först?

– Till kontoret sa jag …

Träffa Josiane. Varenda gång han pratat med henne i telefon hade hon varit kylig. Knappt hörbar och knappt vänlig. Ja, nej, vet inte, jag ska se efter, vi kan prata om det när du kommer tillbaka. Tänk om hon har blivit betuttad igen i den där långe räkeln Chaval!

– Har du hört något från Chaval?

Hans chaufför Gilles Larmoyer var kompis med Chaval. Gilles och Chaval var ofta ute och festade runt på nattklubbar tillsammans. Gilles berättade om deras vilda nätter, klubbar med "ormgropar, en häck till vänster och en till höger, med Chaval så roar man sig …", och om hur de fram på småtimmarna brukade rätta till slipsen igen, Chaval för att gå och arbeta, Gilles för att köra bilen. Gilles hade inga ambitioner. Marcel hade försökt få honom upp på hästen men Gilles tyckte bara om en sak: bilar. För att han skulle bli glad, bytte Marcel bil vartannat år.

– Åh! Visste ni inte det?

Marcel studerade sig själv i spegeln i solskyddet. Det var inte påsar han hade under ögonen utan stora tunga säckar!

– Visste vad?

– Chaval. Han har fallit pladask för er dotterdotter …

– Lilla Hortense?

– Just det! Han riktigt dreglar. Ni anar inte … Hon får honom att krypa på alla fyra! Han skulle äta upp sin hatt om han hade någon. Det är väl i ett halvår nu som han har försökt få omkull henne utan resultat! Han får nöja sig med en handtralla på kvällen i sin ensamhet. Hon gör honom galen.

Marcel brast lättad ut i skratt. Då var det i alla fall inte Chaval som var anledningen till Josianes kyla. Han tog fram sin mobiltelefon och ringde upp kontoret.

– Choupette, det är jag. Jag är i bilen, jag kommer snart ... Hur är läget?

– Bra.

– Är du inte glad för att jag är hemma?

– Jag dansar av lycka!

Hon lade på.

– Problem, chefen?

– Det är Josiane. Hon är iskall. Hon slängde på luren i örat på mig.

– Åh! Ja se, kvinnor ... När de har sitt månatliga så surar de utan att man vet varför.

– Ja, men hon måste ha haft sitt månatliga för en månad sedan. Och hon är sur som ättika!

Han lutade sig tillbaka i baksätet och bestämde sig för att ta sig en tupplur.

– Väck mig innan vi kommer fram så att jag hinner morna mig!

När Josiane såg honom komma in, rörde hon inte en min. Hon lyfte inte ens blicken från sitt skrivbord. Han bredde ut armarna för att krama om henne men hon stötte bort honom.

– Din post ligger på skrivbordet. Listan över telefonsamtalen också, jag har sorterat dem.

Han öppnade dörren till sitt kontor, satte sig ner och överst på högen av brev, väl synligt, upptäckte han fotot på flickan från Lido med ögonen utstuckna. Han tog det och gick glatt ut igen.

– Är det på grund av detta, Choupette, som du surar sen en månad tillbaka?

– Jag kan inte se det roliga i det. Det får mig i alla fall inte att skratta.

– Men du är helt fel ute. Helt fel! Det var för att vilseleda Henriette! Jag hade hört från René att hon hade varit här och snokat en dag när här var tomt på folk, den första maj! Jag anade ugglor i mossen och mycket riktigt: när jag gick igenom mina papper upptäckte jag att ett kuvert hade öppnats och innehållet troligen kopierats. Det var det med ukrainarens utlägg. Stackars satkärring! Hon trodde hon lade vantarna på bevis för att jag hade en liten pulla och dessutom för att jag fuskade med skatten. Hon tror att hon har mig fast! Jag bestämde mig för att ge igen. Jag lät det här fotot ligga och skräpa på mitt rum. Det togs en kväll för länge sen på Lido med en viktig kund, en kväll när du inte ville följa med ut. Jag hittade på ett namn och vips, sök Henriette, sök! Det fungerade! Har du ältat detta i en månad?

Josiane betraktade honom misstänksamt.

– Och du tror att jag ska svälja allt det där?

– Varför skulle jag ljuga för dig, Choupette? Jag känner inte den där flickan. Jag poserade på fotot på skoj, men det är allt … Kom ihåg att det var en kväll när du inte ville följa med för mer än ett och ett halvt år sedan, du var trött …

En kväll när jag träffade Chaval, mindes Josiane. Stackars gamle tjockis! Han har rätt. Hon hade skyllt på migrän och hade lämnat honom helt ensam att sköta kundförbindelserna.

Han närmade sig Josianes skrivbord och snubblade över en resväska.

– Vad är det där för väska?

– Jag hade tänkt packa ihop. Jag skulle bara prata ut med dig först, och sen skulle jag dra …

– Du är galen! Din hjärna spelar dig ett spratt!

– Jag är skör, förstår du.

– Du litar verkligen inte på mig!

– Förtroende är en vara som jag inte så ofta har haft inne i min butik.

– Nej, men nu får du försöka vänja dig vid det. För nu är jag här, just här. Och bara för dig, min lilla pulla! Du är hela mitt liv.

Han hade tagit henne i sina armar och vaggade henne medan han mumlade: ”Så dum hon är! Så dum hon är! Och jag som har oroat mig en hel månad för att du var så tyst i telefon!”

Hon tryckte sig mot honom och väntade på att han skulle sluta spinna, så hon kunde berätta den glada nyhet som nu hade bekräftats av ett riktigt laboratorium. En känslostorm åt gången, tänkte hon, jag låter honom komma ner på jorden igen och när han nuddar marken skickar jag iväg honom till sjunde himlen och berättar om lille Grobz ankomst.

– Särskilt som jag slog två flugor i en smäll med fotot. Jag slog dunster i ögonen på henne och avledde hennes misstankar från dig. Du förstår, om du nu skulle få stor mage … Hon skulle inte ana oråd! Hon tänker på Natascha och inte på dig. Du skulle få växa i lugn och ro medan hon var inne på fel spår.

Josiane lösgjorde sig försiktigt. Hon gillade inte det hon just hört.

– Så du har inte tänkt berätta för henne samma dag jag blir gravid? Tänker du låta henne sväva i okunskap?

– Nej då, Choupette, nej då … Det är bara det att jag behöver lite tid på mig för att få ordning på saker! Jag är bunden till henne med händer och fötter.

– Menar du att på hela den tiden som vi har pratat om den lille, har du inte ordnat saker och ting, som du säger?

– Jag vill inte ljuga för dig, Choupette: jag är feg. Jag vet inte hur jag ska göra, hur jag ska kunna bli fri från henne utan att hon hämnas och hittar på de värsta saker för att komma åt mig.

– Har du inte träffat din advokat?

– Jag vågar inte prata med honom om det, av rädsla för att han förvarnar henne. De står varandra mycket nära och hon träffar honom ofta.

– Så du har inte gjort någonting? Inget alls? Du ljuger mig full dagarna i ända medan du pratar om keruben, men du får inte ändan ur vagnen.

– Jag ska göra det, Choupette, jag ska göra det när den dagen kommer. Jag lovar dig, jag ska stå för det!

– Stå för det! Besvära dig inte med det. Du är en ynkrygg!

Josiane reste sig upp, slätade till sin klänning, rättade till den över bysten, tog sin handväska och pekade med en teatralisk gest på skrivbordet och hela rummet och förklarade:

– Titta noga på mig, Marcel Grobz, för du ser mig inte mer. Jag kastar in handduken, jag sticker, jag går upp i ånga. Det tjänar inget till att följa efter, jag sticker för alltid! Att säga att jag är trött på dig vore alldeles för snällt, du äcklar mig med din feghet.

– Choupette, jag lovar dig …

– Så länge har jag svalt dina löften! Ända sen jag lärde känna dig har jag inte gjort annat! De står mig upp i halsen. Jag vill kräkas. Jag tror inte på dig längre, Marcel …

Hon böjde sig ner för att ta tag i sin resväska och med en mycket bestämd min lät hon klackarna börja smattra. Hon lämnade Marcel Grobz företag den 22 oktober exakt klockan elva och femtioåtta.

Hon stannade inte för att säga adjö till René.

Hon stannade inte för att krama om Ginette.

Hon stannade inte för att beundra blåregent.

Hon vände sig inte om efter att ha passerat grinden.

Om hon saktade av på stegen, tänkte hon medan hon tittade rakt framför sig, skulle hon aldrig ge sig av.

Den kvällen, efter middagen, tog Alexandre Zoé med sig till sitt hemliga rum.

I ett normandiskt klädskåp som hans far hade köpt hos en lumphandlare i Saint-Valéry-en-Caux. De hade åkt dit alla tre i familjen. Hans pappa hade visst en engelsk kund i den lilla normandiska hamnstaden. Engelsmannen hade bestämt möte med honom på sin båt. Efter att ha tillbringat några timmar ombord hade de gått en promenad längs kajen i hamnen. De hade stannat till vid lumphandlarens butik. Alexandre hade bläddrat igenom några gamla seriealbum medan hans föräldrar gick längre in i butiken och letade bland grejorna efter någon bortglömd tavla. De hade inte hittat någon tavla men hans pappa hade förälskat sig i det här skåpet. Hans mamma hade protesterat och sagt att det inte passade in i deras hem, att det skulle se gammalmodigt, malplacerat och till och med lite töntigt ut hemma hos dem ... ”Ingen köper ett normandiskt klädskåp längre, Philippe!” Men hans pappa hade insisterat: ”Det finns inga i den storleken, jag har i alla fall aldrig sett något, jag ställer det i mitt arbetsrum, det kommer inte att störa dig och det kommer att framhäva de andra mer moderna möblerna. Jag tycker om att blanda olika stilar, som du vet, och förresten kommer det att ge lite värme, lite känslan av gammalt borgerligt arvegods, och det är väl det vi är: en borgerlig familj, eller hur?”

Alexandre hade inte förstått slutet på meningen men han hade förstått att hans pappa skulle köpa skåpet.

De hade låtit transportera hem skåpet till faderns arbetsrum och Alexandre hade tagit för vana att gömma sig i det. Det luktade kaustiksoda och lavendel och om han koncentrerade sig kunde han höra ljudet från havet och ljudet av linor som smällde mot båtarnas master. Det var klätt med kretong i grönt och gult. Han stängde dörrarna om sig, satte sina hörlurar i öronen, lutade huvudet mot skåpväggen och hopkrupen som en liten boll gav han sig iväg till sitt superhemliga fantasiland. I fantasilandet reste han runt i ett landskap där alla levde enligt texten i John Lennons sång *Imagine.* Andra oundgängliga tillbehör i hans fantasivärld var ett par runda glasögon som gjorde att han kunde se det osynliga. Ofta tog han med sig Zoé dit in. ”Du förstår, i min värld är landskapet gjort av tårtor, människorna är klädda i vitt, man tvättar sig inte, man är alltid ren och alla gör vad de vill. Det finns ingen lärare, inga pengar, ingen skola, inga betyg, inga trafikstockningar, inga skilda föräldrar, alla tycker om varandra, den enda regeln som finns är att man inte får vara dum mot de andra som bor i landet. Och man måste prata engelska.”

Det sista höll han hårt på. I början tyckte Zoé att det var svårt. Alexandre pratade flytande engelska eftersom hans föräldrar varje sommar skickade honom till en engelsk sommarskola. Hon hade lärt sig göra som sin kusin, och han översatte när det var något hon inte förstod. Hon tyckte mycket om att lyssna även på det han inte översatte: det gav henne rysningar av välbehag att höra Alexandre prata engelska även när hon inte förstod ett ord. Hon var rädd, hon tog hans hand och väntade på fortsättningen på de äventyr som han hittade på. Han spelade alla rollerna, han var till och med vinden och åskvädret!

Den här kvällen hade Carmen serverat dem middag tidigt. Iris hade åkt iväg på en litterär afton och Philippe var på en affärsmiddag. Alexandre och Zoé smet iväg och gömde sig i Philippes arbetsrum och gick med hemlighetsfulla miner in i det magiska skåpet. Alexandre hade upprättat en hel ritual. Först måste man ta på sig de runda glasögonen och säga tre gånger: "Hello, John, Hello John, Hello John." Sedan satte de sig ner, slöt ögonen och sjöng orden i Lennons sång: "*imagine no possession, it's not hard to do, no reason to kill or die for, and no religion too.*" Till slut tog de varandra i handen och väntade tills ett sändebud från fantasivärlden kom och hämtade dem.

– Kommer inte Carmen att hitta oss?

– Hon tittar på en TV-serie i köket …

– Och din pappa?

– Han kommer hem sent. Sluta tänka på det. Koncentrera dig och så kallar vi först på Stora Vita Kaninen.

Zoé blundade och Alexandre uttalade de magiska orden:

*Hello White Rabbit, where are you, White Rabbit?*

Och han svarade själv med allvarlig röst:

*Here I am, little children … Where do you want to go today*

Han kastade ett öga på Zoé och fortsatte:

– *Central Park … New York … The Imagine garden …*

– *Okay, children, fasten your seatbelts!*

De låtsades spänna fast sina säkerhetsbälten.

– Jag har aldrig varit i Central Park, viskade Zoé.

– Det har jag. Tyst. Nu följer vi med honom … Du ska få se så vackert det är. Föreställ dig … Där finns vagnar som dras av hästar, dammar med ankor och en skulptur som föreställer Alice i Underlandet … Där i Central Park står Stora Vita Kaninen staty!

De skulle just åka iväg till Central Park när dörren till arbetsrummet öppnades och de hörde steg.

– Din pappa?

– Schh! Vänta vi ska se.

– Vi kan inte se! Vi är ju instängda här.

– Vad dum du är! Vänta … Det är kanske Stora Vita Kaninen.

Det var Philippe. De hörde hans röst. Han pratade i telefon på engelska.

– Tror du han leker med oss? Vet han om din fantasivärld?

– Schh!

Han lade handen över munnen på Zoé och båda höll andan och lyssnade.

– *She didn't write the book, John, her sister wrote it for her. I am sure of it …*

– Vad säger han?

– Vänta!

– *Yes, she's done it before! She's such a liar. She made her sister write the book and she is taking advantage of it! It's a big hit here in France … no! Really! I'm not kidding!*

– Vad säger han? Jag förstår ingenting!

– Vad jobbig du är, Zoé! Vänta. Jag ska översätta sen. Du gör så att jag missar vad han säger.

– *So let's do it. In New York … At the film festival. I know for sure he's going to be there. Can you manage everything? OK … We talk soon. Let me know …*

Han lade på.

De två barnen satt blickstilla i skåpet. De vågade inte röra sig, inte viska. Sedan satte Philippe på klassisk musik på sin musikanläggning och de kunde börja prata.

– Vad sa han? Vad sa han? envisades Zoé och tog av sig sina runda glasögon.

– Han sa att min mamma inte har skrivit boken. Att det är *din* mamma som har skrivit den. Han sa att min mamma redan hade gjort så en gång tidigare, att hon är en stor lögnerska.

– Tror du på det?

– Om han säger det så är det sant … Han ljuger inte, det vet jag.

– Det är klart att 1100-talet är mer likt mamma. Då skulle hon ha skrivit boken men det är din mamma som … Fast varför, Alex, varför?

– Jag har ingen aning …

– Skulle vi kunna fråga Stora Vita Kanin?

Alexandre tittade allvarligt på henne.

– Nej, vi stannar en stund till. Kanske ringer han en gång till!

De hörde Philippe gå omkring i arbetsrummet. Han stannade. De förstod att han just tände en cigarr och snart kände de tobaksröken sprida sig i rummet.

– Det stinker! protesterade Zoé. Vi måste ut. Det sticker i näsan på mig …

– Vänta tills han har gått ut. Han får inte se oss … För då finns det ingen fantasivärld kvar. Ett hemligt ställe som blir upptäckt finns inte längre … Behärska dig och vänta.

De behövde inte vänta länge. Philippe lämnade sitt arbetsrum för att gå och fråga Carmen var barnen var.

De gick ut från skåpet utan att ge ett ljud ifrån sig och gick till Alexandres rum där Philippe sedan fann dem sittande på golvet, läsande seriealbum.

– Hur är det, barn?

De tittade generat på varandra.

– Skrämde jag er? Ska vi titta på en film tillsammans? Det är ingen skola imorgon så ni kan lägga er sent.

De samtyckte, lättade, och bråkade lite om valet av film. Alexandre hade valt *Matrix* och Zoé *Törnrosa*. Philippe fick dem att komma överens genom att föreslå *Mördare utan ansikte*.

– Så blir du nöjd, Zoé. Du kommer att bli lite rädd, men du vet ändå att filmen slutar lyckligt.

De satte sig framför TV:n, och medan Philippe satte igång filmen utbytte de två barnen blickar av djupt samförstånd.

Det var Luca som hade pratat med henne om det för ett halvår sedan: "I oktober hålls ett symposium om det sakrala livet under medeltiden, i Montpellier. Jag ska delta och det borde ni också göra. Ett akademiskt inlägg till, det skulle vara bra för er."

Hon åkte ner för att ansluta sig till honom i Montpellier. Han skulle tala på fredagen. Hon var uppsatt på programmet för lördag eftermiddag.

Efter att ha varit försvunnen hela sommaren hade han kommit tillbaka. Utan förklaring. En vacker dag hade hon stött på honom på biblioteket igen. Hon hade inte vågat ställa några frågor. Han hade frågat: "Har ni haft en bra sommar? Ni ser pigg ut, ni har gått ner i vikt, det passar er bra … Jag har köpt en mobil, jag avskyr tanken på att ha en men jag måste erkänna att det är praktiskt. Jag visste inte var jag kunde få tag på er i sommar, jag hade inte ert nummer. Vi är verkligen omoderna, vi två."

Hon hade lett, rörd över att höra honom säga "vi två", rörd över att han jämförde sig med henne. Sedan hade hon samlat sig och pratat om sommarens fröjder, om Deauville, Paris i augusti, biblioteket som var nästan helt tomt, den glesa trafiken, Seines stränder och Paris Plage.

Han kom och mötte henne på stationen. I sin eviga duffel, med ett leende på läpparna och ett tre dagar gammalt skägg som fick hans kinder att se håliga ut. Han såg ut att vara glad för att hon kom. Han tog hand om hennes väska och förde henne mot utgången med en lätt hand på hennes axel. Medan hon gick tittade hon sig omkring för att se om folk lade märke till henne där hon gick med en så snygg man vid sin sida. Hon steg i aktning hos sig själv.

– Jag har också köpt en mobiltelefon.

Åh! Så bra … Ni får ge mig ert nummer.

De gick förbi en kiosk: *En anspråkslös drottning* bredde ut sig över hela skyltfönstret. Joséphine ryckte till.

– Har ni sett? sa Luca. Vilken succé! Jag köpte den efter allt uppseende den har väckt och den är inte alls dålig. Jag läser aldrig nyutkomna romaner men den ville jag läsa på grund av tiden den utspelar sig i. Jag slukade den. Mycket bra skriven. Har ni läst den?

Joséphine stammade ja, bytte samtalsämne och frågade honom hur det gick med föreläsningarna. Jo, föreläsarna var intressanta och ja, hans egen föreläsning hade gått bra, ja, den skulle publiceras.

– Och i kväll, om ni inte har något emot det, så bjuder jag på middag. Jag har reserverat ett bord på en restaurang ut mot havet. Jag har hört att den ska vara riktigt bra …

Eftermiddagen hade gått snabbt. Hon pratade i tjugo minuter med klar och säker röst i en hörsal inför ett trettiotal personer. Hon höll sig upprätt och var förvånad över sin nya säkerhet. Några kolleger kom fram och gratulerade henne. En av dem nämnde *En anspråkslös drottning* och gladde sig åt att 1100-talet äntligen kommit i rampljuset och befriats från alla klichéer. ”Fint verk, bra arbete”, sammanfattade han innan han gick. Joséphine undrade för sig själv om han pratade om hennes föreläsning eller om romanen, sedan kom hon på att det inte spelade någon roll eftersom hon skrivit dem båda. Jag kommer att glömma det till slut! Tänkte hon medan hon samlade ihop sina papper.

Hon träffade Luca på hotellet. De tog en taxi för att komma till restaurangen på Plage de Carnon och satte sig vid ett bord nära havet.

Fryser ni inte? Frågade han medan han vek upp matsedeln.

– Nej. Med infravärmen som grillar mina axlar går det bra, svarade hon skrattande och pekade med hakan mot terrassvärmaren som stod bakom henne.

– Ni kommer att sluta som en bit halstrat kött och då sätter man upp er på matsedeln.

Han skrattade och då förändrades han mycket. Han såg yngre och lättsammare ut när han befriats från de mörka skuggor som vanligtvis omgav honom.

Hon kände sig på gott och otvunget humör. Kastade ett öga

på matsedeln och bestämde sig för att ta det samma som han. Han beställde vin med allvarlig min. Det är första gången jag ser honom så avspänd, kanske trivs han trots allt i mitt sällskap.

Han ställde frågor om hennes döttrar och frågade henne om hon alltid hade velat ha barn eller om Hortense och Zoé var resultatet av en äktenskaplig tillfällighet. Hon tittade förvånat på honom. Hon hade aldrig ställt sig den frågan.

– Faktum är att jag inte brukade fundera så mycket tidigare. Det är efter separationen från Antoine som livet blivit mer komplicerat. Mer intressant också … Tidigare levde jag utan att tänka, jag bara följde den uppgjorda vägen: gifte mig, fick barn och jag tänkte mig att åldras tillsammans med min man och sen bli mormor. Ett litet obetydligt liv. Det var separationen som fick mig att vakna …

– Och var det ett tufft uppvaknande?

– Ganska tufft, ja.

– Kommer ni ihåg när vi gick på bio första gången, och ni sa att ni skrev en bok och sen ångrade ni er och jag vill veta om det var en felsägning eller …

– Sa jag det? frågade Joséphine för att vinna tid.

– Ja. Ni borde skriva, ni har ett mycket levande sätt att tala om äldre historia. Jag lyssnade på er i eftermiddags.

– Och ni? Varför skriver inte ni?

– Eftersom man måste vara klar med sig själv för att kunna skriva. Ha en ståndpunkt. Veta vem man är … Och där är jag inte än.

– Men ni ger faktiskt motsatt intryck …

– Verkligen?

Han höjde med plågad min på ett ögonbryn och lekte med sitt vinglas.

– Då kan man säga att skenet bedrar … Det gör det i de flesta fall. Ni förstår, vi har något gemensamt vi två, vi är ensamvargar … Jag har iakttagit er på biblioteket, ni pratar inte med någon, jag är väldigt smickrad över att ni har intresserat er för mig.

Hon rodnade och stammade:

– Ni driver med mig!

– Nej, jag menar allvar. Ni arbetar med ögonen fastnitade i era böcker och sen går ni er väg som en liten mus. Utom när ni välter omkull böcker.

Joséphine började skratta.

Det vilade något overkligt över denna middag. Hon kunde inte fatta att det var hon som satt här mitt emot honom på den här terrassen ut mot havet. Hennes blyghet försvann och hon fick lust att anförtro sig, att prata. Restaurangen var nu full av folk och ett dovt sorl hade ersatt stillheten från början av kvällen. De måste böja sig fram mot varandra för att kunna prata och detta förstärkte deras samhörighet.

– Luca, jag skulle vilja ställa en väldigt personlig fråga …

Hon skyllde sin djärvhet på vinet, havsluften, sensommarstämningen som vilade över restaurangens vita dukar och kvinnornas korta kjolar. Hon mådde bra. Allt som omgav henne verkade genomsyrat av samma välbefinnande. Den fallande daggen ritade blomsterslingor på trägolvet och hon tyckte sig kunna läsa ett uppmuntrande budskap i dem. Hon hade den ovana känslan av att vara i samklang med omgivningen. Hon kände att lyckan fanns inom räckhåll och ville inte att den skulle gå henne ur händerna.

– Har ni aldrig varit gift? Har ni aldrig velat ha barn?

Han svarade inte. Han mörknade, blicken försvann bort i fjärran och han knep ihop läpparna till ett smalt bittert streck.

– Jag föredrar att inte svara, Joséphine …

Hon fick återigen den smärtsamma förnimmelsen av att ha gjort en tabbe.

– Jag är ledsen, jag ville inte såra er.

– Ni har inte sårat mig. När allt kommer omkring så var det jag som började ställa personliga frågor till er …

Men om vi alltid bara pratar om allmängiltiga saker och om medeltiden får vi aldrig veta något om varandra, protesterade hon inombords. Under sommaren när hon bläddrat i veckotidningar hade hon sett honom på reklambilder. Bland annat en om en parfym för män där han höll en lång mörk kvinna med långt hår och smal muskulös midja i sina armar. Hon hade dröjt kvar länge vid den reklamen, det fanns en intensitet i Lucas ögon som hon aldrig tidigare hade lagt märke till. Ett tungt och allvarligt begär. Män kommer att vilja köpa denna eau de toilette för att likna honom, hade hon tänkt. Och att hon kanske skulle låta håret växa som den mörka flickan.

– Jag har sett er i en reklamkampanj för en eau de toilette, tror jag, kastade hon fram i ett försök att byta samtalsämne.

– Vi pratar inte om det, snälla?

Hans blick hade åter blivit hemlig och outgrundlig. Han vände huvudet in mot restaurangen som om han väntade på någon. Den vänlige och uppsluppne man som pratat med henne några minuter tidigare hade försvunnit och kvar satt en främling.

– Det är kallt, vill ni inte gå hem?

I taxin som tog dem tillbaka till hotellet iakttog Joséphine honom. Han höll sig på sin kant och tittade ut genom fönstret.

– Jag är ledsen, sa hon, jag skulle inte ha ställt några frågor till er. Vi hade det så bra, precis innan jag började prata och slappnade av och …

Han tittade på henne trött och med stor ömhet, och lade sedan armen om hennes midja och drog henne intill sig.

– Ni är förtjusande, Joséphine. Ni anar inte hur mycket ni berör mig. Ändra inte på er, snälla, ändra inte på er.

Han hade uttalat de sista orden som en bön. Joséphine blev förvånad över intensiteten i hans röst.

Han lyfte hennes huvud, satte ett finger under hennes haka och medan han tvingade henne att titta honom i ögonen tillade han:

– Det är jag som är omöjlig. Jag mår bättre när ni är i närheten. Ni lugnar mig, jag tycker om att prata med er …

Hon lutade huvudet mot hans axel och släppte sin kontroll.

Hon andades in hans doft, trodde sig känna igen järnört och citron, sandelträ och apelsinskal och undrade om det var den doften som han gjorde reklam för. Gatlyktorna längs avenyn flöt förbi utanför bilrutan; hon önskade att åkturen i mörkret aldrig skulle ta slut. Lucas arm kring hennes midja, tystnaden i natten, bilens stilla vaggande och de smala träden som bleka reste sig upp framför billyktorna. Hon lät sig ryckas med och funderade inte mer när han kysste henne. En lång mjuk och innerlig kyss som inte avbröts förrän taxin stannade framför hotellet.

De tog emot sina nycklar under tystnad, gick upp till fjärde våningen där deras rum låg och när Luca på tröskeln till hennes rum gjorde en åtbörd för att gå med in lät hon honom göra det.

Hon lät sig ryckas med när han lade händerna på hennes axlar och fortsatte kyssen.

Hon lät sig ryckas med när han drog upp hennes tröja för att smeka henne.

Men just när hon var på vippen att glömma allt och trycka sig mot honom kom bilden av den mörka flickan från reklamen upp mellan henne och Luca. Hon såg hennes smala midja, hennes solbrända och vältränade mage, hennes smala bakåtsträckta armar. Då bet hon ihop, drog in sin mage, höll andan så av alla krafter så att han inte skulle känna valkarna i midjan. Jag är tjock, jag är ful, han kommer att klä av mig, han kommer att upptäcka … Hon såg sig själv naken framför honom, en hemmafru med tunt platt hår, små finnar på ryggen, tjock midja, stora vita bomullstrosor …

Hon sköt undan honom och mumlade ”nej, nej, nej, snälla, nej”.

Han såg förvånat upp. Tog sig samman, bad om ursäkt och sa i lätt ton:

– Jag ska inte besvära er. Vi pratar inte mer om det. Vi ses imorgon vid frukosten.

Hon nickade med ögonen fulla av tårar och såg honom försvinna.

– En idiot, Shirley! Jag var en idiot. Han var där intill mig, han kysste mig, det var så skönt, så skönt och jag kunde bara tänka på mina valkar och mina vita bomullstrosor … Sen gick han och jag bara grät och grät … Nästa dag vid frukosten fortsatte vi som om inget hade hänt. Han var artig och snäll, räckte mig brödkorgen med croissanter och frågade om jag hade sovit gott och hur dags mitt tåg gick. Och jag vägrade att äta en croissant för jag tänkte på vilka valkar det ger. Han är min drömprins, den mannen, och jag stöter bort honom! Jag är inte riktigt klok, jag är inte riktigt klok … Det är slut och nu kommer det aldrig mer att hända mig någonting. Mitt liv är slut.

Shirley lät henne avsluta sin tirad medan hon kavlade ut en vit och mjuk pajdeg på bordet och sa sedan:

– Ditt liv är inte slut. Det har precis börjat. Det enda problemet är att du inte vet det. Du har just skrivit en bok som blivit en stor succé …

– Det är inte tack vare mig.

– Är det inte du som har skrivit boken?

– Jo, men …

– Du och ingen annan, svarade Shirley, och pekade hotfullt med kaveln mot Joséphine.

– Ja, men …

– Men du visste inte att du kunde skriva. Så låt oss vara positiva, din syster har alltså gjort dig en tjänst … Du hade inte skrivit om hon inte hade bett dig göra det och dessutom kommer du att tjäna en massa stålar.

– Det är klart.

– Tack vare henne vet du att du kan göra det. Det är bra för dig. Nu ska du vara så snäll och glömma den där boken. Glöm boken och fortsätt på den inslagna vägen … Skriv. Skriv för dig själv! För din egen räkning. Du tycker om en man och du stöter bort honom, du vill skriva och du tvekar, fan, Jo, skärp dig lite, du är så irriterande med din tvekan och dina tvivel. Och framför allt, framför allt, sluta att tycka att du är ful och tjock för det är du inte!

– Och varför ser jag mig själv så, kan du förklara det för mig?

– Audrey Hepburn var övertygad om att hon var ful, kommer du ihåg det? Alla tycker att de själva är fula!

– Inte du!

– Låt oss säga att jag fick mer kärlek än du från början. Jag fick oändligt mycket kärlek från min mamma som var tvungen att älska mig i smyg men som älskade mig vansinnigt mycket. Och min pappa också!

– Hur var hon, din mamma?

Shirley tvekade ett ögonblick, pickade den utkavlade degen med en gaffel och sa sedan:

– Hon sa ingenting, visade inte mycket men det räckte att jag kom in i samma rum som hon för att hennes ansikte skulle lysa upp, hennes panna slätas ut och alla hennes bekymmer försvinna. Hon sträckte inte ut armarna mot mig, hon kramade inte om mig men hon kastade en så kärleksfull blick mot mig att jag slöt ögonen av lycka. Jag kände det så starkt att ibland gick jag med flit tillbaka in i rummet där hon befann sig bara för att få läsa glädjen i hennes ansikte ännu en gång. Hon byggde upp mig utan ett ord, utan en rörelse, hon gav mig en så stabil grund att stå på så att jag slapp få sådana tvivel som du har …

– Och din pappa? frågade Joséphine, förvånad över att Shirley hade börjat prata om sin barndom och ivrig att ta tillfället att få höra mer.

– Min pappa också. Lika tyst och diskret som min mamma. Aldrig en gest offentligt, aldrig en puss eller en smekning. Han kunde inte. Men han var alltid där. Båda två. De har alltid funnits där för mig och jag kan försäkra dig att det inte har varit enkelt för dem … Du har inte fått det; du växte upp helt ensam och osäker på dig själv. Du trevar dig fortfarande fram men du kommer att lyckas. Du kommer att lyckas, Jo.

– Tror du? Efter det som hände i natt med Luca har jag inte så mycket hopp om det …

– Det var en vändpunkt. Men det är inte slut. Om det inte blir något med honom så blir det med någon annan …

Joséphine suckade och räknade äppleskivorna som Shirley nu bredde ut på degen.

– Varför skär du dem så tunt?

– För att det blir bättre … Frasigare.

– Var har du lärt dig laga mat?

– I kök …

– Ha ha, vad kul sagt.

– Nu var det slut på förtroendena för idag, min sköna. Jag har sagt för mycket till dig … Vet du att du börjar bli listig?

Shirley satte in äppelpajen i ugnen, ställde äggklockan och föreslog Joséphine att de skulle öppna en flaska gott vin för att fira hennes nya liv.

– Mitt nya liv eller mitt misslyckande?

– *Your new life, stupid!*

De skålade just för Joséphines nya djärvhet när Gary kom in i köket följd av Hortense. Han höll en motorcykelhjälm under armen, håret stod rakt upp på hans huvud och han pussade sin mamma på pannan.

– Är du klar med dina pajer, mummy, älskling? Om du vill kan jag åka ut och leverera dem. Jag har lånat en kompis scooter …

– Jag vill inte att du kör scooter. Det är alldeles för farligt! utbrast Shirley och smällde handflatan i bordet. Jag har sagt det till dig hundra gånger!

– Men jag följer med och vaktar honom, sa Hortense.

– Just det! Han kör med huvudet vänt bakåt mot dig och så råkar ni ut för en olycka … Nej! Jag klarar mig själv eller också får Joséphine följa med mig.

Jo nickade. De två tonåringarna tittade på varandra och suckade.

– Finns det inte kvar en bit paj, jag dör av hunger, muttrade Gary

– Rör på munnen när du pratar, jag förstår ingenting. Du kan ta den biten där, den blev bränd ... Vill du också ha en bit, Hortense?

Hortense fuktade fingrarna och fångade upp några degsmulor från bordet.

– Paj blir man tjock av ...

– Det är ingen risk för dig, sa Joséphine och log mot henne.

– Mamma, om du vill förbli smal så måste du tänka på det hela tiden.

– Hör här, jag har faktiskt hört ifrån Max, sa Gary, med munnen full. Han har kommit tillbaka till Paris och bor hos sin mamma igen ... Han blev trött på killingarna!

– Har han börjat skolan igen?

– Han är över sexton år och är inte tvungen att gå i skolan ...

– Men vad gör han då? frågade Joséphine oroligt.

– Han drar omkring.

– Det kommer inte att sluta väl, förutspådde Hortense. Han dealar med shit och spelar poker med sin mamma på Internet ...

– Och madame Barthillet? frågade Joséphine.

– Hon låter sig tydligen underhållas av en klumpfot. Det är så Max kallar honom, Klumpfoten.

– Han hade kunnat vara så rar, Max, suckade Joséphine. Jag skulle behållit honom hos mig ...

– Om Max skulle komma och bo hos oss, då skulle jag dra, klargjorde Hortense. Kommer du Gary, vi provar scootern ... Jag lovar dig, Shirley, vi gör inga dumheter.

– Vart ska ni?

– Iris erbjöd oss att komma och träffa henne i Studio Pin-up. Hon gör ett modelljobb för *Elle*. Hon börjar om en dryg timme. Gary kör mig dit och vi stannar en stund. Iris vill veta vad jag tycker om hennes kläder. Hon bad mig göra en look till henne. Vi ska gå ut och handla kläder tillsammans i nästa vecka ...

– Jag tycker inte om det, jag tycker inte om det, muttrade Shirley. Du är väl försiktig, Gary? Lova! Och sätt på dig din hjälm! Och ni kommer hem till middagen!

Gary placerade en puss på sin mammas panna, Hortense vinkade lite mot Joséphine och de gick ut medan de knuffade lite på varandra.

– Jag tycker inte om att han kör scooter, jag tycker inte om det … Och jag tycker inte om att han hänger med Hortense. I somras i Skottland hade han glömt henne. Jag vill inte att den börjar igen, hans besatthet av henne …

– Jag har gett upp när det gäller Hortense. Vad ska man göra? Hon är sexton år, bäst i klassen och alla lärarna berömmer henne. Jag har inget att klaga på … I alla fall har jag inget att sätta emot när det gäller henne. Hon blir mer och mer självständig. Det är konstigt när man tänker på det: bara för två år sedan var hon fortfarande en liten flicka …

– Hortense har aldrig varit en liten flicka, Jo. Jag är ledsen om jag sårar dig, men hon har alltid varit en liten satmara.

– Vi byter ämne, annars blir vi ovänner. Du har aldrig tyckt om henne.

– Jo, för väldigt länge sedan. Men jag tycker inte om sättet hon behandlar folk på. Hon manipulerar den ena, utnyttjar en annan, hon har inget hjärta i kroppen.

– Så fort man rör vid din son …

– Vit flagg! Vi slutar. Följer du med mig och levererar tårtor?

Marcel satt insvept i en överrock av tweed och en gul skotskrutig halsduk på en bänk under gårdens blåregn, och tittade dystert på de knotiga och torra rankorna där regnet bildade pärlliknande droppar. Josiane hade gett sig av. Hon var försvunnen sedan två veckor tillbaka. Hon hade böjt sig ner, grabbat tag i sin resväska och klick, klack på sina små spetsiga klackar hade hon gått ut genom dörren. Klick, klack på stenläggningen, klick, klack genom grinden. Han hade inte haft kraft att springa efter henne. Helt förkrossad av sorg hade han följt ljudet av klackarna och sjunkit ner på stolen framför Josianes skrivbord. Sedan dess satte han sig ner överallt han kunde så fort han hade en stund över, och lyssnade inom sig till det torra och bestämda ljudet av Josianes klackar. Det värkte i hjärtat.

Ginette fick syn på honom genom verkstadsfönstret, parkerade sin gaffeltruck och kom fram till honom på bänken. Hon torkade av händerna på sin overall, gav honom en vänskaplig knuff i ryggen och satte sig bredvid honom.

– Läget är inte helt under kontroll, eller hur din stackare?

– Nej. Utan henne fungerar jag inte längre …

– Du skulle inte ha låtit henne gå. Du har dragit ut på det, Marcel, dragit och dragit på det! Jag förstår henne … Hon kunde inte vänta längre, stackars liten!

– Tror du att det är med glädje som jag har låtit henne vänta?

– Nej, men det är bara du som kan se till att ordna upp saker och ting. Du bara pratar men gör inget åt det! Hon anar ugglor i mossen. Du behöver bara begära skilsmässa, så ordnar sig allting.

– Jag kan inte begära skilsmässa just nu för jag håller på med en jätteaffär. Du säger inget till någon va, Ginette? Inte ens till René …

– Jag lovar. Du känner mig, jag tiger som muren!

– Jag håller just på att köpa Asiens största producent av möbler och hushållsartiklar. Det är enormt stort! Jag har intecknat allt jag äger, jag är barskrapad och jag kan inte tillåta mig lyxen att separera från Henriette. Hon skulle direkt begära det som hon har rätt till, hälften av min förmögenhet! Affären har varit på gång i ett och ett halvt år. Ingen känner till det. Jag måste hålla det helt hemligt. Det drar ut på tiden. Jag har anlitat en hel hög advokater och har förgäves försökt skynda på det hela, men det hjälper inte. Varför tror du jag nyss tillbringat en hel månad i Kina? För nöjes skull?

– Varför har du inte berättat det för henne?

Marcel gjorde en grimas och svepte rocken tätare omkring sig.

– Sen den där historien med Chaval litar jag inte riktigt på henne. Det är inte det att jag älskar henne mindre men jag är försiktig. Jag är gammal, hon är ung. Hon kan falla i Chavals armar igen i längtan efter en ung kropp. Det är en gammal instinkt från min barndom. Jag har lärt mig att befara det värsta, att vara beredd på att bli förrådd. Jag föredrar att hon tar mig för en fegis.

– Ja, hon tror nog att du är så skraj så att du nästan skiter på dig, att du aldrig kommer att lämna den där fågelskrämman!

– Sen, när allt är påskrivet, då kommer jag att ha händerna fria. Jag har sett till att Henriette inte har något med den nya organisationen att göra, inte den minsta delaktighet vare sig i omsättningen eller i ledningen. Jag ska ge henne ett bra underhåll livet ut och lämna lägenheten till henne. Hon kommer inte att sakna någonting, jag kommer inte att vara gniden, det kan du lita på …

– Det vet jag, Marcel. Du är en bra kille …

– Men om inte Josiane är kvar, vad tjänar allt det där till? Ingenting …

Han tog upp ett visset löv, snurrade det mellan sina fingrar en stund och lät det sen falla till marken.

– Jag längtade så efter det där barnet. Jag längtade så efter att leva tillsammans med henne! Det var det som drev mig framåt. Att vi skulle sitta där och käka tillsammans, lugnt och fint med den lille runt benen. I hela mitt liv har jag drömt om att få barn och nu var jag så nära målet …

Ginette stack händerna i fickorna på sin overall och drog ett djupt andetag.

– Okej, Marcel. Jag har två nyheter till dig: en bra och en dålig. Vilken vill du börja med?

– Den dåliga. Det kan inte bli så mycket värre än det är …

– Den dåliga är att jag inte vet var hon är. Ingen aning. Hon har inte sagt något, inte ringt. Inte det minsta livstecken från henne …

– Åh! Marcel lät undslippa sig i en besviken suck. Jag trodde du visste men inte ville säga något för att hon hade bett dig om det. Jag hade till och med tänkt grilla dig lite …

– Hon har inte ringt mig ... Hon måste verkligen vara förbannad. Och det spiller över på mig också.

Han lät huvudet sjunka ner mellan sina knän och väntade en stund. Sedan lyfte han på huvudet och med tom blick frågade han:

– Och den goda?

– Den goda? Det är att hon är gravid. I tredje månaden. Hon hade säkert tänkt berätta det när ni började gräla ...

Marcels mun rundades till ett *ååh* av överväldigad förvåning och hans blick fick ett drag av barnslig oskuld. Han stammade, vaggade med huvudet och axlarna. Hans kropp började darra som om babyn låg inuti honom och dansade i hans mage. Han grep Ginettes hand och tryckte den så hårt att det nästan gjorde ont.

– Säg det en gång till, säg det en gång till ...

– Hon är gravid, Marcel. Och galen av lycka ... Hon fick reda på det en kort tid efter att du åkt till Kina och om inte fågelskrämman hade kommit med kortet på ryskan hade hon basunerat ut det i telefonen till dig så att dina trumhinnor hade sprängts ...

– Hon är gravid! Hon är gravid! Tack, gode Gud, tack!

Han tittade mot himlen och knäppte händerna så hårt att fingertopparna vitnade. Han gungade åter huvudet mellan knäna som för att hälla ut de senaste månadernas alltför långa väntan och ångest på marken. Han liknar nästan en stor apa, tänkte Ginette med tillgivenhet. Plötsligt stelnade han till, hans blick hårdnade och han vände sig mot Ginette och frågade:

– Tänker hon behålla det?'

– Hon var helt salig när hon berättade det för mig. Och dagarna efter beskedet så trampade hon bara på de slätaste ställena på stenläggningen för att inte störa babyn! Så du förstår ...

– Jag ska bli pappa, min Gud! Ginette, fattar du ...

Han hade tagit henne i sina armar och gned sitt huvud mot hennes.

– Lugn, Marcel. Lugn! Jag vill inte bli skallig.

– Detta förändrar allt! Jag höll på att släppa allting, jag hade slutat med vitaminer och träning, från och med idag börjar jag igen. Om hon är gravid kommer hon tillbaka … Hon kommer inte att vilja vara ensam med sin bulle i ugnen. Jag har hela utstyrseln på mitt kontor, jag har vaggan, barnvagnen, nappflaskan, en walkie-talkie, jag har till och med modelljärnvägen! Hon vet det och hon kommer tillbaka … Hon kommer inte att kunna hålla all lycka för sig själv. Hon är ingen snåljåp. Hon vet hur mycket jag bryr mig om den där lilla ungen.

Ginette tittade på honom och log. Marcels glädje var omtumlande … men Ginette var inte så säker på att Josiane skulle komma tillbaka. Den där Josiane är inget litet våp, tänkte hon. Att uppfostra en unge ensam är inget hon skulle banga för. Hon har säkert sparat pengar och med den lönen som Marcel har betalat henne under årens lopp kan hon nog klara sig ett bra tag.

Hon sa inget, reste sig och innan hon återvände in i verkstaden fick hon honom att lova att inte säga någonting till Josiane om hon nu skulle bestämma sig för att återvända från sin tillflyktsort.

– Inte ett knyst om det här, Marcel?

Marcel gjorde ett stort korstecken över sin glada mun och korsade fingrarna.

– Lova mig att om hon ringer så berättar du det för mig med en gång.

– Nu går du för långt! Hon är min kompis och jag kommer inte att förråda henne.

– Du behöver inte berätta var hon är. Du berättar bara ”hon har ringt, hon mår bra, har gått upp tre kilo, har ont i ryggen, och lägger kuddar bakom ryggen som stöd, hon är galen i glaserade kastanjer …” Och glöm inte att fråga henne om magen pekar framåt, det betyder att det är en pojke, eller om den buktar ut åt sidorna för då är det en flicka … Säg också till henne att äta bra, inte knussla med rött kött, och att lägga sig tidigt och sova på rygg så att hon inte krossar honom …

– Åh Marcel! Nu överdriver du väl lite?

– Säg framförallt till henne att hennes bankkonto kommer att sprängas, så glad är jag! Framför allt ska hon inte sakna något, min Choupette, ingenting ska hon sakna! Och att hon ska ta väl hand om sig!

– Hör nu här, Marcel, jag har fött tre stycken. Jag har överlevt. Ta det lugnt!

– Man kan aldrig vara för försiktig. Hon är inte van vid att rulla tummarna! Hon kan göra sig illa.

– Nu går jag tillbaka och knegar. Du betalar mig väl inte för att sitta och vänta på att telefonen ska ringa?

Marcel reste sig plötsligt upp, tog tag i en gren av blåregnet och kramade om den. Regndroppar strömmade ner för hans kinder. Det såg ut som om han grät av glädje.

Iris kastade tidningen på det låga bordet och gjorde en grimas. Hon hade gått i fällan. Hon hade tagit emot journalisten hemma hos sig, låtit Carmen servera te på en stor mörk bricka av snidat trä från Brown and Birdy, frestat med en citrontårta med maräng och svarat på frågorna med upphöjt lugn och likgiltighet. Allt var perfekt, hon hade kunnat säga ”tagning” och kameran hade rullat! Scen 14. Författarens arbetsrum, mot slutet av en höstdag: hon tar emot en journalist i sitt arbetsrum. Hon har spritt ut böcker på golvet, skrynklat pappersark, öppnat en anteckningsbok där det ligger en penna och satt på dämpad jazzmusik. Billie Holidays spruckna röst som understryker hennes hopplösa vemod. Allt gick perfekt, åtminstone trodde hon det …

Hennes nonchalans hade uppfattats som arrogans. Det är nästan så att hon kallar mig uppklädd och skrytsam borgarbracka, rasade Iris. Hon läste artikeln igen. Alltid samma frågor: på vilket sätt skiljde sig förhållandet mellan män och kvinnor på 1100-talet jämfört med nu? Vad led kvinnorna av på den tiden? Är de verkligen lyckligare på tjugohundratalet än de var på 1100-talet? Vad är det som verkligen har förändrats? Vår tids jämställdhet, är inte den ett hot mot passionen i det långa loppet? "Kvinnorna har inte mer känslomässig trygghet än förr i tiden", hade Iris svarat, "de bara anpassar sig bättre nu. Den enda möjliga tryggheten skulle vara att helt vända sig ifrån männen och inte längre behöva dem, men det skulle vara att dö en smula – i alla fall för mig." Det var inte så illa menat, och det var inte arrogant! "Idealmannen finns inte. Idealmannen är den man älskar. Han kan vara arton eller nittio år, det finns ingen regel. Under förutsättning att man älskar! Jag känner ingen idealman, jag känner män, vissa älskar jag och vissa älskar jag inte." "Skulle ni kunna älska en pojke på arton år?" "Varför inte. När man älskar räknas inte åldern." "Hur gammal är ni?" "Så gammal som mannen jag älskar tycker att jag är."

Hon kände tårar av irritation stiga i ögonen. Hon tog en annan tidning och letade efter någon sida där det stod om henne. Hon kunde inte bläddra igenom en tidning utan att möta sig själv öga mot öga. Hon tittade ibland på sig själv med ömhet, ibland med irritation. För mycket rouge på kinderna, dåligt ljus, bah! Eller: så snygg jag är på den bilden! Hon älskade över allt annat att posera för fotograferna. Hon ställde upp för dem, putade med munnen, skrattade, tog på sig en stor hatt, tryckte sitt handsbeklädda pekfinger mot näsan … Hon tröttnade aldrig.

Sidan 121. En artikel av en gammal vresig intellektuell litteraturkritiker. Han var känd för sina syrliga kommentarer utan förbarmande. Iris läste oroligt de första orden och suckade lättad. Han tyckte om boken. "Kunskap och talang förenat i en och samma penna. Detaljer som fängslar, sinnesrörelser som engagerar. En vokabulär som är klar utan att vara genomskinlig …" Det var fint sagt, "klar utan att vara genomskinlig"! Iris drog änden av sin schal över foten, hon frös och var törstig och ringde efter Carmen. Hon mindes journalisten mycket väl. Hon hade träffat honom tillsammans med Philippe medan Joséphine var mitt uppe i skrivandet. Hon hade tagit på sig en ödmjuk min när hon lyssnade på honom och pratade med honom om Chamfort. Han var specialist på Chamfort. "Den som inte är misantrop vid fyrtio års ålder har aldrig älskat människan." Hon hade sett det blänka till av igenkännande i hans ögon och hade sedan varit tyst.

Nästa roman måste Joséphine skriva lite mer lärt, mindre förenklat. Den är visserligen bra, den här historien om de äkta männen som följer på varandra och som gör Florine rikare och rikare. Men den är lite fjollig och i längden kan den skada mitt rykte. Det är inte konstigt om man kan ta mig för en dumskalle ... Nästa måste vara mörkare, mustigare, mindre folklig men ändå lika klar.

Hon sparkade till tidningshögen och bestämde sig för att ignorera dem. Nästa steg är att de pratar med mig som med en riktig författare. Att man slutar ställa idiotiska frågor till mig! Vad vet jag om förhållandet mellan män och kvinnor! Jag är gift sedan femton år tillbaka, så trogen att jag håller på att förgås av leda och den enda man jag älskar lever, jag vet inte var, någonstans mellan London, New York, Budapest, södra Frankrike och norra Mali. Han lever sina dagar där han känner för det, tillhör inget land, ingen kvinna. Han stoppar en inspelning på grund av dödshot och kommer sedan tillbaka munter och obekymrad för att träffa skådespelarna som högaktar honom och accepterar allt från honom. Han har alltid samma trasiga jeans och en yllemössa. En bohem och ett geni. Det är det jag skulle slängt till den där dumbomen! Gabor Minar. Den snygge, berömde Gabor Minar är en gammal kärlek och jag älskar honom fortfarande. "Att alltid vara trogen en gammal kärlek, det kan ibland vara hemligheten för ett helt liv." Då, då hade jag kommit på första sidan i tidningen!

Gabor ...

Philippe hade föreslagit att han skulle ta med henne till New York på filmfestivalen. Gabor skulle vara där. Han var inbjuden som hedersgäst. Iris kröp ihop under sin schal och funderade: Är det hans kärlek som jag längtar efter eller äran, berömmelsen och allt glitter och glamour som jag hade fått ta del av om jag hade stannat kvar hos honom?

För trots allt var han ju ingen alls när vi kände varandra. Min passion har växt i takt med avståndet och med hans berömmelse. Är det kanske så att jag älskar Gabor för att han har blivit Gabor Minar, den store världsberömde regissören? Hon skakade direkt av sig denna störande tanke och ändrade sig: de var gjorda för varandra, hennes giftermål med Philippe var ett misstag. Jag ska träffa honom, jag ska verkligen träffa honom och då kanske hela mitt liv förändras. Vad betyder femton års frånvaro när man har älskat varandra så djupt? Han kommer inte att vara rädd, han kommer att röva bort mig som en husar, han kommer att överösa mig med kyssar … Han överöste mig med kyssar när vi studerade tillsammans vid Columbia. Hon kröp ihop under sin schal och studerade sin perfekta nagelmanikyr.

Hon stördes av Carmen som kom med te till henne.

– Alexandre har kommit hem från skolan. Han fick sjutton i matte.

– Han har inte sagt något till mig! Vet han att jag är på mitt arbetsrum?

– Ja, jag sa det till honom. Han svarade att han hade massor av läxor till imorgon. Tänk, som han arbetar!

– Han tar efter sin pappa …

Iris sträckte ut armen och tog koppen med det rykande teet som Carmen räckte henne och lutade sig sedan tillbaka igen.

– Han tar efter honom i allt! Han undviker mig. Det är normalt i hans ålder. Pappan blir förebilden, mamman är inte värd någonting och sen ändras det … Så förutsägbara män är, Carmen …!

Hon gäspade och satte handen framför munnen i en elegant gest.

Josiane vaknade vid niotiden på morgonen, och ringde på roomservice för att de skulle komma upp med hennes frukost. Sedan ställde hon sig på vågen och noterade sin vikt, sprutade lite parfym på sig, *Chance* från Chanel, lade sig i sängen igen och lyssnade på horoskopet på radio. Astrologen tog aldrig fel. Hon kunde se hur dagen skulle arta sig när hon lyssnade på det. Hon beställde alltid *continental breakfast* och kunde aldrig förmå sig att äta av äggen trots råden från sin gynekolog som rekommenderade proteiner på morgonen. Det kanske passar engelsmännen med de där friterade och feta grejorna, sa hon till sig själv och höll för näsan. Hon hade tagit för vana att prata högt för sig själv, hon hade inget annat sällskap. Själv ville hon ha en god baguette, smör, honung och marmelad. Hon skar av den gyllenbruna toppen på sin brioche, åt lite av skorpan men lämnade sedan resten: Åh, om min mamma hade sett mig! Med en örfil skulle hon ha tvingat mig att äta upp hela, eller också hade hon stoppat brödet i sin ficka.

Hon tänkte allt oftare på sin mamma.

Med frukosten kom tidningarna och hon bläddrade igenom dem medan hon satte på TV:n och såg på programmet med Sophie Davant. Hon hälsade på henne med ett: ”Bonjour Sophie, hur är det idag?” Och skickade en puss till henne medan hon satte sig till rätta mot kuddarna. Hon är ingen snobb, den tjejen! Hon tittade på henne med förtjusning, nersjunken bland sina kuddar och pratade högt med henne. Det är rätt, Sophie, vrid om näsan på den där idioten. När Sophie sa adjö till henne, gick hon upp och ut på terrassen där hon bredde ut armarna och sträckte på sig. Hon gick in och tog en dusch och gick sedan ner till restaurang Prince och beställde de dyraste rätterna från matsedeln till sin lunch. Hon ville smaka sådant som hon inte kände till. Här får jag min uppfostran, jag suddar ut min olycka, jag kompenserar mig för all misär sa hon till sig själv och smakade kaviar på en blini.

På eftermiddagarna gick hon ut. Hon tog en promenad iklädd en minkpäls som hon köpt på Avenue George V när hon var ute och tittade i skyltfönster. Vilken min biträdet hade gjort när hon drog fram sitt platinakort och sa ”jag vill ha den där” och pekade på läckerbiten. Det hade varit härligt. Hon såg det framför sig om och om igen. Ni? sa flickans snörpta mun. Ni, stackars ordinära sak, ska ni klä er i den här fantastiska lyxvaran? Ja, jag, Choupette, jag köper er lyxiga kaninpäls. Hon måste erkänna att den värmde skönt om ryggen. Man måste säga att de rika vet vad de gör. De är mästare i bekvämlighet. När vi andra förgäves försöker värma oss i undertröjor så sveper de in sig i päls.

Hon kråmade sig alltså i sin päls där hon gick längs Avenue George V och kände den mjuka kragen mot sitt ansikte. Sedan slog hon in på Avenue Montaigne och vid varje frestelse drog hon fram sitt platinakort. Med samma glädje varje gång inför biträdenas snörpta miner. Hon tröttnade aldrig. Den och den, och den pekade hon och drog fram sitt dödliga vapen. En enda hade med ett brett leende svarat ”den här kommer ni att bli nöjd med, madame …”. Hon hade frågat vad hon hette och givit henne en vacker kaschmirschal. De hade blivit kompisar. På kvällarna efter jobbet kom Rose-Marie och åt middag med henne på Restaurant des Princes.

Hon tyckte det var skönt med sällskap. Det hände att hon kände sig ensam, en stor svart rock lade sig över henne. På kvällarna i synnerhet. Hon var inget undantag. Det fanns drösvis med övergivna rikingar hos Georges. Det var så hon kallade hotellet där hon bodde: Hotel Georges V. Då och då sov Rose-Marie över. Hon lade huvudet mot hennes mage och försökte gissa om det var en liten tjej eller kille. De tänkte ut namn. ”Bry inte din hjärna för om det är en kille ska han heta Marcel men om det är en flicka så kan jag välja.”

– Var får du alla stålar ifrån? frågade Rose-Marie, förbryllad över alla pengar Josiane spenderade.

– Från min karl. En julafton när han ännu en gång lämnat mig ensam för att hålla Tandpetaren sällskap, gav han mig platinakortet och kontot som hör till!

– Vilken bra kille!

– Ja, men han drar ut på det, han drar ut på allting … För att hålla en kille varm måste man först kyla ner honom. Genom att spårlöst försvinna gör jag honom orolig och rubbar hans jämvikt och det sätter igång något i hans lilla huvud. Jag känner det.

Vi hör ihop, Marcel och jag. Jag hör hur han börjar lägga på ett kol. Ginette har säkert berättat om den lilla keruben och det gnager …

– Hur är han, din Marcel?

– Han är ingen ungdom och ingen snygging. Men jag tycker om honom. Vi kommer från samma värld …

Rose-Marie suckade och tryckte på fjärrkontrollen. Där fanns kanaler på alla språk, porrkanaler, kanaler med programledare i slöjor.

– Konstig värld, sa hon. Ska du stanna här länge?

– Tills jag hör något från Storvisiren. En dag kommer jag att vakna och få veta att han har sparkat ut Tandpetaren. Då kommer jag tillbaka … Precis som jag gav mig av med min lilla väska.

– Och din mink!

– Och min kaninpäls, menar du … Jag vill att min baby ska andas lyx och njutning. Jag vill att den ska berusa sig med lyx där den ligger hopkrupen i min mage. Varför tror du jag skämmer bort mig? Tror du att det är för min egen skull? Jag tycker lika mycket om kalvsylta som om iransk kaviar! Det är för hans skull jag käkar nyttigt, för att han inte ska gå miste om ett enda gram …

– Vet du vad, Josiane, jag tror du blir en fantastisk mamma!

Hon kunde inte komma över den komplimangen.

En dag när hon var på väg tillbaka från sin dagliga lilla promenad, insvept i sin minkpäls, fick hon syn på Chaval i baren. Hon gick fram till honom, lade händerna för ögonen på honom, och ropade: ”Gissa vem det är!” Hon var jätteglad att se ett bekant ansikte. Till och med Chavals.

– Bjuder du på ett litet glas?

Han tittade mot ingången till baren, på sin klocka och bad henne slå sig ner.

– Vad gör du här?

– Jag väntar …

– Är hon sen?

– Hon är alltid sen … Och du?

– Jag kvartar här.

– Har du vunnit på lotto?

– Nästan. Jag har vunnit högsta vinsten!

– En gammal riking?

– Du kan ta bort ordet gammal från ditt ordförråd, när du pratar med mig …

– Vem är det?

– Jultomten …

Hon klättrade upp på barstolen och hennes kappa öppnade sig och visade hennes rundade mage.

– Det var som tusan – du är på smällen! Grattis. Har du slutat jobba också?

– Han ville inte att jag skulle jobba längre. Han vill att jag ska ta det lugnt.

– Så då har du inte hört om Pappa Grobz?

Josianes hjärta stannade. Något hade hänt Marcel.

– Är han död?

– Vad dum du är! Han har just lyckats med en riktigt häftig kupp. Han har köpt upp den störste tillverkaren av hushållsföremål. Det är musen som äter elefanten! Alla i branschen pratar om det. Ingen visste om det! Han måste ha haft med sig banken och satsat allt på det och ingen märkte något förrän det var klart …

Då förstod Josiane. Han var inte rädd för Tandpetaren, han väntade på att affären skulle bli klar. Och så länge han inte hade skrivit på gällde det att inte röra en fena. Henriette hade honom i sitt grepp. Hon hade tagit honom på bar gärning men han hade till slut vunnit över henne. Han var stark, hennes Marcel! Och tänk att hon hade tvivlat på honom … Hon beställde en vällagrad whisky och bad Junior om ursäkt för alkoholhalten och skålade för sin mans framgång utan att nämna honom vid namn. Chaval såg inte glad ut. Hans kropp utstrålade ingen spänst och han satt där hopsjunken på sin stol och kastade oroliga blickar mot ingången.

– Såja, Chaval sträck på dig. Du har väl aldrig böjt dig för en kvinna.

– Min kära Josiane, det ska jag säga dig att jag har nästan glömt hur man står upprätt. Jag krälar och krälar i stoftet … Jag visste inte att det kunde göra så ont.

– Jag tycker synd om dig, Chaval.

– Ja, det slutar alltid illa.

– Illa eller bra! För mig har det slutat bra! Allt rullar på …. Tänk att jag var tokig i dig en gång …!

Hon tog sig försiktigt ner från pallen, gick förbi receptionen för att be dem ha notan klar till henne imorgon. Sedan gick hon upp på sitt rum och tog ett bad.

Hon låg och njöt i det doftande skumbadet, lekte med de regnbågsskimrande bubblorna, petade på dem så att de sprack medan hon berättade om sin framtida lycka för de spegelklädda väggarna när hon plötslig kände en liten spark i magen. Hon tappade andan, kröp ihop och med glädjetårar rullande ner för kinderna gav hon upp ett skrik och dök ner under vattenytan: ”Junior!” Det var Junior!

Ben defilerade förbi framför näsan på Joséphine. Svarta ben, beiga ben, vita ben, gröna ben, skotsktrutiga ben. Ovanför benen fanns det skjortor, polotröjor, jackor, regnkappor, rockar. Det var ett liv och ett kiv. Från podiet kom damm som kliade i halsen och stack i ögonen. Man hade placerat dem på första raden så att de kunde nästan röra vid mannekängerna som defilerade förbi en meter ifrån dem. Bredvid Jo satt Hortense rak i ryggen och antecknade flitigt. Iris hade åkt till New York. Innan hon åkte hade hon sagt till Jo: ”Se här, jag har inbjudningar till en visning av herrkläder hos Jean Paul Gaultier. Varför inte gå dit med Hortense? Det skulle intressera henne och du skulle kunna hämta inspiration till nästa roman. Vi ska inte stanna för alltid på medeltiden, älskling, kanske ska vi hoppa fram några sekel i nästa ...” Jag kommer inte att skriva vare sig en andra eller en tredje roman åt henne, tänkte Joséphine, medan hon betraktade en man i kilt som vände framför henne. Joséphine hade tagit emot inbjudningarna, ställda till Iris Dupin, tackat henne och sagt att Hortense skulle bli förtjust. Hon hade önskat Iris en trevlig vistelse i New York. ”Åh! Du förstår, det blir bara fram och tillbaka, bara över helgen ...”

Joséphine betraktade sin dotter i smyg. Hon granskade varje modell, noterade detaljerna, tecknade snabbt ner slagen på en jacka, ärmarna, skjortkragar, en slips. Jag visste inte att hon var intresserad av herrmode, tänkte Joséphine. Hortense hade satt upp håret och hade tungan lite utanför munnen vilket var ett tecken på att hon koncentrerade sig. Jo förvånades över dotterns arbetskapacitet. Hennes uppmärksamhet föll åter på podiet. Iris hade rätt: observera och anteckna. Alltid. Även om ämnen som inte fascinerar en, som dessa vackra män som gick framåt med stora steg. Vissa gick helt rakt med ögon som såg ut i tomheten, andra log och vinkade diskret till bekanta som satt bland åskådarna. Nej, jag kommer inte att skriva någon mer bok till Iris! Hon var irriterad över sin systers sätt. Inte för att hon var avundsjuk, hela denna offentliga uppvisning fann hon outhärdlig, men för att hon såg det hon skrivit dras med i en ovärdig parodi. Att ge matrecept, skönhetstips, rekommendera ett mysigt hotell på Irland. Joséphine skämdes. Och hela tiden sa hon till sig själv: Det är jag som är anledningen till den här farsen. Jag skulle inte ha gått med på det. Jag var svag. Jag gav efter för möjligheten till lättförtjänta pengar. Hon suckade. Aldrig mer. Till jul skulle hon ta flickorna med sig till solen. Hon skulle välja ut ett resmål i en katalog med blankt papper och de skulle resa iväg alla tre.

Hortense vände på bladen i sitt ritblock och ljudet av bladen återförde Joséphine till modevisningen. Hennes uppmärksamhet fångades av en lång, mörk man med insjunket ansikte som just hade dykt upp och defilerade framför hennes fötter utan att ta någon notis om omvärlden. Luca! Han var klädd i en svart jacka och en vit skjorta med långa asymmetriska slag. Hon spratt till. Han gick rakt framför henne; hans gåtfulla ansikte såg ut som om det placerats på en konstgjord kropp. Han såg ut som en vaxdocka. Det är det som är hans hemlighet, tänkte hon. Han har lärt sig att vara utanför sin kropp för att klara att utföra detta yrke som han avskyr och när han själv inte är närvarande kan han fortsätta att gå fri från sitt yttre hölje.

Han passerade flera gånger framför henne. Hon försökte fånga hans uppmärksamhet med små vinkningar med handen. När visningen var slut kom hela gruppen av modeller fram och omringade Jean-Paul Gaultier som bugade sig med handen på hjärtat. Stämningen på podiet var avspänd och godmodig. Luca stod inom räckhåll från henne. Hon sträckte ut armen mot honom och sa hans namn med hög röst.

– Känner du honom? frågade Hortense förvånat.

– Ja …

Hon upprepade ”Luca, Luca”. Han vände sig mot henne. Deras ögon möttes men i Lucas blick syntes varken överraskning eller glädje över att se henne!

– Luca! Det var lysande! Bravo!

Han betraktade henne med en kall och distanserad blick, en blick som man ger påträngande beundrarinnor för att de ska hålla sig på avstånd.

– Luca det är jag, Joséphine …

Han vände bort huvudet och försvann in i gruppen av modeller som bugade och drog sig bakåt.

– Luca? framkastade Joséphine en sista gång med svagare röst.

– Han känner överhuvudtaget inte igen dig.

– Men jo … Det är han!

– Den Luca som du gick på bio med?

– Ja.

– Han är supersnygg!

Joséphine hade satt sig igen och hade svårt att behärska sina känslor.

– Han kände inte igen mig. Han ville inte känna igen mig.

– Han väntade sig väl inte att träffa dig här! Tänk dig in i hans situation …

– Men häromkvällen i Montpellier tog han mig i sina armar och han kysste mig …

Hon var så omtumlad att hon glömde att hon pratade med sin dotter.

– Du? Mamma! Har du kysst en man?

– Vi gjorde inget mer, det var efter en föreläsning, han kysste mig … han sa att jag var underbar, att jag gjorde honom lugn och att han trivdes ihop med mig …

– Det är inte så att du är lite överansträngd?

– Nej, jag lovar. Det är han, Luca. Han som bjöd mig på bio … Han som jag dricker kaffe med på biblioteket, han som skriver en avhandling om tårar på Medeltiden …

– Mamma, du yrar! Kom tillbaka till verkligheten. Vad skulle en så snygg kille med en kvinna som du till? Va? Tänk efter lite …

Joséphine återvände till jorden och pillade skamset på sina naglar.

– Det är just det som jag inte kan sluta att fundera över. Det var därför jag stötte bort honom häromdagen i Montpellier när han hade kysst mig … Inte av dygd utan för att jag var rädd att vara för ful.

– Du sköt bort honom! utbrast Hortense med upphetsad röst. Jag hallucinerar! Nu måste jag omvärdera allt jag har lärt mig! Skulle du stöta bort en sån kanonkille!

Hon fläktade sig med sitt ritblock för att hämta sig. Joséphine satt helt utmattad på sin stol. Ljuskronorna i taket släcktes en efter en.

– Så, kom nu, vi går … Här är ingen kvar, deklarerade Hortense.

Hon drog henne i ärmen och de gick ut. Joséphine kastade en sista blick bakom sig för att se om han skulle komma tillbaka, om han inte till slut hade känt igen henne.

– Jag lovar, älskling, att jag inte ljuger.

– Ja, ja …

Han ville inte se mig, tänkte hon. Han skämdes för mig. Jag generade honom när jag kallade på honom. Jag kommer aldrig mer att kunna se honom i ögonen. Jag måste undvika honom … Jag går inte till biblioteket mer …

En buffé hade dukats upp i en stor sal i rött och guld. Hortense föreslog att de skulle gå och ta ett glas apelsinjuice eller ett glas champagne.

– Det kommer att göra dig gott för du verkar vara på bristningsgränsen, lilla mamma …

– Men jag lovar dig …

– Såja, såja … Kom nu!

Joséphine lösgjorde sig.

– Jag tror jag ska gå och ta lite vatten i ansiktet … Vi ses i hallen om en kvart, okej?

– Om en halvtimme?

– Okej, men inte mer, sa Joséphine. Jag måste hem.

– Du är verkligen inte speciellt rolig! När vi för en gångs skull har kommit ut ur vår håla.

– En halvtimme, Hortense, inte en minut längre!

Hortense avlägsnade sig och drog upp axlarna medan hon mumlade ”så trist!”. Joséphine gick till toaletterna. Hon hade aldrig sett så lyxiga toaletter. Ett litet rum, kallat *Powder room* med rosa bokstäver på den grå dörren, fungerade som ett väntrum med fyra andra pärlgrå dörrar inramade av rosamålade lister. Hon sköt upp en av dem på måfå. Kom in i ett runt rum, helt i marmor, med ett djupt tvättfat, mjuka handdukar, en flaska eau de toilette, små toalettvålar och hårborstar. Hon tittade sig i spegeln. Hennes ansikte var förvridet. Hennes läppar darrade. Hon fyllde tvättfatet med vatten och doppade sedan ner huvudet.

Glömma Luca. Glömma Lucas blick. Glömma Lucas kalla blick som sa: "Jag känner inte er." Inte andas, stanna med huvudet i vattnet. Hålla ut tills lungorna sprängs. Kvävas under vattnet för att glömma att jag kvävs på jorden. Han ville inte känna igen mig. Han kan tänka sig att behandla mig som en jämlike där i Montpellier i den akademiska världen, men under de gyllene takkronorna i dessa lyxsalar, bland dessa sofistikerade modeskapare, där ignorerar han mig. Hennes lungor hotade att sprängas men hon höll ut. Glömma Luca. Glömma Lucas kalla blick. Den blicken ... Varken fientlig eller arg, nej: bara tom. Som om jag inte existerade ... Om jag gör mig illa här och nu, om jag fyller mina lungor med luft så att trumhinnorna sprängs så skulle den fysiska smärtan ersätta den mentala smärtan. Det var så hon brukade göra som barn när hon var ledsen. Hon skar sig i fingret eller brände huden under naglarna. Det gjorde så ont att hon glömde den andra smärtan. Hon skötte om det värkande fingret, pratade med det, pysslade om det, pussade på det och all smärta försvann med pussarna, suddade bort hennes mammas röst som medan hon stötte bort henne sa: "Vad du är klumpig, Jo, uppför dig nu, ta din syster som förebild!" Eller: "Joséphine har inte sin systers utstrålning, jag vet inte vad det ska bli av henne, det barnet är verkligen inte gjort för att klara sig här i livet." Hon hade stängt in sig på sitt rum och skadat sig själv och sedan tröstat sig. Det var en ritual som hon följde utan att tveka. Blek, värdig, arg. Det fungerade. Hon tog fram sina anteckningsböcker och började arbeta igen. Jag ska leta upp Hortense och inte tänka mer på Luca. Hon dök ner en gång till med huvudet i tvättfatet och höll andan, pressade sig så långt hon kunde. Hon svalde vatten men stannade med huvudet under vattnet medan hon klamrade sig fast i handfatskanten. Blodet brusade i öronen, bultade i tinningarna och hon kände hur käkarna var nära att explodera.

Han hade tittat kallt på henne, sedan hade han vänt bort huvudet och gått sin väg. Som om hon inte var värd besväret, som om hon inte fanns.

Hon drog upp huvudet ur tvättfatet och stänkte vatten överallt. Blötte ner de oanvända vita handdukarna och tvålförpackningarna. Hon slog armarna runt sin kropp och omfamnade sig själv. Jag kommer att dö, jag kommer att dö. Hon tappade luften, höll på att kvävas och lyfte på huvudet för att få luft. I spegeln fick hon syn på en drunknads bleka ansikte och en bild dök upp i hennes huvud: Pappa, pappas armar, "du är kriminell" och hon själv som spottade saltvatten och grät ... Hon rös till av fasa. Allt kom tillbaka till henne. Badet med modern och Iris en sommareftermiddag i Les Landes. Hennes pappa stannade kvar på stranden, han kunde inte simma. Hennes mamma och syster skämtade med honom och sprang ut och kastade sig i vågorna medan han skamsen stannade kvar på land och spejade efter dem. Gå inte för långt ut. Det finns strömmar, det är farligt ... Hennes mamma var en utmärkt simmerska. Hon gick ut och badade och crawlade lugnt och starkt bortåt. När flickorna var små betraktade de henne när hon simmade bort, stumma av beundran. Hon hade lärt dem simma som hon. Oavsett väder tog hon med dem långt ut i vattnet. Hon brukade säga: "Det finns inget bättre för att dana en karaktär än simning." Den dagen var havet lugnt. De flöt på rygg, sparkade med benen medan deras pappa på land blev arg och viftade stort med armarna. Så tittade deras mamma plötsligt in mot land och sa: "Faktiskt är vi lite långt ute, er pappa har kanske rätt, havet kan vara farligt här ..." De hade inte kunnat komma in till land. De simmade förgäves, simmade av alla sina krafter men strömmarna drog dem med sig ut. Vinden hade ökat och vågkammarna toppades av hotfullt skum. Iris hade börjat gråta, "jag klarar det aldrig, mamma, jag klarar det aldrig". Deras mor hade bitit ihop och sagt: "Tyst med dig, gråt inte, det tjänar inget till, simma!" Joséphine hade kunnat se rädslan i hennes ansikte. Och sedan började det blåsa ännu mer och kampen blev allt hårdare. De klamrade sig fast vid sin mammas hals och fick alltfler kallsupar. Vågorna slog mot dem och det salta vattnet sved i deras ögon. Då hade Joséphine känt hur deras mor stötte bort henne. "Släpp mig, släpp mig." Hon hade tagit Iris under hakan, givit henne en örfil och klämt fast henne under sin arm. Sedan återvände hon till stranden genom att simma sidsim, dyka ner med huvudet genom vågorna, spotta ut vattnet på sidan och ta kraftfulla bentag.

Joséphine hade blivit efter. Ensam. Hennes mor hade inte vänt sig om. Jo hade sett henne försöka komma igenom bränningarna många gånger. Flera gånger hade hon kastats tillbaka men hon hade gjort nya våldsamma försök alltmedan hon släpade med sig den medvetslösa Iris under armen. Hon hade sett hur de till slut lyckades ta sig upp på stranden. Hon hade fått syn på sin pappa som skrek på stranden. Då hade hon tyckt synd om honom och hon hade gjort som sin mamma, simmat sidsim som hon, sträckt fram armen för att nå stranden och med huvudet under vattnet hade hon kämpat där vågorna slog allt våldsammare. Hon fick munnen full av det salta vattnet men hon spottade ut det igen. Sanden som revs upp av vågorna skar i hennes ögon. "Inte gråta", sa hon om och om igen för sig själv, "inte gråta för då tappar jag kraft." Hon mindes mycket väl de orden, "inte gråta, inte gråta" ... Hon fick upprepa dem åtskilliga gånger innan en våg kom och sköljde upp henne på stranden vid fötterna på sin pappa som hade vadat ut och stod med vattnet upp till midjan medan han vrålade hennes namn. Han hade dragit upp henne ur vågen och burit iväg med henne alltmedan han upprepade "brottsligt, brottsligt, brottsligt". Hon mindes inte längre vad som hade hänt efteråt. De hade aldrig pratat om det igen.

Hon tittade på den dränkta kvinnan i spegeln. Varför bekymrar du dig, frågade hon flickan i spegeln, du klarade dig den där dagen, du hade kunnat dö, men en hand kom och plockade upp dig ur vågen och lade dig på stranden. Så var inte rädd, var aldrig mer rädd, du är inte ensam, Joséphine, du är inte ensam.

Hon kände sig plötsligt helt säker: hon var inte ensam.

Du kommer att överleva Lucas blick, du överlever den på

samma sätt som du överlevde din mors blick när hon övergav dig utan att vända sig om.

Hon torkade ansiktet med en handduk, kammade till håret lite och pudrade näsan.

En liten flicka väntade på henne ute i hallen. Hennes egen lilla flicka, hennes älskling. Livet hade fortsatt efteråt, livet fortsätter alltid. Det ger anledning att gråta och att skratta. Det är det som är livet, Joséphine, känn förtröstan. Livet är som en person, en person som man måste lita på som en danspartner. Ge sig in i dansen, i alla dess turer. Ibland låter det dig tömma den bittra kalken och du tror att du ska dö och sedan lyfter det dig i håret och sätter ner dig längre bort. Man måste ge sig in i livet som man ger sig in i en dans. Inte stanna upp och börja gråta över sig själv, anklaga andra, dricka eller ta lite piller för att mildra slaget. Dansa, dansa, dansa. Genom att övervinna de hinder som kommer i din väg blir du starkare och säkrare. Efter badet i les Landes hade hon arbetat hängivet, helt gått upp i studierna och format sitt liv. En annan våg hade dragit med sig Antoine till henne, men den hade hon också överlevt. Det skulle komma fler vågor men hon visste att hon skulle ha kraften att klara dem och att alltid, alltid skulle hon bli uppfiskad. Det är det som är livet, sa hon till sig själv med övertygelse medan hon såg sig själv i spegeln. Våg efter våg.

Hon tittade på flickan i spegeln. Hon log, lugn och avslappnad. Hon tog ett djupt andetag och gick iväg för att leta upp Hortense.

Söndag kväll. Planet mot Paris hade precis lyft från JFK-flygplatsen och Philippe betraktade sin fru där hon låg utsträckt bredvid honom. De hade knappt pratat med varandra sedan middagen kvällen innan på Waldorf Astoria. Den stora middagen hade varit avslutningen på New York-festivalen. De hade sovit länge på morgongen och sedan hade de ätit frukost under tystnad. Philippe hade sagt: ”Jag har två personer jag måste träffa idag, ska vi ses vid fem på hotellet för att sticka ut till flygplatsen

sen? Du kan gå och shoppa och promenera, det är fint väder." Hon hade inte svarat och såg ut som om hon förvandlats till en stenstod i hotellets stora vita morgonrock. Hennes stora blå ögon tittade tomt ut i luften och hennes smäckra fötter svängde. Han hade lämnat pengar till henne till taxi och museer. "Museerna är öppna på söndagar, så passa på." Han hade gett sig av utan att hon hade öppnat munnen. På kvällen hade en taxi kört dem ut till flygplatsen. Två platser i första klass till Roissy-Charles-de-Gaulle. De hade knappt hunnit installera sig på sina platser innan hon bad flygvärdinnan att inte väcka henne. Sedan hade hon satt på sig en mask över ögonen, vänt huvudet mot honom och sagt: "Gör det något om jag sover, jag är dödstrött? Tur och retur över en helg, det gör jag aldrig om."

Han betraktade henne när hon sov. Utan sina stora blå ögon såg hon ut som vilken kvinna som helst som reser i första klass, bekvämt installerad under sitt täcke. Han visste att hon inte sov. Hon gick säkert igenom gårdagens händelser om och om igen.

Jag vet allt, Iris, hade han lust att säga till henne. Jag vet allt eftersom det var jag som planerade allt.

Ankomsten till Manhattan. Den stora limousinen hade kört dem till hotellet. Hon hade pladdrat på som en liten flicka, förvånat sig över ett så strålande väder i november månad, tryckt Philippes hand, pekat på en reklamskylt, ett märkligt hus. På hotellet hade hon kastat sig över tidningarna och läst om vilka föreställningar som var på gång. Där stod det om Gabor Minar, "den store europeiske regissören, han som alla skådespelerskor drömmer om att få filma med. Han saknar bara ett kontrakt med en stor amerikanska för att han ska räknas som mästaren inom nutida film", skrev en journalist i *New York Times*. "Och det lär inte dröja länge. Det sägs att han ska träffa Jo Schrenkel." Hon läste allt från första till sista raden nästan utan att lyfta på huvudet för att svara på hans frågor. "Vilka filmer vill du se?" frågade han medan han tittade i festivalprogrammet. Hon svarade: "Bestäm du, jag litar på dig", och log ett frånvarande leende. På lördagen hade de ätit lunch på Bernadin tillsammans med vänner som också kommit från Paris. Iris sa ja, nej och det lät bra men Philippe kände att hon bara var på väg mot ett bestämt mål: sitt möte med Gabor. Första dagen när hon klädde upp sig inför kvällen hade hon bytt om tre gånger, bytt kläder, halsband, örhängen, väska och allt. Alltför uppklätt, sa hennes rynkade ögonbryn, alltför mycket dam och inte tillräckligt mycket bohem. Vid premiären på sin film hade Gabor Minar inte dykt upp. Han skulle ha talat och svarat på publikens frågor. När ljusen tändes hade en av organisatörerna meddelat att han inte skulle komma. Ett besviket *ååh!* hade stigit upp från åskådarna. Nästa dag hade de fått veta att han hade tillbringat kvällen med att festa på en jazzklubb i Harlem. Man kan aldrig räkna med honom, hade en besviken producent sagt. Man måste rätta sig efter hans infall. Det är kanske därför han gör så stora filmer, hade en annan påpekat. Det var vid frukosten. Det enda man pratade om var att Gabor Minar uteblivit. Under eftermiddagen hade de sett några andra filmer. Bredvid honom rörde sig Iris oroligt i sin stol och stelnade sedan till när en försenad åskådare kom och satte sig framför dem. Han kände hur Iris kropp spändes i hopp om att få syn på Gabor. Han vågade inte lägga sin hand på hennes av rädsla för att hela hon skulle bli som en fjäder. Den kvällen hade hon gjort sig i ordning på nytt. Det blev en evig följd av klänningar, missnöjda miner, skor, oroliga miner, smycken och sura uppsyner. Det var galamiddagen. Han skulle komma. Han var inbjuden som hedersgäst. Hon hade valt en lång aftonklänning i syrenlila taft som framhöll hennes ögon, hennes långa hals och hennes graciösa hållning. Philippe sa till sig själv, när han betraktade henne, att hon var som en lång lian med två stora djupblå ögon. Hon nynnade när de gick ut från rummet och sprang fram till hissen så att klänningen fladdrade.

De satt vid hedersbordet. Vid Gabor Minars bord. När han hade kommit in hade hela salen rest sig och applåderat. Alla förebråelser var som bortblåsta. Plötsligt pratade man bara om hans film. Magnifik, sublim, förtrollande och egendomlig! Vilken kraft! Vilken regi! Vilken energi! Kvinnornas plutande munnar sträcktes mot honom som offergåvor. Männen applåderade med höjda armar som för att göra sig längre inför geniet. Han uppenbarade sig omgiven av sina skådespelare. En ovårdad jätte, skäggig, klädd i ett par håliga gamla jeans, en skinnväst, motorcykelboots, och med sin eviga yllemössa på huvudet. Han hade bugat med ett leende och lyft på sin mössa som tack. Hans rufsiga feta hår hade synts och han hade plattat till det med en kärv rörelse med handen. Sedan gick han tvärs över salen och slog sig ner vid deras bord tillsammans med hela sitt följe. De hade makat på sig och gjort plats för dem. Iris satt längst ut på sin stol, med halsen böjd och blicken vänd som i en båge mot honom. Just då hade Philippe nuddat hennes armbåge och hon hade dragit tillbaka den som om hon hade fått en elektrisk stöt. Gabor Minar hade hälsat genom att nicka till var och en av de inbjudna vid bordet som tack för att de hade gjort plats för honom. Hans blick hade fallit på Iris. Han hade tittat på henne och gjort en ansträngning för att komma ihåg ... Han hade letat i sitt minne några sekunder. Iris skälvde förväntansfullt. Alla de inbjudna gästerna vid bordet såg överraskade från den ena till den andra. Så hade Gabor utbrustit: ”*Irish! Irish!*” Hon hade rest sig upp, magnifik, leende, strålande av en intensiv lycka. ”*Irish! You! Here! Unbelievable! Such a long time!*” Iris hade rest sig upp och gått fram och kramat om honom. Han hade tryckt henne i sina armar. Alla tittade på dem. ”Känner er fru Gabor Minar?” frågade Philippes bordsgranne. ”Ja”, hade Philippe svarat, med blicken fastnaglad vid Iris, utan att vilja missa en sekund av skådespelet då Iris och Gabor återförenades i samma upplysta aura och omgivna av samma nyfikna mummel. ”Hon lärde känna honom när hon studerade vid Columbia.” Hela sällskapet tittade på när Gabor Minar tog Iris Dupin i sina armar och kysste henne. I Gabors armar tog Iris emot hela salens stumma hyllning som om hon var Gabors fru, och som om äntligen allt ställts till rätta och glömskan var förlåten. Den blick som hon gav Gabor då … den skulle Philippe aldrig glömma. Blicken från en kvinna som kommit i hamn, som överlämnade sig i mannens armar, i sin egen mans armar. Hennes stora blå ögon slukade Gabor, hennes händer sökte sig helt naturligt till hans. Han omfamnade henne och tryckte henne hårt intill sig med sina starka armar.

Sedan vände han sig mot en liten smal blond kvinna, klädd i en lång zigenarkjol och en liten vit t-shirt. En lite färglös men vacker kvinna som höll sig i skuggan av jätten och log.

– *Elisa … my wife,* hade han sagt medan han tog sin fru om axlarna och presenterade henne för Iris.

Elisa hade böjt på huvudet och sagt ”*how are you, nice to meet you*”. Iris hade tittat på henne med ögonen uppspärrade av bestörtning. ”Är du … är du gift?” hade hon frågat jätten med liten och darrande röst. Gabor hade brustit ut i skratt och lagt till: ”*Yes, and I have three kids!*” Sedan släppte han Iris som man sätter tillbaka ett föremål som man för en liten stund åtrått, tog tag i sin fru och beredde plats för henne vid sin sida. Andra personer hade kommit fram till honom, han hade funnit sig och fortsatt dela ut kramar med samma kraft och värme. Hej, Jack! Hej, Terry! Roberta! Han tog dem i sina armar, lyfte dem från marken och gav var och en intrycket av att vara den enda personen i världen som räknades. Och så vände han sig mot sin fru och presenterade henne för dem, medan han höll henne hårt intill sig. Vilken generositet! Vilken kraft! hade Philippe inte kunnat låta bli att tänka. Han liknar sina filmer: fri och intensiv. Han är en strålkastare. Han drar fram en i ljuset med ett innerligt, kraftfullt och generöst anfall av hänförelse. När han sedan vänder bort blicken hamnar man i skuggan igen. Han verkar ge allt till en person och sedan, i nästa ögonblick, förflyttas hans uppmärksamhet och han ger allt till någon annan och lämnar den föregående i smärtsam ensamhet.

Iris hade satt sig ner igen. Hon hade inte sagt ett ord till.

Och nu sov hon i sin förstaklasskabin på Air France. Eller låtsades sova. Hemresan blir hemsk, tänkte Philippe.

John Goodfellow hade ordnat allt mästerligt. Det var han som hade följt Gabor Minar i spåren, som övertalat sin producent att få honom att komma till New York, som försäkrat sig om att han skulle komma till middagen på Waldorf. Det hade varit svårt att arrangera detta möte. Det hade tagit dem nästan två år. De hade gjort tre misslyckade försök: i Cannes, i Deauville och i Los Angeles. Mannen var flyktig. Han sa att han skulle komma och i sista minuten ändrade han sina planer och flög iväg någon annanstans. John hade måst förespegla honom ett möte med högsta chefen vid en amerikansk studio, för att försäkra sig om att han skulle komma dit. Noggrant uttänkta lögner med hjälp av väl utvalda mellanhänder. Ett korthus av lögner. Ända in i sista minuten hade fågeln kunnat flyga iväg.

Nästa dag, mot slutet av förmiddagen när de träffades i baren på Waldorf hade Philippe berömt honom:

– *Good job, John!*

– Har aldrig stött på en man som var så svår att lokalisera! hade John utbrustit. Och då är jag ändå van. Men han, han flyttar på sig hela tiden! Såg du hans fru? Visst är hon vacker? Ibland tycker jag synd om henne, hon ser utmattad ut. Har haft lite med henne att göra under arbetets gång. Jag tror att hon gärna skulle vilja att de slog sig ner någonstans. Det är en intelligent kvinna, hon har förstått hur han fungerar och hon följer honom överallt. I bakgrunden. Det är aldrig några foton i tidningarna, vare sig på henne eller på barnen. Det är knappt folk vet att han är gift! Trots sitt bohemiska yttre är han en trogen man. Besatt av sitt arbete, han nojsar inte runt. Mer än kanske någon liten historia med en scripta eller en sminkös någon kväll när han är full. Inget som kan kasta någon skugga över hans fru. Han sätter henne oerhört högt. Han älskar henne. Hon är hans stöttepelare. Han har funnit sitt alter ego och jag vet att du blir förvånad men jag tror att han är en känslig människa. Jag tror att hon var som han från början och sen förstod hon snabbt att det inte fanns plats för två virvlande genier inom samma par. Hon är ungerska som han, kosmopolit som han, konstnär som han. Galen som han men med huvudet på skaft när det behövs. För packning, barn och allt har de en sorts guvernant som är en del av familjen. Barnen går i skolan på orten när deras far slår sig ner någonstans, under en inspelning eller när han skriver på en ny film. De pratar alla språk men jag tror inte att de kan skriva! Någon sa att en av hans söner ville bli fotbollsspelare och för det behövs inga långa studier!

Han hade brustit ut i skratt. Sedan hade han beställt in en apelsinjuice och en kaffe.

– Har du inte mer jobb till mig?

– Tyvärr, John, jag har bara en fru. Och jag vet inte hur länge till jag har det ens.

De hade skrattat.

– Hur reagerade hon?

Philippe höll fingret för munnen.

– Inte alls. Total tystnad. Hon har inte sagt ett ord sedan igår.

– Du har mått väldigt dåligt av den här historien, eller hur?

– Du anar inte hur det är, John, att leva med tre personer i förhållandet. Varav en dessutom är ett spöke. För hon idealiserade honom! Han hade blivit perfekt: vacker, intelligent, berömd, rik, spännande, fascinerande …

– Dock inte renhårig. Han är verkligen smutsig. Han kunde väl anstränga sig!

– Det är er engelska själ som behöver hålla för näsan. Gabor är slav, han lever med sin själ, inte med sin kemtvätt!

– Synd att det är över, jag har verkligen gillat att arbeta för dig.

– När du har vägarna förbi Paris, hör av dig så tar vi en lunch tillsammans. Och det är inte ett tomt löfte.

– Jag vet det … jag har lärt känna dig. Du är en finkänslig och pålitlig man. I början tyckte jag du var lite … tillknäppt, *old fashion,* men sen märkte jag att du var mycket sympatisk.

– Tack, John.

De hade avslutat sin frukost med att prata om film, om Doris, Johns fru som klagade på att hon aldrig träffade honom, om hans barn och om livet han levde. Sedan hade de skakat hand och skilts åt. Philippe hade med vemod sett honom gå iväg. Han skulle sakna deras möten på Roissy-flygplatsen. De hade haft en lite hemlig prägel som tilltalat honom. Han log inombords och raljerade med sig själv: det där är din enda äventyrliga sida, du som är mannen med den spikraka benan.

Iris rörde sig i sömnen och mumlade något som Philippe inte förstod. Han hade ännu kvar en lögn, en illusion att ta itu med: *En anspråkslös drottning*. Hon har inte skrivit den, det är jag säker på, slog han fast i det tysta. Det är Joséphine som har skrivit den. Joséphine. Han hade ringt upp henne innan han åkte till New York för att hon skulle översätta ett kontrakt men hon hade vänligt men bestämt avböjt. ”Nej, nu måste jag återgå till min avhandling.” ”Din vad?” ”Min avhandling”, hade hon upprepat.” ”Varför säger du återgå till …, har du gjort uppehåll i det arbetet nyligen?” Det hade blivit tyst i luren och sedan hade hon svarat: ”Du lägger märke till allt Philippe! Jag måste vakta min tunga, du är hemsk!” ”Bara mot folk som jag tycker om, Jo …” En förlägen tystnad hade uppstått. Hennes tafatthet hade numera blivit till ett mystiskt och spännande drag. Hennes tystnader var inte längre förlägna utan skarpsinniga. Han saknade henne. Han hade allt oftare lust att prata med henne och anförtro sig åt henne. Det hände att han slog hennes nummer men ändrade sig och lade på.

Han tittade på den sovande skönheten bredvid sig och sa sig själv att hans kärlekshistoria med Iris snart skulle ta slut och det måste han också ta tag i: han ville inte förlora Alexandre. Men skulle hon verkligen slåss för sin son? Det var inte alls säkert …

– Alltså du, du överraskar mig alltid! Du dyker ner med huvudet i ett handfat och hela ditt förflutna kommer tillbaka! Bara sådär! Genom ett tag i den magiska kranen!

– Jag svär att det gick till så som jag har berättat. Men i ärlighetens namn måste jag berätta att det hade börjat innan …

brottstycken som kom tillbaka, pusselbitar som flöt omkring men hela tiden saknades det viktigaste, meningen med dem …

– *What a bitch, your mother!* Vet du, man hade kunnat dra henne inför domstol för att ha underlåtit att hjälpa en människa i fara.

– Men vad vill du att hon skulle ha gjort? Hon kunde bara rädda en av oss. Hon valde Iris …

– Och du tar henne i försvar dessutom.

– Jag är inte arg på henne. Det gör mig ingenting. Jag överlevde …

– Ja, men till vilket pris!

– Jag känner mig så stark sen jag gjorde mig av med den här bördan från det förflutna. Det är en gåva från himlen, förstår du …

– Sluta att prata med mig om himlen med såna där änglaögon.

– Jag är säker på att jag har en skyddsängel som vakar över mig …

– Och var har han varit, din skyddsängel, de senaste åren? Satt han och stickade nya vingar åt sig själv?

– Han har lärt mig tålamod, envishet, uthållighet och han gav mig kraft att skriva boken, han gav mig pengarna från boken som gör att jag slipper oroa mig för ekonomin … Jag tycker bra om honom, min ängel. Du råkar inte behöva pengar? För jag kommer att bli mycket rik och jag tänker inte vara en snåljåp!

– Sluta, jag är stormrik.

Shirley ryckte på axlarna, korsade irriterat benen och lyfte isär dem igen.

De var tillbaka hos frisören för att göra slingor. De satt och pratade, förvandlade till två julgranar med silverfjärilar i huvudet.

– Och stjärnorna, pratar du fortfarande med dem?

– Det är Gud jag talar med, direkt, när jag pratar med dem … När jag har problem ber jag, jag ber honom hjälpa mig och ge mig styrka och då gör han det. Han svarar mig alltid.

– Det går utför med dig, Jo …

– Shirley, jag mår bra. Oroa dig inte för mig.

– Du pratar mer och mer underligt. Luca ignorerar dig, du tappar huvudet, du dyker i ett handfat och du kommer upp botad från ett gammalt trauma. Du tar dig inte för Bernadette av Soubirous, ibland?

Joséphine suckade och rättade henne:

– Luca ignorerar mig, jag tror jag ska dö, jag återupplever när jag tragiskt blev övergiven i min barndom och jag samlar ihop bitarna. Det är ett annat sätt att se det på.

– I vilket fall som helst så hoppas jag att den där karln inte har fräckheten att ringa dig igen.

– Det vore synd för jag tror jag blev förälskad. Det kändes så bra med honom. Det har inte hänt på länge … inte sen Antoine!

– Har du hört något från Antoine?

– Han skickar mail till flickorna. Alltid samma historier om krokodilerna. Men han har i alla fall fått betalt och han har betalat tillbaka sitt lån. Han lever inte sitt liv, Antoine, han drömmer det med ögonen på vid gavel.

– En dag kommer han att gå rakt in i kaklet och slå sig fördärvad.

– Förhoppningsvis inte. Mylène finns ju …

– Den, hon är hård som flinta. Men jag gillar henne …

– Jag också. Jag är inte alls svartsjuk längre …

De skulle just börja sjunga Mylènes lov när frisörskorna kom för att ta bort deras julgransprydnader. De slank båda bort till sköljningen och lutade sina huvuden bakåt. Med slutna ögon lät de tankarna flyga.

Joséphine insisterade på att få betala. Shirley vägrade. De grälade i kassan inför Denises roade blickar. Det blev Jo som vann.

– Kommer du ihåg för ett år sen, när du släpade med mig för att göra slingor för första gången … Sen blev vi överfallna på den här gatan.

– Jag försvarade dig!

– Och jag blev så förvånad över din styrka. Shirley, jag ber dig, berätta din hemlighet för mig … Jag tänker på det där hela tiden.

– Det är väl bara att fråga Gud så svarar han dig.

– Man ska inte skämta om Gud! Nej, berätta det för mig. Jag berättar allt för dig. Hela tiden anförtror jag mig åt dig och du, du förblir stum. Jag är vuxen, du säger själv att jag har förändrats. Du kan lita på mig nu.

Shirley vände sig om mot Joséphine och tittade allvarligt på henne.

– Det handlar inte bara om mig, Jo. Jag utsätter andra människor för fara. Och när jag säger fara, borde jag säga mycket stor fara, seismiska skakningar, jordbävning …

– Man kan inte leva med en hemlighet i evighet.

– För mig går det mycket bra. Ärligt talat, Jo, jag kan inte. Be mig inte om det omöjliga …

– Skulle jag inte klara att tiga om det som Gary tiger om sen länge? Tror du att jag är så svag? Tänk bara på hur det har hjälpt mig att du vet hur det ligger till med boken …

– Men jag behöver inte samma hjälp, jag lever med detta sen jag var liten. Jag har vuxit upp med den hemligheten. Det är min andra natur …

– Jag har känt dig i åtta år nu. Ingen har nånsin kommit och hållit en kniv mot halsen på mig och ställt frågor om dig.

– Det är sant …

– Så …

– Nej, envisas inte.

De fortsatte gå utan att säga något. Joséphine stack sin arm under Shirleys och lutade sig mot sin väninnas axel.

– Varför sa du nyss att du var stormrik?

– Sa jag det?

– Ja. Jag erbjöd mig att hjälpa dig om du hade pengaproblem och du sa ”sluta, jag är stormrik” …

– Där ser du, Joséphine, hur farliga ord kan vara. Så fort man blir förtroliga med varandra så försäger man sig … Tillsammans med dig vaktar jag inte min tunga och då kommer orden ur mig som bitarna i ett pussel. En dag kommer du att upptäcka sanningen på egen hand … i ett handfat i ett palats!

De brast ut i skratt.

– Då kommer jag bara att hålla till i handfat från och med nu. De kommer att vara min kaffesump. Handfat, handfat där, säg mig vem den kvinnan är, som jag tycker så vansinnigt mycket om och som alltid ska spela mystisk?

Shirley svarade inte. Joséphine funderade på det hon sagt om orden som slipper ur en och avslöjar en. Häromdagen, utan att hon visste varför, hade hon blivit förlägen av Philippes uppmärksamhet. Och om jag ska vara ärlig mot mig själv, tänkte hon, så tyckte jag om den där ömheten i hans röst. Hon hade lagt på, överraskad av känslorna som kommit upp inom henne. Bara hon tänkte på det igen, blev hon röd om kinderna.

I hissen, i det bleka ljuset från taklampan, frågade Shirley henne: ”Vad tänker du på Joséphine?” Hon skakade på huvudet och sa ”ingenting”. På trappavsatsen, framför Shirleys port, satt en man på dörrmattan, helt klädd i svart. Han såg dem komma men reste sig inte. *Oh, my God!* viskade Shirley. Sedan vände hon sig mot Jo och tillade:

– Se bara helt vanlig och glad ut. Du kan prata, han förstår inte franska. Kan du ta hand om min son ikväll och i natt?

– Inga problem …

– Kan du också se till att han absolut inte kommer in till mig utan går direkt in till dig? Den här mannen får absolut inte veta att han bor hos mig. Han tror han går på internatskola.

– Okej …

– Jag kommer till dig när han har gett sig av, men fram till dess: passa Gary noga. Förbjud honom att sätta sin fot hemma.

Hon kramade om henne och tryckte hennes axel och gick fram till mannen som fortfarande satt ner och sade obesvärat: *Hi, Jack, why don't you come in?*

Gary förstod direkt när hon berättade om mannen i svart.

– Jag har min skolväska och jag går direkt till skolan imorgon, säg till mamma att hon inte ska oroa sig för mig, jag kan försvara mig.

Under middagen ställde Zoé nyfikna frågor. Hon hade kommit hem före Gary och Hortense och hade sett mannen i svart på dörrmattan.

– Den där mannen, är han din pappa?

– Zoé, var tyst, avbröt Jo.

– Men jag kan väl få fråga om det är hans pappa, får jag inte det?

– Han har inte lust att prata om det. Det ser du väl … Tjata inte på honom.

Zoé förde en bit potatisgratäng till munnen, tuggade och lade sedan ner sin gaffel med en ledsen min.

– För jag, jag saknar min pappa jättemycket … Jag skulle vilja att han var här … Det är inte roligt att vara utan sin pappa.

– Zoé, du är jättejobbig, utbrast Hortense.

– Jag är alltid rädd att krokodilerna ska äta upp honom. Krokodiler är farliga …

– De åt inte upp dig i somras, svarade Hortense ilsket.

– Nej, men jag aktade mig noga.

– Ja, och du får tänka på att pappa också är försiktig.

– Ibland är han tankspridd. Han kan stå och titta dem i ögonen långa stunder … Han säger att han tränar sig på att läsa deras tankar …

– Asch, du bara pratar.

Hortense vände sig mot Gary och frågade honom om han ville gå mannekäng och tjäna lite fickpengar.

– Hos Dior söker de långa, snygga tonårskillar till sin visning.

Iris hade frågat henne om hon hade någon kompis som var intresserad.

– Hon nämnde just dig … Kommer du ihåg när vi hälsade på henne i Pin-upstudion? Hon tyckte du var jättesnygg …

– Jag vet inte riktigt om jag har lust, sa Gary. Jag tycker inte om att man rör vid mitt hår och att man klär på mig.

– Fast det kunde väl vara kul? Jag kan följa med dig.

– Nej tack, Hortense. Men det var kul att vara med när Iris blev fotograferad. Det som jag skulle vilja, det är att bli fotograf.

– Vi kan gå dit igen, om du vill. Jag kan fråga henne …

De hade avslutat middagen. Joséphine dukade av, Gary satte in disken i diskmaskinen, Hortense torkade av bordet medan Zoé med ögonen fulla av tårar mumlade ”jag vill att min pappa ska komma hem, jag vill att min pappa ska komma hem”. Joséphine tog henne i sina armar och bar henne ända fram till hennes säng medan hon låtsades klaga över att hon var så tung, så stor, så vacker så att hon trodde att det var en stjärna hon höll i sina armar. Zoé torkade sina ögon och frågade:

– Tycker du verkligen att jag är vacker, mamma?

– Javisst, min älskling, ibland tittar jag på dig och säger till mig själv: Vem är den vackra unga flickan som bor här?

– Lika vacker som Hortense?

– Lika vacker som Hortense. Lika chic som Hortense, lika oemotståndlig som Hortense. Den enda skillnaden är att Hortense vet om det och du vet det inte. Du, du tror att du är en liten halt anka. Har jag fel?

– Det är svårt att vara liten när man har en storasyster som …

Hon suckade, lade huvudet på kudden och slöt ögonen.

– Mamma, slipper jag borsta tänderna ikväll?

– Okej, men bara som ett undantag …

– Jag är så trött …

Nästa förmiddag kom Shirley och knackade på Joséphines dörr.

– Jag lyckades övertala honom att ge sig av. Det var svårt men nu har han åkt. Jag sa att han aldrig mer skulle komma hit, och att det bor en kille i det här huset som jobbar på polisen …

– Och han trodde dig?

– Jag tror det. Joséphine, jag tog ett beslut i natt. Jag ska ge mig av … Nu är vi i slutet av november, han kommer inte tillbaka just nu … men jag måste ge mig av … Jag ska ta min tillflyt till Mustique.

– Mustique? Ön där alla miljardärerna bor, Mick Jagger och prinsessan Margaret …

– Ja. Jag har ett hus där … Dit kommer han inte. Och sen får jag se, men det som är svårt det är att jag inte längre kan bo här.

– Ska du alltså flytta? Lämnar du mig här?

– Du ville också flytta. Kommer du ihåg det?

– Det var Hortense. Inte jag …

– Vet du vad vi gör? Vi åker till Mustique till jul och sen stannar jag kvar där. Gary kan åka hem tillsammans med dig så han får gå ut gymnasiet och ta studenten. Det vore idiotiskt att avbryta hans studier när han är så nära målet. Kan du ta hand om honom åt mig?

Joséphine nickade.

– Jag skulle göra vad som helst för dig …

Shirley tog hennes hand och tryckte den.

– Sen får jag se … Vi får flytta igen. Jag är van …

– Kan du fortfarande inte berätta vad det är som händer?

– Jag ska berätta det när vi är på Mustique till jul … Då kommer jag att känna mig säker.

– Men du är väl inte i fara nu?

Shirley log ett trött leende.

– Inte just nu, nej.

Marcel Grobz gnuggade händerna. Allt gick som på räls. Han hade utökat sitt imperium genom att köpa upp bröderna Zangs imperium. Tyskarna, engelsmännen, italienarna och spanjorerna som också var ute efter dem, alla dem hade han passerat på mållinjen. Hans pokerkupp hade fungerat och han hade kammat hem potten. Nu var det han som höll i alla spakarna. Han hade också lyckats manövrera ut Henriette från sina affärer och precis hyrt en stor lägenhet alldeles intill kontoret för att Josiane och

Junior skulle kunna bo där. I en vacker fastighet med portvakt, porttelefon, högt i tak, slipade parkettgolv som i Versailles och öppna spisar. Bara fint folk: baroner och baronessor, en statsminister, en akademiledamot och en älskarinna till en känd industrimagnat. Han var full av förtröstan. Josiane skulle komma tillbaka. Som på räls, svisch bara. På morgonen när han kom till kontoret smög han på tåspetsarna upp för trappan, gick försiktigt fram, stack in huvudet och blundade och tänkte: Hon kommer att vara där, min lilla tjej! Med sin mage i vädret och sitt rufsiga blonda hår på ända! Hon kommer att sitta där bakom skrivbordet, med telefonen klämd mellan halsen och hakan och så säger hon att monsieur Si har ringt och monsieur Så väntar på sin order. Få nu ändan ur vagnen, Marcel! Och jag kommer inte att säga någonting utan bara stoppa handen i min stora ficka och ge henne nycklarna till den helt nyrenoverade lägenheten för att hon ska gå dit och vänta på mig där. Där ska hon ta det lugnt, ligga och lata sig, äta kalvkotletter och blodiga stekar för att Junior ska bli en stor stadig, rundkindad och högröstad baby. Hon ska ligga och mysa hela dagarna i den stora dubbelsängen i vårt sovrum och äta marmeladkonfekt, riktigt fet lax och haricots verts för att få i sig klorofyll. I sovrummet saknas bara gardiner … Jag ska be Ginette ta hand om det.

Han gick uppför trappan, frisk och rask. Han hade tagit upp träningen igen och kände sig sprittande som en liten fisk i en bergsbäck. Och jag ska sätta på henne, ta henne i mina armar, slicka henne, göra henne vacker, massera hennes tår, pussa henne, och …

Hon var där. Högtidlig bakom sitt skrivbord. Magen som putade ut. Ögonen på skaft.

– Hur mår du, Marcel?

Han stammade:

– Är du här? Är det verkligen du?

– Jungfru Maria i egen hög person och den lille knatten i värmen inne i min mage.

Han föll ner vid hennes fötter, lade huvudet i hennes knä och mumlade:

– Du är här. Du kom tillbaka …

Hon lade handen på hans huvud och drog in doften från hans eau de toilette.

– Jag har längtat efter dig, förstår du, Marcel.

– Åh, Choupette! Om du bara visste …

– Jag vet. Jag stötte på Chaval i baren på George …

Så berättade hon allt för honom: om sin flykt till ett palats där hon tillbringat en och en halv månad med att käka matsedelns dyraste rätter. Hon berättade om den stora mjuka sängen, rummet som hade en heltäckningsmatta så tjock att hon inte behövde använda morgontofflor, om roomservicen och alla betjänterna. De tio betjänterna som radade upp sig så fort hon tryckte på en gyllene knapp.

– Lyx är härligt, Marcel. Det är härligt men efter ett tag blir man trött på det. Det är alltid samma sak, alltid utmärkt, alltid behagligt men om du vill veta vad jag tycker så saknar jag det lite kantiga. Jag förstår att krösusarna blir deppiga … Så en dag när jag var på väg upp på mitt lilla rum fick jag syn på Chaval som stod och hängde i baren helt trasig inombords av lilla Hortense som gör honom galen. Han berättade om din stora affär och då förstod jag alltihop! Försiktighetsåtgärderna du vidtagit gentemot Tandpetaren och mot mig och min situation … Jag förstod att du, min älskade tjockis, älskade mig och att du höll på att bygga ett imperium för Junior. Jag hann knappt blinka förrän jag sa till mig själv: Jag ska gå tillbaka till Marcel …

– Åh, Choupette! Som jag har väntat på dig. Om du bara visste …

Josiane tog till orda igen och framkastade:

– Det enda som retar mig är att du inte litade på mig, att du inte berättade för mig …

Marcel skulle just svara men hon höll för hans mun med sin lilla rosiga, knubbiga hand.

– Det var väl på grund av Chaval? Du var rädd att jag skulle tjalla.

Marcel suckade:

– Ja, jag är ledsen, Choupette, jag skulle ha anförtrott mig åt dig men jag vågade inte.

– Det gör inget. Vi drar ett streck över allt och börjar om från början. Men du får aldrig mer misstro mig …

– Aldrig mer …

Han reste sig upp och började leta i sina fickor och tog upp nyckelknippan med alla nycklarna till lägenheten.

– Det är till oss. Allt är inrett, planerat och förberett. Det är bara gardinerna i sovrummet som saknas … Jag tvekade om färgen. Jag ville inte att du skulle få knottror av alltför grälla färger …

Josiane tog tag i nycklarna och räknade dem.

– Det är fina nycklar, väldigt tunga och tjocka … Nycklar till paradiset! Var ligger det, vårt lilla krypin?

– Alldeles i närheten. På så sätt tar det inte lång tid för mig att komma hem och rulla runt i sängen med dig och sen hålla ett öga på den lille och hur han utvecklas …

Han la handen på Josianes mage och hans ögon fylldes av tårar.

– Har han rört sig än?

– Han rör sig som en som smitit från Tour de France. Vänta lite så ska du få se att han ger dig en spark som får dig att tappa andan. Han är en riktig bråkstake, Junior!

– Som sin far, sa Marcel och harklade sig. Han masserade den runda magen i hopp om att Junior skulle vakna. Får jag prata med honom?

– Det brukar de till och med rekommendera. Presentera dig först. Länge var jag ju förbannad, så jag har inte pratat så mycket om dig med honom.

– Jag hoppas du inte har pratat illa om mig …

– Nej. Det har jag försökt undvika men jag var ju väldigt arg inombords och du vet hur det är med barn: de känner på sig allt! Så nu måste du ställa dig in …

Ginette som just kom in på kontoret blev vittne till en märklig scen. Marcel stod på knä vid Josianes fötter och pratade med hennes mage.

– Det är jag, Junior, det är pappa …

Hans röst brast och han bröt ihop och skakade av snyftningar.

– Ja, fanimej …! I trettio år har jag väntat på detta, trettio år! Om jag ska prata med dig Junior? Jag ska prata tills du inte orkar mer! Josiane, om du bara visste, jag är den lyckligaste mannen i världen …

Josiane gjorde tecken till Ginette att komma tillbaka senare. Vilket hon också gjorde och lämnade de två superföräldrarna i deras återförening.

Joséphine hade bytt bibliotek. Det gjorde hennes liv mer komplicerat men det kunde inte hjälpas. Åtminstone riskerade hon inte att stå öga mot öga med Luca, den snygge och oberörde. Det var så hon kallade honom när han dök upp i hennes tankar. Det var värt besväret att byta buss två gånger, att stå och svära över att 174:an kom efter 163:an och att behöva komma hem senare.

Hon hade bara fått ståplats på 174:an, hoptryckt mellan en barnvagn vars handtag tryckte sig rakt in i hennes mage och en afrikanska i tunika, när hennes telefon ringde. Hon stack handen i väskan, tog upp telefonen och svarade.

– Joséphine? Det är Luca …

Hon blev stum.

– Joséphine?

– Ja, stammade hon.

– Det är jag, Luca. Var är ni?

– På 174:an …

– Joséphine, jag måste prata med er.

– Jag tror inte att det …

– Hoppa av vid nästa hållplats så väntar jag på er där …

– Men …

– Jag har något viktigt att säga er. Jag ska förklara. Vad heter hållplatsen?

Hon viskade Henri-Barbusse.

– Jag står där.

Han hade lagt på.

Joséphine var förbryllad. Det var första gången hon hörde Luca prata med så stark och hotfull röst. Hon var inte säker på att hon ville träffa honom igen. Hon hade raderat hans nummer i sin mobil.

De träffades vid busshållplatsen. Luca tog henne i armen och släpade henne med sig i ett stadigt grepp medan han sökte med blicken efter ett kafé. När han fick syn på ett tog han ett ännu fastare tag om hennes arm så att hon inte skulle kunna göra sig fri. Han gick med stora steg och hon småsprang för att kunna hänga med.

Han tog av sig sin duffel, beställde en kaffe och frågade med en brysk huvudrörelse Joséphine vad hon ville ha. När kyparen hade försvunnit knäppte han händerna, och med en röst som darrade av återhållen ilska frågade han:

– Joséphine … om jag säger: ”Jesus Kristus, så som jag älskar dig, så som jag ber dig av hela mitt hjärta, ge mig den heliga och rena kärleken, låt den uppfylla mig helt och hållet. Och ge mig ett tecken på din gudomliga kärlek, låt den outsinliga källan av tårar porla och visa din kärlek för mig”, vad säger ni då?

– Jean de Fécamp …

– Och mer?

Joséphine tittade på honom och upprepade: Jean de Fécamp.

– Joséphine … Vem känner till Jean de Fécamp, förutom ni, jag och några andra fantaster?

Joséphine bredde ut händerna i en gest som sa att hon inte visste.

– Då tycker ni som jag då?

Kyparen kom med kaffet och Luca frågade hur mycket han

blev skyldig för att inte bli störd mer. Hans ögon lyste, han var likblek och han strök med en irriterad gest bort hårlocken som föll i hans ögon.

– Vet ni var jag har läst Jean de Fécamps bön nyligen?

– Ingen aning …

– I Iris Dupins bok, *En anspråkslös drottning* … Känner ni Iris Dupin?

– Hon är min syster.

– Jag visste väl det!

Han slog handflatan i bordet så att askfatet hoppade.

– Hon kan inte ha hittat på det, er syster! röt han.

– Jag lånade henne mina anteckningar till hennes bok …

– Åh! Ni lånade henne era anteckningar?

Han såg mycket irriterad ut som om hon tog honom för en idiot.

– Kommer ni ihåg, Joséphine, ett samtal som vi hade beträffande St Benoîts tårar och hans förmåga till ånger som gjorde att han dagligen kunde gråta så ofta han ville?

– Ja …

– Ja, och i *En anspråkslös drottning* berättar författaren om en episod där Benoît fäller tårar som släcker elden som börjat brinna i hans halmmadrass medan han ber!

– Men den händelsen finns med i alla gamla skrifter.

– Nej. Den finns inte i alla skrifter som ni säger … Och vet ni varför?

– Nej …

– Därför att just den anekdoten har jag hittat på. Till er. Ni verkade så lärd så jag ville lura er. Och sen hittar jag den i en bok, i *er* bok Joséphine!

Han pratade allt högre och hans ögon glänste av ilska.

– Eftersom ni sen en tid tillbaka har slutat ägna er åt mig så har jag läst om er systers bok och där finns två eller tre sådana här avsnitt som hon inte kan ha hittat på biblioteket för alltihop kommer härifrån!

Han pekade på sin tinning med pekfingret.

– Det fanns inte med i era anteckningar eftersom det var saker som vi bara hade pratat om. Av det drog jag slutsatsen att det är ni som har skrivit boken. Jag visste det, jag kände det på mig …

Han rörde sig på stolen, drog i ärmarna på sin tröja, strök tillbaka hårlocken, fuktade läpparna.

– I alla fall verkar den här nyheten vara väldigt omtumlande för er, Luca …

– Ja, det är omtumlande för mig! Jag hade fäst mig vid er, föreställ er det … Jag hade fallit för denna svaghet! För en gångs skull hade jag träffat en kvinna som var känslig, mjuk och reserverad … För en gångs skull behövde jag inte läsa i en kvinnas ögon "när ska vi ligga med varandra?" Jag var förtjust över er blyghet, er fumlighet, förtjust över att ni fortsatte att nia mig, att ni räckte fram kinden för att jag skulle pussa er, förtjust över att ta med er på bio på filmer som ni inte kände till, förtjust i att ta er i mina armar i taxin i Montpellier, inte förtjust över att ni stötte bort mig, men nästan!

Han hetsade upp sig, hans ögon blev svarta och brinnande och han gestikulerade vilt med armar och händer. Joséphine tänkte att det verkligen märktes att han var italienare.

– Äntligen hade jag träffat en intelligent, söt, eftertänksam kvinna som tyckte det var viktigt att mannen väntade lite med att kasta sig över henne! Och när ni försvinner så saknar jag er och jag tar tag i er bok igen, jag läser uppmärksamt och jag ser, hör och känner Joséphine överallt! Samma återhållsamhet, samma noggrannhet, samma finkänslighet … Jag upptäcker till och med vilken levande person som inspirerat er. Har inte Thibaut Trubaduren vissa drag av mig?

Joséphine rodnade och sänkte blicken.

– Tack. Han är verkligen förförisk! Och om man beaktar antalet sidor som ni ägnar åt honom så måste ni verkligen ha uppskattat mig vid den tidpunkten … Jag vet att jag inte borde säga så till er! Jag blottar mig för er men det bryr jag mig inte om. Ni gjorde mig så lycklig, Joséphine. Jag gick på moln …

– Så varför behandlade ni mig då som luft när vi sågs på visningen hos Jean-Paul Gaultier? Varför svarar ni inte när jag pratar med er? Varför spelar ni den sköne likgiltige?

Han spärrade upp ögonen och bredde ut armarna som för att visa att han inte förstod någonting.

– Vad pratar ni om?

– Häromdagen på Hotel Intercontinental. På podiet. Ni gav mig en blick som påminde om ett sprutmunstycke till en brandsläckare, jag höll på att dö på fläcken! Ni ignorerade mig.

– Men vilken visning?

– Jean-Paul Gaultiers visning i salarna på Intercontinental. Jag satt på första raden, ni defilerade, stolt och distanserad och när jag kallade på er, Luca, Luca, så tittade ni rakt på mig och vände er sen om. Jag var inte tillräckligt … inte tillräckligt …

Hon blev nervös och hittade inte orden. Känslan av övergivenhet kom tillbaka och såret öppnades på nytt. Hon kände tårarna bränna bakom ögonlocken. Luca betraktade henne, bestört och blek. Han mumlade Jean-Paul Gaultier, Intercontinental, och plötsligt reste han sig upp och utbrast:

– Vittorio! Det var Vittorio ni såg och inte mig.

– Vem är Vittorio?

– Lyssna nu, Joséphine, jag har en bror, en tvillingbror och liksom alla tvillingar så är vi lika som bär … Han är modell och det var honom ni såg defilera. Inte mig …

– En tvillingbror …

– Ja, enäggstvillingar. Exakta kopior. Fysiskt, men för övrigt … Jag tror att min bror Vittorio är lite som er syster Iris, han skinnar mig och utnyttjar mig utan att skämmas och jag springer hit och dit för att gottgöra hans dumheter! Ena dagen förföljs han av en flicka som påstår att han är pappa till hennes barn, och andra dagen blir han tagen av polisen med kokain på sig och jag måste få ut honom därifrån. Eller också ringer han mig stupfull från en bar klockan fyra på morgonen och vill att jag ska komma och hämta honom! Han står inte ut med att vara modell längre, han står inte ut med att åldras och han jobbar ihärdigt på att förstöra sig själv. I början tyckte han om det, det var lättförtjänta pengar. Nu äcklas han av det. Det är jag som får plocka upp skärvorna och lappa ihop dem. Och jag lappar och lagar hans liv … med samma hejdlöshet som ni lånar ut er prosa och låter er syster signera den.

– Så det var er tvillingbror som jag såg på podiet under visningen …

– Ja, Vittorio. Snart är han för gammal för att jobba i yrket. Han har inte satt undan en spänn, han räknar med att jag ska försörja honom. Men jag har inte satt undan en spänn, jag heller. Så ni förstår det var en strålande idé att skjuta mig ifrån er. Jag är inget bra parti!

Joséphine tittade förbryllad på honom. En tvillingbror! När så tystnaden sänkte sig och blev lång och tung, tog hon mod till sig och sa:

– Jag sköt undan er av en enda anledning … Det var för att jag tyckte ni var så vacker och jag själv så ful! Jag borde inte säga det till er, men eftersom vi nu säger allt så var det precis så jag kände det.

Luca tittade på henne med gapande mun.

– Tycker ni att ni är ful?

– Ja. Ful, trist, klumpig, tafatt … Och det var längesen en man omfamnade mig. När vi satt där i taxin var jag livrädd …

– Rädd för vad?

Joséphine ryckte blygt på axlarna.

– Jag försöker bättra mig. Och jag gör framsteg …

Han sträckte ut handen mot henne och smekte hennes kind och så böjde han sig över bordet och kysste henne mjukt.

– Åh Luca! viskade Joséphine.

Med sin mun mot hennes viskade han:

– Om ni visste vilken lycka det var att träffa er! Att prata med er, att gå vid er sida, att ta med er på bio utan att ni nånsin krävde något av mig, utan att ni satte det minsta press på mig … Jag hade en känsla av att uppfinna ordet ”romans” …

– För att kvinnor slänger sig över er? frågade Jo leende.

– För att de har bråttom, de är glupska … Jag tycker om att ta tid på mig, jag tycker om att drömma, föreställa mig vad som ska hända, jag är långsam … Och sen finns alltid Vittorio där i bakgrunden.

– Tar de er för honom?

– Ofta. Och när jag säger att det inte är jag, att det är min tvillingbror de frågar efter, så frågar de mig: hur är din bror, kan du presentera mig för honom, tror du att jag skulle kunna göra fotojobb, jag också? Ni verkade komma nån annanstans ifrån, ni kände inte till den där miljön, ni ställde inga frågor. Ni var en ljuvlig uppenbarelse …

– En sorts Bernadette Soubirous?

Han log mot henne och började kyssa henne igen.

Dörren till bistron öppnades och en iskall vindpust svepte in i lokalen. Joséphine rös till. Luca reste sig upp och hängde sin duffel om Joséphines axlar, fällde upp kapuschongen och instämde:

– Nu liknar ni verkligen Bernadette Soubirous …

# Del fem

– Du ser att jag hade rätt när jag sa till dig att livet är som en danspartner. Att man måste behandla det som en vän, dansa med det, ge och ge utan beräkning och sen svarar det dig … Att man måste ta itu med sig själv, arbeta med sig själv, acceptera sina misstag, rätta till dem, följa rytmen … Och då kommer livet med i dansen. Det dansar med dig. Luca kom tillbaka till mig, Luca pratade med mig, Luca älskar mig, Shirley …

De två satt tillsammans vid poolkanten i Shirleys hus på Mustique. Det var ett magnifikt hus, modernt och enormt stort. Vita hypermoderna och oändligt vackra kuber med perspektivfönster som vätte ut mot havet. Poolen sköt ut över havet och där intill fanns terrassen. Min lägenhet skulle få plats i varje rum, tänkte Joséphine när hon steg upp om morgnarna och lämnande den enorma sängen med satinlakan eller när hon gick in i matsalen där frukosten stod uppdukad mot ett turkosblått hav som fick en att tappa andan.

– Du kommer att övertyga mig till slut, Jo. Jag kommer att sätta igång och prata med stjärnorna jag med …

Shirley lät handen hänga ner i poolens blåskimrande vatten. Barnen sov: Hortense, Zoé, Gary, och Alexandre som Joséphine hade tagit med. Iris hade kommit tillbaka från New York besviken, bitter och dyster. Hon hade tillbringat dagarna instängd i sitt arbetsrum. Joséphine visste inte vad som hade hänt i New York. Philippe hade inte sagt något. Han hade ringt en gång för att fråga om hon kunde ta Alexandre under jullovet. Joséphine hade inte ställt några frågor. Hon hade en underlig känsla av att det inte rörde henne. Iris hade glidit ifrån henne, och hon från Iris. Som om någon hade klippt sönder ett foto på dem och sedan spritt ut bitarna.

Hon tittade på fasaden på Shirleys hus: ett enormt perspektivfönster som vette ut mot terrassen där de satt. I vardagsrummet fanns vita soffor, vita mattor, låga bord med tidskrifter och fotoböcker och på väggarna tavlor. En lugn och raffinerad lyx.

– Hur kunde du leva i Courbevoie?

– Jag var lycklig i Courbevoie ... Det var en omväxling. Det var ett nytt liv och jag är van vid att byta liv, det har jag gjort så ofta!

Hon lutade huvudet bakåt och slöt ögonen. Joséphine blev tyst. Shirley skulle prata när hon ville det. Hon accepterade numera Shirleys hemligheter.

– Vill du att vi tittar på de små fiskarna under vattnet med barnen i eftermiddag? frågade Shirley när hon öppnade ögonen på nytt.

– Varför inte? Det måste vara vackert ...

– Vi tar på oss cyklopögon, och så dyker vi och beundrar ... Jag kan namnet på alla fiskarna. Jag ska be Miguel förbereda båten.

Hon vinkade till sig en man som närmade sig. Hon pratade med honom på engelska och bad honom göra båten sjöklar och se till att det fanns tillräckligt med cyklopögon och snorklar till alla. Mannen bugade och försvann. Det måste vara hit hon reste på semester när hon sa att hon reste till Skottland, tänkte Joséphine.

Dagarna följde på varandra, lättsamma och glada. Zoé och Alexandre tillbringade tiden i poolen eller i havet. De hade förvandlats till små gyllene fiskar. Hortense stekte sig vid poolkanten medan hon bläddrade i lyxmagasinen som hon tog från borden i vardagsrummet. Joséphine hade hittat en ask p-piller bland hennes grejor när hon letade efter ett rör med aspirin. Hon hade ingenting sagt. Hon kommer att prata med mig när hon vill, tänkte Jo. Jag litar på henne. Hon ville inte ha fler gräl. Hortense attackerade henne inte längre. Även om hon inte direkt blivit kärleksfull och ömsint …

De firade jul på terrassen. I den ljumma stjärnklara natten. Shirley hade lagt ett paket vid varje tallrik. Joséphine öppnade sitt paket och upptäckte ett armband från Cartier. Hortense och Zoé fick också varsitt. Alexandre och Gary fick varsin mobiltelefon av senaste modell. ”Så att du kan skicka mig foton och mail när vi inte är tillsammans”, viskade Shirley i sin sons hår när han kramade henne som tack. Han fick böja sig ner för att kunna krama henne. Det fanns så mycket kärlek i deras ögon när deras blickar möttes.

Det var fest i grannhuset. Gary och Hortense frågade om de fick gå dit. Shirley kastade en snabb frågande blick på Joséphine och gav dem sedan tillåtelse. De gav sig av så fort de svalt den sista tårtbiten. Zoé gick och lade sig, och med en sista tårbit på ett fat gick Alexandre och lade sig han också.

Shirley tog med sig en flaska champagne och föreslog Joséphine att de skulle gå ner till husets privata strand. De slog sig ner i varsin hängmatta och tittade upp mot stjärnorna.

Det var då som Shirley började sin berättelse, med ett glas champagne i handen, medan hon drog ner en flik av sarongen över sina fötter.

– Känner du till historien om drottning Victoria, Jo?

– Europas mormor, hon som hade lyckats placera alla sina barn och barnbarn i en kunglig familj och som regerade i femtio år?

– Just hon …

Shirley gjorde en liten paus och tittade på stjärnorna.

– Victoria hade två kärlekar i sitt liv: Albert som alla kände till och John …

– John?

– John … John Brown. En skotte som var hennes betjänt.

Kung Albert, hennes stora kärlek, dog i december 1861 efter tjuguett års äktenskap. Victoria var då fyrtiotvå år. Hon var mamma till nio barn, den lilla yngsta var fyra år gammal. Hon var mormor också. Det var en liten kvinna, en tvärhand hög och ordentligt fet. Sitt yrke som drottning, som hon utövade med perfektion, det avskydde hon. Hon älskade enkla saker: hundar, hästar, landet, picknickar … hon älskade bönder, sina slott, sitt eftermiddagste, att spela kort, att vila i skuggan av en stor ek. Efter Alberts död kände sig Victoria mycket ensam. Albert hade alltid funnits vid hennes sida och givit henne råd, hjälp och ibland tillrättavisningar! Det var Albert som sade till henne hur hon skulle uppträda och vilken hållning hon skulle inta. Hon kunde inte leva ensam. John Brown fanns där, trogen och tjänstvillig. Mycket snart kunde Victoria inte vara utan honom. Han följde henne överallt. Han tog hand om henne, skyddade henne och vakade över henne. Han lyckades till och med undanröja ett attentat! Jag har hittat brev där hon pratar om honom … Hon skrev: ”Han är fantastisk, han gör allt för mig. Han är min betjänt, min livvakt, min page och samtidigt nästan min kammarjungfru när han tar hand om mina kappor och schalar. Det är alltid han som kör min ponny, som tar hand om mig utomhus. Jag tror aldrig jag har haft en så tjänstvillig, trogen och uppmärksam tjänare.” Hon är rörande när hon pratar om honom. Man skulle kunna tro att hon var en liten flicka. John Brown var då trettiosex år gammal och hade tovigt skägg och var mycket gråtmild. Han talade enkel engelska och hade ett ganska oborstat sätt. Mycket snart blev deras förhållande en skandal. Man kallade numera inte Victoria för något annat än Mrs Brown. Man anklagade henne för att ha tappat huvudet totalt. Att ha blivit galen. Hennes relation med honom kom att kallas Brownskandalen. Skvallertidningarna skrev: ”Skotten vakar över henne med Alberts ögon.” För efter hand började John Brown missbruka sin ställning. Han visade sig vid hennes sida vid officiella ceremonier. Han hade gjort sig oundgänglig och hon gick inte längre ett steg utan honom. Hon utnämnde honom till esquire, den högsta rangen inom adeln, köpte hus till honom som hon prydde med det kungliga vapnet och inför alla kallade hon honom "mitt hjärtas största skatt". Man hittade biljetter som hon skickat till honom och skrivit under: *"I can't live without you. Your loving one."* Folk förfasade sig …

– Man skulle kunna tro att du pratade om Diana! Utbrast Joséphine som hade slutat gunga i sin hängmatta för att inte vara ouppmärksam.

– John Brown började dricka. När han föll ihop stupfull sa Victoria med ett leende: "Jag tror jag kände en jordbävning." Han var husets herre. Han tog hand om allt, styrde allt. Han dansade med drottningen på de kungliga festerna och trampade henne på tårna utan att hon protesterade. Man gick så långt som till att kalla honom Rasputin! När han dog 1883 var hon lika olycklig som vid Alberts död. Browns rum lämnades orört med hans stora kilt utbredd över en fåtölj och hon lade varje dag friska blommor på hans kudde. Hon bestämde sig för att skriva en bok om honom. Hon tyckte att han hade blivit orättfärdigt smutskastad under sin levnad. Hon skrev tvåhundra sidor där hon lovprisade honom och man hade mycket svårt att få henne att avstå från publicering. Senare hittade man mer än trehundra mycket komprometterande brev från Victoria till John. Man köpte tillbaka dem och de brändes. Och man skrev om hela hennes dagbok.

– Jag visste ingenting om allt det där!

– Det är inte så konstigt, man kan inte läsa om det i historieböckerna. Det finns en officiell historia och en personlig. Denna världens stora är som vi: svaga, sårbara och framförallt mycket ensamma.

– Till och med drottningar! mumlade Joséphine.

– Särskilt drottningar …

De hällde upp ett sista glas champagne var åt sig. Shirley stoppade tillbaka flaskan i ishinken, fick syn på en fallande stjärna och sa till Jo: "Önska något, snabbt, snabbt, jag såg en stjärna som föll!" Joséphine slöt ögonen och önskade att hennes liv skulle fortsätta gå framåt, att hon aldrig mer skulle falla tillbaka i sin tidigare avtrubbning, att hennes rädslor skulle försvinna och ge plats för en ny glöd. Sen lade hon tyst till: ”Att jag får kraft att skriva en ny bok i mitt eget namn … Och Luca också, fallande stjärna, låt mig få behålla Luca.”

– Hur många önskningar gjorde du, Jo? frågade Shirley leende.

– Ett helt paket! utbrast Joséphine och skrattade. Jag trivs bra här, jag mår så bra. Tack för att du bjöd hit oss … Vilken fin semester!

– Du tror väl inte att jag berättade allt det där för att ge dig en lektion i historia?

– Du skrattar väl nu men jag kom att tänka på Albert av Monaco och hans illegitima son.

– Jag skrattar inte alls, Jo … Jag är själv en illegitim dotter.

– Av Monaco?

– Nej … av en drottning. Av en fantastisk drottning som upplevde en mycket vacker kärlekshistoria med sin kammarherre. Han hette inte John Brown, han hette Patrick, han var också skotte och han var min pappa … Till skillnad från John Brown var han mycket diskret. Ingen fick nånsin veta om det. Och när han dog för två år sen, tappade drottningen inte huvudet. Länge hade hon en tårfylld och sorgsen blick men ingen fick veta nåt …

– Jag kommer ihåg att du kom hem från semestern och var väldigt ledsen …

– I slutet av 1967, när drottningen märkte att hon var gravid, bestämde hon sig för att behålla mig. Hon är en mycket envis och egensinnig kvinna. Hon älskade min pappa. Hon älskade den behagliga och uppmärksamma närvaron av mannen som älskade henne som kvinna och respekterade henne som drottning. Hon är också en utmärkt ryttare och du vet att kvinnor som rider mycket får muskler som dansöser, så starka magmuskler att de kan dölja en graviditet utan att någon märker något. Tre veckor innan min mamma skulle föda drack hon te med General de

Gaulle i Élyséepalatset. Jag har foton från det mötet. Hon bär en turkos lätt utsvängd klänning och ingen kan gissa att hon snart skulle nedkomma! Jag föddes i Buckingham Palace, på natten. Det var min pappa som fick ta dit sin egen mor för att hjälpa min mamma. Min mormor tog mig med sig den natten, och min pappa presenterade mig på nytt i palatset ett år senare. Han förklarade att jag var hans dotter och att han var ensam med mig … Jag växte upp i kök och serveringsrum. Jag lärde mig gå i de oändliga korridorerna, där väggarna var klädda med rött tyg. Jag var palatsets maskot. Trehundra tjänare bor där året runt och det finns sexhundra rum att gömma sig eller spela pajas i! Jag var inte olycklig. Jag kan säga det utan att ljuga: jag visste vem min mamma var och den dag jag fyllde sju år och pappa berättade allt blev jag inte förvånad. Eftersom han var hennes kammarherre behövde jag inte be om audiens för att få träffa henne och jag träffade henne varje morgon, i hennes sovrum. Det sätt hon hade mot mig bevisade att hon älskade mig över allt annat. Jag hade en guvernant, Miss Barton, som jag tyckte mycket om och som jag spelade många spratt! Och en lägenhet i slottet där jag bodde tillsammans med min pappa. Jag gick i skolan och var flitig. Jag hade dessutom en informator som lärde mig franska och spanska. Jag var mycket upptagen! Det var inte förrän jag blev femton som saker och ting blev komplicerade. Jag började gå ut, pussa killar, dricka öl på pubarna. Jag lärde mig till och med att smita i väg … En morgon berättade min pappa för mig att de skulle skicka mig till ett mycket fint internat i Skottland för att avsluta mina studier. Att vi inte skulle träffas mer än på sommarlovet. Jag förstod inte varför han skickade iväg mig och jag var arg på honom för att han gjorde det … Från en dag till en annan blev jag en riktig rebell. Jag satte igång att ligga med alla killar jag träffade, jag knarkade, jag snattade i affärer, det blev verkligen si och så med mina studier och det var till och med osäkert om jag skulle gå ut skolan med fullständiga betyg! Vid tjugoett års ålder blev jag gravid. Jag dolde det för min pappa och jag födde Gary på sjukhuset. Garys pappa var en väldigt snygg och mycket charmerande student som, när jag berättade om det kommande faderskapet, kallt deklarerade: ”Det är ditt problem, min kära!” När pappa kom och hälsade på den sommaren höll jag Gary i mina armar. Garys födelse blev en verklig chock för mig! För första gången i mitt liv hade jag ansvar för någon. Jag bad pappa att låta mig komma tillbaka till London. Han hittade en liten lägenhet till mig. Och en dag, minns jag, gick jag till slottet för att visa upp Gary. Min mamma var allvarlig och rörd samtidigt. Jag kände att hon förebrådde mig för att jag hade uppfört mig illa och hon var omtumlad av att se mig med Gary. Hon frågade mig varför jag hade gjort så. Jag sa till henne att jag inte hade stått ut med att man tagit mig bort från henne. Brytningen hade varit alltför brysk. Det var då hon fick idén att anställa mig som livvakt och låta mig passera som en av hennes anställda …

– Det var så jag såg dig på TV!

– Jag lärde mig att försvara mig, att slåss och jag utvecklades … Jag var ju redan lång och välbyggd och jag blev mästarinna i kampsporter. Jag kunde uppfylla min roll perfekt, utan att det uppstod den minsta misstanke kring min person. Allt skulle ha varit hur bra som helst om jag inte hade träffat den där mannen.

– Mannen i svart som stod utanför din dörr?

– Jag blev vansinnigt förälskad i honom och en kväll berättade jag min hemlighet för honom … Jag älskade honom så, jag ville att vi skulle ge oss av tillsammans, han sa att han inte hade pengar, jag anförtrodde mig åt honom och det blev början på mina bekymmer. Den mannen är en hemsk man men så tilldragande. Det är min mörka sida. Och fysiskt … När jag är långt ifrån honom kan jag stå emot men när han är där kan han göra vad han vill med mig. Mycket snart började han pressa mig på pengar och han hotade att avslöja allt för pressen. Det var under åren med Diana, de skandalösa, fruktansvärda åren, även *Annus Horribilis* … kommer du ihåg? Jag blev tvungen att berätta för min pappa och han berättade för min mamma och de gjorde som alla kungliga hov gör när de vill tysta ner en skandal. De köpte hans tystnad. Ett månatligt underhåll på trettiotusen euro för att han skulle hålla tyst! I utbyte lovade jag att flytta utomlands, byta namn och aldrig träffa honom mer. Det var då jag kom till Frankrike till ditt hus. Jag hade tagit fram en karta över Paris och dess omgivningar, satt ner en passare och snurrat den på måfå och det var så jag hamnade i vårt kvarter. På loven åkte vi till England, jag var alltid knuten till drottningen eller den kungliga familjen som livvakt. Det var vid sådana tillfällen som fotona med Gary tillsammans med William och Harry togs. Så där ja, nu vet du nästan allt ...

– Vet Gary också allt?

– Ja. Jag gjorde som min far. När han var sju år berättade jag allt för honom. Det gjorde att vi kom mycket närmare varandra och han mognade. Det som finns mellan oss är oförstörbart ...

– Och den svartklädde mannen, kommer han inte att förfölja dig?

– Efter hans vistelse i Paris meddelade jag London och de satte press på honom. Du vet, han är också rädd. Rädd att förlora sin livränta, rädd för underrättelsetjänsten. En olycka kan lätt inträffa. Jag tror inte han kommer tillbaka för att ofreda mig men jag föredrar att hålla det största avstånd mellan oss, för min säkerhet men också för att glömma honom. Jag har bestämt mig för att vända blad. Det är också anledningen till att jag kan prata med dig nu ikväll. Hans besök hos mig i Paris var ett besök för mycket. Jag förstod att jag aldrig mer skulle låta honom terrorisera mig och när han gav sig av i gryningen kände jag bara en enorm avsmak, en avsmak för att jag låtit mig manipuleras i åratal ...

Hon tittade upp mot stjärnorna och suckade:

– Jag kommer att ha all tid att prata med dem nu ... Du får skicka hit Gary på loven och flickorna också om de vill ... Och sen i juni till studenten: kan jag bo hos dig för att få vara med honom då?

Joséphine nickade.

– Du får ersätta madame Barthillet, jag kommer att tjäna på det bytet!

Iris tittade ut genom fönstret i sitt arbetsrum. Hon hatade januari månad. Hon hatade februari också och regnskurarna i mars och april. I maj var hon allergisk mot pollen, i juni var det för varmt. Hon tyckte inte längre om inredningen i sitt sovrum. Med en eländig min öppnade hon sitt klädskåp: hon hade inget att ta på sig längre! Julen hade varit dyster. Vilken hemsk helg, tänkte hon medan hon tryckte sin panna mot fönstret. Philippe och hon på tu man hand framför brasan i vardagsrummet, så vedervärdigt!

De hade aldrig mer talat om New York.

De undvek varandra. Philippe gick ut mycket. Om han kom hem vid sjutiden på kvällen var det för att vara med Alexandre. När Alexandre badade gav sig Philippe av igen. Hon frågade honom inte vart han skulle. Han lever sitt liv, jag mitt, slog hon fast. Varför bekymra sig, så har det alltid varit.

Hon hade bestämt sig för att glömma Gabor. Varje gång hon tänkte på honom högg det till som av en dolk i hjärtat. Hon satt flämtande och kände hur hon klövs mitt itu av smärtan. När hon kom att tänka på det som hade hänt i New York, fick hon svindel. Det var som om man placerat henne vid kanten till ett stup. Hon kunde inte komma vidare om hon inte hoppade ut i tomma luften … Tomheten skrämde henne. Tomheten lockade henne.

Hon levde i tankspriddhet.

Ärans tid var förbi för henne. Efter de första tre intensiva månaderna hade tidningarna hittat nya spännande ämnen att skriva om. Hon hade blivit mindre eftertraktad. Sådant går fort, konstaterade hon. Så sent som strax före jul ringde de mig och ville ta bilder eller ha med mig på en tillställning. Men idag … Hon tittade i sin kalender, åh jo! En bild för *Gala* nästa tisdag … Jag vet inte vad jag ska ha på mig, jag får fråga Hortense. Ja, det ska jag göra! Be Hortense hitta på en ny look till mig! Så jag får något att göra. Vi kan gå och handla tillsammans. Jag måste hitta på något för att komma tillbaka upp på scenen. Att stå i rampljuset är berusande, men när lamporna släcks så huttrar man.

”Jag vill att man tittar på mig!” röt hon rakt ut i rummets fridfulla tystnad. Men då måste jag skapa min egen föreställning. Att låta klippa håret i direktsändning var lysande. Måste hitta en ny idé ... Ja, men vad? Hon betraktade regnet som slog mot fönstret, hur dropparna gled ner för rutan för att sedan träffa fönsterblecket. Hon slog på TV:n och kom rakt in i ett eftermiddagsprogram. Hon kom ihåg att hon hade varit inbjuden till det. ”Mycket bra för försäljningen, mycket bra för försäljningen, ni måste absolut vara med”, hade förlagets pressansvarige sagt. En ung författare presenterade sin roman. Iris kände ett styng av avund. En krönikör, hon visste inte vad hon hette, sa att hon hade älskat boken, att den var välskriven: subjekt, verb, objekt. Korta, snabba fraser.

– Det är klart, svarade den unge författaren, man har ju blivit van att skriva sms ...

Iris slängde sig på sängen, deprimerad. Hennes egen bok var inte skriven som ett sms. Hennes bok var litteratur. Vad har jag gemensamt med det där nötet? Om man trycker på hans näsa så kommer det ut mjölk! Hon stängde irriterat och febrigt av TV:n. Sedan började hon åter gå fram och tillbaka i rummet. Hitta på en idé, hitta på en idé ... Philippe skulle inte komma hem till middag. Alexandre var på sitt rum. Hon försummade honom. Hon hade inte kraft att intressera sig för honom. När de båda träffades och han berättade om vad han hade gjort i skolan låtsades hon lyssna. Hon nickade utan att säga något, för att det skulle se ut som hon följde med i vad sonen sa, men hon önskade att han skulle vara tyst. Ikväll skulle de vara ensamma vid bordet. Hon kände sig trött i förväg och funderade på att be Carmen göra i ordning en bricka som hon kunde äta på sitt rum men ångrade sig. Det måste vara något på TV. Vi får äta middag framför apparaten.

Nästa dag åt hon lunch med Bérengère.

– Du verkar inte vara i form …

– Jag måste börja skriva igen och jag har rampfeber …

– Man måste ju säga att det blev ett mästerverk, redan det första försöket. Att lyckas en andra gång kan inte vara lätt!

– Tack för din uppmuntran, väste Iris. Jag borde äta lunch oftare med dig, det skulle göra mig på bättre humör.

– Hör nu här. Du har just varit med om tre månader när man bara har pratat om dig och du har synts överallt, det är inte konstigt om du känner dig lite deprimerad vid tanken på att låsa in dig igen.

– Men jag vill att det ska fortsätta! När vi kom in på restaurangen hörde jag folk viska ”det är hon, Iris Dupin, ni vet hon som nyss har skrivit den där boken …”

– Är det sant?

– Jag lovar dig, men det kommer att ta slut …

– Nej. För du ska skriva en till.

– Det är så jobbigt! Det tar tid …

– Eller så gör du någon galen grej! Du tar livet av dig …

Iris gjorde en grimas.

– Du åker och tar hand om stackars spetälska människor i Papua …

– Tack så mycket!

– Du ger namn åt en ros …

– Jag vet inte ens i vilken ände man håller en ros …

– Du visar dig ute tillsammans med en ung pojke … Se på Demi Moore, hon spelar inte in filmer längre men man pratar om henne ändå på grund av hennes killes ungdom.

– Jag känner ingen. Alexandres kompisar är för unga … Och sen finns ju Philippe trots allt!

– Du får förklara för honom att det är som reklam för nästa bok! Han kommer att förstå. Han förstår allt din man …

Deras mat kom in och Iris sänkte blicken mot maten, äcklad.

– Ät! Annars får du anorexi.

– Det är bättre för TV. I bild ser man tio kilo tjockare ut, det är bättre att jag är mager …

– Iris, lyssna på mig, du kommer att bli knäpp … Glöm allt det där. Sätt igång och skriv igen, enligt mig är det det bästa du kan göra!

Hon har rätt, tänkte Iris, hon har faktiskt rätt. Jag måste tjata på Joséphine. Hon vill inte skriva en andra. Hon stelnar till när jag pratar om det. Nästa lördag bjuder jag in mig på lunch hos henne där borta i förorten, jag pratar med henne och jag tar med mig Hortense för att shoppa med mig …

– Nej, Iris, insistera inte! Jag börjar inte om igen!

De två satt i köket. Joséphine förberedde middagen. Hon hade tagit hand om Gary och kände det som om hon hade en jätte att föda.

– Men varför? Förändrade inte den första boken ditt liv?

– Jo … Och du anar inte hur mycket.

– Då så?

– Så … Nej!

– Vi är ju ett fantastiskt team du och jag. Jag har lanserats nu, jag har ett namn och ett rykte, det är bara att fortsätta på den inslagna vägen! Du skriver, jag säljer, du skriver, jag säljer, du skriver …

– Stopp! skrek Joséphine och höll för öronen. Jag är inte en maskin.

– Jag förstår inte. Det svåraste är gjort, vi har skaffat oss en plats i solen och du tvekar …

– Jag vill skriva i egenskap av mig själv.

– I eget namn? Du kommer inte att sälja en enda bok!

– Tack så mycket.

– Det var inte så jag menade. Ursäkta … Du kommer att sälja mycket, mycket mindre. Vet du hur mycket vi har sålt av *En anspråkslös drottning*? Riktiga siffror, inte bluffsiffror som man skriver ut i reklamen …

– Ingen aning …

– Hundrafemtiotusen på tre månader! Och det fortsätter, Jo, det fortsätter. Vill du stoppa det?

– Jag kan inte. Det är som om jag hade satt ett barn till världen och när jag möter det på gatan så känner jag inte igen det.

– Där har vi det! Du tyckte inte om att jag lät klippa håret i direktsändning, att jag viker ut mig i tidningarna, att jag svarar på idiotiska intervjufrågor … Men det ingår i spelet, Jo, det är det man måste göra!

– Kanske … Men jag tycker inte om det. Jag vill göra på ett annat sätt.

– Vet du hur mycket du kommer att tjäna på den här lilla historian?

– Femtiotusen euro …

– Du är inte i närheten! Tio gånger mer!

Joséphine gav upp ett förfärat skrik och höll för munnen med sin fria hand.

– Det är ju förfärligt! Vad ska jag göra med dem?

– Vad du vill, jag struntar totalt i det …

– Och skatterna? Vem ska betala skatterna på den summan?

– Det finns en lag för författare. De kan sprida ut sina inkomster över fem år, då blir det mindre kännbart. Det kommer att gå upp i Philippes skatter, han kommer inte ens att märka det!

– Jag kan inte låta honom betala skatt på det som jag tjänar!

– Varför? Jag säger ju att han inte kommer att märka det.

– Åh nej …, kved Joséphine. Det är hemskt, det skulle jag aldrig kunna!

– Jo, du skulle kunna för vi har en överenskommelse och du kommer att hålla dig till den. Det kommer inte på fråga att Philippe får veta nånting om det här. Dessutom är det kyligt mellan oss så det är inte rätt tidpunkt att låta honom få veta alltihop. Joséphine, tänk på mig, jag ber dig … Vill du att jag ska lägga mig på knä?

Joséphine ryckte på axlarna utan att svara.

– Skicka crème fraichen, jag ska göra en stuvning. Det är inte klokt vad en pojke på en och nittio kan äta! Jag fyller kylskåpet, han tömmer det, jag fyller det igen och han tömmer det igen!

Iris räckte henne burken med crème fraiche med minen hos en liten bönfallande flicka.

– Krick och Krock fick krupp när de krubbade …

– Tjata inte, Iris. Det är nej.

– Bara en till, Jo, sen klarar jag det själv. Jag får lära mig att skriva, jag ser hur du gör, jag arbetar tillsammans med dig … Hur lång tid kan det ta? Sex månader av ditt liv och det betyder allt för mig!

– Nej, Iris.

– Du är verkligen otacksam! Jag har inte behållit något för mig själv, jag har stuckit till dig allt, ditt liv har förändrats totalt, du har förändrats totalt …

– Åh, har du också lagt märke till det?

Hortense stack in huvudet genom köksdörren.

– Ska vi gå, Iris? Jag har läxor kvar som jag måste göra ikväll … Jag vill inte komma hem för sent.

Iris tittade på Joséphine en sista gång och knäppte händerna i en ivrig bön men Joséphine skakade bestämt på huvudet.

– Vet du vad? sa Iris och reste sig. Du är verkligen inte schysst …

Där kom skulden, sa Joséphine för sig själv. Nu ska hon skuldbelägga mig. Hon försöker verkligen med allt. Hon torkade av sina händer på förklädet, beslöt sig för att hälla en påse fläsktärningar i quichen och satte sedan in den i ugnen. Det är vilsamt att laga mat, tänkte hon. Småsaker i livet är vilsamma. Det är sådant som Iris saknar. Hennes liv är upphängt på konstgjorda saker utan rötter och så förlorar hon fotfästet för minsta motgång. Jag borde nog lära henne göra en quiche! Det skulle få stopp på cirkusen i hennes huvud.

Genom köksfönstret såg hon sin syster och sin dotter gå in i Iris bil.

– Är mamma och du ovänner? frågade Hortense medan hon satte på sig bilbältet.

– Jag bad henne ge mig ett handtag med min nästa bok men hon vägrar hjälpa mig …

En idé dök upp i Iris huvud och hon frågade:

– Kan du inte övertala henne? Hon tycker så mycket om dig. Om du frågar henne säger hon kanske ja …

– Okej, jag ska prata med henne ikväll.

Hortense kollade så att bilbältet satt på ordentligt och att hon inte skrynklade till sin alldeles nya Èquipement-skjorta, sedan vände hon sig mot sin moster.

– Hon borde faktiskt hjälpa dig. Efter allt du har gjort för henne och för oss!

Iris suckade och tog på sig en otröstlig offermin.

– Du vet, ju mer man hjälper folk desto mindre tacksamma blir de.

– Vart ska vi åka och handla?

– Jag vet inte: Prada? Miu Miu? Colette?

– Exakt vad är det du vill ha?

– Jag ska göra några bilder för *Gala* nästa tisdag och jag skulle vilja vara hjärtslitande, superchic och klassig samtidigt!

Hortense tänkte efter och sa:

– Vi åker till Galerie Lafayette. De har en hel avdelning med bara nya kreatörer. Jag går ofta dit. Det är intressant. Får jag komma med när du ska ta bilder på tisdag? Man vet aldrig, jag skulle kunna träffa på några modejournalister …

– Inga problem …

– Kan jag ta med Gary? Så kan vi ta hans scooter …

– Okej. Jag lämnar era namn i entrén.

På kvällen när Hortense kom hem med famnen full av paket med kläder, kläder som hennes moster hade köpt henne som tack för att hon ägnat en hel eftermiddag åt henne, frågade hon sin mamma varför hon inte ville ge Iris ett handtag.

– Hon har hjälpt oss så mycket de senaste åren.

– Det har du inte med att göra, Hortense. Det där är ett problem mellan Iris och mig …

– Men mamma … När du för en gångs skull kan göra henne en tjänst.

– Hortense, nu säger jag igen att du inte har med det att göra. Så, nu sätter vi oss! Kalla på Gary och Zoé.

De pratade inte mer om det, och sedan gick alla och lade sig efter middagen. Hortense hade blivit förvånad över att hennes mamma hade verkat så bestämd. Hon hade täppt till munnen på henne med sitt övertygande sätt. En ny och fridfull auktoritet. Det var nytt det här, sa hon för sig själv medan hon klädde av sig. Hon stod och hängde upp kläderna från sin moster på galgar när hennes mobiltelefon ringde. Hon sträckte ut sig på sin säng och svarade på engelska med en ovanlig vänlighet, vilket fick Zoé att haja till där hon brottades med sin pyjamas för att komma i den utan att knäppa upp knapparna i jackan. När Hortense ringt av och lagt tillbaka sin telefon på nattygsbordet frågade Zoé:

– Vem var det? En engelsman?

– Du kan aldrig gissa, svarade Hortense, och sträckte ut sig på sängen, intagen av en helt ny vällust.

Zoé tittade på henne med gapande mun.

– Säg det. Jag ska inte berätta något. Jag lovar!

– Nej. Du är för liten, du kommer att skvallra.

– Om du berättar det för mig ska jag berätta en jättestor hemlighet! En riktig vuxen-hemlighet!

Hortense tittade på sin syster. Hon såg allvarlig ut, hennes ögon verkade hypnotiserade av betydelsen av avslöjandet.

– En riktig hemlighet? Inte bara en liten skitsak?'

– En riktig hemlighet …

– Det var Mick Jagger …

– Sångaren? Han från Rolling Stones?

– Jag träffade honom på Mustique och vi … blev vänner.

– Men han är gammal, rynkig och jättemager med en stor mun …

– Jag gillar honom! Jag gillar honom mycket till och med!

– Ska du träffa honom igen?

– Vet inte än. Vi ringer varandra. Ofta …

– Och den andre, han som ringer hela tiden när jag sover?

– Chaval? Dumpad. Som ett plåster … Han grät i mitt knä och dreglade överallt. En riktig tölp, den killen!

– Wow! sa Zoé, beundrande. Du zappar snabbt du.

– Man måste zappa i livet, bara behålla det som intresserar en och som man kan ha nytta av. Annars slösar man bort sin tid … Så, hur var det med din hemlighet?

Hennes mun blev till ett föraktfullt streck som om hennes systers hemlighet inte skulle nå upp till fotknölarna ens på Mick Jagger.

– Jag ska berätta det för dig … men du måste lova att inte berätta det för någon.

– Jag lovar och svär.

Hortense satte upp handen och spottade mot golvet.

– Jag vet varför mamma inte vill hjälpa Iris att skriva boken …

Hortense lyfte förvånat på ett ögonbryn.

– Vet du det?

– Ja, jag vet …

Zoé kände sig viktig. Hon ville dra ut på spänningen.

– Hur vet du det?

Inför sin systers förvånade och vänliga min kunde hon inte hålla sig längre och berättade hur hon och Alexandre hade suttit instängda i ett klädskåp, och vad de hade hört då.

– Philippe sa till en farbror att det var mamma som hade skrivit boken …

– Är du säker?

– Ja …

– Så, konstaterade Hortense, det var därför som Iris var så envis inför mamma. Hon vill inte att hon ska hjälpa henne, hon vill att hon ska skriva hela boken.

– Ja, för att hon aldrig skrev den första. Det var mamma som skrev den. Hon är stark, mamma, vet du, superstark!

– Då förstår jag bättre ... Tack Zoétounette.

Zoé skrynklade ihop hela ansiktet av glädje och kastade en hänförd blick på sin syster. Hon hade kallat henne Zouétounette! Det hände inte ofta. Oftast var hon brysk mot henne, knuffade henne och behandlade henne som en baby. Ikväll hade hon tagit henne på allvar. Zoé lade sig och somnade leende.

– Jag älskar när du är så här, Hortense ...

– Sov nu, Zouétounette, sov ...

Hortense låg och funderade i sin säng. Livet var spännande. Mick Jagger förföljde henne i telefon, hennes mamma visade sig vara en succéförfattare, hennes moster kunde inte längre ta ett steg utan henne, pengarna skulle börja strömma in ... I slutet av året skulle hon ta studenten. Hon måste kamma hem ett omnämnande för att kunna komma in på en bra designskola. I Paris eller i London. Hon hade kollat upp det. Hon fick väl se. Lära sig för att lyckas. Inte vara beroende av någon. Charma männen för att komma sig upp. Se till att ha pengar. Livet var enkelt när man använde rätt recept. Hon hörde med vemod sina klasskamraters undanflykter när de slösade sin tid på att fundera över om någon finnig jätte hade lagt märke till dem. Själv gick hon sin egen väg. Chaval hade mist all sin attraktionskraft och Mick Jagger sprang efter henne. Hennes mamma skulle tjäna mycket pengar ... under förutsättning att hon tog hem rättigheterna till boken. Hon måste se till så att hennes mamma inte blev lurad. Hur ska jag göra? Vem skulle jag kunna be om råd?

Hon skulle komma på något.

Det var när allt kom omkring inte så svårt att skaffa sig en plats i solen. Det var bara att ordna det för sig. Inte slösa tid på kärlekshistorier. Inte vekna. Sparka ut Chaval som hon inte längre behövde och få en gammal rockstjärna att tro att han var hennes drömprins. Män är så fåfänga! Hennes ögon smalnade i rummets mörker. Hon lade sig i sin favoritställning när hon skulle sova:

armarna utefter kroppen, huvudet platt mot kudden och med benen ihop som en lång sjöjungfrustjärt. Eller krokodil. Hon hade alltid tyckt om krokodiler. De hade aldrig skrämt henne. Hon respekterade dem. Hon tänkte ett ögonblick på sin pappa. Som livet hade förändrats sedan han gav sig av! Stackars pappa, suckade hon och slöt ögonen. Och ändå, rättade hon omedelbart sig själv, jag får inte känna medlidande med honom. Han kommer att klara sig, han också!

Och för närvarande såg livet ljust ut.

Philippe Dupin tittade i sin besökskalender och såg att Joséphine var uppsatt till klockan femton och trettio. Han kallade på sin sekreterare och frågade om hon visste vad det rörde sig om.

– Hon ringde och bad om ett formellt möte … Hon insisterade på att få en tid. Skulle jag inte ha gått med på det?

Han muttrade jo, jo, och lade förbryllad på.

När Joséphine kom in på hans kontor fick han en chock. Hon var solbränd, håret hade blekts och hon hade gått ner i vikt och såg yngre ut men det allra mest utmärkande var att hon tycktes ha fått en större inre säkerhet. Hon gick inte längre med blicken ner i marken och axlarna uppdragna som om hon bad om ursäkt för att hon fanns, utan kom leende in på kontoret, kramade om honom och satte sig mitt emot honom.

– Philippe, jag måste prata med dig …

Han tittade på henne, log mot henne för att stanna upp tiden en liten stund och frågade:

– Är du förälskad, Joséphine?

Bragd ur fattningen stammade hon ja, hennes blick grumlades och hon tillade:

– Syns det?

– Det står skrivet i ditt ansikte, i ditt sätt att gå, att sätta dig ner … Känner jag honom?

– Nej …

De betraktade varandra en lång stund under tystnad och i

Josephines blick kunde Philippe läsa en viss förvirring som förvånade honom men som också mildrade smärtan han kände.

– Jag är glad för din skull …

– Det var inte det jag kom för att prata om.

– Åh? Jag trodde vi var vänner …

– Just det. Det är eftersom vi är vänner som jag kom för att träffa dig.

Hon tog ett djupt andetag och började:

– Philippe … Det som jag har att säga kommer inte att göra dig glad och jag vill absolut inte att du tror att jag vill skada Iris.

Hon tvekade igen och Philippe undrade om hon skulle våga, här inför honom, avslöja bluffen med boken.

– Jag ska hjälpa dig, Jo. Iris har inte skrivit *En anspråkslös drottning*, det är du som har skrivit den …

Jo gapade med munnen och hennes ögonbryn lyftes i en häpen fråga.

– Visste du det?

– Jag anade det och mina aningar har blivit allt starkare …

– Gud! Och jag som trodde …

– Joséphine, låt mig berätta hur jag träffade din syster … Vill du att jag ska be att de tar in något att dricka till oss?

Joséphine svalde och tackade ja, det var en god idé. Hon var alldeles torr i munnen.

Philippe bad om två kaffe och två stora glas vatten. Joséphine nickade ett ja tack. Sedan började han sin berättelse.

– Det var för ungefär tjugo år sedan, jag hade nyss blivit advokat och hade redan arbetat två eller tre år i Frankrike och jag praktiserade hos Dorman & Steller i New York, på avdelningen för upphovsrätt. Jag var inte lite stolt över det, det kan jag försäkra dig! En dag fick jag ett telefonsamtal från chefen för en amerikansk filmstudio vars namn jag inte vill avslöja, som hade ett mycket bekymmersamt fall som han trodde kunde intressera mig: det gällde en ung fransyska. Jag frågade vad det rörde sig om och då berättade han följande för mig … Det var ett grupparbete som utförts av sistaårsstudenter på filmutbildningen vid Columbia University. Ett manus som skrivits av flera studenter tillsammans och som hade utnämnts till det mest originella, mest briljanta och mest välskrivna av alla studentarbeten det året. Detta manus hade sedan regisserats av en viss Gabor Minar. Han hade gjort en ungefär trettio minuter lång film som finansierats av Columbia University. Han fick beröm för filmen av sina lärare och den möjliggjorde sen för honom att få nya kontrakt för större projekt. Filmen visades, som brukligt är, inom universitetsvärlden och för varje visning fick han pris. Men det visade sig att Iris var en av studenterna i Gabors grupp och att hon hade varit med och skrivit manuset. Så långt inget störande. Det var sen som det började se illa ut … Iris gjorde om manuset, ändrade på en eller två detaljer i historien och gjorde en lång version som hon presenterade som originalversion för ett filmbolag i Hollywood, det bolag där mannen som ringt mig arbetade. De blev förtjusta i historien och skrev direkt kontrakt med henne som regissör, på sju år. Med många, många nollor. Hon var debutant, kom som en blixt från klar himmel och man pratade om det i branschtidningarna.

– Jag kommer ihåg det. Vi pratade inte om något annat hemma. Min mamma gick som på små moln.

– Och det hade hon all anledning till! Det var första gången en helt nyutexaminerad elev från universitetet fick ett sådant kontrakt. Allt skulle ha gått bra om inte en student som deltagit i Iris arbetsgrupp hade fått nys om affären. Hon hade fått tag på din systers manuskript, jämfört det med det gemensamma originalmanuskriptet och övertygat studion om att Iris var en tjuv, en bedragerska, kort sagt: i den amerikanska lagens ögon en brottsling! Fallet intresserade mig, jag ville gärna jobba med det, jag träffade din syster och jag blev handlöst förälskad … Jag gjorde allt för att klara henne ur knipan. Hon blev tvungen att lova att aldrig mer komma tillbaka och arbeta i USA och att under tio år inte ens sätta sin fot i landet! Hon hade begått ett verkligt brott enligt amerikansk lag som inte skämtar om lögner. Det är en dödssynd att ljuga, *over there.*

– Det var därför Clinton släpades i den mediala smutsen …

– Affären blåste över, Gabor Minar och de andra studenterna fick aldrig veta något. Studentskan som hade träffat huvudet på spiken och avslöjat Iris fick ett rundhänt skadestånd genom min försorg. Hon gick med på att dra tillbaka sin anmälan mot en rejäl summa. Jag hade pengar, jag hade försvarat två eller tre stora mycket lönande fall, så jag betalade alltså …

– För att du var förälskad i Iris …

– Det ordet är inte starkt nog! sa han och skrattade. Jag var fast. Förhäxad. Hon accepterade uppgörelsen utan att säga något, men jag trodde att hon var allvarligt stukad efter att ha blivit tagen på bar gärning med att fuska. Jag gjorde allt för att hon skulle glömma det och för att hennes sårade självkänsla skulle läkas. Jag arbetade som en galning för att hon skulle bli lycklig, jag försökte övertala henne att skriva, hon pratade ofta om det men lyckades inte … Så jag försökte få henne att intressera sig för annat, för en annan konstart. Din syster är konstnär, en frustrerad konstnär, de är de värsta som finns. Ingenting kan någonsin göra henne tillfredsställd. Hon drömmer om ett annat liv, hon drömmer om att skapa men som du vet räcker det inte med att säga det, man måste göra det. När jag hörde henne säga att hon börjat skriva tänkte jag direkt att det var något lurt. När jag sen hörde att hon skrev en historia om 1100-talet förstod jag att vi var på väg mot nya problem …

– Hon träffade en förläggare vid en middag och hon skröt om att hon skrev, hakade Joséphine på. Han lovade att skriva kontrakt med henne om hon hade ett projekt på gång och hon trasslade in sig i sin lögn. Vid den tidpunkten hade jag problem med pengar, Antoine hade gett sig av och lämnat en stor skuld till mig, jag hade fastnat i ett strupgrepp, jag tror också att jag sen lång tid tillbaka hade lust att skriva men jag hade inte vågat, så jag sa ja …

– Och du blev indragen i något som du inte hade kontroll över …

– Och nu vill jag sluta. Hon har bönfallit mig att skriva en till, men jag vill inte, jag kan inte …

De tittade på varandra utan att säga något. Philippe lekte med sin silverpenna. Han knackade i bordet med dess bakre ände och fick udden att studsa ut. Det åstadkom ett dämpat, regelbundet ljud som var i takt med deras tankar.

– Det finns ett problem till, Philippe …

Han lyfte på huvudet och tittade på henne med tung och sorgsen blick. Pennan upphörde med sitt hamrande. Sekreteraren knackade på dörren och satte ner kaffekopparna på skrivbordet. Philippe räckte fram en kopp till Joséphine och därefter sockerskålen. Hon tog en sockerbit som hon placerade mot gommen och drack sitt kaffe. Philippe tittade rörd på henne.

– Pappa brukade också göra så, sa hon efter att ha satt tillbaka koppen. Jag vill prata med dig om en annan sak. Det är väldigt viktigt för mig.

– Jag lyssnar, Jo.

– Jag vill inte att du ska betala skatterna på intäkterna för boken. Det verkar som om jag kommer att tjäna mycket pengar, det är Iris som har sagt det. Hon har också sagt att du kunde betala dem, att du inte skulle märka det, men det kommer inte på fråga, jag skulle må så dåligt av det …

Han log och hans blick mjuknade.

– Du är söt …

Han rätade på sig och började leka med pennan igen.

– Du vet Jo, på sätt och vis har hon rätt … de där pengarna kommer att spridas ut över fem år med stöd av Langs lag för författare, och jag tror inte att jag skulle märka det. Jag betalar så mycket skatt så det spelar ingen roll!

– Men jag vill det inte.

Han funderade och sa:

– Det är bra att du tänker så och du ska veta att jag respekterar dig för det. Men … Jo … Vad är alternativet? Att du kräver din upphovsrätt? Och ditt eget namn? Att de skriver en check till dig och betalar ut till ditt konto? Då kommer alla att få veta att det är du som är bokens författare och tro mig Jo, Iris kommer inte att överleva en offentlig förödmjukelse. Hon skulle till och med kunna göra en mycket, mycket allvarlig dumhet.

– Tror du verkligen det?

Han nickade.

– Det vill du väl inte, Jo?

– Nej. Det vill jag inte, det är säkert …

Hon hörde ljudet av pennan mot skrivbordets lackerade yta. Knack, knack, knack.

– Jag skulle gärna vilja hjälpa henne … Men det står inte i min makt. Även om hon är min syster …

Hon såg Philippe rakt i ögonen och upprepade ”hon är min syster”.

– Jag är tacksam mot henne: utan henne hade jag aldrig börjat skriva. Det har förändrat mig, jag är inte densamma längre. Jag vill skriva igen. Jag vet att nästa bok skulle gå mindre bra än *En anspråkslös drottning* eftersom jag inte skulle göra allt det som Iris har gjort för att lansera boken, men det struntar jag i … Jag skriver för mig själv, för mitt nöjes skull. Om det går bra, så är det bra, om det inte går så bra så gör det ingenting.

– Du är en arbetsmyra, Jo. Vem var det som sa att geni är tio procent inspiration och nittio procent transpiration?

Pennan hamrade mot bordet och ändrade rytm i takt med den växande ilskan inom Philippe.

– Iris vägrar arbeta, Iris vägrar ta i så hon svettas … Iris vägrar att se verkligheten i vitögat … Oavsett om det gäller boken, hennes barn eller hennes man!

Han berättade om resan till New York, om sammanträffandet med Gabor Minar och Iris ihållande tystnad sedan de kommit hem.

– Det är en annan historia som inte har med dig att göra, men jag tänker att det inte är rätt tillfälle att säga till alla att det är du som har skrivit boken. Jag vet inte om du känner till det men ett trettiotal utländska förlag har köpt rättigheterna till boken och man talar om en filmatisering av en mycket känd regissör. Jag vet inte hans namn än, för så länge inget är underskrivet vill förläggaren inte säga något … Kan du tänka dig vilken skandal det skulle bli?

Joséphine nickade, förläget.

– Hon får inte ens veta att jag vet, fortsatte Philippe. Hon har fått smak för framgången och skulle inte stå ut med skammen av ett offentligt avslöjande. Hon lever som en sömngångare just nu och vi får absolut inte väcka henne. Boken är hennes sista illusion. Hon kommer alltid att kunna säga att hon är kvinnan som skrev en enda bok. Hon är inte den enda och åtminstone kan hon klara sig undan med äran i behåll genom att säga så. Man kommer till och med att berömma henne för hennes klarsynthet!

Pennan hamrade inte längre mot skrivbordet. Philippe hade kommit fram till en slutsats, Joséphine böjde sig för den.

– Så, tillade hon, efter att ha tänkt efter, låt mig åtminstone få ge dig en riktigt fin present. Ta med mig en dag till en auktion där man säljer en tavla eller ett föremål som du vill ha och låt mig ge dig det …

– Gärna. Tycker du om konst?

– Jag är bättre på historia och litteratur. Men jag kan lära mig …

Han log mot henne, hon gick runt bordet och böjde sig fram mot honom för att pussa honom och tacka honom.

Han vände huvudet mot henne, hans mun nuddade hennes. De utväxlade flyktiga kindpussar och drog sig sedan från varandra. Joséphine smekte honom över håret med en mycket mjuk och innerlig rörelse. Han tog tag i hennes handled och placerade sina läppar på insidan av den och mumlade: ”Jag kommer alltid att finnas där, Jo, alltid där för dig, glöm inte det.”

Hon viskade: ”Jag vet, jag vet det …”

Gud, tänkte hon, väl nere på gatan, livet börjar bli väldigt komplicerat, nu när sådana här saker händer mig. Och jag som trodde jag hade kommit i jämvikt! Livet har börjat snurra igen …

Hon kände sig plötsligt mycket lycklig och hejdade en taxi för att åka hem.

Fotograferingen var nästan slut. Iris satt på en vit kub placerad mitt på ett vitt fondpapper som rullats ut och fästs upp som bakgrund, skylande studions tegelvägg. Hon bar en blekrosa dräktjacka, mycket urringad, med breda satinrevärer som löpte runt hennes späda överkropp. Jackan var hopknäppt med tre stora rosenformade knappar. Den hade breda axlar och var insvängd i midjan. En rosa satinmössa, stor som en tiobitars tårta, dolde hennes korta hår, framhävde hennes stora blå ögon och gav dem en malvafärgad lyster som fick journalisten att spinna av förtjusning.

– Ni är magnifik, Iris! Jag undrar om man inte skulle ha er på omslaget.

Iris log med blygsam min.

– Ni tar då i!

– Jag menar allvar. Eller hur, Paolo? frågade hon fotografen.

Han satte upp tummen som ett tecken på att han höll med, och Iris rodnade. En sminkös kom för att pudra henne igen eftersom värmen från lamporna fick henne att svettas och små pärlor av svett syntes på hennes näsa och kindknotor.

– Och idén att bära den här Armanijackan till ett par trasiga jeans och stora gummistövlar, den är genialisk!

– Det var min systerdotter som kom på det. Du får presentera dig, Hortense!

Hortense trädde ut ur skuggan och kom fram och pratade med modejournalisten.

– Är ni intresserad av mode?

– Mycket …

– Vill ni komma och titta på fler fotograferingar?

– Jag skulle älska det!

– Då så, lämna ert mobilnummer så ringer jag er …

– Kan jag få ert också om ni skulle bli av med mitt?

Kvinnan tittade på henne, överraskad av hennes djärvhet och sa: ”Varför inte? Ni kommer att gå långt, ni!”

– Så, nu tar vi en sista rulle och sen slutar vi, jag är dödstrött. Vi har allt vi behöver, det är verkligen bara för säkerhets skull.

Fotografen tog slut på sin rulle, men innan han hann plocka ihop sina kameror frågade Iris om han kunde ta några bilder på henne och Hortense tillsammans.

Hortense kom och ställde sig och poserade tillsammans med henne.

– Och Gary också? frågade Hortense.

– Kom igen, Gary … utbrast modejournalisten. Men så snygg han är, den unge mannen! Du vill inte jobba som modell, möjligen?

– Nej, det intresserar mig inte, jag skulle hellre bli fotograf …

– Sätt lite puder på näsan på dem båda, bad journalisten med ett tecken till sminkösen.

– Det här var bara tänkt som bilder till mig själv, inte för att göra modebilder av, påpekade Iris.

– Men de är så söta! Man vet aldrig om han ändrar sig.

Iris poserade på en serie foton tillsammans med Hortense och sedan på ett tillsammans med Gary. Journalisten insisterade på att de skulle göra några kärleksfoton, med de båda omslingrade bara som ett test, sedan deklarerade hon att tagningen var slut och tackade allihop.

– Glöm inte att skicka mig dem, sa Iris till henne innan hon gick och bytte om.

De befann sig alla tre i Iris stora loge.

– Fy! Det är jättejobbigt att vara modell, suckade Hortense. Som man får vänta! Fattar du: i fem timmar har du varit där! Fem timmar som man måste le, posera och bli sminkad. Jag skulle aldrig kunna hålla på med det!

– Inte jag heller, instämde Gary. Och sen allt puder, usch!

– Jag älskar det! Man pysslar om dig, och gör dig vacker, vacker, vacker … utbrast Iris och sträckte på sig. I vilket fall som helst gjorde du shoppingen jättebra, min älskling, det var fantastiskt.

De gick tillbaka till scenen där ljusteknikerna höll på att ställa tillbaka lamporna, sladdarna och kontakterna. Iris tog journalisten och fotografen åt sidan och bjöd dem med till Hotel Raphaël.

– Jag älskar baren på det hotellet. Vill ni följa med? frågade hon Hortense och Gary.

Hortense tittade på klockan och sa att de inte kunde stanna länge: de måste tillbaka hem till Courbevoie.

De begav sig alla till Raphaël. Journalisten sa till fotografen:

– Lägg inte ner dina kameror, ta några bilder till på den här pojken, han är så snygg så man tappar andan.

På Raphaël sträckte Iris ut en arm och beställde en flaska champagne. Gary beställde en cola, han körde ju sin kompis scooter. Hortense drack också coca cola, hon hade fortfarande läxor kvar att göra. Fotografen och journalisten drack ett halvt glas var och det var Iris som drack upp resten av flaskan. Hon pratade mycket, skrattade högt, svängde med benen och klirrade med sina armband. Hon tog tag i Garys nacke och välte ner honom mot sig. De höll nästan på att falla men Gary fångade upp henne i sina armar. Alla skrattade. Fotografen tog bilder. Sedan satte Iris igång med att göra grimaser, clowngrimaser, nunneminer, miner som en stumfilmsstjärna – och fotografen klickade på. Iris skrattade högre och applåderade vid varje ny grimas.

– Så kul vi har, skrek hon och tömde sitt glas.

Hortense tittade förvånat på henne. Hon hade aldrig sett sin moster i det tillståndet. Hon böjde sig mot henne och viskade:

– Var försiktig, du har druckit för mycket!

– Äsch, kan man inte få ha lite roligt då och då! sa hon till journalisten som tittade förvånat på henne. Du vet inte vad det innebär att skriva. Man sitter i timmar ensam framför sin skärm, med sitt gamla kallnade kaffe, för att hitta ett ord, en mening …, man får ont i huvudet, ont i ryggen … så man får passa på när man äntligen får roa sig.

Hortense vände sig bort, generad över sin mosters uttalanden. Hon kastade en blick mot Gary och gjorde ett tecken ”ska vi dra?” till honom. Gary instämde och reste sig upp.

– Vi måste åka hem. Joséphine väntar på oss. Jag vill inte att hon blir orolig …

De sa adjö och gick ut. Ute på gatan drog Gary handen genom håret och sa:

– Fan, din moster! Hon var helt knäpp ikväll. Hon höll hela tiden på och tafsade på mig.

– Hon hade druckit för mycket. Glöm det!

Hortense lade armarna om midjan på Gary och han startade. För första gången i sitt liv kände Hortense medlidande. Hon kände inte riktigt igen känslan som steg upp inom henne som en ljum våg, lätt motbjudande. Iris hade fått henne att skämmas. Iris hade gjort henne illa. Hon skulle aldrig kunna se henne på samma sätt mer. Hon skulle alltid se henne framför sig utsträckt på den rosa soffan i Bar Raphaël när hon försökte dra Gary till sig och kramade och nojsade med honom eller när hon törstigt tömde sitt glas. Hortense kände sig ledsen: hon hade just förlorat en god fé, en supporter. Hon kände sig ensam och det var en otrevlig känsla. Hon kunde inte låta bli att tänka: Tur att inte mamma såg det! Hon hade verkligen inte uppskattat det. Hon skulle aldrig ha gjort så. Och ändå skrev hon boken. Helt själv. Utan att säga något. Hon pratar inte om det, hon visar inte upp sig, hon är inte med i föreställningen …

Det skulle jag aldrig ha trott om Iris, tänkte Hortense medan hon höll om Gary. Sedan slog tanken henne plötsligt med full kraft: Jag hoppas hon inte har överlåtit sin upphovsrätt till Iris! Det skulle vara likt henne. Hur kan jag få reda på det? Vem ska jag vända mig till? Hur få tillbaka pengarna? Den frågan plågade henne ända tills hon fick en idé som hon tyckte var genial …

Tre veckor senare när Henriette Grobz satt hos sin kosmetolog och väntade på sin massage och veckans peeling tog hon ett magasin ur tidningshögen i väntrummet. Hon valde det därför att hon tyckte sig se sin dotters namn, Iris, på första sidan. Lika mycket som Henriette Grobz njöt av sin dotters litterära succé, lika mycket ogillade hon hennes mediala exponering. Man pratar för mycket om dig, min älskling, det är inte bra att visa upp sig överallt på det sättet!

Hon öppnade tidningen, bläddrade igenom den, fann artikeln om Iris, tog fram sina glasögon och började läsa den. Den sträckte sig över ett helt uppslag. Rubriken löd: ”Författaren till *En anspråkslös drottning* i armarna på sin page” och underrubriken: ”Vid fyrtiosex års ålder slår Iris Dupin Demi Moores rekord och visar sig ute tillsammans med sin nya kärlek, en pojke på sjutton år.” Texten illustrerades av bilder på Iris med en snygg tonårig pojke med bruna lockar, ett bländande leende, gröna ögon och bärnstensfärgad hy. Vilken skönhet, den pojken! tänkte Henriette Grobz. En serie foton visade Iris som höll honom om midjan, tryckte honom i sin famn, vilade sitt huvud mot hans bröst eller lutade huvudet tillbaka och slöt ögonen.

Henriette stängde tidningen med en häftig rörelse och kände hur blodet steg henne åt kinderna och gjorde henne högröd i ansiktet. Hon tittade sig omkring för att se om någon hade lagt märke till hennes förlägenhet och skyndade sig ut. Hennes chaufför var inte där. Hon ringde efter honom på sin mobil och befallde honom att komma och hämta henne. Hon hade just lagt på när hennes blick föll på en löpsedel i en tidningskiosk: hennes dotter bredde ut sig i armarna på den unge Adonis över hela fönstret!

Hon trodde hon skulle svimma och kastade sig in i baksätet på sin bil, utan att vänta på att Gilles skulle öppna dörren åt henne.

– Har ni sett er dotter, Madame? frågade Gilles med ett brett leende. Hon syns överallt. Ni måste vara stolt!

– Gilles, inte ett ord om det där, för då blir jag sjuk! När vi har kommit fram går ni och köper alla exemplar av den här skräptidningen i kioskerna i vårt område, jag vill inte att folk i vårt kvarter får se det.

– Det tjänar nog inte något till, madame. Ni vet ..., nyheter sprider sig snabbt!

– Tyst och gör som jag säger.

Hon kände migränen strama åt kring huvudet, skyndade hem och undvek nogsamt portvakterskans blick.

Joséphine hade gått ut för att köpa en baguette. Hon passade på att ringa Luca, eftersom barnen numera tog all hennes tid. De brukade inte kunna träffas förrän på eftermiddagarna när flickorna var i skolan. Han bodde i en stor studio i Anières på översta våningen i ett modernt hyreshus med en terrass som vette mot Paris. Hon gick inte längre till biblioteket, de träffades hemma hos honom. Han drog för gardinerna i studion och det blev mörkt.

– Jag tänker på dig, sa han nu till henne med låg röst.

Biträdet i brödbutiken släppte henne inte med blicken. Är det så att hon gissar att jag pratar med en man som jag älskar och med vilken jag tillbringar mina eftermiddagar i sängen? undrade Joséphine när hon fångade biträdets nyfikna blick och slängde åt henne sextio centimes.

– Var är du?

– Jag köper bröd. Gary slukade två baguetter när han kom hem från skolan.

– Imorgon ska jag bjuda dig på te med bakelser, tycker du om bakelser?

Joséphine slöt ögonen av vällust och väcktes ur sitt drömmeri av biträdet som uppmanade henne att ta sin baguette och lämna plats åt andra kunder som väntade.

– Vad jag längtar, återtog Joséphine medan hon gick ut på gatan. Vet du att mina dagar har blivit till nätter sen en tid tillbaka?

– Jag har blivit solen och månen på en gång, vilken heder …

Hon log, lyfte på huvudet och fick, även hon, syn på sin systers foto i tidningskioskens fönster.

– Min Gud! Luca, om du visste vad jag ser!

– Låt mig gissa, sa han och skrattade.

– Åh nej! Det är inte alls roligt. Jag ringer igen …

Hon skyndade sig att köpa tidningen och läste den i trappan.

Josiane och Marcel åt middag hos Ginette och René när Sylvie, deras dotter, kom in i rummet och kastade en tidning på bordet och sa: ”Läs, ni kommer att skratta gott!”

De kastade sig över den och det dröjde inte länge förrän de vred sig av skratt. Josiane skrattade så mycket att Marcel befallde henne att sluta:

– Det kommer att ge dig värkar och du kommer att föda i förtid!

– Åh, jag skulle vilja se Tandpetarens fejs! hickade Josiane innan hon tystnade inför Marcels ilskna blickar, när han kastade sig över hennes mage för att hålla babyn på plats.

Madame Barthillet bjöd Alberto Modesto på middag den här kvällen. (”Den vet man alltid när han är på ingång, man hör honom halta ända långt nerifrån trappan.”) Hon tyckte inte om att gå ut med honom. Det kändes som om hon var ute och ledsagade en handikappad person. Hon föredrog att träffa honom hemma hos sig. Hon bodde på tredje våningen utan hiss. Alberto kämpade när han skulle ta sig upp och kom alltid sist. Hon hade döpt om honom till Poulidor efter den franska cykelsportens evige tvåa med samma namn.

Hon hade handlat take-away mat, köpt vin, bröd och tidningar. Hon var ivrig att läsa sitt horoskop. Få veta om hon till slut skulle vinna högsta vinsten, för hon stod snart inte ut med den här klumpfoten. Han började bli sentimental och pratade om att skilja sig för att gifta sig med henne. Det är väl ändå höjden, tänkte hon. Ju mer jag tänker på att göra slut desto mer vill han fortsätta.

Hon satte in de färdiglagade rätterna i mikrovågsugnen, korkade upp en flaska vin, kastade ut två tallrikar på bordet, borstade med handen bort en ostskalk som hade klibbat fast vid bordet sedan gårdagens middag och satte sig sedan att läsa tidningen medan hon väntade. Det var då hon fick syn på den vackra madame Dupin i armarna på Gary! Vilken grej! Hon slog sig på låren och frustade av skratt. Han hade då inte långtråkigt, den där kungliga avkomman, han skaffade sig en författare som var i ropet! Hon vrålade: ”Max, Max! Kom och titta …” Max hade inte kommit hem än. Han kom knappast hem alls nuförtiden; det passade henne bra, för hon kunde inte styra honom riktigt längre … Hon gäspade, tittade på sin klocka, vad sysslar han med, Poulidor? Sedan fortsatte hon läsa sin tidning medan hon kliade sig i sidan.

Philippe hade tagit vägen om skolan för att hämta upp sin son. Varje måndag slutade Alexandre klockan halv sju. Han fick extralektioner i engelska. Det kallades Engelska +. Alexandre var mycket stolt över det. ”Jag förstår allt, pappa, jag förstår absolut allt.” De gick hem till fots och pratade engelska, det var en ny ritual. Barn är mer konservativa än vuxna, tänkte Philippe när han höll Alexandres hand i sin egen. Han kände en stilla, djup lycka och den varade under hela deras promenad. Vilken tur att jag förstod i tid att jag höll på att tappa kontakten med honom!

Alexandre berättade just för honom hur han gjort två mål på raken i fotboll, när Philippe fick syn på tidningen med Iris bild över hela första sidan i tidningskiosken. Han gick en omväg för att Alexandre inte skulle se något. De gick upp till lägenheten och i trappan slog Philippe sig i pannan och sa:

– *Oh, my God! I forgot to buy* Le Monde *Go ahead, son, I'll be back in a minute …*

Han gick ner igen, köpte tidningen, läste den medan han gick upp för trapporna, lade den i sin ficka och tänkte efter.

Hortense och Zoé kom hem från skolan tillsammans. Det hände bara en gång i veckan och Zoé passade på att härma den likgiltiga och högdragna attityd som hennes syster rekommenderade för att förföra männen. Zoé tyckte det var svårt men Hortense vinnlade sig verkligen om att lära henne det. Det är nyckeln till framgång, Zoétounette, så försök! Ansträng dig! Zoé tyckte att hon hade vuxit i sin systers ögon sedan hon avslöjade *hemligheten*. Hortense var snällare mot henne, mindre hemsk där hemma. Inte hemsk alls faktiskt, tänkte Zoé medan hon rätade på axlarna så som hennes syster sa till henne att göra.

Det var då de fick syn på sin moster på en löpsedel, med fotot på Gary och henne inramat. De tvärstannade samtidigt.

– Vi låtsas som om ingenting har hänt, Zoé, vi håller distans till det, deklarerade Hortense.

– Men vi går tillbaka och köper den när ingen ser det, eller hur …

– Det är inte lönt. Vi vet redan vad som finns inuti den!

– Åh, jo, snälla Hortense!

– Vi håller distans till det, Zoé, man håller distans och det gäller allt.

Zoé gick förbi kiosken utan att vända sig om.

Iris kände en vag känsla av skam och hade stängt in sig hemma. Hon hade kanske gått lite för långt när hon hade skickat in bilderna anonymt till tidningsredaktionen. Hon tänkte att det skulle bli kul, att det skulle bli en liten grej som skulle göra det möjligt för henne att komma tillbaka i hetluften … men hennes mammas reaktion gjorde att hon inte behövde tvivla: hon stod inför en skandal.

De åt middag tillsammans alla tre. Bara Alexandre pratade. Han berättade hur han hade gjort tre mål i rad i fotbollen.

– För en liten stund sedan var det två, Alexandre. Man ska inte ljuga, min älskling. Det är inte bra.

Vid slutet av måltiden vek Philippe ihop sin servett och sa: ”Jag tror jag ska ta med mig Alexandre några dagar till London, till mina föräldrar. Det var längesen han träffade dem och snart är det februarilov. Jag ringer skolan och säger det till dem …”

– Följer du inte med oss, mamma? frågade Alexandre.

– Nej, svarade Philippe. Mamma har mycket att göra just nu.

– Fortfarande boken? Suckade Alexandre. Jag är trött på den där boken.

Iris nickade och vände bort ansiktet för att dölja tårarna som fyllde hennes ögon.

Gary frågade om han kunde ta den sista biten av baguetten och Jo räckte den till honom. De två flickorna teg och såg tysta på medan han sög upp det sista av ratatouillen med brödbiten.

– Varför ser ni så molokna ut? frågade han när han slukat sin brödbit. Är det på grund av de där fotona i tidningen?

De tittade lättade på varandra. Han visste.

– Stör de er?

– Mer än så, suckade Joséphine.

– Men det är ingenting. Folk kommer att prata om det i en vecka, sen är det slut … Kan jag ta en bit ost till?

Joséphine räckte honom camembertosten.

– Men din mamma …, sa Jo.

– Mamma? Ja, hon skulle säkert ha åkt över till Iris och sagt henne några sanningens ord. Men hon är inte här och hon kommer inte att få veta något om det …

– Är du säker?

– Javisst, Jo. Tror du man läser den blaskan på Mustique? Och förresten är det jättebra. Mina chanser hos tjejerna kommer att öka explosionsartat! Alla kommer att vilja gå ut med mig! Jag kommer att bli skolans stjärna! I några dagar, i alla fall …

– Är det bara så du tänker om det? frågade Jo, förbluffad.

– Du skulle ha sett den engelska pressen på Dianas tid, då blev man verkligen skraj! Kan jag ta resten av camemberten? Finns det mer bröd?

Jo skakade missmodigt på huvudet. Hon hade ansvar för Gary.

– Åh, Jo, gör inte så stor affär av det när det inte finns någon anledning.

– Tala för dig själv! Tänk dig hur det är för Philippe och Alexandre …

– Det får bara ta det som en lek. Ett skämt. Det enda jag skulle vilja veta är hur de här bilderna har hamnat hos den där skvallerblaskan!

– Jag också, muttrade Jo.

Nu syntes Iris på TV igen. Och hördes i radio. ”Jag förstår inte varför folk är så upprörda”, förvånade hon sig i RTL, ”när en man på fyrtio år går ut med en tjugoåring så blir det inga stora rubriker i tidningarna! Jag är för jämställdhet mellan män och kvinnor på alla plan.”

Bokens försäljningssiffror ökade igen. Kvinnorna tog efter hennes skönhetstips och männen drog in magen och tittade efter henne. Iris fick ett erbjudande om att leda ett nattligt program på en kanal i radio FM. Hon avböjde: hon ville ägna sig helt och hållet åt litteraturen.

Långt borta från Paris liv och rörelse satt Antoine på verandans trappsteg och funderade: han hade inte kunnat ta dit flickorna på februarilovet. Till jul hade de inte heller kommit. Joséphine hade bett att få ta dem med sig till Mustique med en väninna. Flickorna hade glatt sig mycket åt att åka dit. Han hade sagt ja men julen hade varit trist och utan stämning. Han hade inte kunnat hitta någon kalkon på marknaden i Malindi. De hade fått äta Wapiti-hjort vilket de hade gjort under tystnad. Mylène hade givit honom en dykarklocka. Han hade ingen present till henne. Hon hade ingenting sagt och de hade gått och lagt sig tidigt.

Han låg illa till sedan ett tag tillbaka. Bambi hade slukats av en gammal stridslysten krokodil en dag när han bekymmerslöst låg och latade sig invid en damm. Detta hade helt fått Pong och Ming ur slag. De släpade sina tofflor efter sig när de serverade och hade svarta ringar under sina tårfyllda ögon. De åt inget längre och sträckte ut sig på sina bastmattor för att vila vid minsta motgång. Han måste erkänna att även han hade känt sig berörd av Bambis död. Han hade till slut fäst sig vid detta klumpiga och efterhängsna djur som tittade på honom med sin glasartade blick där han låg fastbunden vid köksbordets ben. Bambi var en länk mellan de andra krokodilerna och honom själv. Någon sorts vänskaplig förbindelse. Han studerade honom och tyckte sig se någon form av mänsklig glimt djupt inne i hans ögon. Ibland log han till och med mot honom. Han drog upp sina käkar och gjorde en ansats till ett leende. ”Tror du han gillar mig?” hade han frågat Pong och känt sig glad för Pongs jakande svar.

Det var bara Mylène som kunde motstå honom. Hennes lilla rörelse blomstrade. Hennes samarbete med Wei höll på att ta form. ”Släpp de där satans djuren och jobba med mig”, viskade hon till Antoine, på kvällen när de kröp in under myggnätet. Ytterligare ett uppbrott efter ytterligare ett misslyckande, tänkte Antoine, förtretat, jag gör bara det: samlar på misslyckanden. Och förresten skulle det vara att ge upp inför krokodilerna: han visste inte varför, men han vägrade göra det. Han ville ge sig av med huvudet högt inför de där satans djuren. Han ville få sista ordet.

Han tillbringade mer och mer tid ensam med dem. Särskilt om kvällarna. För på dagarna slet han med jobbet. Men om kvällarna efter middagen lämnade han Mylène åt hennes beställningslistor och räkenskapsböcker och gick ut och promenerade längs krokodilernas strandkanter.

Att resa till Kina lockade honom inte. Att börja slåss igen och för vad? Han hade inte längre styrkan för att slåss.

”Men jag kommer att arbeta och du behöver inte göra så mycket … Du tar hand om räkenskaperna.”

Hon vill inte åka ensam, tänkte han. Jag har blivit en sällskapsman, för att inte säga en gigolo.

Han tvivlade på allt. Han hade ingen energi längre. Han träffade uppfödarna på Crocodile café i Mombasa och satt och hängde med armbågarna på bardisken medan de spydde galla över de svarta, de vita, de gula, klimatet, vägarnas dåliga skick och över käket. Han hade börjat dricka igen. Jag är som ett urladdat batteri, tänkte han när han stirrade ut i kvällens mörker efter krokodilernas gula ögon. Han kunde se ett stråk av ironi i deras ögon. Fick dig, gamle gosse. Se vad det har blivit av dig: ett mänskligt vrak. Du dricker i smyg, du har inte längre lust att ligga med din kvinna, du äter wapiti till jul. Vi skulle kunna göra slarvsylta av dig bara genom att höja en tass! Han kastade stenar på dem: de studsade tillbaka på deras feta och lysande pansar. Deras ögonlock rörde sig inte, det lilla gula ljuset lyste alltid i deras ögon som liknade lismande leenden.

Satans bestar, satans bestar, jag ska fixa er! svor han medan han funderade på hur han skulle kunna knäcka dem.

Så skönt livet var innan, i Courbevoie.

Han saknade Joséphine, han saknade flickorna. Han påmindes om dörrkarmen i köket ibland när han lutade axeln mot dörrkarmen i sitt arbetsrum. Han gnuggade sig försiktigt mot träet och återvände till Courbevoie. Courbevoie, Cour-be-voie. Stavelserna klingade magiskt. De fick honom att resa som förr till Ouagadougou, Zanzibar, Cap Verde eller Esperanza. Återvända till Courbevoie …? Det är ju trots allt inte mer än två år sedan jag gav mig av …

En kväll ringde han Joséphine.

Han kom till en telefonsvarare som bad honom lämna ett meddelande. Han tittade förvånat på sin klocka. Hon var ett på natten, fransk tid. Han försökte igen nästa dag och fick ännu en gång höra Joséphines röst som bad honom lämna ett meddelande. Han lade på utan att lämna något meddelande. Sedan ringde han på förmiddagen, paristid, och Joséphine svarade. Efter några artighetsfraser bad han att få prata med flickorna. Jo svarade att de hade rest iväg på semester.

– Du vet, vi pratade om det. Lovet är sent i år, det börjar i slutet av februari. De har rest till min väninna på Mustique …

– Låter du dem resa ensamma?

– De reser tillsammans med Shirley och Gary …

– Vem är den där väninnan?

– Du känner henne inte.

Plötsligt dök en fråga upp i huvudet på honom:

– Men var du inte hemma i natt, Jo? Och inte natten innan heller! Jag ringde men ingen svarade …

Det blev tyst en stund i andra änden av tråden.

– Har du träffat någon?

– Ja.

– Är du förälskad?

– Ja.

– Det är bra.

Så blev det tyst en stund igen. En lång tystnad. Sedan skärpte Antoine till sig.

– Det måste ju hända till slut …

– Jag sökte inte efter det. Jag trodde inte att jag kunde bry mig om någon mer.

– Och ändå … Du är fantastisk, Jo.

– Det sa du inte så ofta till mig …

– ”Man känner igen lyckan på ljudet som hörs när den försvinner.” Vem var det som sa det, Jo?

– Jag vet inte. Hur är det med dig?

– Jag är överhopad med arbete, men det är okej … Jag ska betala färdigt på lånet på banken och jag ska betala underhåll till dig för flickorna. Affärerna går mycket bättre, du vet. Jag har återhämtat mig.

– Jag är glad för din skull.

– Ta hand om dig Jo …

– Du också, Antoine. Jag ska säga till flickorna att de ska ringa dig när de kommer hem.

Han lade på. Torkade sig i pannan. Öppnade whiskyflaskan som stod på en hylla och drack upp den under natten.

Den sjätte maj vid sextiden på morgonen kände Josiane den första värken. Hon mindes vad hon hade lärt sig på föräldrakursen och började ta tiden mellan värkarna. Klockan sju väckte hon Marcel.

– Marcel … Jag tror det är dags! Han är på väg, Junior.

Marcel reste sig upp som en nedräknad boxare och stammade: ”Han är på väg, han är på väg, är du säker Choupette, gode Gud! Han är på väg …” Snubblade när han skulle stiga ur sängen, reste sig igen, sträckte ut handen efter sina glasögon, välte ut ett glas vatten på nattygsbordet, svor, satte sig ner, svor ännu en gång och vände sig hjälplöst mot henne.

– Marcel, ta det lugnt. Allt är färdigt. Jag ska klä på mig, göra mig i ordning, du tar väskan där, bredvid klädskåpet, du går ut till bilen och jag kommer ner …

– Nej! Nej! Du går inte ner själv, jag går ner tillsammans med dig.

Han skyndade sig in i duschen, sprutade på sig lite eau de toilette, borstade tänderna, kammade kransen av rött hår som prydde hans skalliga huvud, valde mellan en enfärgad blå skjorta och en blå skjorta med smala ränder.

– Jag måste vara fin, Choupette, jag måste vara fin …

Rörd betraktade hon honom och pekade ut en skjorta på måfå.

– Du har rätt, den är fräschare, ungdomligare … Och slipsen, Choupette, jag vill ta emot honom i slips!

– Slips behövs kanske inte …

– Jo, jo …

Han skyndade sig till sin garderob och gav henne tre stycken att välja på. Hon valde ännu en gång på måfå och han samtyckte.

– Jag begriper inte hur du kan hålla dig så lugn! Jag tror jag svimmar. Mår du bra? Du räknar väl tiden mellan sammandragningarna?

– Är du klar i badrummet?

– Ja. Jag går ner och hämtar bilen och sen kommer jag upp och hämtar dig. Du rör dig inte härifrån, lovar du? En olycka händer så lätt.

Han gav sig av en första gång men kom tillbaka upp för han hade glömt bilnycklarna. Gav sig av på nytt och kom tillbaka igen: han mindes inte längre var han hade parkerat kvällen innan. Hon lugnade ner honom, talade om var bilen stod och han gav sig av igen men öppnade fel dörr, den till köket.

Hon brast ut i skratt, han vände sig förvirrat om.

– Jag har väntat på den här stunden i trettio år, Choupette, trettio år! Skratta inte åt mig. Jag tror inte jag klarar detta …

De ringde efter en taxi. Marcel gav chauffören, som var åttabarnspappa, tusen goda råd medan denne roat betraktade den blivande pappan i backspegeln.

I baksätet höll Marcel Josiane i sina armar och omfamnade henne som ett extra säkerhetsbälte. Han upprepade ”mår du bra, Choupette, mår du bra?” medan han torkade sig i pannan och flämtade som en liten hund.

– Det är jag som ska föda, Marcel, det är inte du.

– Jag mår illa, jag mår illa! Jag tror jag måste kräkas.

– Inte i min bil! utbrast taxichauffören, jag är precis i början av min arbetsdag.

De stannade. Marcel gick ut och lade armarna om ett kastanjeträd för att lugna ner sig och sedan fortsatte de mot Muettekliniken. ”Min son ska födas i XVI:e arrondissementet”, hade Marcel bestämt, ”på den bästa, chickaste och dyraste kliniken.” Han hade bokat lyxsviten på översta våningen med terrass och ett badrum stort som en ambassadörssalong.

När de stannade framför kliniken gav Marcel en tuseneurosedel till chauffören som knotade: han hade ingen växel.

– Men jag vill inte ha någon växel! Det är till er. Min sons första taxiresa!

Chauffören vände sig om och sa till honom:

– Men oj då … Jag ger er mitt telefonnummer och sen ringer ni varje gång den lille ska ut.

Klockan tolv och trettio gav den lille Marcel Junior upp sitt första skrik. Man fick stötta pappan som svimmade och ta ut honom från vårdsalen. Josiane höll andan när man lade hennes fuktige, smutsige och kladdige son på hennes mage. ”Så vacker han är! Så stor han är! Så stark han är! Har ni någonsin sett ett så vackert barn, doktorn?” Doktorn svarade ”aldrig”.

Marcel hämtade sig och kom och klippte navelsträngen och gav sin son hans första bad. Han grät så att han inte visste hur han skulle hålla barnet och torka sig i ögonen samtidigt, men han ville inte släppa honom.

– Det är jag, det är pappa, min baby. Känner du igen mig? Har du sett, Choupette, han känner igen min röst, han vänder sig mot mig, han har slutat att sprattla. Min son, min vackre son, min jätte, min älskling … Du ska få se vilket liv vi ska ordna för dig, din mamma och jag. Ett liv för en prins i turkiska tofflor! Men du måste arbeta också för i den här världen måste du slita häcken av dig annars får du ingenting, men oroa dig inte, jag ska lära dig. Jag ska betala de bästa skolorna till dig, de finaste skolväskorna, de vackraste böckerna med guldskrift. Du ska få allt, min son, du ska få allt … Du kommer att ha det som Solkungen. Du kommer att regera över hela världen för Frankrike av idag är litet, förkrympt. Det är bara fransmännen som kan tro att de är kungar över hela världen! Du ska få se, min son, du och jag ska kapa åt oss en rejäl bit.

Josiane lyssnade och förlossningsläkaren log.

– Han får det serverat, er son. Vad ska han heta?

– Marcel, röt Marcel Grobz. Som jag. Han ska få detta namn att lysa, ni ska få se!

– Det tvivlar jag inte på …

Modern och barnet fördes upp i lyxsviten. Marcel ville inte ge sig av.

– Är du säker på att de inte kommer att byta ut honom för oss?

– Javisst, javisst … Han har sitt armband. Och förresten är det ingen risk, har du sett? Han är dig upp i dagen.

Marcel harklade sig och gick och tittade ännu en gång på lille Marcel där han låg i sin vagga.

– Du måste gå till stadshuset och skriva in honom och jag måste vila mig, jag är lite trött …

– Åh! Förlåt Choupette … Jag har svårt för att ge mig av, vet du, jag är rädd att inte få se honom igen.

– Har du ringt till jobbet och berättat?

– Jag har ringt Ginette och René, de hälsar så gott till dig. De har tagit fram champagnen. De väntar på mig med den! Jag kommer tillbaka efteråt. Om det är något, så lova att ringa mig med en gång, Choupette?

Han tog ett foto på sin son där han låg så fin, nybadad, ren i sin vita sparkdräkt och när han sedan skulle gå krockade han med dörren.

Josiane släppte loss glädjetårarna. Hon grät och grät länge. Sedan reste hon sig upp, tog sin baby i famnen och somnade med honom tryckt mot sig.

Alla hade samlats under blåregnets grenar som dekorerats med små blå knoppar just för det här tillfället. Ginette hade satt fram en improviserad buffé när Marcels mobiltelefon ringde. Han tog den och svarade med hög röst:

– Choupette?

Det var inte Choupette. Det var Henriette. Hon var på banken och hade just kontrollerat sitt konto och gått igenom ekonomin med sin rådgivare.

– Jag förstår inte, har vi två skilda konton nu? Det måste vara ett misstag …

– Nej, min kära. Två skilda konton och våra liv skiljs också åt nu. Jag fick en son i natt. En son som heter Marcel ... Nästan fyra kilo, femtiofem centimeter, en jätte!

En lång tystnad följde och sedan sa Henriette i samma vassa ton att hon skulle ringa upp igen, hon kunde inte prata inför madame Lelong.

Marcel gnuggade händerna och jublade. Ring upp, ring upp, min sköna, du ska få se hur jag serverar dig nyheten! René och Ginette tittade på honom och suckade. Äntligen, äntligen sparkade han ut tyrannen.

Som alla småaktiga och elaka människor, hade Henriette för vana att inte frångå sitt invanda tankemönster och hon sökte aldrig anledningen till sin olycka inom sig själv. Hon föredrog att skylla på andra. Den här dagen var inget undantag. Hon gick igenom sina löpande affärer med madame Lelong och gick sedan ut från banken där Gilles öppnade dörren till Mercedesen för henne. Hon skickade hem honom under förevändning att hon hade ett ärende att göra som hon inte behövde åka bil till. Hon gick en runda runt kvarteret för att samla sina tankar. Det var viktigt att hon tänkte efter, att hon organiserade sig. Van som hon var vid sitt offers foglighet hade hon skrivit under alla papper vid köpet av bröderna Zangs verksamhet, utan att egentligen ägna det någon uppmärksamhet. Vilket misstag, vilket misstag upprepade hon för sig själv där hon pinnade på, vilket enormt misstag. Jag har somnat in i min bekvämlighet och invaggat mig själv i falsk säkerhet. Jag trodde att djuret var tämjt men han rörde sig fortfarande. Nu måste jag ladda om. Prata vänligt med honom för att rädda vad som räddas kan. Även om ordet vänlig inte uttalades högt, utlöste det en känsla av motvilja inom henne, en våg av hat som förvred hennes mun. Vem trodde han att han var, den där dumma fetknoppen som hon hade lärt allt: från att hålla i en gaffel till att dekorera skyltfönster. Utan henne hade han inte varit någonting. Inget utom en liten fattig butiksinnehavare. Hon hade lärt honom hyfs och vett och etikett. Hon hade tryckt hans märke i minsta lilla pennburk som han sålde. Han har mig att tacka för sin förmögenhet, bestämde hon under den första rundan runt kvarteret. Den tillhör mig. Ju längre hon gick desto mer växte hennes hat. Det växte i takt med hennes grusade förhoppningar. Hon hade trott att hon äntligen var i hamn, att hon hade sitt på det torra och så klipper den tölpen förtöjningarna! Hon kunde inte längre finna ord för att beskriva honom och rutschade en rejäl bit ner längs hatets behagliga utförslöpa. Ett hundratal meter längre fram stannade hon, slagen av tanken på det mycket obehagliga faktum att hon var helt beroende av honom! Hon måste alltså undertrycka explosionerna av sin sårade självkänsla och dämpa sitt hämndbegär. Skilda konton, bortblåst sparkapital, vad hade hon kvar? Hon muttrade några svordomar, tog tag i sin hatt som hotade att blåsa iväg och påbörjade den andra rundan runt kvarteret medan hon försökte samla tankarna. Hon måste tänka stort, inte låta sig lockas av någon liten hämndaktion, skaffa en advokat, två om det behövdes, ta fram sina gamla kontrakt, kräva, skrika och gorma … Hon stannade mot en garageport och tänkte: Kommer jag att ha råd med det? Han har nog täppt till allt, han är ju inte född igår precis, han ger sig i kast med korrumperade ryssar och sluga kineser. Förr nöjde jag mig med små förödmjukelser. Jag plågade honom med varsamhet och envishet, det var mitt favorittidsfördriv. Jag hade nästan knäckt honom. Hon suckade nostalgiskt. Hon måste komma till klarhet och få koll på djurets tillstånd innan hon tog något beslut över huvud taget om vad hon skulle göra. En sista runda runt kvarteret ägnades åt beklagande. Jag såg ju tydligt att han inte sov hemma längre, noterade hon, hans säng var aldrig obäddad. Jag trodde han hade en sista snuskig affär med en nakendansös och så gick han och planerade att lämna boet! Man ska alltid bli misstänksam när vattnet är lugnt. Trots att han var kuvad sedan många år tillbaka så rörde Marcel på sig. Vad tjänar det till att hitta på nya sätt att plåga honom om mina slag inte känns längre? Hon sjönk återigen ner mot en port och slog Chefs nummer.

– Är det den där Natascha, attackerade hon utan att tveka. Är det den slinkan som har gjort ett barn till dig?

– Helt fel! jublade Marcel. Det är Josiane Lambert. Min blivande hustru. Mamman till mitt barn. Min kärlek, min glädje …

– Vid sextiosex års ålder, det är löjligt.

– Inget är löjligt, min kära Henriette, när det är kärleken som talar …

– Kärleken! Det du kallar kärlek är en kvinnas intresse för din kosing!

– Åh, nu blir du vulgär, Henriette! När man skrapar lite på ytan kommer fulheten fram! Vad kosingen beträffar, som du säger, oroa dig inte, jag lämnar dig inte naken på gatan där du med all säkerhet inte skulle kunna tjäna något. Du får behålla lägenheten, jag kommer att betala en pension till dig varje månad så att du kan leva bekvämt resten av ditt liv …

– En pension! Jag behöver inte din pension, jag har rätt till hälften av din förmögenhet, min gode Marcel.

– Du *hade* rätt … Inte nu längre. Du har skrivit under papper. Du misstänkte inget, jag har låtit mig skinnas så länge av dig utan att reagera. Du är ute ur mina affärer Henriette. Din underskrift är inte längre värd ett dugg. Du kan skriva kalligrafi på hur många rullar skithuspapper du vill, det är vad som finns kvar till dig som tröstpris. Så du ska vara mycket snäll, nöja dig med den ordentliga pension som jag är snäll och ger dig för annars, vips så har du inte mer än dina ögon för att gråta. Du kommer att få rensa tårkanalen för den måste vara förbannat igenslammad.

– Jag tillåter dig inte att tala till mig på det sättet!

– Du har behandlat mig på det sättet alltför länge. Du hade fina manér, det är sant, du valde dina ord, du polerade ditt förakt, du hade fått en god uppfostran, men andemeningen var inte vacker. Det stank mögel, förakt, unken doft av bitter kärring. Passa på, för i morgon kanske jag är snålare! Så du ska bara knipa käft, annars blir det krig. Och kriga, det kan jag, kära Henriette …

Som alla småaktiga och giriga andar gjorde Henriette ett sista småaktigt och girigt försök. Hon skällde:

– Och Gilles? Och bilen? Får jag behålla dem?

– Nej, det får du inte är jag rädd … För det första för att han inte är särskilt förtjust i dig, för det andra kommer jag att ha ett stort behov av både bilen och Gilles för att transportera min drottning och min lille prins. Jag är rädd för att du kommer att få lära dig att använda apostlahästarna igen och sätta din bakdel i allmänna kommunikationsmedel eller taxibilar om du vill slänga iväg dina pengar! Jag har gjort allt detta klart tillsammans med mina affärsrådgivare. Du behöver bara vända dig till dem. De kommer att läsa upp den nya bruksanvisningen. Skilsmässan kommer. Jag behöver inte ens flytta mina saker, jag har redan tagit med mig det jag bryr mig om, resten kan du göra vad du vill med och slänga i soptunnan om du vill. Jag har ett barn, Henriette! Jag har ett barn och en kvinna som älskar mig. Jag har fått ett nytt liv, det tog tid för mig att skaka av mig oket, men nu är det gjort! Gå du runt ett tag till! Jag vet genom Gilles att du snurrar runt sen en god stund tillbaka och det tycker jag att du ska fortsätta med tills du är helt slut, så att du tömmer ut allt ditt hat och kan gå hem … Tänk över ditt öde! Lär dig måttfullhet och anspråkslöshet. Det är ett bra sätt att få en behaglig ålderdom. Se dig som lyckligt lottad, jag ger dig tak över huvudet, en bra adress och tillräckligt för att hålla dig mätt för resten av alla de dagar Gud i sin stora godhet vill skänka dig.

– Du har druckit, Marcel. Du har druckit!

– Det stämmer bra det. Jag har firat sedan i morse! Men jag är klar i huvudet och det hjälper inte att du anlitar alla advokater i världen, du är besegrad, min kära, besegrad!

Henriette lade på, djupt sårad. Hon såg bilen som kördes av Gilles, svänga runt gathörnet längst nere på gatan och lämna henne åt hennes nya ensamma öde.

Dagen då den lille Marcel Grobz anlände till sin bostad, dagen då han i sin mors armar, helt insvept i blått som hans blåa ögon och som hans pappas blåa ögon, kom in i det lyxiga hus som hädanefter skulle bli hans bostad, väntade en överraskning på honom. En enorm vit tronhimmel i perkaltyg med vita broderade liljor på hade satts upp vid ingången till huset och bildade en perfekt majestätisk häck under vilken han passerade medan Ginette, René och alla de anställda i firman Grobz stod dolda bakom vecken som föll i snövita vågor, och kastade nävar med ris och sjöng unisont: ”Om jag var en timmerman och om du hette Marie, skulle du vilja gifta dig med mig då och skaffa barn med mig?”

Johnny, den store Johnny Halliday, hade inte kunnat komma men Ginette sjöng alla verserna med sin vackra körröst medan Josianes tårar rann ner över hennes sons spetsmössa och Marcel tackade himlen för all lycka och upplyste nyfikna förbipasserande som undrade om det var fråga om bröllop, födelse eller begravning, om att:

– Det är allt på en gång. Jag har en fru, ett barn och jag begraver de olyckliga åren: från och med nu kommer livet att vara en dans på rosor!

– Vad tänker ni på Joséphine?

– Jag tänker på att nu har jag sovit i era armar i snart ett halvår varje eftermiddag …

– Känns det som lång tid?

– Det känns som ett ögonblick …

Hon vände sig mot Luca som stödd på armbågen betraktade henne och lät sitt pekfinger löpa över hennes nakna axel. Hon strök tillbaka en hårslinga och gav honom en kyss.

– Jag måste gå, suckade hon, och jag skulle vilja att jag aldrig behövde gå …

Tiden flyger fram, tänkte hon, senare när hon satt i sin bil. Det var inget som jag bara sa. Allt går så fort. Gary hade haft rätt: när lovet var slut hade barnen kommit tillbaka bruna som små pepparkakor från Mustique, och vardagen hade tagit vid igen. Ingen pratade mer om artikeln.

En dag hade hon åkt och ätit lunch hos Iris. Philippe och Alexandre var i London, de åkte dit allt oftare. Hade Philippe bestämt sig för att flytta dit? Hon hade ingen aning. De pratade aldrig med varandra längre och träffades inte heller. Det är bäst så, sa hon sig själv, för att lugna sig varje gång hon tänkte på honom. De hade ätit en lunch som Carmen serverade i Iris arbetsrum.

– Varför gjorde du det, Iris?

– Jag tänkte att det var en lek. Jag ville att man skulle prata om mig … Och så förstörde jag allt! Philippe undviker mig, jag blev tvungen att förklara för Alexandre att det bara var ett dåligt skämt och han tittade på mig med sådan avsmak i ögonen att jag blev tvungen att vända bort blicken.

– Var det du som skickade in fotona?

– Ja.

Vad tjänar det till att prata om allt det där? tänkte Iris uttråkat. Vad tjänar det till att fundera över det? Återigen har jag betett mig som en idiot och åkt fast. Jag har aldrig lyckats förstå vad som tog åt mig, jag har inte kraften och om jag hade det, skulle det verkligen intressera mig? Jag tror inte det. Jag är inte kapabel att förstå mig själv och inte att förstå andra heller. Jag famlar mig fram och jag får inte grepp om människor. Jag vet inte hur man anförtror sig åt någon och hur man får någon att lita på en. Jag hittar aldrig någon att prata med och jag har ingen riktig vän. Hittills har det fungerat bra så. Jag levde på utan att tänka, livet var lätt och behagligt, lite motbjudande ibland, men lätt. Jag spelade tärning och tärningarna var med mig. Men plötsligt var de inte med mig mer. Hon rös till och kröp ihop i sin stora soffa. Livet flyr mig och jag flyr livet. Många människor är som jag, jag är inte ensam om att sträcka ut handen efter något som drar sig undan. Jag kan inte ens sätta namn på vad det är. Jag vet inte …

Hon tittade på sin syster. Sin systers allvarliga ansikte. Hon, hon vet. Jag vet inte hur hon gör. Min lillasyster har blivit så stor …

Nu måste jag sluta med sådana där tankar. Sommaren är på väg, vi ska till vårt hus i Deauville. Alexandre blir större. Philippe tar hand om honom nu. Jag behöver inte bry mig om det. Hon log lite inombords. Jag har aldrig brytt mig om honom, jag bryr mig bara om mig själv. Du är löjlig, min kära, när du försöker tänka, dina tankar håller inte, de kommer inte långt, de vacklar, de faller i bitar … Jag kommer att sluta som Madame Mére. Jag ska bara försöka spy mindre galla. Behålla lite värdighet i den olycka som jag själv tråcklat ihop, stygn för stygn. Jag trodde i början av mitt liv att det skulle bli lätt och behagligt; allt fick mig att tro det. Jag trodde mig kunna flyta fram på livets ström men till slut håller jag på att drunkna i vågorna.

– Du tänkte aldrig på att du skulle skada människor omkring dig?

Orden som Joséphine använde klingade obehagligt i hennes öron. Varför måste hon använda så otäcka ord? Räckte inte obehaget hon kände inför allt detta? Måste man sätta ord på det också? Tänk om man skulle göra slut på det en gång för alla? Hon hade tänkt på det medan hon tittade ut genom fönstret i sitt arbetsrum. Slut med att gå upp på morgnarna, slut med att fråga sig: Vad ska jag göra idag? Slut med att klä på sig, slut med att kamma sig, slut med att låtsas prata med sin son, med Carmen, med Babette, med Philippe … Slut med rutiner, den trista ritualen av rutiner. Hon hade bara en sak som förgyllde livet kvar: denna bok som hon inte hade skrivit men vars ryktbarhet och framgång fortfarande lyste upp tillvaron. Men för hur länge? Hon visste inte. Efter det … Efter det fick hon se. Efter det är det en annan dag, en annan natt. Hon skulle ta dem en i taget, och mildra dem så mycket hon kunde. Hon orkade inte tänka på det. Hon sa sig också att en dag kanske den gamla Iris, den triumferande och framgångsrika skulle komma tillbaka och ta henne i handen, och viska till henne: Det är inte så farligt, allt det där, gör dig vacker och åk tillbaka ... Låtsas, lär dig att låtsas. Problemet, suckade hon, är att jag fortfarande tänker. Jag är svag men jag tänker, jag måste sluta tänka helt och hållet. Som Bérengère. Jag vill fortfarande, jag sträcker mig fortfarande full av hopp och önskningar mot ett annat liv som jag varken har kraften att bygga upp eller att föreställa mig. Måste förstå att jag måste krypa ihop och gå igenom de krafter jag har, måste säga till mig själv att titta, jag har bara så här lite kraft kvar, så låt oss göra det bästa av det ... Men det är för tidigt än, jag är inte redo att ge upp. Hon rös till. Hon hatade uttrycket. Så hemskt!

Hennes blick föll återigen på systern. Hon hade så mycket mindre talang än jag från början, men hon klarar sig hur bra som helst. Livet är nogräknat. Det är som om det krävde betalning, räknade ihop vad det givit och vad det fått – och nu presenterade notan.

– Inte ens Hortense kommer och hälsar på mig, slängde hon ur sig, i ett sista ryck av det som hon ännu kunde kalla intresse för livet. Vi trivdes bra ihop ... Även hon känner väl avsmak för mig!

– Men hon håller på och läser inför studenten, Iris. Hon arbetar som en galning. Hon siktar på ett omnämnande, hon har hittat en designskola i London inför nästa år ...

– Åh! Hon vill alltså verkligen jobba ... Jag trodde att det bara var som hon sa.

– Hon har förändrats mycket, förstår du. Hon kör inte bort mig längre, som tidigare. Hon har blivit mjukare ...

– Och du då, hur är det med dig? Jag träffar inte dig heller så mycket längre.

– Jag arbetar. Vi arbetar alla hos oss. Det är en mycket flitig stämning hemma hos mig.

Hon skrattade till lite spjuveraktigt och log sedan tillitsfullt och innerligt. Iris anade sig till lättsamheten hos en glad och lycklig kvinna och önskade mer än allt annat att hon var i hennes kläder. För ett ögonblick fick hon lust att fråga: Hur gör du Joséphine? Men hon hade inte lust att höra svaret.

Sedan sa de inget mer till varandra.

När Joséphine gick lovade hon att komma och hälsa på henne snart igen.

Hon är som en avklippt blomma, tänkte hon när hon gick. Hon borde planteras om … Iris måste slå rot. Rötterna tänker man inte på när man är ung. Det är när man närmar sig de fyrtio som de gör sig påminda. När man inte längre kan räkna med ungdomens glöd och hänförelse, när energin börjar mattas av och skönheten omärkligt vissnar, det är då som man återvänder till sina rötter och där gräver man omedvetet efter nya krafter. Man vet inte om det, men man lutar sig mot dem. Jag har alltid förlitat mig på mig själv och mitt arbete som den lilla arbetsmyra jag varit, i de värsta stunderna hade jag alltid min avhandling att fortsätta med, min forskning, mina föreläsningar, mitt kära 1100-tal som fanns där och sa: Håll ut! … Eleonora inspirerade mig och räckte mig handen!

Hon parkerade framför huset och lastade ur varorna som hon handlat innan hon åkte till Luca. Hon hade gott om tid att förbereda middagen, Gary, Hortense och Zoé skulle inte komma hem än på en timme. Hon tog hissen med händerna fulla av påsar, ångrade att hon inte hade tänkt på att ta fram nycklarna, då måste jag lägga allt på golvet! Hon tog ett steg fram medan hon letade efter lampknappen.

En kvinna satt och väntade på henne. Hon fick anstränga sig för att komma ihåg vem det var hon påminde om, och plötsligt kom den röda triangeln upp för hennes syn. Det kändes som om ett sekel hade förflutit sedan hon ilsket hade färglagt den röda triangeln som stack ut från bildörren.

– Mylène? frågade hon med osäker röst.

Kvinnan nickade, följde efter henne och hjälpte henne att samla ihop de utspridda påsarna medan Joséphine letade efter sina nycklar. De satte sig i köket.

– Jag måste förbereda barnens middag. De kommer snart hem …

Mylène gjorde en rörelse av att ge sig av men Joséphine höll henne kvar.

– Vi har tid, ser ni, de kommer inte hem på en timme. Vill ni ha något att dricka?

Mylène skakade på huvudet och Joséphine gjorde tecken åt henne att sitta ner medan hon satte in varorna.

– Det är Antoine, eller hur? Har det hänt honom något?

Mylène nickade och hennes axlar började skaka.

Joséphine tog hennes händer och Mylène brast ut i gråt mot hennes axel. Joséphine vaggade henne en lång stund. ”Han är död, eller hur?” Mylène fick fram ett ja och skakade av snyftningar och Joséphine tryckte henne mot sig. Antoine, död, det var inte möjligt … hon grät också och de satt snyftande kvar med armarna om varandra.

– Hur gick det till? frågade Joséphine medan hon reste sig upp och torkade ögonen.

Mylène berättade. Om farmen, krokodilerna, Mister Wei, Pong, Ming, Bambi. Det allt svårare arbetet, krokodilerna som inte ville fortplanta sig, som slet alla som kom i närheten av dem i bitar, arbetarna som inte längre ville arbeta, kycklingarna som stals ur förråden.

– Under den här perioden försvann Antoine in i sina tankar. Han var där och ändå inte. På natten pratade han med krokodilerna. Han sa så varje kväll: Jag ska gå och prata med krokodilerna, de måste lyssna på mig. Som om krokodiler kunde lyssna! En kväll gick han iväg precis som alla andra kvällar och han gick i vattnet i en damm, Pong hade visat honom hur man skulle göra, hur man skulle lägga sig bredvid dem utan att de åt upp en … Han blev uppäten på direkten!

Hon brast ut i tårar och tog fram en näsduk ur sin väska.

– Man hittade nästan inga kvarlevor av honom. Bara dykarklockan som han fick av mig i julklapp och hans skor …

Joséphine reste sig upp och hennes första tanke var flickorna.

– Flickorna får inget veta, sa hon till Mylène. Hortense tar studenten om en vecka och Zoé är så känslig … Jag berättar det efterhand. Först säger jag att han har försvunnit, att man inte vet var han är och sen, en dag, berättar jag sanningen för dem. I vilket fall, sa hon som om hon pratade med sig själv, så varken skrev han eller ringde till dem längre. Han var på väg att försvinna ut ur deras liv. De kommer inte att fråga efter honom med en gång … jag berättar för dem efteråt … efter … jag vet inte när … Först säger jag att han har åkt för att rekognosera i andra områden, för att bygga upp andra parker … och sen … så får jag se.

Och sedan … kom allt tillbaka till henne.

Deras första möte. Första gången hon hade sett honom hade han gått vilse i Paris. Han höll en karta över staden i handen och letade efter vägen. Hon hade tagit honom för en utlänning. Hon hade gått fram till honom och artikulerat tydligt: ”Kan jag hjälpa er?” Han hade kastat en intensiv blick på henne och förklarat: ”Jag har ett viktigt möte, ett affärsmöte och jag är rädd att bli försenad.” ”Det är inte långt, jag kan följa er dit”, hade hon sagt. Det var vackert väder den dagen, det var den första sommardagen i Paris, hon bar en lätt klänning och hade precis fått sin lektorsexamen. Hon gick med näsan i vädret. Hon hade visat honom vägen och lämnat honom framför en tung, lackerad träport på Avenue de Friedland. Han hade svettats, torkat sig i ansiktet och frågat oroligt: ”Ser jag presentabel ut?” Hon hade skrattat och sagt: ”Ni ser oklanderlig ut.” Han hade tackat henne med en blick som från en slagen hund. Hon kom mycket väl ihåg den blicken. Hon hade tänkt: Det var bra, jag gjorde honom en tjänst, jag har gjort nytta idag, han ser så eländig ut, den stackars pojken. Ja, det var exakt så hon hade tänkt om honom. Han hade föreslagit att de skulle gå och ta ett glas efter hans möte, ”om det går bra kan vi fira mitt nya jobb, om inte så får ni trösta mig”. Hon hade tyckt att det var en lite konstig inbjudan, men hon hade tackat ja. Jag kommer mycket väl ihåg att jag tackade ja för att jag inte var rädd för honom, tänkte hon, för att det var vackert väder, för att jag inte hade något att göra och för att jag kände att jag ville beskydda honom. Han passade inte riktigt in i denna stad som var alltför stor för honom, i sin alltför vida kostym, med sin karta som han inte kunde läsa och svettpärlorna som föll ner i hans ögon. Medan hon väntade på att han skulle komma tillbaka hade hon strosat upp för les Champs-Élysées, köpt en vanilj- och chokladglass och ett läppstift. Hon hade kommit tillbaka för att hämta honom framför samma lackerade träport. Hon hade återfunnit en strålande man, säker på sig själv, nästan auktoritär. Hon hade frågat sig själv om det var hon som hade idealiserat honom medan hon strosade omkring eller om hon hade fått fel uppfattning om honom första gången. Hon hade sett honom ur ett nytt perspektiv: viril, säker, spirituell. ”Det gick som på räls”, hade han berättat för henne, ”jag fick jobbet!” Han hade bjudit henne på middag. Han hade pratat under hela måltiden om sitt nya jobb, han skulle göra si och han skulle göra så. Hon lyssnade och hade lust att ge sig hän. Han var så säker, så medryckande. Senare hade hon undrat hur många olika perspektiv man kunde se en person ur och vilket perspektiv som var det rätta. Och om de känslor man hade för personen varierade beroende på perspektivet … Om han hade bjudit henne på middag när han var vilsen och svettades, hade hon sagt ja då? Det tror jag inte, hade hon ärligt erkänt. Jag hade önskat honom lycka till och jag hade gått min väg utan att vända mig om … Så vad beror det på att man får känslor för någon? På ett flyktigt, kort och föränderligt intryck? På en vinkel som förändras och lämnar plats för en illusion som man projekterar på den andra? Dagen då han hade friat till henne hade varit en auktoritär och viril dag, och hon hade sagt ja. Detta hade oroat henne mycket i början av hennes äktenskap, särskilt som vinkeln som hon sett Antoine ur växlade så ofta …

Idag fanns det ingen vinkel mer. Han var död. Nu fanns det bara kvar en suddig bild av en man, en vänlig och behaglig man. Kanske hade han behövt en annan fru än jag?

– Vad tänker ni göra nu? frågade Joséphine Mylène.

– Jag tvekar. Jag ska kanske åka till Kina. Jag vet inte om flickorna har berättat det för er, men jag har startat en liten business där borta …

– De har berättat det …

– Jag tror jag ska åka dit, jag skulle kunna tjäna rätt mycket pengar …

Hennes blick hade återfått sin glans. Man märkte att hon tänkte på sina planer, på sina beställningar och på sin framtida vinst.

– Ni borde prova på det i alla fall; det skulle få er att tänka på annat …

– I vilket fall som helst har jag knappt något val. Jag har ingenting kvar, jag hade gett alla mina besparingar till Antoine … Men kom ihåg, jag ber er inte om någonting! Jag vill inte att ni ska tro att jag har kommit för det …

Joséphine hade omärkligt dragit sig lite tillbaka när Mylène hade pratat om pengar. Under en hundradels sekund hade hon tänkt: Hon har kommit för att be mig betala tillbaka Antoines skulder. Inför Mylènes mjuka och sorgsna blick blev hon arg på sig själv för att hon hade trott det och försökte gottgöra det.

– Min styvfar handlar med kineser. Ni kan åka och träffa honom, han skulle kunna ge er råd …

– Jag har redan använt hans namn för att få kontakt med en advokat, sa Mylène och rodnade.

Hon blev tyst en stund och lekte med handtaget till sin väska.

– Men det är klart, visst vore det bra om jag kunde få träffa honom.

Joséphine skrev ner Chefs telefonnummer och adress på en papperslapp och räckte henne den.

– Ni kan säga till honom att det är jag som har skickat er. Vi tycker bra om varandra, Marcel och jag …

Det kändes konstigt att kalla honom Marcel. Man såg honom också ur ett annat perspektiv när man använde hans förnamn.

Hon avbröts i sina tankar av snabba steg i trappan, ljudet av dörren som öppnades med full kraft och Zoé som störtade in alldeles röd och andfådd. Hon tvärstannade framför Mylène och hennes blick gick från hennes mamma till Mylène medan hon frågade sig: Men vad gör hon här?

– Och pappa? frågade hon strax Mylène utan att säga hej eller krama henne. Är inte han med dig?

Hon hade ställt sig bredvid sin mor och höll henne om midjan.

– Mylène höll just på att berätta för mig att din pappa hade åkt iväg på rekognoseringsresa längre in i landet. Han vill utvidga sin park. Det är därför som ni inte har hört från honom på ett tag …

– Har han inte tagit med sin dator? Frågade Zoé misstänksamt.

– En dator på savannen, utbrast Mylène. Hur kunde du tro det, Zoé? Får jag en puss?

Zoé tvekade, tittade på sin mamma och närmade sig sedan Mylène och placerade en försiktig puss på hennes kind. Mylène tog henne i sina armar och tryckte henne intill sig. Den uppenbara förtroligheten mellan Zoé och Mylène chockade först Joséphine, som dock snabbt hämtade sig. Hortense reagerade lika förvånat och avvaktande som sin syster. De tar mitt parti, tänkte Joséphine som inte misstyckte, det är ganska lågt att tänka så men det tröstar mig. De måste undra vad hon gör här. Hon upprepade det som hon hade sagt till Zoé. Mylène nickade medan hon pratade.

Hortense lyssnade och frågade sen:

– Har han inte telefon heller?

– Han har nog inte mer batteri …

Hortense såg inte övertygad ut.

– Och du, vad ska du göra i Paris?

– Hitta produkter och träffa min advokat …

– Mylène ville veta om hon kunde ringa Chef för sin affär i Kina. Din pappa sa åt henne att vända sig till mig, avbröt Joséphine.

– Chef, svarade Hortense misstänksamt. Vad har han med det här att göra?

– Han arbetar mycket med kineser ..., repeterade Joséphine.

– Ja ja ..., sa Hortense.

Hon drog sig tillbaka till sitt rum, öppnade sina böcker och sina anteckningsblock. Började arbeta, men det konstiga i situationen, hennes mamma i köket tillsammans med Mylène, deras bekymrade miner och rödkantade ögon, det bådade inte gott. Det har hänt pappa något och mamma berättar det inte för mig. Det har hänt pappa något, jag är säker på det. Hon stack ut huvudet i hallen och kallade på sin mor.

Joséphine kom in till henne i hennes rum.

– Det har hänt pappa något och du berättar det inte för mig ...

– Lyssna, älskling ...

– Mamma, jag är ingen baby längre. Jag är inte Zoé, jag vill hellre veta.

Hon hade uttalat orden i en så kall och beslutsam ton att Joséphine ville ta henne i sina armar för att förbereda henne. Hortense lösgjorde sig med en tvär och våldsam rörelse.

– Sluta med ditt trams! Han är död, är det så?

– Hortense, hur kan du säga så?

– För att det är sant, eller hur? Säg att det är sant ...

Hon vände ett hårt och fientligt ansikte mot sin mor och visade henne sin ilska. Hon höll sina armar stelt längs med kroppen och hela hennes attityd avvisade modern.

Han är död och du är rädd för att berätta det för mig. Han är död och du är livrädd. Men vad tjänar det till att ljuga för oss? Vi måste ju ändå få veta en dag! Och jag, jag föredrar att veta nu ... Jag hatar lögner, hemligheter och människor som låtsas!

– Han är död, Hortense. Tagen av en krokodil.

– Han är död, upprepade Hortense. Han är död ...

Hon upprepade orden flera gånger men ögonen förblev torra. Joséphine försökte närma sig henne ännu en gång och lägga armen om hennes axlar men Hortense sköt våldsamt undan henne och Joséphine föll ner på sängen.

– Rör mig inte! vrålade hon. Rör mig inte!

– Men vad har jag gjort Hortense? Vad har jag gjort dig för att du ska vara så hård mot mig?

– Jag står inte ut med dig, mamma. Du gör mig galen! Jag tycker du är, jag tycker du är så ...

Hon kunde inte finna ord och hon suckade, utom sig som om allt hemskt som hennes mor stod för var för mycket för att klä i ord. Joséphine krökte på ryggen och väntade. Hon förstod sin dotters sorg, hon förstod hennes våldsamhet men hon förstod inte varför denna sorg och denna våldsamhet vändes mot henne. Hortense lade sig ner på sängen nära Joséphine men ändå på sådan distans att Joséphine inte skulle kunna röra vid henne.

– När pappa var arbetslös ... när han gick och drev här hemma ... så tog du på dig din min av den goda sjuksystern, ditt sliskiga sätt, för att få oss att tro att allt var bra, att pappa "letade arbete", att det inte var så illa, att livet skulle bli som innan. Det blev aldrig som innan ... Du försökte få oss att tro det, du försökte få honom att tro det.

– Vad ville du jag skulle göra? Skulle jag ha slängt ut honom?

– Du skulle ha skakat om honom, fått honom att inse verkligheten, inte låtit honom leva i en lögn! Men du, du fanns där, alltid i färd med att försöka ordna upp allt med lögner.

– Är det mig du är arg på, Hortense?

– Ja. Jag är arg på ditt snälla och mjuka sätt, helt fel! Din generositet till förbannelse, din snällhet som gränsar till dumhet! Jag är arg på dig, mamma, du anar inte hur arg jag är på dig! Livet är så hårt, så hårt och du låtsas motsatsen, du låtsas att alla älskar varandra, att alla delar med sig, att alla lyssnar på varandra. Men det är skitsnack, allt det där! Folk sliter varandra i stycken, de älskar inte varandra! Eller de älskar dig när du ger dem något att äta! Du har inte fattat någonting. Du står där som en idiot och gråter på din balkong och pratar med stjärnorna. Tror du inte jag har hört när du pratar med stjärnorna? Jag har haft lust att sparka ner dig från balkongen. Stjärnorna måste ha skrattat när de hörde dig snacka skit liggande på knä med händerna knäppta. Med din lilla fula tröja, ditt förkläde och ditt platta och stripiga hår. Och du snyftade, du bad om hjälp, du trodde att en god ängel skulle stiga ner på jorden och lösa dina problem. Jag tyckte synd om dig och samtidigt avskydde jag dig! Så jag gick och la mig igen och fantiserade ihop en mamma som var stolt, rakryggad, skoningslös, energisk, vacker, vacker, jag tänkte att den där knäböjande kvinnan på balkongen är inte min mamma, den där kvinnan som rodnar, gråter och börjar darra för minsta lilla …

Joséphine log och såg på henne med ömhet.

– Fortsätt, få ur dig allting, Hortense.

– Jag avskydde dig när pappa blev arbetslös. A-v-skydde! Alltid där för att mildra, för att dämpa, du gick till och med upp i vikt för att kunna dämpa! Du blev allt fulare från dag till dag, knubbigare och mer och mer … ingenting och han, han försökte ta sig ur det, han försökte fortsätta, han tog sig fina vanor, han tvättade sig, han klädde sig, han försökte, men du, du smittade honom med din vidriga snällhet, din snällhet som dröp, som kletade …

– Det är inte lätt, vet du, att leva med en man som inte arbetar och som är hemma hela dagarna …

– Men du skulle inte ha varit så mammig mot honom! Du skulle ha fått honom att känna att han fortfarande hade kraften! Du förstörde honom med din snällhet. Inte så konstigt att han gick till Mylène, med henne kände han sig plötsligt som en man igen. Jag avskydde dig, om du bara visste hur mycket jag avskydde dig!

– Jag vet … Jag undrade just varför.

– Och dina stora predikningar om pengar, om värden i livet, jag skulle kunna kräkas! Det finns bara ett värde i livet idag, mamma, öppna ögonen ordentligt och ta in det, det finns bara pengar, om du har det så är du någon, om du inte har det, ja då

… Lycka till! Och du har inte fattat något, du har inte fattat något alls! När pappa stack kunde du inte ens köra bil, du tillbringade kvällarna med att föra kassabok och räkna dina små slantar, du hade ingenting mer … Det var Philippe som hjälpte dig med översättningarna, Philippe som har stålar och förbindelser. Om inte han hade varit så var hade det då slutat, va? Kan du berätta det för mig?

– Det finns mer än pengar i livet, Hortense, men du är för ung för att förstå.

– Säg du gärna att jag är för ung! För jag har förstått saker som du inte fattat alls. Och jag var arg på dig för det också, jag tänkte: men hur ska det gå för oss med henne? Jag kände mig inte trygg med dig och jag tänkte: det är för tidigt än men en dag ska jag ha mitt eget liv och jag ska dra från det här stället! Jag tänkte bara på det. Jag tänker fortfarande på det, för övrigt, jag har förstått att man inte skulle räkna med dig … Pappa, om jag hade varit hans fru …

– Där har vi det!

– Just det! Jag skulle ha berättat för honom vad som gällde, jag skulle ha sagt: sluta att drömma och ta det som erbjuds. Vad som helst men börja med något … Jag älskade pappa så mycket! Jag tyckte han var så snygg, så elegant, så stolt … och så svag samtidigt. Jag såg honom gå här och dra hela dagarna, i den här lägenheten, med sina tråkiga sysselsättningar, sina växter på balkongen, hans schackpartier och hans flirt med Mylène! Och du såg ingenting. *Ingenting!* Jag tyckte du var så dum, så dum … Och samtidigt kunde jag inte göra så mycket. Det gjorde mig galen att se honom så! När han hade hittat det där jobbet på Croco Park tänkte jag att han skulle reda ut det. Att han hade hittat en grej där han skulle kunna förverkliga sina storslagna drömmar. Krokodilerna fick honom. Jag älskade honom så mycket … Det var han som lärde mig hållning, att vara vacker, annorlunda, det var han som tog med mig till affärerna och klädde upp mig, efteråt gick vi till någon fin bar och drack ett glas champagne och lyssnade på en jazzorkester. Tillsammans med honom var jag unik, jag var fantastisk ... Han gav mig det där lilla extra, den där styrkan som han inte hade. Han gav den till mig, men han kunde inte ge den till sig själv. Han hade ingen styrka, pappa. Han var svag, sårbar, en liten pojke, men för mig var han fantastisk!

– Han älskade dig vansinnigt mycket, Hortense. Jag vet det. Ibland var jag svartsjuk på det där bandet er emellan. Jag kände mig utanför, tillsammans med Zoé. Han såg aldrig Zoé som han såg dig.

– Mot slutet stod han inte ut med sig själv. Han drack, han tappade greppet, han trodde att jag inte såg det, men jag såg allt! Han stod inte ut med den som han hade blivit: ett vandrande misslyckande. Redan i somras fanns det stunder då han var bedrövlig. Så det var bäst som skedde!

Hon satt helt rak på sängkanten. Joséphine höll sig på avstånd och lät henne få ut sin sorg bäst hon kunde och sätta ord på smärtan hon kände.

Plötsligt vände hon sig mot sin mor och såg henne rakt in i ögonen.

– Men det kommer inte på fråga, *inte på fråga*, hör du det, att vi får återuppleva det som vi var med om när han var arbetslös. Jag vill aldrig mer vara med om det, aldrig! Gav han dig pengar?

– Åh, du vet ...

– Gav han dig pengar eller inte?

– Nej.

– Så då klarar vi oss utan honom?

– Ja.

Under förutsättning att hon kammar hem pengarna för boken, tänkte Hortense medan hon tittade på sin mor. Det är inte säkert att hon gör det, att hon begär och kräver det.

– Vi kommer väl inte att bli fattiga igen?

– Nej, min älskling, vi kommer inte att bli fattiga igen, det lovar jag. Jag känner att jag har styrkan att slåss för er två. Jag har alltid haft den styrkan. Aldrig för mig själv, men för er.

Hortense kastade en blick full av tvivel på henne.

– Zoé får inget veta, det är viktigt. Zoé får inget veta ... Zoé är inte som jag. Vi måste berätta det lite försiktigt för henne. Men det får du göra, det är din avdelning ...

Hon förblev tyst en lång stund, inmurad i sin sorg och sin ilska.

Joséphine väntade och sa:

– Vi får berätta det efterhand för henne, det får ta den tid det tar, hon kommer att lära sig leva utan honom.

– Vi levde redan utan honom, fastslog Hortense och reste sig upp. Ja, nu är det som det är, och jag har min studentexamen att plugga till.

Joséphine lämnade rummet utan att säga något och gick tillbaka till köket där Mylène, Gary och Zoé väntade.

– Mylène ... kan hon stanna och äta middag med oss? Säg ja mamma, säg ja ...

– Jag tror jag ska gå tillbaka till hotellet, sötnos, sa Mylène och pussade Zoé på huvudet, vi är alla mycket trötta. Imorgon har jag en lång dag framför mig ...

Hon tackade Joséphine och kramade om Zoé. Hon verkade omtumlad. Hon såg på dem en sista gång och tänkte: Det kanske är sista gången jag ser dem.

I början av juni gick Hortense och Gary upp i studentexamen.

Joséphine hade stigit upp tidigt för att förbereda deras frukost. Hon frågade Hortense om hon ville att hon skulle följa med dem och Hortense svarade nej, för det skulle bara göra henne osäker.

Hortense kom hem nöjd den första dagen, den andra dagen också och veckan gick utan att hon vare sig bävade eller oroade sig. Gary var mer flegmatisk men verkade inte bekymra sig. De skulle få vänta till fjärde juli för att få reda på resultatet.

Shirley kom inte för att hålla sin son sällskap. Hon hade bestämt sig för att flytta till London och hon letade efter en lägenhet. Hon ringde varje kväll. Gary åkte till henne så fort examensproven var över.

Zoé gick upp i sista årskursen med mycket bra betyg. Alexandre också. Philippe tog med sig båda två för att rida i Évian. Han träffade Joséphine på järnvägsperrongen på avresedagen och sinnesrörelsen hon kunde se i hans ansikte gjorde henne förvirrad. Han tog hennes hand och frågade: "Hur är det?" Hon förstod det som "Är du fortfarande förälskad?" och svarade ja. Han kysste henne på handen och mumlade: "*Forget me not!*"

Hon fick fruktansvärt stor lust att krama om honom.

Hortense hade ringt journalisten på *Gala* och fått en praktik på tre veckor som rekvisitör vid fotograferingar. Hon åkte iväg och arbetade varje morgon, svärande över de allmänna kommunikationsmedlen som tog all hennes tid och hon upprepade hela tiden: "Men när ska vi flytta, nu när Shirley inte bor här längre, vad väntar vi på för att flytta in till Paris?" Joséphine tänkte allt oftare på det. Hon började gå på lägenhetsvisningar i närheten av Neuilly för att Zoé inte skulle mista alla sina vänner. Hortense hade deklarerat att Neuilly passade henne bra. "Där finns träd, metro och bussar, välklädda och väluppfostrade människor. Så slipper jag känna mig som om jag bor i ett reservat, i vilket fall som helst så ger jag mig av långt härifrån så fort jag fått min examen, och skapar mig mitt eget liv."

Hon pratade inte längre om sin pappa. Varenda gång Joséphine frågade henne: "Hur är det min älskling, mår du bra? Vill du inte prata om det?" ryckte hon irriterat på axlarna och svarade: "Vi har väl sagt allt vad som fanns att säga, eller hur?" Hon hade bett att de skulle ta upp TV:n från källaren nu när examen var över. Hon ville titta på modeprogrammen på kabel-TV. Joséphine beställde de kanaler som Hortense ville ha, glad över att se sin dotter skingra tankarna.

Det var då, en söndag i mitten av juni, när Joséphine var ensam hemma och Hortense hade gått ut och Jo väntade på att hon skulle komma hem igen, det var då som Jo satte på TV:n.

Hortense hade sagt till henne: ”Titta på trean ikväll, kanske ser du mig där … Missa mig inte, det är ingen lång stund.”

Klockan var väl halv tolv på kvällen och hon spetsade öronen varje gång hon hörde ljud ifrån trappan. Hon hade gett henne pengar till taxi, men hon kunde inte låta bli att tycka illa om att hon var ensam ute på kvällen. Ensam i taxin, ensam i förorten, ensam i trapphuset. När Gary gjorde henne sällskap var det annorlunda. Om inte annat så för den sakens skull är det bra att vi ska flytta. Neuilly är lugnt, hur lugnt som helst. Jag skulle vara mindre orolig om det var där hon gick ut på kvällen …

Hon tittade förstrött på rutan, tryckte på fjärrkontrollen för att byta kanal och gick sedan tillbaka till trean för att hålla utkik efter Hortense. Luca hade föreslagit: ”Jag kan komma och hålla er sällskap om ni vill, jag skulle uppföra mig väl!” Men hon ville inte att hennes dotter såg henne tillsammans med en man som var hennes älskare. Hon var ännu inte redo att blanda ihop sina två liv, livet med Luca och livet med döttrarna.

Hon bytte kanal och tyckte sig se Hortense. Hon reste sig. Det var Hortense. Intervjun hade precis börjat. Hennes dotter gick rakt igenom rutan. Hon var vacker och naturlig. Hon verkade mycket väl till mods. Man hade sminkat och kammat henne och hon såg äldre ut, mognare. Joséphine gav till ett beundrade rop. Hon liknade Ava Gardner. Programledaren presenterade henne, sade hennes ålder och förklarade att hon precis hade tagit sin studentexamen …

– Gick det bra?

– Det tror jag. Ja, sa Hortense, med strålande ögon.

– Och vad tänker ni göra sen?

Där har vi det, tänkte Joséphine. Hon kommer att berätta om sin önskan att jobba med mode, berätta om sina studier nästa år i England, fråga om det finns något modehus som skulle vara intresserad av hennes talang. Hon är så mycket djärvare än jag. Hon är så effektiv, så exakt. Hon vet precis vad hon vill och besväras inte av falska förespeglingar. Hon lyssnade på sin dotter när hon pratade just om sin önskan att ge sig in i den tuffa modebranschen. Hon var noga med att understryka att hon skulle resa i oktober för att studera i London men att om något parisiskt modehus ville ta henne som praktikant i juli, augusti och september så skulle hon bli mycket glad.

– Ni kom inte hit bara för det här, avbröt programledaren henne, med torr röst.

Det var densamme som hade skalperat Iris. Joséphine fick plötsligt en fruktansvärd föraning.

– Nej, Jag kom hit för att göra ett avslöjande beträffande en bok, uttalade Hortense mycket tydligt. En bok som nyligen har blivit en mycket stor succé, *En anspråkslös drottning …*

– Och den boken, enligt er, skulle inte ha skrivits av sin påstådda författare, Iris Dupin, utan av er mamma …

– Just det. Jag har bevisat det för er genom att visa min mammas dator där alla de olika versionerna av boken finns …

Det var därför som jag inte hittade den i morse, tänkte Joséphine. Jag letade överallt. Till slut tänkte jag att jag måste ha glömt den hos Luca …

– Och jag ska tillägga, fortsatte programledaren, att vi tog hit en tekniker som bara kunde konstatera att datorn verkligen innehöll de olika versionerna av manuskriptet och att den tillhörde er mamma, Madame Joséphine Cortès, forskare vid CNRS …

– Specialist på 1100-talet som är just den period som behandlas i boken …

– Så den här boken skulle alltså inte ha skrivits av er moster, för jag måste nämna att Iris Dupin är er moster, utan av er mor?

– Ja, bekräftade Hortense med stadig röst och blicken rakt in i kameran.

– Ni inser att detta kommer att bli en fruktansvärd skandal?

– Ja.

– Ni tycker mycket om er moster …

– Ja.

– Och ändå tar ni risken att krossa henne och förstöra hennes liv …

– Ja.

Hennes lugn var ingen fasad. Hortense svarade utan att tveka, utan att vare sig rodna eller stamma.

– Och varför gör ni det?

– Därför att min mamma har uppfostrat oss ensam, min syster och mig, och vi har inte så mycket pengar och hon sliter ut sig för detta och jag skulle vilja försäkra mig om att rättigheterna för boken kom henne till godo.

– Gör ni detta bara för pengar?

– Jag gör det först och främst för att göra min mor rättvisa. Och sen för pengarna. Min moster, Iris Dupin, har gjort detta för att roa sig, hon väntade sig säkert inte att boken skulle bli en sådan framgång, jag anser det rättvist att ge Caesar vad honom tillkommer …

– När ni pratar om bokens framgångar, kan ni ge oss några siffror?

– Absolut. Femhundratusen exemplar har sålts hittills, fyrtiosex översättningar och så filmrättigheterna som köpts av Martin Scorsese …

– Anser ni er vara förfördelad?

– Det är som en lott på Lotto som min mamma hade köpt och min moster hade fått vinsten på … bara det att Lotto det köper man på trettio sekunder medan boken, den tog min mamma ett års slit att skriva och den representerar åratal av studier! Jag tycker det är rättvist att ge henne lön för mödan …

– Faktum är, sa programledaren, att ni dessutom kommit hit i sällskap med en advokat, monsieur Gaspard, som också visar sig vara advokat till många stjärnor inom showbusiness, bland andra till Mick Jagger. Monsieur Gaspard, vad kan man göra i ett fall som detta?

Advokaten gav sig in på en lång tirad om plagiat, spökskrivare, de olika fall av processer som han kände till och där han hade pläderat. Hortense lyssnade på honom, rak och med blicken fortfarande riktad in i kameran. Hon bar en grön Lacosteskjorta som framhävde glansen i hennes ögon, hennes kopparblanka långa hår och Joséphines blick föll på den lilla krokodilen som prydde hennes bröst.

Efter att advokaten hade pratat, vände sig programledaren en sista gång till Hortense som avslutade med att berätta om sin mors briljanta karriär på CNRS, hennes forskning om 1100-talet, hennes besvärande blygsamhet som gjorde hennes egen dotter galen av ilska.

– Ni förstår, avslutade Hortense, när man är ett barn och det var jag till för inte så länge sedan, då har man behov av att beundra sina föräldrar, tänka att de är starka, de starkaste. Föräldrarna är ens skyddsmurar mot världen. Man vill inte veta om att de är svaga, vilsna, tvekande. Man vill inte ens veta om de har problem. Man har behov av att känna att man är trygg hos dem. Jag har alltid haft en känsla av att min mamma inte varit tillräckligt stark för att sätta sig i respekt. Hela hennes liv har folk trampat henne på tårna. Det är det som jag ville göra här ikväll: skydda henne mot hennes vilja, sätta henne i säkerhet, för att hon aldrig ska behöva sakna något, att hon ska sluta behöva slita sitt hår för hur hon ska kunna betala hyran, skatterna, våra studier, mat för dagen … Att jag idag har avslöjat hemligheten beror enbart på att jag vill skydda min mor.

Hela salen applåderade.

Joséphine stirrade på rutan med munnen öppen av förvåning.

Programledaren log och vände sig ännu en gång mot kameran, riktade sig genom etern till Joséphine och gratulerade henne till att ha en så klarsynt och stark dotter.

Och som ett infall tillade han till Hortense:

– Varför säger ni inte ”jag älskar dig” när ni nu står framför henne, det vore enklare än att komma och säga det på TV. För det är trots allt en kärleksförklaring till henne som ni just har gjort …

Ett ögonblick verkade Hortense tveka och sedan samlade hon sig.

– Jag kan inte. När jag står inför min mamma så kan jag inte. Det är något som är starkare än jag.

– Men ni älskar henne?

Det blev tyst en stund. Hortense knöt händerna på bordet, sänkte blicken och lät undslippa sig med låg röst:

– Jag vet inte, det är komplicerat. Vi är så olika …

Sedan samlade hon sig, sträckte på sig, förde undan en tung hårslinga och tillade:

– Jag är framförallt arg på henne, för hela den barndom som jag inte har fått ha, min barndom som hon har bestulit mig på!

Programledaren gratulerade henne till hennes mod, tackade henne för att hon hade kommit dit, tackade advokaten och presenterade nästa gäst. Hortense reste sig och lämnade scenen under applåder.

Joséphine satt orörlig kvar en stund i soffan. Nu vet hela världen. Hon kände sig lättad. Hon skulle bli herre över sitt liv igen. Hon skulle inte behöva ljuga längre och gömma sig. Hon skulle kunna skriva. I sitt eget namn. Det gjorde henne lite rädd men hon sade sig också att hon inte längre skulle ha någon ursäkt för att inte försöka. ”Det är inte för att saker är svåra som vi inte vågar, utan de är svåra för att vi inte vågar.” Det var den gamle Seneca som hade sagt det. Det var det första citat som hon hade skrivit ner när hon började sina studier. Det var redan då för att få mod … Och nu, sade hon till sig själv, nu kommer jag att våga. Tack vare Hortense. Min dotter har hjälpt mig på traven. Min dotter, denna främling som jag inte förstår, tvingar mig att överträffa mig själv.

Min dotter som varken respekterar kärlek eller ömhet eller generositet. Min dotter, som möter livet med en kniv mellan tänderna, ger mig en present som ingen någonsin har givit mig: hon tittar på mig, väger mig i handen och hon säger till mig, sätt igång, ta tillbaka ditt namn, skriv, du kan göra det! Håll dig rak och sätt igång! När allt kommer omkring, stammade Joséphine, så älskar hon mig, hon älskar mig. På sitt sätt, men hon älskar mig …

Hennes dotter skulle snart komma hem och de skulle stå öga mot öga. Hon fick varken gråta eller krama henne då. Det var för tätt inpå, det kände hon. Hon hade försvarat henne i TV inför hela världen. Hon hade givit henne tillbaka det som tillhörde henne. Det måste väl betyda att hon älskar mig lite trots allt?

Hon förblev sittande en lång stund och funderade över hur hon skulle vara. Minuterna gick och Hortense skulle snart komma hem. Hon hörde nyckeln vridas om i låset och så hörde hon Hortenses första ord: ”Är du fortfarande vaken, har du inte gått och lagt dig än, var du orolig för mig? Stackars lilla mamma! Så hur tyckte du jag var? Var jag vacker? Intressant? Jag var tvungen att säga det för du höll på att bli lurad ännu en gång … jag är trött på att du låter dig luras!” Hon gick in i sitt rum och stängde dörren om sig.

Jo kämpade mot modlösheten som kom över henne.

Hon öppnade balkongdörren och lutade sig mot balkongräcket. Krukväxterna hade vissnat för länge sedan och hon hade glömt att ta bort krukorna. De svarta och gula stjälkarna stack upp som förkolnade trästubbar, runt stjälkarnas rötter låg förmultnade blad som en motbjudande gröt. Det är allt som finns kvar av Antoine, suckade hon och nuddade vid dem med handen. Han tyckte så mycket om att hålla på med växterna. Den vita kamelian … Han ägnade timmar åt dem. Doserade gödningen, satte dit stödpinnar, sprejade mineralvatten på dem. Han gav mig de latinska namnen, berättade när de blommade, förklarade hur man skulle ta sticklingar på dem. När han åkte bad han mig att ta väl hand om dem. Men de hade dött.

Hon sträckte på sig och fick syn på stjärnorna på himlen. Hon tänkte på sin pappa och började prata högt.

– Hon vet inte, förstår ni, hon är så ung, hon har inte varit ute i livet än. Hon tror att hon vet allt, hon dömer, hon dömer mig … Det är normalt för hennes ålder. Hon hade hellre haft Iris till mamma! Men vad är det som Iris har som inte jag har? Hon är vacker, hon är mycket vacker, livet är enkelt för henne … Det är den lilla skillnaden som hon ser, min dotter. Hon ser bara det! Det lilla extra som är så orättvist, som man föds med, man vet inte varför men som gör livet så mycket enklare! Men ömheten, kärleken som hon fått av mig sen hon föddes … Det ser hon inte. Och ändå är det den hon formats av! Kärleken som jag skänkt henne sen hon var liten, kärleken som fick mig att stiga upp mitt i natten när hon drömde mardrömmar, som fick det att knytas i magen på mig när hon kom hem från skolan och var ledsen, när någon hade sagt något dumt till henne eller tittade snett på henne! Jag ville ta allt hennes lidande på mig för att hon inte skulle vara ledsen, jag ville att hon skulle kunna gå genom livet obekymrad och lätt … Jag skulle ha offrat mitt liv för henne. Jag uppförde mig klumpigt men det var för att jag älskade henne. Man är alltid klumpig med dem man älskar. Man krossar dem, man kväver dem med sin kärlek … man vet inte hur man ska göra. Hon tror att pengar löser allt, att pengar ger allt men det var inte på grund av pengar som jag fanns där varenda dag när hon kom hem från skolan, som jag gjorde i ordning mellanmål, som jag lagade middag, som jag la fram kläder för nästa dag så att hon skulle vara den allra sötaste, som jag avstod från allt för att hon skulle ha fina kläder, fina böcker, fina skor, en god köttbit på sin tallrik … som jag suddade ut mig själv för att lämna plats åt henne. Det är inte pengar som ger sådana saker. Det är kärlek. Kärlek som man överöser ett barn med och som ger det styrka. Kärlek som man inte räknar, inte mäter, som inte manifesteras i siffror … Men det vet inte hon. Hon är för liten än. Hon kommer att förstå det en dag … Gör så att hon förstår det och så att jag får tillbaka henne, så att jag får tillbaka min lilla flicka! Jag älskar henne så, jag skulle ge alla böcker i världen, alla män i världen, alla pengar i världen för att hon en dag ska säga ”mamma, jag älskar dig, du är min älskade lilla mamma” … Jag ber er, stjärnor, gör så att hon förstår min kärlek till henne, att hon inte längre ringaktar den. Det är inte svårt för er att göra det. Ni ser ju all kärlek som jag bär i mitt hjärta så varför kan inte hon se det? Varför?

Hon sänkte ner huvudet mellan sina händer och förblev stående där, böjd över balkongräcket, och hon bad av alla krafter för att stjärnorna skulle höra henne, för att den lilla stjärnan längst borta i Stora Björnen skulle börja blinka.

– Och du pappa ... Hur lång tid tog det inte för mig att förstå att du hade älskat mig och att jag inte var helt ensam utan fick kraft från dig, ur din kärlek till mig? Jag förstod det inte medan du fortfarande fanns här hos oss, jag kunde inte säga det till dig. Det var efteråt som jag förstod ... långt efteråt ... Jag ber dig bara göra så att hon förstår det en dag ... Inte för sent, för du förstår, det gör så ont när hon skjuter bort mig. Det gör ont varje gång, jag vänjer mig aldrig ...

Det var då hon kände något på sin axel.

Hon trodde det var vinden, eller ett gammalt löv som föll ner från balkongen ovanför och som hamnade på hennes axel för att trösta henne. Hon trodde så starkt på att stjärnorna hörde henne.

Det var Hortense. Hon hade inte hört henne komma ut. Hortense stod bakom henne. Hon sträckte upp sig, såg på henne och gav henne ett leende som från en botgörare som är i färd med att bikta sig.

– Jag tittade på pappas växter ... De har vissnat för länge sen. Jag har glömt att ta hand om dem. Jag borde ha gjort det, de betydde så mycket för honom.

– Sluta mamma, sluta ..., sa Hortense med mjuk och låg röst. Ursäkta dig inte. Du kan plantera nya.

Hon tillade medan hon drog sin mor i händerna:

– Kom. Du får gå och lägga dig, du är trött ... Och jag också. Jag visste inte att det kunde vara så tröttande att prata som jag har gjort ikväll. Lyssnade du på mig?

Joséphine nickade.

– Och …? frågade Hortense och väntade på sin mammas dom.

Under hela taxiresan tillbaka hade hon tänkt på sin mamma, på bilden hon hade av sin mamma och på sättet hon hade pratat om henne inför alla dessa människor som inte kände henne. Plötsligt hade Joséphine blivit en person, en okänd som hon såg på utifrån. Joséphine Cortès. En kvinna som kämpade. Det var hon som hade skrivit boken, ensam och i hemlighet, för att hon behövde pengar, inte för sin egen skull … Hon hade inte gjort det för sin egen skull. I taxin som körde fram genom gatlyktornas bleka sken, hade hon sett henne som hon inte kände henne, som om någon berättade en historia om en okänd person för henne. Hon hade sett allt det som hennes mamma gjorde för henne. Det hade gått upp för henne allt tydligare efter hand som hon närmade sig deras hus.

Och sedan hade hon kommit hem, nu hade hon också hört henne prata helt ensam på balkongen, hört hennes övergivenhet, hennes bryderi.

– Du försvarade mig, Hortense, du försvarade mig … Jag är lycklig, så lycklig … Om du bara visste!

De återvände in i vardagsrummet. Hortense stöttade sin mamma. Joséphine kände hur benen vek sig under henne, hon frös och darrade. Hon stannade upp och utbrast:

– Jag tror inte jag kommer att kunna sova! Jag är alldeles för uppspelt … Ska vi göra lite kaffe?

– Ja, då kommer vi att vakna!

– Du har fått mig att vakna … Du har väckt mig, jag är så lycklig! Om du bara visste … Jag upprepar mig, men …

Hortense avbröt henne, tog hennes hand igen och frågade henne:

– Vet du vad nästa bok ska handla om?

# Källor

*Le Don des Larmes,* Piroska Nagy, Albin Michel
*Les Plantagenêts*, Jean Favier, Fayard
*Histoire de la vie privée*, red. Philippe Ariès og Georges Duby, Le Seuil
*Le Chevalier, la femme et le prêtre*, Georges Duby, Folio
*Les Dames du XII^e siècle*, George Duby, Folio
*Mâle Moyen Âge, de l'amour et autres essais*, Edward Shorter, Flammarion
*Le Corps des femmes*, Edward Shorter, Flammarion
*Aliénor d'Aquitaine,* Régine Pernoud, Albin Michel
*Histoire des femmes, le Moyen Âge,* Georges Duby, Michelle Perrot, Plon
*Nouvelle histoire de la France médiévale, XI^e et XII^e siècles,* Dominique Barthélmy, Point Seuil
*La Civilisation de l'Occident médiéval*, Jaques Legoff, Arthaud
*L'Europe est-elle née au Moyen Âge?*, Jaques Legoff, Seuil
*L'Apologie de la chrétienté,* Jaques Legoff, Bordas
*Les Croisades,* Anthony Bridge, Denoël
*Les Loisirs au Moyen Âge*, Jean Vardon, Tallandier
*La Dernière Reine*, Philippe Alexandre et Beatrix de l'aulnoit, Robert Laffont
Artiklar om krokodiler i New York Times, 23 oktober 2004 av Keithe Bradsher och 26 oktober 2004 av Nathalie Angier

# Tack

Den här boken har rest mycket under tiden som jag har skrivit den!

Jag påbörjade den i Fécamp, jag fortsatte i Paris och tog med den till New York, till Megève, till Carnaus strand, till London, till Rom. Varje plats har tillfört en atmosfär, en historia, en detalj som jag har ansträngt mig för att återge. Jag träffade krokodilerna i New York på en sida av *New York Times*, Shirley träffade jag i London på Fortnum & Mason, Marcel Grobz föddes i Megève (!!!), Hortense ur en siluett som jag skymtade i en skoaffär på Rue Passy, historien om Florine i ett litet hus i Carnau, på stranden … och Joséphine förkroppsligar alla förtroenden som kvinnor viskat i mitt öra.

Så tack till Svetlana, Réjane, Michel, Colette, som har låtit mig sätta upp min dator på era köksbord eller i era vardagsrum …

Tack till alla dem som stöttar mig och omger mig när jag skriver: Charlotte och Clément, först och främst! Coco, Laurent, min förste läsare, Jean, Mireille, Christine och Christine (!), Michel, Michèle … De finns alltid där.

Tack till Sylvie som har läst mig efter hand och som har hållit mig i handen!

Tack, Huguette, för den ro som ni ger mig (utan att veta om det).

Tack till *La Revue* av Pierre Bergé som jag bläddrar igenom med njutning och som har hjälpt mig att hitta möbler, smycken och tavlor för mina personers behov!

Tack till alla er som skriver till mig på min hemsida och som sänder mig kärlek, kärlek och kärlek och ibland också uppslag! (Blinkning till Hervé!)

Tack, Jean-Marie, som vakar över mig bland stjärnorna …